mulheres que correm com os lobos

Mitos e histórias do arquétipo da Mulher Selvagem

mulheres que correm com os lobos

Tradução de WALDÉA BARCELLOS

clarissa pinkola estés

Rocco

Título original
WOMEN WHO RUN WITH THE WOLVES

EDITORA ROCCO LTDA.
Rua Evaristo da Veiga, 65 11º andar
Passeio Corporate – Torre 1
20031-040 – Rio de Janeiro – RJ
Tel.: (21) 3525-2000 – Fax: (21) 3525-2001
rocco@rocco.com.br
www.rocco.com.br

Printed in Brazil/Impresso no Brasil

capa
JORGE PAES

ilustração de capa
SHUTTERSTOCK

preparação de originais
MAIRA PARULA

revisão técnica
SUZANNE ROBELL

CIP-Brasil. Catalogação na fonte.
Sindicato Nacional dos Editores de Livros, RJ.

E83m Estés, Clarissa Pinkola
Mulheres que correm com os lobos: mitos e histórias do arquétipo da mulher selvagem/Clarissa Pinkola Estés; tradução de Waldéa Barcellos. – 1ª ed. – Rio de Janeiro: Rocco, 2018.

Tradução de: Women who run with the wolves
(Capa dura)
ISBN 978-85-325-2978-7

1. Mulheres – Psicologia. I. Barcellos, Waldéa. II. Título.

CDD–155.633
18-52072 CDU–159.923-055.2

Vanessa Mafra Xavier Salgado – Bibliotecária – CRB-7/6644

O texto deste livro obedece às normas do
Acordo Ortográfico da Língua Portuguesa

A kedves szüleimnek
Mária és Joszef,
Mary and Joseph,
Szeretlek benneteket.

y
Para todos los que yo amo
que continuan desaparecidos.

SUMÁRIO

PREFÁCIO

Todas nós temos anseio pelo que é selvagem. Existem poucos antídotos aceitos por nossa cultura para esse desejo ardente. Ensinaram-nos a ter vergonha desse tipo de aspiração. Deixamos crescer o cabelo e o usamos para esconder nossos sentimentos. No entanto, o espectro da Mulher Selvagem ainda nos espreita de dia e de noite. Não importa onde estejamos, a sombra que corre atrás de nós tem decididamente quatro patas.

CLARISSA PINKOLA ESTÉS, Ph.D.
Cheyenne, Wyoming

INTRODUÇÃO
cantando sobre os ossos

A fauna silvestre e a Mulher Selvagem são espécies em risco de extinção.

Observamos, ao longo dos séculos, a pilhagem, a redução do espaço e o esmagamento da natureza instintiva feminina. Durante longos períodos, ela foi mal gerida, à semelhança da fauna silvestre e das florestas virgens. Há alguns milênios, sempre que lhe viramos as costas, ela é relegada às regiões mais pobres da psique. As terras espirituais da Mulher Selvagem, durante o curso da história, foram saqueadas ou queimadas, com seus refúgios destruídos e seus ciclos naturais transformados à força em ritmos artificiais para agradar os outros.

Não é por acaso que as regiões agrestes e ainda intocadas do nosso planeta desaparecem à medida que fenece a compreensão da nossa própria natureza selvagem mais íntima. Não é tão difícil compreender por que as velhas florestas e as mulheres velhas não são consideradas reservas de grande importância. Não há tanto mistério nisso. Não é coincidência que os lobos e coiotes, os ursos e as mulheres rebeldes tenham reputações semelhantes. Todos eles compartilham arquétipos instintivos que se relacionam entre si e, por isso, têm a reputação equivocada de serem cruéis, inatamente perigosos, além de vorazes.

Minha vida e meu trabalho como analista junguiana e *cantadora*, contadora de histórias, me ensinaram que a vitalidade esvaída das mulheres pode ser restaurada por meio de extensas escavações "psíquico-arqueológicas" nas ruínas do mundo subterrâneo feminino. Com esses métodos, podemos recuperar os processos da psique instintiva natural; e, através da sua incorporação ao arquétipo da Mulher Selvagem, conseguimos discernir os recursos da natureza mais profunda da mulher. A mulher moderna é um borrão de atividade. Ela sofre pressões no sentido de ser tudo para todos. A velha sabedoria há muito não se manifesta.

O título deste livro, *Mulheres que correm com os lobos, mitos e histórias do arquétipo da Mulher Selvagem*, foi inspirado em meu estudo sobre a biologia de animais selvagens, em especial os lobos. Os estudos dos lobos *Canis lupus* e *Canis rufus* são como a história das mulheres, no que diz respeito à sua vivacidade e à sua labuta.

Os lobos saudáveis e as mulheres saudáveis têm certas características psíquicas em comum: percepção aguçada, espírito brincalhão e uma elevada capacidade para a devoção. Os lobos e as mulheres são gregários por natureza, curiosos, dotados de grande resistência e força. São profundamente intuitivos e têm grande preocupação para com seus filhotes, seu parceiro e sua matilha. Têm experiência em se adaptar a circunstâncias em constante mutação. Têm uma determinação feroz e extrema coragem.

No entanto, as duas espécies foram perseguidas e acossadas, sendo-lhes falsamente atribuído o fato de serem trapaceiros e vorazes, excessivamente agressivos e de terem menor valor do que seus detratores. Foram alvo daqueles que prefeririam arrasar as matas virgens bem como os arredores selvagens da psique, erradicando o que fosse instintivo, sem deixar que dele restasse nenhum sinal. A atividade predatória contra os lobos e contra as mulheres por parte daqueles que não os compreendem é de uma semelhança surpreendente.

Pois foi aí que o conceito do arquétipo da Mulher Selvagem primeiro se concretizou para mim: no estudo dos lobos. Estudei também outras criaturas como, por exemplo, os ursos, os elefantes e os pássaros da alma – as borboletas. As características de cada espécie fornecem indicações abundantes do que pode ser conhecido sobre a psique instintiva da mulher.

A Mulher Selvagem passou pelo meu espírito duas vezes: a primeira, pelo fato de haver nascido de uma linhagem hispano-mexicana tipicamente passional, e a segunda, por ter sido adotada por uma família de húngaros impetuosos. Cresci próximo à fronteira dos estados de Michigan e Indiana, cercada de bosques, pomares e campos e perto dos Grandes Lagos. Ali, os trovões e os relâmpagos eram meu principal alimento. Os milharais estalavam e falavam alto à noite. Mais ao norte, os lobos vinham até as clareiras ao luar, para pular e uivar. Todos podíamos beber dos mesmos regatos sem medo.

Embora eu não a chamasse por esse nome na época, meu amor pela Mulher Selvagem começou quando eu era pequena. Eu era uma esteta, não uma atleta, e meu único desejo era o de perambular em êxtase. A mesas e cadeiras, eu preferia o chão, as árvores e as cavernas, porque nesses lugares eu sentia como se pudesse me encostar no rosto de Deus.

O rio *sempre* queria ser visitado depois que escurecesse; os campos *precisavam* de alguém que neles caminhasse para que pudessem farfalhar conversando. As fogueiras *precisavam* ser feitas na floresta à noite; e as histórias *precisavam* ser contadas onde os adultos não pudessem ouvir.

Tive a sorte de crescer na natureza. Lá, os raios me falaram da morte repentina e da evanescência da vida. As ninhadas de camundongos revelavam que a morte era amenizada pela nova vida. Ao desenterrar "contas de indígenas", trilobites da terra preta, eu compreendia que os seres humanos estão por aqui há muito, muito tempo. Tive aulas sobre a sagrada arte da autodecoração com borboletas pousadas no alto da minha cabeça, vaga-lumes servindo de joias durante as noites e rãs verde-esmeralda como pulseiras.

Uma loba matou um de seus filhotes que estava mortalmente ferido. Para mim foi como uma dura lição sobre a compaixão e a necessidade de permitir que a morte venha aos que estão morrendo. As lagartas cabeludas que caíam dos seus galhos e voltavam a subir, arrastando-se, me ensinaram a determinação. As cócegas do seu caminhar no meu braço me revelaram como a pele pode ter vida própria. Subir ao alto das árvores me mostrou como seria o sexo um dia.

Minha própria geração, posterior à Segunda Guerra Mundial, cresceu numa época em que as mulheres eram infantilizadas e tratadas como propriedade. Elas eram mantidas como jardins sem cultivo... mas felizmente sempre chegava alguma semente trazida pelo vento. Embora o que escrevessem fosse desautorizado, elas insistiam assim mesmo. Embora o que pintassem não recebesse reconhecimento, nutria a alma do mesmo jeito. As mulheres tinham de implorar pelos instrumentos e pelo espaço necessários às suas artes; e, se nenhum se apresentasse, elas abriam espaço em árvores, cavernas, bosques e armários.

A dança mal conseguia ser tolerada, se é que o era, e por isso elas dançavam na floresta, onde ninguém podia vê-las, no porão ou no caminho para esvaziar a lata de lixo. A mulher que se enfeitava despertava suspeitas. Um traje ou o próprio corpo alegre aumentava o risco de ela ser agredida ou de sofrer violência sexual. Não se podia dizer que lhe pertenciam as roupas que cobriam os seus próprios ombros.

Era uma época em que os pais que maltratavam seus filhos eram simplesmente chamados de "severos", em que as lacerações espirituais de mulheres profundamente exploradas eram denominadas "colapsos nervosos", em que as meninas e as mulheres que vivessem apertadas em cintas, amordaçadas e contidas eram consideradas "certas", enquanto aquelas que conseguiam fugir da coleira uma ou duas vezes na vida eram classificadas de "erradas".

Por isso, igual a muitas mulheres antes e depois de mim, passei minha vida como uma criatura disfarçada. À semelhança da parentela que me precedeu, andei cambaleante em saltos altos e fui à igreja usando vestido e chapéu. No entanto, minha cauda fabulosa muitas vezes aparecia por baixo da bainha do vestido, e minhas orelhas se contorciam até meu chapéu sair do lugar, no mínimo cobrindo meus olhos e às vezes indo parar do outro lado da nave.

Não me esqueci da canção daqueles anos sombrios, *hambre del alma*, a canção da alma faminta; mas também não me esqueci do alegre *canto hondo*, o canto profundo, cuja letra volta à nossa mente quando nos dedicamos à regeneração do espírito.

*

Como uma trilha que atravessa a floresta e vai cada vez diminuindo mais até quando parece se reduzir a nada, a teoria psicológica tradicional esgota-se rápido demais para a mulher criativa, talentosa, profunda. A psicologia tradicional é muitas vezes lacônica ou totalmente omissa quanto a questões mais profundas importantes para as mulheres: o aspecto arquetípico, o intuitivo, o sexual e o cíclico, as idades das mulheres, o jeito de ser mulher, a sabedoria da mulher, seu fogo criador. Foi isso o que direcionou meu trabalho sobre o arquétipo da Mulher Selvagem durante quase duas décadas.

As questões da alma feminina não podem ser tratadas tentando-se esculpi-la de uma forma mais adequada a uma cultura inconsciente, nem é possível dobrá-la até que tenha um formato intelectual mais aceitável para aqueles que alegam ser os únicos detentores do consciente. Não. Foi isso o que já provocou a transformação de milhões de mulheres, que começaram como forças poderosas e naturais, em párias na sua própria cultura. Na verdade, a meta deve ser a recuperação e o resgate da bela forma psíquica natural da mulher.

Os contos de fadas, os mitos e as histórias proporcionam uma compreensão que aguça nosso olhar para que possamos escolher o caminho deixado pela natureza selvagem. As instruções encontradas nas histórias nos confirmam que o caminho não terminou, mas que ele ainda conduz as mulheres mais longe, e ainda mais longe, na direção do seu próprio conhecimento. As trilhas que todas estamos seguindo são aquelas do arquétipo da Mulher Selvagem, o Self instintivo inato.

Chamo-a de Mulher Selvagem porque essas exatas palavras, mulher e selvagem, criam *Llamar o tocar a la puerta*, a batida dos contos de fadas à porta da psique profunda da mulher. *Llamar o tocar a la puerta* significa literalmente tocar o instrumento do nome para abrir uma porta. Significa usar palavras para obter a abertura de uma passagem. Não importa a cultura pela qual a mulher seja influenciada, ela compreende as palavras *mulher* e *selvagem* intuitivamente.

Quando as mulheres ouvem essas palavras, uma lembrança muito antiga é acionada, voltando a ter vida. Trata-se da lembrança do nosso parentesco absoluto, inegável e irrevogável com o feminino selvagem, um relacionamento que pode ter se tornado espectral pela negligência, que pode ter sido soterrado pelo excesso de domesticação, proscrito pela cultura que nos cerca ou simplesmente não ser mais compreendido. Podemos ter nos esquecido do seu nome, podemos não atender quando ela chama o nosso; mas na nossa medula nós a conhecemos e sentimos sua falta. Sabemos que ela nos pertence; bem como nós a ela.

Foi dentro desse relacionamento essencial, fundamental e básico que nascemos e na nossa essência é dele que derivamos. O arquétipo da Mulher Selvagem envolve o ser alfa matrilinear. Há ocasiões em que vivenciamos sua presença, mesmo que transitoriamente, e ficamos loucas de vontade de continuar. Para algumas mulheres, essa revitalizante "prova da natureza" ocorre durante a gravidez, durante a amamentação, durante o milagre das mudanças que surgem à medida que se educa um filho, durante os cuidados que dispensamos a um relacionamento amoroso, os mesmos que dispensaríamos a um jardim muito querido.

Por meio da visão também temos uma percepção dela; através de cenas de rara beleza. Costumo sentir sua presença quando vejo o que no interior chamamos de pôr do sol divino. Senti que ela se mexeu dentro de mim quando vi os pescadores saindo do lago ao escurecer com as lanternas acesas e também quando vi os dedinhos dos pés do meu filho recém-nascido, todos enfileirados como grãos de milho-doce na espiga. Nós a vemos sempre que a vemos, o que ocorre por toda parte.

Ela também chega a nós através dos sons; da música que faz vibrar o esterno e que anima o coração! Ela chega com o tambor, o assobio, o chamado e o grito. Ela vem com a palavra escrita e falada. Às vezes uma palavra, uma frase, um poema ou uma história soa tão bem, soa tão perfeito que faz com que nos lembremos, pelo menos por um instante, da substância da qual somos feitas e do lugar que é o nosso verdadeiro lar.

Essas efêmeras "provas da natureza" vêm durante a mística da inspiração – ah, ela está aqui; ai, ela já se foi. O anseio por ela surge quando nos encontramos por acaso com alguém que manteve esse relacionamento selvagem. Ele brota quando percebemos que dedicamos pouquíssimo tempo à fogueira mística ou ao desejo de sonhar, um tempo ínfimo à nossa própria vida criativa, ao trabalho da nossa vida ou aos nossos verdadeiros amores.

Contudo, são esses vislumbres fugazes, originados tanto da beleza quanto da perda, que nos deixam tão desoladas, tão agitadas, tão ansiosas que acabamos por seguir nossa natureza selvagem. É então que saltamos floresta adentro, em meio ao deserto ou à neve, e corremos muito, com nossos olhos varrendo o solo, nossos ouvidos em fina sintonia, procurando em cima e embaixo, em busca de uma pista, um resquício, um sinal de que ela ainda está viva, de que não perdemos nossa oportunidade. E, quando farejamos seu rastro, é natural que corramos muito para alcançá-la, que nos livremos da mesa de trabalho, dos relacionamentos, que esvaziemos nossa mente, viremos uma nova página, insistamos numa ruptura, desobedeçamos às regras, paremos o mundo, porque não vamos mais prosseguir sem ela.

Uma vez que as mulheres a tenham perdido e a tenham recuperado, elas lutarão com garra para mantê-la, pois com ela suas vidas criativas florescem; seus relacionamentos adquirem significado, profundidade e saúde; seus ciclos de sexualidade, criatividade, trabalho e diversão são restabelecidos; elas deixam de ser alvo para as atividades predatórias dos outros; segundo as leis da natureza, elas têm igual direito a crescer e vicejar. Agora, seu cansaço do final do dia tem como origem o trabalho e esforços satisfatórios, não o fato de viverem enclausuradas num relacionamento, num emprego ou num estado de espírito pequenos demais. Elas sabem instintivamente quando as coisas devem morrer e quando devem viver; elas sabem como ir embora e como ficar.

Quando as mulheres reafirmam seu relacionamento com a natureza selvagem, elas recebem o dom de dispor de uma observadora interna permanente, uma sábia, uma visionária, um oráculo, uma inspiradora, uma intuitiva, uma criadora, uma inventora e uma ouvinte que guia, sugere e estimula uma vida vibrante nos mundos interior e exterior. Quando as mulheres estão com a Mulher Selvagem, a realidade desse relacionamento transparece nelas. Não importa o que aconteça, essa instrutora, mãe e mentora selvagem dá sustentação às suas vidas interior e exterior.

Portanto, o termo *selvagem* neste contexto não é usado em seu atual sentido pejorativo de algo fora de controle, mas em seu sentido original, de viver uma vida natural, uma vida em que a criatura tenha uma integridade inata e limites saudáveis. Essas palavras, *mulher* e *selvagem*, fazem com que as mulheres se lembrem de quem são e do que representam. Elas criam uma imagem para descrever a força que sustenta todas as fêmeas. Elas encarnam uma força sem a qual as mulheres não podem viver.

O arquétipo da Mulher Selvagem pode ser expresso em outros termos igualmente apropriados. Pode-se chamar essa poderosa natureza psicológica de natureza instintiva, mas a Mulher Selvagem é a força que está por trás dela. Pode-se chamá-la de psique natural, mas também o arquétipo da Mulher Selvagem se encontra por trás dela. Pode-se chamá-la de natureza básica e inata das mulheres. Pode-se chamá-la de natureza intrínseca, inerente às mulheres. Na poesia, ela poderia ser chamada de "Outra", "sete oceanos do universo", "bosques distantes" ou "A amiga".[1] Na psicanálise, e a partir de perspectivas diversas, ela seria chamada de id, de Self, de natureza medial. Na biologia, ela seria chamada de natureza típica ou fundamental.

No entanto, por ser tácita, presciente e visceral, entre as *cantadoras* ela é conhecida como a natureza sábia ou conhecedora. Ela é às vezes chamada de "mulher que mora no final do tempo" ou de "mulher que mora no fim do mundo". E essa criatura é sempre uma megera-criadora, uma deusa da morte, uma virgem decaída ou qualquer uma de uma série de outras personificações. Ela é amiga e mãe de todas as que se perderam, de todas as que precisam aprender, de todas as que têm um enigma para resolver, de todas as que estão lá fora na floresta ou no deserto, vagando e procurando.

Na realidade, no inconsciente psicóide – a camada da qual a Mulher Selvagem emana – a Mulher Selvagem não tem nome, por ser tão vasta. Contudo, como ela cria todas as facetas importantes da feminilidade, aqui na Terra recebe muitos nomes, não só para permitir que se examine a infinidade de aspectos da sua natureza, mas também para que as pessoas se agarrem a ela. Como no início da restauração do nosso relacionamento com ela, a mulher selvagem pode se dissolver em fumaça a qualquer instante; ao lhe darmos um nome, estamos criando para ela um espaço de pensamento e sentimento dentro de nós. Assim, ela virá, e se for valorizada, permanecerá.

Portanto, em espanhol ela poderia ser chamada de *Río Abajo Río*, o rio por baixo do rio; *La Mujer Grande*, a mulher grande; *Luz del abyss*, luz do abismo. No México, ela é *La Loba*, a loba, e *La Huesera*, a mulher dos ossos.

Em húngaro, ela é chamada de *Ö, Erdöben*, Aquela dos Bosques, e *Rozsomák*, o carcaju. No idioma *navajo*, ela é *Na'ashjé'ii Asdzáá*, a Mulher Aranha, que tece o destino dos humanos e dos animais, das plantas e das rochas. Na Guatemala, entre muitos outros nomes, ela é *Humana del Niebla*, o Ser de Névoa, a mulher que vive desde sempre. Em japonês, ela é *Amaterasu Omikami*, a Força Espiritual, que gera toda a luz, toda a consciência. No Tibete, ela é chamada de *Dakini*, a força da dança que produz a clarividência dentro das mulheres. A lista continua. E ela continua.

A compreensão dessa natureza da Mulher Selvagem não é uma religião, mas uma prática. Trata-se de uma psicologia em seu sentido mais verdadeiro: *psukhē/psych*, alma; *ology* ou *logos*, um conhecimento da alma. Sem ela, as mulheres não têm ouvidos para ouvir o discurso da sua alma ou para registrar a melodia dos seus próprios ritmos interiores. Sem ela, a visão íntima das mulheres é impedida pela sombra de uma mão, e grande parte dos seus dias é passada num tédio paralisante ou então em pensamentos ilusórios. Sem ela, as mulheres perdem a segurança do apoio da sua alma. Sem ela, elas se esquecem do motivo pelo qual estão aqui; agarram-se às coisas quando seria melhor afastarem-se delas. Sem ela, elas exigem demais, de menos ou nada. Sem ela, elas se calam quando de fato estão ardendo. A Mulher Selvagem é seu instrumento regulador, seu coração, da mesma forma que o coração humano regula o corpo físico.

Quando perdemos contato com a psique instintiva, vivemos num estado de destruição parcial, e as imagens e poderes que são naturais à mulher não têm condições de pleno desenvolvimento. Quando são cortados os vínculos de uma mulher com sua fonte de origem, ela fica esterilizada, e seus instintos e ciclos naturais são perdidos, em virtude de uma subordinação à cultura, ao intelecto ou ao ego – dela própria ou de outros.

A Mulher Selvagem é a saúde para todas as mulheres. Sem ela, a psicologia feminina não faz sentido. Essa mulher não domesticada é o protótipo de mulher... não importa a cultura, a época, a política, ela é sempre a mesma. Seus ciclos mudam, suas representações simbólicas mudam, mas na sua essência *ela* não muda. Ela é o que é; e é um ser inteiro.

Ela abre canais através das mulheres. Se elas estiverem reprimidas, ela luta para erguê-las. Se elas forem livres, ela é livre. Felizmente, por mais que seja humilhada, ela sempre volta à posição natural. Por mais que seja proibida, silenciada, podada, enfraquecida, torturada, rotulada de perigosa, louca e de outros depreciativos, ela volta à superfície nas mulheres, de tal forma que mesmo a mulher mais tranquila, mais contida, guarda um canto secreto para a Mulher Selvagem. Mesmo a mulher mais reprimida tem uma vida secreta, com pensamentos e sentimentos ocultos que são exuberantes e selvagens, ou seja, naturais. Mesmo a mulher presa com a máxima segurança reserva um lugar para o seu self selvagem, pois ela intuitivamente sabe que um dia haverá uma saída, uma abertura, uma oportunidade, e ela poderá escapar.

Creio que todos os homens e mulheres nascem com talentos. No entanto, a verdade é que houve pouca descrição dos hábitos e das vidas psicológicas de mulheres talentosas, criativas, brilhantes. Muito foi escrito, porém, a respeito das fraquezas e defeitos dos seres humanos em geral e das mulheres em particular. No caso do arquétipo da Mulher Selvagem, para vislumbrá-la, captá-la e utilizar o que ela oferece, precisamos nos interessar mais pelos pensamentos, sentimentos e esforços que fortalecem as mulheres e computar corretamente os fatores íntimos e culturais que as debilitam.

Em geral, quando compreendemos a natureza selvagem como um ser autônomo, que anima e dá forma à vida mais profunda de uma mulher, podemos começar a nos desenvolver de um modo jamais considerado possível. Uma psicologia que ignore esse ser espiritual inato, central à psicologia feminina, trai as mulheres, suas filhas, netas e todas as suas descendentes futuras.

Portanto, para que se aplique um bom medicamento às partes feridas da psique selvagem, para que se corrija o relacionamento com a Mulher Selvagem, será necessário classificar corretamente os distúrbios da psique. Embora na minha profissão clínica disponhamos de um bom manual estatístico e diagnóstico e de um considerável volume de diagnósticos diferenciais, bem como de parâmetros psicanalíticos que definem a psicopatia através da organização (ou da falta dela) na psique objetiva e no eixo ego-self,[2] existem ainda outros comportamentos e sentimentos típicos que, a partir do sistema de coordenadas da mulher, descrevem com impacto qual é o problema.

Quais os sintomas associados aos sentimentos de um relacionamento interrompido com a força selvagem da psique? Sentir, pensar ou agir segundo qualquer um dos seguintes exemplos representa ter um relacionamento em parte prejudicado ou inteiramente perdido com a psique instintiva profunda. Usando-se apenas a linguagem das mulheres, trata-se de sensações de extraordinária aridez, fadiga, fragilidade, depressão, confusão, de estar amordaçada, calada à força, desestimulada. Sentir-se assustada, deficiente ou fraca, sem inspiração, sem ânimo, sem expressão, sem significado, envergonhada, com uma fúria crônica, instável, amarrada, sem criatividade, reprimida, transtornada.

Sentir-se impotente, insegura, hesitante, bloqueada, incapaz de realizações, entregando a própria criatividade para os outros, escolhendo parceiros, empregos ou amizades que lhe esgotam a energia, sofrendo por viver em desacordo com os próprios ciclos, superprotetora de si mesma, inerte, inconstante, vacilante, incapaz de regular a própria marcha ou de fixar limites.

Não conseguir insistir no seu próprio andamento, preocupar-se em demasia com a opinião alheia, afastar-se do seu Deus ou dos seus deuses, isolar-se da sua própria revitalização, deixar-se envolver exageradamente na domesticidade, no intelectualismo, no trabalho ou na inércia, porque é esse o lugar mais seguro para quem perdeu os próprios instintos.

Recear aventurar-se ou revelar-se, temer procurar um mentor, mãe, pai, temer exibir a própria obra antes que esteja perfeita, temer iniciar uma viagem, recear gostar de alguém ou dos outros, ter medo de não conseguir parar, de se esgotar, de se exaurir, curvar-se diante da autoridade, perder a energia diante de projetos criativos, encolher-se, humilhar-se, ter angústia, entorpecimento, ansiedade.

Ter medo de revidar quando não resta outra coisa a fazer, medo de experimentar o novo, medo de enfrentar, de exprimir sua opinião, de criticar qualquer coisa, de sentir náuseas, aflição, acidez, de sentir-se partida ao meio, estrangulada, conciliadora e gentil com extrema facilidade, de ter sentimentos de vingança.

Ter medo de parar, ter medo de agir, contar até três repetidamente sem conseguir começar, ter complexo de superioridade, ambivalência e, no entanto, não fosse por isso, ser plenamente capaz, em perfeito funcionamento. Essas rupturas são uma doença não de uma era nem de um século, mas transformam-se em epidemia a qualquer hora e em qualquer lugar onde as mulheres se vejam aprisionadas, sempre que a natureza selvática tiver caído na armadilha.

Uma mulher saudável assemelha-se muito a um lobo; robusta, plena, com grande força vital, que dá a vida, que tem consciência do seu território, engenhosa, leal, que gosta de perambular. Entretanto, a separação da natureza selvagem faz com que a personalidade da mulher se torne mesquinha, parca, fantasmagórica, espectral. Não fomos feitas para ser franzinas, de cabelos frágeis, incapazes de saltar, de perseguir, de parir, de criar uma vida. Quando as vidas das mulheres estão em estase, tédio, já está na hora de a mulher selvática aflorar. Chegou a hora de a função criadora da psique fertilizar a aridez.

De que maneira a Mulher Selvagem afeta as mulheres?

Tendo a Mulher Selvagem como aliada, como líder, modelo, mestra, passamos a ver, não com dois olhos, mas com a intuição, que dispõe de muitos olhos. Quando afirmamos a intuição, somos, portanto, como a noite estrelada: fitamos o mundo com milhares de olhos.

A Mulher Selvagem carrega consigo os elementos para a cura; traz tudo o que a mulher precisa ser e saber. Ela dispõe do remédio para todos os males. Ela carrega histórias e sonhos, palavras e canções, signos e símbolos. Ela é tanto o veículo quanto o destino.

Aproximar-se da natureza instintiva não significa desestruturar-se, mudar tudo da esquerda para a direita, do preto para o branco, passar o oeste para o leste, agir como louca ou descontrolada. Não significa perder as socializações básicas ou tornar-se menos humana. Significa exatamente o oposto. A natureza selvagem possui uma vasta integridade.

Ela implica delimitar territórios, encontrar nossa matilha, ocupar nosso corpo com segurança e orgulho independentemente dos dons e das limitações desse corpo, falar e agir em defesa própria, estar consciente, alerta, recorrer aos poderes da intuição e do pressentimento inatos às mulheres, adequar-se aos próprios ciclos, descobrir aquilo a que pertencemos, despertar com dignidade e manter o máximo de consciência possível.

O arquétipo da Mulher Selvagem, bem como tudo o que está por trás dele, é o benfeitor de todas as pintoras, escritoras, escultoras, dançarinas, pensadoras, rezadeiras, de todas as que procuram e as que encontram, pois elas todas se dedicam a inventar, e essa é a principal ocupação da Mulher Selvagem. Como toda arte, ela é visceral, não cerebral. Ela sabe rastrear e correr, convocar e repelir. Sabe sentir, disfarçar e amar profundamente. É intuitiva, típica e normativa. É totalmente essencial à saúde mental e espiritual da mulher.

E então, o que é a Mulher Selvagem? Do ponto de vista da psicologia arquetípica, bem como pela tradição das contadoras de histórias, é a alma feminina. No entanto, ela é mais do que isso. Ela é a origem do feminino. É tudo o que for instintivo, tanto do mundo visível quanto do oculto – ela é a base. Cada uma de nós recebe uma célula refulgente que contém todos os instintos e conhecimentos necessários para a nossa vida.

Ela é a força da vida-morte-vida; é a incubadora. É a intuição, a vidência, é a que escuta com atenção e tem o coração leal. Ela estimula os humanos a continuarem a ser multilíngues: fluentes no linguajar dos sonhos, da paixão, da poesia. Ela sussurra em sonhos noturnos; ela deixa em seu rastro no terreno da alma da mulher um pelo grosseiro e pegadas lamacentas. Esses sinais enchem as mulheres de vontade de encontrá-la, libertá-la e amá-la.

Ela é ideias, sentimentos, impulsos e recordações. Ela ficou perdida e esquecida por muito, muito tempo. Ela é a fonte, a luz, a noite, a treva e o amanhecer. Ela é o cheiro da lama boa e a perna traseira da raposa. Os pássaros que nos contam segredos pertencem a ela. Ela é a voz que diz, "Por aqui, por aqui".

Ela é quem se enfurece diante da injustiça. Ela é a que gira como uma roda enorme. É a criadora dos ciclos. É à procura dela que saímos de casa. É à procura dela que voltamos para casa. Ela é a raiz estrumada de todas as mulheres. Ela é tudo que nos mantém vivas quando achamos que chegamos ao fim. É a geradora de acordos e ideias pequenas e incipientes. É a mente que nos concebe; nós somos os seus pensamentos.

Onde ela está presente? Onde se pode senti-la? Onde se pode encontrá-la? Ela caminha pelos desertos, bosques, oceanos, cidades, nos subúrbios e nos castelos. Ela vive entre rainhas, entre camponesas, na sala de reuniões, na fábrica, no presídio, na montanha da solidão. Ela vive no gueto, na universidade e nas ruas. Ela deixa pegadas para que possamos medir nosso tamanho. Ela deixa pegadas onde quer que haja uma única mulher que seja solo fértil.

Onde vive a Mulher Selvagem? No fundo do poço, nas nascentes, no éter do início dos tempos. Ela está na lágrima e no oceano. Está no câmbio das árvores, que zune à medida que cresce. Ela vem do futuro e do início dos tempos. Vive no passado e é evocada por nós. Vive no presente e tem um lugar à nossa mesa, fica atrás de nós numa fila e segue à nossa frente quando dirigimos na estrada. Ela vive no futuro e volta no tempo para nos encontrar agora.

Ela vive no verde que surge através da neve; nos caules farfalhantes do milho seco do outono; ali onde os mortos vêm ser beijados e para onde os vivos dirigem suas preces. Ela vive no lugar onde é criada a linguagem. Ela vive da poesia, da percussão e do canto. Vive de semínimas e apojaturas, numa cantata, numa sextina e nos blues. Ela é o momento imediatamente anterior àquele em que somos tomadas pela inspiração. Ela vive num local distante que abre caminho até o nosso mundo.

As pessoas podem pedir evidências, uma comprovação da existência da Mulher Selvagem. No fundo, estão pedindo provas da existência da psique. Já que somos a psique, somos também a prova. Cada uma e todas nós comprovamos não só a existência da Mulher Selvagem, mas também a sua condição em termos coletivos. Somos a prova do inefável *numen* feminino. Nossa existência é paralela à dela.

Nossas experiências internas e externas com ela são essas provas. Nossos milhares e milhões de encontros intrapsíquicos com ela, em nossos sonhos noturnos e pensamentos diurnos, em nossos anseios e aspirações, são a confirmação de que ela existe. O fato de nos sentirmos desoladas na sua ausência, de ansiarmos por sua presença quando dela estamos separadas – essas são manifestações de ela ter passado por aqui.

*

Fiz meu doutorado em psicologia etnoclínica, que é o estudo da psicologia clínica aliada à etnologia, dando esta última ênfase ao estudo da psicologia de grupos e, em especial, de tribos. Meu pós-doutorado foi em psicologia analítica, o que me qualifica para trabalhar como analista junguiana. Minha experiência pessoal como *cantadora/mesemondó*, poeta e artista, molda da mesma forma meu trabalho com os analisandos.

Às vezes pedem-me que diga o que faço no consultório para ajudar as mulheres a voltar para suas naturezas selvagens. Dou uma ênfase substancial à psicologia clínica e de desenvolvimento e uso o ingrediente mais fácil e mais acessível para a cura: as histórias. Acompanhamos o material fornecido pelos sonhos da paciente, material que contém muitas tramas e enredos. As sensações físicas e as recordações do corpo da analisanda são também histórias que podem ser interpretadas e trazidas para o nível consciente.

Além disso, ensino uma forma de poderoso transe interativo que se aproxima da imaginação ativa de Jung – e isso também produz histórias que elucidam ainda mais a viagem psíquica da paciente. Entramos em contato com a natureza selvagem através de perguntas específicas e através do exame de contos de fadas, histórias do folclore, lendas e mitos. Na maioria das vezes, conseguimos, com o tempo, descobrir o mito ou conto de fadas condutor, que contém todas as instruções de que uma mulher necessita para seu atual desenvolvimento psíquico. Essas histórias compreendem o drama da alma de uma mulher. É como uma peça de teatro, com instruções sobre o palco, os personagens e os acessórios.

O "ofício de fazer" é uma parte importante do trabalho. Esforço-me para capacitar minhas pacientes, ensinando-lhes ofícios antiquíssimos das mãos... entre eles a confecção de amuletos e talismãs, sendo que eles podem ser qualquer coisa, desde simples varinhas com fitas até peças sofisticadas de escultura. A arte é importante porque ela celebra as estações da alma, ou algum acontecimento trágico ou especial na trajetória da alma. A arte não é só para o indivíduo; não é só um marco da compreensão do próprio indivíduo. Ela é também um mapa para aqueles que virão depois de nós.

Como seria de se imaginar, o trabalho com cada pessoa é extremamente individualizado, pois é verdade que não existem pessoas iguais. Esses fatores, no entanto, permanecem constantes no meu trabalho com pessoas; e eles são os fundamentos para todo o trabalho dos seres humanos, o meu assim como o seu. O ofício de perguntar, o ofício de contar histórias, o ofício de ocupar as mãos – todos esses representam a criação de algo, e esse algo é a alma. Sempre que alimentamos a alma, ela garante a expansão.

Portanto, seguem-se histórias que elucidam o relacionamento com a Mulher Selvagem. As histórias e mitos transcritos nesta obra são transcrições literais das minhas conferências e apresentações.[3] Os contos são apresentados em detalhes fiéis e em sua integridade arquetípica. Estão também incluídas algumas das perguntas que peço às mulheres que respondam, após refletirem sobre elas, para propiciar uma convergência consciente com o precioso Self selvagem.

Além disso, descrevo em detalhes algumas das atividades – brincadeiras experimentais e artísticas – que ajudam as mulheres a reter na memória consciente o *numen* do seu trabalho. Elas foram extraídas das minhas oficinas a respeito da mulher instintiva, e todas elas, ou qualquer uma, são úteis para a reemergência da nossa natureza selvagem. Como espero que vocês concluam, trata-se de métodos palpáveis para amenizar velhas cicatrizes, dar alívio a antigas feridas e recuperar técnicas esquecidas de um modo prático.

*

As histórias são bálsamos medicinais. Achei as histórias interessantes desde que ouvi minha primeira. Elas têm uma força! Não exigem que se faça nada, que se seja nada, que se aja de nenhum modo – basta que prestemos atenção. A cura para qualquer dano ou para resgatar algum impulso psíquico perdido está nas histórias. Elas suscitam interesse, tristeza, perguntas, anseios e compreensões que fazem aflorar o arquétipo, nesse caso o da Mulher Selvagem.

Nas histórias estão incrustadas instruções que nos orientam a respeito das complexidades da vida. As histórias nos permitem entender a necessidade de reerguer um arquétipo submerso e os meios para realizar essa tarefa. Dentre centenas de histórias que examinei durante décadas, as que estão nas páginas que se seguem são as que exprimem com maior clareza a fartura do arquétipo da Mulher Selvagem.

Às vezes, várias camadas culturais superpostas desorganizam os esqueletos das histórias. Por exemplo, no caso dos irmãos Grimm (entre outros colecionadores de contos de fadas dos últimos séculos), existe forte suspeita de que os informantes (os contadores de histórias) daquela época às vezes "purificavam" as histórias em consideração aos irmãos religiosos. Também suspeitamos de que os famosos irmãos tenham continuado a tradição de cobrir antigos símbolos pagãos com outros cristãos, de tal modo que uma velha curandeira num conto passava a ser uma bruxa perversa; um espírito transformava-se num anjo; um véu ou coifa iniciática tornava-se um lenço; ou uma criança chamada Bela (nome costumeiro para a criança nascida durante os festejos do solstício) era rebatizada de *Schmerzenreich*, Dolorosa. Os elementos sexuais eram omitidos. Animais e criaturas prestimosas eram transformados em demônios e espíritos do mal.

Foi assim que se perderam muitos dos contos femininos que continham instruções sobre o sexo, o amor, o dinheiro, o casamento, o parto, a morte e a transformação. Foi assim que foram arrasados e encobertos os mitos e contos de fadas que explicavam mistérios antiquíssimos das mulheres. Da maioria das coletâneas de contos de fadas e mitos hoje existentes foi expurgado tudo o que fosse escatológico, sexual, perverso, pré-cristão, feminino, iniciático, ou que se relacionasse com as deusas; que representasse a cura para vários males psicológicos e que desse orientação para alcançar êxtases espirituais.

No entanto, eles não estão perdidos para sempre. Em cada fragmento de história está a estrutura do todo. Andei bisbilhotando no que chamo em tom brincalhão de paleomitologia e retórica do conto de fadas. Comparo muitas versões do mesmo conto e compilo a maior quantidade possível de versões novas e antigas. Comparo, então, as formas num trabalho de reconstrução a partir de antigos modelos arquetípicos recolhidos em anos de estudo da psicologia dos arquétipos, que preserva e estuda todos os enredos e temas dos contos de fadas, das lendas e dos mitos com o objetivo de compreender as vidas instintivas dos seres humanos. Recebo ajuda de modelos presentes nos mundos imaginários no inconsciente coletivo de todos os seres humanos, aos quais podemos recorrer através de sonhos e de estados especiais de consciência. Muitas vezes, um último acabamento pode ser obtido por meio da comparação das versões das histórias com dados arqueológicos das próprias culturas femininas ancestrais, como por exemplo imagens, máscaras e cerâmica rituais. Em suma, usando o estilo dos contos de fadas, passo muito tempo remexendo as cinzas com meu nariz.

Venho estudando padrões arquetípicos há mais de vinte anos; e os mitos, contos de fadas e o folclore, há muito mais tempo. Acumulei vastos conhecimentos sobre os esqueletos das histórias. É fácil detectar quando está faltando o esqueleto numa história. No transcorrer dos séculos, várias conquistas de nações por outras nações e conversões religiosas, tanto pacíficas quanto impostas pela força, encobriram ou alteraram a essência original das antigas histórias.

Existem, porém, boas-novas. Apesar de todo o desmantelamento estrutural das versões existentes dos contos, um padrão definido e luminoso ainda transparece. A partir dele, podemos realizar uma reconstrução. A partir da forma dos fragmentos e pedaços, podemos determinar com acerto o que foi perdido na história, e esses pedaços que faltam podem ser reformulados com precisão – revelando muitas vezes espantosas estruturas subjacentes que começam a sanar a tristeza das mulheres originada pela destruição de tantos dos antigos mistérios. Não é bem assim. Eles não foram destruídos. Tudo o que poderíamos precisar, tudo o que poderíamos um dia chegar a precisar, ainda está saindo aos sussurros dos esqueletos das histórias.

Coletar histórias é uma atividade paleontológica contínua. Quanto maior o número de ossos do esqueleto de histórias que tivermos, maior a probabilidade de descoberta da história inteira. Quanto mais inteiras forem as histórias, maior será o número de mudanças e desenvolvimentos da psique a nós apresentados, e melhor será nossa oportunidade de captar e evocar o trabalho da alma. Quando trabalhamos a alma, ela, a Mulher Selvagem, vai se expandindo.

Quando criança, tive a sorte de viver cercada de pessoas de muitos dos velhos países da Europa e do México. Muitos dos membros da minha família, vizinhos e amigos eram norte-americanos de primeira geração ou haviam chegado recentemente da Hungria, Alemanha, Romênia, Bulgária, Iugoslávia, Polônia, República Tcheca, Eslováquia, Sérvia, Croácia, Rússia, Lituânia e Boêmia assim como de Jalisco, Michoacan, Juarez e de muitas das *aldeas fronterizas* entre o México, o Texas e o Arizona. Eles chegavam para trabalhar nos campos, na colheita, nas usinas siderúrgicas e nas escavações de ruínas, nas cervejarias e em serviços domésticos. A maioria não tinha instrução em termos acadêmicos, mas era de extrema sabedoria, sendo portadora de uma tradição valiosa e quase exclusivamente oral.

Muitas das pessoas da família e da vizinhança ao meu redor haviam sobrevivido a campos de trabalhos forçados, a campos de refugiados, a campos de deportação e de concentração, onde os contadores de histórias entre eles haviam vivido uma versão pesadelo das histórias de Scheherazade. As terras das famílias de muitos deles haviam sido confiscadas; muitos haviam vivido em prisões para imigrantes; muitos haviam sido repatriados contra sua vontade. Com esses rústicos contadores de histórias, aprendi pela primeira vez os contos a que as pessoas recorrem quando a vida pode se tornar morte e a morte pode se tornar vida a qualquer instante. Com eles também aprendi que os contos de fadas dos livros haviam de algum modo sido modelados para que grande parte do seu vigor se perdesse.

Mais tarde, na década de 1960, quando migrei para o oeste na direção das Montanhas Rochosas, vivi entre desconhecidos carinhosos, judeus, irlandeses, gregos, italianos, afro-americanos e alsacianos, que se tornaram amigos e espíritos irmãos. Tive a bênção de conhecer algumas das raras e antigas comunidades de latinos no sudoeste dos EUA, como por exemplo

Trampas e Truchas, Novo México. Tive a felicidade de passar algum tempo com americanos nativos, desde o povo *inuit* no norte, passando pelos *pueblos* e pelos povos das Grandes Planícies no oeste, até os náuatle, lacandon, tehuantepecan, huichol, seri, mayan-kiché, mayan-kaqchiquel, moskito, cuna, nasca/quechua e jivaro na América Central e do Sul.

Troquei histórias em mesas de cozinha e debaixo de parreiras, em galinheiros e currais de ordenha e enquanto preparava *tortillas*, seguia o rastro de animais selvagens e bordava o milionésimo ponto de cruz. Tive a sorte de compartilhar do último prato de *chili*, de cantar *gospel* junto com as mulheres para ressuscitar os mortos, de dormir com as estrelas em casas sem telhado. Sentei-me perto do fogo para me aquecer, para jantar ou para as duas possibilidades, em Little Italy, Polish Town, Hill Country, Los Barrios e em outras comunidades étnicas por todo o meio-oeste e o extremo oeste urbano, e ultimamente troquei histórias sobre *sparats*, maus espíritos, com contadores de histórias nas Bahamas.

Minha maior sorte foi a de que, onde quer que eu fosse, as crianças, as senhoras, os homens em pleno vigor, os velhos e velhas – artistas da alma – saíam dos bosques, das florestas, dos prados e das dunas para me regalar com seus sons rouquenhos. E eu, também, a eles.

*

Há muitos modos de abordar as histórias. O estudioso profissional do folclore, o analista freudiano, junguiano ou de outra corrente, o etnólogo, o antropólogo, o teólogo, o arqueólogo, cada um tem um método diferente, tanto na compilação das histórias quanto na aplicação a elas atribuída. Sob o aspecto intelectual, o método de desenvolvimento do meu trabalho com as histórias seguiu minha formação em psicologia analítica e arquetípica. Durante mais de cinco anos, durante minha formação psicanalítica, estudei a amplificação dos *leitmotiven*, a simbologia dos arquétipos, a mitologia universal, a iconologia antiga e popular, a etnologia, as religiões do planeta e a interpretação dos contos de fadas.

Em termos viscerais, porém, abordo as histórias como *cantadora*, contadora de histórias, guardiã das velhas histórias. Venho de uma longa linhagem de contadoras: *mesemondók*, velhas húngaras que contam suas histórias sentadas em cadeiras de madeira, com suas carteiras de plástico no colo, as pernas abertas, as saias tocando no chão... e *cuentistas*, velhas latinas que ficam paradas em pé, com seus seios fartos, ancas largas, gritando histórias no estilo *ranchera*. Os dois clãs contam histórias na voz natural das mulheres que vivenciaram famílias e filhos, pão e ossos. Para elas, uma história é um medicamento que fortifica e recupera o indivíduo e a comunidade.

As modernas contadoras de histórias descendem de uma comunidade imensa e antiquíssima composta de santos, trovadores, bardos, *griots*, *cantadoras*, chantres, menestréis, vagabundos, megeras e loucos. Uma vez sonhei que estava contando histórias e sentia alguém dando tapinhas no meu pé para me incentivar. Olhei para baixo e vi que estava em pé nos ombros de uma velha que segurava meus tornozelos e sorria para mim. "Não, não" disse-lhe eu. "Venha subir nos *meus* ombros, já que a senhora é velha e eu sou nova." "Nada disso" insistiu ela. "É assim que deve ser."

Percebi que ela também estava em pé nos ombros de uma mulher ainda mais velha do que ela, que estava nos ombros de uma mulher usando manto, que estava nos ombros de outra criatura, que estava nos ombros...

Acreditei no que disse a velha do sonho a respeito de como as coisas devem ser. A energia para contar histórias vem daquelas que já se foram. Contar ou ouvir histórias deriva sua energia de uma altíssima coluna de seres humanos interligados através do tempo e do espaço, sofisticadamente trajados com farrapos, mantos ou com a nudez da sua época, e repletos a ponto de transbordarem de vida ainda sendo vivida. Se existe uma única fonte das histórias e um espírito das histórias, ela está nessa longa corrente de seres humanos.

As histórias são muito mais antigas do que a arte e a psicologia, e serão sempre as mais velhas nessa comparação, não importa quanto tempo passe. Um dos estilos mais antigos de relato que muito me intriga é o estado de transe apaixonado, no qual a contadora "pressente" a plateia – seja ela composta de um indivíduo ou de muitos – e entra num universo entre os universos, no qual uma história é "atraída" para a contadora em transe e transmitida através dela. É a contadora de histórias propiciando o fazer-se da alma.

A contadora em transe convoca *El Duende*,[4] o vento que sopra o espírito sobre o rosto dos ouvintes. Uma contadora em transe aprende a ser maleável em termos psíquicos através da prática meditativa da história, ou seja, o exercício individual no sentido de abrir certos portões psíquicos e frestas do ego a fim de permitir que a voz se pronuncie, a voz que é mais antiga do que as pedras. Quando isso acontece, a história pode seguir qualquer trilha, pode virar de cabeça para baixo, pode virar uma sopa e ser servida para que algum pobre se banqueteie, pode ser carregada de ouro à vontade ou pode perseguir o ouvinte levando-o ao outro mundo. A contadora nunca sabe como tudo vai acabar, e nisso reside pelo menos a metade da magia orvalhada da história.

Este é um livro de relatos sobre os costumes do arquétipo da Mulher Selvagem. Tentar esquematizá-la, delimitar sua vida psíquica dentro de escaninhos, seria contrário ao seu espírito. Conhecê-la é um processo permanente, um processo que dura a vida inteira, e é por isso que esta obra é um trabalho permanente, perpétuo.

Assim, seguem-se algumas histórias a serem usadas como vitaminas para a alma, algumas observações, alguns fragmentos de mapas, pedacinhos de resina de pinheiro para grudar penas em árvores como sinalização do caminho e algum mato rasteiro amassado, guiando o trajeto de volta a *el mundo subterráneo*, nosso lar psíquico.

As histórias conferem movimento à nossa vida interior, e isso tem importância especial nos casos em que a vida interior está assustada, presa ou encurralada. As histórias lubrificam as engrenagens, fazem correr a adrenalina, mostram-nos a saída e, apesar das dificuldades, abrem para nós portas amplas em paredes anteriormente fechadas, aberturas que nos levam à terra dos sonhos, que conduzem ao amor e ao aprendizado, que nos devolvem à nossa verdadeira vida de mulheres selvagens e sagazes.

Histórias como "Barba-azul" nos dão ideia exata do que fazer a respeito do ferimento que não para de sangrar. Histórias como "A Mulher-esqueleto" revelam o poder místico do relacionamento e como o sentimento entorpecido pode voltar à vida e a ser um amor profundo. Os dons da Velha Mãe Morte podem ser encontrados na personagem de Baba Yaga, velha megera selvagem. A bonequinha que mostra o caminho quando tudo parece perdido faz voltar à tona uma das artes femininas instintivas perdidas em "Vasalisa, a sabida".[5] Histórias como "La Loba", a mulher dos ossos no deserto, falam da função transformadora da psique. "A donzela sem mãos" recupera os estágios perdidos dos antigos ritos de iniciação das mulheres selvagens de tempos antigos, fornecendo, assim, orientações duradouras e atemporais para todos os anos de vida da mulher.

É nosso encontro com a Mulher Selvagem que nos leva a não limitar nossa conversa aos seres humanos, nossos momentos mais esplêndidos aos salões de dança, nossos ouvidos apenas à música produzida por instrumentos feitos pelo homem, nossos olhos à beleza "ensinada", nossos corpos às sensações aprovadas, nossas mentes àquilo a respeito de que todos já estão de acordo. Estas histórias apresentam o *insight* penetrante, a chama da vida apaixonada, o fôlego para dizer o que sabemos, a coragem de suportar o que vemos sem afastar os olhos, o perfume da alma selvagem.

Este é um livro de histórias de mulheres, apresentadas como marcos ao longo do caminho. Elas são para você ler, refletir e prosseguir na direção da sua própria liberdade natural e conquistada, do seu carinho para consigo mesma, para com os animais, a terra, as crianças, as irmãs, os amantes e os homens. Já vou lhe avisar: as portas para o mundo da Mulher Selvagem são poucas, porém valiosas. Se você tem uma cicatriz profunda, ela é uma porta; se você tem uma história muito antiga, ela é uma porta. Se você gosta do céu e da água tanto que mal consegue aguentar, isso é uma porta. Se você anseia por uma vida mais profunda, mais plena, por uma vida sã, isso é uma porta.

O material contido neste livro foi selecionado para lhe dar coragem. O trabalho é oferecido como um fortificante para aquelas que estão no meio do caminho, incluindo-se as que lutam em difíceis paisagens interiores bem como as que lutam no mundo e por ele. Precisamos nos esforçar para permitir que nossa alma cresça naturalmente até atingir sua profundidade natural. A natureza selvagem não exige que a mulher tenha uma cor determinada, uma instrução determinada, um estilo de vida ou classe econômica determinados. Na realidade, ela não consegue vicejar na atmosfera imposta do "politicamente correto", ou quando é forçada a se amoldar a velhos paradigmas obsoletos. Ela viceja em visões novas e integridade individual. Ela viceja com sua própria natureza.

Portanto, se você for introvertida ou extrovertida, uma mulher que ama mulheres, uma mulher que ama homens, uma mulher que ama a Deus ou todas as opções anteriores; se você possui um coração singelo ou as ambições de uma amazona; se você está querendo chegar ao topo, ou apenas levar a vida um dia após o outro; se você é animada ou triste, majestosa ou vulgar – a Mulher Selvagem lhe pertence. Ela pertence a todas as mulheres.

Para encontrar a Mulher Selvagem, é necessário que as mulheres se voltem para suas vidas instintivas, sua sabedoria mais profunda.[6] Portanto, vamos nos apressar agora e trazer nossas lembranças de volta ao espírito da Mulher Selvagem. Vamos cantar sua carne de volta aos nossos ossos. Despir quaisquer mantos falsos que tenhamos recebido. Assumir o manto verdadeiro do poder do conhecimento e do instinto. Invadir os terrenos psíquicos que nos pertenceram um dia. Desfraldar as faixas, preparar a cura. Voltemos agora, mulheres selvagens, a uivar, rir e cantar para Aquela que nos ama tanto.

Para nós a questão é simples. Sem nós, a Mulher Selvagem morre. Sem a Mulher Selvagem, nós morremos. Para a verdadeira vida, ambas têm de existir.

a generosidade da mulher selvagem: as histórias

CAPÍTULO 1

o uivo: a ressurreição da mulher selvagem

LA LOBA, A MULHER-LOBO

Devo revelar que não sou um daqueles seres divinos que marcham deserto adentro e retornam repletos de sabedoria. Viajei por muitos lares e espalhei farelos ao redor de cada local em que dormi. No entanto, com muita frequência, em vez de adquirir sabedoria, envolvi-me em inconvenientes episódios de giardíase, *E. coli*[1] e disenteria amebiana. É esse o destino de uma mística de classe média provida de intestinos delicados.

Qualquer que fosse o conhecimento ou a ideia que vislumbrei nas minhas viagens e lugares estranhos e visitas a pessoas extraordinárias, aprendi a me proteger, pois às vezes o velho pai Academus, como Cronos, ainda tem uma tendência a devorar os filhos antes que eles comecem a curar ou a surpreender. Essa espécie de intelectualização exagerada oculta os modelos da Mulher Selvagem e a natureza instintiva das mulheres.

Assim, para promover nosso relacionamento de intimidade com a natureza instintiva, seria de grande ajuda se compreendêssemos as histórias como se estivéssemos dentro delas, em vez de as encararmos como se elas fossem alheias a nós. Penetramos numa história pela porta da escuta interior. A história falada toca no nervo auditivo, que atravessa a base do crânio até chegar ao bulbo do cérebro logo abaixo da ponte de Varólio. Ali, os impulsos auditivos são transmitidos para cima, para o consciente, ou, segundo dizem, para a alma... dependendo da atitude de quem ouve.

Antigos anatomistas falavam de o nervo auditivo dividir-se em três ou mais caminhos nas profundezas do cérebro. Eles concluíram que o ouvido devia, portanto, funcionar em três níveis diferentes. Um deles seria o das conversas rotineiras da vida. Um segundo seria dedicado à aprendizagem e à arte. E o terceiro existiria para que a própria alma pudesse ouvir orientações e adquirir conhecimentos enquanto estivesse aqui na Terra.

Ouçam, portanto, com a escuta da alma agora, pois é essa a missão das histórias.

*

Osso a osso, fio a fio de cabelo, a Mulher Selvagem vem voltando. Através de sonhos noturnos, de acontecimentos mal compreendidos e parcialmente esquecidos, a Mulher Selvagem vem chegando. Ela volta através das histórias.

Comecei minha própria migração pelos Estados Unidos afora na década de 1960, à procura de um local para residir que fosse cheio de árvores, que recendesse a água e que fosse habitado pelas criaturas que eu amava: o urso, a raposa, a serpente, a águia, o lobo. Os lobos estavam sofrendo um extermínio sistemático na região dos Grandes Lagos superiores. Não importava onde eu fosse, os lobos estavam sendo acossados de uma forma ou de outra. Embora muitos falassem deles como seres ameaçadores, eu sempre me senti mais segura quando havia lobos nos bosques. Lá para o oeste e para o norte naquela época, era possível acampar e ouvir as montanhas e a floresta cantando, cantando, cantando à noite.

No entanto, mesmo lá, a era dos fuzis de longo alcance, holofotes montados em jipes e "iscas" de arsênico fez com que o silêncio se espalhasse pela terra. Logo em seguida, as Montanhas Rochosas também ficaram praticamente sem nenhum lobo. Foi assim que vim para o grande deserto que se espraia metade no México, metade nos Estados Unidos. E quanto mais eu viajava para o sul, mais ouvia histórias sobre lobos.

Vejam só, dizem existir um local no deserto onde o espírito das mulheres e o espírito dos lobos se encontram através dos tempos. Senti que estava descobrindo algo quando nas terras fronteiriças com o Texas ouvi uma história intitulada "Moça Loba" a respeito de uma mulher que era uma loba que era uma mulher. Depois descobri a antiga história asteca dos gêmeos que foram amamentados por uma loba até crescerem o suficiente para ficar de pé sozinhos.[2]

Finalmente, dos antigos lavradores espanhóis de terras doadas pelo governo e dos povos indígenas do sudoeste, ouvi histórias sobre as pessoas que se dedicam aos ossos, os velhos que ressuscitam os mortos. Dizia-se que recuperavam tanto seres humanos quanto animais. Foi quando, numa das minhas expedições etnográficas, conheci uma mulher dessas e nunca mais fui a mesma. As histórias sobre os que se dedicam aos ossos persistiam não importa aonde eu fosse. Essas histórias assumem muitas formas. "*La Loba*" é uma delas.

LA LOBA

Existe uma velha que vive num lugar oculto de que todos sabem, mas que poucos já viram. Como nos contos de fadas da Europa Oriental, ela parece esperar que cheguem até ali pessoas que se perderam, que estão vagueando ou à procura de algo.

Ela é circunspecta, quase sempre cabeluda e invariavelmente gorda, e demonstra especialmente querer evitar a maioria das pessoas. Ela sabe crocitar e cacarejar, apresentando geralmente mais sons animais do que humanos.

Dizem que ela vive entre os declives de granito decomposto no território dos indígenas tarahumara. Dizem que está enterrada na periferia de Phoenix perto de um poço. Dizem que foi vista viajando para o sul, para o Monte Alban[3] num carro incendiado com a janela traseira arrancada. Dizem que fica parada na estrada perto de El Paso, que pega carona aleatoriamente com caminhoneiros até Morelia, México, ou que foi vista indo para a feira acima de Oaxaca, com galhos de lenha de estranhos formatos nas costas. Ela é conhecida por muitos nomes: *La Huesera*, a Mulher dos Ossos; *La Trapera*, a Trapeira; e *La Loba*, a Mulher-lobo.

O único trabalho de *La Loba* é o de recolher ossos. Sabe-se que ela recolhe e conserva especialmente o que corre o risco de se perder para o mundo. Sua caverna é cheia dos ossos de todos os tipos de criaturas do deserto: o veado, a cascavel, o corvo. Dizem, porém, que sua especialidade reside nos lobos.

Ela se arrasta sorrateira e esquadrinha as *montañas* e os *arroyos*, leitos secos de rios, à procura de ossos de lobos e, quando consegue reunir um esqueleto inteiro, quando o último osso está no lugar e a bela escultura branca da criatura está disposta à sua frente, ela senta junto ao fogo e pensa na canção que irá cantar.

Quando se decide, ela se levanta e aproxima-se da criatura, ergue seus braços sobre o esqueleto e começa a cantar. É aí que os ossos das costelas e das pernas do lobo começam a se forrar de carne, e que a criatura começa a se cobrir de pelos. *La Loba* canta um pouco mais, e uma proporção maior da criatura ganha vida. Seu rabo forma uma curva para cima, forte e desgrenhado.

La Loba canta mais, e a criatura-lobo começa a respirar.

E *La Loba* ainda canta, com tanta intensidade que o chão do deserto estremece, e enquanto canta o lobo abre os olhos, dá um salto e sai correndo pelo desfiladeiro.

Em algum ponto da corrida, quer pela velocidade, por atravessar um rio respingando água, quer pela incidência de um raio de sol ou de luar sobre seu flanco, o lobo de repente é transformado numa mulher que ri e corre livre na direção do horizonte.

Por isso, diz-se que, se você estiver perambulando pelo deserto, por volta do pôr do sol, e quem sabe esteja um pouco perdido, cansado, sem dúvida você tem sorte, porque *La Loba* pode simpatizar com você e lhe ensinar algo – algo da alma.

*

Todos nós começamos como um feixe de ossos perdido em algum ponto num deserto, um esqueleto desmantelado que jaz debaixo da areia. É nossa responsabilidade recuperar suas partes. Trata-se de um processo laborioso que é mais bem executado quando as sombras estão exatamente numa certa posição, porque exige muita atenção. *La Loba* indica o que devemos procurar – a indestrutível força da vida, os ossos.

Esse *cuento milagro*, um conto de mistério, *La Loba*, nos mostra o que pode dar certo para a alma. É um conto de ressurreição acerca do vínculo do mundo subterrâneo com a Mulher Selvagem. Ele promete que, se cantarmos a canção, poderemos conclamar os restos psíquicos do espírito da Mulher Selvagem e trazê-la de volta à forma vital com nosso canto.

Na história, *La Loba* canta sobre os ossos que reuniu. Cantar significa usar a voz da alma. Significa sussurrar a verdade do poder e da necessidade de cada um, soprar alma sobre aquilo que está doente ou precisando de restauração. Isso se realiza por meio de um mergulho no ponto mais profundo do amor e do sentimento, até que nosso desejo de vínculo com o Self selvagem transborde, e em seguida com a expressão da nossa alma a partir desse estado de espírito. Isso é cantar sobre os ossos. Não podemos cometer o erro de tentar extrair esse imenso sentimento de amor de algum ser amado, pois essa função feminina de descobrir e cantar o hino da criação é um trabalho solitário, um trabalho realizado no deserto da psique.

Consideremos a própria *La Loba*. O símbolo da Velha é uma das personificações arquetípicas mais disseminadas no mundo. Outros são os da

Grande Mãe e Pai, da Criança Divina, do Trickster, do(a) Feiticeiro(a), da Virgem e do Jovem, da Guerreira-heroína e do(a) Bobo(a). Mesmo assim, *La Loba* é muito diferente na sua essência e nos seus efeitos, pois ela é a raiz principal de todo um sistema instintivo.

No sudoeste dos Estados Unidos, ela é também conhecida como a velha *La Que Sabé*, Aquela Que Sabe. Ouvi falar pela primeira vez de *La Que Sabé* quando morava nas montanhas Sangre de Cristo no Novo México, sob a proteção do Pico Lobo. Uma velha bruxa de Ranchos me disse que *La Que Sabé* sabia de tudo sobre as mulheres, que *La Que Sabé* havia criado as mulheres a partir de uma ruga na sola do seu pé divino. É por isso que as mulheres são criaturas cheias de sabedoria. Elas são feitas essencialmente da pele da sola do pé, que tudo sente. Essa ideia de que a pele do pé tem maior sensibilidade me soou verdadeira pois uma indígena aculturada da aldeia kiché uma vez me disse que só havia calçado seu primeiro par de sapatos aos 20 anos de idade e que ainda não estava acostumada a caminhar *con los ojos vendados*, com vendas nos pés.

Essa Mulher Selvagem *La Loba*, que vive no deserto, foi chamada por muitos nomes e atravessa todas as nações pelos séculos afora. Seguem-se alguns dos seus antigos nomes: *A Mãe dos Dias* é a deusa-mãe-criadora de todos os seres e de todas as coisas, incluindo-se o céu e a terra. *Mãe Nyx* exerce seu domínio sobre tudo o que for da lama e das trevas. *Durga* controla os céus, os ventos e os pensamentos dos seres humanos dos quais se espalha toda a realidade. *Coatlique* dá a vida ao universo incipiente, que é maroto e difícil de controlar, mas, como uma mãe loba, ela morde a orelha do filhote para contê-lo. *Hécata*, a velha vidente que "conhece seu povo" e traz em si o cheiro de húmus e o sopro divino. E muitas, muitas outras. Essas são as imagens do que e de quem vive aos pés dos morros, longe no deserto, lá nas profundezas.

No mito e seja pelo nome que for, *La Loba* conhece o passado pessoal e o passado remoto pois ela vem sobrevivendo pelas gerações afora e é mais velha do que o tempo. Ela é a memória arquivada das intenções femininas. Ela preserva a tradição feminina. Seus bigodes pressentem o futuro; ela tem o olho opaco e sagaz da velha; ela viaja simultaneamente para frente e para trás no tempo, equilibrando um lado com a dança que realiza com o outro.

La Loba, a velha, Aquela Que Sabe, está dentro de nós. Ela viceja na mais profunda alma-psique das mulheres, a antiga e vital Mulher Selvagem. A história de *La Loba* descreve sua casa como aquele lugar no tempo no qual o espírito das mulheres e o espírito dos lobos se encontram – o lugar onde a mente e os instintos se misturam, onde a vida profunda da mulher embasa sua vida rotineira. É o ponto onde o Eu e o Tu se beijam, o lugar onde as mulheres correm com os lobos.

Essa velha está entre os universos da racionalidade e do mito. Ela é a articulação com a qual esses dois mundos giram. Esse espaço entre os mundos é aquele lugar inexplicável que todas reconhecemos uma vez que passamos por ele, porém suas nuanças se esvaem e têm a forma alterada se quisermos defini-las, a não ser quando recorremos à poesia, à música, à dança... ou às histórias.

Existem especulações acerca de o sistema imunológico do corpo humano achar-se enraizado nesse misterioso terreno psíquico, bem como os impulsos e imagens místicas e arquetípicas, incluindo-se nossa fome de Deus, nosso anseio pelos mistérios e todos os instintos sagrados e mundanos. Alguns sugeririam que a memória da humanidade, a raiz da luz, a espiral das trevas também se encontram ali. Não se trata de um vazio, mas do lugar dos Seres da Névoa, onde as coisas são e ainda não são, onde as sombras têm substância e a substância é diáfana.

Uma coisa a respeito desse espaço é certa: ele é antigo... mais velho do que os oceanos. Como *La Loba*, ele não tem idade; é atemporal. O arquétipo da Mulher Selvagem dá sustentação a essa camada e emana da psique instintiva. Embora ela possa assumir muitos disfarces nos nossos sonhos e experiências criativas, ela não pertence à camada da mãe, da virgem, da mulher medial, nem da criança interior. Ela não é a rainha, a amazona, a amada, a vidente. Ela é só o que é. Chamem-na de *La Que Sabé*, Aquela Que Sabe; chamem-na de Mulher Selvagem, de *La Loba*, chamem-na pelos seus nomes nobres ou pelos seus nomes humildes; chamem-na pelos seus nomes mais novos ou mais antigos; ela continua sendo apenas o que é.

A Mulher Selvagem como arquétipo é uma força inimitável e inefável que traz para a humanidade um abundante repertório de ideias, imagens e particularidades. O arquétipo existe por toda parte e, no entanto, não é visível no sentido comum da palavra. O que pode ser visto dele no escuro não é visível à luz do dia.

Encontramos comprovações residuais dos arquétipos nas imagens e símbolos presentes nas histórias, na literatura, na poesia, na pintura e na religião. Seu brilho, sua voz e seu perfume parecem ter a intenção de fazer com que nos alcemos da contemplação de nossos próprios rabos para viagens maiores em companhia das estrelas.

No espaço de *La Loba*, como diz o poeta Tony Moffeit, o corpo físico é "um animal luminoso",[4] e o seu sistema imunológico parece ser fortalecido ou debilitado pelo pensamento consciente. No lugar de *La Loba*, os espíritos manifestam-se como personagens e *La Voz Mitológica* da psique profunda fala como poeta e oráculo. Tudo o que tiver valor psíquico, mesmo depois de morto, pode ser ressuscitado. Da mesma forma, o material básico de todas as histórias existentes no mundo até hoje teve início com a experiência de alguém aqui nesse inexplicável terreno psíquico e com a tentativa de relatar o que lhe ocorreu ali.

Existem vários nomes para esse espaço entre os mundos. Jung chamou-o tanto de inconsciente coletivo e psique objetiva quanto de inconsciente psicóide – referindo-se a uma camada mais indescritível do primeiro. Ele considerava este último um lugar em que os universos biológico e psicológico compartilhavam as mesmas nascentes, em que a biologia e a psicologia talvez se pudessem fundir, influenciando-se mutuamente. Desde a memória humana mais remota, esse lugar – quer o chamemos de Nod, de lar dos Seres de Névoa, de fissura entre os mundos – é o lugar onde ocorrem aparições, milagres, imaginação, inspiração e curas de todas as naturezas.

Embora esse local transmita imensa riqueza psíquica, ele não deve ser abordado sem antes alguma preparação, pois é grande a tentação de nos afundarmos alegremente no prazer de nossa estada ali. A realidade consensual pode, em comparação, parecer menos interessante. Nesse sentido, essas camadas mais profundas da psique podem se transformar numa armadilha de êxtase, da qual as pessoas voltam sem equilíbrio, com ideias duvidosas e pressentimentos impalpáveis. Não é assim que deve ser. A pessoa que volta deve estar completamente purificada ou ter sido mergulhada numa água revitalizante e inspiradora, algo que deixe na nossa pele o perfume do que é sagrado.

Cada mulher tem acesso potencial ao *Río Abajo Río*, esse rio por baixo do rio. Ela chega até ele através da meditação profunda, da dança, da arte de escrever, de pintar, de rezar, de cantar, de tamborilar, da imaginação ativa ou de qualquer atividade que exija uma intensa alteração da consciência. Uma mulher chega a esse mundo-entre-mundos através de anseios e da busca de algo que ela vê apenas com o cantinho dos olhos. Ela chega lá com artes profundamente criativas, através da solidão intencional e da prática de qualquer uma das artes. E mesmo com essas práticas bem executadas, grande parte do que ocorre neste mundo inefável permanece para sempre um mistério para nós por desrespeitar as leis físicas e racionais como as conhecemos.

O cuidado com que se deve penetrar nesse estado psíquico está registrado numa história curta porém eloquente acerca de quatro rabinos que ansiavam por ver a sagrada Roda de Ezequiel.

OS QUATRO RABINOS

Uma noite quatro rabinos receberam a visita de um anjo que os acordou e os levou para a Sétima Abóbada do Sétimo Céu. Ali eles contemplaram a sagrada Roda de Ezequiel.

Em algum ponto da descida do *Pardes*, Paraíso, para a Terra, um rabino, depois de ver tanto esplendor, enlouqueceu e passou a perambular espumando de raiva até o final dos seus dias. O segundo rabino teve uma atitude extremamente cínica. "Ah, eu só sonhei com a Roda de Ezequiel, só isso. Nada aconteceu *de verdade*." O terceiro rabino falava incessantemente no que havia visto, demonstrando sua total obsessão. Ele pregava e não parava de falar no projeto da Roda e no que tudo aquilo significava... e dessa forma ele se perdeu e traiu sua fé. O quarto rabino, que era poeta, pegou um papel e uma flauta, sentou-se junto à janela e começou a compor uma canção atrás da outra elogiando a pomba do anoitecer, sua filha no berço e todas as estrelas do céu. E daí em diante ele passou a viver melhor.[5]

*

Quem viu o quê na Sétima Abóbada do Sétimo Céu, não sabemos. Mas sabemos, sim, que o contato com o mundo onde residem as Essências faz com que percebamos algo fora do conhecimento normal dos seres humanos e nos preenche com uma sensação de amplitude e de grandeza. Quando tocamos Aquela Que Sabe, isso provoca uma reação nossa e nos faz agir a partir da nossa natureza integral mais profunda.

A história recomenda que a melhor atitude para vivenciar o inconsciente profundo é a do fascínio sem exagero ou retraído, sem excessos de admiração ou de cinismo; com coragem, sim, mas sem imprudência.

Jung adverte em seu magnífico ensaio "A função transcendente"[6] para o fato de algumas pessoas, em sua busca do Self, exagerarem na estetização da experiência de Deus ou do Self; de algumas subestimarem essa experiência, de algumas a supervalorizarem e de outras que, não estando preparadas para ela, saem feridas. No entanto, ainda outras descobrirão um jeito de cumprir o que Jung chamou de "obrigação moral" de sobreviver e de exprimir o que foi aprendido na descida ou na subida até o Self selvagem.

Essa obrigação moral da qual ele fala significa viver aquilo que percebemos, seja o que for encontrado nos campos elísios da psique, nas ilhas dos mortos, nos desertos de ossos de *La Loba*, na vertente da montanha, nos rochedos do mar, na riqueza do mundo subterrâneo – em qualquer lugar onde *La Que Sabé* sopre sobre nós, nos transformando. Nossa função é a de mostrar que recebemos esse sopro – demonstrá-lo, divulgá-lo, cantá-lo, vivenciar no mundo aqui em cima o que recebemos através de percepções repentinas da história, do corpo, dos sonhos e das viagens de todos os tipos.

La Loba faz um paralelo com os mitos universais nos quais os mortos são ressuscitados. Na mitologia egípcia, Ísis cumpre essa tarefa para seu irmão morto, Osíris, que é esquartejado pelo irmão mau, Set, todas as noites. Ísis trabalha desde o anoitecer até o amanhecer todas as noites para restaurar o corpo do irmão antes da manhã, se não o sol não nascerá. O Cristo levantou Lázaro, que estava morto há tanto tempo que "cheirava mal". Deméter chama sua pálida filha Perséfone de volta da Terra dos Mortos uma vez por ano. E *La Loba* canta sobre os ossos.

Essa é a nossa técnica de meditação enquanto mulheres, a evocação de aspectos mortos e desagregados de nós mesmas, a evocação de aspectos mortos e desagregados da própria vida. Aquele que recria a partir do que está morto é sempre um arquétipo de duas faces. A Mãe Criadora é sempre também a Mãe Morte, e vice-versa. Em virtude dessa natureza dual, ou dessa duplicidade de função, a grande tarefa diante de nós consiste em aprender a compreender à nossa volta e dentro de nós exatamente o que deve viver e o que deve morrer. Nossa tarefa reside em captar a situação temporal de cada um: permitir a morte àquilo que deve morrer, e a vida ao que deve viver.

Para as mulheres, *Río Abajo Río*, o mundo do rio por baixo do rio, o lar da Mulher dos Ossos, contém conhecimentos diretos a respeito de mudas de plantas, rizomas, a semente da origem do mundo. No México, diz-se que as mulheres têm a *luz de la vida*. Essa luz está localizada, não no coração da mulher, não atrás dos seus olhos, mas *en los ovarios*, onde todas as sementes estão armazenadas antes mesmo que ela nasça. (Para os homens que explorarem as ideias profundas da fertilidade e da natureza da semente, a imagem que se aplica é a da bolsa peluda, o escroto.)

É esse o conhecimento adquirido quando nos aproximamos da Mulher Selvagem. Quando *La Loba* canta, está cantando a partir do saber contido nos ovários, um conhecimento que vem das profundezas do corpo, do fundo da mente, do fundo da alma. Os símbolos da semente e dos ossos são muito semelhantes. Se tivermos o rizoma, a base, a parte original, se tivermos o trigo para semear, qualquer dano poderá ser reparado, qualquer devastação poderá ser corrigida com outra semeadura, os campos podem ficar em pousio, as sementes duras podem ser postas de molho para que amaciem, para ajudá-las a abrir e brotar.

Dispor da semente significa ter o acesso à vida. Conhecer os ciclos da semente significa dançar com a vida, dançar com a morte, dançar de volta à vida. A natureza da Mulher Selvagem nas mulheres é a da mãe da vida e da morte em sua forma mais antiga. Como gira nesses ciclos constantes, eu a chamo de mãe da vida-morte-vida.

Se algo está perdido, é a ela que devemos recorrer, com quem devemos falar, a quem devemos prestar atenção. Seus conselhos psíquicos são às vezes ásperos ou difíceis de pôr em prática, mas sempre têm a capacidade de transformar e de restaurar. Portanto, quando algo está perdido, precisamos procurar a velha que sempre vive na pelve esquecida. Ela vive ali, meio dentro e meio fora do fogo criador. É um lugar perfeito para a mulher morar, bem ao lado dos *huevos* férteis, seus óvulos, suas sementes femininas. Ali, tanto as ideias minúsculas quanto as mais importantes estão esperando que nossa mente e nossos atos as manifestem.

Essa velha *La Loba* é a quintessência da mulher de dois milhões de anos.[7] Ela é a Mulher Selvagem original que vive debaixo da terra e, no entanto, sobre o seu solo. Ela vive dentro de nós e nos transcende; nós somos cercadas por ela. Os desertos, os bosques e a terra debaixo das nossas casas têm pelo menos dois milhões de anos.

Sempre me intrigou como as mulheres gostam de cavar a terra. Elas plantam bulbos para a primavera. Elas enfiam dedos enegrecidos no solo estercado para transplantar mudas perfumadas de tomateiros. Acho que estão cavando para encontrar a mulher de dois milhões de anos. Estão procurando seus dedos e suas patas. Querem encontrá-la como um presente para si mesmas, pois com ela sentem-se inteiras e em paz.

Sem ela, ficam irrequietas. Muitas mulheres com quem trabalhei durante todos esses anos começavam sua primeira sessão com alguma variação em torno da seguinte frase: "Bem, não me sinto mal, mas também não me sinto bem." Para mim, essa condição não é um mistério tão grande assim. Sabemos que ela tem como origem uma falta de esterco. A cura? *La Loba*. Descubram a mulher de dois milhões de anos. Ela é quem cuida do que já morreu e do que está morrendo nas mulheres. Ela é o caminho entre os vivos e os mortos. É ela quem canta os hinos da criação sobre os ossos.

A velha, a Mulher Selvagem, é *La Voz Mitológica*. Ela é a voz mítica que conhece o passado e nossa história ancestral e mantém esse conhecimento registrado nas histórias. Às vezes sonhamos que ela é uma voz maravilhosa, porém incorpórea.

Como donzela-megera, ela nos revela o que significa ser, não ressecada, mas enrugada. Os bebês nascem enrugados de instinto. Eles sabem do fundo dos ossos o que é certo e o que deve ser feito. É inato. Se uma mulher conseguir manter esse dom de ser velha quando jovem e jovem quando velha, ela sempre saberá o que vem depois. Se ela tiver perdido esse dom, ainda poderá recuperá-lo com algum exercício psíquico deliberado.

Na história de *La Loba*, a velha no deserto é uma recolhedora de ossos. Na simbologia arquetípica, os ossos representam a força indestrutível. Eles não se prestam a uma fácil redução. Por sua estrutura, é difícil queimá-los e praticamente impossível pulverizá-los. Nos mitos e nas histórias, eles representam a alma/espírito indestrutível. Sabemos que a alma/espírito pode ser ferida, até mesmo mutilada, mas é quase impossível eliminá-la.

Pode-se amassar a alma e dobrá-la. Pode-se feri-la e marcá-la com cicatrizes. Podem-se deixar nela os sinais da doença e as queimaduras do medo. Mas ela não morre, pois está protegida por *La Loba* no mundo subterrâneo. Ela é tanto quem descobre os ossos quanto quem os incuba.

Os ossos têm peso suficiente para machucar; são afiados o bastante para cortar a carne e, quando velhos e forçados, tilintam como o vidro. Os ossos dos vivos têm vida e são criaturas em si. Eles se renovam constantemente. Um osso vivo tem uma "pele" de uma estranha suavidade. Ele parece ter certas capacidades que lhe permitem a autorregeneração. Mesmo um osso seco ainda pode abrigar pequenos seres vivos.

Os ossos de lobo nessa história representam o aspecto indestrutível do Self selvagem, a natureza instintiva, a criatura dedicada à liberdade e ao que permanece incólume, que jamais aceitará os rigores e as exigências de uma civilização morta ou excessivamente civilizadora.

As metáforas dessa história exemplificam o processo completo para devolver a mulher aos seus plenos sentidos selvagens instintivos. Dentro de nós, vive a velha que recolhe os ossos. Dentro de nós estão os ossos espirituais da Mulher Selvagem. Dentro de nós está o potencial de readquirir nossa carne, como a criatura que um dia fomos. Dentro de nós estão os ossos para que nos modifiquemos bem como ao nosso mundo. Dentro de nós estão nosso fôlego, nossas verdades e nossos anseios – juntos eles são a canção, o hino da criação que sempre desejamos entoar.

Isso não quer dizer que devamos sair por aí com o cabelo desgrenhado ou com garras enegrecidas no lugar das unhas. É, continuamos humanas, mas dentro da mulher humana está o Self animal instintivo. Não se trata de nenhum personagem romântico de desenho animado. Ela tem dentes de verdade, um rosnado real, uma generosidade imensa, uma capacidade inigualável para ouvir, garras afiadas, seios generosos e peludos.

Esse Self/mulher-lobo deve ter liberdade para se movimentar, para falar, para ter raiva e para criar. Esse Self é duradouro, possui boa capacidade de recuperação e grande intuição. É um Self formado nas questões espirituais do nascimento e da morte.

Hoje *La Loba* dentro de vocês está recolhendo ossos. O que ela está recriando? Ela é o Self da alma, a construtora do lar da alma. *Ella lo hace a mano*, ela faz e refaz a alma à mão. O que ela está fazendo para você?

Mesmo no melhor dos mundos, a alma precisa de uma renovação ocasional. À semelhança das construções de adobe no sudoeste norte-americano, aqui descascou um pouco, ali caiu um pedaço, acolá a água desmanchou. Sempre se vê uma velha gorda com chinelos consertando as paredes de adobe com uma lama mole. Ela mistura palha, água e terra e aplica essa mistura sobre as paredes, alisando-as de novo. Sem ela, a casa perde a forma. Sem ela, a casa pode virar uma massa informe depois de uma chuvarada.

La Loba é a guardiã da alma. Sem ela, perdemos nossa forma. Sem uma linha direta com ela, diz-se que os seres humanos ficam desalmados ou que sua alma está perdida. Ela dá forma à casa da alma e constrói mais com suas próprias mãos. Ela é a que usa um avental velho. Ela é a que tem um vestido mais comprido na frente do que atrás. Ela é a que dá pancadinhas, alisa, afaga. Ela é a criadora de almas, de lobos, a guardiã do lado selvagem.

Portanto, em termos imagísticos – quer você seja um lobo negro, um cinzento do norte, um vermelho do sul, quer seja um branco do Ártico – você é a perfeita criatura instintiva. Embora algumas pessoas preferissem que você se comportasse e não demonstrasse alegria exagerada ao dar as boas-vindas a alguém, faça-o de qualquer jeito. Haverá quem se afaste de você com medo ou repulsa. A pessoa amada irá, porém, valorizar esse seu novo aspecto – se ele ou ela for a pessoa certa para você.

Algumas pessoas não apreciarão sua atitude de dar uma cheirada em tudo para ver o que é. E, pelo amor de Deus, nada de se deitar de costas no chão com as patas para cima. Menina feia. Lobo feio. Cachorro feio. Certo? Errado. Não ligue. Divirta-se.

As pessoas fazem meditação para conseguir um equilíbrio psíquico. É por isso que se faz psicoterapia e análise. É para isso que os seres humanos analisam seus sonhos e criam arte. É por isso que muitos consultam o tarô, o I Ching, dançam, batucam, fazem teatro, arrancam poemas das entranhas e criam a oração iluminada. É por isso que fazemos tudo o que fazemos. Trata-se da tarefa de reunir todos os ossos. Em seguida, devemos nos sentar diante do fogo para decidir qual canção usaremos para cantar sobre os ossos, que hino da criação, que hino da recriação. E as verdades que dissermos formarão a canção.

Existem algumas boas perguntas a fazer enquanto decidimos qual será a canção, nosso verdadeiro canto. O que aconteceu com a voz da minha alma? Quais são os ossos enterrados na minha vida? Em que condições está meu relacionamento com o Self instintivo? Quando foi a última vez que corri livremente? Como posso fazer com que a vida volte a ter vida? Para onde foi *La Loba*?

Na história, a velha canta sobre os ossos e, enquanto ela canta, a carne começa a recobri-los. Nós também "nos tornamos" à medida que derramamos a alma sobre os ossos que encontramos. Enquanto vertemos nossos anseios e nossas mágoas sobre os ossos do que costumávamos ser quando jovens, do que tínhamos conhecimento há séculos, e sobre a aceleração que pressentimos no futuro, ficamos de quatro, inabaláveis. À medida que derramamos a alma, somos revitalizadas. Não somos mais uma solução fraca, algo de frágil que se dissolve. Não. Estamos no estágio da transformação em que estamos "nos tornando".

Como *La Loba*, nós quase sempre começamos num deserto. Temos uma sensação de perda de direitos, de alienação, de não estarmos vinculadas nem mesmo a uma moita de cactos. Os antigos chamavam o deserto de lugar da revelação divina. Para as mulheres, porém, ele oferece muito mais do que isso.

O deserto é um lugar em que a vida se apresenta muito condensada. As raízes das plantas se agarram à última gota d'água, e as flores armazenam umidade abrindo apenas de manhã cedo e ao final da tarde. A vida no deserto é pequena, porém brilhante, e quase tudo que acontece tem lugar no subsolo. Essa descrição é semelhante à vida de muitas mulheres.

O deserto não é exuberante como uma floresta ou a selva. Ele é muito intenso e misterioso nas suas formas de vida. Muitas de nós vivem vidas desérticas: ínfimas na superfície e imensas por baixo. *La Loba* nos revela as belas consequências que podem advir desse tipo de distribuição psíquica.

A psique de uma mulher pode ter chegado ao deserto em virtude da ressonância, devido a crueldades passadas ou por não lhe ter sido permitida uma vida mais ampla a céu aberto. Por isso, muitas vezes uma mulher tem a sensação de estar vivendo num local vazio, onde talvez haja apenas um cacto com uma flor de um vermelho vivo, e em todas as direções 500 quilômetros de nada. No entanto, para aquela que se dispuser a andar 501 quilômetros, existe mais alguma coisa. Uma casa pequena e admirável. Uma velha. Ela está à sua espera.

Algumas mulheres não querem estar no deserto psíquico. Elas detestam a fragilidade, a escassez. Não param de tentar fazer com que um calhambeque enferrujado funcione para que possam descer aos solavancos pela estrada na direção de uma refulgente cidade que fantasiam na psique. Decepcionam-se, porém, pois a exuberância e a vida selvagem não se encontram ali. Elas estão no mundo do espírito, no mundo entre os mundos, *Río Abajo Río*, no rio por baixo do rio.

Não seja tola. Volte, pare debaixo daquela única flor vermelha e siga em frente percorrendo aquele último e árduo quilômetro. Aproxime-se e bata à porta castigada pelas intempéries. Suba até a caverna. Atravesse engatinhando a janela de um sonho. Peneire o deserto e veja o que encontra. Essa é a única tarefa que *temos* de cumprir.

Está querendo ajuda psicanalítica?

Vá recolher ossos.

CAPÍTULO 2

a tocaia ao intruso: o princípio da iniciação

O BARBA-AZUL

Num único ser humano existem muitos outros seres, todos com seus próprios valores, motivos e projetos. Algumas tecnologias psicológicas sugerem que prendamos esses seres, que os numeremos, que os classifiquemos, que os forcemos a aceitar o comando até que nos acompanhem como escravos vencidos. Agir assim equivale, no entanto, a impedir a dança das luzes selváticas nos olhos de uma mulher; a proibir os relâmpagos e reprimir toda emissão de centelhas. Em vez de deturpar sua beleza natural, nossa tarefa consiste em criar para todos esses seres uma paisagem selvagem na qual os artistas entre eles possam criar, os amantes amar, os curandeiros curar.

Mas o que devemos fazer com esses seres interiores que são completamente loucos e com aqueles que destroem sem pensar? Mesmo a esses deve ser atribuído um lugar, muito embora seja um lugar que os possa conter. Uma entidade em especial, o fugitivo mais traiçoeiro e mais poderoso na psique, exige nossa conscientização e contenção imediatas – e esse é o predador natural.

Embora a causa de grande parte do sofrimento humano possa ser atribuída a uma criação negligente, existe também dentro da psique um aspecto *contra naturam* inato, uma força voltada "contra a natureza". O aspecto *contra naturam* opõe-se ao que for positivo: ele é contra o desenvolvimento, contra a harmonia e contra o que for selvagem. Trata-se de um antagonista debochado e assassino que nasce dentro de nós e, mesmo com a criação parental mais cuidadosa, sua única função é a de tentar transformar todas as encruzilhadas em ruas sem saída.

Esse potentado predatório[1] aparece de vez em quando nos sonhos das mulheres. Ele irrompe no meio dos planos da alma mais significativos e profundos. Ele isola a mulher da sua natureza intuitiva. Quando termina seu trabalho destrutivo, ele deixa a mulher com os sentimentos entorpecidos, sentindo-se frágil para seguir adiante na vida. Suas ideias e seus sonhos jazem a seus pés, esgotados de qualquer animação.

A história do Barba-azul trata dessa questão. Na América do Norte, as versões mais conhecidas do Barba-azul são a francesa e a alemã.[2] Eu, porém, prefiro essa antiga versão na qual a francesa e a eslava estão fundidas. Ela é parecida com a que me foi passada por minha tia Kathé (pronuncia-se "Kêiti"), que vivia em Csíbrak, perto de Dombovar na Hungria. Entre aquele grupo de contadoras rurais, a história do Barba-azul começa com uma piada acerca de alguém que conhecia alguém que conhecia alguém que havia visto a prova medonha da derrocada do Barba-azul. E assim começamos.

*

Existe uma mecha de barba que fica guardada no convento das freiras brancas nas montanhas distantes. Como chegou até o convento, ninguém sabe. Uns dizem que foram as freiras que enterraram o que sobrou do seu corpo, já que ninguém mais se dispunha a nele tocar. Desconhece-se o motivo pelo qual as freiras iriam guardar uma relíquia dessa natureza, mas é verdade. Uma amiga de uma amiga minha viu com seus próprios olhos. Ela diz que a barba é azul, da cor do índigo para ser exata. É tão azul quanto o gelo escuro no lago, tão azul quanto a sombra de um buraco à noite. Essa barba pertenceu um dia a alguém de quem se dizia ser um mágico fracassado, um homem gigantesco com uma queda pelas mulheres, um homem conhecido pelo nome de Barba-azul.

Dizia-se que ele cortejava três irmãs ao mesmo tempo. As moças tinham, porém, pavor de sua barba com aquele estranho reflexo azul e, por isso, se escondiam quando ele chamava. Num esforço para convencê-las da sua cordialidade, ele as convidou para um passeio na floresta. Chegou conduzindo cavalos enfeitados com sinos e fitas cor de carmim. Acomodou as irmãs e a mãe nos cavalos, e partiram a meio-galope floresta adentro. Lá passaram um dia maravilhoso cavalgando, e seus cães corriam a seu lado e à sua frente. Mais tarde, pararam debaixo de uma árvore gigantesca, e o Barba-azul as regalou com histórias e lhes serviu guloseimas.

"Bem, talvez esse Barba-azul não seja um homem tão mau assim", começaram a pensar as irmãs.

Voltaram para casa tagarelando sobre como o dia havia sido interessante e como haviam se divertido. Mesmo assim, as suspeitas e temores das duas irmãs mais velhas voltaram, e elas juraram que não veriam o Barba-azul de novo. A irmã mais nova, no entanto, achou que, se um homem podia ser tão encantador, talvez ele não fosse tão mau. Quanto mais ela falava consigo mesma, menos assustador ele lhe parecia, e sua barba também parecia ser menos azul.

Portanto, quando o Barba-azul pediu sua mão em casamento, ela aceitou. Ela havia refletido muito sobre a sua proposta e concluído que ia se casar com um homem muito distinto. Foi assim que se casaram e, em seguida, partiram para seu castelo no bosque.

– Vou precisar viajar por algum tempo – disse ele um dia à mulher. – Convide sua família para vir aqui se quiser. Você pode cavalgar nos bosques, mandar os cozinheiros prepararem um banquete, pode fazer o que quiser, qualquer desejo que seu coração tenha. Para você ver, tome minhas chaves. Pode abrir toda e qualquer porta das despensas, dos cofres, qualquer porta do castelo; mas essa chavinha, a que tem no alto uns arabescos, você não deve usar.

– Está bem, vou fazer o que você pediu. Parece que está tudo certo. Portanto, pode ir, meu querido, não se preocupe e volte logo. – E assim ele partiu, e ela ficou.

Suas irmãs vieram visitá-la e elas sentiam, como todo mundo, muita curiosidade a respeito das instruções do dono da casa quanto ao que deveria ser feito enquanto ele estivesse fora. A jovem esposa falou alegremente.

– Ele disse que podemos fazer o que quisermos e entrar em qualquer aposento que desejarmos, com exceção de um. Só que eu não sei qual é esse aposento. Só tenho uma chave e não sei que porta ela abre.

As irmãs resolveram fazer um jogo para ver que chave servia em que porta. O castelo tinha três andares, com cem portas em cada ala, e como havia muitas chaves no chaveiro, elas iam de porta em porta, divertindo-se imensamente ao abrir cada uma delas. Atrás de uma porta, havia uma despensa para mantimentos, atrás de outra, um depósito de dinheiro. Todos os tipos de bens estavam atrás das portas, e tudo parecia maravilhoso o tempo todo. Afinal, depois de verem todas aquelas maravilhas, elas acabaram chegando ao porão e, ao final do corredor, a uma parede fechada.

Ficaram intrigadas com a última chave, a que tinha o pequeno arabesco.

– Talvez essa chave não sirva para abrir nada. – Enquanto diziam isso, ouviram um ruído estranho – errrrrrrrr. – Deram uma espiada na esquina do corredor e – que surpresa! – havia uma pequena porta que acabava de se fechar. Quando tentaram abri-la, ela estava trancada.

– Irmã, irmã, traga sua chave – gritou uma delas. – Sem dúvida é essa a porta para aquela chavinha misteriosa.

Sem pestanejar, uma das irmãs pôs a chave na fechadura e a girou. O trinco rangeu, a porta abriu-se, mas lá dentro estava tão escuro que nada se via.

– Irmã, irmã, traga uma vela. – Uma vela foi acesa e mantida no alto um pouco para dentro do aposento, e as três mulheres gritaram ao mesmo tempo, porque no quarto havia uma enorme poça de sangue; ossos humanos enegrecidos estavam jogados por toda parte e crânios estavam empilhados nos cantos como pirâmides de maçãs.

Elas fecharam a porta com violência, arrancaram a chave da fechadura e se apoiaram umas nas outras arquejantes, com o peito arfando. Meu Deus! Meu Deus!

A esposa olhou para a chave e viu que ela estava manchada de sangue. Horrorizada, usou a saia para limpá-la, mas o sangue prevaleceu.

– Oh, não! – exclamou. Cada uma das irmãs apanhou a chave minúscula nas mãos e tentou fazer com que voltasse ao que era antes, mas o sangue não saía.

A esposa escondeu a chavinha no bolso e correu para a cozinha. Quando lá chegou, seu vestido branco estava manchado de vermelho do bolso até a bainha pois a chave vertia lentamente lágrimas de sangue vermelho escuro.

– Rápido, rápido, dê-me um esfregão de crina – ordenou ela à cozinheira. Esfregou a chave com vigor, mas nada conseguia deter seu sangramento. Da chave minúscula transpirava uma gota após outra de sangue vermelho.

Ela levou a chave para fora, tirou cinzas do fogão a lenha, cobriu a chave de cinzas e esfregou mais. Colocou-a no calor do fogo para cauterizá-la. Pôs teia de aranha nela para estancar o fluxo, mas nada conseguia deter as lágrimas de sangue.

– Ai, o que vou fazer? – lamentou-se ela. – Já sei, vou guardar a chave. Vou colocá-la no guarda-roupa e fechar a porta. Isso é um pesadelo. Tudo vai dar certo. – E foi o que fez.

O marido chegou de volta exatamente na manhã do dia seguinte e entrou no castelo já procurando pela esposa.

– E então, como foram as coisas enquanto eu estive fora?

– Tudo correu bem, senhor.

– Como estão minhas despensas? – trovejou o marido.

– Muito bem, senhor.

– E como estão meus depósitos de dinheiro? – rosnou ele.

– Os depósitos de dinheiro também estão bem, senhor.

– Então, tudo está certo, esposa?

– É, tudo está certo.

– Bem – sussurrou ele –, então é melhor devolver minhas chaves.

Com um relancear de olhos, ele percebeu a falta de uma chave.

– Onde está a menorzinha?

– Eu... eu a perdi. É, eu a perdi. Estava passeando a cavalo, o chaveiro caiu e eu devo ter perdido uma chave.

– O que você fez com ela, mulher?

– Não... não me lembro.

– Não minta para mim! Diga-me o que fez com aquela chave!

Ele tocou seu rosto como se fosse lhe fazer um carinho, mas em vez disso a segurou pelos cabelos.

– Sua traidora! – rosnou, jogando-a ao chão. – Você entrou naquele quarto, não entrou?

Ele abriu o guarda-roupa com brutalidade e a pequena chave na prateleira de cima havia sangrado, manchando de vermelho todos os belos vestidos de seda que estavam pendurados.

– Chegou a sua vez, minha querida – berrou ele, arrastando-a pelo corredor e pelo porão adentro até pararem diante da terrível porta. O Barba-azul apenas olhou para a porta com seus olhos enfurecidos, e ela se abriu para ele. Ali jaziam os esqueletos de todas as suas esposas anteriores.

– Vai ser agora!!! – rugiu ele, mas ela se agarrou ao batente da porta sem largar, implorando por clemência.

– Por favor, permita que eu me acalme e me prepare para a morte. Conceda-me quinze minutos antes de me tirar a vida para que eu possa me reconciliar com Deus.

– Está bem – rosnou ele. – Você tem seus quinze minutos, mas prepare-se.

A esposa correu escada acima até seus aposentos e determinou que suas irmãs fossem para as muradas do castelo. Ajoelhou-se para rezar, mas, em vez de rezar, gritou para as irmãs.

– Irmãs, irmãs, vocês estão vendo a chegada dos nossos irmãos?

– Não vemos nada, nada na planície nua.

A cada instante ela gritava para as muradas.

– Irmãs, irmãs, estão vendo nossos irmãos chegando?

– Vemos um redemoinho, talvez um redemoinho de areia bem longe.

Enquanto isso, o Barba-azul esbravejava para que sua esposa descesse até o porão para ser decapitada.

– Irmãs, irmãs! Estão vendo nossos irmãos chegando? – gritou ela mais uma vez.

O Barba-azul berrou novamente pela esposa e veio subindo a escada de pedra com passos pesados.

– Estamos, estamos vendo nossos irmãos – exclamaram as irmãs. – Eles estão aqui e acabam de entrar no castelo.

O Barba-azul vinha pelo corredor na direção dos aposentos da esposa.

– Vim apanhá-la – gritou ele. Suas passadas eram pesadas; as pedras no piso se soltavam; a areia da argamassa caía esfarinhada no chão.

No instante em que o Barba-azul entrou nos aposentos com as mãos esticadas para agarrá-la, seus irmãos chegaram galopando pelo corredor do castelo ainda montados, entrando assim no quarto. Ali eles encurralaram o Barba-azul fazendo com que saísse até a balaustrada. E ali mesmo, com suas espadas, avançaram contra ele, golpeando e cortando, fustigando e retalhando, até derrubá-lo ao chão, matando-o afinal e deixando para os abutres o que sobrou dele.

*

O predador natural da psique

O desenvolvimento de uma relação com a natureza selvagem é uma parte essencial da individuação da mulher. Para que isso possa se realizar, a mulher precisa penetrar nas trevas, mas ao mesmo tempo não pode cair irreparavelmente numa armadilha, ser capturada ou morta seja no caminho de ida seja no de volta.

A história do Barba-azul fala desse carcereiro, o homem sinistro que habita a psique de todas as mulheres, o predador inato. Ele é uma força específica e indiscutível que precisa ser contida e mantida na memória. Para conter o predador natural[3] da psique, é necessário que as mulheres permaneçam de posse de todos os seus poderes instintivos. Alguns deles são o *insight*, a intuição, a resistência, a tenacidade no amor, a percepção aguçada, o alcance da sua visão, a audição apurada, os cantos sobre os mortos, a cura intuitiva e o cuidado com seu próprio fogo criativo.

Na interpretação psicológica, recorremos a todos os aspectos do conto de fadas para nos ajudar a representar o drama interno à psique de uma única mulher. O Barba-azul simboliza um complexo profundamente recluso que fica espreitando às margens da vida da mulher, observando, à espera de uma oportunidade para atacar. Embora ele possa se apresentar simbolicamente de modo semelhante ou diferente nas psiques masculinas, é um inimigo ancestral e contemporâneo dos dois sexos.

É difícil compreender totalmente a força do Barba-azul por ser ela inata, ou seja, inerente a todos os seres humanos desde o instante do nascimento e, nesse sentido, não ter origem consciente. No entanto, creio que temos uma pista de como sua natureza se desenvolveu no pré-consciente dos seres humanos, pois na história o Barba-azul é chamado de "mágico fracassado". Por essa ocupação, ele se relaciona com outros contos de fadas que também retratam o predador maligno da psique como um mago de aparência bastante normativa, mas imensamente destrutiva.

Usando-se essa descrição como um fragmento de arquétipo, podemos compará-la com o que sabemos de feitiçaria fracassada ou de força espiritual fracassada na história dos mitos. O grego Ícaro voou perto demais do Sol e suas asas de cera derreteram, lançando-o de volta à Terra. O mito do povo zuni "O menino e a águia" fala de um menino que teria passado a pertencer ao reino das águias, não fosse por ele imaginar que poderia desrespeitar as leis da Morte. Enquanto ganhava altitude pelos céus, seu manto de águia emprestado foi arrancado e ele caiu cumprindo seu triste destino. Na mitologia cristã, Lúcifer reivindicou igualdade com Jeová e foi expulso para o inferno. No folclore há uma série de aprendizes de feiticeiros que ousaram ingenuamente se aventurar além do nível real de seus conhecimentos ou que tentaram transgredir a Natureza. Foram punidos com ferimentos ou cataclismos.

Enquanto examinamos esses *leitmotiven,* vemos que os predadores neles retratados desejam a superioridade e o poder sobre os outros. Eles sofrem de uma espécie de inflação psicológica pela qual desejam ser mais sublimes do que o Inefável, tão importantes quanto ele e iguais a ele. Esse Inefável é aquele que por tradição distribui e controla as forças misteriosas da Natureza, incluindo-se os sistemas da Vida e da Morte e as leis da natureza humana, e assim por diante.

No mito e nas histórias, descobrimos que a consequência para uma entidade que tente desrespeitar, dobrar ou alterar o modo de operação do Inefável é o castigo, seja por ter de suportar uma redução da sua capacidade no universo do mistério e da mágica – como, por exemplo, aprendizes que não têm mais permissão de praticar – ou um exílio solitário longe da terra dos deuses, ou alguma perda semelhante de graça e poder através de dificuldades da fala, de mutilações ou da morte.

Se formos capazes de entender o Barba-azul como o representante interior de todo o mito do proscrito, poderemos também compreender a solidão profunda e inexplicável que às vezes se abate sobre ele (nós) em virtude do fato de ele vivenciar um exílio permanente da salvação.

O problema com o Barba-azul no conto de fadas é que, em vez de alimentar a luz das jovens forças femininas da psique, ele prefere encher-se de ódio e deseja extinguir as luzes da psique. Não é difícil imaginar que, numa conformação tão maligna, esteja enredado alguém que um dia desejou ultrapassar a luz e caiu em desgraça por essa razão. Podemos entender por que motivos, a partir de então, o desterrado passou a manter uma perseguição cruel em busca da luz dos outros. Podemos imaginar que sua esperança seja a de que ele, se conseguisse reunir uma quantidade suficiente de almas, poderia acender uma chama de luz que afinal erradicaria as trevas e corrigiria sua solidão.

Nesse sentido, no início do conto temos um ser terrível no que diz respeito ao seu aspecto não redimido. No entanto, esse fato é uma das verdades cruciais que a irmã mais nova deve reconhecer, que todas as mulheres devem reconhecer: a de que tanto interna quanto externamente existe uma força que atuará opondo-se aos instintos do Self natural e de que essa força maligna *é o que é.* Embora talvez pudéssemos sentir compaixão por ela, nossos primeiros atos devem ser do reconhecimento da sua existência, o de nos protegermos da sua devastação e, afinal, o de privá-la de sua energia assassina.

Todas as criaturas precisam aprender que existem predadores. Sem esse conhecimento, a mulher será incapaz de se movimentar com segurança dentro de sua própria floresta sem ser devorada. Compreender o predador significa tornar-se um animal maduro pouco vulnerável à ingenuidade, inexperiência ou insensatez.

Como um rastreador sagaz, o Barba-azul percebe que a filha mais nova está interessada nele, ou seja, que se dispõe a ser sua presa. Ele a pede em casamento e, num momento de exuberância juvenil, que é muitas vezes uma mistura de loucura, prazer, felicidade e interesse sexual, ela diz sim. Que mulher não reconhece esse enredo?

A mulher ingênua como presa

A irmã mais nova, a menos desenvolvida, cumpre o roteiro tipicamente humano da mulher ingênua. Ela será capturada temporariamente pelo seu próprio inimigo interior. Mesmo assim, no final escapará mais sábia, mais forte, e sabendo reconhecer à primeira vista o astucioso predador da sua própria psique.

A história psicológica subjacente ao conto também se aplica à mulher mais velha que ainda não aprendeu perfeitamente a reconhecer o predador inato. Talvez ela tenha dado início ao processo repetidas vezes mas, por lhe faltarem orientação e apoio, ainda não o concluiu.

É por isso que as narrativas míticas são tão construtivas: elas fornecem mapas iniciáticos de tal modo que mesmo uma tarefa que esteja emperrada possa ser terminada. O conto do Barba-azul é útil para todas as mulheres, independentemente de serem jovens e terem acabado de saber da existência do predador ou de terem sido acossadas e acuadas por ele décadas a fio, encontrando-se, afinal, preparadas para um confronto final e decisivo com ele.

A irmã mais nova representa um potencial criativo dentro da psique. Algum aspecto que está se aproximando de uma vida exuberante e reprodutiva. Ocorre, porém, um desvio quando ela concorda em se tornar presa de um homem perverso em virtude de não estarem intactos seus instintos para perceber e tomar outra decisão.

Do ponto de vista psicológico, as meninas e os meninos são como que dormentes para o fato de que eles próprios possam ser as presas. Embora às vezes nos pareça que a vida seria muito mais fácil e menos dolorida se todos os seres humanos nascessem totalmente em estado de alerta, isso não acontece. Nós todos nascemos *anlagen*, como o potencial no núcleo de uma célula: em biologia, a *Anlage* é a parte da célula caracterizada como "aquilo que se tornará". Dentro da *Anlage* está a substância fundamental que, com o tempo, irá se desenvolver fazendo com que nos tornemos uma pessoa inteira.

Portanto, nossas vidas, enquanto mulheres, consistem em acelerar a *Anlage*. O conto do Barba-azul fala do despertar e da educação desse núcleo psíquico, dessa célula luminosa. Em prol dessa educação, a irmã mais nova concorda em se casar com uma força que ela acredita ser muito distinta. O casamento nos contos de fadas simboliza a procura de um novo status, o desdobramento de uma nova camada da psique.

No entanto, a jovem esposa se iludiu. A princípio, ela sentia medo do Barba-azul. Estava desconfiada. Um pouco de diversão no bosque faz com que ela descarte essa intuição. Quase todas as mulheres já passaram por essa experiência pelo menos uma vez. Consequentemente, ela se convence de que o Barba-azul não é perigoso, mas só excêntrico e cheio de idiossincrasias. Como sou boba! Por que me repugna tanto aquela barbinha azul? Sua natureza selvagem, porém, já farejou a situação e sabe que o homem de barba azul é mortal, enquanto a psique ingênua descarta essa sabedoria interior.

Esse erro de raciocínio é quase rotineiro numa mulher tão jovem cujos sistemas de alarme ainda não estão totalmente desenvolvidos. Ela é como um filhote de lobo, sem mãe, que rola e brinca na clareira, sem perceber o lince de quase 50 quilos que se aproxima vindo das sombras. No caso de uma mulher mais velha que está tão isolada do aspecto selvagem que mal chega a ouvir os avisos do seu íntimo, ela também segue em frente, com um sorriso ingênuo.

Bem que poderíamos nos perguntar se haveria como evitar tudo isso. Como no mundo animal, a menina aprende a ver o predador através dos ensinamentos da mãe e do pai. Sem a amorosa orientação dos pais, ela certamente será uma presa prematura na vida. Em retrospectiva, quase todas nós, pelo menos uma vez na vida, passamos pela experiência de uma ideia irresistível ou de uma pessoa meio deslumbrante entrando pela nossa janela no meio da noite para nos apanhar de surpresa. Mesmo que estejam usando máscaras de esquiar, que tragam uma faca entre os dentes e um saco de dinheiro jogado sobre os ombros, nós ainda assim acreditamos quando eles nos dizem que trabalham no ramo bancário.

Contudo, mesmo com uma criação criteriosa por parte dos pais, a jovem pode, especialmente a partir dos 12 anos de idade, ser seduzida de modo a se afastar das suas verdades por grupos de colegas, forças culturais ou pressões psíquicas, começando assim a assumir riscos com bastante imprudência no esforço de descobrir as coisas por si mesma. Ao trabalhar com adolescentes mais velhas que vivem convencidas de que o mundo é bom se ao menos elas conseguirem lidar com ele corretamente, sempre me sinto como um velho cão grisalho. Tenho vontade de pôr as patas diante dos olhos e gemer, porque vejo o que elas não veem e sei, especialmente se elas forem determinadas e exuberantes, que vão insistir em se envolver com o predador pelo menos uma vez antes que sejam despertadas com um choque.

No início das nossas vidas, nosso ponto de vista feminino é muito ingênuo, o que quer dizer que nossa compreensão emocional do que está oculto é muito tênue. No entanto, é assim que todas nós começamos. Somos ingênuas e nos convencemos a entrar em situações muito confusas. Não ser iniciada nos detalhes dessas questões significa estar num estágio da nossa vida em que somos propensas a perceber apenas o que está às claras.

Entre os lobos, quando a mãe deixa os filhotes para ir caçar, os pequenos tentam acompanhá-la para fora da toca, pela trilha abaixo. A mãe rosna para eles, investe contra eles e apavora os filhotes até que eles voltem atabalhoadamente para dentro da toca. A mãe sabe que os filhotes ainda não têm condição de pesar e avaliar outras criaturas. Eles não sabem quem é um predador e quem não é. Com o tempo, ela irá ensiná-los, com rigidez e eficácia.

À semelhança dos filhotes de lobo, as mulheres precisam de uma iniciação semelhante, que lhes revele que o mundo interior assim como o exterior não são sempre locais propícios. Muitas mulheres não chegam a receber os ensinamentos básicos a respeito de predadores que a mãe loba dá aos filhotes como, por exemplo, se for ameaçador e maior do que você, fuja; se for mais fraco, pense no que quer fazer; se estiver doente, deixe-o em paz; se tiver espinhos, veneno, presas ou garras aguçadas, recue e vá na direção oposta; se tiver um cheiro bom, mas estiver cercado de garras de ferro, passe direto.

A irmã mais nova na história não é só ingênua quanto aos seus próprios processos mentais e totalmente ignorante quanto ao aspecto assassino da sua própria psique, mas é também capaz de ser seduzida pelos prazeres do ego. E por que não? Todas nós queremos tudo maravilhoso. Toda mulher quer montar um cavalo enfeitado com sinos e sair cavalgando pelos campos sem fim e pela floresta sensual. Todos os seres humanos querem atingir um paraíso prematuro aqui na Terra. O problema é que o ego deseja sentir-se fantástico, enquanto um anseio pelo paradisíaco, quando aliado à ingenuidade, não nos deixa realizadas, mas nos transforma, sim, em alvo para o predador.

Essa aceitação do casamento com o monstro é na realidade decidida quando as meninas são muito novas, geralmente antes dos 5 anos de idade. Elas são ensinadas a não enxergar e, em vez disso, a "dourar" todo tipo de esquisitice, quer seja agradável quer não. É em consequência desse treinamento que a irmã mais nova consegue dizer, "Bem, até que a barba dele não é *tão* azul assim". Esse treinamento básico para que as mulheres "sejam boazinhas" faz com que elas ignorem sua intuição. Nesse sentido, elas de fato recebem lições específicas para que se submetam ao predador. Imaginem uma loba ensinando seus filhotes a "serem bonzinhos" diante de uma doninha enfurecida ou de uma astuciosa cascavel.

No conto, até mesmo a mãe é cúmplice. Ela vai ao piquenique, "acompanha" as filhas no passeio. Ela não diz uma palavra que recomende cautela a qualquer uma das filhas. Seria possível afirmar que a mãe biológica ou a mãe interior está adormecida ou é ela própria ingênua, como ocorre muitas vezes com meninas muito novas ou com mulheres que não foram criadas pela mãe.

É interessante observar que, no conto, as irmãs mais velhas demonstram certa conscientização quando dizem que não gostam do Barba-azul, muito embora ele tenha acabado de lhes proporcionar diversão e atenções num estilo muito romântico e paradisíaco. A história dá a impressão de que alguns aspectos da psique, representados pelas irmãs mais velhas, são um pouco mais desenvolvidos em termos de *insight*, elas têm algum "conhecimento" que as avisa para não romantizar o predador. A mulher iniciada presta atenção às irmãs mais velhas na psique; elas a protegem do perigo com seus avisos. A mulher não iniciada não lhes dá atenção; ela ainda está excessivamente identificada com a ingenuidade.

Digamos, por exemplo, que uma mulher ingênua insista em escolher mal seus parceiros. Em algum ponto da sua mente ela sabe que esse modelo de comportamento é infrutífero, que deveria parar e seguir valores diferentes. Muitas vezes ela até sabe como deve prosseguir. No entanto, há algo de irresistível, uma espécie de Barba-azul hipnótico, que faz com que continue seguindo o padrão destrutivo. Na maioria dos casos, a mulher sente que, se apenas se mantiver fiel ao velho modelo um pouco mais, ora, sem dúvida a sensação paradisíaca que procura aparecerá no próximo batimento do seu coração.

Num outro extremo, uma mulher envolvida numa dependência química tem com o máximo de nitidez, no fundo da mente, um conjunto de irmãs mais velhas que lhe dizem, "Não! De jeito nenhum! Isso é ruim para a cabeça e ruim para o corpo. Nós nos recusamos a continuar". No entanto, o desejo de encontrar o paraíso atrai a mulher para o casamento com o Barba-azul, o traficante das viagens psíquicas.

Qualquer que seja o dilema em que se encontre a mulher, as vozes das irmãs mais velhas na sua psique continuam a lhe recomendar consciência e sensatez nas suas escolhas. Elas representam aquelas vozes do fundo da mente que sussurram as verdades que uma mulher pode desejar evitar uma vez que elas acabem com sua fantasia do Paraíso Encontrado.

E assim ocorre o casamento fatal, a fusão da doce ingenuidade com a escuridão covarde. Quando o Barba-azul sai em viagem, a jovem não percebe que, embora ele a exorte a fazer tudo o que desejar – com exceção daquela única proibição –, ela está vivendo menos, não mais. Muitas mulheres viveram literalmente o conto do Barba-azul. Elas se casam enquanto ainda são ingênuas a respeito de predadores, e escolhem um parceiro que é destrutivo para com a sua vida. Elas se sentem determinadas a "curar" aquele a quem amam. Estão, sob certo aspecto, "brincando de casinha". Poderíamos dizer que elas passaram muito tempo dizendo que a barba dele afinal não é tão azul assim.

Uma mulher capturada desse modo acaba percebendo que suas esperanças de uma vida razoável para si mesma e para seus filhos diminuem cada vez mais. É de esperar que ela abra a porta do quarto onde jaz toda a destruição da sua vida. Embora possa ser o parceiro físico da mulher quem a prejudique e arrase sua vida, o predador inato dentro da sua própria psique concorda com isso. Enquanto a mulher for forçada a acreditar que é indefesa e/ou for treinada para não registrar no consciente o que sabe ser verdade, os impulsos e dons femininos da sua psique continuarão a ser erradicados.

Quando uma alma jovem se casa com o predador, é capturada ou reprimida durante uma fase da sua vida que deveria ser de desdobramento. Em vez de viver livremente, ela começa a viver falsamente. A promessa enganosa do predador diz que a mulher será rainha de algum modo, quando de fato o que se planeja é seu assassinato. Há uma saída para evitar isso tudo, mas é preciso que se tenha a chave.

A chave do conhecimento: A importância de farejar

Ah, e essa chavinha minúscula? Ela é o acesso ao segredo que todas as mulheres sabem e ainda assim não sabem. A chave é tanto uma permissão quanto um apoio para que ela conheça os segredos mais profundos, mais obscuros da psique, nesse caso aquilo que degrada e destrói estupidamente o potencial de uma mulher.

O Barba-azul prossegue em seu plano destrutivo ao instruir a esposa a se comprometer psiquicamente. "Faça o que quiser", diz ele. Ele sugere à mulher uma falsa sensação de liberdade. Ele insinua que ela pode se alimentar à vontade e se deliciar com paisagens bucólicas, pelo menos dentro dos limites do seu território. Na realidade, porém, ela não é livre porque não lhe é permitido registrar o conhecimento sinistro a respeito do predador, muito embora bem no fundo da psique ela já compreenda bem a questão.

A mulher ingênua concorda em permanecer "na ignorância". Mulheres fáceis de serem logradas e aquelas com instintos fragilizados ainda se voltam, como as flores, para o lado em que o Sol se apresenta. A mulher ingênua ou magoada pode então, com extrema facilidade, ser seduzida com promessas de conforto, diversão e arte, promessas de inúmeros prazeres, de uma ascensão social aos olhos da família, das colegas, ou de maior segurança, amor eterno ou sexo ardente.

O Barba-azul proíbe a jovem de usar a única chave que a traria de volta à consciência. Proibir uma mulher de usar a chave que leva à consciência é o mesmo que lhe arrancar a Mulher Selvagem, seu instinto natural de curiosidade e sua descoberta do que "se esconde por baixo". Sem o conhecimento selvagem, a mulher está desprovida de proteção adequada. Se ela tentar obedecer à ordem do Barba-azul no sentido de não usar a chave, estará escolhendo a morte para seu espírito. Ao optar por abrir a porta de acesso ao horripilante quarto secreto, ela escolhe a vida.

No conto, as irmãs vêm fazer uma visita e sentem "como todo mundo, muita curiosidade". A esposa fala em tom alegre, "podemos fazer o que quisermos", com exceção de uma coisa. As irmãs resolvem fazer um jogo para descobrir em que porta a chavinha serve. Elas mais uma vez têm o impulso correto no sentido da consciência.

Pensadores no campo da psicologia, como Freud e Bettelheim, interpretaram episódios semelhantes aos encontrados no conto do Barba-azul como uma punição psicológica pela curiosidade sexual das mulheres.[4] Foi atribuída à curiosidade feminina uma conotação negativa, enquanto a masculina era chamada de curiosidade investigativa. As mulheres eram abelhudas, enquanto os homens eram indagadores. Na realidade, a trivialização da curiosidade das mulheres, que faz com que elas se assemelhem mais a espiãs chatas e maçantes, representa uma negação do *insight*, da intuição e dos pressentimentos das mulheres. Ela nega todos os seus sentidos. Ela tenta atacar sua força fundamental.

Portanto, considerando-se que as mulheres que ainda não abriram a porta proibida costumam ser as mesmas que vão direto para os braços do Barba-azul, não foi por acaso que as irmãs mais velhas preservaram intacto o instinto selvagem da curiosidade. Essas são as mulheres-sombras da psique individual feminina, as contrações e fisgadas nas profundezas da mente de uma mulher que fazem com que ela se lembre, que lhe restituem a atitude correta para com o que é importante. Encontrar a mínima porta é importante; desobedecer às ordens do predador é importante; descobrir o que esse quarto abriga de especial é fundamental.

No passado, as portas eram feitas em sua maioria de pedra, mas também de madeira. Acreditava-se que o espírito da pedra ou da madeira permanecia na porta, e ele também era convocado a servir de guardião do aposento. Nos primeiros tempos, havia mais portas nos túmulos do que nas casas, e a própria imagem da *porta* já indicava que alguma coisa de valor espiritual jazia ali dentro, ou que ali dentro havia algo que devia ser mantido preso.

A porta no conto é descrita como uma barreira psíquica, uma espécie de guarda colocado à frente do segredo. Esse guarda que reside na pedra ou na madeira nos lembra novamente a reputação do predador como mago – uma força psíquica que nos envolve e confunde como se por mágica, impedindo que tomemos conhecimento do que já sabemos. As mulheres reforçam essa barreira ou porta quando caem num tipo de estímulo negativo que as adverte para não pensar ou mergulhar fundo demais, pois "você pode ter uma surpresa desagradável". Para derrubar esse obstáculo, é preciso que se aplique o antídoto mágico correto. E o que se aplica encontra-se no símbolo da chave.

Fazer a pergunta certa é o ponto central da transformação – nos contos de fadas, na psicanálise e na individuação. A pergunta correta provoca a germinação da consciência. A pergunta bem formulada sempre emana de uma curiosidade essencial a respeito do que está por trás. As perguntas são as chaves que fazem com que as portas secretas da psique se escancarem.

Embora as irmãs não saibam se o que se encontra atrás da porta é um tesouro ou uma imitação grosseira, elas recorrem aos seus instintos perfeitos para fazer a pergunta psicológica exata, "Onde você acha que fica essa porta, e o que poderia estar atrás dela?".

É a essa altura que a natureza ingênua começa a amadurecer, a questionar. "O que está por trás do visível? O que faz com que aquela sombra cresça na parede?" A natureza jovem e ingênua começa a compreender que, se existe algo de secreto, se existe algo de sombrio, se existe algo de proibido, é preciso que seja examinado. Aquelas que quiserem desenvolver a consciência perseguem tudo que fica por trás do que é facilmente observável: o gorjeio invisível, a janela suja, a porta que range, uma fresta de luz por baixo da soleira. Elas perseguem esses mistérios até que a substância da questão lhes seja revelada.

Como veremos, a capacidade de suportar o que se vê é a visão vital que faz com que a mulher volte a sua natureza profunda, para ali receber sustentação em todos os pensamentos, sentimentos e atos.

O noivo animal

Portanto, embora a jovem tente seguir as ordens do predador e concorde em manter sua ignorância acerca do segredo oculto nos subterrâneos do castelo, ela só pode agir assim durante determinado período. Afinal ela apresenta a chave, a pergunta, à porta e descobre a horrenda carnificina em algum ponto da sua vida profunda. E essa chave, esse minúsculo símbolo da vida, de repente não para de sangrar, não para de soltar o grito de que há algo de errado. Uma mulher pode tentar se esconder para não ver as devastações da sua vida, mas o sangramento, a perda da energia da vida, continuará até que ela reconheça a real natureza do predador e o domine.

Quando as mulheres abrem as portas das suas próprias vidas e examinam o massacre nesses cantos remotos, na maior parte das vezes elas descobrem que estiveram permitindo o assassinato de seus sonhos, objetivos e esperanças mais cruciais. Encontram sem vida ideias, sentimentos e desejos; aquilo que um dia foi gracioso e promissor está agora esgotado até sua última gota de sangue. Se esses sonhos e esperanças estiverem vinculados ao desejo de um relacionamento, de uma realização, de obter sucesso, ou de uma obra de arte, quando ocorre essa apavorante descoberta na psique, podemos ter certeza de que o predador natural, também frequentemente simbolizado nos sonhos como o noivo animal, esteve trabalhando metodicamente na destruição dos desejos mais caros à mulher.

A personagem do noivo animal é um marco na psique, representando algo perverso disfarçado como algo benévolo. Essa caracterização ou algo dela aproximado está sempre presente quando uma mulher nutre pressentimentos ingênuos acerca de alguma coisa ou de alguém. Quando uma mulher tenta ignorar os fatos das suas próprias devastações, seus sonhos noturnos gritarão avisos para ela, avisos e exortações para acordar! Pedir ajuda! Fugir! Ou dar o golpe final!

Com o passar dos anos, soube de muitos sonhos de mulheres com essa característica do noivo animal ou essa aura de as-coisas-não-são-tão-boas-quanto-parecem. Uma mulher sonhou com um homem belo e encantador, mas, quando baixou os olhos, viu que começava a se desenrolar da sua manga uma ameaçadora espiral de arame farpado. Outra mulher sonhou que estava ajudando um velho a atravessar a rua, e o velho de repente sorriu diabolicamente para ela e "derreteu-se" no seu braço, causando uma queimadura profunda. Ainda uma outra sonhou que estava fazendo uma refeição com um amigo desconhecido cujo garfo atravessou a mesa voando para feri-la mortalmente.

Essa incapacidade de ver, de compreender, de perceber que nossos desejos interiores não são concomitantes com nossos atos exteriores – é esse o rastro deixado pelo noivo animal. A presença desse fator na psique esclarece o motivo pelo qual as mulheres que dizem desejar um relacionamento fazem tudo que podem para sabotar um relacionamento afetuoso. É assim que mulheres que fixam metas para estar aqui, ali ou no lugar que seja até certa data nem mesmo dão o primeiro passo naquela direção, ou abandonam a jornada ante a primeira dificuldade. É assim que todos os adiamentos dão origem ao ódio a si mesma; todos os sentimentos de vergonha são reprimidos e colocados de lado para se exacerbarem; todos os recomeços tão necessários e todos os finais já há muito atrasados não se realizam. Onde quer que o predador se esgueire e atue, tudo é descarrilado, demolido e decapitado.

O noivo animal é um símbolo amplamente disseminado nos contos de fadas, sendo que o enredo obedece ao seguinte padrão: um desconhecido corteja uma jovem que concorda em casar com ele, mas antes do dia da cerimônia ela vai dar um passeio no bosque, perde-se e, quando escurece, sobe numa árvore para se proteger de predadores. Enquanto espera que a noite transcorra, chega por ali seu prometido com uma pá no ombro. Algo em seu futuro marido deixa transparecer que ele não é realmente um ser humano. Às vezes, pode ser uma deformação no pé, na mão, no braço ou algo em seu cabelo que é decididamente estranho e que o denuncia.

Ele começa a cavar uma cova embaixo da mesma árvore em que ela se encontra, cantarolando e resmungando o tempo todo sobre como vai matar sua última noiva e enterrá-la nessa cova. A moça apavorada fica escondida a noite inteira e, pela manhã, quando o noivo se foi, ela corre para casa, conta a história para o pai e os irmãos, e os homens armam uma emboscada para o noivo animal e o matam.

Esse é um poderoso processo arquetípico na psique das mulheres. A mulher tem uma percepção adequada e, embora ela também a princípio concorde em desposar o predador natural da psique, embora ela também passe um período perdida na psique, ela no final consegue sair pois é capaz de penetrar na verdade total, é capaz de manter-se consciente da existência dele e de tomar uma atitude para resolver o caso.

Ah, é então que chega a etapa seguinte, ainda mais difícil: a de ser capaz de suportar o que se vê, toda a autodestruição e entorpecimento.

Cheiro de sangue

No conto, as irmãs fecham com violência a porta da câmara da morte. A jovem esposa tem os olhos fixos no sangue na chave. Um gemido sobe de dentro dela. "Preciso limpar esse sangue, ou ele saberá!"

Agora o self ingênuo tem conhecimento de uma força assassina solta dentro da psique. E o sangue na chave é sangue de mulher. Se fosse apenas sangue do sacrifício de fantasias frívolas, haveria na chave apenas uma pequena marca. Trata-se, porém, de algo muito mais sério pois o sangue representa o extermínio dos aspectos mais profundos e íntimos da vida criativa e da alma.

Nesse estado, a mulher está perdendo sua energia para criar, quer sejam soluções para amenizar questões da sua vida como a educação, a família, as amizades, quer se trate dos seus objetivos, seu desenvolvimento pessoal, sua arte. Isso não é mero adiamento, pois prossegue por semanas e meses a fio.

A mulher parece arrasada, talvez cheia de ideias, mas com uma anemia profunda e cada vez mais incapaz de realizá-las.

O sangue nesse conto não é o sangue menstrual, mas sangue arterial, da alma. Ele não mancha só a chave; ele escorre pela *persona* inteira. O vestido que está usando bem como todos os outros no guarda-roupa ficam manchados. Na psicologia arquetípica, a roupa simboliza a presença externa. Ela é a máscara que a pessoa mostra ao mundo. Ela esconde muita coisa. Com disfarces e enchimentos psíquicos adequados, tanto os homens quanto as mulheres podem apresentar ao mundo uma *persona* quase perfeita, uma fachada quase perfeita.

Quando a chave que chora – ou a pergunta que clama – mancha nossas *personae*, não conseguimos mais esconder nossas dificuldades. Podemos dizer o que quisermos, mostrar a expressão mais sorridente, mas, uma vez tendo visto a verdade revoltante da câmara da morte, não podemos mais fingir que ela não existe. E ver a verdade faz com que esgotemos nossa energia ainda mais. É doloroso; é um corte na artéria. Precisamos tentar corrigir imediatamente esse terrível estado.

Portanto, nesse conto de fadas, a chave também funciona como recipiente. Ela contém o sangue, que é a recordação do que se viu e do que se sabe. Para as mulheres, a chave sempre simboliza o acesso a um mistério ou ao conhecimento. Nos contos de fadas, a chave é muitas vezes representada por palavras como, por exemplo, "Abre-te, Sésamo", que Ali Babá grita para uma montanha anfractuosa, fazendo com que ela ribombe e se abra para ele poder entrar. Num estilo mais picaresco, nos estúdios da Disney, a fada madrinha de Cinderela entoa "Bibbity-bobbity-boo!", e abóboras viram carruagens, e camundongos, cocheiros.

Nos mistérios de Elêusis, a chave era escondida sob a língua, dando a entender que o enigma, a pista, o indício estavam num conjunto especial de palavras, de perguntas-chave. E as palavras de que as mulheres mais precisam em situações semelhantes às descritas na história do Barba-azul são as seguintes: O que está atrás da porta? O que não é como aparenta ser? O que eu sei no fundo de mim mesma que preferia não saber? Que parte de mim foi morta ou está agonizando?

Todas essas perguntas são chaves. E é muito provável que as respostas a essas quatro questões apareçam manchadas de sangue. O aspecto assassino da psique, cuja tarefa consiste parcialmente em impedir que ocorra a conscientização, continuará a fazer verificações ocasionais e a arrancar ou envenenar qualquer novo rebento. É a sua natureza. É a sua função.

Por isso, num sentido positivo, é somente a insistência do sangue na chave que faz com que a psique grave o que viu. É que existe uma censura natural em todos os acontecimentos negativos e dolorosos que ocorrem em nossas vidas. O ego censor sem sombra de dúvida deseja esquecer que viu o quarto, que viu os cadáveres. É por isso que a esposa do Barba-azul tenta esfregar a chave com o esfregão de crina. Ela tenta tudo o que conhece, todos os remédios para lacerações e ferimentos profundos da medicina popular das mulheres: teia de aranha, cinzas de fogo – todos associados à urdidura da vida e da morte pelas Parcas. No entanto, ela não consegue cauterizar a chave; nem consegue encerrar o processo fingindo que ele não ocorre. Ela não consegue fazer a chavinha parar de chorar sangue. Paradoxalmente, à medida que sua vida antiga está morrendo e até mesmo os melhores remédios não conseguem esconder esse fato, ela está alerta para sua perda de sangue e, portanto, apenas começando a viver.

A mulher previamente ingênua precisa encarar o que ocorreu. O assassinato cometido pelo Barba-azul de todas as suas esposas "curiosas" é o assassinato da criatividade feminina, aquela que tem o potencial para desenvolver todos os tipos de aspectos novos e interessantes. O predador é especialmente agressivo ao armar emboscadas para a natureza selvagem da mulher. No mínimo, ele procura escarnecer da ligação da mulher com seus *insights*, suas inspirações, sua persistência e tudo o mais: e, no máximo, ele tenta romper essa ligação.

Outra mulher com quem trabalhei, pessoa talentosa e inteligente, contou-me a história da sua avó que morava no Meio-Oeste. A imagem de felicidade dessa avó consistia em tomar o trem até Chicago usando um belo chapéu e sair caminhando pela Michigan Avenue, olhando todas as vitrinas e sentindo-se elegante. Por um motivo ou outro, ou talvez pelo destino, ela se casou com um homem do campo. Eles foram morar no meio da região tritícola, e a mulher começou a definhar na elegante casa de fazenda que era pequena, exatamente do tamanho certo, com todos os filhos certos e o marido certo. Ela já não tinha mais tempo para a vida "frívola" que havia levado no passado. "Filhos demais." "Serviços domésticos demais."

Um dia, anos mais tarde, depois de lavar o piso da cozinha e da sala de estar com as próprias mãos, ela vestiu sua melhor blusa de seda, abotoou sua saia longa e colocou seu chapelão na cabeça. Empurrou o cano da espingarda do marido contra o céu da boca e puxou o gatilho. Qualquer mulher viva sabe por que ela lavou o chão antes.

Uma alma faminta pode ficar tão cheia de dor que a pessoa não consegue suportar mais. Como as mulheres têm uma necessidade profunda da alma se expressar em seus próprios estilos de alma, elas precisam se desenvolver e florescer de um modo que faça sentido para elas, sem serem molestadas pelos outros. Nesse sentido, a chave com o sangue poderia também representar as linhagens femininas que vieram antes de cada mulher. Quem dentre nós não conhece pelo menos uma mulher amada que perdeu seus instintos para fazer boas opções na vida e foi, assim, forçada a viver uma vida alienada ou pior? Talvez você mesma seja essa mulher.

Uma das questões menos discutidas a respeito do processo de individuação é a de que, à medida que se lança luz sobre as trevas da psique com a maior intensidade possível, a sombra, onde a luz não alcança, fica ainda mais escura. Portanto, quando iluminamos alguma parte da psique, disso resulta uma escuridão mais profunda com a qual temos de lutar. Não se pode deixar de lado essa escuridão. A chave, ou as perguntas, não pode ser ocultada nem esquecida. As perguntas precisam ser feitas. Elas precisam obter resposta.

O trabalho mais profundo é geralmente o mais sombrio. Uma mulher corajosa, uma mulher que procura ser sábia, irá urbanizar os terrenos psíquicos mais pobres, pois, se ela construir apenas nos melhores terrenos da psique, terá uma visão mínima de quem realmente é. Portanto, não tenha medo de investigar o pior. Isso só lhe garante um aumento no poder da sua alma.

É nesse tipo de urbanização psíquica que a Mulher Selvagem brilha. Ela não tem medo da treva mais profunda pois na realidade consegue ver no escuro. Ela não tem medo de vísceras, dejetos, podridão, fedor, sangue, ossos frios, moças moribundas e maridos assassinos. Ela tem condições de ver tudo, de suportar tudo, de ajudar. E é isso o que a irmã mais nova no conto do Barba-azul está aprendendo.

Os esqueletos na câmara representam, sob a ótica mais positiva, a força indestrutível do feminino. Arquetipicamente, os ossos representam aquilo que não pode nunca ser destruído. A simbologia dos ossos nas histórias revela essencialmente que existe algo na psique que é difícil de destruir. Nosso único bem que é difícil de destruir é nossa alma.

Quando falamos da essência feminina, estamos realmente falando da alma feminina. Quando falamos de corpos espalhados no subterrâneo, estamos afirmando que algo aconteceu à força da alma e no entanto, muito embora sua vitalidade exterior tenha sido roubada, muito embora sua vida tenha essencialmente sido esmagada, ela não foi destruída por completo. Ela pode voltar a viver.

Ela volta a viver através da jovem esposa e das suas irmãs, que afinal conseguem romper com o antigo modelo de ignorância e contemplar o horror sem desviar o olhar. Elas são capazes de ver e de suportar o que veem.

Aqui estamos novamente no lugar de *La Loba*, na caverna do arquétipo da mulher dos ossos. Aqui temos restos do que um dia foi uma mulher inteira. Contudo, ao contrário dos aspectos cíclicos da vida e da morte do arquétipo da Mulher Selvagem, que toma a vida que está pronta para morrer, a incuba e a devolve ao mundo, o Barba-azul apenas mata a mulher e a desmembra até ela se resumir a nada além de ossos. Ele não lhe deixa beleza, amor, identidade, e por isso nenhuma capacidade de agir em sua própria defesa. Para consertar esse aspecto, nós, enquanto mulheres, devemos contemplar o assassino que nos mantém sob controle, observar os resultados do seu trabalho medonho, registrar tudo conscientemente, mantê-lo na consciência, e depois agir.

Os símbolos do calabouço, da masmorra e da caverna estão todos inter-relacionados. Eles são antigos ambientes iniciáticos: um lugar ao qual ou através do qual a mulher desce até o(s) assassinado(s), onde desrespeita tabus para descobrir a verdade e de onde, através da inteligência e/ou do sofrimento, sai vitoriosa ao expulsar, transformar ou exterminar o assassino da psique. O conto delineia para nós as tarefas com instruções claras: descubra os corpos, siga os instintos, veja o que estiver vendo, reúna energia psíquica, acabe com a energia destrutiva.

Se uma mulher não examinar essas questões do seu próprio entorpecimento e assassinato, ela permanecerá obediente aos ditames do predador. Uma vez que ela abra aquele aposento na psique que mostra como está morta e retalhada, ela perceberá como diversas partes da sua natureza feminina e de sua psique instintiva foram extirpadas e tiveram uma morte indigna por trás de uma fachada de prosperidade. Agora que ela percebe isso, agora que registra como está presa e quanto da sua vida psíquica está em jogo, agora, sim, ela pode fazer algo ainda mais poderoso.

Recuar e dar a volta

Recuar e dar a volta são movimentos de um animal que se enfurna na terra para fugir e aparece de novo às costas do predador. Essa é a manobra psíquica que a esposa do Barba-azul efetua para restabelecer o domínio sobre sua própria vida.

O Barba-azul, ao descobrir o que considera a falsidade da esposa, a segura pelo cabelo e a arrasta escada abaixo. "Agora é a sua vez!", ruge ele. O elemento assassino do inconsciente se levanta e ameaça destruir a mulher consciente.

A análise, a interpretação dos sonhos, o autoconhecimento, a investigação, todas essas atividades são realizadas por serem meios de recuar e de dar a volta. São meios de mergulhar e vir à tona por trás da questão, vendo-a de uma perspectiva diferente. Sem a capacidade de ver, de ver realmente, deixa-se escapar o que foi aprendido a respeito do self do ego e do aspecto numinoso do Self.

Na história do Barba-azul, a psique tenta agora evitar ser morta. Tendo perdido a ingenuidade, ela se tornou astuciosa. Ela pede tempo para se compor – em outras palavras, tempo para se recompor para o combate final. Na realidade externa, encontramos mulheres planejando suas fugas, seja de um antigo estilo destrutivo, de um amante, seja de um emprego. Ela para a fim de ganhar tempo, ela espera a hora certa, ela planeja sua estratégia e reúne suas forças interiores antes de realizar uma mudança externa. Às vezes é exatamente esse tipo de ameaça imensa do predador que faz com que a mulher deixe de ser um amor de pessoa que se adapta a tudo e passa a ter o olhar suspeito dos desconfiados.

Por ironia, os dois aspectos da psique, o do predador e o do jovem potencial, chegam ao ponto de ebulição. Quando a mulher percebe que foi presa, tanto no mundo interior quanto no exterior, ela mal consegue tolerar a situação. É um golpe na raiz de quem ela realmente é, e ela planeja, como seria sua obrigação, destruir a força predatória.

Enquanto isso, seu complexo predatório está furioso por ela ter aberto a porta proibida e começa a dar suas voltas, tentando bloquear todos os caminhos de fuga. Essa força destrutiva torna-se assassina e diz à mulher que ela violou o que havia de mais sagrado e por isso deve morrer.

Quando aspectos opostos da psique de uma mulher atingem seu ponto de saturação, a mulher pode sentir um cansaço incrível pois sua libido está sendo sugada em duas direções opostas. No entanto, mesmo uma mulher que esteja morta de cansaço com suas lutas infelizes, não importa quais sejam, muito embora ela esteja com a alma exausta, ela ainda assim precisa planejar sua fuga. Ela precisa se forçar a seguir adiante seja como for. Esse período crítico assemelha-se a ficar ao relento em temperatura abaixo de zero um dia e uma noite. Para sobreviver, não se pode ceder à fadiga. Ir dormir significa morte certa.

Essa é a iniciação mais profunda, a iniciação de uma mulher nos sentidos instintivos corretos através dos quais o predador é identificado e banido. É esse o momento no qual a mulher cativa passa da condição de vítima para a condição de alguém com a mente afiada, os olhos astuciosos, a audição apurada. É essa a hora na qual um esforço quase sobre-humano consegue impelir a psique exausta para que realize sua última tarefa. As perguntas-chave continuam a ajudar, pois a chave continua a verter seu sangue sábio apesar de o predador proibir a conscientização. Sua mensagem maníaca é a de que a mulher morra por querer a consciência. A resposta da jovem consiste em fazer com que ele pense que ela se dispõe a ser sua vítima enquanto está de fato planejando sua destruição.

Entre os animais diz-se que existe uma misteriosa dança psíquica entre o predador e a presa. Diz-se que, se a presa mantiver uma espécie de olhar servil, e um certo estremecimento que cause um leve ondular da pele sobre os músculos, ela estará reconhecendo sua fraqueza diante do predador e concordando em ser sua vítima.

Existe a hora de estremecer e correr, e existe a hora de não agir assim. Nesse momento específico, uma mulher não deve estremecer e não deve rastejar. O pedido da jovem esposa do Barba-azul por algum tempo para se recompor não é um sinal de submissão ao predador. É seu modo astucioso de reunir energias para usar da força. Como certas criaturas da floresta, ela está armando um bote contra o predador. Ela mergulha no chão para escapar dele e ressurge inesperadamente às suas costas.

Como dar o grito

Quando o Barba-azul chama a esposa aos berros e ela tenta desesperadamente ganhar tempo, ela está tentando reunir forças para superar seu carcereiro, quer ele seja, especificamente ou em combinação com outros fatores, uma religião, um marido, uma família, uma cultura destrutiva, quer se trate dos complexos negativos da mulher.

A mulher do Barba-azul apela com desespero, mas com astúcia. "Por favor", sussurra ela, "permita que eu me prepare para a morte."

"Está bem", rosna ele. "Mas prepare-se."

A mulher convoca seus irmãos psíquicos. O que eles representam na psique de uma mulher? Eles são os propulsores mais musculosos, os elementos de natureza mais agressiva da psique. São a força interior à mulher que sabe agir quando chega a hora de matar. Embora essa qualidade seja retratada nessa história por meio do sexo masculino, ela poderia ser atribuída a qualquer um dos sexos – bem como a objetos que são neutros como, por exemplo, a montanha que se fecha sobre o intruso, ou o sol que desce por um instante a fim de torrar o saqueador.

A esposa corre escada acima até seus aposentos e coloca a irmãs nas muradas. Ela grita para as irmãs, "Vocês estão vendo a chegada dos nossos irmãos?". E as irmãs lhe dizem que ainda não veem nada. Quando o Barba-azul ruge para que a esposa desça até o subterrâneo para que ele possa decapitá-la, mais uma vez ela grita, "Vocês estão vendo a chegada dos nossos irmãos?". E as irmãs lhe respondem que parecem estar vendo um pequeno redemoinho muito ao longe.

Nessa cena temos o desenrolar completo do surto de força intrapsíquica da mulher. Suas irmãs – as mais experientes – assumem o papel principal nesse último estágio da iniciação. Elas se tornam os olhos da irmã mais nova. O grito da mulher transpõe uma longa distância intrapsíquica para chegar onde moram seus irmãos, onde moram aqueles aspectos da psique que foram treinados para a luta, para lutar até a morte se necessário. A princípio, porém, os aspectos defensores da psique não estão tão acessíveis à consciência como deveriam estar. O entusiasmo e a natureza combativa de muitas mulheres não se situam tão perto do consciente quanto seria eficaz.

A mulher deve ensaiar a convocação ou a invocação da sua natureza combativa, do redemoinho, da força do vento. O símbolo do redemoinho de areia possui uma força tal de determinação que, quando se concentra em vez de se dispersar, confere enorme energia à mulher. Com essa atitude mais impetuosa, ela não perde a consciência nem é enterrada na companhia das outras. Ela resolve, de uma vez por todas, o assassinato interno das mulheres, sua perda da libido, a perda da sua paixão pela vida. Embora as perguntas-chave propiciem a abertura e a soltura exigida para a liberação, sem os olhos das irmãs, sem o vigor dos irmãos armados de espadas, ela não tem como vencer totalmente.

O Barba-azul chama pela mulher e começa a subir a escada de pedra. A mulher grita para as irmãs, "E agora, já estão vendo nossos irmãos?". As irmãs respondem, "Estamos! Estamos vendo nossos irmãos: eles estão quase aqui". Os irmãos vêm galopando pelo saguão. Investem quarto adentro e forçam o Barba-azul a sair até a balaustrada. Ali, com suas espadas, eles o matam e deixam o que resta para os devoradores de carniça.

Quando as mulheres conseguem emergir da ingenuidade, elas trazem consigo mesmas e para si mesmas algo de inexplorado. Nesse caso, a mulher agora mais sábia procura o auxílio de uma energia masculina interna. Na psicologia junguiana, esse elemento foi denominado *animus*: um elemento em parte mortal, em parte instintual e em parte cultural da psique da mulher que se apresenta nos contos de fadas e na simbologia dos sonhos como seu filho, seu marido, um estranho e/ou amante – possivelmente ameaçador, dependendo das circunstâncias psíquicas do momento. Essa figura psíquica tem valor especial por ser investida de qualidades que a criação tradicionalmente extirpa das mulheres, sendo a agressividade uma das mais comuns.

Quando essa natureza do gênero oposto é saudável, como simbolizada pelos irmãos no "Barba-azul", ela ama a mulher na qual reside. Ela é a energia intrapsíquica que ajuda a mulher a realizar qualquer coisa que peça. É ele quem é capaz de violência, enquanto ela pode ter outros talentos. Ele irá ajudá-la na sua busca de consciência. Para muitas mulheres, ele é a ponte entre os mundos internos do pensamento e do sentimento e o mundo exterior.

Quanto mais forte e amplo o *animus* (pense no *animus* como uma ponte), com maior estilo, capacidade e desenvoltura a mulher manifestará suas ideias e seu trabalho criativo no mundo exterior de modo concreto. Uma mulher com um *animus* pobremente desenvolvido tem muitas ideias e pensamentos mas é incapaz de manifestá-los para o mundo lá fora. Ela sempre para a um passo da organização ou da implementação das suas imagens maravilhosas.

Os irmãos representam a bênção da força e da ação. Com sua ajuda, no final, duas coisas acontecem. A primeira consiste na neutralização na psique da mulher da enorme capacidade paralisante do predador. A segunda é a substituição da virgem de olhos vidrados por uma de olhos vigilantes, com um guerreiro de cada lado se ela precisar convocá-los.

Os devoradores de pecados

O Barba-azul é sob todos os aspectos uma história de "cortes", de separar para reunir. No último estágio da história, o corpo do Barba-azul é deixado para que os devoradores de carne – os corvos-marinhos, as aves de rapina e os abutres – o levem embora. Temos, assim, um final estranho e místico. Nos tempos antigos, havia almas chamadas de devoradoras de pecados. Eram espíritos, pássaros ou animais, às vezes seres humanos, que, num estilo algo semelhante ao do bode expiatório, assumiam os pecados, os dejetos da comunidade para que as pessoas pudessem ser redimidas ou purificadas.

Já vimos como a Mulher Selvagem é *La Loba*, a mulher dos ossos, a descobridora dos mortos, a que canta sobre os ossos dos mortos, trazendo-os de volta à vida; e que essa natureza de vida-morte-vida é um atributo crucial da índole instintiva e selvagem das mulheres. Do mesmo modo, na mitologia nórdica, os devoradores de pecados eram os carniceiros que se alimentavam dos mortos, incubavam-nos no ventre e os levavam para Hel, que não é um lugar, mas uma pessoa. Hel é a deusa da vida e da morte. Ela ensina aos mortos como viver da frente para trás. Eles vão se tornando mais jovens, mais jovens até que estão prontos para renascer e para voltar à vida.

Esse ato de devorar pecados e pecadores, sua subsequente incubação e sua liberação de volta à vida constituem um processo de individuação para os seres mais abjetos da psique. Nesse sentido, é correto e válido que para essa finalidade retiremos energia dos elementos predatórios da nossa psique, matando-os por assim dizer, esgotando sua força. Eles então podem ser devolvidos à compassiva mãe da vida-morte-vida, para serem transformados e recriados num estado menos beligerante.

Muitos estudiosos que examinaram esse conto consideram que o Barba-azul representa uma força que não pode ser redimida.[5] Na minha opinião, porém, existe mais um campo para esse aspecto da psique – não a transformação de um carnífice num Mr. Chips, porém algo mais parecido com uma pessoa que precisa ser mantida num hospício, um lugar razoável com árvores, céu e alimentação adequada, e talvez música para acalmar, e não alguém a ser banido para um canto nos fundos da psique, para ser torturado e insultado.

Por outro lado, não quero dar a entender que não exista algo que seja um mal manifesto e irregenerável, pois isso também existe. No transcorrer dos tempos há a sensação mística de que todo esforço de individualização realizado por seres humanos também afeta as trevas no inconsciente coletivo de todos os humanos, sendo esse o lugar de residência do predador. Jung disse uma vez que Deus adquiria maior consciência[6] à medida que os seres humanos adquiriam mais consciência. Ele postulava que os humanos lançavam luz sobre o lado sombrio de Deus quando expulsavam seus próprios demônios para a luz do dia.

Não afirmo saber como tudo isso funciona, mas de acordo com o padrão arquetípico, aparentemente funcionaria da seguinte forma: em vez de insultar o predador da psique, ou em vez de fugir dele, nós o desarmamos. Conseguimos esse feito não nos permitindo pensamentos discordantes a respeito da vida da nossa alma e especialmente do nosso valor. Capturamos os pensamentos nocivos antes que eles cresçam o suficiente para nos prejudicar e os destruímos.

Desarmamos o predador ao enfrentar suas invectivas com a proteção das nossas próprias verdades. Predador: "Você nunca termina nada que começa." Você: "Termino muitas coisas, sim." Enfraquecemos os ataques do predador natural levando a sério o que for verdade no que ele disser, trabalhando com essas verdades e ignorando o resto.

Desarmamos o predador ao manter nossas intuições e instintos e resistindo à sua sedução. Se fôssemos fazer uma lista de todas as nossas perdas até o momento atual nas nossas vidas, lembrando-nos de ocasiões em que nos decepcionamos, em que estivemos indefesas diante do suplício, em que tivemos uma fantasia cheia de glacê e fru-fru, compreenderíamos que esses são pontos vulneráveis na nossa psique. É a esses aspectos carentes e desprestigiados que o predador recorre a fim de esconder o fato de que sua única intenção é a de arrastá-la para o subterrâneo e sugar sua energia como numa transfusão de sangue.

No final da história do Barba-azul, seus ossos e cartilagens são deixados para os abutres. Esse fato nos dá um forte *insight* sobre a transformação do predador. Essa é a última tarefa para a mulher nessa viagem com o Barba-azul: a de permitir que sua natureza de vida-morte-vida desmanche o predador e o leve embora para ser incubado, transformado e devolvido à vida.

Quando nos recusamos a obsequiar o predador, sua força se esvai e ele é incapaz de agir sem nós. Basicamente, nós o expulsamos para aquela camada da psique na qual toda a criação ainda está em formação e o deixamos borbulhar naquele caldo etéreo até que possamos encontrar uma forma, uma forma melhor para ele preencher. Quando o *energum* psíquico do predador estiver derretido, ele pode receber uma nova forma com algum outro objetivo. Somos, portanto, criadores. A substância bruta, tendo sido reduzida, transforma-se no material para nossa própria criação.

As mulheres descobrem que ao dominar o predador, dele retirando o que é útil e deixando o resto, elas se sentem cheias de energia, vitalidade e ímpeto. Elas extraíram do predador o que lhes havia sido roubado, o vigor e o sentido verdadeiro. Pode-se entender de algum dos seguintes modos o ato de extrair a energia do predador e de transformá-la em outra coisa. A raiva do predador pode ser transformada numa exaltação da alma íntima voltada para a realização de uma importante tarefa no mundo. A astúcia do predador pode ser usada para investigar e compreender as coisas de forma distanciada. A natureza assassina do predador pode ser usada para erradicar o que deve realmente morrer na vida de uma mulher, ou as coisas para as quais ela precisa morrer na sua vida exterior, sendo essas coisas diferentes conforme a ocasião.

Aproveitar as partes do Barba-azul é como isolar os elementos de valor medicinal do venenoso meimendro ou os elementos curativos da temível beladona, e usar esses materiais com cuidado para ajudar e para curar. As cinzas deixadas pelo predador irão sem dúvida se levantar novamente, mas de forma diferente, com muito maior oportunidade de ser reconhecida e com um poder muito reduzido para enganar e destruir – pois você derreteu muitos dos poderes que ele dedicava à destruição e voltou esses poderes para o que é útil e relevante.

O Barba-azul é uma fábula muito importante para as mulheres jovens, não necessariamente na idade cronológica, mas em alguma parte da sua mente. É uma história sobre a ingenuidade psíquica, mas também sobre o vigoroso desrespeito à proibição de “olhar” e de afinal trucidar e reduzir a pedaços o predador natural da psique.

As histórias têm a intenção de devolver o movimento à vida interior. A lenda do Barba-azul é um exemplo de especial importância para ser aplicado à vida interior de uma mulher que tenha sido assustada, acuada ou encurralada. As soluções presentes nas histórias diminuem o medo, ministram doses de adrenalina na hora certa e, o que é mais importante para o self ingênuo no cativeiro, abrem portas em paredes anteriormente sem nenhuma abertura.

Talvez o mais importante seja o fato de a história do Barba-azul trazer ao nível do consciente a chave psíquica, a capacidade de fazer qualquer pergunta a respeito de nós mesmos, da nossa família, dos nossos projetos e da vida como um todo. Depois, como um ser selvagem que tudo fareja, que cheira em volta, debaixo e dentro para descobrir o que uma coisa é, a mulher está livre para encontrar respostas verdadeiras para suas perguntas mais profundas e mais sombrias. Ela está livre para arrancar os poderes daquilo que a assolou e para voltar esses poderes, que antes foram empregados contra ela, para os excelentes usos que lhe forem mais convenientes. Assim é a mulher selvagem.

O homem sinistro nos sonhos das mulheres

O predador natural da psique não se encontra apenas nos contos de fadas, mas também nos sonhos. Existe um sonho iniciático universal entre as mulheres. Ele é tão comum que é digno de nota o fato de uma mulher ter chegado aos 25 anos sem tê-lo tido. O sonho geralmente faz com que as mulheres acordem sobressaltadas, se debatendo e ansiosas.

Eis o padrão do sonho. Quem sonha está sozinha, muitas vezes na sua própria casa. Do lado de fora, no escuro, há um ou dois homens rondando. Assustada, ela disca[7] o número de emergência para pedir ajuda. De repente, ela percebe que o ladrão está dentro de casa com ela... perto dela... talvez ela até sinta a respiração dele... talvez ele até a esteja tocando... e ela não consegue ligar para o telefone de emergência. Ela acorda de repente, com a respiração ruidosa, o coração batendo como um tambor descompassado.

O sonho com o homem sinistro tem um forte aspecto físico. Ele muitas vezes é acompanhado de suores, movimentos violentos, respiração difícil, aceleração dos batimentos cardíacos e às vezes de gritos e gemidos de medo. Poderíamos dizer que o criador do sonho desistiu de enviar mensagens sutis à sonhadora e agora manda imagens que abalam o sistema neurológico e o sistema nervoso autônomo da sonhadora, comunicando, assim, a urgência da questão.

O(s) antagonista(s) nesse sonho com o homem sinistro são geralmente, nas palavras das próprias mulheres, "terroristas, estupradores, bandidos, nazistas de campos de concentração, saqueadores, assassinos, criminosos, homens desagradáveis, pervertidos, ladrões". Existem diversos níveis para a interpretação de um sonho desse tipo, dependendo das circunstâncias da vida e dos dramas interiores que envolvem quem sonha.

Muitas vezes, por exemplo, esse tipo de sonho é um indicador confiável de que a consciência de uma mulher, como no caso de uma mulher muito jovem, está começando a perceber a existência do predador psíquico inato. Em outros casos, o sonho é um arauto: a mulher que sonha acabou de descobrir, ou está a ponto de descobrir e de começar a liberar, uma função cativa e esquecida da sua psique. Ainda sob outras circunstâncias, o sonho trata de uma situação cada vez mais intolerável na cultura que cerca a vida pessoal de quem sonha, situação que ela precisa combater ou da qual precisa fugir.

Em primeiro lugar, vamos compreender as ideias subjetivas contidas nesse tema em sua aplicação à vida pessoal e interior de quem sonha. O sonho do homem sinistro esclarece à mulher a situação difícil que enfrenta. O sonho fala de uma atitude cruel para consigo mesma, encarnada pelo bandido no sonho. Como a esposa do Barba-azul, se a mulher conseguir dominar conscientemente a pergunta-chave sobre a questão e respondê-la com honestidade, ela poderá se libertar. Então, os agressores, os que espreitam, e os predadores da psique exercerão pressão muito menor sobre ela. Eles serão relegados a uma camada distante do inconsciente. Lá, ela poderá lidar com eles com cuidado, em vez de no meio de uma crise.

O homem sinistro nos sonhos de mulheres aparece quando é iminente uma iniciação – uma mudança psíquica de um nível de conhecimento e de comportamento para outro nível mais maduro e mais cheio de energia. Esse sonho ocorre àquela que ainda será iniciada, bem como àquelas que já são veteranas de diversos ritos de passagem, pois sempre existe uma iniciação a mais. Não importa a idade atingida pela mulher, não importa quantos anos se passem, ela tem outras idades, outros estágios e outras "primeiras vezes" à sua espera. É nisso que se resume a iniciação: ela cria uma abertura através da qual a pessoa se prepara para passar de modo a alcançar um novo modo de ser e de conhecer.

Os sonhos são portais, entradas, preparações e ensaios para o próximo passo na consciência da mulher, para o dia seguinte no seu processo de individuação. Portanto, uma mulher poderia sonhar com o predador quando suas circunstâncias psíquicas estão excessivamente inertes ou complacentes. Poderíamos dizer que o sonho ocorre para provocar uma tempestade na psique para que algum trabalho vigoroso possa ser realizado. Além disso, o sonho dessa natureza afirma que a vida da mulher precisa mudar, que a mulher que sonha ficou enredada em algum hiato ou em algum estado inercial relacionado com alguma escolha difícil, que ela reluta em dar o passo seguinte, concluir o percurso seguinte, que ela está evitando arrancar sua própria força das mãos do predador, que ela não está acostumada a ser/agir/lutar a todo vapor, sem reservas.

Ainda mais, os sonhos com o homem sinistro são também campainhas de alarme recomendando que prestemos atenção a algo que se desencaminhou radicalmente no mundo exterior, na vida pessoal ou na cultura coletiva. A psicologia tradicional apresenta, por total omissão, uma tendência a segregar a psique humana do relacionamento com a terra onde vivem os seres humanos, a isolá-la do conhecimento das etiologias culturais do mal-estar e do desassossego, bem como a apartar a psique das políticas e procedimentos que modelam as vidas interior e exterior dos seres humanos – como se aquele mundo exterior não fosse tão surrealista, não fosse tão carregado de símbolos, não tivesse tanto impacto e influência sobre a alma de cada um quanto o tumulto interior.

Quando o mundo exterior se intrometeu na vida espiritual básica de um indivíduo ou de muitos, os sonhos com o homem sinistro surgem em grande número. Para mim foi fascinante poder reunir sonhos de mulheres expostas a alguma aflição decorrente de algo de errado na cultura externa, como por exemplo das mulheres que viviam perto da poluente fundição de York City,[8] Idaho, sonhos de mulheres extremamente conscientizadas envolvidas em atividades de natureza social e de proteção ambiental, como por exemplo *las guerrillas compañeras*, irmãs guerreiras no sertão de Quebrada na América Central,[9] mulheres nos *Cofradios des Santuarios*[10] nos Estados Unidos e defensoras dos direitos civis em Latino County.[11] Todas têm muitos sonhos com o homem sinistro.

Em termos gerais, haveria a impressão de que, para as sonhadoras ingênuas ou desinformadas, esses sonhos representariam alarme de despertador: "*Hola!* Preste atenção, você está correndo perigo." E, para aquelas que já estão conscientizadas e engajadas em atividades de natureza social, o sonho com o homem sinistro seria quase um estimulante para lembrar à mulher o que ela está enfrentando, para incentivá-la a continuar forte, vigilante e a prosseguir com seu trabalho.

Portanto, quando as mulheres sonham com o predador natural, nem sempre se trata exclusivamente de uma mensagem sobre a vida interior. Às vezes é uma mensagem sobre os aspectos ameaçadores da cultura em que vivemos, quer se trate de uma cultura limitada, porém brutal, no escritório, dentro da própria família, na área da sua comunidade, quer seja tão ampla quanto uma cultura religiosa ou nacional. Como se pode ver, cada grupo e cada cultura parecem também ter seu próprio predador natural da psique. E, a partir da história, observa-se a ocorrência de períodos nas culturas durante os quais o predador é identificado com uma soberania absoluta, que lhe é permitida, até que as pessoas que discordam se transformam numa maré incontrolável.

Embora uma grande vertente da psicologia dê ênfase às causas familiares na angústia dos seres humanos, o componente cultural tem o mesmo peso, pois a cultura é a família da família. Se a família da família sofre de várias enfermidades, todas as famílias dentro daquela cultura terão de lutar com os mesmos inconvenientes. Há um ditado que diz que a cultura cura. Se a cultura tem essa propriedade medicinal, as famílias aprendem a curar. Elas lutarão menos, serão mais reparadoras, ferirão muito menos, serão muito mais gentis e carinhosas. Numa cultura dominada pelo predador, toda nova vida que precisa nascer, bem como toda velha vida que precisa partir, é incapaz de se movimentar, e a vida espiritual dos seus cidadãos sofre um congelamento tanto pelo medo quanto pela inanição espiritual.

Por que motivo esse intruso que, nos sonhos das mulheres, assume na maioria das vezes a forma de um homem invasor procura atacar a psique instintiva e, em especial, seus poderes selvagens de conhecimento, ninguém sabe dizer ao certo. Dizemos que está na natureza das coisas. No entanto, encontramos esse processo destrutivo exacerbado quando a cultura em volta da mulher alardeia, alimenta e protege atitudes destrutivas para com a profunda natureza instintiva da alma. Com essas atitudes, a cultura fortalece dentro da psique de todos os seus habitantes esses valores extremamente destrutivos – com os quais o predador concorda avidamente. Da mesma forma, quando uma sociedade exorta seu povo a desconfiar da profunda vida instintiva e a evitá-la, o elemento autopredatório nas nossas psiques é reforçado e acelerado.

Contudo, mesmo numa cultura opressora, em qualquer mulher na qual a Mulher Selvagem ainda viva e viceje ou apenas cintile, haverá perguntas-chave sendo feitas, não só aquelas que nos são úteis para o *insight* particular de cada um, mas também aquelas que tratam da nossa cultura. "O que está por trás dessas proibições que vemos no mundo exterior?" "Que parte boa ou útil no indivíduo, na cultura, na terra, na natureza humana foi morta ou está morrendo por aqui?" Uma vez examinadas essas questões, a mulher está capacitada para agir de acordo com sua própria competência, com seu próprio talento. Tomar o mundo nas mãos e agir com ele de um modo inspirado e fortalecedor da alma é um poderoso ato do espírito selvagem.

É por esse motivo que a natureza selvagem das mulheres precisa ser preservada – e até mesmo, em alguns casos, protegida com extrema vigilância para que não seja de repente sequestrada e estrangulada. É importante alimentar essa natureza instintiva, abrigá-la, dar-lhe condições de expansão, pois mesmo nas condições mais restritivas da cultura, da família e da psique, a paralisia é muito menor nas mulheres que mantiveram seu vínculo com a natureza instintiva profunda e selvagem. Embora haja danos se uma mulher for presa e/ou induzida a se manter ingênua e submissa, ainda sobra energia suficiente para superar o carcereiro, escapar dele, correr mais do que ele e, finalmente, dividi-lo e desmanchá-lo para seus próprios usos construtivos.

Existe outra ocasião específica na qual é altamente provável que as mulheres tenham sonhos com o homem sinistro; e ela ocorre quando o fogo criador interno está abafado, soltando fumaça, sozinho, quando resta pouca lenha por perto, ou quando as cinzas brancas a cada dia ficam mais altas e a panela continua vazia. Essas síndromes podem surgir mesmo quando somos veteranas na nossa arte, bem como quando começamos a sério a aplicar nossos dons no mundo exterior. Elas surgem quando ocorre uma invasão predatória da psique e, consequentemente, descobrimos todas as razões para fazer qualquer coisa menos sentar ali, ficar ali paradas ou ir até lá para realizar não importa o quê que nos seja caro.

Nesses casos, o sonho com o homem sinistro muito embora acompanhado de um medo que sobressalta o coração, não é um sonho agourento. Ele é muito positivo e trata de uma necessidade correta e oportuna de acordar para um movimento destrutivo dentro da própria psique; para aquilo que está furtando nosso fogo; intrometendo-se na nossa energia; roubando de nós o lugar, o espaço, o tempo e o território para a criação.

Muitas vezes a vida criativa é retardada ou interrompida porque alguma parte da psique tem de nós uma opinião muito desfavorável, e nós estamos ali rastejando aos seus pés em vez de lhe dar um golpe na cabeça e sair correndo livres. Em muitos casos, o que é necessário para corrigir a situação é que levemos mais a sério do que nunca nossas ideias, nossa arte e a nós mesmas. Em virtude de grandes quebras de continuidade nas linhas de auxílio matrilineares pelas gerações afora, esse tema de valorização da nossa vida criativa – ou seja, a valorização das ideias e obras engenhosas e belas que emanam da alma selvagem – tornou-se uma questão permanente para as mulheres.

No meu consultório fiquei olhando enquanto certas poetas jogavam no sofá folhas com seus trabalhos como se sua poesia fosse um lixo em vez de um tesouro. Vi pintoras trazerem seus quadros para uma sessão, deixando que eles batessem no batente da porta ao entrar. Vi o brilho da inveja nos olhos das mulheres quando tentam disfarçar sua raiva pelo fato de outros parecerem ser capazes de criar enquanto elas próprias, por algum motivo, não conseguem.

Ouvi todas as desculpas que uma mulher poderia conceber. Não tenho talento. Não sou importante. Não tenho instrução. Não tenho ideias. Não sei como fazer. Não sei o que fazer. Não sei quando fazer. E a mais revoltante de todas: não tenho tempo. Sempre sinto vontade de sacudi-las até que se arrependam e prometam nunca mais contar mentiras. Mas não preciso sacudi-las, pois o homem sinistro dos sonhos cumprirá essa função e, se não for ele, outro agente onírico qualquer o fará.

O sonho com o homem sinistro é apavorante, e os sonhos apavorantes com enorme frequência são muito bons para a criatividade. Eles mostram à artista o que lhe acontecerá se ela se permitir ser reduzida a uma talentosa inválida. Esse sonho com o homem sinistro é muitas vezes o suficiente para apavorar a mulher, fazendo com que ela volte a criar. No mínimo, ela poderá criar obras que elucidem o homem sinistro nos seus próprios sonhos.

A ameaça do homem sinistro serve como advertência para todas nós – se você não prestar atenção aos seus tesouros, eles lhe serão roubados. Sob esse aspecto, quando uma mulher tem um sonho desses ou uma série deles, isso significa que um imenso portão está se abrindo para os campos iniciáticos onde poderá ocorrer uma revalorização dos seus talentos. Ali, o que estiver destruindo cada vez mais a mulher ou roubando dela pode ser reconhecido e captado, recebendo o devido tratamento.

Quando a mulher se esforça para examinar melhor o predador da sua própria psique e se ela reconhecer sua presença e entrar num combate necessário com ele, o predador irá se mudar para um ponto muito mais isolado e discreto da psique. No entanto, se o predador for ignorado, ele se tornará cada vez mais cheio de ódio e de ciúme, com o desejo de silenciar a mulher para sempre.

Na prática, é importante que uma mulher sujeita a sonhos no estilo do Barba-azul e do homem sinistro elimine da sua vida o máximo de negatividade possível. É necessário às vezes limitar ou rarear certos relacionamentos pois, se uma mulher é cercada externamente por pessoas que se opõem à sua vida profunda ou que são descuidadas com ela, seu predador interior disso se alimenta, desenvolvendo mais força dentro da sua psique e sendo mais agressivo com ela.

As mulheres muitas vezes sentem extrema ambivalência quanto a agredirem o intruso por pensarem que se trata de uma situação em que "se ficar o bicho pega, se correr o bicho come". Se ela não escapar, o homem sinistro se transforma em seu carcereiro, e ela, em sua escrava. Se ela conseguir escapar, ele a perseguirá sem trégua, como se fosse seu dono. As mulheres temem que o homem sinistro as encurrale para forçá-las novamente à submissão, e esse medo se reflete nos seus sonhos.

Por isso é comum que as mulheres eliminem suas naturezas criativas, repletas de almas e selvagens em reação a ameaças por parte do predador. É por isso que as mulheres jazem como cadáveres e esqueletos no subterrâneo do castelo do Barba-azul. Elas descobriram a armadilha, porém tarde demais. A consciência é a saída da caixa, é a saída da tortura. É o caminho que leva para longe do homem sinistro. E as mulheres têm o direito de lutar com unhas e dentes para chegar a ele e nele se manter.

Na história do Barba-azul, vemos uma mulher que cede ao encanto do predador, que acorda para a realidade e foge dele, mais sábia para a próxima vez. O conto de fadas trata da transformação de quatro introjeções sombrias que, para as mulheres, são objeto de controvérsia: não veja, não tenha *insight*, não fale, não aja. Para expulsar o predador, precisamos fazer o contrário. Devemos abrir as coisas com chaves ou à força para ver o que está dentro delas. Devemos usar nosso *insight* e nossa capacidade de suportar o que vemos. Devemos proclamar nossa verdade em alto e bom som. E devemos ser capazes de usar nossa inteligência para fazer o que for necessário a respeito do que vemos.

Quando uma mulher é forte em sua natureza instintiva, ela reconhece por instinto o predador inato pelo cheiro, pela aparência, pelos ruídos... ela prevê sua presença, ouve sua aproximação e toma medidas para afastá-lo. Na mulher cujos instintos foram danificados, o predador cai sobre ela antes que ela possa perceber sua presença, pois sua audição, seu conhecimento e sua percepção estão prejudicados – principalmente por introjeções que a exortam a ser boazinha, a se comportar e, especialmente, a fechar os olhos aos maus-tratos.

Em termos psíquicos, é difícil notar à primeira vista a diferença entre as não iniciadas, que ainda são jovens e, portanto, ingênuas, e as mulheres cujos instintos foram danificados. Nenhuma das duas tem grande conhecimento acerca do predador sinistro, sendo ainda muito crédulas. Felizmente para nós, porém, quando o elemento predatório da psique de uma mulher está em atuação, ele deixa para trás pistas inconfundíveis nos seus sonhos. Essas pistas acabam levando à sua descoberta, captura e refreamento.

A cura, tanto para a mulher ingênua quanto para a que teve os instintos fragilizados, é a mesma: tente prestar atenção à sua intuição, à sua voz interior; faça perguntas; seja curiosa; veja o que estiver vendo; ouça o que estiver ouvindo; e então aja com base no que sabe ser verdade. Esses poderes intuitivos foram concedidos à sua alma no instante do nascimento. Eles estão cobertos talvez por anos e anos de cinzas e excrementos. Isso não é o fim do mundo, pois é sempre fácil livrar-se da sujeira com água. Se você arrancar aqui um pouco, esfregar ali e adquirir alguma prática, seus poderes perceptivos podem ser restaurados ao seu estado primitivo.

Ao recuperar esses poderes das sombras da nossa psique, deixaremos de ser simples vítimas das circunstâncias internas ou externas. Não importa de que forma a cultura, a personalidade, a psique ou outra força qualquer exija que a mulher se vista ou se comporte; não importa como eles todos possam desejar manter as mulheres vigiadas por suas damas de companhia, cochilando por perto; não importa que tipo de pressão tente reprimir a expressão da alma da mulher, nada disso pode alterar o fato de que uma mulher é o que é, e que sua essência é determinada pelo inconsciente selvagem, o que é bom.

É de importância crucial que nos lembremos de que, sempre que temos sonhos com o homem sinistro, existe um poder antagônico por perto, esperando para nos ajudar. Quando acionamos a energia selvagem para resistir ao predador, adivinhem quem aparece imediatamente? A Mulher Selvagem chega superando quaisquer cercas, muros ou obstáculos que o predador tenha construído. Ela não é um ícone, a ser exposto na parede como um quadro religioso. Ela é um ser vivo que chega a nós de qualquer lugar, sob quaisquer condições. Ela e o predador se conhecem há muito, muito tempo. Ela descobre seu paradeiro através de sonhos, de histórias, contos e através da vida inteira das mulheres. Onde ele estiver, ela estará, pois é ela quem contrabalança a destruição causada por ele.

A Mulher Selvagem ensina às mulheres quando não se deve ser "boazinha" no que diz respeito à proteção da expressão de nossa alma. A natureza selvagem sabe que a "doçura" nessas ocasiões só faz com que o predador sorria. Quando a expressão da alma está sendo ameaçada, não é só aceitável fixar um limite e ser fiel a ele; é imprescindível. Quando a mulher age assim, não poderá haver intromissões na sua vida por muito tempo, pois ela reconhece logo o que está errado e tem condições de empurrar o predador de volta ao seu devido lugar. Ela já não é mais ingênua. Ela já não é mais uma meta ou um alvo. E é esse o antídoto mágico que afinal faz com que a chave pare de sangrar.

CAPÍTULO 3

farejando os fatos: o resgate da intuição como iniciação

A BONECA NO BOLSO: VASALISA, A SABIDA

A intuição é o tesouro da psique da mulher. Ela é como um instrumento de adivinhação, como um cristal através do qual se pode ver com uma visão interior excepcional. Ela é como uma velha sábia que está sempre com você, que lhe diz *exatamente qual é o problema, que lhe diz exatamente se você deve virar à esquerda ou à direita*. Ela é uma forma de velha *La Que Sabé*, Daquela Que Sabe, da Mulher Selvagem.

As contadoras de histórias dedicadas estão sempre longe, aos pés de algum morro, afundadas até os joelhos na poeira das histórias, retirando séculos de sujeira, escavando camadas de culturas e de conquistas, classificando cada friso e cada afresco de história que possam encontrar. Às vezes a história foi reduzida a pó, às vezes porções e detalhes estão faltando ou foram perdidos; com frequência, a forma está intacta, mas o espírito está destruído. Mesmo assim, toda escavação traz em si a esperança de se encontrar uma história inteira, intacta. A história que se segue é exatamente um incrível tesouro desses.

O antigo conto russo de "Vasalisa"[1] é a história praticamente intacta da iniciação de uma mulher. Ele trata da percepção de que a maioria das coisas não é o que parece. Como mulheres, recorremos à nossa intuição e aos nossos instintos para farejar tudo. Usamos nossos sentidos para espremer a verdade das coisas, para extrair o alimento das ideias, para ver o que há para ser visto, para conhecer o que há para ser conhecido, para ser as guardiãs do fogo criativo e para ter uma compreensão íntima dos ciclos de vida-morte-vida de toda a natureza – assim é uma mulher iniciada.

A história de Vasalisa é contada na Rússia, na Romênia, na Iugoslávia, na Polônia e em todos os países bálticos. Ela às vezes é intitulada "A boneca"; às vezes, "Wassilissa, a sabida". Encontramos indícios de suas raízes arquetípicas até pelo menos o tempo dos cultos das antigas deusas-cavalo que antecederam a cultura grega clássica. É um conto que traz um mapeamento psíquico antiquíssimo acerca da indução no mundo subterrâneo do selvagem Deus-fêmea. Ele fala de como infundir nas mulheres o poder instintivo básico da Mulher Selvagem: a intuição.

Essa história me foi passada por tia Kathé. Ela começa com um dos mais antigos truques conhecidos dos contadores de histórias: "Era uma vez, e não era uma vez..."[2] Essa frase paradoxal tem a intenção de alertar a alma do ouvinte para o fato de a história ter lugar no mundo entre os mundos, onde nada é o que parece ser à primeira vista. Comecemos, portanto.

*

VASALISA

Era uma vez, e não era uma vez, uma jovem mãe que jazia no seu leito de morte, com o rosto pálido como as rosas brancas de cera na sacristia da igreja dali de perto. Sua filhinha e seu marido estavam sentados aos pés da sua velha cama de madeira e oravam para que Deus a conduzisse em segurança até o outro mundo.

A mãe moribunda chamou Vasalisa, e a criança de botas vermelhas e avental branco ajoelhou-se ao lado da mãe.

– Essa boneca é para você, meu amor – sussurrou a mãe, e da coberta felpuda ela tirou uma bonequinha minúscula que, como a própria Vasalisa, usava botas vermelhas, avental branco, saia preta e colete todo bordado com linha colorida.

– Estas são as minhas últimas palavras, querida – disse a mãe. – Se você se perder ou precisar de ajuda, pergunte à boneca o que fazer. Você receberá ajuda. Guarde sempre a boneca. Não fale a ninguém sobre ela. Dê-lhe de comer quando ela estiver com fome. Essa é a minha promessa de mãe para você, minha bênção, querida. – E, com essas palavras, a respiração da mãe mergulhou nas profundezas do seu corpo, onde recolheu sua alma, e saiu correndo pelos lábios; e a mãe morreu.

A criança e o pai choraram sua morte por muito tempo. No entanto, como o campo arrasado pela guerra, a vida do pai voltou a verdejar por entre os sulcos e ele desposou uma viúva com duas filhas. Embora a nova madrasta e suas filhas fossem gentis e sorrissem como damas, havia algo de corrosivo por trás dos sorrisos que o pai de Vasalisa não percebia.

Realmente, quando as três estavam sozinhas com Vasalisa, elas a atormentavam, forçavam-na a lhes servir de criada, mandavam-na cortar lenha para que sua pele delicada se ferisse. Elas a detestavam porque Vasalisa tinha uma doçura que não parecia deste mundo. Ela era também muito bonita. Seus seios eram fartos, enquanto os delas definhavam de maldade. Ela era solícita e não se queixava, enquanto a madrasta e as duas filhas eram, entre si mesmas, como ratos no monte de lixo à noite.

Um dia a madrasta e suas filhas simplesmente não conseguiam mais aguentar Vasalisa.

– Vamos... combinar de deixar o fogo se apagar e, então, vamos mandar Vasalisa entrar na floresta para ir pedir fogo para nossa lareira a Baba Yaga, a bruxa. E, quando ela chegar até Baba Yaga, bem, a velha irá matá-la e comê-la. – As três bateram palmas e guincharam como animais que vivem na escuridão.

Por isso, naquela noite, quando Vasalisa voltou para casa depois de catar lenha, a casa estava completamente às escuras. Ela ficou muito preocupada e falou com a madrasta.

– O que aconteceu? Como vamos fazer para cozinhar? – O que vamos fazer para iluminar as trevas?

– Sua imbecil – reclamou a madrasta. – É claro que não temos fogo. E eu não posso sair para o bosque devido à minha idade. Minhas filhas não podem ir porque têm medo. Você é a única que tem condições de sair floresta adentro para encontrar Baba Yaga e conseguir dela uma brasa para acender nosso fogo de novo.

– Ora, está bem – respondeu Vasalisa, inocente. – É o que vou fazer. – E foi mesmo. A floresta ia ficando cada vez mais escura, e os gravetos estalavam sob seus pés, deixando-a assustada. Ela enfiou a mão bem fundo no bolso do avental, e ali estava a boneca que a mãe ao morrer havia lhe dado.

– Só de tocar nessa boneca, já me sinto melhor – disse Vasalisa, acariciando a boneca no bolso.

A cada bifurcação da estrada, Vasalisa enfiava a mão no bolso e consultava a boneca. "Bem, eu devo ir para a esquerda ou para direita?" A boneca respondia "Sim", "Não", "Para esse lado" ou "Para aquele lado". E Vasalisa dava à boneca um pouco de pão enquanto ia caminhando, seguindo o que sentia estar emanando da boneca.

De repente, um homem de branco num cavalo branco passou galopando, e o dia nasceu. Mais adiante, um homem de vermelho passou montado num cavalo vermelho, e o sol apareceu. Vasalisa caminhou e caminhou e, bem na hora em que estava chegando ao casebre de Baba Yaga, um cavaleiro vestido de negro passou trotando e entrou direto no casebre. Imediatamente fez-se noite. A cerca feita de caveiras e ossos ao redor da choupana começou a refulgir com um fogo interno de tal forma que a clareira ali na floresta ficou iluminada com uma luz espectral.

Ora, Baba Yaga era uma criatura muito temível. Ela viajava, não num coche nem numa carruagem, mas num caldeirão com o formato de um gral que voava sozinho. Ela remava esse veículo com um remo que parecia um pilão e o tempo todo varria o rastro por onde passava com uma vassoura feita do cabelo de alguém morto há muito tempo.

E o caldeirão veio voando pelo céu, com o próprio cabelo sebento de Baba Yaga na esteira. Seu queixo comprido era curvado para cima e seu longo nariz era curvado para baixo, de modo que os dois se encontravam a meio caminho. Baba Yaga tinha um ínfimo cavanhaque branco e verrugas na pele adquiridas de seus contatos com sapos. Suas unhas manchadas de marrom eram grossas e estriadas como telhados, e tão compridas e recurvas que ela não conseguia fechar a mão.

Ainda mais estranha era a casa de Baba Yaga. Ela ficava em cima de enormes pernas de galinha, amarelas e escamosas, e andava de um lado para o outro sozinha. Ela às vezes girava e girava como uma bailarina em transe. As cavilhas nas portas e janelas eram feitas de dedos humanos, das mãos e dos pés, e a tranca da porta da frente era um focinho com muitos dentes pontiagudos.

Vasalisa consultou sua boneca. "É essa casa que procuramos?" E a boneca, a seu modo, respondeu: "É, é essa a que procuramos." E antes que ela pudesse dar mais um passo, Baba Yaga no seu caldeirão desceu sobre Vasalisa, aos gritos.

– O que *você* quer?

– Vovó, vim apanhar fogo – respondeu a menina, estremecendo. – Está frio na minha casa... o meu pessoal vai morrer... preciso de fogo.

– Ah, sssssei – retrucou Baba Yaga, rabugenta. – Conheço você e o seu pessoal. Bem, criança inútil... você deixou o fogo se apagar. O que é muita imprudência. Além do mais, o que a fez pensar que eu lhe daria a chama?

– Porque eu estou pedindo – respondeu rápido Vasalisa depois de consultar a boneca.

– Você tem sorte – resmungou Baba Yaga. – Essa é a resposta certa.

E Vasalisa se sentiu com muita sorte por ter acertado a resposta. Baba Yaga, porém, a ameaçou.

– Não há a menor possibilidade de eu lhe dar o fogo antes de você fazer algum trabalho para mim. Se você realizar essas tarefas para mim, receberá o fogo. Se não... – E nesse ponto Vasalisa viu que os olhos de Baba Yaga de repente se transformavam em brasas. – Se não, minha filha, você morrerá.

E assim Baba Yaga entrou pesadamente no casebre, deitou-se na cama e mandou que Vasalisa lhe trouxesse a comida que estava no forno. No forno havia comida suficiente para dez pessoas, e a Yaga comeu tudo, deixando uma pequena migalha e um dedal de sopa para Vasalisa.

– Lave minha roupa, varra a casa e o quintal, prepare minha comida, separe o milho mofado do milho bom e certifique-se de que tudo está em ordem. Volto mais tarde para inspecionar seu trabalho. Se tudo não estiver pronto, você será meu banquete. – E com isso a Baba Yaga partiu voando no seu caldeirão com o nariz lhe servindo de biruta, e o cabelo, de vela. E anoiteceu novamente.

Vasalisa voltou-se para a boneca assim que a Yaga se foi.

– O que vou fazer? Vou conseguir cumprir as tarefas a tempo? – A boneca disse que sim e recomendou que ela comesse algo e fosse dormir. Vasalisa deu algo de comer à boneca também e adormeceu.

Pela manhã, a boneca havia feito todo o trabalho, e só faltava preparar a refeição. À noite, a Yaga voltou e não encontrou nada por fazer. Satisfeita, de certo modo, mas irritada por não conseguir encontrar nenhuma falha, Baba Yaga zombou de Vasalisa.

– Você é uma menina de sorte. – Ela, então, convocou seus fiéis criados para moer o milho, e três pares de mãos apareceram em pleno ar e começaram a raspar e esmagar o milho. Os resíduos pairavam no ar como uma neve dourada. Finalmente, o serviço terminou, e Baba Yaga se sentou para comer. Comeu horas a fio e deu ordens a Vasalisa para que no dia seguinte limpasse a casa, varresse o quintal e lavasse a roupa.

– Naquele monte de estrume – disse a Yaga, apontando para um enorme monte de estrume no quintal – há muitas sementes de papoula, milhões de sementes de papoula. Amanhã quero encontrar um monte de sementes de papoula e um monte de estrume, completamente separados um do outro. Compreendeu?

– Meu Deus, como vou fazer isso? – exclamou Vasalisa, quase desmaiando.

– Não se preocupe, eu me encarrego – sussurrou a boneca, quando a menina enfiou a mão no bolso.

Naquela noite, Baba Yaga adormeceu roncando, e Vasalisa tentou... catar... as... sementes de papoula... do... meio... do... estrume.

– Durma agora – disse-lhe a boneca, depois de algum tempo. – Tudo vai dar certo.

Mais uma vez, a boneca executou todas as tarefas e, quando a velha voltou, tudo estava pronto.

– Ora, ora! Que sorte a sua de conseguir acabar tudo! – disse Baba Yaga, falando sarcástica pelo nariz. Ela chamou seus fiéis criados para prensar o óleo das sementes, e novamente três pares de mãos apareceram e cumpriram a tarefa.

Enquanto a Yaga estava besuntando os lábios na gordura do cozido, Vasalisa ficou parada por perto.

– E aí, o que é que você está olhando? – perguntou Baba Yaga, de mau humor.

– Posso lhe fazer umas perguntas, vovó? – perguntou Vasalisa.

– Pergunte – ordenou a Yaga –, mas lembre-se, saber demais envelhece as pessoas antes do tempo.

Vasalisa perguntou quem era o homem de branco no cavalo branco.

– Ah – respondeu a Yaga, com carinho. – Esse primeiro é o meu Dia.

– E o homem de vermelho no cavalo vermelho?

– Ah, esse é o meu Sol Nascente.

– E o homem de negro no cavalo negro?

– Ah, sim, esse é o terceiro e ele é a minha Noite.

– Entendi – disse Vasalisa.

– Vamos, vamos, minha criança. Não quer me fazer mais perguntas? – sugeriu a Yaga, manhosa.

Vasalisa estava a ponto de perguntar sobre os pares de mãos que apareciam e desapareciam, mas a boneca começou a saltar dentro do bolso e, em vez disso, Vasalisa respondeu.

– Não, vovó. Como a senhora mesma diz, saber demais pode envelhecer a pessoa antes da hora.

– É – disse a Yaga, inclinando a cabeça como um passarinho –, você é muito ajuizada para a sua idade, menina. Como conseguiu isso?

– Foi a bênção da minha mãe – disse Vasalisa, com um sorriso.

– Bênção?! – guinchou Baba Yaga. – Bênção?! Não precisamos de bênção nenhuma aqui nesta casa. É melhor você procurar seu caminho, filha. – E foi empurrando Vasalisa para o lado de fora. – Vou lhe dizer uma coisa, menina. Olhe aqui! – Baba Yaga tirou uma caveira de olhos candentes da cerca e a enfiou numa vara. – Pronto! Leve esta caveira na vara até sua casa. Isso! Esse é o seu fogo. Não diga mais uma palavra sequer. Só vá embora.

Vasalisa ia agradecer à Yaga, mas a bonequinha no fundo do bolso começou a saltar para cima e para baixo, e Vasalisa percebeu que devia só apanhar o fogo e ir embora. Ela voltou correndo para casa, seguindo as curvas e voltas da estrada com a boneca lhe indicando o caminho. Era noite, e Vasalisa atravessou a floresta com a caveira numa vara, com o brilho do fogo saindo pelos buracos dos ouvidos, dos olhos, do nariz e da boca. De repente, ela sentiu medo dessa luz espectral e pensou em jogá-la fora, mas a caveira falou com ela, insistindo para que se acalmasse e prosseguisse para a casa da madrasta e das filhas.

Quando Vasalisa ia se aproximando da casa, a madrasta e suas filhas olharam pela janela e viram uma luz estranha que vinha dançando pela mata. Cada vez chegava mais perto. Elas não podiam imaginar o que aquilo seria. Já haviam concluído que a longa ausência de Vasalisa indicava que ela a essa altura estava morta, que seus ossos haviam sido carregados por animais, e que bom que ela havia desaparecido!

Vasalisa chegava cada vez mais perto de casa. E, quando a madrasta e suas filhas viram que era ela, correram na sua direção dizendo que estavam sem fogo desde que ela havia saído e que, por mais que tentassem acender um, ele sempre se extinguia.

Vasalisa entrou na casa, sentindo-se vitoriosa por ter sobrevivido à sua perigosa jornada e por ter trazido o fogo para casa. No entanto, a caveira na vara ficou observando cada movimento da madrasta e das duas filhas, queimando-as por dentro. Antes de amanhecer, ela havia reduzido a cinzas aquele trio perverso.

*

E assim termina, com um final abrupto para abalar as pessoas tirando-as do conto de fadas e as devolvendo para a realidade. Existem muitos finais desse tipo nos contos de fadas. Eles equivalem a dar um susto nos ouvintes para trazê-los de volta à realidade concreta.

Vasalisa é uma história da transmissão da bênção do poder da intuição das mulheres de mãe para filha, de uma geração para outra. Esse enorme poder, o da intuição, tem a rapidez de um raio e é composto de visão interior, audição interior, percepção interior e conhecimento interior.

Durante gerações a fio, esses poderes intuitivos transformaram-se em correntes subterrâneas dentro das mulheres, enterradas pelo descrédito e pela falta de uso. No entanto, Jung uma vez observou que nada jamais se perde na psique. Podemos ter a confiança de que tudo o que foi perdido na psique ainda está lá. Portanto, esse repositório da intuição instintiva das mulheres nunca se perdeu realmente, e tudo o que estiver encoberto poderá voltar a ser exposto.

Para compreender uma história dessas, consideramos que todos os seus componentes representam a psique de uma única mulher. Desse modo, todos os aspectos da história pertencem a uma única psique que passa por um processo de iniciação. A iniciação é representada pelo cumprimento de certas tarefas. Nesse conto, há nove tarefas a serem cumpridas pela psique. Elas se concentram na aprendizagem dos hábitos da Velha Mãe Selvagem.

Com a realização dessas tarefas, a intuição da mulher – esse ser sagaz que vai onde a mulher for, que examina todos os aspectos da sua vida e tece comentários sobre a verdade de tudo com precisão e rapidez – é reinstalada na sua psique. O objetivo é um relacionamento do amor e confiança com esse ser a quem chamamos de "a mulher que sabe", a Mulher Selvagem.

No rito da velha deusa selvagem, Baba Yaga, são as seguintes as etapas da iniciação.

1ª tarefa: Permitir a morte da mãe-boa-demais

No início do conto, a mãe está morrendo e deixa para a filha um legado importante.

As tarefas psíquicas desse estágio na vida da mulher são as seguintes: *aceitar o fato de que a mãe psíquica protetora, sempre vigilante, não é adequada para ser um guia para a futura vida instintiva da pessoa (a mãe-boa-demais morre). Assumir a realidade de estar só, de desenvolver a própria conscientização quanto ao perigo, às intrigas, à política. Tornar-se alerta sozinha, para seu próprio proveito; deixar morrer o que deve morrer. À medida que a mãe-boa-demais morre, a nova mulher nasce.*

Na história, o processo de iniciação começa quando a mãe boa e amada morre. Ela não está mais lá para afagar o cabelo de Vasalisa. Na vida de todas nós, como filhas, surge uma hora em que a boa mãe da psique – aquela que nos serviu de modo correto e adequado em tempos passados – transforma-se numa mãe-boa-demais, aquela que, em virtude dos seus valores de proteção, começa a nos impedir de reagir a novos desafios e, portanto, de atingir um desenvolvimento mais profundo.

No processo natural do amadurecimento, a mãe-boa-demais deve se tornar cada vez mais rarefeita, deve definhar até que nos descubramos sós para cuidar de nós mesmas de um novo modo. Embora sempre mantenhamos uma essência do seu carinho, essa transição psíquica natural nos deixa sós num mundo que não é maternal conosco. Mas espere aí. Essa mãe-boa-demais não é só o que ela aparenta ser. Debaixo da coberta, ela tem uma bonequinha para dar à filha.

Ah, existe algo da Mãe Selvagem por baixo dessa criatura. A mãe-boa--demais não pode, no entanto, cumprir plenamente esse papel porque ela é a mãe dos dentes de leite, a mãe abençoada que todo bebê precisa para dar os primeiros passos no mundo psíquico do amor. Portanto, mesmo que essa mãe-boa-demais não consiga acompanhar a vida da menina a partir de certo ponto, ela trata bem sua filha. Ela abençoa a menina com uma boneca; e isso, como descobrimos, é na realidade uma grande bênção.

Esse dramático definhamento psicológico da mãe ocorre pela primeira vez quando a menina passa do ninho acolchoado da pré-adolescência para a selva frenética da adolescência. Para algumas meninas, porém, o processo de desenvolver uma mãe interior nova, mais esperta – a mãe chamada intuição – está apenas pela metade nessa época, e as mulheres com uma formação desse tipo vagueiam anos a fio desejando profundamente a experiência completa da iniciação e se ajeitando da melhor maneira possível.

Essa interrupção no processo iniciático da mulher ocorre por vários motivos, como por exemplo quando houve um excesso de problemas psicológicos no início da vida – quando não houve uma presença uniforme da mãe "suficientemente boa" nos primeiros anos de vida.[3] A iniciação pode também ser suspensa ou ficar incompleta por não haver tensão suficiente dentro da psique – a mãe-boa-demais tem a resistência de uma espantosa erva daninha e sobrevive, agitando suas folhas e superprotegendo a filha muito embora o texto diga, "Sai de cena, pelo lado esquerdo, AGORA".

Numa situação dessas, as mulheres muitas vezes se sentem tímidas demais para seguir adiante e entrar na mata, oferecendo toda a resistência possível.

Para elas, bem como para outras mulheres adultas a quem os rigores da própria vida isolam e distanciam da sua vida profundamente intuitiva e cuja queixa muitas vezes é a de estarem extremamente cansadas de cuidar de si mesmas, existe uma cura eficaz e sábia. Uma retomada da investigação ou uma nova iniciação irá restabelecer a intuição profunda, independentemente da idade de uma mulher. E é a intuição profunda que sabe o que é bom para nós, o que precisamos em seguida e chega a esse conhecimento com uma rapidez incrível... bastando que prestemos atenção ao que ela indique.

A iniciação de Vasalisa começa quando ela aprende a deixar morrer o que precisa morrer. Isso significa deixar morrer os valores e atitudes de dentro da psique que não mais sustentam. Os que devem ser examinados com especial atenção são aqueles dogmas há muito aceitos que tornam a vida segura demais, que superprotegem, que fazem a mulher andar com passinhos rápidos em vez de com longas passadas.

A época durante a qual a "mãe positiva" da infância tem sua força reduzida – e na qual suas atitudes também desaparecem – é sempre ocasião para um importante aprendizado. Embora haja um período nas nossas vidas no qual permanecemos acertadamente próximas à mãe protetora (por exemplo, quando ainda somos crianças mesmo, quando de uma recuperação de uma doença ou de um trauma espiritual ou psicológico, ou ainda quando nossa vida corre perigo e o fato de ficar quieta nos manterá a salvo), e embora mantenhamos um vasto estoque de sua ajuda para toda a vida, também chega a hora de mudar de mãe, por assim dizer.[4]

Se ficarmos mais tempo do que o normal com a mãe protetora dentro da nossa psique, vamos nos descobrir impedindo todos os desafios de nos atingirem, o que prejudica o desenvolvimento futuro. Embora eu não esteja de modo algum querendo dizer que uma mulher deva mergulhar numa situação violenta ou torturante, quero dizer, sim, que ela deve fixar para si mesma alguma coisa na vida que ela se disponha a alcançar e, portanto, a assumir riscos para conseguir. É através desse processo que ela aguça seus poderes intuitivos.

Entre os lobos, quando a mãe loba amamenta sua ninhada, ela e eles passam muito tempo na ociosidade. Todos ficam jogados uns sobre os outros numa grande pilha de filhotes. O mundo exterior e o mundo dos desafios estão muito distantes. No entanto, quando a mãe loba afinal ensina os filhotes a caçar e a procurar alimento, ela lhes mostra os dentes a maior parte do tempo; ela os morde exigindo que eles não desistam; ela os empurra se eles não se dispõem a fazer o que ela quer.

E assim, é com o objetivo de atingir um desenvolvimento maior que trocamos a protetora mãe interior, que era tão adequada a nós quando éramos menores, por outro tipo de mãe, a que vive ainda mais embrenhada nos ermos psíquicos, a que é tanto acompanhante quanto mestra. Ela é uma mãe amorosa, porém enérgica e exigente.

A maioria de nós não quer deixar que a mãe-boa-demais morra só porque chegou sua hora. Embora essa mãe-boa-demais possa não permitir que nossas energias mais intensas venham à tona, é tão bom ficar com ela, tão gostoso, para que ir embora? Com frequência, ouvimos vozes interiores que nos estimulam a recuar, a permanecer na segurança.

Essas vozes dizem frases como as que se seguem, "Ora, não diga *isso*", "Você não pode fazer *isso*", "É, você sem dúvida não é filha (amiga, colega) minha, se age assim", "Tudo é perigoso lá fora", "Quem sabe o que será de você se insistir em sair desse ninho quentinho" ou "Você só vai se humilhar, sabia?" ou ainda, a sugestão mais insidiosa, "Finja que está se arriscando, mas em segredo continue aqui comigo".

Todas essas são vozes da mãe-boa-demais assustada e bastante desesperada dentro da psique. Ela não tem como agir de outro modo; ela é o que é. No entanto, se nos fundirmos com a mãe-boa-demais por muito tempo, nossa vida e nossos talentos expressivos recuam para a sombra, e nós definhamos em vez de nos fortalecermos.

E o que é pior, o que ocorre quando se reprime uma energia intensa sem permitir que ela tenha nenhuma vida? Como a panela de mingau mágico nas mãos erradas, ela cresce, cresce e cresce até explodir, derramando tudo o que tinha de bom no chão. Devemos, portanto, ser capazes de ver que, para que a psique intuitiva se fortaleça, a doce protetora precisa ceder seu lugar. Ou, talvez com maior fidelidade à realidade, nós acabemos nos descobrindo expulsas daquele colóquio agradável e aconchegante, não por termos planejado que isso acontecesse nem por estarmos inteiramente prontas – ninguém jamais está inteiramente pronto –, mas porque há algo à nossa espera no início do bosque, e o nosso destino é ir ao seu encontro.

Guillaume Apollinaire escreveu: "Nós os conduzimos até a borda e pedimos que voassem. Eles não arredaram pé. Voem, dissemos. Eles não se mexeram. Nós os empurramos para o abismo. E eles voaram."

É típico que as mulheres tenham medo de deixar morrer a vida confortável demais, segura demais. Às vezes a mulher se deliciou com a proteção da mãe-boa-demais, e por isso deseja continuar *ad infinitum*. Ela precisa estar disposta a sentir alguma ansiedade ocasional, ou então seria melhor que permanecesse no ninho.

Pode ocorrer que uma mulher tenha medo de não ter segurança ou certeza mesmo por um curto período de tempo. Ela apresenta desculpas em quantidade maior do que a dos pelos de um cachorro. Ela só precisa mergulhar e ficar sem saber o que vem depois. É a única atitude que irá recuperar sua natureza intuitiva. Às vezes, a mulher está tão enredada sendo a mãe-boa-demais de outros adultos que eles se grudaram às suas *tetas* e não pretendem deixar que ela os abandone. Nesse caso, a mulher tem de afastá-los a coices e continuar assim mesmo.

Como a psique sonhadora procura compensar aquilo que o ego não quer ou não pode reconhecer, entre outras coisas, os sonhos da mulher durante uma luta dessas serão compensatoriamente cheios de perseguições, becos sem saída, automóveis que não pegam, gravidezes interrompidas e outros símbolos de que a vida não prossegue. Nas suas entranhas, a mulher sabe que existe um toque de morte ao insistir em ser aquela pessoa boa demais por muito tempo.

Portanto, o primeiro passo consiste em afrouxar nossa dependência do refulgente arquétipo da mãe-boa-demais-e-sempre-gentil da nossa psique. Largamos a teta e estamos aprendendo a caçar. Há uma mãe selvagem à espera para nos ensinar. Nesse meio-tempo, a segunda tarefa consiste em depender da boneca enquanto aprendemos sua utilização.

2ª tarefa: Denunciar a natureza sombria

Nessa parte da história, a família da madrasta má e detestável[5] entra no mundo de Vasalisa, tornando sua vida uma desgraça. São as seguintes as tarefas desse período: *aprender ainda com maior conscientização a largar a mãe excessivamente positiva. Descobrir que ser boazinha, que ser gentil e simpática não fará a vida florir. (Vasalisa torna-se escrava, mas isso de nada adianta.) Vivenciar diretamente a própria natureza sombria, especialmente os aspectos exploradores, ciumentos e rejeitadores do self (a madrasta e suas filhas). Incorporar esses aspectos. Criar o melhor relacionamento possível com as piores partes de si mesma. Deixar acumular a tensão entre quem se aprendeu a ser e quem se é realmente. Trabalhar, afinal, no sentido de deixar morrer o velho self para que nasça o novo self intuitivo.*

A madrasta e suas filhas representam elementos pouco desenvolvidos mas provocativamente perversos da psique. Trata-se de elementos sombrios, ou seja, de aspectos que são considerados indesejáveis ou inúteis pelo ego, sendo, portanto, relegados às trevas. O material da sombra pode ser muito positivo, já que muitas vezes os talentos da mulher são também empurrados para as trevas. No entanto, o material sombrio negativo também pode ser útil, como veremos, pois quando ele irrompe e nós finalmente identificamos esses aspectos e suas fontes, tornamo-nos mais fortes e mais sábias.

Neste estágio da iniciação, a mulher vê-se acossada por exigências banais da sua psique que a exortam a atender qualquer desejo de qualquer um. A obediência provoca uma descoberta chocante que deve ser registrada por todas as mulheres. Ou seja, a de que ser nós mesmas faz com que nos isolemos de muitos outros e, entretanto, ceder aos desejos dos outros faz com que nos isolemos de nós mesmas. É uma tensão angustiante e que precisa ser suportada, mas a escolha é clara.

Vasalisa é privada dos seus direitos por herdar uma família que não tem condições de compreendê-la ou de apreciá-la, e por ser herdada por essa família. No que lhe diz respeito, ela é desnecessária. A família a odeia e a insulta. Tratam-na como A Estranha, aquela que é indigna de confiança. Nos contos de fadas, o papel do estranho ou o do proscrito é geralmente desempenhado por quem está mais profundamente ligado à natureza conhecedora.

A madrasta e suas filhas podem ser consideradas criaturas inseridas na psique da mulher pela cultura à qual ela pertence. A família da madrasta na psique é diferente da família da alma, por pertencer ao superego, aquele aspecto da psique que é estruturado de acordo com as expectativas – saudáveis ou não – de cada sociedade em particular no que diz respeito às mulheres. Essas camadas e injunções culturais – ou seja, do superego – não são vivenciadas pelas mulheres como se emanassem da psique do Self da alma, mas dão a impressão de vir de algum ponto lá fora, de alguma outra fonte que não é inata. As camadas culturais e do superego podem ser muito positivas ou muito prejudiciais.

A família da madrasta de Vasalisa é um gânglio intrapsíquico que intercepta o nervo da vitalidade. Elas se apresentam como um coro de megeras irredutíveis que provocam a menina. "Você não sabe fazer isso. Você não é boa nisso. Você não tem a coragem necessária. Você é tola, sem graça, vazia. Você não tem tempo. Você só é boa para as coisas simples. Só se permite que você faça esse tanto e nada mais. Desista enquanto ainda pode." Como Vasalisa ainda não tem consciência plena do seu poder, ela permite esse obstáculo perverso na sua vida. Para que ela reconquiste sua vida, algo de diferente, algo de revigorante precisa acontecer.

O mesmo vale para nós. Podemos ver no enredo que a intuição de Vasalisa a respeito do que está acontecendo à sua volta é extremamente superficial, e que o pai da psique também não percebe o ambiente hostil. Ele é bom demais e não dispõe de desenvolvimento intuitivo próprio. É interessante observar que as filhas que têm pais ingênuos com frequência levam muito mais tempo para acordar.

Nós também sofremos interceptação quando a madrasta que existe em nós e/ou à nossa volta nos diz que, para começar, não valemos muito e insiste em que nos concentremos nas nossas falhas, em vez de perceber a crueldade que gira ao redor – seja dentro da psique, seja dentro da cultura. Mesmo assim, ver alguma coisa a fundo ou perceber tudo o que possa estar oculto exige intuição bem como força para suportar o que se vê. Como Vasalisa podemos tentar ser gentis quando devíamos ser espertas. Podemos ter sido ensinadas a pôr de lado o *insight* penetrante com o objetivo de não criar problemas. Contudo, a recompensa por ser boazinha,[6] em circunstâncias repressoras, é a de ser mais maltratada. Embora a mulher sinta que, se for ela mesma, estará se afastando dos outros, é exatamente essa tensão psíquica que é necessária para criar alma e promover mudanças.

É assim que a madrasta e suas filhas conspiram para mandar Vasalisa embora. Elas tramam em segredo. "Entre na floresta, Vasalisa, vá até Baba Yaga e, se você sobreviver, há-há – o que não acontecerá –, então talvez nós a aceitemos de volta." Essa ideia é de importância crítica porque muitas mulheres ficam emperradas no meio desse processo de iniciação – como que suspensas de uma argola pela cintura. Embora exista um predador natural na psique, aquele que diz, "Morra!", "Droga!", e "Por que você não desiste?" num estilo bastante automático, a cultura na qual a mulher vive e a família na qual foi criada podem exacerbar dolorosamente aquele aspecto natural e moderado que diz não na psique.

Por exemplo, mulheres criadas em famílias que não demonstram aceitar seus talentos costumam tomar nas mãos empreendimentos extraordinariamente grandes, repetidas vezes, sem saber por que motivo agem assim. Elas acham que precisam ter três doutorados, que precisam ficar penduradas do Monte Everest de cabeça para baixo ou que devem realizar todo tipo de empreitada perigosa, demorada e dispendiosa para tentar provar às suas famílias que têm valor. "Agora, vocês me aceitam? Não? Está bem (suspiro), vejam só essa." É claro que os gânglios da família da madrasta nos pertencem, não importa de que modo eles tenham chegado a nós, e é nossa função lidar com eles com energia. Mesmo assim, podemos perceber que, para que continue o trabalho profundo, a tentativa de provar nosso valor ao coro de megeras enciumadas é em vão e, como veremos, na realidade impede a iniciação.

Vasalisa realiza os serviços domésticos de rotina sem se queixar. A submissão sem queixas é de aparente heroísmo, mas na verdade gera cada vez mais pressão e conflito entre as duas naturezas opostas, a boa demais e a exigente demais. Como o conflito entre o excesso de adaptação e a manutenção da identidade, essa pressão acumula-se para chegar a um fim adequado. A mulher que está dividida entre essas duas atitudes está no caminho certo, mas precisará dar os passos seguintes.

Na história, a família da madrasta suga de tal maneira a força psíquica que, através das suas maquinações, o fogo se extingue. A essa altura, a mulher começa a perder seu norteamento psíquico. Ela pode sentir frio, solidão e uma disposição a fazer qualquer coisa para trazer de volta a luz. É esse exatamente o tranco que a mulher boa demais precisa levar para continuar sua introdução ao seu próprio poder. Poder-se-ia dizer que Vasalisa tem de ir ao encontro da Grande Megera Selvagem porque precisa de um bom susto. Temos de abandonar o coro de detratoras e mergulhar na floresta. Não existe meio que nos permita ir e ficar ao mesmo tempo.

Vasalisa, como nós, precisa de alguma luz de orientação que diferencie para ela o que é bom do que não é. Ela não poderá crescer se ficar parada servindo de saco de pancadas para todos. As mulheres que tentam tornar invisíveis seus sentimentos mais profundos estão se entorpecendo. A luz se extingue. É uma forma dolorosa de vida latente.

Inversamente, e talvez com um toque de perversidade, quando o fogo se apaga, isso ajuda a despertar Vasalisa da sua submissão. Ela é levada a abandonar um velho estilo de vida e a entrar com passos trêmulos numa nova vida, baseada em conhecimentos interiores mais antigos, mais sábios.

3ª tarefa: Navegar nas trevas

Nessa parte da história, o legado da mãe falecida – a boneca – orienta Vasalisa na travessia da escuridão até a casa de Baba Yaga. São as seguintes as tarefas psíquicas desse estágio: *consentir em se aventurar a penetrar no local da iniciação profunda (entrada na floresta) e começar a experimentar o sentimento numinoso novo e aparentemente perigoso de estar imersa no poder intuitivo. Aprender a desenvolver a sensibilidade ao inconsciente misterioso no que se relaciona ao direcionamento e confiar exclusivamente nos próprios sentidos interiores. Aprender o caminho de volta para a casa da Mãe Selvagem (obedecendo às instruções da boneca). Aprender a nutrir a intuição (alimentar a boneca). Deixar que a mocinha frágil e ingênua morra ainda mais. Transferir o poder para a boneca, ou seja, para a intuição.*

A boneca de Vasalisa pertence às provisões da Velha Mãe Selvagem. As bonecas são um dos tesouros simbólicos da natureza instintiva. No caso de Vasalisa, a boneca representa *vidacita*, a pequena força da vida instintiva que tanto é feroz quanto resistente. Não importa o problema que estejamos enfrentando, ela leva uma vida oculta dentro de nós.

Durante séculos, os seres humanos tiveram a sensação de que das bonecas emanava algo de sagrado e de *maná*[7] – um pressentimento irresistível e impressionante que influencia as pessoas, fazendo com que mudem espiritualmente. Por exemplo, louva-se a raiz da mandrágora por sua semelhança ao corpo humano, com pernas e braços de raízes e um nó retorcido no lugar da cabeça; diz-se também que ela é provida de grande poder espiritual. Acredita-se que as bonecas sejam impregnadas de vida por quem as criou. Elas são usadas em ritos, rituais, vodus, feitiços de amor e de maldade. Elas são empregadas como símbolos de autoridade e talismãs para lembrar à pessoa da sua própria força.

Os museus do mundo inteiro transbordam de ídolos e imagens feitas de barro, madeira e metais. As imagens dos períodos paleolítico e neolítico são bonecas. As galerias de arte estão repletas de bonecas. Na arte moderna, as múmias envoltas em gaze, em tamanho natural, de Segal, são bonecas. Bonecas típicas de cada etnia abarrotam as lojas de souvenirs nas estações ferroviárias e nos postos de abastecimento das principais rodovias interestaduais. Entre os reis, as bonecas costumam ser dadas desde o passado remoto como sinais de simpatia. Nas igrejas rústicas pelo mundo inteiro há bonecas-santas. As bonecas-santas não só são limpas com regularidade e vestidas em trajes feitos à mão, mas também são "levadas a passear" para que possam observar as condições dos campos e das pessoas e, portanto, interceder nos céus em defesa dos seres humanos.

A boneca representa os *homunculi* simbólicos, a pequena vida.[8] É o símbolo do numinoso e está sufocado nos seres humanos. Ela é um fac-símile pequeno e luminoso do Self original. Superficialmente, trata-se apenas de uma boneca. Por outro lado, existe nela um pequeno fragmento da alma que possui todo o conhecimento do Self maior da alma. Na boneca está a voz, em miniatura, da velha *La Que Sabé*, Aquela Que Sabe.

A boneca está relacionada com os símbolos do duende, do elfo, da fada e dos anões. Nos contos de fadas, eles representam uma profunda pulsação de sabedoria dentro da cultura da psique. São eles aquelas criaturas que continuam o trabalho interior e prudente, que são incansáveis. Eles estão trabalhando mesmo quando nós adormecemos, e especialmente quando estamos dormindo, mesmo quando não temos plena consciência do papel que estamos desempenhando.

Dessa forma, a boneca representa o espírito interior das mulheres: a voz da razão, do conhecimento e da conscientização íntima. A boneca assemelha-se ao passarinho dos contos de fadas que vem sussurrar no ouvido da heroína. Ele é quem revela o inimigo oculto e a atitude a tomar diante da situação. Essa é a sabedoria do *homunculus*, o pequeno ser interior. Ele é a ajuda que nem sempre está visível, mas que está sempre disponível.

Não há bênção maior que uma mãe possa dar à filha do que uma confiança na veracidade da sua própria intuição. A intuição é transmitida de pai para filho da forma mais simples. "Você tem um bom raciocínio. O que você acha que está por trás disso tudo?" Em vez de definir a intuição como alguma peculiaridade irracional e censurável, ela é definida como a fala da verdadeira voz da alma. A intuição prevê a direção mais benéfica a seguir. Ela se autopreserva, capta os motivos e intenções subjacentes e opta pelo que irá provocar o mínimo de fragmentação na psique.

O processo é o mesmo no conto de fadas. A mãe de Vasalisa proporcionou um enorme privilégio à filha ao vincular a boneca a Vasalisa. O vínculo com nossa própria intuição propicia uma confiante dependência que resiste a tudo. Ele muda a diretriz da mulher de uma atitude de "o que será, será" para uma de "quero ver tudo o que há para ser visto".

O que essa intuição selvagem faz pelas mulheres? Como o lobo, a intuição tem garras que abrem as coisas e as sujeitam; ela tem olhos que enxergam através dos escudos da *persona*; ela tem ouvidos que ouvem sons fora da capacidade de audição do ser humano. Com essas espantosas ferramentas psíquicas, a mulher assume uma consciência animal[9] astuta e até mesmo premonitória, que aprofunda sua feminilidade e aguça sua capacidade de se movimentar com confiança no mundo exterior.

Pois agora Vasalisa está a caminho da conquista da luz para o fogo. Está no escuro, na mata e não pode fazer mais nada a não ser prestar atenção à voz interior que provém da boneca. Ela está aprendendo a confiar nesse relacionamento, e está aprendendo ainda mais uma lição – a alimentar a boneca.

Como alimentar a intuição para que ela seja bem nutrida e responda aos nossos pedidos de que esquadrinhe as cercanias? Nós a alimentamos de vida – ela se alimenta de vida quando nós prestamos atenção a ela. De que vale uma voz sem um ouvido que a receba? De que vale uma mulher na selva da megalópole ou no cotidiano da vida a não ser que ela possa ouvir a voz de *La Que Sabé*, Aquela Que Sabe, e nela confiar?

Já ouvi mulheres que disseram estas palavras, se não centenas, então milhares de vezes: "Eu sabia que devia ter seguido minha intuição. Pressenti que devia ou não devia ter feito isso ou aquilo, mas não lhe dei ouvidos." Nutrimos o profundo self intuitivo ao prestar atenção a ele e ao agir de acordo com sua orientação. Ele é um personagem autônomo, um ser mágico, mais ou menos do tamanho de uma boneca que habita a terra psíquica da mulher interior. Nesse sentido, ele é como os músculos no corpo. Se um músculo não for usado, acaba definhando. A intuição é exatamente igual: sem alimento, sem atividade, ela se atrofia.

A alimentação da boneca é um ciclo essencial da Mulher Selvagem – aquela que é a guardiã de tesouros ocultos. Vasalisa alimenta a boneca de duas formas. Primeiro, ao lhe dar um pedacinho de pão – um pouco de vida para essa nova aventura psíquica; e, em segundo lugar, ao encontrar o caminho até a Velha Mãe Selvagem, a Baba Yaga, seguindo o que lhe diz a boneca... A cada curva e a cada bifurcação da estrada, a boneca mostra qual é o caminho para "casa".

O relacionamento entre a boneca e Vasalisa simboliza uma forma de magia empática entre a mulher e a intuição. É isso o que deve passar de mulher para mulher, essa atividade abençoada de se vincular à intuição, de testá-la e de alimentá-la. Nós, à semelhança de Vasalisa, fortalecemos nossos laços com nossa natureza intuitiva quando prestamos atenção à voz interior a cada curva da estrada. "Devo ir para esse lado ou para o outro? Devo ficar ou partir? Devo resistir ou ser flexível? Devo fugir disso ou correr na sua direção? Essa pessoa, esse acontecimento, essa empreitada, é verdadeira ou falsa?"

O rompimento do vínculo entre a mulher e sua intuição selvagem é muitas vezes encarado erroneamente como se a própria intuição é que estivesse destruída. Não é o que ocorre. Não foi a intuição que se partiu, mas, sim, a bênção matrilinear da intuição, a transmissão da confiança intuitiva de todas as mulheres de uma linhagem, que já se foram, para aquela mulher específica – é esse longo rio de antepassadas que foi represado.[10] A compreensão da mulher da sua sabedoria intuitiva pode ser fraca em consequência do rompimento, *mas* com exercício ela poderá se restaurar e se manifestar em sua plenitude.[11]

As bonecas servem de talismãs. Os talismãs são lembretes do que é sentido, mas não visto; do que existe, mas não é de evidência imediata. O *numen* talismânico da boneca é o que nos recorda, o que nos diz, o que vê adiante de nós. Essa função intuitiva pertence a todas as mulheres. É uma receptividade maciça e fundamental. Não uma receptividade do tipo alardeado no passado pela psicologia tradicional, que é como um recipiente passivo; mas, sim, uma receptividade como a da posse de acesso imediato a uma sabedoria profunda que atinge as mulheres até os próprios ossos.[12]

4ª tarefa: Encarar a Megera Selvagem

Nessa parte da história, Vasalisa encontra a Megera Selvagem pessoalmente. As tarefas desse encontro são as seguintes: *ser capaz de suportar o rosto apavorante da Deusa Selvagem sem hesitar (topar com a Baba Yaga). Familiarizar-se com o mistério, a estranheza, a "alteridade" do selvagem (residir na casa de Baba Yaga por algum tempo). Adotar nas nossas vidas alguns dos seus valores, tornando-nos, portanto, também um pouco estranhas (comer seus alimentos). Aprender a encarar um poder enorme nos outros e subsequentemente nosso próprio poder. Permitir que a criança frágil e boazinha em excesso vá definhando ainda mais.*

Baba Yaga mora numa casa que descansa sobre pernas de galinha. Ela gira e dá voltas quando bem entende. Nos sonhos, o símbolo da casa reflete a organização do espaço psíquico habitado por uma pessoa, tanto no consciente quanto no inconsciente. Por ironia, se esse fosse um sonho compensatório, a casa excêntrica insinuaria que o sujeito, nesse caso Vasalisa, é por demais insignificante, moderado e precisa sair girando e rodopiando para descobrir como é dançar como uma galinha maluca de vez em quando.

Percebemos, então, que a casa da Yaga pertence ao mundo animal e que Vasalisa precisa desse elemento na sua personalidade. Essa casa de pernas de galinha anda de um lado para o outro e até rodopia numa dança saltitante. Essa casa é um ser vivo, transbordante de entusiasmo, de alegria e vivacidade. É esse o principal alicerce da psique da Mulher Selvagem, uma força de vida selvagem e alegre, na qual as casas dançam, os seres inanimados, como por exemplo os pilões, voam como pássaros, a velha sabe fazer mágica e nada é o que parece, mas na maioria dos casos é melhor do que parecia a princípio.

Vasalisa começou com o que poderíamos chamar de personalidade normal nivelada. É exatamente esse "excesso de normalidade" que vai nos contaminando até que tenhamos uma vida rotineira e sem vida, sem que fosse isso o que realmente pretendêssemos. Essa situação estimula a negligência para com a intuição[13] que, por sua vez, produz a falta de luz na psique. Precisamos, então, fazer alguma coisa; precisamos sair pela mata adentro, ir procurar a mulher apavorante, se não um dia, quando estivermos andando cabisbaixas pela rua, uma tampa de esgoto pode se abrir de repente e nós seremos agarradas por algum ser inconsciente que nos jogará de um lado para o outro como um trapo – de brincadeira ou não; na maioria dos casos, não. Mas com um bom resultado.[14]

A doação da boneca intuitiva pela doce mãe verdadeira não está completa sem as tarefas e as provas apresentadas pela Velha Selvagem. Baba Yaga é a medula da Mulher Selvagem. Descobrimos isso a partir do seu conhecimento de tudo que aconteceu antes. "Ah, sei", diz ela quando Vasalisa chega. "Conheço você e seu pessoal." Além disso, à semelhança das suas outras encarnações como a Mãe dos Dias e Mãe Nyx (Mãe Noite,[15] a Deusa da Vida-Morte-Vida), a velha Baba Yaga é a guardiã dos seres da terra e dos céus: o Dia, o Sol Nascente e a Noite. Ela os chama de "meu Dia, minha Noite".

Baba Yaga é assustadora por ser ela própria o poder da aniquilação e o poder da força da vida ao mesmo tempo. Contemplar seu rosto é ver a *vagina dentada,* olhos de sangue, o recém-nascido perfeito e as asas dos anjos, todos juntos.

Vasalisa está parada ali e aceita a divindade da mãe selvagem, com verrugas e tudo o mais. Uma das facetas mais notáveis da Yaga retratada nessa história está no fato de que, embora ela faça ameaças, ela é justa. Ela não fere Vasalisa enquanto Vasalisa demonstra respeito por ela. A atitude de respeito diante de um poder extremo é uma lição fundamental. A mulher precisa ser capaz de se manter diante do poder, porque em última análise alguma parte desse poder passará às suas mãos. Vasalisa encara Baba Yaga *não* com atitude obsequiosa, não com arrogância ou cheia de fanfarronice, nem fugindo ou se escondendo. Ela se apresenta com honestidade, exatamente como é.

Muitas mulheres estão se recuperando dos seus complexos de "ser boazinhas", nos quais, independentemente de como se sentissem, independentemente do que as acossasse, elas reagiam de uma forma tão doce a ponto de ser praticamente humilhante. Embora elas pudessem sorrir gentis durante o dia, à noite rangiam os dentes como bestas – era a Yaga na sua psique lutando para se expressar.

Esse excesso de adaptação na mulher "boa demais" ocorre muitas vezes quando ela tem um medo desesperado de se ver privada dos seus direitos ou de que a considerem "desnecessária". Dois dos sonhos de maior impacto que eu já ouvi foram os de uma mulher que decididamente precisava ser menos submissa. No primeiro sonho, ela herdava um álbum de fotografias – um álbum especial com fotos da "Mãe Selvagem". Ela ficou muito feliz até a semana seguinte quando sonhou que abria um álbum parecido e ali estava uma velha horrível que olhava para ela. A megera tinha os dentes sujos de musgo, e do seu queixo escorria o negro sumo do bétele.

Seu sonho é típico das mulheres que estão se recuperando de ser boas demais. O primeiro sonho demonstra um aspecto da natureza selvagem – o aspecto benévolo e generoso, tudo o que corre bem no seu mundo. No entanto, quando a Mulher Selvagem toda pegajosa lhe é apresentada, bem, epa, uhmm... será que não podíamos adiar um pouco essa parte? A resposta é não.

O inconsciente, ao seu modo brilhante, oferece a quem sonha uma ideia sobre um novo estilo de vida que não se restringe ao sorriso frontal e fácil da mulher "boazinha demais". Encarar o poder selvagem em nós mesmas é ganhar acesso aos inúmeros rostos do feminino oculto. Eles nos pertencem de modo inato e podemos optar por incorporar os que nos forem mais convenientes a qualquer momento.

Nesse drama de iniciação, Baba Yaga é a Mulher Selvagem sob o disfarce da bruxa. À semelhança do termo *selvagem*, o termo *bruxa* veio a ser compreendido como pejorativo, mas antigamente ele era uma designação dada às benzedeiras tanto jovens quanto velhas, sendo que a palavra *witch* (bruxa, em inglês) deriva do termo *wit*, que significa sábio. Isso, antes que as religiões monoteístas suplantassem as antigas religiões da Mãe Selvagem. De qualquer maneira, porém, a ogra, a bruxa, a natureza selvagem e quaisquer outras *criaturas* e aspectos que a cultura considera apavorantes nas psiques das mulheres são exatamente as bênçãos que elas mais precisam resgatar e trazer à superfície.

Boa parte da literatura sobre o tema do poder das mulheres afirma que os homens têm medo desse poder. Sempre tenho vontade de protestar, "Pelo amor de Deus! São tantas as mulheres que têm, elas mesmas, medo do poder das mulheres." É que as antigas qualidades e forças femininas são imensas e causam espanto. É compreensível que, na primeira vez que se deparam pessoalmente com os Antigos Poderes Selvagens, tanto os homens quanto as mulheres lancem um olhar ansioso e deem o fora; tudo o que se vê deles são patas que voam e rabos assustados.

Se quisermos que um dia os homens cheguem a aprender a suportar esse encontro, então sem sombra de dúvida as mulheres têm de aprender a suportá-lo. Se quisermos que os homens um dia cheguem a compreender as mulheres, elas próprias terão de lhes ensinar as configurações do feminino selvagem. Com essa finalidade, a função de criação dos sonhos na psique traz a Yaga e todo o seu bando para dentro do quarto das mulheres à noite durante os sonhos. Se tivermos sorte, a Yaga deixará suas pegadas grandes e largas no tapete ao lado da nossa cama. Ela virá espionar aquelas que não a conhecem. Se estivermos atrasadas na nossa iniciação, ela se pergunta por que não vimos visitá-la e, para compensar, vem ela mesma nos visitar em sonhos noturnos.

Uma mulher com quem trabalhei sonhava com mulheres usando longas camisolas esfarrapadas, comendo, felizes, coisas que nunca seriam encontradas no cardápio de um restaurante. Outra mulher sonhou com uma velha que tinha o formato de uma banheira antiga com pés que fazia matraquear seus canos e ameaçava estourá-los se a mulher que sonhava não derrubasse uma parede para que a banheira pudesse "ver". Ainda outra mulher sonhou que ela era uma de três velhas cegas, só que ela estava sempre perdendo sua carteira de motorista e tinha sempre de deixar o grupo para ir à procura do documento. Em outras palavras, ela sentia muita dificuldade para se manter identificada com as três Parcas – as forças que orientam a vida e a morte na psique. Com o tempo, no entanto, ela aprendeu a suportar, aprendeu a se manter próxima da sua própria natureza selvagem.

Todas essas criaturas nos sonhos recordam à mulher que sonha a sua identidade elemental: seu Self Yaga, a força enigmática e intensa da mãe da vida-morte-vida. É, estamos afirmando que ser semelhante à Yaga é bom, e que nós precisamos ser capazes de nos acostumar. Ser forte não significa desenvolver os músculos e exercitá-los. Significa, sim, encontrar nossa própria numinosidade sem fugir, convivendo ativamente com a natureza selvagem ao nosso próprio modo. Significa ser capaz de aprender, e ser capaz de aguentar o que sabemos. Significa manter-se firme e viver.

5ª tarefa: Servir o não racional

Nessa parte da história, Vasalisa pediu o fogo a Baba Yaga, e a Yaga concorda se Vasalisa fizer, em troca, alguns serviços domésticos para ela. As tarefas psíquicas desse período de aprendizado são as seguintes: *ficar com a Deusa Megera; aclimatar-se às imensas forças selvagens da psique feminina. Chegar a reconhecer o poder dela (o seu poder) e os poderes das purificações interiores; limpar, escolher, alimentar, criar energia e ideias (lavar as roupas da Yaga, cozinhar para ela, limpar sua casa e separar os elementos).*

Há não muito tempo, as mulheres se envolviam profundamente com os ritmos da vida e da morte. Elas aspiravam o cheiro acre do ferro no sangue fresco do parto. Elas também lavavam os corpos frios dos mortos. A psique da mulher moderna, especialmente daquelas provenientes de culturas industriais e tecnológicas, é muitas vezes privada dessas experiências básicas e abençoadas de natureza prática e íntima. Existe, porém, um meio para que a não iniciada participe dos aspectos sensíveis dos ciclos da vida e da morte.

Baba Yaga, a Mãe Selvagem, é a mestra que podemos consultar nesses casos. Ela instrui o ordenamento da casa da alma. Ela infunde uma ordem alternativa no ego, uma ordem em que a magia pode acontecer, a alegria pode ser criada, o apetite permanece intacto, as tarefas são realizadas com prazer. Baba Yaga é o modelo para sermos fiéis ao Self. Ela ensina tanto a morte quanto a renovação.

No conto de fadas, ela ensina a Vasalisa como cuidar da casa psíquica do feminino selvagem. Lavar as roupas da Yaga é um símbolo lendário. Nos países primitivos, e ainda hoje em dia, para lavar a roupa a pessoa descia até o rio e lá fazia as abluções rituais feitas desde o princípio dos tempos para renovar o tecido. Trata-se de um belo símbolo da limpeza e da purificação de toda a imagem da psique.

Na mitologia, tecido é fruto do trabalho das mães da vida-morte-vida. No Oriente, por exemplo, há as Três Parcas: *Cloto*, *Láquesis* e *Átropos.* No Ocidente há a *Na' ashjé'ii Asdzáá*, a Mulher-aranha, que transmitiu ao povo *navajo* o dom da tecelagem. Essas mães da vida-morte-vida ensinam às mulheres a sensibilidade ao que deve morrer e ao que deve viver, ao que deve ser retirado com a carda e ao que deve ser aproveitado no tecido. Na história, Baba Yaga encarrega Vasalisa de lavar sua roupa para que esse tecido, esses padrões da deusa da vida-morte-vida, venha à luz, à consciência. Ao lavá-lo, ela o renova.

Lavar alguma coisa é um ritual de purificação atemporal. Ele não representa apenas a purificação. Ele também significa – como o batismo proveniente do latim *baptiza* – empapar, impregnar com uma força e um mistério numinosos. No conto, a lavagem das roupas é a primeira tarefa. Ela simboliza repor em boas condições aquilo que perdeu a forma com o desgaste. As roupas são como nós, que nos desgastamos cada vez mais até que nossas ideias e valores ficam frouxos com o passar do tempo. A renovação, a revivificação, ocorre na água, na redescoberta daquilo que realmente consideramos verdadeiro, daquilo que realmente consideramos sagrado.

No simbolismo dos arquétipos, os trajes representam a *persona*, a primeira impressão que o público tem de nós. A *persona* é uma espécie de camuflagem que permite que os outros conheçam de nós apenas o que nós queremos que eles conheçam, e nada mais. No entanto, existe um significado mais antigo da *persona*, encontrado em todos os ritos da América Central, um significado bem conhecido das *cantadoras y cuentistas*. A *persona* não é apenas uma máscara atrás da qual a pessoa se esconde, mas, sim, uma presença que encobre a personalidade rotineira. Nesse sentido, a *persona* ou máscara é um indicador de hierarquia, virtude, caráter e autoridade. A *persona* é o significante exterior, a manifestação exterior de comando.[16]

Gosto muito dessa tarefa iniciática na qual se exige que a mulher purifique as *personas*, o manto de autoridade da grande Yaga da floresta. Ao lavar as roupas da Yaga, a própria iniciada verá como são feitas as costuras da *persona*, que modelos os trajes seguem. Logo, ela mesma terá alguma quantidade dessas *personas* a serem penduradas no seu armário em meio a outras criadas por ela durante toda a vida.[17]

É fácil imaginar que os símbolos de poder e autoridade da Yaga – suas roupas – tenham as mesmas qualidades que ela tem em termos psicológicos: a força, a resistência. Portanto, lavar sua roupa é uma metáfora através da qual aprendemos a perceber e a adotar essa combinação de qualidades, bem como a saber como separar, consertar e renovar essas qualidades pela *purificatio*, a lavagem das fibras do ser.

A tarefa seguinte é a de varrer o casebre e o quintal. Nos contos de fadas do Leste Europeu, as vassouras muitas vezes são feitas de gravetos de árvores e arbustos, e ocasionalmente das raízes de plantas rijas. O trabalho de Vasalisa consiste em passar esse objeto feito de matérias vegetais sobre o piso da casa e do quintal para manter o local limpo de resíduos. A mulher sábia mantém seu ambiente psíquico organizado. Ela consegue isso mantendo a cabeça limpa, mantendo um local limpo para seu trabalho e se dedicando a completar suas ideias e projetos.[18]

Para muitas mulheres, essa tarefa exige que elas separem todos os dias algum tempo para a contemplação, que abram um espaço para habitar que seja nitidamente seu, com papel, canetas, tintas, ferramentas, conversas, tempo, liberdades que se destinam apenas a esse trabalho. Para muitas delas, a psicanálise e outras experiências de mergulho e transformação fornecem o local e o tempo especiais para esse trabalho. Cada mulher tem suas próprias preferências, seu próprio estilo.

Se esse trabalho puder ser realizado no casebre de Baba Yaga, tanto melhor. Mesmo perto do casebre é melhor do que longe dele. Seja como for, a vida selvagem de cada um tem de ser mantida em ordem com regularidade. Não é suficiente dedicar a ela um dia uma vez por ano.

No entanto, como é o casebre da Baba Yaga que Vasalisa varre, como se trata do quintal da Baba Yaga, estamos falando também da manutenção em ordem das ideias incomuns. São ideias que incluem o que é incomum, místico, da alma e amedrontador.[19]

Varrer o ambiente significa não só começar a valorizar a vida não superficial, mas também cuidar da sua organização. Às vezes, as mulheres se confundem quanto ao trabalho interior da alma e deixam de cuidar da sua arquitetura até que ela seja retomada pela floresta. Aos poucos, o mato vai crescendo e finalmente o local se transforma numa ruína arqueológica escondida na psique. A varredura cíclica evitará que isso ocorra. Quando a mulher dispõe de espaço livre, a natureza selvagem viceja melhor.

Para cozinhar para Baba Yaga, perguntamos literalmente como se alimenta a Baba Yaga da psique, o que se oferece a uma deusa tão selvagem. Em primeiro lugar, para cozinhar para a Yaga, acende-se o fogo – a mulher precisa estar disposta a arder, arder de paixão, arder com as palavras, com as ideias, com o desejo por não importa o quê que ela realmente aprecie. É de fato essa paixão que provoca o cozimento, e as ideias significativas da mulher são o alimento que é preparado. Para cozinhar para a Yaga, daremos um jeito para que nossa vida criativa tenha um fogo constante a aquecê-la.

Seria melhor para a maioria de nós se nos tornássemos mais competentes em vigiar o fogo que está por baixo do nosso trabalho, se observássemos com mais cuidado o processo de cozimento para a nutrição do Self selvagem. Infelizmente, muitas vezes voltamos as costas à panela, ao fogão. Esquecemo-nos de vigiar, esquecemo-nos de acrescentar lenha, esquecemo-nos de mexer. Pensamos erroneamente que o fogo e o ato de cozinhar são parecidos com algumas daquelas resistentes plantas domésticas que sobrevivem sem água oito meses até que um dia não aguentam mais. Não é bem assim. O fogo exige atenção porque é fácil deixar que ele se apague. A Yaga precisa ser alimentada. E vai haver um barulho dos diabos se ela sentir fome.

Portanto, é o cozimento de novas coisas, novos rumos, da dedicação à nossa arte e ao nosso trabalho que alimenta a alma selvagem permanentemente. É isso mesmo o que nutre a Velha Mãe Selvagem e lhe dá sustento na nossa psique. Sem o fogo, nossas grandes ideias, nossos pensamentos originais, nossos anseios e desejos continuam crus, e todo o mundo se sente frustrado. Por outro lado, qualquer coisa que façamos que tenha fogo irá agradar à Mãe Selvagem e manter a todas nós nutridas.

No desenvolvimento das mulheres, todas essas ações ligadas às "prendas domésticas", cozinhar, lavar, varrer, significam algo além do rotineiro.

Todas essas imagens sugerem modos de se pensar na vida da alma, de avaliá-la, alimentá-la, nutri-la, corrigi-la, purificá-la e organizá-la. Vasalisa recebe a iniciação em todos esses aspectos, e sua intuição a ajuda a realizar as tarefas. A natureza intuitiva dispõe da capacidade de estimar as situações num relance, de avaliar num átimo, de eliminar o entulho que cerca uma ideia e de identificar a essência, para lhe infundir vitalidade, cozinhar ideias cruas e preparar alimento para a psique. Vasalisa, através da boneca da intuição, está aprendendo a escolher, a compreender, a manter em ordem, a limpar e a arrumar o ambiente da psique.

Além disso, ela aprende que a Mãe Selvagem exige muito alimento para poder realizar seu trabalho. Não se pode impor a Baba Yaga uma dieta de folha de alface e café preto. Se quisermos nos aproximar da Mãe Selvagem, devemos perceber que ela tem apetite por certos alimentos. Se quisermos ter um relacionamento com o feminino ancestral, precisaremos cozinhar muito.

Com essas tarefas, Baba Yaga ensina, e Vasalisa aprende, a não se intimidar diante da escala do grande, do poderoso, do cíclico, do imprevisto, do inesperado, do vasto e do imenso, que é a escala da Natureza, do peculiar, do estranho e do incomum.

Os ciclos das mulheres de acordo com as tarefas de Vasalisa são os seguintes: limpar nosso pensamento, renovando nossos valores com regularidade; eliminar da nossa psique as insignificâncias, varrê-las, purificar nossos estados de pensamento e sentimento com regularidade. Acender a fogueira criativa e cozinhar ideias num ritmo sistemático e especialmente cozinhar muito para alimentar o relacionamento entre nós mesmos e a natureza selvagem.

Vasalisa, através do período passado com a Yaga, acabará incorporando algo do jeito e do estilo da Yaga. E nós também. Cabe a nós, dentro das nossas próprias limitações humanas, seguir seu exemplo. Isso nós aprendemos, apesar de ficarmos assombradas ao mesmo tempo, pois na terra de Baba Yaga há objetos que voam à noite e estão de pé ao nascer do sol, todos convocados pela natureza instintiva selvagem. Há os ossos dos mortos que ainda falam e há os ventos, os fados, os sóis, a lua e o céu, que vivem todos no enorme baú da Yaga. No entanto, ela mantém tudo em ordem. O dia vem depois da noite. Uma estação segue-se à outra. Ela não é aleatória. Ela tem Pé e Cabeça.

Na história, a Yaga descobre que Vasalisa completou todas as tarefas que lhe foram propostas e fica satisfeita, mas também um pouco decepcionada por não poder ralhar com a menina. E assim, só para se certificar de que Vasalisa não ficasse confiante demais, Baba Yaga diz mais ou menos o seguinte: "Bem, só porque você conseguiu fazer o serviço uma vez, não quer dizer que vai conseguir de novo. Por isso tenho mais um dia de tarefas para você. Vamos ver como você se sai, queridinha... se não..."

Mais uma vez, Vasalisa cumpre as tarefas, recorrendo à capacidade da orientação intuitiva, e a Yaga lhe concede a contragosto uma aprovação mal-humorada... daquele tipo que sempre vem de uma mulher mais velha que já viveu muito e viu muitas coisas, que até certo ponto preferia não ter vivido e visto tanto e ao mesmo tempo sente orgulho disso.

6ª tarefa: Separar isso daquilo

Nessa parte da história, Baba Yaga exige de Vasalisa duas tarefas muito difíceis. As tarefas psíquicas da mulher são as seguintes: *aprender a discriminar meticulosamente, a separar as coisas umas das outras com o melhor discernimento, aprender a fazer distinções sutis (ao escolher o milho mofado do milho são e ao selecionar as sementes de papoula de um monte de estrume). Observar o poder do inconsciente e como ele funciona mesmo quando o ego não está familiarizado (os pares de mãos que aparecem no ar). Aprender mais sobre a vida (o milho) e a morte (as sementes de papoula).*

Pede-se a Vasalisa que separe quatro substâncias, o milho mofado do milho são, e as sementes de papoula do estrume. A boneca intuitiva realiza essa separação. Às vezes, esse processo de separação ocorre num nível tão profundo que ele mal chega ao nosso consciente, até que um dia...

A separação relatada nessa história é do tipo que surge quando nos deparamos com um dilema ou com uma pergunta, mas sem que nos ocorram muitas ideias que nos ajudem a resolver a questão. Se a deixamos em paz, no entanto, e voltamos mais tarde a ela, pode ser que uma boa solução esteja à nossa espera ali onde antes não havia nada. Ou "vá dormir, veja com que vai sonhar",[20] talvez a velha de dois milhões de anos chegue das trevas para visitá-la. Talvez ela traga a solução, ou mostre que a resposta está bem abaixo da sua cama, dentro do seu bolso, num livro ou atrás da sua orelha. É um fenômeno o fato de uma pergunta feita quando a pessoa vai dormir, com a prática, suscitar uma resposta quando a pessoa desperta.

Existe algo na psique, algo da boneca selvagem, algo que fica por baixo, acima ou dentro do inconsciente coletivo que separa os materiais enquanto dormimos e sonhamos.[21] E confiar nessa qualidade também faz parte da natureza selvagem.

O milho mofado tem dois significados. Sob a forma de bebida, o milho mofado pode ser usado tanto como inebriante quanto como medicamento. Existe um fungo chamado carvão do milho – um fungo preto bastante peludo que se encontra no milho mofado – que também tem a reputação de ser alucinógeno.

Vários estudiosos aventaram a hipótese de que alucinógenos originados do trigo, da cevada, da papoula ou do milho teriam sido usados nos antigos ritos das deusas elêusicas na Grécia. Além disso, a separação do milho que a Yaga pede a Vasalisa que faça também está relacionada com a coleta de plantas medicinais pelas *curanderas*, as velhas benzedeiras que ainda hoje podem ser vistas nessa atividade em toda a América Central e do Sul. Vemos os antigos remédios e tratamentos das benzedeiras também na semente de papoula, que é um soporífero e um barbitúrico, assim como no estrume, que foi usado desde tempos remotos e ainda é usado hoje em dia em cataplasmas e como envoltórios, banhos e até mesmo para ingestão sob certas circunstâncias.[22]

Essa é uma das mais belas passagens da história. O milho são, o milho mofado, a semente de papoula e o estrume são todos remanescentes de uma antiga farmácia medicinal. Eles são usados como bálsamos, unguentos, infusões e cataplasmas para manter outros medicamentos em contato com o corpo e, como metáforas, eles também são remédios para a mente. Alguns nutrem, outros relaxam; alguns causam languidez, outros são estimulantes. São facetas dos ciclos da vida-morte-vida. Baba Yaga não está só pedindo que Vasalisa separe isso daquilo, que aprenda a diferença entre coisas de natureza semelhante – como, por exemplo, o amor verdadeiro do falso, ou a vida revigorante da vida desperdiçada –, mas está pedindo também que Vasalisa distinga um medicamento do outro.

Como os sonhos, que podem ser compreendidos no nível objetivo mas que ainda retêm uma realidade subjetiva, esses elementos alimentícios/medicinais também representam para nós uma orientação simbólica. Como Vasalisa, temos de escolher nossos agentes medicinais psíquicos; temos de escolher muito para compreender que o alimento da psique também é o medicamento da psique, e temos de extrair a verdade, a essência desses elementos para nossa própria nutrição.

Todos esses elementos e tarefas estão transmitindo a Vasalisa ensinamentos sobre a natureza da vida-morte-vida, o toma lá dá cá dos cuidados com a natureza selvagem. Às vezes, com o objetivo de aproximar uma mulher da natureza da vida-morte-vida, eu lhe peço que cuide de um jardim. Seja ele psíquico, seja ele de lama, estrume e verdura, bem como de todas as coisas que cercam, ajudam e atacam. Que ele representa a psique selvagem. O jardim é um vínculo concreto com a vida e a morte. Seria mesmo possível dizer que existe uma religião dos jardins, pois eles nos ensinam profundas lições espirituais e psicológicas. Qualquer coisa que possa acontecer a um jardim pode acontecer à alma e à psique – excesso de água, falta de água, pragas, calor, tempestades, enchentes, invasões, milagres, ressecamento, reverdecimento, bênçãos, cura.

Durante a existência do jardim, a mulher escreve um diário, registrando os sinais de doação de vida e de retirada de vida. Cada registro ajuda a formar uma sopa psíquica. No jardim, adquirimos prática para deixar que pensamentos, ideias, preferências, desejos e até mesmo amores vivam e morram. Plantamos, arrancamos, enterramos. Secamos sementes, fazemos a semeadura, protegemos as plantinhas.

O jardim é uma prática de meditação, a de dizer a hora de alguma coisa morrer. No jardim, podemos ver chegar a hora de desfrutar e a hora da regressão. No jardim, estamos nos movendo de acordo com a inspiração e a expiração da grande natureza selvagem, não contra ela.

Através dessa meditação, reconhecemos que o ciclo da vida-morte-vida é natural. Tanto o lado da mulher selvagem que dá a vida quanto aquele que distribui a morte estão esperando um contato amigo, esperando ser amados para sempre. Nesse processo, nós nos tornamos como a natureza selvagem cíclica. Temos a capacidade de infundir energia e reforçar a vida, sem atrapalhar o que vai morrer.

7ª tarefa: Perguntar sobre os mistérios

Depois de completar com sucesso as suas tarefas, Vasalisa faz algumas boas perguntas à Yaga. As perguntas deste estágio são as seguintes: *Perguntar e tentar aprender mais a respeito da natureza da vida-morte-vida e de seu funcionamento (Vasalisa pergunta sobre os cavaleiros). Aprender a verdade acerca da capacidade de compreender todos os elementos da natureza selvagem ("saber demais pode envelhecer a pessoa antes do tempo").*[23]

Todas nós começamos com a pergunta: "Quem sou eu, na realidade? Qual é a minha função aqui?" A Yaga nos ensina que somos a vida-morte-vida, que esse é o nosso ciclo, que esse é o nosso *insight* muito particular do feminino profundo. Quando eu era menina, uma das minhas tias me contou a lenda das "Mulheres das Águas". Ela disse que às margens de cada lago vivia uma jovem com mãos de velha. Sua primeira função era a de colocar *tüz* – que posso apenas descrever como "fogo-da-alma" – em dúzias de lindos patos de porcelana. Sua segunda função era a de dar corda nas chaves que saíam das costas dos patos. Quando as chaves de dar corda de madeira não giravam mais, os patos caíam e seus corpos se estilhaçavam, ela devia abanar seu avental para as almas no instante da sua liberação, espantando-as para o céu. Sua quarta função consistia em pôr mais *tüz* em outros lindos patos de porcelana, dar-lhes corda e soltá-los para que vivessem suas vidas...

A história do *tüz* é uma das mais claras na descrição de como a mãe da vida-morte-vida emprega seu tempo. Em termos psíquicos, a Mãe Nyx, Baba Yaga, as Mulheres das Águas, *La Que Sabé* e a Mulher Selvagem representam imagens diferentes, idades, disposições e aspectos diferentes do Deus Mãe Selvagem. Infundir *tüz* nas nossas ideias, nas nossas vidas, nas vidas daqueles que tocamos: é essa a nossa função. Espantar a alma de volta para casa: é essa a nossa função. Soltar uma grande quantidade de centelhas para encher o dia e criar uma luz para que possamos ver o caminho pela noite adentro: é essa a nossa função.

Vasalisa pergunta sobre os homens a cavalo que viu enquanto procurava o caminho até o casebre da Baba Yaga: o homem de branco no cavalo branco, o de vermelho no cavalo vermelho e o de negro no cavalo negro. A Yaga, como Deméter, é uma velha deusa mãe-de-cavalos, associada à força da égua, bem como à sua fecundidade. O casebre de Baba Yaga é uma cocheira para os cavalos multicores e para seus cavaleiros. São eles que puxam o sol para que cruze os céus durante o dia, e que puxam a cortina das trevas para encobrir o céu à noite. Mas não é só isso.

Os cavaleiros de negro, de vermelho e de branco simbolizam as antigas cores associadas ao nascimento, à vida e à morte. Essas cores também representam velhas ideias de descida, morte e renascimento – o negro significando a dissolução de antigos valores; o vermelho, o sacrifício de ilusões mantidas anteriormente; e o branco, a nova luz, o novo conhecimento que deriva de ter vivenciado as duas primeiras cores.

Os velhos termos usados nos tempos medievais são *nigredo*, negro; *rubedo*, vermelho; *albedo*, branco. Eles descrevem uma alquimia[24] que segue o trajeto da Mulher Selvagem, o trabalho da mãe da vida-morte-vida. Sem os símbolos do amanhecer, da luz que sobe e da escuridão misteriosa, ela não seria quem ela é. Sem o brotar da esperança nos nossos corações, sem uma luz permanente – não importa se de uma vela ou de um sol – a discriminar isso daquilo nas nossas vidas, sem uma noite a partir da qual tudo pode ser amenizado, a partir da qual tudo pode nascer, nós também não teríamos nada a aproveitar da nossa natureza selvagem.

As cores da história são extremamente preciosas pois cada uma tem seu lado de morte e seu lado de vida. O negro é a cor da lama, da fertilidade, da substância básica na qual semeamos nossas ideias. No entanto, o negro é também a cor da morte, do escurecimento da luz. O negro tem ainda um terceiro aspecto. Ele é a cor associada àquele mundo entre os mundos no qual se baseia *La Loba* – pois o negro é a cor da descida. O negro é uma promessa de que você logo irá saber algo que antes não sabia.

O vermelho é a cor do sacrifício, da fúria, de matar e de ser morto. No entanto, o vermelho é também a cor da vida vibrante, da emoção dinâmica, da excitação, de eros e do desejo. É uma cor considerada um poderoso medicamento para as enfermidades psíquicas, uma cor que desperta o apetite. No mundo inteiro existe uma figura conhecida como a mãe vermelha.[25] Ela não é tão conhecida quanto a madona ou mãe negra, mas é a guardiã das "coisas que passam". Suas graças são especialmente procuradas por quem está para dar à luz, pois quem quer que deixe este mundo ou que nele entre precisa atravessar seu rio vermelho. O vermelho é uma promessa de que uma ascensão ou um nascimento está por acontecer.

O branco é a cor do novo, do puro, do imaculado. E também a cor da alma livre do corpo, do espírito desembaraçado do físico. É a cor da nutrição essencial, do leite materno. Por outro lado, é a cor dos mortos, daquilo que perdeu seu tom rosado, o rubor da vitalidade. Quando surge o branco, tudo fica, temporariamente, *tabula rasa*, sem nenhuma inscrição. O branco é uma promessa de que existe nutrição suficiente para que tudo comece de novo.

Além dos cavaleiros, tanto Vasalisa quanto sua boneca estão vestidas de vermelho, branco e preto. Vasalisa e sua boneca são as *anlagen* da alquimia.

Juntas elas fazem com que Vasalisa se torne a futura mãe da vida-morte--vida. Na história há duas epifanias ou doações de vida. A vida de Vasalisa é revitalizada pela boneca e pelo seu encontro com Baba Yaga; consequentemente por todas as tarefas que ela consegue cumprir. Há também na história duas mortes: a da mãe-boa-demais e a da família da madrasta. No entanto, percebemos com facilidade que as mortes são convenientes e que, em última análise, elas proporcionam à menina uma vida mais plena.

Assim, essa atitude de deixar morrer, deixar viver, é muito importante. Trata-se do ritmo básico e natural que as mulheres devem compreender... e vivenciar. Captar esse ritmo reduz o medo, pois prevemos o futuro, e os maremotos e marés vazantes que ele reserva. A boneca e a Yaga são as mães selvagens de todas as mulheres. Elas fornecem os penetrantes dons intuitivos a partir do nível pessoal assim como do divino. É esse o ensinamento e o paradoxo extremo da natureza instintiva. É uma espécie de budismo dos lobos. O que é um é dois. O que é dois forma três. O que vive morrerá. O que morre viverá.

É isso o que Baba Yaga quer dizer quando avisa que "saber demais pode envelhecer a pessoa antes do tempo". Há uma quantidade determinada de coisas que todos deveríamos saber em cada idade e cada estágio das nossas vidas. Na história, conhecer o significado das mãos que aparecem e espremem o óleo de milho e da semente de papoula, dois medicamentos que por si sós podem ser revitalizantes e fatais, é querer saber demais. Vasalisa faz perguntas sobre os cavalos, mas não sobre as mãos.

Quando eu era jovem, perguntei a Bulgana Robnovich, uma contadora de história já idosa, do Cáucaso, que vivia numa minúscula comunidade rural russa em Minnesota, a respeito da Baba Yaga. Como ela encarava essa parte da história na qual Vasalisa "simplesmente sabe" que deve parar de fazer perguntas? Ela olhou para mim com aquele olhar sem cílios de um cachorro velho e respondeu. "Existem coisas que ninguém pode saber." Abriu um sorriso fascinante, cruzou os tornozelos grossos e deu a questão por encerrada.

Tentar compreender o mistério dos criados que aparecem e desaparecem sob a forma de mãos é o mesmo que tentar entender absolutamente o âmago do numinoso. Ao afastar Vasalisa dessa pergunta, a boneca e a Yaga previnem a menina para que não invoque em excesso a força numinosa. E isso é correto porque, embora visitemos o além, não queremos ficar extasiadas e, portanto, presas por lá.

Nessa parte, a Yaga faz alusão a outro conjunto de ciclos da vida feminina. À medida que a mulher passa por eles, ela compreende cada vez mais esses ritmos femininos interiores, dentre eles os ritmos da criatividade, da parição de filhos psíquicos e talvez de filhos humanos também, os ritmos da solidão, da brincadeira, do descanso, da sexualidade e da caça. Não é preciso forçar nada; a compreensão virá. Algumas coisas precisam ser aceitas como fora do nosso alcance, muito embora elas nos influenciem e nos enriqueçam. Diz um ditado, "Há assuntos que só a Deus pertencem".

Portanto, com o término das tarefas, "o legado das mães selvagens" é aprofundado, e poderes intuitivos emanam tanto do lado humano quanto do lado espiritual da psique. Agora temos como mestres a boneca de um lado e a Baba Yaga do outro.

8ª tarefa: De pé nas quatro patas

Baba Yaga sente repulsa pela bênção da mãe falecida e dá a Vasalisa a luz – uma caveira incandescente numa vara – dizendo-lhe que se vá. As tarefas desta parte da história são as seguintes: *assumir um poder imenso de ver e afetar os outros (o recebimento da caveira). Ver as situações da própria vida com essa nova luz (descobrir o caminho de volta à família da madrasta).*

Baba Yaga sente repulsa porque Vasalisa foi abençoada pela mãe ou sente repulsa por bênçãos em geral? Na realidade, nem uma alternativa nem outra. Considerando-se acréscimos religiosos cristãos mais recentes, também tem-se a impressão de que nesse ponto a história foi modificada para fazer com que a Yaga parecesse temer o fato de Vasalisa ter sido abençoada, cumprindo, assim, o desejo de patronos da religião mais moderna no sentido de tornar demoníaca essa Velha Mãe Selvagem (tão velha que remonta ao período neolítico) com o objetivo de enaltecer a nova religião.

O texto original da história poderia ter sido alterado para *bênção* a fim de estimular a conversão religiosa, mas para mim a essência do significado original e arquetípico ainda permanece. Pode-se interpretar a questão da bênção da mãe do seguinte modo: a Yaga não sente repulsa pelo fato da bênção em si, mas está, sim, irritada com o fato de a bênção ser proveniente da mãe-boa-demais, a doce e gentil queridinha da psique. Se a Yaga for fiel a si mesma, ela não gostará de estar próxima demais, por muito tempo, do lado submisso e recatado da natureza feminina.

Embora a Yaga seja capaz de dar o sopro da vida a um filhote de camundongo com uma ternura infinita, ela prefere não se aproximar demais da doçura e da luz. Isso ela deixa nas mãos da psique pessoal. Nesse sentido, pode-se dizer que ela sabe muito bem ficar no seu lugar. Seu lugar é o mundo subterrâneo da psique. O lugar da mãe-boa--demais é o mundo da superfície. Embora a doçura tenha condição de se adaptar ao mundo selvagem, o mundo selvagem não consegue ficar muito tempo restrito aos limites da doçura.

Quando a mulher integra esse aspecto da Yaga, ela deixa de aceitar sem questionamento cada sugestão, cada farpa, qualquer coisa que lhe apareça pela frente. Para conquistar um distanciamento mínimo da carinhosa bênção da mãe-boa-demais, a mulher aos poucos aprende não só a olhar, mas a fixar os olhos e vigiar com atenção, e cada vez mais a não ter paciência com gente enfadonha.

Tendo criado, através de sua experiência de servir à Yaga, uma capacidade interior que antes não possuía, Vasalisa recebe uma parte do poder selvagem da Deusa Megera. Algumas mulheres receiam que esse profundo conhecimento por meio do instinto e da intuição irá torná-las irresponsáveis ou desmioladas, mas esse é um medo infundado.

Vale o contrário. A falta de intuição, a falta de sensibilidade para com os ciclos ou a negação a seguir o próprio conhecimento dão origem a escolhas que acabam se revelando infelizes e até mesmo desastrosas. Com maior frequência, esse tipo de conhecimento da Yaga impulsiona as mulheres com movimentos mínimos, e com frequência ainda maior fornece orientação ao proporcionar imagens nítidas do "que está por trás ou por baixo" das motivações, ideias, atos e palavras dos outros.

Se a psique instintiva disser "Cuidado!", a mulher deve prestar atenção. Se a intuição profunda disser "Faça isso, faça aquilo, vá por esse lado, pare aqui, siga em frente", a mulher deverá corrigir seus planos conforme seja necessário. A intuição não é para ser consultada uma vez e depois esquecida. Ela não é descartável. Ela deve ser consultada a cada passo do caminho, quer o trabalho da mulher seja o de enfrentar um demônio interior, quer seja o de completar alguma tarefa no mundo externo.

Examinemos agora a caveira com a luz incandescente. Ela é um símbolo de adoração dos ancestrais.[26] Em versões mais recentes de arqueologia religiosa da história, diz-se que as caveiras nas varas pertencem a seres humanos que a Yaga matou e comeu. No entanto, nas religiões mais antigas que praticavam os ritos de afinidade com os ancestrais, os ossos eram reconhecidos como agentes para a invocação de espíritos, sendo a caveira a parte mais notável.[27]

Nos ritos de afinidade com os ancestrais, acredita-se que o conhecimento especial e atemporal dos velhos de uma comunidade esteja perpetuado nos seus próprios ossos após a morte. Considera-se que a caveira seja a cúpula que abriga um poderoso remanescente da alma que partiu... remanescente este que, se solicitado, pode invocar o espírito do falecido de volta para uma consulta. É fácil imaginar que o Self da alma habite exatamente a catedral óssea da testa, com os olhos como janelas, a boca como a porta e os ouvidos como os ventos.

Portanto, quando a Yaga dá a Vasalisa uma caveira acesa, ela está lhe dando um ícone de velha, uma "ancestral sábia" que deverá carregar pelo resto da vida. Ela está iniciando Vasalisa no legado matrilinear do conhecimento, que permanece íntegro e vicejante nas grutas e desfiladeiros da psique.

Assim, lá vai Vasalisa pela floresta escura adentro com a caveira na vara. Ela perambulou um pouco para chegar até a Yaga mas agora volta para casa com maior segurança, maior certeza, com a postura ereta, voltada para a frente. Essa é a subida a partir da iniciação da intuição profunda. A intuição foi engastada em Vasalisa como uma pedra preciosa no centro de uma coroa. Quando a mulher chegou a esse ponto, ela conseguiu largar a proteção da sua própria mãe-boa-demais interior, aprendeu a esperar a adversidade no mundo externo e a lidar com ela num estilo forte em vez de complexo. Ela percebeu as características sombrias e inibidoras da sua própria madrasta e irmãs emprestadas, bem como a destruição que elas pretendem lançar sobre ela.

Ela conseguiu transpor as trevas ao ouvir sua voz interior e foi capaz de suportar o rosto da Megera, que é um aspecto da sua própria natureza, mas também da poderosa natureza da Mulher Selvagem. Ela está, portanto, capacitada para compreender poderes espantosos e conscientes, dela mesma e de outros. Nada mais de "mas estou com medo".

Ela prestou serviços à Deusa Megera da psique, alimentou o relacionamento, purificou a *persona*, manteve limpo o raciocínio. Ela conseguiu conhecer essa selvagem força feminina e seus hábitos. Aprendeu a discriminar, a separar o pensamento dos sentimentos. Aprendeu a reconhecer a imensa força selvagem na sua própria psique.

Ela aprendeu acerca da vida-morte-vida e do dom das mulheres sobre tudo isso. Com esse talento recém-adquirido da Yaga, ela não precisa mais sentir falta de confiança ou de potência. Tendo recebido o legado das mães – a intuição do lado humano da sua natureza e um conhecimento selvagem do lado da psique ligado a *La Que Sabé* – ela está bem preparada. Segue adiante na vida, com os pés firmes, um atrás do outro, como uma mulher. Ela aglutinou todo o seu poder e agora vê o mundo e sua vida através desse novo enfoque. Vejamos o que acontece quando a mulher se comporta desse modo.

9ª tarefa: Reformular a sombra

Vasalisa volta para casa com a caveira incandescente na vara. Ela quase a joga fora, mas a caveira a tranquiliza. Uma vez de volta à casa, a caveira observa a madrasta e suas filhas, queimando-as até reduzi-las a cinzas. Vasalisa tem uma vida longa e feliz daí em diante.[28]

São as seguintes as tarefas desse estágio: *usar a própria visão aguçada (os olhos incandescentes) para reconhecer a sombra negativa da nossa própria psique e/ou os aspectos negativos das pessoas e acontecimentos do mundo exterior bem como para reagir a eles. Reformular as sombras negativas da própria psique com o fogo-da-megera (a perversa família da madrasta, que anteriormente torturava Vasalisa, é reduzida a cinzas).*

Vasalisa traz a caveira incandescente numa vara diante de si enquanto atravessa a pé a floresta, e sua boneca indica o caminho de volta. "Vá por aqui, agora por aqui." Vasalisa, que costumava ser uma tolinha de olhos vidrados, é agora uma mulher que anda com a força à sua frente.

Uma luz ardente emana dos olhos, ouvidos, nariz e boca da caveira. Ela é a representação de todos os processos psíquicos que estão ligados à discriminação. Ela está relacionada com os ritos de afinidade com os ancestrais e, portanto, com a memória. Se a Yaga tivesse dado a Vasalisa uma rótula numa vara, isso exigiria uma interpretação simbólica diferente. Se ela tivesse recebido os ossos do carpo, do pescoço ou qualquer outro osso – com exceção, talvez, do da pelve feminina –, o significado não seria o mesmo.[29]

Pois a caveira é mais uma representação da intuição – ela não faz mal a Yaga nem a Vasalisa e dispõe de um poder de discriminação exclusivo. Vasalisa agora leva a chama do conhecimento. Ela possui aqueles sentidos aterradores. Ela pode usar à vontade sua visão, audição, olfato e gosto, e é dona do seu próprio Self. Ela tem a boneca, a capacidade sensorial da Yaga e agora tem também a caveira incandescente.

Por um momento, Vasalisa sente medo do poder que carrega e pensa em jogar fora a caveira luminosa. Com esse poder formidável às suas ordens, não é de surpreender que ocorra ao seu ego que talvez fosse melhor, mais fácil, mais seguro, livrar-se dessa luz ardente, tendo em vista seu valor e o valor que Vasalisa adquiriu com ela. No entanto, uma voz sobrenatural de dentro da caveira recomenda que ela fique calma e siga em frente. E isso ela consegue fazer.

Cada mulher que resgate sua intuição e seus poderes semelhantes aos da Yaga chega a um ponto em que se sente tentada a se desfazer deles, pois de que adianta ver e saber todas essas coisas? Essa luz da caveira não perdoa. Sob sua claridade, os velhos são idosos; os belos, exuberantes; os bobos, tolos; os embriagados, bêbados; os infiéis, traiçoeiros; e o inacreditável é registrado como um milagre. A luz da caveira vê o que vê. Ela é eterna, e fica sempre ali à frente, refulgindo adiante da mulher, como uma presença que anda um pouco à sua frente, mantendo-a informada do que vai encontrando. É uma patrulha de reconhecimento perpétua.

No entanto quando a pessoa dispõe dessa capacidade de ver e de pressentir, é preciso fazer algo a respeito do que se viu. Possuir uma boa intuição e um poder considerável gera trabalho. Gera trabalho, a princípio, pela observação e compreensão das forças e desequilíbrios negativos tanto de fora para dentro quanto de dentro para fora. Também provoca o esforço no sentido de reunir a disposição necessária para fazer algo a respeito do que se vê, seja para o bem, ou pelo equilíbrio, seja para permitir que alguma coisa morra.

É verdade, não vou mentir para vocês. É mais fácil jogar fora a luz e ir dormir. É verdade que é bem difícil segurar a luz da caveira à nossa frente em algumas ocasiões. Pois, com ela, vemos nitidamente todos aspectos de nós mesmas e dos outros, tanto os deformados quanto os divinos, além de todas as condições intermediárias.

Mesmo assim, com essa luz, chegam ao nível da consciência os milagres da profunda beleza que existe no mundo e nos seres humanos. Com essa luz penetrante, pode-se ver do outro lado da má ação um coração generoso; pode-se vislumbrar um espírito delicado esmagado sob o ódio; pode-se entender muito em vez de apenas sentir perplexidade. Essa luz pode discriminar camadas distintas da personalidade, das intenções e das motivações nos outros. Ela pode determinar o consciente e o inconsciente em nós mesmas e nos outros. É a varinha de condão do conhecimento. É o espelho no qual se pressente tudo. É a profunda natureza selvagem.

Não obstante, há horas em que suas informações são dolorosas e quase insuportáveis; pois a caveira aponta para o lugar onde se trama a traição, onde a coragem falta àqueles que dizem o contrário. Ela denuncia a inveja oculta como gordura fria por trás de um sorriso de carinho. Ela indica os olhares que são meras máscaras para a aversão. No que diz respeito a nós mesmas, sua luz brilha com a mesma intensidade: ela ilumina nossos tesouros bem como nossas fraquezas.

São esses conhecimentos que são mais difíceis de encarar. É nesse ponto que sempre temos vontade de jogar fora essa maldita perspicácia nossa. É aí que, se não quisermos ignorá-la, sentimos uma força poderosa proveniente do Self, dizendo, "Não me jogue fora. Fique comigo. Vai ser bom para você".

Enquanto Vasalisa avança floresta adentro, ela sem dúvida está pensando também na família da madrasta, que perversamente a mandou sair para a morte; e, muito embora ela própria tenha um coração generoso, a caveira não é generosa. Sua função é a de ter plena visão. Por isso, quando Vasalisa quer se desfazer dela, sabemos que a menina está pensando na dor provocada por se ter conhecimento de determinadas coisas a respeito de nós mesmas, a respeito dos outros e da natureza do mundo.

Ela chega em casa, e a madrasta e suas filhas lhe dizem que ficaram sem fogo, sem energia enquanto ela estava fora; que, não importa o que fizessem, não conseguiram acender o fogo. E é exatamente isso o que acontece na psique da mulher quando ela está no poder selvagem. Durante esse período, tudo que a oprimia perde a libido. Ela foi totalmente gasta na boa viagem. Sem a libido, os aspectos mais desagradáveis da psique, aqueles que exploram a vida criativa da mulher ou que a incentivam a desperdiçar seu tempo com insignificâncias, ficam como luvas vazias, sem mãos.

A caveira incandescente começa a fitar a madrasta e suas filhas. Ela não deixa de observá-las com atenção. Será que um aspecto negativo da psique pode ser reduzido a cinzas só por ser alvo de observação constante? Pode. Pode, sim. Mantê-lo sob o olhar inflexível do consciente pode fazer com que se desidrate. Numa das versões da história, os membros da família perversa são torrados até se tornarem quebradiços. Em outra versão, eles são reduzidos a três carvõezinhos.

Os três carvõezinhos contêm uma imagem muito antiga e interessante. É frequente a crença de que o início da vida se deu a partir de um pequeno respingo ou pontinho negro. No Antigo Testamento, quando aquele Deus criou o primeiro homem e a primeira mulher, ele os *moldou* com terra, barro, lama, dependendo da tradução que se leia. Que quantidade de terra? Ninguém diz. Entre outras histórias da criação, porém, o princípio do mundo e dos seus habitantes ocorre muitas vezes a partir do respingo, de um grãozinho, de um único pontinho escuro de alguma coisa.[30]

Nesse sentido, os três carvõezinhos pertencem ao campo da mãe da vida-morte-vida. Eles foram reduzidos praticamente a nada na psique. Estão privados da libido. Agora, algo de novo pode ocorrer. Na maioria dos casos, quando privamos conscientemente algum aspecto psíquico de seiva, ele murcha, e sua energia é liberada ou reformulada.

Existe outro aspecto nesse esgotamento de energia da família destrutiva. Não podemos manter a conscientização adquirida no encontro com a Deusa Megera e ao transportar a luz incandescente, se convivermos com seres cruéis interna ou externamente. Se estivermos cercadas de pessoas que reviram os olhos e olham para o teto demonstrando repulsa quando estamos por perto, quando falamos, agimos e reagimos, isso é um sinal de que estamos com pessoas que abafam as paixões – as nossas e provavelmente também as delas mesmas. Não são pessoas que liguem para nós, para nosso trabalho, para nossa vida.

A mulher deve escolher seus amigos e companheiros com prudência, pois tanto uns quanto os outros podem se tornar parecidos com a madrasta má e suas filhas perversas. No caso dos companheiros, costumamos investi-los com o poder de um grande mago – de um mágico fantástico. É fácil que isso aconteça, pois, se realmente conquistamos a intimidade, é como se estivéssemos abrindo um *ateliê* de cristal, um lugar mágico, ou pelo menos é o que nos parece. Um companheiro pode gerar e/ou destruir até mesmo nossos vínculos mais duradouros com nossos próprios ciclos e ideias. O companheiro destrutivo deve ser evitado. Um tipo melhor de companheiro é o que é finamente elaborado de uma grande força psíquica e carne macia. Para a Mulher Selvagem, também ajuda se o companheiro for pouco ligado ao psíquico, uma pessoa que possa "enxergar no fundo" do seu coração.

Quando a Mulher Selvagem tem uma ideia, o amigo ou companheiro jamais dirá "Bem, não sei... me parece mesmo bobo (pretensioso, inexequível, dispendioso etc.)". Um amigo de verdade nunca diria essas palavras. Eles poderiam se expressar de outro modo... "Acho que não entendi. Diga-me como você visualiza a ideia. Diga-me como vai funcionar."

Ter um companheiro/amigo que a considere como uma *criatura* viva em crescimento, tanto quanto uma árvore cresce a partir do chão, uma planta ornamental dentro de casa ou um roseiral no quintal... ter um companheiro e amigos que a considerem um verdadeiro ser que vive e respira, que é humano, mas também composto de elementos delicados, úmidos e mágicos... um companheiro e amigos que apoiem a criatura que existe em você... são essas as pessoas por quem você está procurando. Elas serão amigas da sua alma pela vida afora. A escolha criteriosa de amigos e companheiros, para não falar nos mestres, é de importância crítica para continuar consciente, para continuar intuitiva, para manter o controle sobre a luz incandescente que vê e sabe.

A forma de manter o nosso vínculo com o lado selvagem consiste em nos perguntarmos exatamente o que desejamos. Essa pergunta é a que separa a semente do estrume. Uma das discriminações mais importantes que podemos fazer nesse sentido é a da diferença entre o que acena para nós de fora e o que chama de dentro da nossa alma.

Funciona da seguinte maneira. Imaginemos um bufê com creme *chantilly*, salmão, rosquinhas, rosbife, salada de frutas, panquecas com molho, arroz, *curry*, iogurte e muitos, muitos outros quitutes colocados em mesa após mesa. Imaginemos que examinamos tudo e vemos algumas coisas que nos agradam. Podemos comentar com nossos botões, "Ah! Eu realmente gostaria de comer um pouco daquilo, e disso aqui, e um pouco mais daquele outro prato".

Alguns homens e mulheres tomam todas as decisões da vida dessa forma. Existe ao nosso redor um universo que acena constantemente, que se insinua nas nossas vidas, despertando e criando o apetite onde antes havia pouco ou nenhum. Nesse tipo de escolha, optamos por algo só porque aconteceu de ele estar debaixo do nosso nariz naquele exato momento. Não é necessariamente o que queremos, mas é interessante; e, quanto mais examinamos, mais irresistível ele nos parece.

Quando estamos ligados ao self instintivo, à *alma* do feminino que é natural e selvagem, em vez de examinar o que por acaso esteja em exibição, dizemos a nós mesmas: "Estou com fome de quê?" Sem olhar para nada no mundo externo, nos voltamos para dentro e perguntamos: "Do que sinto falta? O que desejo agora?" Perguntas alternativas seriam: "Anseio por ter o quê? Estou morrendo de vontade do quê?" E a resposta costuma vir rápido. "Ah, acho que quero... na verdade o que seria muito gostoso, um pouco disso e daquilo... ah, é, é isso o que eu quero."

Isso está no bufê? Talvez sim, talvez não. Na maioria dos casos, provavelmente não. Teremos de ir à sua procura por algum tempo, às vezes por muito tempo. No final, porém, iremos encontrar o que procuramos e ficaremos felizes por termos feito sondagens acerca dos nossos anseios mais profundos.

Essa discriminação que Vasalisa aprende ao separar sementes de papoula do estrume e milho mofado do milho são é uma das lições mais difíceis de aprender, já que ela exige ânimo, determinação e dedicação, e muitas vezes implica esperar pelo que se quer. Em nenhuma outra atividade isso fica mais nítido do que na escolha de parceiros e companheiros. Um companheiro não pode ser escolhido como num bufê. O companheiro deve ser escolhido pelo profundo anseio da alma. Escolher só porque algo apetitoso está à sua frente não irá satisfazer nunca a fome do Self da alma. É para isso que serve a intuição. Ela é a mensageira da alma.

Para estender a imagem ainda mais, se lhe for apresentada a oportunidade de comprar uma bicicleta ou de fazer uma viagem ao Egito para conhecer as pirâmides, você deve colocar a oportunidade de lado por um instante, mergulhar em si mesma e perguntar: "Estou com fome de quê? Do que estou sentindo falta? Talvez esteja querendo uma moto em vez de uma bicicleta. Talvez eu esteja desejando ir visitar minha avó, de idade avançada." As decisões não precisam ser tão importantes. Às vezes a questão a ser avaliada é a escolha entre dar um passeio e escrever um poema. Seja a questão séria, seja ela banal, a ideia é consultar o self instintivo através de um dos aspectos disponíveis: o Self-boneca, o velho Self-Baba Yaga, a caveira incandescente.

Outra maneira de reforçar o vínculo com a intuição consiste em não permitir que ninguém reprima nossas energias de vida... ou seja, nossas opiniões, pensamentos, ideias, valores, conceitos morais, nossos ideais. Neste mundo existem muito poucos exemplos de certo/errado ou de bom/mau. Existe, porém, o útil e o inútil. Também existem coisas que às vezes são destrutivas, bem como outras que são construtivas. No entanto, como todos sabem, o jardim deve ser revolvido no outono a fim de que se prepare para a primavera. Ele não tem como estar florido o ano inteiro. Devemos, por isso, permitir que nossos ciclos inatos, não uma outra pessoa externa a nós mesmas, determinem as curvas de ascensão e de mergulho na nossa vida.

Existem certas entropias e criações constantes que fazem parte dos nossos ciclos interiores. Nossa tarefa é entrar em sincronia com eles. Como os ventrículos do coração, que se enchem, se esvaziam e se enchem de novo, nós "aprendemos a aprender" o ritmo desse ciclo da vida-morte-vida em vez de nos sentirmos martirizadas por ele. Vamos compará-lo a pular corda. O ritmo já existe. Nós balançamos para a frente e para trás até nos sentirmos no ritmo. Então, entramos. É assim que se faz. Não é nada mais complicado do que isso.

Além do mais, a intuição fornece opções. Quando estamos ligadas ao self instintivo, sempre temos pelo menos quatro escolhas... as duas que se opõem, a intermediária e aquela a que se chega "após uma contemplação mais profunda". Se não estivermos investidas do intuitivo, podemos pensar que temos apenas uma escolha, e com frequência que ela é indesejável. Sentimos, também, que temos de sofrer a respeito do assunto, de nos submeter e de nos forçar a aceitá-la. Não. Existe um jeito melhor. Preste atenção ao seu ouvido interior, à sua visão interior, ao seu ser interior. Siga-o. Ele sabe o que fazer em seguida.

Um dos aspectos mais notáveis do uso da intuição e da natureza instintiva é que ela causa o surgimento de uma espontaneidade segura. Ser espontânea não quer dizer ser imprudente. Não se trata de uma qualidade do tipo "atacar e falar sem pensar". As fronteiras válidas ainda são importantes. Scheherazade, por exemplo, tinha uma boa noção dos limites. Ela usou a esperteza para agradar enquanto ao mesmo tempo se posicionava de modo a ser valorizada. Ser verdadeira não significa ser inconsequente; significa, sim, permitir que *La Voz Mitológica* se expresse. Consegue-se isso calando o ego por algum tempo e deixando falar à vontade aquilo que deseja se expressar.

Na realidade consensual, todas temos acesso a mãezinhas selvagens em pessoa. Elas são mulheres e, assim que as vemos, algo dentro de nós salta e pensa "mamãe". Damos uma olhada e sabemos. "Sou da sua prole. Sou sua filha. Ela é minha mãe; minha avó." No caso do *hombre con pechos*, o homem com seios, poderíamos pensar, "Ah, vovô" ou "Ah, meu irmão, meu amigo". Simplesmente sabemos que esse homem é benéfico. (Paradoxalmente, eles são intensamente masculinos e intensamente femininos ao mesmo tempo. Eles são como a fada madrinha, como um mentor, como a mãe que nunca tivemos ou que não tivemos pelo tempo suficiente; é assim um *hombre con pechos.*)[31]

Todos esses seres humanos poderiam ser chamados de pequenas mães selvagens. Geralmente cada pessoa tem pelo menos uma. Se tivermos sorte, ao longo da vida inteira teremos diversas. Na época em que conhecemos esse tipo de criatura já somos adultas ou pelo menos chegamos ao final da adolescência. Elas são muito diferentes da mãe-boa-demais. As pequenas mães selvagens nos orientam e se enchem de orgulho com nossas realizações. Elas também criticam os bloqueios na nossa vida criativa, sensual, espiritual e intelectual.

Seu objetivo é o de nos ajudar, cuidar da nossa arte e reatar nossos vínculos com os instintos selvagens. Elas orientam a restauração da vida intuitiva. E ficam entusiasmadas quando entramos em contato com a boneca, orgulhosas quando encontramos a Baba Yaga e felizes quando nos veem voltando com a caveira incandescente à nossa frente.

Já vimos que ser ingênua e boazinha demais é perigoso. Mas talvez você ainda não esteja convencida. Talvez esteja pensando: "Ai, meu Deus, quem quer ser como Vasalisa?" E eu lhe digo que você quer. Você quer ser como Vasalisa, realizar o que ela realizou e seguir pela trilha que ela deixou ao passar, pois é esse o caminho para reter e desenvolver a alma. Porque a Mulher Selvagem é a que ousa, a que cria e a que destrói. Ela é a alma primitiva e engenhosa que possibilita todos os atos e artes da criação. Ela forma uma floresta à nossa volta, e nós começamos a lidar com a vida a partir dessa perspectiva nova e original.

Portanto, aqui no final da reinstalação da iniciação na psique feminina, temos uma jovem mulher com experiências espantosas que aprendeu a seguir seu conhecimento. Ela suportou todas as tarefas para chegar à iniciação plena. Os louros lhe pertencem. Talvez a intuição seja a mais fácil das tarefas, mas mantê-la no consciente, deixando viver o que possa viver e deixando morrer o que tiver de morrer, é de longe a tarefa mais árdua, apesar de tão satisfatória.

Baba Yaga é a mesma Mãe Nyx, a mãe do mundo, uma outra deusa da vida-morte-vida. A deusa da vida-morte-vida é sempre também uma deusa criadora. Ela cria, forma e sopra a vida. Ela está presente para receber a alma quando o alento se foi. Seguindo suas pegadas, tentamos aprender a deixar nascer o que deve nascer, quer todas as pessoas certas estejam ali, quer não. A natureza não pede licença. Floresça e dê à luz sempre que tiver vontade. Como adultas, precisamos muito pouco de licença, mas, sim, de maior criação, de maior estímulo dos ciclos selvagens.

Deixar morrer é o tema do final da história. Vasalisa aprendeu sua lição. Ela cai numa crise histérica quando a caveira faz arder as mulheres perversas? Não. O que deve morrer morre.

Como se toma uma decisão dessas? Sabe-se, simplesmente. *La Que Sabé* sabe. Peça conselhos a ela. Ela é a Mãe dos Tempos. Nada a surpreende. Ela já viu tudo. Para a maioria das mulheres, deixar morrer não é contra sua natureza, é contra sua criação. Isso pode ser modificado. Todas nós sabemos no fundo de *los ovarios* quando chegou a hora da vida, quando chegou a hora da morte. Podemos tentar nos enganar por vários motivos, mas sabemos.

Pela luz da caveira incandescente, nós sabemos.

CAPÍTULO 4

o parceiro: a união com o outro

UM HINO PARA O HOMEM SELVAGEM: MANAWEE

Se as mulheres querem que os homens as conheçam, que eles realmente as conheçam, elas têm de lhes ensinar algo do seu conhecimento profundo. Algumas mulheres dizem que estão cansadas, que já se esforçaram demais nessa área. Sugiro humildemente que elas estiveram tentando ensinar um homem sem vontade de aprender. A maioria dos homens quer saber, quer aprender. Quando os homens demonstram essa disposição, é a hora de fazer revelações; não apenas a esmo, mas porque mais uma alma perguntou. Vocês verão que é assim. Seguem-se, portanto, alguns dos pontos que irão tornar mais fácil para um homem compreender, para que ele venha na direção da mulher. É uma linguagem, a nossa linguagem.

Não há dúvida quanto ao fato de o Homem Selvagem procurar sua noiva nas profundezas da terra. Em lendas comuns entre os celtas, existem os famosos casais de deuses selvagens que se amam mutuamente. Eles muitas vezes vivem no fundo de um lago, onde são protetores da vida oculta e do mundo oculto. Na mitologia da Babilônia, Inanna, a de coxas de cedro, chama seu amado, o Arado do Touro, "Venha me cobrir com seu ardor". E mesmo nos tempos modernos, mesmo agora na região mais ao norte do Meio-Oeste, ainda se diz durante as tempestades que a Mãe e o Pai de Deus estão rolando da cama de molas, provocando o trovão.

Da mesma forma, não há ninguém que a Mulher Selvagem ame mais do que um parceiro que seja seu igual. No entanto, talvez desde o início dos tempos, incessantemente aqueles que queriam ser seus parceiros não estão muito seguros de compreender a verdadeira natureza da mulher. O que realmente deseja a mulher? Essa é uma pergunta antiga, um enigma expressivo da natureza rebelde e misteriosa que todas as mulheres possuem. Embora a megera em "The Wife of Bath" resmungasse que a resposta a essa pergunta era a de que as mulheres desejavam soberania sobre suas próprias vidas, e isso seja na verdade um fato irrevogável, existe ainda outra verdade de igual vigor que também responde a essa pergunta.

Segue-se uma história que responde à questão antiquíssima acerca da natureza da mulher. Aqueles que se empenharem do modo demonstrado na história serão amantes e companheiros da mulher selvagem para sempre. A senhorita V. B. Washington me passou esta versão da lenda afro-americana chamada Manawee.

*

MANAWEE

Era uma vez um homem que vinha cortejar duas irmãs gêmeas.

– Você não poderá se casar com elas a não ser que consiga adivinhar seus nomes – dizia, porém, o pai das moças.

Manawee tentava e tentava, mas não conseguia adivinhar os nomes das irmãs. O pai das moças abanava a cabeça e mandava Manawee embora todas as vezes.

Um dia Manawee levou seu cachorrinho junto numa visita de adivinhação, e o cachorro percebeu que uma irmã era mais bonita do que a outra e que a outra era mais delicada do que a primeira. Embora nenhuma das duas irmãs possuísse todas as virtudes, o cachorrinho gostou muito delas porque elas lhe deram petiscos e sorriram olhando fundo nos seus olhos.

Também naquele dia Manawee não conseguiu adivinhar os nomes das jovens e voltou irritado para casa. O cachorrinho, porém, voltou correndo para a choupana das irmãs. Ali ele enfiou a orelha por baixo de uma das paredes laterais e ouviu as moças dando risinhos e falando sobre como Manawee era bonito e másculo. Enquanto falavam, as irmãs se chamavam mutuamente pelo nome, e o cachorrinho, tendo ouvido, voltou correndo com a maior velocidade possível para seu dono para lhe passar a informação.

No caminho, porém, um leão havia deixado um grande osso ainda com carne perto do caminho, e o minúsculo cachorrinho sentiu imediatamente o cheiro, não pensou em mais nada e se desviou mato adentro arrastando o osso. Ali, ele lambeu e mordiscou o osso com grande prazer até que todo o sabor desapareceu. Ah! O pequeno cãozinho de repente se lembrou da tarefa esquecida, mas infelizmente ele também havia esquecido os nomes das moças.

Por isso, ele correu de volta à choupana das gêmeas e dessa vez já era de noite e as jovens estavam passando óleo nos braços e pernas uma da outra e se arrumando como se fosse para uma festa. Mais uma vez o cãozinho as ouviu chamando-se mutuamente pelo nome. Ele deu pulos de alegria e estava correndo pelo caminho afora na direção da choupana de Manawee quando do meio do mato veio o aroma de noz-moscada fresca.

Ora, não havia nada que o cachorrinho adorasse mais do que noz--moscada. Por isso, ele se desviou um pouco do caminho e correu para o lugar onde uma bela torta de laranjas estava esfriando em cima de uma tora. Bem, logo a torta já não existia mais, e o cachorrinho tinha um adorável hálito de noz-moscada. Enquanto trotava de volta para casa com a pança cheia, tentou pensar nos nomes das moças, mas, mais uma vez, os havia esquecido.

Finalmente, o cachorrinho tornou a voltar correndo até a choupana das irmãs, e dessa vez as irmãs estavam se preparando para se casar. "Ah, não", pensou o cachorrinho, "quase não tenho mais tempo." E, quando as irmãs se chamaram pelo nome, ele guardou os nomes na mente e saiu em disparada, com a determinação resoluta e absoluta de que nada iria impedi-lo de transmitir os preciosos nomes a Manawee imediatamente.

O cãozinho vislumbrou caça pequena recém-morta no caminho, mas a ignorou e saltou por cima dela. Por um instante, pareceu-lhe sentir o aroma de noz-moscada no ar, mas ele o ignorou e preferiu continuar correndo na direção da sua casa e do seu dono. No entanto, ele não contava com a possibilidade de um estranho de negro saltar do mato, agarrá-lo pelo pescoço e sacudi-lo ao ponto de seu rabo quase cair. Pois, foi o que aconteceu.

– Diga-me aqueles nomes! Diga-me os nomes das moças para que eu as possa conquistar – gritava o estranho o tempo todo.

O cãozinho achou que ia desmaiar com aquele punho lhe apertando o pescoço, mas lutou com bravura. Ele rosnou, arranhou, esperneou e, afinal, mordeu o estranho entre os dedos. Os dentes do animal picavam como vespas. O estranho berrava como um búfalo-indiano, mas o cãozinho não o soltava. O estranho correu pelo mato adentro com o cãozinho pendurado numa das mãos.

– Solte-me, solte-me, cãozinho, e eu o soltarei – implorou o estranho de negro.

– Não me volte por aqui – rosnou entre dentes o cãozinho – ou não verá mais a luz do dia. – E assim o estranho fugiu pelo mato, gemendo enquanto corria. O cachorrinho prosseguiu meio mancando, meio correndo, pelo caminho até encontrar Manawee.

Muito embora seu pelo estivesse sujo de sangue e suas mandíbulas doessem, os nomes das jovens estavam bem nítidos na sua mente, e ele se aproximou de Manawee, claudicante, mas feliz da vida. Manawee lavou os ferimentos do cãozinho, e este lhe contou toda a história assim como o nome das moças. Manawee correu de volta até a aldeia das moças com o cachorrinho nos ombros, e as orelhas do cachorro dançavam ao vento como rabos de cavalos.

Quando Manawee chegou até o pai com os nomes das filhas, as gêmeas receberam Manawee completamente vestidas para viajar com ele. Elas haviam estado à sua espera o tempo todo. Foi assim que Manawee conquistou duas das donzelas mais belas da região. E todos os quatro, as irmãs, Manawee e o cãozinho, viveram juntos em paz por muito tempo.

Krik Krak Krout, now this story is out.
Krik Krak Krun, now this story is done.[1]

*

A natureza dual das mulheres

Com os contos folclóricos, assim como com os sonhos, podemos interpretar seu conteúdo em termos subjetivos, em que todos os símbolos retratam aspectos da psique de uma única pessoa, mas também podemos compreendê-los em termos objetivos, na medida em que estejam associados a condições e relações do mundo exterior. Examinaremos aqui o conto de Manawee mais sob o aspecto do relacionamento entre uma mulher e seu parceiro, tendo em mente que muitas vezes "como é por fora é como é por dentro".

A história decifra um segredo antiquíssimo das mulheres, que é o seguinte: para conquistar o coração de uma Mulher Selvagem, seu parceiro deve entender profundamente sua dualidade natural. Embora pudéssemos em termos etnológicos encarar as duas mulheres na história como noivas numa cultura polígama, a partir de uma perspectiva arquetípica, essa história fala do mistério de duas poderosas forças femininas numa única mulher.

A história de Manawee contém todos os fatos essenciais para a intimidade com a Mulher Selvagem. Manawee, através de seu cão fiel, adivinha os dois nomes, as duas naturezas do feminino. Ele não sairá vencedor a não ser que resolva o mistério. E precisa usar seu próprio self instintivo – o self-cão – para conseguir o que deseja.

Qualquer um que seja íntimo de uma Mulher Selvagem está de fato na presença de duas mulheres: um ser exterior e uma *criatura* interior, um que habita o mundo terreno, e o outro que vive num mundo não tão visível. O ser exterior vive à luz do dia e é observado com facilidade. Muitas vezes é uma pessoa pragmática, aculturada e muito humana. Já a *criatura* costuma chegar à superfície vindo de muito longe e com frequência aparece e desaparece rapidamente, embora sempre deixe uma sensação: algo de surpreendente, original e sagaz.

O esforço de compreender essa natureza dual das mulheres às vezes faz com que os homens, e até mesmo as próprias mulheres, fechem os olhos e bradem aos céus em busca de ajuda. O paradoxo da natureza gêmea das mulheres reside no fato de que, quando um lado está mais frio sentimentalmente, o outro lado está mais quente. Quando um lado é menos apressado e mais rico em termos relacionais, o outro pode ser até certo ponto gélido. Muitas vezes um lado é mais feliz e maleável, enquanto o outro sente um anseio por "não sei bem o quê". Um lado pode ser cheio de alegria, enquanto o outro é lamentoso e melancólico. Essas "duas-mulheres-que-são-uma" são elementos separados, porém associados, que se combinam em milhares de formas.

A força de ser dois

Embora cada lado da natureza de uma mulher represente uma entidade separada, com funções diferentes e capacidade de discernimento, eles devem, à semelhança do cérebro com seu *corpus callosum*, ter um conhecimento ou uma tradução um do outro e, portanto, funcionar como um todo. Se a mulher esconde um dos lados ou privilegia um dos lados em demasia, ela tem uma vida desequilibrada que não lhe permite acesso ao seu pleno poder. Isso não é bom. É necessário desenvolver os dois lados.

Há muito o que aprender acerca da força de ser dois quando examinamos o símbolo dos gêmeos. No mundo inteiro, desde tempos remotos, considerou-se que os gêmeos fossem dotados de poderes sobrenaturais.

Em algumas culturas, existe toda uma disciplina dedicada ao equilíbrio da natureza dos gêmeos, pois eles são considerados duas entidades que compartilham uma alma. Mesmo após a morte, os gêmeos recebem alimento, a atenção de conversas, presentes e sacrifícios.

Em diversas comunidades africanas e do Caribe, diz-se que o símbolo das irmãs gêmeas possui *juju* – a energia mística da alma. Portanto, exige-se que as gêmeas recebam cuidados impecáveis para que não recaia um mau agouro sobre toda a comunidade. Uma precaução da religião de vodus do Haiti exige que as gêmeas sempre recebam exatamente as mesmas porções de alimento para que, assim, seja sumariamente eliminada a possibilidade de inveja entre as duas. Ainda mais, no entanto, para impedir que uma delas definhe, pois, se uma morrer, a outra também morrerá, e os benefícios espirituais que elas proporcionam à comunidade estarão perdidos.

Da mesma forma, a mulher tem enormes poderes quando os aspectos duais individuais são reconhecidos conscientemente e considerados unidade; mantidos unidos em vez de separados. O poder de ser dois é muito forte, e nenhum dos dois lados deve ser negligenciado. Eles precisam ser alimentados da mesma forma, pois juntos proporcionam ao indivíduo um poder excepcional.

Ouvi uma vez uma história de um velho afro-americano no centro-sul. Ele surgiu de um beco quando eu me encontrava sentada em meio às pichações de um "parque" no centro da cidade. Algumas pessoas diriam que ele era maluco, pois falava com todos e com qualquer um. Ele arrastava os pés e mantinha um dedo em riste como se quisesse verificar a direção do vento. Os *cuentistas* reconhecem que essas pessoas teriam sido tocadas pelos deuses, e nós as chamamos de *El Bulto*, a trouxa, porque elas carregam certo tipo de mercadoria e a exibem para quem quiser olhar.

Esse *El Bulto* especialmente simpático me deu uma história a respeito da transmissão ancestral. Ele intitulou a história de "Um pauzinho, dois pauzinhos". "Esse é o costume dos antigos reis africanos", sussurrou.

Na história, um velho está à morte e chama a família para perto de si. Ele dá um pauzinho curto e resistente a cada um dos seus muitos rebentos, esposas e parentes. "Quebrem o pauzinho", determina ele. Com algum esforço, todos conseguem quebrar seus pauzinhos ao meio.

"É isso o que acontece quando uma pessoa está só e sem ninguém. Ela pode ser quebrada com facilidade."

Em seguida, o velho dá a cada parente mais um pauzinho.

"É assim que eu gostaria que vocês vivessem depois que eu me for. Juntem seus pauzinhos em feixes de dois ou três. Agora, partam esses feixes ao meio."

Ninguém consegue quebrar os pauzinhos quando eles estão em feixes de dois ou mais. O velho sorri.

"Temos força quando nos juntamos a outra pessoa. Quando estamos juntos, não podemos ser quebrados."

Da mesma forma, quando os dois lados da natureza dual são mantidos juntos no consciente, eles têm um poder tremendo e não podem ser fragmentados. É essa a natureza da dualidade psíquica, das gêmeas, dos dois aspectos da personalidade feminina. Sozinho, o self mais civilizado vive bem... mas sente uma certa solidão. Sozinho, o self selvagem também vive bem, mas anseia pelo relacionamento com o outro. A perda dos poderes psicológicos, emocionais e espirituais das mulheres tem como origem a separação dessas duas naturezas e a simulação de que uma delas não mais existia.

Essa história pode ser interpretada como um relato sobre a dualidade masculina assim como sobre a feminina. O homem Manawee tem sua própria natureza dual: o lado humano e o lado cachorro. Sua natureza humana, embora simpática e carinhosa, não lhe basta para ter sucesso na corte. E sua natureza canina, seu lado instintivo, que tem a capacidade de se esgueirar até perto das mulheres selvagens e, com sua audição aguçada, ouvir seus nomes. É o self-cão que aprende a superar as seduções superficiais e a reter os conhecimentos mais importantes. É a natureza canina de Manawee que tem a tenacidade e a audição apurada, os instintos para se enfiar por baixo de paredes e para encontrar, perseguir e resgatar ideias valiosas.

As forças masculinas podem incluir tipos de energia semelhantes à do Barba-azul ou ao do assassino Mr. Fox e, por esse motivo, tentam demolir a estrutura dual das mulheres. Esse tipo de pretendente não consegue tolerar a dualidade e procura a perfeição, procura a verdade única, a substância feminina imutável e inalterável, encarnada na única mulher perfeita. Cuidado! Se você encontrar esse tipo de pessoa, fuja para o outro lado com a maior rapidez possível. É melhor ter um namorado do tipo de Manawee, por dentro e por fora. Ele é um pretendente muito melhor já que nutre intensa devoção pela ideia de ser dois. E o poder de ser dois está em agir como uma entidade una.

Portanto, Manawee deseja tocar essa combinação misteriosíssima e onipresente da vida da alma na mulher, e ele dispõe de uma soberania própria. Já que ele próprio é um homem natural, ligado ao selvagem, tem uma sintonia com a mulher selvagem e sente atração por ela.

Entre aquele conjunto de homens amontoados na psique da mulher, cujos membros são chamados pelos junguianos de *animus*, existe também uma atitude semelhante à de Manawee, que procura e reivindica a dualidade da mulher, que a considera valiosa, acessível e desejável, em vez de diabólica, feia e desprezível.[2] Manawee, quer esteja no mundo interior, quer no mundo exterior, representa um amante novo mas cheio de fé, cujo desejo principal é o de identificar e compreender o numinoso duplo na natureza feminina.

O poder do nome

Dar o nome a uma força, uma criatura, uma pessoa ou a um objeto tem algumas conotações. Nas culturas em que os nomes são escolhidos com cuidado pelo seu significado mágico ou auspicioso, saber o verdadeiro nome de uma pessoa representa conhecer a trajetória da vida e os atributos da alma daquela pessoa. E o motivo pelo qual o nome verdadeiro é muitas vezes mantido em segredo está na proteção do seu dono, para que ele ou ela possa crescer e cumprir o potencial do nome, e na proteção do próprio nome de modo que ninguém o avilte ou prejudique e, assim, para que a autoridade espiritual de cada um possa se desenvolver até suas proporções plenas.

Nos contos de fadas e lendas populares, existem diversos outros aspectos relacionados com o nome, e estes estão em atividade no conto de Manawee. Embora haja alguns contos nos quais o protagonista procura pelo nome de uma força malévola a fim de exercer poder sobre ela, é ainda mais comum que a procura pelo nome tenha como objetivo invocar aquela força ou aquela pessoa, chamá-la para que se aproxime e entrar num relacionamento com essa pessoa.

Este último é o caso na história de Manawee. Ele viaja de um lado para outro, sem parar, no esforço sincero de atrair o poder das duas para perto de si. Ele está interessado em descobrir seus nomes, *não* para se apoderar do poder delas, mas, sim, para conquistar um poder pessoal *igual* ao delas. Conhecer os nomes representa adquirir consciência acerca da natureza dual e retê-la. Por mais que desejemos, e mesmo recorrendo ao nosso próprio poder, é impossível ter um relacionamento em profundidade sem o conhecimento dos nomes.

A adivinhação dos nomes da natureza dual, das duas irmãs, é uma tarefa a princípio tão difícil para as mulheres quanto para os homens. No entanto, não é necessário que haja grande angústia no que lhe diz respeito. Se estivermos interessadas em descobrir os nomes, então estaremos no caminho certo.

E quais são os nomes exatos dessas duas irmãs simbólicas na psique da mulher? É claro que os nomes das dualidades variam de uma pessoa para a outra, mas eles costumam representar opostos de alguma espécie. Como grande parte do mundo natural, eles de início podem parecer tão imensos a ponto de não apresentarem padrão ou repetição. No entanto, a observação cuidadosa da natureza dual, as perguntas que lhe fazemos e a atenção às suas respostas logo revelarão um modelo geral, um modelo que é imenso, a bem da verdade, mas que tem uma estabilidade como a das ondas que chegam e recuam; suas marés altas e baixas são previsíveis; suas correntes profundas podem ser mapeadas.

No terreno da adivinhação dos nomes, dizer o nome de uma pessoa representa fazer um desejo por elas ou abençoá-las cada vez que seu nome é pronunciado. Identificamos esses dois temperamentos em nós mesmas a fim de nos vincularmos a eles. Quando nomeamos, descobrimos significados pessoais e ocultos bem como a beleza selvagem de ser mulher, não importando as personalidades dos aspectos opostos. Essa identificação e esse vínculo são chamados, em termos humanos, de amor a si mesmo. Quando ele ocorre entre dois indivíduos, é chamado de amor pelo outro.

Manawee insiste em tentar adivinhar, mas não consegue descobrir os nomes das gêmeas apenas com sua natureza comum. Seu self-cão age em seu benefício. É frequente que as mulheres anseiem por um parceiro que tenha esse tipo de persistência e inteligência para continuar a procurar entender sua natureza profunda. Quando ela encontra um parceiro com essas qualidades, ela lhe dedica amor e lealdade pela vida afora.

Na história, o pai das gêmeas age como guardião do par místico. Ele simboliza uma característica intrapsíquica real que garante a integridade de coisas que "ficam juntas" e que não são separadas. É ele que testa o valor, a "correção" do pretendente. Ter um guardião desse tipo é bom para as mulheres.

Nesse sentido, seria possível dizer que uma psique saudável testa novos elementos que se apresentem para nela se inserir; que a psique tem sua própria integridade, um processo de triagem. Uma psique saudável que contenha um guardião paternal não aceita simplesmente qualquer pensamento, atitude ou pessoa, apenas aquelas que são sensíveis ou que se esforçam para sê-lo.

O pai das duas irmãs diz: "Espere aí. Enquanto você não me convencer de estar interessado em ter conhecimento profundo da essência verdadeira – seus verdadeiros nomes –, não poderá ter minhas filhas." O pai está querendo dizer que não se pode alcançar o conhecimento dos mistérios das mulheres sem grande esforço. É preciso antes trabalhar. É preciso persistir no estudo da questão. É preciso que você se descubra cada vez mais próximo da verdade real desse enigma da alma feminina, empresa que é tanto uma descida quanto uma charada.

A natureza tenaz do cachorro

O cãozinho da história demonstra exatamente como funciona a tenacidade psíquica. Os cães são os mágicos do universo. Com sua simples presença, eles transformam o mau humor em sorrisos, as pessoas tristes em pessoas menos tristes. Eles geram relacionamentos. Como na antiga epopeia da Babilônia "Gilgamesh", na qual Inkadu, o homem-animal peludo, contrabalança Gilgamesh, o rei excessivamente racional, o cachorro é todo um lado da natureza dualista do homem. Ele é a natureza dos bosques, aquele que sabe rastrear, que sabe porque pressente o que é o quê.

O cãozinho gosta das irmãs porque elas o alimentam e sorriem para ele. O feminino místico compreende e aceita prontamente a natureza instintiva do cachorro. Os cães representam, entre outras coisas, aquele (ou aquela) que ama do fundo do coração com espontaneidade e perseverança, que perdoa sem esforço, que consegue correr muito e lutar, se necessário, até a morte. A natureza do cão[3] fornece pistas concretas de como um pretendente irá conquistar o coração das duas irmãs... e a Mulher Selvagem.

Manawee não adivinha os nomes mais uma vez e volta penosamente para casa. No entanto, o cachorrinho volta para a choupana das moças e presta atenção até ouvir seus nomes. No mundo dos arquétipos, a natureza do cão tanto é psicopômpica – a de um mensageiro entre o mundo exterior e o mundo das trevas – quanto ctoniana –, aquela que provém das regiões mais escuras e mais remotas da psique, especificamente do mundo subterrâneo. É essa sensibilidade que o parceiro tenta alcançar para compreender a dualidade.

O cão é semelhante ao lobo, só um pouco mais civilizado, embora, como vemos no resto da história, não tanto assim. Esse cãozinho em sua função psicopômpica é a psique instintiva. Ele ouve e vê de modo diferente do ser humano. Ele se transporta a níveis em que o ego sozinho jamais chegaria a pensar. Ele ouve palavras e instruções que o ego não consegue ouvir. E ele segue o que ouve.

Uma vez, num museu de ciências em San Francisco, entrei num recinto cheio de microfones e alto-falantes que simulavam a capacidade de audição do cachorro. Quando uma palmeira balançava ao vento, parecia o dia do Armagedon. Quando se ouviam passadas chegando ao longe, parecia que um milhão de saquinhos de flocos de milho estavam sendo esmagados bem no meu ouvido. O mundo do cachorro é cheio de sons cataclísmicos e constantes... sons que nós, como seres humanos, absolutamente não registramos. Mas o cachorrinho registra.

O cão ouve, portanto, fora da faixa de audição "humana". Esse aspecto mediúnico da psique instintiva capta pela intuição a atividade profunda, a música profunda e os profundos mistérios da psique feminina. É essa natureza que tem a capacidade de compreender a natureza selvagem nas mulheres.

A sedução furtiva dos apetites

Não é por acaso que homens e mulheres se esforçam para descobrir o lado mais profundo da sua natureza e, no entanto, têm sua atenção desviada por inúmeras razões, em sua maioria prazeres de diversos tipos. Alguns tornam-se dependentes dessas preferências e ficam para sempre enredados nelas, sem conseguir jamais continuar seu trabalho.

O cãozinho a princípio também é distraído pelo seu apetite. Os apetites são muitas vezes *forajidos* pequenos e encantadores, ladrões, dedicados ao roubo do tempo e da libido. Do *seu* tempo e da *sua* libido. Jung observou que é preciso impor algum controle aos apetites humanos. Se não, como podemos ver, iremos parar a cada osso que apareça na estrada, a cada torta esfriando numa tora.

Os pretendentes à procura dos nomes das dualidades podem, como o cachorro, perder sua determinação quando são tentados a sair do caminho. Isso pode ocorrer especialmente se eles próprios forem criaturas ferozes ou esfaimadas. Além do mais, eles podem se esquecer do que os motivava a agir. Eles podem ser tentados/atacados por algum aspecto do seu próprio inconsciente que deseja se impor às mulheres para tirar vantagens, seduzir as mulheres para seu próprio prazer ou num esforço no sentido de acabar com uma sensação de vazio típica do caçador.

No caminho de volta ao dono, o cãozinho é distraído por um osso suculento e, com isso, esquece os nomes das jovens. Esse episódio retrata uma ocorrência muito comum no trabalho psíquico profundo: as distrações dos caprichos atrapalham o processo básico. Não se passa um mês em que eu não ouça de um analisando alguma das seguintes queixas: "Bem, desviei minha atenção do trabalho sério porque entrei numa fase de grande excitação sexual que levou sete dias para ser controlada", "... porque resolvi que esta semana era a época exata para dar uma podadinha em todas as minhas quinhentas plantas ornamentais" ou ainda "... porque entrei em sete novas iniciativas criativas, adorei o que estava fazendo e depois concluí que nenhuma delas realmente ia dar em nada e joguei tudo para o alto".

Como se pode ver, o osso na estrada está à espera de todas nós. Ele tem aquele cheiro forte e apetitoso que um cachorro dificilmente ignoraria. Na pior das hipóteses, é provável que ele seja uma dependência preferida, alguma que já nos custou muito e que continua custando. No entanto, mesmo que já tenhamos fracassado repetidas vezes, precisamos tentar de novo, até que consigamos passar por ela e prosseguir com nosso trabalho principal.

O trabalho profundo é muito parecido com a excitação sexual. Ele começa do nada, vai se acelerando em platôs e atinge um estágio uniforme e intenso. Se os platôs forem interrompidos abruptamente (imaginemos um ruído forte e inesperado), teremos de começar tudo de novo. Existe uma tensão de excitação semelhante no trabalho, com a camada arquetípica da psique. Se a tensão for interrompida, é preciso que se comece praticamente do nada. Portanto, há muitos ossos na estrada, ossos suculentos, belos, interessantes, irresistivelmente atraentes. De algum modo, porém, eles fazem com que soframos de uma espécie de amnésia, com que nos esqueçamos não só de onde estávamos no nosso trabalho, mas também do que o trabalho tratava para começar.

Recomenda o Alcorão: "Sereis chamados a prestar contas de todos os prazeres permitidos na vida de que não tiverdes usufruído durante vossa estada na terra." Não obstante, o prazer em excesso ou mesmo em quantidade ínfima na hora errada pode provocar uma enorme perda de conscientização. Nesse caso, em vez de um grande afluxo de sabedoria, vagueamos por aí como um professor distraído, resmungando: "E agora, onde é que eu estava mesmo?" Semanas, às vezes meses, são necessárias para que nos recuperemos dessas distrações.

Na história, o cachorro volta correndo até a choupana das irmãs, ouve novamente seus nomes e sai a toda velocidade mais uma vez. Esse cão tem o instinto certo para tentar e insistir em tentar. No entanto, ai, ai, lá está a torta de laranjas que o distrai, e ele mais uma vez esquece os nomes. Um outro aspecto do apetite dominou a criatura e voltou a afastá-lo da sua tarefa. Embora sua pança esteja satisfeita, o trabalho da alma não foi cumprido.

Começamos a compreender que esse processo de nos mantermos conscientes, e em especial de não ceder a apetites perturbadores enquanto tentamos realizar a conexão psíquica, é longo e que é difícil manter a fidelidade a ele. Vemos o astuto cãozinho dando o máximo de si. Mesmo assim, é longo o caminho desde o inconsciente profundo dos arquétipos até a mente consciente. É demorado o mergulho até os nomes lá no fundo, e demorada a volta até a superfície. Manter o conhecimento no consciente é difícil quando há armadilhas ao longo do caminho.

A torta de laranjas e o osso representam seduções perturbadoras que são deliciosas a seu modo... em outras palavras, existem elementos na psique de todo mundo que são traiçoeiros, trapaceiros e maravilhosos. Esses elementos são inimigos da conscientização. Eles vicejam por manter tudo oculto e excitante. Às vezes é difícil nos lembrarmos de que estamos aguardando a alegria da luz.

O cãozinho é quem traz a luz. Ele está tentando criar um vínculo consciente com a mística natureza dual. "Alguma coisa" tenta impedi-lo de cumprir essa missão, alguma coisa que não é visível, mas que sem a menor dúvida é quem coloca ossos no caminho e arranja tortas. Sem dúvida, deve ser o estranho sinistro, outra versão do predador natural da psique que se opõe à consciência. Em virtude da ocorrência natural desse oponente na psique das pessoas, até mesmo a mente mais saudável é suscetível a se desnortear. A lembrança da verdadeira tarefa e sua repetida recordação dentro de nós mesmas, no estilo de um mantra, nos devolverá a consciência.

A conquista da ferocidade

O cãozinho aprende os nomes das mulheres outra vez e volta correndo para seu dono. Ele ignora o petisco no meio da estrada e o aroma apetitoso que vem do mato. Nesse ponto, vemos o despertar da consciência da psique. A psique instintiva aprendeu a se controlar, a fixar prioridades e a concentrar a atenção. Ela se recusa a ser distraída. Agora está determinada.

No entanto, de repente um ser sombrio vindo do nada salta sobre o cãozinho. O estranho sinistro sacode o cachorro aos gritos. "Diga-me os nomes! Diga-me os nomes das moças para que elas sejam minhas." O estranho sinistro não se importa com a dualidade ou com as nuanças sutis da psique. Para ele, o feminino é um objeto a ser conquistado, e nada mais.

O estranho sinistro pode ser encarnado por uma pessoa verdadeira no mundo exterior ou por um complexo negativo interno. Não importa qual seja a apresentação, o efeito devastador é o mesmo. Desta vez, porém, o cachorro entra numa luta desenfreada. Seja a pessoa do sexo masculino, seja do feminino, isso pode ocorrer na vida objetiva quando um incidente, um lapso, algum acontecimento estranho de qualquer natureza, surge de repente e tenta nos fazer esquecer quem nós somos. Há sempre algo na psique que procura nos privar dos nomes. Também no mundo objetivo existem muitos ladrões de nomes.

Na história, o cãozinho luta como se disso dependesse sua própria vida. Às vezes o único meio de aprendermos a nos manter fiéis ao nosso conhecimento profundo resulta do surgimento desse estranho à nossa frente. Somos, então, forçadas a lutar pelo que prezamos – lutar para ter firmeza naquilo a que nos dedicamos, lutar para superar nossas motivações espirituais mais superficiais, o que Robert Bly chama de "desejo de se sentir maravilhoso",[4] lutar para terminar o que iniciamos.

O cãozinho luta para guardar os nomes, superando, assim, seus repetidos escorregões no inconsciente. Terminada a batalha, ele não perdeu os nomes, pois era exatamente esse o motivo da briga, ter o conhecimento do feminino selvagem. Quem quer que possua esse conhecimento tem um poder equivalente ao da própria mulher. O cão lutou para transmitir esse poder ao homem digno, Manawee. Ele lutou para manter afastado desse poder um aspecto da natureza humana primitiva que o usaria indevidamente. A transmissão do poder às mãos certas é tão importante quanto a descoberta dos nomes.

O cão heroico passa os nomes a Manawee, que os apresenta ao pai das moças. Estas já estão prontas para partir com Manawee. O tempo todo elas estavam aguardando que ele descobrisse e guardasse o conhecimento consciente das suas naturezas intrínsecas.

Concluímos, portanto, que as duas coisas que prejudicam o avanço nessas questões são as distrações dos nossos apetites e o estranho sinistro – sendo que este pode estar no opressor inato à psique ou às vezes numa pessoa ou situação do mundo objetivo. Seja como for, cada uma sabe no fundo como derrotar esses saqueadores e espoliadores. Guarde os nomes; os nomes são tudo.

A mulher interior

Às vezes as mulheres ficam cansadas e irritadas à espera de que seus parceiros as compreendam. "Por que eles não conseguem saber o que eu penso, o que eu quero?" Elas ficam exaustas de fazer essa pergunta. No entanto, existe uma solução para esse dilema, uma solução prática e eficaz.

Se a mulher quiser que seu parceiro tenha esse tipo de receptividade, ela lhe revelará o segredo da dualidade da mulher. Ela lhe falará sobre a mulher interior, aquela que, somada a ela mesma, formará duas. Isso ela consegue ao ensinar seu parceiro a fazer duas perguntas de uma simplicidade enganosa que farão com que ela se sinta vista, ouvida e conhecida.

A primeira pergunta é a seguinte: "O que você quer?" Quase todo mundo faz alguma versão dessa pergunta, mas de forma automática. Existe, porém, uma pergunta ainda mais essencial. "O que deseja o seu self mais profundo?"

Quando se ignora a natureza dual da mulher e se julga a mulher pelo que ela aparenta ser, pode-se vir a ter uma grande surpresa, pois, quando a natureza primitiva da mulher emerge das profundezas e começa a se afirmar, é frequente que ela tenha interesses, sentimentos e ideias muito diferentes dos que manifestava antes.

Para tecer um relacionamento seguro, a mulher também fará as mesmas perguntas ao parceiro. Como mulheres, aprendemos a reunir as forças dos dois lados da nossa natureza e da dos outros também. A partir da informação que recebemos reciprocamente dos dois lados, podemos determinar com clareza o que é mais valorizado e como reagir de acordo com isso.

Quando a mulher consulta sua própria natureza dual, ela está cumprindo o processo de olhar, examinar e sondar o material que está para além do consciente, sendo, portanto, muitas vezes surpreendente no seu conteúdo e no seu tratamento, e quase sempre de imenso valor.

Para amar uma mulher, o parceiro deve também amar sua natureza primitiva. Se a mulher aceitar um companheiro que não possa amar ou que não ame esse seu outro lado, ela sem dúvida acabará arrasada sob algum aspecto e deixada a vaguear cambaleante, em desmazelo.

Portanto, os homens, tanto quanto as mulheres, devem identificar suas naturezas duais. O amante mais querido, o pai mais valorizado, o amigo ou "homem selvagem" mais valioso é aquele que deseja aprender. Quem não se delicia com o aprendizado, quem não é atraído por novas ideias ou experiências, não conseguirá passar do marco de estrada junto ao qual está descansando agora. Se existe uma força que alimenta a raiz da dor, ela é a recusa a aprender além do momento presente.

Sabemos que a criatura Homem Selvagem está à procura da sua própria mulher terrena. Com medo ou não, é um ato de profundo amor o de se permitir ser perturbado pela alma primitiva dos outros. Num mundo em que os seres humanos têm tanto medo da "perda", existe um excesso de muralhas protetoras contra o mergulho na numinosidade de outra alma humana.

O companheiro certo para a Mulher Selvagem é aquele que tem uma profunda tenacidade e resistência de alma, aquele que sabe mandar sua própria natureza instintiva ir espiar por baixo da cabana da alma de uma mulher e compreender o que vir e ouvir por lá. O bom partido é o homem que insiste em voltar para tentar entender, é o que não se deixa dissuadir.

Portanto, a tarefa primitiva do homem consiste em descobrir os nomes verdadeiros da mulher, não em usar indevidamente esse conhecimento para ganhar controle sobre ela, mas, sim, para captar e compreender a substância numinosa de que ela é feita, para deixar que ela o inunde, o surpreenda, o espante e até mesmo o assuste. Também para ficar com ela. Para entoar seus nomes para ela. Com isso os olhos dela brilharão. E os dele também.

No entanto, para que não descansemos antes da hora, há ainda outro aspecto da identificação da dualidade, um aspecto ainda mais apavorante, porém essencial a todos os amantes. Enquanto um lado da natureza dual da mulher pode ser chamado de vida, a irmã "gêmea" da vida é uma força chamada morte. A força chamada morte é uma das bifurcações magnéticas do lado selvagem. Se aprendermos a identificar as dualidades, acabaremos dando de cara com a caveira descarnada da natureza da morte. Dizem que só os heróis conseguem suportar a visão. O homem selvagem sem dúvida consegue. A mulher selvagem, sem a menor sombra de dúvida, consegue. Na realidade, eles são inteiramente transformados pela visão.

Por isso, apresento-lhes agora a Mulher-esqueleto.

CAPÍTULO 5

a caçada: quando o coração é um caçador solitário

A MULHER-ESQUELETO: ENCARANDO A NATUREZA DA VIDA-MORTE-VIDA DO AMOR

Os lobos são bons nos relacionamentos. Qualquer um que os tenha observado sabe como são profundos seus vínculos. É frequente que os parceiros sejam para toda a vida. Muito embora entrem em conflito, muito embora exista a discórdia, os vínculos entre eles permitem que ultrapassem invernos rigorosos, primaveras abundantes, longas caminhadas, novas ninhadas, antigos predadores, danças tribais e cantos em coro. As necessidades relacionadas dos seres humanos não diferem em nada.

Embora a vida instintiva dos lobos inclua a lealdade e vínculos permanentes de confiança e devoção, os seres humanos às vezes enfrentam dificuldades com essas questões. Se quiséssemos usar termos arquetípicos para descrever o que determina os fortes vínculos entre os lobos, poderíamos concluir que a integridade dos seus relacionamentos advém da sua submissão à antiga natureza da vida-morte-vida.

A natureza da vida-morte-vida é um ciclo de animação, desenvolvimento, declínio e morte que sempre se faz seguir de uma reanimação. Esse ciclo afeta toda vida física e todas as facetas da vida psicológica. Tudo – o Sol, as estrelas novas, e a Lua, assim como as questões dos seres humanos e as das menores criaturas, como células e átomos – possui essa característica de agitação, hesitação e novamente agitação.

Diferentemente dos seres humanos, os lobos não consideram que os altos e baixos da vida, quer de energia, de poder, de alimento, quer de oportunidade, sejam espantosos ou punitivos. Os picos e os vales simplesmente existem, e os lobos passeiam por eles com a máxima eficácia e facilidade possível. A natureza instintiva tem a capacidade miraculosa de sobreviver a cada dádiva positiva, a cada consequência negativa, e ainda manter o relacionamento com o self e com o outro.

Entre os lobos, os ciclos da vida-morte-vida da natureza e do destino são encarados com elegância, inteligência e persistência para ficar junto do outro e viver por muito tempo e o melhor possível. No entanto, para que os seres humanos vivam dessa forma corretíssima e sejam leais desse jeito que é o mais sábio, o mais duradouro e o mais sensível, é preciso que se enfrente aquilo que mais se teme. Não há meio de escapar, como veremos. Teremos de dormir com a morte.

A Mulher-esqueleto é uma história de caça a respeito do amor. Nas histórias do norte, o amor não é um encontro romântico entre dois amantes. As histórias das regiões próximas ao polo descrevem o amor como a união entre dois seres cuja força reunida permite a um deles, ou a ambos, a entrada em comunicação com o mundo da alma e a participação no destino como uma dança com a vida e a morte.

Para compreender esta história, temos de entender que lá, num dos ambientes mais rigorosos e numa das culturas de caça mais notáveis do planeta, o amor não significa um flerte ou uma procura de mero prazer para o ego, mas um vínculo visível composto da força psíquica da resistência, uma união que prevalece na fartura ou na austeridade, que passa pelos dias e noites mais simples e mais complicados. A união de dois seres é considerada *angakok*, mágica em si mesma, como um relacionamento através do qual "os poderes que existem" se tornam conhecidos aos dois indivíduos.

Existem, porém, exigências para esse tipo de união. A fim de criar esse amor duradouro, convida-se mais um parceiro para a união. Esse terceiro é a Mulher-esqueleto. Ela é também chamada de A Morte e, nesse sentido, ela é a natureza da vida-morte-vida num dos seus muitos disfarces. Nessa sua apresentação, A Morte não é um mal, mas uma divindade.

Num relacionamento, ela desempenha o papel do oráculo que sabe quando chegou a hora de um ciclo começar e terminar.[1] Nessa qualidade, ela é o aspecto selvático do relacionamento, aquele do qual os homens têm mais pavor... e às vezes as mulheres, pois, quando se perdeu a fé na transformação, os ciclos naturais de progresso e de desgaste também são temidos.

Para que se crie um amor duradouro, a Mulher-esqueleto precisa ser aceita no relacionamento e abraçada pelos dois amantes. Aqui, nesta antiga história do povo *inuit*, estão os estágios psíquicos para o domínio desse abraço. Quem me passou essa história foi Mary Uukalat. Examinemos as imagens que surgem da sua fumaça.

*

A MULHER-ESQUELETO

Ela havia feito alguma coisa que seu pai não aprovava, embora ninguém mais se lembrasse do que havia sido. Seu pai, no entanto, a havia arrastado até os penhascos, atirando-a ao mar. Lá, os peixes devoraram sua carne e arrancaram seus olhos. Enquanto jazia no fundo do mar, seu esqueleto rolou muitas vezes com as correntes.

Um dia um pescador veio pescar. Bem, na verdade, em outros tempos muitos costumavam vir a essa baía pescar. Esse pescador, porém, estava afastado da sua colônia e não sabia que os pescadores da região não trabalhavam ali sob a alegação de que a enseada era mal-assombrada.

O anzol do pescador foi descendo pela água abaixo e se prendeu – logo em quê! – nos ossos das costelas da Mulher-esqueleto. O pescador pensou: "Oba, agora peguei um grande de verdade! Agora peguei um mesmo!" Na sua imaginação, ele já via quantas pessoas esse peixe enorme iria alimentar, quanto tempo sua carne duraria, quanto tempo ele se veria livre da obrigação de pescar. E enquanto ele lutava com esse enorme peso na ponta do anzol, o mar se encapelou com uma espuma agitada, e o caiaque empinava e sacudia porque aquela que estava lá embaixo lutava para se soltar. E quanto mais ela lutava, tanto mais ela se enredava na linha. Não importa o que fizesse, ela estava sendo inexoravelmente arrastada para a superfície, puxada pelos ossos das próprias costelas.

O pescador havia se voltado para recolher a rede e, por isso, não viu a cabeça calva surgir acima das ondas; não viu os pequenos corais que brilhavam nas órbitas do crânio; não viu os crustáceos nos velhos dentes de marfim. Quando ele se voltou com a rede nas mãos, o esqueleto inteiro, no estado em que estava, já havia chegado à superfície e caía suspenso da extremidade do caiaque pelos dentes incisivos.

– Agh! – gritou o homem, e seu coração afundou até os joelhos, seus olhos se esconderam apavorados no fundo da cabeça e suas orelhas arderam num vermelho forte. – Agh! – berrou ele, soltando-a da proa com o remo e começando a remar loucamente na direção da terra. Sem perceber que ela estava emaranhada na sua linha, ele ficou ainda mais assustado pois ela parecia estar em pé, a persegui-lo o tempo todo até a praia. Não importava de que jeito ele desviasse o caiaque, ela continuava ali atrás. Sua respiração formava nuvens de vapor sobre a água, e seus braços se agitavam como se quisessem agarrá-lo para levá-lo para as profundezas.

– Aaaggggghhhh! – uivava ele, quando o caiaque encalhou na praia. De um salto ele estava fora da embarcação e saía correndo agarrado à vara de pescar. E o cadáver branco da Mulher-esqueleto, ainda preso à linha de pescar, vinha aos solavancos bem atrás dele. Ele correu pelas pedras, e ela o acompanhou. Ele atravessou a tundra gelada, e ela não se distanciou. Ele passou por cima da carne que havia deixado a secar, rachando-a em pedaços com as passadas dos seus *mukluks*.

O tempo todo ela continuou atrás dele, na verdade até pegou um pedaço do peixe congelado enquanto era arrastada. E logo começou a comer, porque há muito, muito tempo não se saciava. Finalmente, o homem chegou ao seu iglu, enfiou-se direto no túnel e, de quatro, engatinhou de qualquer jeito para dentro. Ofegante e soluçante, ele ficou ali deitado no escuro, com o coração parecendo um tambor, um tambor enorme. Afinal, estava seguro, ah, tão seguro, é, seguro, graças aos deuses, Raven, é, graças a Raven, é, e também a todo-generosa Sedna, em segurança, afinal.

Imaginem quando ele acendeu sua lamparina de óleo de baleia, ali estava ela – aquilo – jogada num monte no chão de neve, com um calcanhar sobre um ombro, um joelho preso nas costelas, um pé por cima do cotovelo. Mais tarde ele não saberia dizer o que realmente aconteceu. Talvez a luz tivesse suavizado suas feições; talvez fosse o fato de ele ser um homem solitário. Mas sua respiração ganhou um quê de delicadeza, bem devagar ele estendeu as mãos encardidas e, falando baixinho como a mãe fala com o filho, começou a soltá-la da linha de pescar.

– Oh, na, na, na. – Ele primeiro soltou os dedos dos pés, depois os tornozelos. – Oh, na, na, na. – Trabalhou sem parar noite adentro, até cobri-la de peles para aquecê-la, já que os ossos da Mulher-esqueleto eram iguaizinhos aos de um ser humano.

Ele procurou sua pederneira na bainha de couro e usou um pouco do próprio cabelo para acender mais um foguinho. Ficou olhando para ela de vez em quando enquanto passava óleo na preciosa madeira da sua vara de pescar e enrolava novamente sua linha de seda. E ela, no meio das peles, não pronunciava palavra – não tinha coragem – para que o caçador não a levasse lá para fora e a jogasse lá embaixo nas pedras, quebrando totalmente seus ossos.

O homem começou a sentir sono, enfiou-se nas peles de dormir e logo estava sonhando. Às vezes, quando os seres humanos dormem, acontece de uma lágrima escapar do olho de quem sonha. Nunca sabemos que tipo de sonho provoca isso, mas sabemos que ou é um sonho de tristeza ou de anseio. E foi isso o que aconteceu com o homem.

A Mulher-esqueleto viu o brilho da lágrima à luz do fogo, e de repente ela sentiu uma sede daquelas. Ela se aproximou do homem que dormia, rangendo e retinindo, e pôs a boca junto à lágrima. Aquela única lágrima foi como um rio, que ela bebeu, bebeu e bebeu até saciar sua sede de tantos anos.

Enquanto estava deitada ao seu lado, ela estendeu a mão para dentro do homem que dormia e retirou seu coração, aquele tambor forte. Sentou-se e começou a batucar dos dois lados do coração: *Bom, Bomm!... Bom, Bomm!*

Enquanto marcava o ritmo, ela começou a cantar em voz alta.

– Carne, carne, carne! Carne, carne, carne! – E quanto mais cantava, mais seu corpo se revestia de carne. Ela cantou para ter cabelo, olhos saudáveis e mãos boas e gordas. Ela cantou para ter a divisão entre as pernas e seios compridos o suficiente para se enrolarem e dar calor, e todas as coisas de que as mulheres precisam.

Quando estava pronta, ela também cantou para despir o homem que dormia e se enfiou na cama com ele, a pele de um tocando a do outro. Ela devolveu o grande tambor, o coração, ao corpo dele, e foi assim que acordaram, abraçados um ao outro, enredados da noite juntos, agora de outro jeito, de um jeito bom e duradouro.

As pessoas que não conseguem se lembrar de como aconteceu sua primeira desgraça dizem que ela e o pescador foram embora e sempre foram bem alimentados pelas criaturas que ela conheceu na sua vida debaixo d'água. As pessoas garantem que é verdade e que é só isso o que sabem.

*

A morte na casa do amor

A incapacidade de encarar a Mulher-esqueleto e de desenredá-la é o que provoca o fracasso de muitos relacionamentos de amor. Para amar é preciso não só ser forte, mas também sábio. A força vem do espírito. A sabedoria, da Mulher-esqueleto.

Como vemos na história, se quisermos ser alimentados por toda a vida, precisaremos encarar e desenvolver um relacionamento com a natureza da vida-morte-vida. Quando temos esse tipo de relacionamento, não saímos mais por aí à caça de fantasias, mas nos tornamos conhecedores das mortes necessárias e nascimentos surpreendentes que criam o verdadeiro relacionamento. Quando encaramos a Mulher-esqueleto, aprendemos que a paixão não é alguma coisa que se vai "obter" mas, sim, algo gerado em ciclos e distribuído. É a Mulher-esqueleto que demonstra que uma vida compartilhada, nos fluxos e refluxos, em todos os finais e reinícios, é o que cria um inigualável amor de devoção.

Essa história é uma imagem adequada para o problema do amor moderno, o medo da natureza da vida-morte-vida, em especial do aspecto morte. Em grande parte da cultura ocidental, o personagem original da natureza da morte foi encoberto por vários dogmas e doutrinas até o ponto em que se separou de vez da sua outra metade, a vida. Fomos ensinados, equivocadamente, a aceitar a forma mutilada de um dos aspectos mais básicos e profundos da natureza selvagem. Aprendemos que a morte é sempre acompanhada de mais morte. Isso simplesmente não é verdade. A morte está sempre no processo de incubar uma vida nova, mesmo quando nossa existência foi retalhada até os ossos.

Em vez de considerar os arquétipos da morte e da vida opostos, devemos encará-los juntos como o lado esquerdo e o direito de um único pensamento. É fato que dentro de um único relacionamento amoroso existem muitos finais. Mesmo assim, de algum modo e em algum ponto nas delicadas camadas do ser criado quando duas pessoas se amam, existe um coração e um alento. Enquanto um lado do coração se esvazia, o outro se enche. Quando uma respiração termina, outra se inicia.

Se acreditarmos que a força da vida-morte-vida não tem mais nenhum papel depois da morte, não é de se estranhar que alguns seres humanos tenham pavor do compromisso. Eles têm um medo horrível de passar por um final que seja. Não conseguem suportar a ideia de passar da varanda para os aposentos do interior da casa. Têm medo porque pressentem que lá na copa da casa do amor está sentada A Morte, batendo com o dedo do pé no chão, dobrando e redobrando suas luvas. Diante dela está uma lista de tarefas: de um lado, os que estão vivendo; do outro, os que estão morrendo. Ela pretende terminar seu trabalho. Está determinada a manter um equilíbrio.

O arquétipo da força da vida-morte-vida é extremamente mal compreendido em muitas culturas modernas. Algumas não entendem mais que A Morte é carinhosa e que vida se renovará com seu auxílio. Em muitos folclores, ela recebe uma atenção sensacionalista: diz-se que carrega uma grande foice para "ceifar" a vida dos que de nada suspeitam, que beija suas vítimas e deixa cadáveres espalhados por onde passa, ou que ela os afoga e fica uivando noite adentro.

Em outras culturas, porém, como na do leste da Índia e na cultura maia, que têm maior cuidado com o ensino sobre a roda da vida *e* da morte, A Morte abraça os que já estão morrendo, abrandando sua dor e proporcionando alívio. Diz-se que ela vira o bebê no útero para a posição de cabeça para baixo a fim de que ele possa nascer. Diz-se que ela guia as mãos da parteira, que abre o caminho para o leite nos seios maternos e que ainda consola quem quer que esteja chorando sozinho. Em vez de criticá-la, quem a conhece em seu ciclo completo respeita sua generosidade e suas lições.

Em termos arquetípicos, a natureza da vida-morte-vida é um componente básico da natureza instintiva. Esse componente aparece em todas as mitologias e no folclore do mundo como *Dama del Muerte*, A Morte; *Coatlique*; *Hel*; *Berchta*; *Ku'an Yin*; *Baba Yaga*; a Dama de Branco; a Misericordiosa Beladona; e como um grupo de mulheres chamadas pelos gregos de *Graeae*, as Damas Cinzentas. Desde a *Banshee*, em sua carruagem feita de nuvens da noite, até *La Llorona*, a mulher que chora junto ao rio, desde o anjo sombrio que afaga os seres humanos com a ponta de uma asa, fazendo com que caiam em êxtase, até o fogo-fátuo que aparece quando uma morte é iminente, as histórias estão repletas de remanescentes de antigas encarnações da deusa da vida-morte-vida.[2]

Grande parte do nosso conhecimento da natureza da vida-morte-vida é contaminada pelo nosso medo da morte. Portanto, nossa capacidade para acompanhar os ciclos da natureza da vida-morte-vida é muito frágil. Essas forças não "fazem" nada a nós. Elas não são ladrões que nos roubam aquilo que prezamos. Essa natureza não é um motorista irresponsável que destrói o que valorizamos e foge em alta velocidade.

Não, não, as forças da vida-morte-vida fazem parte da nossa própria natureza, como uma autoridade interna que sabe os passos, que conhece a dança da vida e da morte. Ela é composta pelas partes de nós mesmas que sabem quando algo pode e deve nascer e quando deve morrer. Trata-se de um mestre profundo, se ao menos aprendermos seu ritmo. Rosario Castellanos, poeta e mística mexicana, escreve acerca da entrega às forças que governam a vida e a morte:

> ... dadme la muerte que me falta...
> ... dá-me a morte que preciso...

Os poetas compreendem que não há nada de valor sem a morte. Sem a morte, não há lições; sem a morte não há o fundo escuro contra o qual o diamante cintila. Enquanto aqueles que são iniciados não têm medo da Morte, a cultura muitas vezes nos incita a jogar a Mulher-esqueleto pelo penhasco abaixo, não só por ela ser apavorante, mas também porque demora muito para que aprendamos a lidar com ela. Um mundo desalmado estimula cada vez maior rapidez na procura desenfreada daquele único filamento que parece ser *aquele* que arderá imediatamente e para sempre. No entanto, o milagre que estamos procurando leva tempo: tempo para encontrá-lo, tempo para trazê-lo à vida.

A busca moderna pela máquina do movimento perpétuo equivale à busca de uma máquina de amor perpétuo. Não surpreende que as pessoas que tentam amar fiquem confusas e atormentadas e que, como na história dos sapatinhos vermelhos de Hans Christian Andersen, dancem loucamente, incapazes de parar com a agitação frenética, e passem rodopiando direto pelas coisas que, no fundo do coração, elas mais prezam.

Existe, porém, outra maneira, melhor, que leva em consideração as fraquezas, os medos e as singularidades do ser humano. E, como ocorre com tanta frequência nos ciclos da individuação, a maioria de nós simplesmente se depara com ela por acaso.

As primeiras fases do amor

A descoberta acidental do tesouro

Em todas as histórias, há material que pode ser compreendido como um espelho a refletir as enfermidades ou a saúde da nossa própria vida interior. Também nas lendas ocorrem temas míticos que podem ser considerados descrições dos estágios e das instruções necessárias para a manutenção do equilíbrio tanto no mundo objetivo quanto no subjetivo.

Embora pudéssemos interpretar a história da Mulher-esqueleto como símbolo dos movimentos dentro de uma única psique, creio que essa história tem seu maior valor quando é compreendida como uma série de sete tarefas que ensinam uma alma a amar outra profundamente. São elas a descoberta da outra pessoa como uma espécie de tesouro espiritual, muito embora a princípio não se perceba exatamente o que foi encontrado. Em seguida, na maioria dos relacionamentos, vem a caça e a tentativa de ocultação, um tempo de esperanças e receios para os dois lados. Depois, vem a tarefa de desenredar e compreender os aspectos da vida-morte-vida do relacionamento e a compaixão dessa tarefa. Segue-se a confiança que gera o relaxamento, a capacidade de descansar na presença do outro e da sua boa vontade, acompanhada de um período de compartilhamento dos sonhos futuros bem como de tristezas passadas, sendo esse o início da cura de ferimentos arcaicos relacionados com o amor. Finalmente, o uso do coração para fazer brotar uma nova vida e a fusão do corpo e da alma.

A primeira tarefa, a descoberta do tesouro, encontra-se em dezenas de lendas de todo o planeta que descrevem a captura de uma criatura do fundo do mar. Quando isso ocorre na narrativa, sabemos sempre que uma grande luta logo irá se realizar entre o que vive no mundo objetivo e o que vive ou o que foi, por meio de repressão, forçado a viver no mundo subterrâneo. Nesta história, o pescador pega mais do que ele jamais esperou. "Epa, esse é grande", pensa ele, quando se volta para recolher a rede.

Ele não se dá conta de estar trazendo à superfície a criatura mais apavorante que jamais conheceu, de estar trazendo mais do que ele tem condição de manejar. Ele não sabe que terá de se entender com a criatura, que está a ponto de ter todos os seus poderes testados. E o que é pior, ele não sabe que não sabe. É esse o estado de todos os apaixonados no início: são todos cegos como morcegos.

Os seres humanos imprudentes são propensos a se acercar do amor do mesmo jeito que o pescador da história encara o que apanhou: "Ah, espero apanhar um bem grande, um que me alimente por muito tempo, um que seja interessante, que facilite minha vida, do qual eu possa me gabar com todos os outros caçadores do meu lugar."

É esse o movimento natural do caçador ingênuo ou esfaimado. Os muitos jovens, os não iniciados, os famintos e os feridos têm valores que giram em torno da descoberta e conquista de troféus. Os muito jovens ainda não sabem exatamente o que estão procurando; os famintos buscam o sustento; e os feridos procuram a compensação por perdas anteriores. No entanto, todos querem que o tesouro "caia por acaso" dos céus.

Quando estamos na companhia das grandes forças da psique, nesse caso da mulher da vida-morte-vida, e se somos ingênuos, então, sem dúvida, vamos receber mais do que o que estávamos procurando. É muito frequente que nos entreguemos à fantasia de que seremos alimentados a partir da natureza profunda, por meio de um caso de amor, um emprego ou de dinheiro, e esperamos que essas rações durem muito tempo. Preferíamos não ter de trabalhar mais. Na realidade, há ocasiões nas quais gostaríamos de receber alimento sem realizar muito. No fundo, sabemos que nada de valor jamais surge dessa maneira. Mas temos esse desejo assim mesmo.

Ficar deitado inerte, apenas sonhando com um amor perfeito, é fácil. É uma espécie de anestesia da qual talvez não nos recuperemos nunca, a não ser para agarrar impiedosamente algo de valor, apesar de estar além da nossa percepção. Para os ingênuos e os feridos, o milagre dos caminhos da psique está em que, mesmo que você não se empenhe muito, que você seja irreverente, que não tenha essa intenção, que realmente nem esperasse por isso, que não queira, que não se sinta digno, que não se sinta pronto, você de qualquer jeito irá topar, por acaso, com o tesouro. Depois, cabe à sua alma a tarefa de não ignorar o que veio à tona, de reconhecer o tesouro pelo que ele for, não importando o quanto sua apresentação for inusitada, e de refletir com cuidado acerca do que fará em seguida.

A imagem do pescador tem algum simbolismo arquetípico em comum com a do caçador; e as duas representam, entre muitas coisas, os elementos psicológicos dos seres humanos que procuram saber, que lutam para nutrir o self por meio da fusão com a natureza instintiva. Nas histórias, assim como na vida, o caçador e o pescador começam sua saga com uma dentre três atitudes: a atitude de respeito sagrado, a de perversidade ou a desajeitada. Na história da Mulher-esqueleto, vemos que o pescador é um pouco desajeitado. Ele não é perverso, mas tampouco tem uma atitude ou intenção de respeito sacro.

Às vezes, os amantes começam do mesmo modo. No início do relacionamento, estão só à procura de um pouco de emoção, ou de uma dose antidepressiva de uma "companhia para me ajudar a passar a noite". Sem que percebam, eles desavisadamente penetram numa parte da sua própria psique e da psique do outro habitada pela Mulher-esqueleto. Embora seus egos possam estar à procura do prazer, esse espaço psíquico é terreno sagrado para a Mulher-esqueleto. Se sairmos a pescar nessas águas, podemos ter certeza de que a fisgaremos.

O pescador considera que está apenas em busca de nutrição e de alimento, quando na realidade está trazendo das profundezas a natureza feminina elemental por inteiro, a esquecida natureza da vida-morte-vida. Ela não pode ser ignorada, pois onde quer que tenha início uma vida nova, a Rainha da Morte aparece. Quando isso ocorre, pelo menos naquele instante, as pessoas prestam uma atenção temerosa e enlevada.

Na temática, a Mulher-esqueleto é semelhante a Sedna,[3] outra imagem da vida-morte-vida da mitologia do povo *inuit*. O pai de Sedna a jogou por sobre a borda do seu caiaque porque, ao contrário de outras irmãs obedientes da sua aldeia, ela havia fugido com um homem-cão. Como o pai do conto de fadas "A donzela sem mãos", o pai de Sedna decepou-lhe as mãos. Seus dedos e braços caíram no fundo do mar, onde se transformaram em peixes, focas e outras formas de vida que deram o sustento ao povo *inuit* desde então.

O que sobrou de Sedna também caiu no fundo do mar. Ali, ela se tornou só ossos e uma longa cabeleira. Nos rituais do povo *inuit*, os xamãs que vêm para a terra nadam até ela, trazendo alimentos de paz para aplacar seu guardião rosnador, o marido-cão. Os xamãs penteiam seus longos cabelos enquanto cantam para ela, implorando-lhe que cure a alma ou o corpo de uma pessoa lá em cima, pois ela é a grande *angakok*, mágica. Ela é o grande portão norte da Vida e da Morte.

A Mulher-esqueleto, que passou uma eternidade debaixo d'água, também pode ser compreendida como a força da vida-morte-vida de uma mulher que tenha sido mal utilizada ou que tenha ficado sem uso. Em sua forma essencial exumada, ela governa a capacidade intuitiva e emotiva de completar os ciclos vitais de nascimentos e encerramentos, de lamentações e festejos. Ela é a que observa as coisas. Ela sabe dizer quando chegou a hora de um lugar, uma coisa, um ato, um grupo ou um relacionamento morrer. Esse dom, essa sensibilidade psicológica, aguarda aqueles que se disponham a soerguê-la ao nível do consciente pelo ato de amar o outro.

Uma parte de cada mulher e de cada homem resiste ao reconhecimento de que a morte deve participar de todos os relacionamentos de amor. Nós fingimos que podemos amar sem que morram nossas ilusões acerca do amor, fingimos que podemos prosseguir sem que morram nossas expectativas superficiais, fingimos que podemos ir em frente e que nossas emoções preferidas nunca morrerão. No amor, porém, em termos psíquicos, tudo é dissecado, tudo. O ego não quer que isso ocorra. No entanto, é assim que deve ser, e a pessoa provida de uma natureza profunda e selvagem é inegavelmente atraída pela tarefa.

O que morre? As ilusões, as expectativas, a voracidade de querer tudo, de querer que tudo seja só lindo, tudo isso morre. Como o amor sempre provoca uma descida até a natureza da morte, podemos perceber por que é preciso grande poder sobre si mesmo e plenitude de alma para assumir esse compromisso. Quando uma pessoa se dedica a amar, ela também está se dedicando a ressuscitar a Mulher-esqueleto e todos os seus ensinamentos.

O pescador na história demora para perceber a natureza do que fisgou. Isso vale para todo mundo a princípio. É difícil perceber o que se está fazendo quando se está pescando no inconsciente. Quando se é inexperiente, não se sabe que lá no fundo vive a natureza da morte. Quando descobrimos que é com ela que estamos tratando, nosso primeiro impulso é o de jogá-la de volta. Passamos a ser como os pais que lançam suas filhas rebeldes para fora do caiaque e para o fundo do mar.

Sabemos que os relacionamentos às vezes vacilam quando passam do estágio esperançoso para o estágio de encarar o que realmente está preso no anzol. Isso vale tanto para o relacionamento entre a mãe e o bebê de um ano e meio quanto para os pais e o filho adolescente, para as amizades e para os relacionamentos amorosos de uma vida inteira ou ainda muito recentes. A ligação iniciada com toda a boa vontade oscila e balança, às vezes até cambaleia, quando o estágio de "enamoramento" se encerra. Depois, em vez da encenação de uma fantasia, começa a sério um relacionamento mais desafiador, e toda a nossa experiência e habilidade precisam ser postas em ação.

A Mulher-esqueleto que jaz no fundo do mar é uma forma inerte da vida instintiva profunda, que conhece de cor a criação da vida, a criação da morte. Se os amantes insistem numa vida de alegria forçada, de um perpétuo desenrolar de prazeres e de outras formas de sensações intensas e entorpecedoras; se eles insistem numa tempestade sexual de *Donner und Blitz*, trovões e relâmpagos, ou num excesso de delícias sem nenhum tipo de luta, lá se vai a natureza da vida-morte-vida penhasco abaixo, de volta ao fundo do mar.

A recusa a permitir a presença de todos os ciclos da vida-morte-vida no relacionamento amoroso faz com que a natureza da Mulher-esqueleto seja arrancada do seu *habitat* psíquico para se afogar. O relacionamento amoroso assume, então, uma expressão forçada de "... não vamos nunca ficar tristes, vamos sempre ter prazer", expressão a ser mantida a qualquer custo. A alma do relacionamento desaparece de vista e sai a vaguear debaixo d'água, sem sentido e inútil.

A Mulher-esqueleto é sempre jogada penhasco abaixo quando um dos parceiros, ou mesmo os dois, não consegue suportá-la ou compreendê-la. Ela é atirada de cima do penhasco quando não compreendemos bem seus ciclos de transformação: quando algo precisa morrer e ser substituído. Se os parceiros não puderem suportar esses processos da vida-morte-vida, não poderão se amar além das aspirações hormonais.

Jogar a natureza da vida-morte-vida pelo penhasco abaixo sempre faz com que a mulher que ama, bem como a força emocional nos homens, se transforme num esqueleto privado de um amor ou de um alimento autêntico. Como a mulher é uma guardiã dos ciclos, os ciclos da vida-morte-vida são o alvo principal da sua preocupação. Já que pouca vida nova pode surgir sem que ocorra um declínio na que havia antes, os amantes que insistirem em tentar manter tudo num apogeu psíquico cintilante passarão seus dias num relacionamento cada vez mais mumificado. O desejo de forçar o amor a prosseguir somente no seu aspecto mais positivo é o que faz com que o amor acabe morrendo, e para sempre.

O desafio do pescador é o de encarar A Morte, seu abraço e seus ciclos de vida e morte. Ao contrário de outras histórias em que uma criatura submarina é capturada e liberada, concedendo, assim, ao pescador um desejo como expressão de gratidão, A Morte não vai se soltar, A Morte não vai satisfazer desejos por nada. Ela vem à tona, queiramos ou não, pois sem A Morte não pode haver um real conhecimento da vida e, sem esse conhecimento, não pode haver fidelidade, não pode haver uma devoção ou um amor verdadeiro. O amor tem seu custo. Ele exige coragem. Ele exige que percorramos a distância, como iremos ver.

Repetidas vezes observo um fenômeno em amantes, independentemente do sexo. Seria mais ou menos assim: duas pessoas começam uma dança para ver se elas vão querer se amar. De repente, a Mulher-esqueleto é fisgada por acaso. Algo no relacionamento começa a diminuir e cai em entropia. Com frequência, o doloroso prazer da excitação sexual se abranda, um passa a perceber o lado frágil e ferido do outro, ou ainda um deixa de ver o outro como "material digno de admiração", e é aí que a velha careca e de dentes amarelos vem à tona.

Parece tão repulsivo, mas esse é o momento perfeito em que se apresenta uma verdadeira oportunidade de demonstrar coragem e de conhecer o amor. Amar significa ficar com. Significa emergir de um mundo de fantasia para um mundo em que o amor duradouro é possível, cara a cara, ossos a ossos, um amor de devoção. Amar significa ficar quando cada célula nos manda fugir.

Quando os parceiros são capazes de suportar a natureza da vida-morte-vida, quando eles conseguem compreendê-la como uma continuidade – como uma noite entre dois dias – e como *aquela* força geradora de um amor que resiste por toda a vida, eles conseguem encarar a Mulher-esqueleto no relacionamento. Juntos, então, os dois se fortalecem; e os dois são chamados a uma compreensão mais profunda dos dois mundos em que vivem, a do mundo concreto e a do mundo do espírito.

Durante meus vinte anos de exercício da profissão, homens e mulheres se afundaram no meu sofá dizendo, com um pavor feliz: "Conheci uma pessoa. Eu não queria. Estava na minha. Nem estava olhando quando, de repente, conheci essa Pessoa com P maiúsculo. E *agora* o que é que eu vou fazer?" À medida que eles vão fomentando o novo relacionamento, começam a se acovardar. Eles se encolhem e se preocupam. Estarão sentindo ansiedade quanto ao amor dessa pessoa? Não. Estão com medo porque começam a vislumbrar uma caveira lisa que surge debaixo das ondas da paixão. Ai! O que vão fazer?

Digo-lhes que essa é uma hora mágica. Isso pouco os tranquiliza. Digo-lhes que agora iremos ver algo de fantástico. Eles têm pouca fé. Digo-lhes para não soltar a mão, e isso eles mal conseguem fazer. Antes que eu perceba, do ponto de vista da análise, o barquinho do relacionamento está remando cada vez mais rápido. Ele encalha na praia, e antes que se possa dizer qualquer coisa lá estão eles correndo na maior velocidade. E eu, como analista, corro ao seu lado tentando dizer algo de útil enquanto adivinham quem vem aos trancos logo atrás.

Para a maioria, ao primeiro confronto com a Mulher-esqueleto, o impulso é o de correr como o vento a maior distância possível. Até mesmo a corrida faz parte do processo. É humano agir assim, mas não por muito tempo, nem para sempre.

A perseguição e a tentativa de se ocultar

A natureza da morte tem o estranho hábito de surgir nos casos de amor exatamente no instante em que temos a sensação de ter conquistado alguém, exatamente quando sentimos que fisgamos "um peixe grande". É então que a natureza da vida-morte-vida vem à tona e deixa todo mundo apavorado. É nesse estágio que se desenvolve mais o pensamento tortuoso a respeito dos motivos pelos quais o amor não pode, não deve e não vai dar "certo" para qualquer das partes interessadas. É nesse estágio que as pessoas se enfurnam na toca. Trata-se de um esforço para se tornar invisível. Invisível ao parceiro? Não. Invisível à Mulher-esqueleto. É esse o objetivo real de toda essa correria à procura de um lugar para se esconder. No entanto, como estamos vendo, não há nenhum lugar onde possamos nos esconder.

A psique racional vai pescar à procura de algo que seja profundo e não só fisga o que procurava mas fica tão assustada que mal pode tolerar. Os amantes têm uma sensação de que algo os persegue. Às vezes pensam que é o outro quem empreende a perseguição. Na realidade, é a Mulher-esqueleto. No início, quando estamos aprendendo a amar de verdade, não compreendemos bem muitas coisas. Achamos que ela nos persegue, quando de fato nossa intenção de nos relacionarmos com outro ser humano de um modo especial é o que fisga a Mulher-esqueleto de tal forma que ela não consegue fugir de nós. Onde quer que o amor esteja nascendo, a força da vida-morte-vida sempre virá à tona. Sempre.

Portanto, aqui estão o pescador e a Mulher-esqueleto, completamente enredados um no outro. Enquanto a Mulher-esqueleto segue aos trancos o pescador apavorado, ela começa uma participação primitiva na vida: sente fome e come peixe seco. Mais tarde, quando ela se aproxima ainda mais da vida, ela sacia sua sede com a lágrima do pescador.

Vemos esse estranho fenômeno em todos os casos de amor: quanto mais ele corre, maior velocidade ela alcança. Quando um parceiro ou o outro tenta fugir do relacionamento, esse relacionamento paradoxalmente recebe mais vida. Quanto mais vida é gerada, mais assustado fica o pescador. E quanto mais ele corre, mais vida se cria. Esse fenômeno é uma das principais tragicomédias da vida.

Uma pessoa vivendo uma situação semelhante sonhou que conhecia uma mulher/amante cujo corpo macio se abria como um armário. Dentro do corpo, havia embriões pulsantes e reluzentes, adagas em prateleiras gotejando sangue e sacos repletos com o primeiro verde da primavera. Foi concedido um longo silêncio a essa pessoa pois esse foi um sonho com a natureza da vida-morte-vida.

Esses vislumbres no interior da Mulher-esqueleto fazem com que os aprendizes do amor peguem suas varas de pescar e saiam por aí a toda, esforçando-se para se distanciar dela o máximo possível. A Mulher-esqueleto é imensa e misteriosa; sua numinosidade é deslumbrante. Em termos psíquicos, ela se estende de um horizonte ao outro e desde o céu até o inferno. Ela é grande demais para se abraçar. Mesmo assim, não é de surpreender que as pessoas corram para abraçá-la. O que se teme pode fortalecer, pode curar.

A fase de correr e de se esconder é o período no qual os amantes tentam racionalizar seu medo dos ciclos de amor da vida-morte-vida. Eles dizem "Posso me dar melhor com outra pessoa", "Não quero renunciar a meu (preencha a lacuna) ________", "Não quero mudar minha vida", "Não quero encarar minhas feridas, nem as de ninguém mais", "Ainda não estou pronto" ou ainda "Não quero ser transformado sem primeiro saber nos ínfimos detalhes como vou ficar/me sentir depois".

É uma fase em que os pensamentos ficam todos confusos, quando se quer procurar um abrigo a todo custo e quando o coração bate, não tanto por amar ou por se sentir amado, quanto por um terror humilhante. Ser encurralado pela Morte! Ai! O horror de enfrentar a força da vida-morte--vida pessoalmente! Ai, ai!

Há quem cometa o erro de pensar que está fugindo do relacionamento com o parceiro. Não está, não. Não está fugindo do amor ou das pressões do relacionamento. Está tentando correr mais rápido do que a misteriosa força da vida-morte-vida. A psicologia diagnostica essa situação como "medo da intimidade, medo do envolvimento". No entanto, esses são apenas sintomas. A questão mais profunda é de descrença e desconfiança. Aqueles que fogem sempre temem viver de fato de acordo com os ciclos da natureza selvagem.

Pois nesse ponto A Morte persegue o homem pelas águas, cruzando a fronteira entre o inconsciente e a terra firme da mente consciente. A psique consciente percebe o que fisgou e tenta desesperadamente correr mais do que a presa. Constantemente agimos assim nas nossas vidas. Algo de apavorante mostra sua cara. Nós não estamos prestando atenção e continuamos a puxar a linha, imaginando se tratar de uma boa pesca. É um achado, mas não do tipo que estávamos imaginando. É um tesouro que infelizmente aprendemos a temer. Por isso, tentamos fugir ou jogá-lo de volta; tentamos embelezá-lo ou torná-lo o que não é. Isso, porém, nunca funciona. No final, todos temos de beijar a megera.

O mesmo processo ocorre no amor. Queremos só a beleza, mas acabamos tendo de encarar a "perversa". Empurramos a Mulher-esqueleto para longe de nós, mas ela insiste. Nós corremos. Ela acompanha. Ela é a grande mestra que sempre dissemos que queríamos. "Não, não essa mestra!", berramos. Queremos outra. Que pena. Essa é a mestra que cabe a todos.

Há um ditado que diz que, quando o aluno está pronto, o professor aparece. Isso quer dizer que o professor chega quando a alma, não o ego, está pronta. O mestre vem quando a alma chama – e graças a Deus que isso aconteça pois o ego nunca está perfeitamente pronto. Se dependesse apenas do preparo do ego o fato de o mestre ser atraído até nós, permaneceríamos essencialmente sem mestres pela vida afora. Somos abençoados, já que a alma continua transmitindo seu desejo ignorando as opiniões inconstantes do ego.

Quando as coisas ficam enredadas e assustadoras nos relacionamentos amorosos, as pessoas receiam que o fim esteja próximo, mas isso não é verdade. Como se trata de uma questão arquetípica e como a Mulher-esqueleto realiza o trabalho do Destino, *espera-se* que o herói saia correndo pelo horizonte afora, *espera-se* que A Morte o acompanhe de perto, *espera-se* que o aprendiz de amante se enfie na sua choupana, ofegante e arquejante, com a esperança de estar são e salvo. E *espera-se* que a Mulher-esqueleto consiga também entrar nesse abrigo seguro. *Espera-se* que ele a desemaranhe e assim por diante.[4]

Nos namoros modernos a ideia de "dar um tempo" é semelhante ao pequeno iglu do pescador, lugar onde ele se sente em segurança. Às vezes, esse medo de enfrentar a natureza da morte é desvirtuado, transformando-se numa atitude de "fuga da raia", na tentativa de manter apenas os aspectos agradáveis do relacionamento, deixando de lado o vínculo com a Mulher-esqueleto. Isso nunca funciona.

Essa atitude provoca extrema ansiedade no parceiro que não está "dando um tempo", pois ele próprio está disposto a se encontrar com a Mulher-esqueleto. Ele se preparou, se fortaleceu e está tentando manter seus temores sob controle. E agora, no exato instante em que está pronto para decifrar o mistério, no momento em que um ou outro está prestes a batucar no coração e conjurar uma vida juntos, um dos parceiros grita "ainda não, ainda não" ou "não, nunca, nunca".

Há uma enorme diferença entre a necessidade de solidão e renovação e o desejo de "dar um tempo" para evitar a inevitável ligação com a Mulher-esqueleto. No entanto, a ligação, no seu sentido de aceitação da natureza da vida-morte-vida e de permuta com ela, *é* o passo seguinte na direção de um fortalecimento da nossa capacidade para amar. Aqueles que entrem num relacionamento com ela conquistarão um duradouro talento para o amor. Aqueles que se recusarem não conquistarão nada. Não há como evitar isso.

Todos os "ainda não estou pronto", todos os "preciso de tempo" são compreensíveis por curto período. A verdade é que não existe a sensação de se estar "completamente pronto" ou de ser aquela a "hora certa". Como acontece em qualquer mergulho no inconsciente, chega uma hora em que simplesmente torcemos que dê certo, apertamos o nariz e saltamos no abismo. Se não fosse assim, não teríamos precisado criar as palavras *herói*, *heroína* ou *coragem*.

É preciso realizar o trabalho do aprendizado da natureza da vida-morte-vida. Rejeitada, a Mulher-esqueleto afunda para baixo d'água, mas ela surgirá novamente e sairá no nosso encalço insistente. É essa a sua função. A nossa função é a de aprender. Se quisermos amar, não há como evitar esse aprendizado. O trabalho de abraçá-la é uma *tarefa*. Sem uma tarefa desafiadora, não pode haver transformação. Sem uma tarefa, não há uma satisfação verdadeira. Amar os prazeres é fácil. Já amar de verdade exige um herói que consiga controlar seu próprio medo.

Admite-se que muitas pessoas mesmo alcancem esse estágio de "fugir e se esconder". Algumas infelizmente voltam sempre a ele. A entrada na toca está marcada com sulcos desesperados. No entanto, quem quer amar imita o pescador. Ele se esforça para acender o fogo e encarar a natureza da vida-morte-vida. Ele contempla o que teme e, paradoxalmente, reage com convicção e assombro.

Desembaraçando o esqueleto

A história da Mulher-esqueleto é uma dentre muitas histórias universais de "teste do pretendente". Numa história desse tipo, os amantes precisam provar sua boa intenção e seu poder, demonstrando geralmente que têm os *cojones* ou *ovarios* para encarar alguma força numinosa mais poderosa e assustadora... Embora aqui a estejamos chamando de natureza da vida-morte-vida, outros poderiam chamá-la de um aspecto do Self ou de espírito do amor, e ainda outros, de Deus, de *Gracia*, um espírito de energia, ou de uma infinidade de nomes.

O pescador demonstra sua boa intenção, sua força e seu envolvimento crescente com a Mulher-esqueleto ao desemaranhá-la. Ele olha para ela toda dobrada para um lado e para o outro e vê nela um vislumbre de algo, ele nem sabe de quê. Ele havia fugido dela, ofegante e soluçante. Agora ele cogita tocar nela. Só por existir, ela de algum modo está tocando o coração do pescador. Quando compreendermos a solidão da natureza da vida-morte-vida, que é constantemente rejeitada, embora não por culpa sua... então talvez possamos nos sentir tocados pelo seu sofrimento.

Se for ao amor que estivermos nos dedicando, muito embora nos sintamos apreensivos ou assustados, estaremos dispostos a desembaraçar a linha dos ossos da natureza da morte. Estaremos dispostos a ver como tudo isso vai funcionar junto. Estaremos dispostos a tocar o não belo no outro e em nós mesmos. Oculto nesse desafio está um teste inteligente do Self. Ele se encontra em termos mais claros nos contos em que o belo assume a aparência de feio com o objetivo de pôr à prova a personalidade de alguém.

Na história "Diamantes, rubis e pérolas", uma enteada bondosa, porém maltratada, puxa água do poço para um desconhecido rico e recebe a recompensa de verter diamantes, rubis e pérolas da boca, quando fala. A madrasta manda que suas filhas preguiçosas fiquem junto ao mesmo poço e atendam ao rico desconhecido. Dessa vez, porém, aparece uma desconhecida esfarrapada. Quando ela implora por um caneco d'água, as filhas perversas se negam altivamente. A desconhecida as recompensa fazendo com que cobras, sapos e lagartos caiam das suas bocas para todo o sempre.

Na justiça dos contos de fadas, assim como na psique profunda, a gentileza no trato com aquilo que pareça inferior é recompensada pelo bem, e a recusa a fazer o bem a quem não é belo é censurada e castigada. O mesmo ocorre nos importantes estados emocionais, como no amor. Quando nos superamos para tocar o não belo,[5] somos recompensados. Quando desfazemos do não belo, somos isolados da vida e deixados desamparados.

Para alguns, é mais fácil ter pensamentos mais elevados, mais belos e tocar aquilo que decididamente nos transcende do que tocar, ajudar e apoiar o que não é tão positivo. Ainda mais, como a história ilustra, é fácil rejeitar o não belo e ainda ter uma sensação enganosa de correção. É esse o problema de amor no trato com a Mulher-esqueleto.

O que é o não belo? Nosso próprio anseio secreto de sermos amados é o não belo. Desamar e mal amar são o não belo. Nossa negligência na lealdade e na devoção não é bela. Nossa sensação de isolamento da alma é sem graça. Nossas incompreensões, falhas e imperfeições psicológicas bem como nossas fantasias infantis são o não belo. Além disso, a natureza da vida-morte-vida, que dá à luz, destrói, incuba e dá à luz novamente, é considerada nas nossas culturas o não belo.

Desemaranhar a Mulher-esqueleto é compreender esse erro conceitual e corrigi-lo. Desemaranhar a Mulher-esqueleto é compreender que o amor não significa apenas velas tremeluzentes e plenitude. Desemaranhar a Mulher-esqueleto significa que encontramos o entusiasmo em vez do medo nas trevas da regeneração. Significa um bálsamo para velhas feridas. Significa modificar nosso jeito de ver e de ser de modo a refletir a saúde da alma em vez da sua penúria.

Para amar, tocamos a mulher ossuda primitiva e não-tão-bela, decifrando para nós mesmos o sentido da natureza da vida-morte-vida, devolvendo-lhe o estado natural, permitindo que volte a viver. Não é suficiente puxar o inconsciente até a superfície; nem mesmo arrastá-lo por acaso até dentro de casa. Sentir medo ou desdém do inconsciente por muito tempo impede o avanço do amor.

Desemaranhar a Mulher-esqueleto é começar a quebrar o encanto – ou seja, o medo de sermos consumidos, de morrermos para sempre. Em termos arquetípicos, desemaranhar algo é empreender uma descida, seguir por um labirinto, penetrar no mundo subterrâneo ou no lugar em que as coisas são reveladas de uma forma inteiramente nova, ser capaz de acompanhar um processo complexo. Nos contos de fadas, soltar a faixa, desfazer o nó, desamarrar e desenredar representam começar a entender algo, a entender suas aplicações e usos, a se tornar um mago, uma alma sábia.

Quando o pescador solta a Mulher-esqueleto, ele começa a ter conhecimento "prático" das articulações da vida e da morte. O esqueleto é uma excelente imagem para a natureza da vida-morte-vida. Como imagem psíquica, o esqueleto é composto de centenas de peças compridas e redondas, grandes e pequenas, de formato estranho, em permanente relação harmoniosa umas com as outras. Quando um osso gira, os restantes giram, mesmo que de modo imperceptível. Os ciclos da vida-morte-vida são exatamente assim. Quando a vida se movimenta, os ossos da morte também se movimentam em solidariedade. Quando a morte se movimenta, os ossos da vida também a seguem.

De modo semelhante, quando um ossinho minúsculo está deslocado, lascado, deformado, com luxação, ele afeta a integridade do todo. Quando a natureza da vida-morte-vida é reprimida numa pessoa ou num relacionamento, ocorre o mesmo. A vida segue claudicante, hesita, vacila, impede o movimento. Quando houve algum dano a essas estruturas e ciclos, sempre ocorre uma interrupção da libido. O amor deixa, então, de ser possível. Ficamos debaixo d'água; só ossos, rolando de um lado para outro.

Decifrar a natureza da vida-morte-vida significa aprender seus movimentos, seus hábitos, seus enfraquecimentos. Significa aprender os ciclos da vida e da morte, guardá-los de cor para ver como funcionam juntos, para ver que todos formam um único organismo, da mesma forma que o esqueleto é um único organismo.

O medo é uma desculpa insuficiente para não realizar essa tarefa. Todos temos medo. O medo não é nenhuma novidade. Quem está vivo tem medo. Entre o povo *inuit,* o corvo é o trickster. Em seu lado não desenvolvido, ele é uma criatura voltada para o apetite. Ele aprecia apenas o prazer e tenta evitar toda e qualquer incerteza assim como os temores gerados por ela. Ele é muito cauteloso e extremamente voraz, ao mesmo tempo. Se algo não lhe parecer satisfatório de imediato, ele sente medo. Se lhe parecer satisfatório, ele ataca.

O corvo gosta das belas conchas nacaradas, de contas de prata, de banquetes intermináveis, de mexericos e do sono aquecido sobre o buraco da chaminé. O ego-corvo é o pretendente que quer "uma coisa certa". O ego-corvo teme que a paixão termine. Ele tem medo e tenta evitar o fim da refeição, o fim do fogo, o fim do dia e o fim do prazer. Ele passa a agir com astúcia sempre prejudicando a si mesmo pois, quando se esquece da própria alma, ele perde seu poder.

O ego-corvo receia que, se admitirmos a natureza da vida-morte-vida nas nossas vidas, nunca mais seremos felizes. Afinal, será que esse tempo todo fomos assim tão perfeitamente felizes, hein? Não. Só que o ego-corvo é muito simplório, como uma criança antes de ser socializada, e também uma criança não muito otimista. Ele é mais como uma criança que passa o tempo todo observando para ver qual é a fatia maior, qual cama é a mais macia, qual namorado é o mais bonito.

Três aspectos diferenciam a vida a partir da alma, da vida a partir do ego apenas. Eles são a capacidade de pressentir novos caminhos e de aprendê-los, a tenacidade necessária para atravessar uma fase difícil e a paciência para aprender o amor profundo com o tempo. O ego-corvo, no entanto, tem uma queda e uma predisposição para evitar o aprendizado. A paciência não é o forte do ego. Nem o relacionamento duradouro. Portanto, não é a partir do ego inconstante que amamos o outro, mas, sim, do fundo da alma selvagem.

"Uma paciência desenfreada", como coloca a poeta Adrienne Rich,[6] é imprescindível para desemaranhar ossos, para aprender o significado da Morte, para ter a tenacidade de ficar com ela. Seria um erro pensar que é necessário um herói musculoso para conseguir isso. Não é, não. É preciso um coração disposto a morrer, renascer, morrer e renascer repetidamente.

O ato de desenredar a Mulher-esqueleto revela que ela é antiquíssima, anterior à história. É ela quem compara o peso da energia com o da distância, o do tempo com o da libido, o do ânimo com o da sobrevivência. Ela medita, ela examina, ela considera e depois age a fim de investi-lo com uma centelha ou duas, ou com uma chama repentina de fogo grego. Ou ainda ela o abafa, soca ou o extingue totalmente. Ela sabe o que é preciso. Ela sabe quando chegou a hora.

Na tarefa de desembaraçá-la, adquirimos a capacidade de pressentir o que virá depois, de compreender melhor como se relacionam todos os aspectos da psique da natureza, como podemos participar. Desembaraçá-la é conquistar um conhecimento articulado do próprio self e do outro. Significa reforçar nossa capacidade para acompanhar as fases, os projetos, as eras de incubação, nascimento e transformação em paz e com a maior graça possível.

Portanto, nesse sentido, um parceiro que de início foi muito ingênuo acerca do amor vai ficando muito melhor sob esse aspecto por ter observado essa Mulher-esqueleto e por ter arrumado seus ossos. À medida que se começa a avaliar os padrões da vida-morte-vida, podem-se prever os ciclos do relacionamento em termos do excesso seguindo-se à falta, e do desgaste seguindo-se à abundância.

Uma pessoa que tenha desembaraçado a Mulher-esqueleto conhece a paciência, sabe esperar melhor. Ela não se choca com a escassez, nem tem medo dela. Não é dominada pela fruição. Suas necessidades de obter, de "conseguir agora mesmo", são transformadas num talento mais refinado que procura todas as facetas do relacionamento, que observa como funcionam em conjunto os ciclos do relacionamento. Ela não tem medo de se relacionar com a beleza da ferocidade, com a beleza do desconhecido, com a beleza do não belo. E ao aprender e praticar tudo isso, essa pessoa se torna o perfeito parceiro selvagem.

Como um homem aprende essas coisas? Como qualquer um consegue aprendê-las? Basta entrar em diálogo direto com a natureza da vida-morte-vida, prestando atenção à voz interna que não é a do ego. Aprenda perguntando à natureza da vida-morte-vida perguntas incisivas sobre o amor e sobre amar; e depois ouça as respostas com atenção. Com isso tudo, aprendemos a não nos deixar levar pela voz irritante que nos diz do fundo da mente: "Isso é uma tolice... Eu é que estou inventando essas coisas." Aprendemos a ignorar essa voz e a dar atenção ao que se ouve por trás dela. Aprendemos a seguir o que ouvimos – tudo aquilo que nos aproxima de uma percepção mais aguçada, do amor de devoção e de uma visão nítida da alma.

É bom adotar a prática diária de meditar sobre a repetição do ato de desenredar a natureza da vida-morte-vida. O pescador entoa uma pequena canção de um único verso, que repete para ajudar na tarefa de desembaraçar a linha. Trata-se de uma canção para propiciar a percepção, para auxiliar na soltura da natureza da Mulher-esqueleto. Não sabemos o que ele está cantando. Só podemos tentar adivinhar. Quando estivermos soltando essa natureza, seria bom que cantássemos algo mais ou menos assim: Ao que eu preciso dar mais morte hoje, para gerar mais vida? O que eu sei que precisa morrer mas hesito em permitir que isso ocorra? O que precisa morrer em mim para que eu possa amar? Qual é a não beleza que eu temo? Que utilidade pode ter para mim hoje o poder do não belo? O que deveria morrer hoje? O que deveria viver? Qual vida tenho medo de dar à luz? Se não for agora, quando?

Se entoarmos a canção da consciência até sentirmos o ardor da verdade, estaremos lançando uma labareda para dentro das trevas da psique de modo a poder ver o que estamos fazendo... o que realmente estamos fazendo, não o que queremos pensar que estamos fazendo. É assim que se desenredam nossos sentimentos e tem início a compreensão dos motivos pelos quais o amor e a vida devem ser vividos a partir dos ossos.

Para encarar a Mulher-esqueleto, ninguém precisa assumir o papel do herói intergaláctico, entrar em conflito armado, nem mesmo arriscar a vida na selva. Basta que se queira desemaranhá-la. Esse poder do conhecimento da natureza da vida-morte-vida aguarda os amantes que superam a fuga, que se esforçam para ultrapassar o desejo de se sentir em segurança.

Os antigos que procuravam esse conhecimento da vida e da morte chamavam-no de Pérola de Grande Valor, de Tesouro Inimitável. Segurar os fios desses mistérios e desembaraçá-los gera um poderoso conhecimento do Destino e do Tempo, tempo para todas as coisas, todas as coisas a seu tempo, rolando no áspero, deslizando no liso. Para o amor não há conhecimento mais revigorante, mais benéfico, mais protetor do que esse.

É isso o que aguarda o amante que se sentar diante do fogo com a Mulher-esqueleto, que a contemplar e permitir que seu sentimento por ela surja. É o que aguarda aqueles que se dispuserem a tocar o não belo nela e que se dispuserem a soltar sua natureza da vida-morte-vida com carinho.

O sono da confiança

Nesse estágio do relacionamento, o amante volta ao estado de inocência, estado no qual ele ainda se amedronta com os elementos emocionais, no qual ele está cheio de desejos, esperanças e sonhos. A inocência é diferente da ingenuidade. No interior existe um antigo ditado: "A ignorância é não saber nada e ser atraído pelo bem. A inocência é saber tudo e ainda assim ser atraído pelo bem."

Vejamos até onde chegamos. O pescador-caçador trouxe a natureza da vida-morte-vida para a superfície. Contra sua própria vontade, ele foi "perseguido" por ela; mas ele também conseguiu encará-la. Sentiu pena do seu estado emaranhado e a tocou. Tudo isso o leva a uma participação plena. Tudo isso o leva a uma transformação, ao amor.

Embora a imagem do sono possa indicar o inconsciente, nesse caso ele simboliza a criação e a renovação. O sono é o símbolo do renascimento. Nos mitos da criação, as almas adormecem enquanto se realiza uma transformação de uma duração determinada, pois no sono nós nos recriamos, nos renovamos.

> ... sono que deslinda a meada enredada das preocupações, [o sono é] o banho reparador do trabalho doloroso, [o] bálsamo das almas feridas,

o segundo prato na mesa da grande Natureza, o principal alimento do festim da vida.

– Shakespeare, *Macbeth*, II, ii, 36

Se tivéssemos a possibilidade de ver a pessoa viva mais calejada, a mais cruel e impiedosa, durante o sono ou no instante em que acorda, veríamos essa pessoa por um momento como o espírito não conspurcado, a pura inocência. No sono, somos devolvidos mais uma vez a um estado de doçura. No sono, nos refazemos. Somos recriados de dentro para fora, novos em folha como inocentes.

Esse estado de sábia inocência é alcançado quando descartamos o cinismo e as atitudes defensivas e voltamos a mergulhar no estado de deslumbramento que vemos na maioria dos seres humanos que são muito jovens e em muitos que são bem velhos. É a prática de se olhar com os olhos de um espírito sábio e amoroso, em vez de olhar com os do cão açoitado, da criatura acuada, da boca acima do estômago, do ser humano ferido e irritado. A inocência é um estado que se renova quando dormimos. Infelizmente, são muitos os que a deixam de lado junto à colcha ao acordar. Seria melhor se sempre trouxéssemos conosco uma inocência alerta e a apertássemos junto ao corpo para sentir seu calor.

Embora a princípio a volta a esse estado possa exigir que eliminemos anos de pontos de vista desgastados, décadas de meticulosa construção de amuradas desumanas, uma vez que voltemos a ele, nunca mais precisaremos indagar por ele, escavar à sua procura. Voltar a uma inocência alerta não exige tanto esforço, como o de mover um monte de tijolos de um lugar para o outro, mas, sim, que fiquemos parados o tempo suficiente para que o espírito nos encontre. Diz-se que tudo que procuramos também está à nossa procura; que, se ficarmos bem quietos, o que procuramos nos encontrará. Ele está esperando por nós há muito tempo. Depois que ele aparecer, não devemos fugir. Descansemos. Vejamos o que acontece em seguida.

É esse o jeito de se aproximar da natureza da morte, não com astúcia e esperteza, mas com a confiança do espírito. O termo *inocente* é muitas vezes usado para indicar uma pessoa sem conhecimento, um simplório. No entanto, a origem da palavra significa inocente de dano ou de lesão. Em espanhol, a palavra *inocente* descreve uma pessoa que tenta não prejudicar o outro, mas que *também* é capaz de curar qualquer lesão ou dano causado a si mesma.

La Inocenta é com frequência o nome dado a uma *curandera*, uma benzedeira, a que cura os outros de lesões ou danos. Ser inocente significa ser capaz de ver com nitidez qual é o problema e corrigi-lo. Essas são as poderosas imagens por trás da inocência. Ela é considerada não só uma atitude de evitar o dano aos outros ou ao próprio self, mas também a capacidade de curar e recuperar a si mesma (e aos outros). Pense nisso. Imagine as vantagens para todos os ciclos do amor.

Através da imagem do sono inocente, o pescador confia o suficiente na natureza da vida-morte-vida para repousar e se revitalizar na sua presença. Ele está entrando numa transição que o levará a um conhecimento mais profundo, a um estágio superior de maturidade. Quando os amantes entram nesse estado, eles estão se entregando às forças interiores, àquelas que possuem confiança, fé e o profundo poder da inocência. Nesse sono espiritual, o amante confia que as tarefas da sua alma serão realizadas nele, que tudo será como deve ser. Ele dorme o sono dos sábios, em vez do sono dos prudentes.

Existe uma prudência que é verdadeira, quando o perigo está por perto, e uma prudência que não tem justificativa e que se origina de algum ferimento anterior. Esta última faz com que os homens ajam de modo irritadiço e desinteressado mesmo quando eles sentem que gostariam de demonstrar carinho e afeto. As pessoas que têm medo de "ser ludibriadas" ou de "entrar num beco sem saída" – ou que não param de vociferar seus direitos de querer "ser livre" – são as que deixam o ouro escapar por entre os dedos.

Muitas vezes ouvi um homem dizer que tem "uma boa mulher", que está interessada nele e ele, nela; mas que ele simplesmente não consegue "se soltar" o suficiente para saber o que realmente sente por ela. O momento crítico para uma pessoa desse tipo ocorre quando ela se permite amar "apesar de"... apesar de ter suas angústias, apesar de ficar nervoso, apesar de ter sido ferido anteriormente, apesar de temer o desconhecido.

Às vezes não existem palavras que estimulem a coragem. Às vezes é preciso simplesmente mergulhar. Tem de haver em algum ponto da vida de um homem um período em que ele confie na direção que o amor o levar, em que ele tenha mais medo de ficar confinado a algum leito rachado do rio seco da psique do que de estar solto num território exuberante, porém inexplorado. Quando uma vida é excessivamente controlada, cada vez há menos vida a controlar.

Nesse estágio de inocência, o pescador volta a ser uma alma criança, pois no seu sono ele está ileso e não existe a recordação do que aconteceu ontem ou antes. No seu sono, ele não está lutando para assumir algum lugar ou posição. No sono, ele se renova.

Dentro da psique masculina, há uma criatura, um homem incólume, que acredita no bem, que não tem dúvidas acerca da vida, que não só é sábio, mas também não tem medo de morrer. Alguns a identificariam como o self guerreiro, mas não se trata disso. É um self do espírito, e de um espírito jovem ainda por cima, que continua a amar independentemente de ter sido atormentado, ferido e exilado, porque a seu próprio modo ele cura a si mesmo, recupera a si mesmo.

As mulheres podem testemunhar ter visto essa criatura oculta num homem fora dos limites da sua própria percepção. A capacidade desse espírito jovem de fazer com que o poder da cura atue na sua própria psique é tamanha que chega a estarrecer. Sua confiança não depende de que sua parceira não o magoe. Ela é uma confiança na possibilidade da cura de qualquer ferimento que ele sofra, uma confiança na vida nova que se segue à antiga. Uma confiança na existência de um significado mais profundo em todas essas coisas, em que acontecimentos aparentemente ínfimos não são desprovidos de significado, em que todos os aspectos da vida – os ásperos, os recortados, os alegres e os sublimes –, todos podem ser aproveitados como energia da vida.

É também preciso que se diga que às vezes, à medida que o homem vai ficando mais livre e mais próximo da Mulher-esqueleto, sua parceira passa a ter mais medo e tem de se esforçar por si mesma no que diz respeito a decifrar e observar o sono que devolve a inocência e a aprender a confiar na natureza da vida-morte-vida. Quando os dois parceiros estiverem bem iniciados, juntos eles terão o poder de amenizar qualquer sofrimento, de sobreviver a qualquer dor.

Pode ocorrer que uma pessoa tenha medo de "adormecer" na presença do outro, medo de voltar a uma inocência psíquica ou de que o outro tire alguma vantagem dela. Essas pessoas projetam sobre o outro todos os tipos de motivações e simplesmente não confiam em si mesmas. No entanto, não é dos seus parceiros que desconfiam. É que eles ainda não se acertaram com a natureza da vida-morte-vida. É na natureza da morte que eles precisam confiar. Como no sono, a natureza da vida-morte-vida na sua forma mais primitiva é tão simples quanto uma delicada expiração (um término) e inspiração (um início). A única confiança necessária é a de saber que, quando ocorre um final, vai surgir um novo começo.

Para conseguir isso, se tivermos sorte, somos vencidos e nos entregamos à influência da confiança. O método mais precipitado consiste em nos lançarmos num estado mental confiante – forçando-nos a eliminar todas as condições, todas as restrições. No entanto, geralmente não faz sentido esperar até que nos sintamos fortes o suficiente para confiar, porque esse dia não vai chegar nunca. Por isso, assumimos o risco de acreditar estar errado o que nos foi ensinado acerca da natureza da vida-morte-vida, e de que nossos instintos estão certos.

Para que o amor viceje, o parceiro precisa confiar que o que vier a ser será de natureza transformadora. Ele deve se permitir entrar naquele estado de sono que nos devolve a uma sábia inocência, que cria e recria, como seria de esperar, as espirais mais profundas da experiência da vida-morte-vida.

A doação da lágrima

Enquanto o pescador dorme, uma lágrima se solta do canto do seu olho. A Mulher-esqueleto a percebe, sente uma sede imensa e se arrasta desajeitada até ele para beber do seu olho. Nós nos perguntamos com o que ele estava sonhando que poderia produzir uma lágrima dessas?

As lágrimas detêm poder criativo. Nas mitologias, o surgimento de lágrimas provoca uma criação imensa e uma união sincera. No folclore das ervas, as lágrimas são usadas como aglutinante, para prender elementos, unir ideias, reunir almas. Nos contos de fadas, quando as lágrimas brotam, elas espantam ladrões ou provocam inundações nos rios. Quando são salpicadas, invocam os espíritos. Quando derramadas sobre um corpo, curam lacerações e restauram a visão. Quando tocadas, causam a concepção.

Quando se chegou até esse ponto no relacionamento com a natureza da vida-morte-vida, a lágrima vertida é a lágrima da paixão e da compaixão combinadas, por si mesmo e pelo outro. É a lágrima mais difícil de ser derramada, especialmente para os homens e certos tipos de mulheres "calejadas pela vida urbana".

Essa lágrima da paixão e da compaixão surge na maioria das vezes depois da descoberta acidental do tesouro, depois da perseguição apavorante, depois de o esqueleto ser desembaraçado – pois é uma combinação desses atos que gera a exaustão, a derrubada das defesas, o exame de si mesmo, o despir-se até os ossos, o desejo tanto de conhecimento quanto de alívio. Tudo isso faz com que a pessoa investigue o que a alma realmente quer e chore pela perda e pelo amor de ambos.

Tão certo quanto o fato de a Mulher-esqueleto vir à tona, agora essa lágrima, esse sentimento no homem, também chega à superfície. Ela é uma aula de amor a si mesmo e ao outro. Despido, agora, de todos os espinhos, anzóis e facas do mundo diurno, o homem atrai a Mulher-esqueleto para se deitar ao seu lado, para beber e se nutrir com seu sentimento mais profundo. Nessa sua nova forma, ele é capaz de saciar a sede do outro.

O espírito da Mulher-esqueleto foi invocado pelo seu pranto – ideias e forças de partes remotas do mundo psíquico unem-se no calor da sua lágrima. A história do símbolo da água como criador, como caminho, é antiga e variada. A primavera chega com uma chuva de lágrimas. A entrada para o mundo subterrâneo ocorre com uma cascata de lágrimas. Uma lágrima, percebida por uma pessoa bondosa, é compreendida como um pedido de aproximação. E assim chora o pescador, e a mulher se aproxima um pouco mais. Sem aquela lágrima, ela continuaria sendo só ossos. Sem aquela lágrima, ele nunca despertaria para o amor.

A lágrima de quem sonha surge quando aquele que virá a ser um amante se permite sentir seus próprios ferimentos e curá-los, quando ele se permite ver a autodestruição provocada pela perda da sua fé na bondade do self, quando ele se sente isolado do ciclo protetor e revitalizante da natureza da vida-morte-vida. É então que ele chora, por sentir sua solidão, uma imensa saudade daquele local psíquico, daquele saber primitivo.

É assim que o homem se cura, e que aumenta sua capacidade de compreensão. Ele assume a função de criar seu próprio remédio; ele assume a tarefa de alimentar o "outro extinto". Com suas lágrimas, ele começa a criar.

Amar o outro não basta. Não basta "não ser um estorvo" na vida do outro. Não basta "dar apoio", "estar disponível quando necessário" e tudo o mais. O objetivo é estar *familiarizado* com os métodos da vida e da morte, na nossa própria vida e numa visão panorâmica. E o único meio de se chegar a ser um homem familiarizado consiste em aprender a lição nos ossos da Mulher-esqueleto. Ela está esperando pelo sinal de sentimento profundo, por aquela única lágrima que diz: "Admito o ferimento."

Essa simples admissão alimenta a natureza da vida-morte-vida. Ela cria o vínculo e faz com que comece a surgir no homem o conhecimento profundo. Todos nós já cometemos o erro de pensar que uma outra pessoa podia ser nossa cura, nossa emoção, nossa realização. Leva muito tempo para se descobrir que isso não existe, especialmente porque pomos o ferimento na parte externa em vez de ministrar-lhe a cura dentro de nós.

Talvez não exista nada que uma mulher deseje mais de um homem do que a atitude de ele desmanchar suas projeções e encarar seu próprio ferimento. Quando o homem enfrenta seu ferimento, a lágrima surge naturalmente, e suas lealdades internas e externas se tornam mais fortes e definidas. Ele se transforma no seu próprio curandeiro. Não se sentirá mais solitário à procura do Self profundo. Ele não mais procura a mulher para ser seu analgésico.

Existe uma história que descreve bem esse aspecto. Na mitologia grega, havia um homem chamado Filóctetes. Diz-se que ele herdou o arco e flecha mágicos de Héracles. Filóctetes recebeu um ferimento no pé durante um combate. Esse ferimento, porém, não sarava. Pelo contrário, ele se tornou tão fétido e os gritos de dor tão horríveis que seus companheiros o abandonaram na ilha de Lemnos, deixando-o lá para morrer.

Filóctetes mal conseguia se alimentar usando o arco e flecha de Héracles para caçar pequenos animais. Seu ferimento, no entanto, supurou; e o cheiro foi ficando cada vez mais forte, de tal forma que qualquer navegante que se aproximasse da ilha, mesmo de longe, tinha de se desviar. Um grupo de homens, porém, conspirou para enfrentar o fedor do ferimento de Filóctetes a fim de roubar dele o arco e flecha mágicos.

Os homens tiraram a sorte, e a tarefa coube ao mais jovem. Os mais velhos o incentivaram a agir rápido e a viajar sob a proteção da noite. O jovem, portanto, içou as velas. Com o vento, porém, e superando o cheiro do mar, vinha outro odor tão horrível que o rapaz precisou enrolar o rosto num pano molhado na água do mar para poder respirar. Nada, porém, conseguia proteger seus ouvidos dos gritos lancinantes de Filóctetes.

A lua estava envolta em nuvens. Isso é bom, pensou ele enquanto atracava o barco e se esgueirava até o torturado Filóctetes. Quando ele estendeu a mão para pegar os preciosos arco e flecha, a lua subitamente iluminou o rosto sofrido do velho agonizante. E algo no rapaz – ele não sabia dizer o quê – de repente o fez chorar. Ele foi dominado por uma compaixão e uma misericórdia persistentes.

Em vez de roubar o arco e a flecha do velho, o rapaz limpou o ferimento, preparou uma atadura e permaneceu ao seu lado, alimentando-o, limpando-o, acendendo o fogo e cuidando do velho até poder carregá-lo para Troia, onde Esculápio, o médico semidivino, poderia curá-lo.

A lágrima da compaixão é derramada em reação à percepção do ferimento fétido. Este tem origens e configurações diferentes para cada pessoa. Para alguns, representa dedicar toda uma vida a escalar penosamente uma montanha para descobrir, tarde demais, que se estava subindo na montanha errada. Para outros, ele reside em questões não resolvidas e não tratadas de abusos sofridos na infância.

Para outros ainda, é algum tipo de perda esmagadora na vida ou no amor. Um rapaz sofreu a perda do seu primeiro amor sem ter o apoio de ninguém e sem ter nenhuma noção de como poderia se recuperar. Durante anos a fio, ele vagueou em desalento, sempre negando que estivesse ferido. Outro homem era um jogador principiante numa equipe de beisebol profissional. Um acidente causou dano permanente a uma perna sua, e o sonho de uma vida inteira desapareceu da noite para o dia. O ferimento repugnante não estava apenas na tragédia, no dano físico, mas também no fato de o único bálsamo derramado sobre o ferimento durante vinte anos ter sido o rancor, abuso de drogas e as bebedeiras. Quando os homens sofrem de feridas semelhantes, dá para se sentir o cheiro de longe. Não há mulher, não há amor, não há carinho que cure um problema desses; somente a compaixão pelo próprio estado.

Quando o homem verte a lágrima, é que ele se deparou com a própria dor; e ele a reconhece ao tocá-la. Ele percebe como sua vida foi vivida de forma protegida em virtude do ferimento. Percebe tudo o que perdeu na vida devido ao ferimento. Vê como cerceou seu amor à vida, a si mesmo e ao outro.

Nos contos de fadas, as lágrimas transformam as pessoas, fazendo com que se lembrem do que é importante e salvando sua própria alma. Somente um coração empedernido refreia o choro e a união. Entre os sufis, existe um ditado, ou melhor, uma oração que pede a Deus que nos magoe: "Dilacere meu coração para que se crie um novo espaço para o Amor Infinito."

O sentimento íntimo de carinho que leva o pescador a desenredar a Mulher-esqueleto também lhe permite sentir outros anseios esquecidos, fazer renascer sua compaixão por si mesmo. Como ele está num estado de inocência, ou seja, como imagina tudo ser possível, não tem medo de pronunciar os desejos de sua alma. Ele não tem medo de desejar, porque acredita que sua necessidade será satisfeita. É para ele um imenso alívio acreditar que sua alma se realizará. Quando o pescador chora seu sentimento verdadeiro, a reunião com a natureza da vida-morte-vida é propiciada.

A lágrima do pescador atrai para ele a Mulher-esqueleto. Faz com que ela sinta sede. Faz com que ela deseje participar mais da sua vida. Como nos contos de fadas, as lágrimas atraem as coisas para nós, elas consertam tudo, elas fornecem a peça ou o pedaço que faltava. Na história africana, "Cachoeiras douradas", um mago protege uma menina escrava fugida, chorando tanto que suas lágrimas criam uma cachoeira, atrás da qual a menina se refugia. Em outra história africana, "O chocalhar dos ossos", as almas de curandeiros mortos são invocadas ao se aspergir a terra com lágrimas de crianças. Somos relembrados insistentemente do poder desse enorme sentimento. Nas lágrimas há um poder de atração e, dentro da própria lágrima, imagens poderosas que nos orientam. As lágrimas não só representam o sentimento, mas são também lentes através das quais adquirimos uma visão alternativa.

Na história, o pescador está deixando que seu coração se parta – não que se parta em pedaços, mas para se abrir. O que ele quer não é o amor da *teta*, da mãe de leite; não é o amor pela fortuna nem o amor pelo poder, pela fama ou pela sexualidade. É um amor que lhe acontece, um amor que ele sempre trouxe dentro de si, mas que nunca reconheceu antes.

A alma do homem se estabelece em maior profundidade e nitidez à medida que ele capta esse relacionamento. A lágrima vem. Ela bebe. Agora uma outra coisa vai se desenvolver e renascer dentro dele, algo que ele pode dar a ela: um coração imenso, vasto, oceânico.

As fases posteriores do amor

O coração como tambor e o canto para criar a vida

Diz-se que o couro ou a estrutura de um tambor determina quem e o que será conjurado a viver. Acredita-se que alguns tambores são do tipo viajante, pois transportam quem toca e quem ouve (também chamados de "passageiros" na tradição da literatura oral) para lugares diversos e variados. Outros tipos de tambores são poderosos sob outros aspectos.

Tambores feitos de ossos humanos invocam os mortos. Tambores feitos com o couro de certos animais são bons para conclamar os espíritos de animais. Os tambores que são especialmente belos chamam a Beleza. Os tambores com sininhos presos atraem os espíritos de crianças e afetam o tempo. Os tambores que têm voz grave convocam os espíritos que conseguem ouvir esse tom. Os que têm voz aguda chamam os espíritos que ouvem aquele tom, e assim por diante.

Um tambor feito do coração invocará os espíritos que estão ligados ao coração humano. O coração simboliza a essência. O coração é um dos poucos órgãos essenciais à vida dos seres humanos (e dos animais). Retire-se um rim, e o ser humano sobrevive. Retire-se, ainda, as duas pernas, a vesícula, um pulmão, um braço e o baço; o ser humano vive, talvez não muito bem, mas continua com vida. Eliminem-se certas funções cerebrais, e o ser humano ainda vive. Retire-se o coração, e a pessoa se vai no mesmo instante.

O centro fisiológico e psicológico é o coração. Nos *Tantras* do hinduísmo, que são instruções dos deuses aos seres humanos, o coração é o *Anāhata chakra*, o centro nervoso que abrange o sentimento por outro ser humano, o sentimento por si mesmo, pela terra e por Deus. É o coração que nos permite amar como ama uma criança: totalmente, sem reservas e sem qualquer capa de sarcasmo, depreciação ou protecionismo.

Quando a Mulher-esqueleto se vale do coração do pescador, ela está usando o centro motor da psique inteira, o único órgão de real importância, o único capaz de gerar sentimento puro e inocente. Diz-se que é a mente que pensa e cria. Essa história afirma o contrário, que é o coração que pensa e convoca as moléculas, átomos, sentimentos, anseios e o que mais seja necessário, até um único lugar a fim de gerar a matéria que realize a criação da Mulher-esqueleto.

A história contém uma promessa: permita que a Mulher-esqueleto se torne mais palpável na sua vida, e ela em troca engrandecerá sua vida. Quando a libertamos do seu estado emaranhado e confuso e a percebemos como mestra e amante, ela passa a ser uma aliada e uma parceira.

Dar o coração para uma nova criação, para uma nova vida, para as forças da vida-morte-vida, é uma descida ao reino dos sentimentos. Pode ser difícil para nós, especialmente se tivermos sido feridos por uma decepção ou pela mágoa. No entanto, ele existe para ser tocado, para dar vida plena à Mulher-esqueleto, para nos aproximar daquela que sempre esteve por perto.

Quando um homem entrega seu coração por inteiro, ele se torna uma força espantosa – ele se torna uma inspiração, papel que no passado era reservado apenas às mulheres. Quando a Mulher-esqueleto dorme com ele, ele se torna fértil. Ele é investido com poderes femininos num meio masculino. Ele passa a levar as sementes da nova vida e das mortes necessárias. Ele inspira novos trabalhos a si mesmo, mas também àqueles que estão por perto.

Com o passar dos anos, percebi isso nos outros e vivenciei em mim mesma. É uma ocasião profunda quando criamos alguma coisa de valor através da crença que o parceiro tem em nós, através do sentimento sincero que ele tem pelo nosso trabalho, nosso projeto, nosso tema. É um fenômeno surpreendente. E não se limita necessariamente aos relacionamentos amorosos; ele pode ocorrer com qualquer um que nos entregue o coração intensamente.

Portanto, o vínculo do homem com a natureza da vida-morte-vida acabará lhe dando ideias às dúzias, bem como enredos, situações, partituras musicais e cores e imagens inigualáveis – pois a natureza da vida-morte-vida, o arquétipo da Mulher Selvagem, tem à sua disposição tudo o que um dia existiu e tudo o que um dia existirá. Quando ela cria, quando canta gerando carne para si mesma, a pessoa cujo coração ela está usando sente o que está acontecendo, enche-se com a criação, transborda com ela.

A história também ilustra um duplo poder que vem da psique através dos símbolos do tambor e do canto. Nas mitologias, as canções curam ferimentos e são usadas para atrair a caça. As pessoas são convocadas quando se entoam seus nomes. Alivia-se a dor; alentos mágicos restauram o corpo. Os mortos são invocados ou ressuscitados por meio do canto.

Diz-se que toda criação foi acompanhada de um som ou de uma palavra proferida em voz alta, de som ou palavra sussurrada ou pronunciada sem voz. Quem emite esse tipo de "palavra sonora" pode ter tido conhecimento ou compreensão do seu significado ou não. Considera-se que o canto brota de uma fonte misteriosa, que anima toda a criação, todos os animais, seres humanos, árvores, plantas e tudo o que o ouvir. Na literatura oral, diz-se que tudo que tem "seiva" tem canto.

O hino da criação produz a transformação psíquica. A tradição deles é enorme: há canções propiciadoras do amor na Islândia e entre os povos *wichita* e *micmac*. Na Irlanda, o poder mágico é invocado pelo canto mágico. Numa história da Islândia, uma pessoa cai em penhascos gelados e tem um membro decepado, mas ele é recuperado por meio de uma canção.

Em quase todas as culturas, no momento da criação os deuses dão canções ao seu povo, dizendo-lhes que seu uso irá chamar os deuses de volta a qualquer instante, que a canção irá lhes trazer o que precisarem e transformar ou eliminar o que não quiserem mais. Nesse sentido, a doação da música é um ato compassivo que permite aos humanos convocar os deuses e as grandes forças até os círculos humanos. A música é um tipo especial de linguagem que realiza essa função de um jeito impossível para a voz falada.

A música, como o tambor, cria uma consciência diferente, um estado de transe, de oração. Todos os seres humanos e muitos animais são suscetíveis a terem sua consciência alterada pelo som. Certos sons, como o de uma torneira pingando ou de uma buzina de automóvel, podem nos deixar ansiosos, até mesmo irritados. Outros sons, como o bramido do oceano ou o ruído do vento nas árvores, nos enchem de uma sensação agradável. O som de baques surdos – como o de pegadas – faz com que a cobra sinta uma tensão negativa. Já uma canção entoada suavemente pode fazer com que a cobra dance.

A palavra *pneuma* (respiração) compartilha suas origens com o termo *psique*. As duas são consideradas palavras para a alma. Portanto, quando há uma canção numa história ou numa lenda, sabemos que os deuses estão sendo conjurados a instilar sua sabedoria e seu poder no caso em questão. Sabemos, então, que as forças estão funcionando no mundo espiritual, que estão ocupadas confeccionando almas.

Portanto, a canção entoada e o uso do coração como tambor são atos místicos para despertar camadas da psique não muito usadas ou vistas. A respiração ou *pneuma* que paira sobre nós abre certas fendas, faz surgir certas faculdades que de outro modo seriam inacessíveis. Não sabemos dizer para cada pessoa o que será invocado pelo canto, despertado pelo tambor, porque eles atuam sobre frestas estranhas e raras no ser humano que participa. No entanto, podemos ter certeza de que seja o que for que acontecer terá uma irresistível força numinosa.

A dança do corpo e da alma

Através dos seus corpos, as mulheres vivem muito perto da natureza da vida-morte-vida. Quando as mulheres estão em pleno uso de sua mente instintiva, suas ideias e impulsos no sentido de amar, de criar, de acreditar, de desejar, nascem, cumprem seu tempo, fenecem e morrem, para renascer mais uma vez. Seria possível dizer que as mulheres põem esse conhecimento em prática no consciente e no inconsciente a cada ciclo lunar nas suas vidas. Para algumas, essa lua que determina os ciclos está lá no céu. Para outras, ela é a Mulher-esqueleto que vive nas suas próprias psiques.

A partir da sua própria carne e dos seus próprios ossos, bem como dos ciclos constantes de enchimento e de esvaziamento do vaso vermelho do seu ventre, a mulher compreende em termos físicos, emocionais e espirituais que os apogeus têm seu declínio e sua morte, e que o que sobra renasce de um jeito inesperado e por meios inspirados, só para voltar ao nada e mais uma vez retornar em pleno esplendor. Como podemos ver, os ciclos da Mulher-esqueleto permeiam e perpassam a mulher inteira. Não pode ser diferente.

Às vezes, os homens que ainda estão fugindo da natureza da vida-morte-vida têm medo de uma mulher dessas, porque pressentem ser ela uma aliada natural da Mulher-esqueleto. No entanto, nem sempre foi assim. O símbolo da Mulher-esqueleto é um resquício de um tempo em que se sabia muito sobre a morte como transformação espiritual; em que A Morte era bem-vinda como um parente próximo, como nossa própria irmã, mãe, irmão, pai ou amante. Nas fantasias femininas, a Morte Mulher, a Mãe Morte ou a Morte Donzela sempre foi interpretada como a portadora do destino, a criadora, a virgem ceifadora, a mãe, a que caminha pelo rio e a recriadora: todos esses papéis num ciclo.

Às vezes aquele que está fugindo da natureza da vida-morte-vida insiste em pensar que o amor é apenas uma dádiva. No entanto, o amor em sua plenitude é uma série de mortes e de renascimentos. Deixamos uma fase, um aspecto do amor, e entramos em outra. A paixão morre e volta. A dor é espantada para longe e vem à tona mais adiante. Amar significa abraçar e ao mesmo tempo suportar inúmeros finais e inúmeros recomeços – todos no mesmo relacionamento.

O processo se complica com o fato de que grande parte da nossa cultura excessivamente civilizada tem dificuldade para tolerar o que tiver natureza transformadora. Existem atitudes melhores para nosso envolvimento com a natureza da vida-morte-vida. Em todo o mundo, embora lhe atribuam nomes diferentes, muitos veem essa natureza como *un baile con La Muerte*, uma dança com a morte: a Morte como um dos parceiros, a Vida como o outro.

Bem ao norte da região das dunas nos Grandes Lagos, onde ainda vivem pessoas que falam um dialeto bíblico cheio de *tus* e *vós*, há uma história intitulada "Dead Bolt". Na versão que me foi passada pela Sra. Arlen Scheffeler, trata-se da história de uma mulher que recebe junto à sua lareira um viajante chamado Morte. A velha não sente medo. Ela parece saber que a Morte tanto dá a vida quanto distribui a morte. Ela sabe que a Morte é a causa de todas as lágrimas e de todo o riso.

Ela diz ao viajante que ele é bem-vindo ao seu lar, que ela o amou durante "todas as colheitas, todos os pousios dos campos, os nascimentos dos filhos, as mortes dos filhos". Ela afirma que o conhece e que ele é seu amigo. "Trouxeste-me muito pranto e muita dança, Morte. Podes dar as instruções. Conheço bem os passos!"

Para fazer amor, se queremos amar, *bailamos con La Muerte*, dançamos com a Morte. Haverá enchentes, haverá secas; haverá recém-nascidos, natimortos e ainda o renascimento de algo novo. Amar é aprender os passos. Fazer amor é dançar a dança.

A energia, o sentimento, a intimidade, a solidão, o desejo, o tédio, todos aumentam e diminuem em ciclos relativamente comprimidos. Nosso desejo de proximidade, e de separação, alterna ciclos de crescimento e de declínio. A natureza da vida-morte-vida não só nos ensina a acompanhar esses ciclos na dança, mas nos mostra que a solução para o mal-estar está sempre no contrário. Portanto, novas atividades são a cura para o tédio; a intimidade é a cura para a solidão; a solidão é a cura para a sensação de falta de espaço.

Sem o conhecimento dessa dança, a pessoa tem a tendência, durante vários períodos de águas paradas, a traduzir a necessidade de atividade nova e pessoal em gastos excessivos, em exposição a riscos, em escolhas irresponsáveis, na procura de um novo parceiro. Esse é o jeito do tolo ou do pateta. É a solução dos que não sabem.

A princípio, nós todos pensamos que podemos deixar para trás o aspecto da morte da natureza da vida-morte-vida. A verdade é que não conseguimos, pois ele nos acompanha de perto, aos trancos e barrancos, até dentro da nossa casa, até dentro da nossa consciência. Se não for por outro modo, aprendemos acerca dessa natureza mais sombria quando aceitamos o fato de que o mundo não é lindo, de que chances são perdidas, de que oportunidades surgem inesperadamente, de que os ciclos da vida-morte-vida prevalecem, quer queiramos quer não. No entanto, se vivermos como respiramos, inspirando e soltando, não poderemos errar.

Nessa história há duas transformações, a do caçador e a da Mulher-esqueleto. Em termos modernos, a transformação do caçador seria mais ou menos como o que se segue. A princípio, ele é o caçador inconsciente. "Oi, sou só eu. Estou pescando e cuidando da minha vida." Depois, ele passa a ser o caçador assustado, em fuga. "O quê? Você me quer? Bem, acho que está na hora de eu ir andando." Mais tarde, ele reconsidera, começa a desenredar seus sentimentos e descobre um meio de se relacionar com ela. "Parece que a minha alma é atraída por você. Quem é você, no fundo? Qual é a sua estrutura?"

Em seguida, ele adormece. "Vou confiar em você. Vou me permitir expor minha inocência." Com isso, sua lágrima de sentimento profundo é revelada e alimenta a Mulher-esqueleto. "Esperei muito tempo por você." Seu coração é emprestado para criá-la por inteiro. "Pronto, tome meu coração e conquiste a vida na minha vida." E assim o caçador-pescador é recompensado com o amor. Essa é a transformação típica de uma pessoa que aprende a amar.

As transformações da Mulher-esqueleto assumem uma trajetória ligeiramente diferente. Para começar, como natureza da vida-morte-vida, ela está acostumada a que seus relacionamentos com seres humanos terminem imediatamente depois de ela ser fisgada. Não é de surpreender que ela cubra com tantas bênçãos aqueles que se dispõem a correr na sua companhia, pois está habituada a ver os seres humanos cortar a linha do anzol e disparar para a terra.

No início, ela foi rejeitada e vive no exílio. Depois, é por acaso fisgada por alguém que tem medo dela. Ela começa a voltar à vida a partir de um estado inerte. Ela come, bebe daquele que a resgatou, transforma-se com a força do coração do homem, com sua coragem de encará-la. Ela se transforma de esqueleto em ser vivo. É amada por ele, e ele, por ela. Ela o revitaliza como é revitalizada por ele. Ela, que é a grande roda da natureza, e ele, o ser humano, passam a conviver em harmonia.

Vemos na história que a força da Morte exige o amor. Ela exige a lágrima – o sentimento – e o coração. Ela precisa que façam amor com ela. A natureza da vida-morte-vida exige dos amantes que eles encarem de imediato esse aspecto, que eles não negaceiem nem desfaleçam para escapar dela, que sua dedicação mútua seja muito mais do que "estar juntos", que seu amor se baseie na união do conhecimento e da força para se deparar com essa natureza, para amar essa natureza e para juntos dançarem com ela.

A Mulher-esqueleto com o canto cria para si mesma um corpo exuberante. Esse corpo criado pelo canto é prático sob todos os aspectos. Não se trata dos pedaços e partes de carne feminina idolatrados por alguns em algumas culturas; mas, sim, um corpo inteiro de mulher, que pode amamentar, fazer amor, dançar e cantar, dar à luz e sangrar sem morrer.

O canto para criar a carne é outro tema comum no folclore. Em histórias africanas, papuas, judaicas, hispânicas e do povo *inuit*, os ossos transformam-se numa pessoa. O náuatle *Coatlique* produz seres humanos adultos a partir de ossos do mundo dos mortos. Um xamã do povo *tlingit* desnuda, com um canto, a mulher que ama. Nas histórias de todas as partes do mundo, a mágica resulta do canto. O canto produz o crescimento.

Também em todas as partes do mundo, diversas fadas, ninfas e mulheres gigantes possuem seios tão compridos que podem ser jogados sobre os ombros. Na Escandinávia, entre os celtas e na região circumpolar, há histórias que falam de mulheres que criam o corpo segundo sua vontade.

Deduzimos da história que a doação do corpo é uma das últimas fases do amor. É assim que deve ser. É bom dominar os primeiros estágios do encontro com a natureza da vida-morte-vida e deixar para depois as experiências práticas do corpo a corpo. Advirto as mulheres para que não aceitem um amante que salte de uma fisgada acidental para a doação do corpo. Insistam no cumprimento de todas as fases. Assim, a última fase virá por si só. A ocasião para a união dos corpos chegará na hora certa.

Quando a união começa na fase carnal, o processo de enfrentamento da natureza da vida-morte-vida ainda pode ter lugar mais tarde... mas isso exigirá muita determinação. É um trabalho mais difícil porque o ego do prazer precisa ser afastado à força do seu interesse carnal a fim de que se construam os alicerces. O cãozinho na história de Manawee nos recorda como é difícil lembrar em que caminho estamos quando nossos nervos estão sendo afetados pelo prazer.

Portanto, fazer amor é fundir a respiração e a carne, o espírito e a matéria. Um se encaixa no outro. Nessa história, ocorre o acasalamento do mortal com o imortal, e isso também vale para um relacionamento amoroso que vá durar. Existe um vínculo imortal de alma para alma que mal conseguimos descrever, ou talvez que mal consigamos decidir, mas que vivenciamos em profundidade. Numa história maravilhosa originada da Índia, um mortal toca um tambor para que as fadas dancem diante da deusa Indra. Em troca desse serviço, o tocador de tambor recebe uma fada em casamento. Há algo de semelhante também no relacionamento amoroso. Algum tipo de premiação é concedida ao homem que quiser entrar num relacionamento de cooperação com o reino da psique feminina, reino que lhe é misterioso.

No final da história, o pescador está grudado com a natureza da vida-morte-vida, unido a ela. O significado disso é diferente para cada homem. A forma pela qual ele vivencia esse aprofundamento do seu relacionamento com ela também é exclusiva. Só sabemos que, para amar, é preciso que se beije a megera, e ainda mais. É preciso que façamos amor com ela.

A história também nos fala de como entrar num relacionamento de enriquecedora cooperação com o que tememos. Ela é exatamente aquilo a que precisamos emprestar nosso coração. Quando o homem se funde com a Mulher-esqueleto, ele fica o mais íntimo possível dela, e isso faz com que ele conquiste a máxima intimidade com sua parceira. Para descobrir essa eminente conselheira da vida e do amor, basta que paremos de correr, que a desemaranhemos um pouco, que encaremos a ferida e nosso próprio anseio de compaixão, que dediquemos nosso coração inteiro a esse processo.

Portanto, no final, ao se prover de carne, a Mulher-esqueleto representa na íntegra o processo de criação. No entanto, em vez de começar a vida como bebê, da maneira que nós, ocidentais, aprendemos a pensar na vida e na morte, ela começa a partir dos ossos e vai se enchendo de carne. Ela ensina o homem a criar uma vida nova. Ela lhe mostra que o caminho do coração é o caminho da criação. Ela lhe demonstra que a criação é uma série de nascimentos e mortes. Ela ensina que o excesso de proteção não cria nada, que o egoísmo não cria nada, que se agarrar às coisas e berrar não resulta em nada. Só a soltura, a doação do coração, o grande tambor, o magnífico instrumento da natureza selvagem, é só isso que cria.

É assim que o relacionamento amoroso deveria funcionar, com cada parceiro transformando o outro. A força e poder de cada um são desembaraçados, compartilhados. Ele lhe dá seu tambor do coração. Ela lhe transmite o conhecimento dos ritmos e emoções mais complicados que se possa imaginar. Quem sabe o que os dois irão caçar juntos? Só sabemos que eles se nutrirão até o final dos seus dias.

CAPÍTULO 6

a procura da nossa turma: a sensação da integração como uma bênção

O PATINHO FEIO: A DESCOBERTA DAQUILO A QUE PERTENCEMOS

Às vezes a vida dá errado para a Mulher Selvagem desde o início. Muitas mulheres tiveram pais que as observavam enquanto eram crianças e se perguntavam, perplexos, como esse pequeno alienígena havia conseguido se infiltrar na família. Outros pais estavam sempre olhando para os céus, ignorando a criança, tratando-a mal ou dando-lhe aquele olhar enregelante.

Anime-se a mulher que passou por isso. Você já se vingou por ter sido "impossível" de criar e uma eterna pedra no sapato deles, embora não por culpa sua. Talvez até mesmo hoje você seja capaz de lhes inspirar um medo abjeto quando aparece à sua porta. Até que não está mal em termos de vingança inocente.

Certifique-se agora de perder menos tempo com aquilo que eles não lhe deram e de dedicar mais tempo à procura das pessoas com quem você se sinta bem. Pode ser que você não pertença absolutamente à sua família original. Você talvez combine com eles em termos genéticos, mas quanto ao temperamento você pode pertencer a outro grupo. Ou quem sabe você não pertença à sua família apenas superficialmente enquanto sua alma escapa, corre pela estrada afora e satisfaz sua gula mordiscando petiscos espirituais em outras plagas?

Hans Christian Andersen[1] escreveu dezenas de histórias sobre o arquétipo do órfão. Ele foi um importante defensor da criança perdida e negligenciada, e dava imenso apoio à ideia da procura e descoberta do nosso próprio grupo.

Sua história "O patinho feio", publicada pela primeira vez em 1845, trata do arquétipo do ser incomum e desvalido, uma história perfeita e similar à da Mulher Selvagem. Durante os dois últimos séculos, "O patinho feio" foi uma das poucas histórias a incentivar sucessivas gerações de "gente diferente" a aguentar até encontrar sua turma.

Trata-se de uma história básica em termos psicológicos e espirituais. Uma história básica é aquela que contém uma verdade tão fundamental para o desenvolvimento humano que, sem a incorporação desse fato, o avanço se torna duvidoso e ninguém consegue prosperar sob o aspecto psicológico enquanto não perceber essa verdade. Segue-se, portanto, uma tradução de "O patinho feio", como me foi contada originalmente no idioma magiar por *falusias mesélök*, narradores rústicos.[2]

*

O PATINHO FEIO

Já estava quase na época da colheita. As velhas faziam bonecas verdes com a palha do milho. Os velhos remendavam cobertores. As moças bordavam flores de um vermelho vivo nos seus vestidos brancos. Os rapazes cantavam enquanto empilhavam o feno dourado. As mulheres tricotavam blusões ásperos para o inverno que viria. Os homens ajudavam a colher, arrancar, cortar e ceifar os frutos que os campos haviam produzido. O vento apenas começava a soltar as folhas um pouco mais, e mais um pouco a cada dia que passava. E lá para os lados do rio, uma pata chocava uma ninhada de ovos.

Tudo estava indo como deveria para essa mãe pata e, afinal, um a um, os ovos começaram a tremer e sacudir até que as cascas racharam e deles saíram cambaleantes seus novos filhotes. Restava, porém, um ovo, um ovo muito grande. Ele estava ali parado como uma pedra.

Uma velha pata veio visitar, e a mãe pata exibiu seus filhotes.

– Eles não são lindos? – gabou-se ela. Mas o ovo ainda sem rachar chamou a atenção da velha pata, e esta tentou dissuadir a mãe de continuar a chocar aquele ovo.

– É um ovo de perua – exclamou a velha pata. – Absolutamente não serve como ovo. Não se pode levar um peru para dentro d'água, você sabia? – Ela sabia, porque já havia tentado.

A mãe pata, no entanto, achou que estava chocando há tanto tempo que mais um pouquinho não ia fazer mal.

– Não estou preocupada com isso – disse ela. – Mas você sabia que o safado do pai desses patinhos ainda não veio me visitar uma vez sequer?

Afinal, o ovo grande começou a estremecer e a rolar. Acabou quebrando, e dele saiu uma criatura grande e desajeitada. Sua pele era marcada por veias sinuosas azuis e vermelhas. Seus pés eram de um roxo claro. Seus olhos, de um rosa transparente.

A mãe pata inclinou a cabeça, esticou o pescoço e o contemplou. Não pôde se conter: ele era feio mesmo. "Talvez seja mesmo um peru", preocupou-se ela. Contudo, quando o patinho feio entrou na água acompanhando os outros filhotes, a mãe pata viu que ele nadava muito bem. "É, ele é dos meus, apesar de ter essa aparência tão estranha. No fundo, porém, do ângulo certo... ele é quase bonito."

E assim ela o apresentou às outras criaturas do quintal da fazenda, mas, antes que percebesse, outro pato atravessou o quintal a toda e bicou o patinho feio bem no pescoço.

– Pare com isso! – gritou a mãe pata.

– Ora, ele é tão feio e esquisito. Ele precisa que o maltratem – retrucou o valentão.

– Oh, mais uma ninhada! Como se já não tivéssemos bocas demais a alimentar! – exclamou a pata rainha com o trapo vermelho na perna. – E aquele lá, aquele grandão e feio. Bem, aquilo sem dúvida é um engano.

– Ele não é um engano – disse a mãe pata. – Ele vai ser muito forte. Foi só que ele ficou tempo demais dentro do ovo e ainda está meio deformado. Mas ele vai se recuperar. Vocês vão ver. – Ela limpou com o bico as penas do patinho feio e lambeu seu topete.

Os outros, no entanto, faziam tudo o que podiam para importunar o patinho feio. Voavam para atacá-lo, bicavam-no e gritavam com ele. E à medida que o tempo passava, eles o atormentavam cada vez mais. Ele se escondia, se desviava, saía em zigue-zague, mas não conseguia escapar. O patinho era a mais infeliz das criaturas.

A princípio, sua mãe o defendia, mas com o tempo até ela se cansou daquilo tudo.

– Como eu queria que você fosse embora – exclamou exasperada. E foi assim que o patinho feio fugiu. Com a maior parte das suas penas arrancada e todo enlameado, ele correu e correu até chegar a um pântano. Ali ele se deitou à beira d'água com o pescoço esticado e sorvia um pouco d'água de vez em quando.

Dos juncos dois gansos o observavam. Eram jovens e cheios de si.

– Ei, você aí, criatura horrorosa – disseram, rindo à socapa. – Quer vir conosco até o próximo condado? Há um bando de gansas solteiras por lá, prontas para serem escolhidas.

De repente, ecoaram tiros. Os gansos caíram com um baque e a água do pântano ficou vermelha com seu sangue. O patinho feio mergulhou para se abrigar, e por toda parte só havia tiros, fumaça e cães latindo.

Afinal, o pântano ficou tranquilo, e o patinho saiu correndo e voando a maior distância possível. Perto do anoitecer, ele chegou a um pobre casebre. A porta estava pendurada por um barbante, e havia mais fendas do que paredes. Ali vivia uma velha esfarrapada com seu gato desgrenhado e sua galinha vesga. O gato fazia jus a morar com a velha por apanhar camundongos. A galinha, por botar ovos.

A velha achou que estava com sorte por ter encontrado um pato. Talvez fosse uma pata e também botasse ovos e, se não fosse, podemos matá-lo para comer. E assim o pato ficou, mas ele era perseguido pelo gato e pela galinha.

– Para que você serve se não bota ovos e não sabe apanhar camundongos? – perguntavam-lhe os dois.

– O que mais gosto de fazer – disse o patinho com um suspiro – é ficar "debaixo", quer seja debaixo da amplidão azul do céu, quer debaixo do frescor azul da água. – O gato não via nenhum sentido em querer ficar debaixo d'água e criticou o patinho pelos seus sonhos idiotas. A galinha não conseguia ver a graça de ficar com as penas molhadas e também debochou do patinho. No final das contas, ficou claro que aqui também não haveria paz para o patinho, e por isso ele partiu para ver se as coisas podiam ser melhores mais adiante.

Ele encontrou por acaso um laguinho e, enquanto estava nadando, foi ficando cada vez mais frio. Um bando de aves passou voando lá em cima, as mais lindas que ele já havia visto. Elas gritaram para cumprimentá-lo, e ouvir suas vozes fez com que o coração do patinho saltasse e se apertasse ao mesmo tempo. Ele gritou de volta com uma voz que nunca havia emitido antes. Ele nunca havia visto criaturas mais lindas, e nunca havia se sentido mais desolado.

Ele girou e girou na água para observá-las enquanto desapareciam nos céus e depois mergulhou até o fundo do lago e ali se aninhou, trêmulo. Estava fora de si por sentir um amor desesperançado por aqueles enormes pássaros brancos, um amor que ele não conseguia entender.

Um vento mais frio começou a soprar e foi ficando cada vez mais forte com o passar dos dias. E a neve caiu sobre o gelo. Os velhos quebravam o gelo nos baldes de leite, e as velhas fiavam até tarde da noite. As mães alimentavam três bocas de cada vez à luz de velas, e os homens saíam à procura de ovelhas sob o céu branco da meia-noite. Os jovens entravam na neve até a cintura para ir ordenhar, e as moças imaginavam ver o rosto de rapazes bonitos nas chamas do fogão enquanto cozinhavam. E no lago ali por perto, o patinho precisava nadar cada vez mais rápido em círculos para manter um lugar aberto no gelo.

Um dia de manhã, o patinho se descobriu preso no gelo e foi aí que ele sentiu que ia morrer. Dois patos selvagens vieram voando e chegaram escorregando no gelo. Eles observaram o patinho.

– Como você é feio – grasnaram. – Que pena. É uma tristeza. Não se pode fazer nada por alguém como você. – E saíram voando.

Felizmente, um lavrador passou por ali e libertou o patinho quebrando o gelo com seu cajado. Ele levantou o patinho, abrigou-o no casaco e voltou para casa. Na casa do lavrador, as crianças quiseram pegar o patinho, mas ele teve medo. Voou até os caibros do telhado, fazendo com que toda a poeira caísse na manteiga. De lá de cima, ele mergulhou direto para dentro do balde de leite e, quando ia saindo todo molhado e grudento, caiu no barril de farinha de trigo. A mulher do lavrador saiu atrás dele com uma vassoura enquanto as crianças riam a mais não poder.

O patinho saiu agitado pela porta do gato e, lá fora, afinal, caiu quase morto na neve. Dali, ele se forçou a prosseguir até chegar a mais um lago, a mais uma casa, a outro lago, a outra casa, e o inverno inteiro transcorreu dessa forma, alternando entre a vida e a morte.

Mesmo assim, a brisa suave da primavera voltou. As velhas vieram arejar os acolchoados, e os velhos guardaram suas ceroulas compridas. Novos bebês chegavam no meio da noite, enquanto seus pais andavam de um lado para o outro no quintal, debaixo do céu estrelado. Durante o dia, as moças enfiavam narcisos nos cabelos, e os rapazes examinavam os tornozelos femininos. E num lago por ali, a água ficou mais agradável e o patinho feio que nela boiava abriu as asas.

Como eram grandes e fortes as suas asas. Elas o levaram bem para o alto acima da terra. Dos céus, ele via os pomares com seus mantos brancos, os lavradores arando, os jovens de toda a natureza saindo da casca, tropeçando, zumbindo e nadando. Também brincando na água do lago havia três cisnes, as mesmas criaturas maravilhosas que ele havia visto no outono; aquelas que lhe haviam causado um aperto tão forte no coração. Ele sentiu um impulso de se unir a elas.

E se fingirem que gostam de mim, e depois, assim que eu me aproximar, saírem voando às risadas?, pensou o patinho. Ele desceu planando e pousou no lago, com o coração batendo forte.

Assim que o viram, os cisnes começaram a nadar na sua direção. Sem dúvida, estou a ponto de encontrar meu fim, pensou o patinho, mas, se tenho de ser morto, melhor que seja por essa lindas criaturas do que pela mão de caçadores, donas de casa ou longos invernos. E abaixou a cabeça para aguardar os golpes.

Que surpresa! Na imagem na água ele viu um cisne em traje a rigor: plumagem branca como a neve, olhos escuros e tudo o mais. O patinho feio a princípio não se reconheceu porque era exatamente igual aos belos estranhos, igual àqueles que ele havia admirado de longe.

E acabou se revelando que ele era um deles no final das contas. Seu ovo por acaso havia rolado para um ninho de patos. Ele era um cisne, um cisne magnífico. E pela primeira vez sua própria família se aproximava dele, tocando-o com cuidado e carinho com as pontas das asas. Eles lhe limparam as penas com seus bicos e nadaram muito ao seu redor para cumprimentá-lo.

– Ei, tem mais um cisne! – gritaram as crianças que vinham trazer migalhas de pão para os cisnes. Como costumam fazer as crianças de qualquer lugar, elas correram para contar a todos. As velhas vieram até a beira d'água, destrançando seus longos cabelos prateados. Os rapazes juntavam nas mãos em taça um pouco da água limpa e a atiravam na direção das moças, que enrubesciam como pétalas. Os homens tiraram uma folga da ordenha só para tomar um pouco daquele ar. As mulheres pararam um pouco de remendar só para rir com seus parceiros. E os velhos começaram a contar histórias sobre como a guerra é longa e a vida é curta.

E um a um, fosse pela vida, pela paixão, fosse porque o tempo estava passando, todos se afastaram dançando. Os rapazes, as moças, todos foram embora dançando. Os mais velhos, os maridos, as esposas, todos foram embora dançando. As crianças e os cisnes também se afastaram dançando... deixando ali só nós... a primavera... e mais uma mãe pata chocando seus ovos junto ao rio.

*

A questão do exílio é antiquíssima. Muitos contos de fadas e mitos têm como centro o tema do proscrito. Nesse tipo de relato, o personagem central é torturado por acontecimentos alheios à sua influência, muitas vezes tendo como origem um esquecimento fatal. Na história da Bela Adormecida, a décima terceira fada é esquecida e não é convidada para o batizado, o que resulta numa maldição lançada contra a criança, que na realidade atinge a todos de um modo ou de outro. Por vezes, o exílio é imposto por pura malvadeza, como quando a madrasta envia a enteada pelo bosque escuro adentro em "Vasalisa, a sabida".

Em outros casos o exílio é consequência de um erro ingênuo. O deus grego Hefaístos ficou ao lado da sua mãe, Hera, numa discussão com Zeus, seu marido. Zeus enfureceu-se e atirou Hefaístos do alto do Monte Olimpo, aleijando-o e banindo-o.

Às vezes o isolamento tem como origem algum pacto no qual se entra sem plena compreensão do que se trata, como na história de um homem que concorda em vagar como animal por determinado número de anos a fim de ganhar uma quantidade de ouro, e mais tarde descobre que entregou a alma ao diabo disfarçado.

"O patinho feio" tem muitas versões, todas contendo o mesmo núcleo de significado; mas cada uma, cercada de diferentes enfeites e franjas que refletem o meio cultural da história bem como o talento poético de cada narrador.

Os significados básicos que nos interessam são os seguintes: o patinho da história simboliza a natureza selvagem, que, quando forçada a enfrentar circunstâncias pouco propícias, luta instintivamente para continuar viva apesar de tudo. A natureza selvagem sabe instintivamente aguentar e resistir, às vezes com elegância, às vezes sem muito estilo, mas resistindo assim mesmo. Graças a Deus por esse aspecto. Para a mulher selvagem, a continuidade é uma das suas maiores forças.

O outro aspecto importante da história é o de que, quando a vibração específica da alma de um indivíduo, que tem tanto uma identidade instintiva quanto uma espiritual, é cercada de aceitação e reconhecimento psíquico, a pessoa sente a vida e a força como nunca sentiu antes. Descobrir com certeza qual é a sua verdadeira família psíquica proporciona ao indivíduo a vitalidade e a sensação de pertencer a um todo.

A rejeição à criança diferente

Na história, as diversas criaturas da comunidade examinam o patinho "feio" e de um modo ou de outro o declaram inaceitável. Na realidade, ele não é feio. Só não combina com os outros. É tão diferente que parece um feijão preto num balde de ervilhas. A mãe pata a princípio tenta defender esse patinho, que ela acredita pertencer à sua prole. Afinal, porém, ela fica profundamente dividida em termos emocionais e deixa de se importar com o filhote estranho.

Seus irmãos e outros membros da comunidade atacam-no, bicam-no e o atormentam. Sua intenção é a de fazer com que ele fuja. E o patinho feio sente um aperto no coração, por ser rejeitado por sua própria gente. Isso é terrível, especialmente levando-se em consideração que ele na realidade não fez nada que justificasse esse tratamento a não ser ter a aparência diferente e agir um pouco diferente dos outros. Para dizer a verdade, temos nesse caso, antes mesmo que a criatura chegue à adolescência, um patinho com um enorme complexo psicológico.

As meninas que demonstram ter uma forte natureza instintiva muitas vezes passam por sofrimentos significativos no início da vida. Desde a época em que são bebês, são mantidas presas, domesticadas, e ouvem dizer que são inconvenientes ou teimosas. Suas naturezas selvagens revelam-se bem cedo. Elas são curiosas, habilidosas e possuem excentricidades leves de vários tipos, características estas que, se desenvolvidas, constituiriam a base para sua criatividade para o resto das suas vidas. Considerando-se que a vida criativa é o alimento e a água para a alma, esse desenvolvimento básico é de importância dolorosamente crítica.

Geralmente, o isolamento precoce começa sem que seja por nenhuma culpa da criança e é exacerbado pela incompreensão, pela crueldade da ignorância ou pela perversidade proposital dos outros. Nesse caso, o self básico da psique é ferido desde cedo. Quando isso acontece, a menina começa a acreditar que as imagens negativas dela mesma, refletidas pela família e pela cultura em que vive, são não só totalmente verdadeiras mas também totalmente isentas de preconceito, de influência da opinião e de preferências pessoais. A menina começa a acreditar que ela é fraca, feia, inaceitável, e que isso continuará a ser verdade não importa o esforço que ela faça para reverter a situação.

A menina é rejeitada pelo mesmos motivos que vemos na história do patinho feio. Em muitas culturas, existe uma expectativa, quando nasce uma filha, de que ela é ou será um certo tipo de pessoa, que aja de um certo modo consagrado pelo tempo, que siga um certo conjunto de valores que, se não forem idênticos aos da família, pelo menos se baseiem nos valores da família, e que seja como for não abale os alicerces. Essas expectativas têm definições muito estritas quando um dos pais, ou ambos, sofre do desejo de ter um "anjo de filha", a criança "perfeita" e obediente.

Na fantasia dos pais, qualquer dos filhos que tenham será perfeito e refletirá apenas o jeito de ser dos pais. Se a criança for rebelde, ela pode, infelizmente, ser alvo de repetidas tentativas dos pais no sentido de realizar uma cirurgia psíquica, pois eles estarão tentando remodelar a criança e, mais do que isso, alterar o que a alma da criança exige dela mesma. Embora sua alma exija ver, a cultura ao seu redor exige a cegueira. Embora sua alma deseje exprimir sua verdade, ela é forçada ao silêncio.

Nem a alma da criança, nem sua psique, podem aceitar essa situação. A pressão no sentido de se "adequar", seja qual for a definição que a autoridade dê ao padrão, pode perseguir a criança até que ela fuja para longe, para um mundo oculto ou para vaguear muito tempo à procura de um lugar para se abrigar e viver em paz.

Quando a cultura define detalhadamente no que consiste o sucesso ou a perfeição desejável sob qualquer aspecto – na aparência, na altura, na força, na forma física, no poder aquisitivo, na economia, na masculinidade, na feminilidade, na atitude de bom filho, no bom comportamento, na crença religiosa – existem ditames correspondentes e tendência à avaliação na psique de todos os seus membros. Portanto, as questões da mulher selvagem rejeitada geralmente são duplas: a íntima e pessoal, e a externa e cultural.

Cuidemos aqui das questões íntimas da pessoa rejeitada, pois quando desenvolvemos uma força adequada – não uma força perfeita, mas uma força moderada e prática – para sermos nós mesmas e para descobrir a que grupo pertencemos, podemos então influenciar a comunidade exterior e a consciência cultural com perícia. O que é uma força moderada? Ela é a que temos quando nossa mãe interior não está cem por cento confiante acerca do que fazer em seguida. Uma confiança de setenta e cinco por cento já serve. Setenta e cinco por cento é uma boa proporção. Lembre-se, dizemos que uma planta está em flor, quer os botões estejam meio abertos, abertos até três quartos, quer estejam totalmente abertos.

Tipos de mães

Embora possamos interpretar a mãe na história como um símbolo da nossa própria mãe exterior, a maioria dos adultos tem agora uma mãe interior, como legado da sua mãe verdadeira. Trata-se de um aspecto da psique que atua e reage de um modo idêntico ao da experiência da infância de uma mulher com sua própria mãe. Além do mais, essa mãe interior compõe-se não só da experiência da mãe pessoal mas também de outras figuras maternas das nossas vidas, bem como das imagens da mãe boa e da mãe perversa exibidas pela nossa cultura na época da nossa infância.

Para a maioria dos adultos, se houve problemas com a mãe concreta no passado, e eles não existem mais, ainda há uma cópia da mãe na psique, que age, reage e fala igual à da tenra infância. Muito embora a cultura de uma mulher possa ter desenvolvido um raciocínio mais consciente acerca do papel das mães, a mãe interior terá os mesmos valores e ideias a respeito de como uma mãe deve ser e agir que vigoravam na cultura na nossa infância.[3]

Na psicologia junguiana, esse emaranhado todo é chamado de *complexo materno*. Trata-se de um dos aspectos centrais da psique da mulher, e é importante reconhecer sua condição, reforçando certas características, corrigindo algumas, erradicando outras, e começando tudo de novo se necessário.

A mãe pata na história tem alguns atributos, que analisaremos individualmente. Ela é ao mesmo tempo uma mãe ambivalente, uma mãe prostrada e uma mãe sem mãe. Com o exame dessas estruturas maternas, podemos começar a avaliar se nosso complexo materno interior sustenta com firmeza nossas qualidades exclusivas ou se ele está precisando de um ajuste já há muito atrasado.

A MÃE AMBIVALENTE – Na nossa história, a mãe pata é isolada à força dos seus instintos. É tratada com escárnio por ter um filhote diferente. Sente-se dividida emocionalmente e acaba prostrada, desistindo de cuidar do filhote estranho. Embora a princípio ela tente se manter firme, a "diferença" do patinho começa a prejudicar a segurança da mãe na própria comunidade, e ela abaixa a cabeça e mergulha.

Vocês já presenciaram alguma vez uma mãe forçada a tomar uma decisão dessas, se não por inteiro, pelo menos em parte? A mãe curva-se aos desejos da comunidade em vez de se alinhar a favor do filho. Até mesmo nos nossos dias, as mães ainda encenam os medos bem fundados de séculos de antepassadas. Ser isolada da comunidade significa no mínimo ser ignorada e encarada com suspeita e, na pior das hipóteses, ser acossada e destruída. A mulher que viva num ambiente semelhante irá tentar moldar a filha para que esta aja de modo "conveniente" no mundo objetivo.

Nesse caso, tanto a mãe quanto a filha estão divididas. Na história do patinho feio, a mãe pata está dividida em termos psíquicos, e isso faz com que seja puxada em diversas direções diferentes, o que é a própria definição da ambivalência. Qualquer mãe que tenha estado sob fogo cruzado a reconhecerá. Uma direção é o seu próprio desejo de ser aceita pela comunidade. Outra é o instinto de autopreservação. Uma terceira é o medo de que ela e o filhote venham a ser castigados, perseguidos ou mortos pela comunidade. Esse medo é uma reação normal a uma ameaça anormal de violência física ou psíquica. A quarta força é o amor instintivo da mãe pelo filho e a preservação desse filho.

Não é raro em culturas punitivas que a mulher se sinta dilacerada entre a opção de ser aceita pela classe dominante (pela comunidade) e a de amar seu filho, seja ele um filho simbólico, fruto da sua criatividade, seja ele um filho biológico. Essa é uma história muito antiga. As mulheres sempre morreram em termos psíquicos e espirituais por tentar proteger o filho não aprovado, seja ele sua arte, seu amor, sua política, sua prole ou a vida da sua alma. Nos casos extremos, as mulheres foram enforcadas, queimadas e assassinadas por desafiarem as proibições da comunidade e dar abrigo ao filho não aprovado.

A mãe com um filho que seja diferente precisa ter a resistência de Sísifo, a aparência temível dos Ciclopes e a insensibilidade de Caliban[4] para enfrentar uma cultura perversa. As condições culturais mais destrutivas para o nascimento e a vida de uma mulher são aquelas que insistem em obediência sem consulta à própria alma, aquelas sem carinhosos rituais de absolvição, aquelas que forçam a mulher a escolher entre a alma e a sociedade, aquelas nas quais a compaixão é segregada pelas classes econômicas ou por sistemas de castas, em que o corpo é visto como algo que precisa ser "purificado" ou como um santuário a ser regulamentado por decreto, nas quais o novo, o incomum ou o diferente não geram prazer, nas quais a curiosidade e a criatividade são punidas e censuradas em vez de recompensadas, ou recompensadas apenas quando não se é mulher, nas quais são perpetrados contra o corpo atos dolorosos que são chamados de sagrados, ou nas quais a mulher é castigada injustamente, como diz Alice Miller sucintamente, "para seu próprio bem",[5] nas quais a alma não é reconhecida como um ser por seus próprios méritos.

Quando a mulher tem essa imagem da mãe ambivalente na sua própria psique, ela pode se descobrir cedendo com muita facilidade. Ela pode se descobrir com medo de firmar uma posição, de exigir respeito, de afirmar seu direito a fazê-lo, de aprender, de viver do seu próprio modo.

Quer essas questões tenham origem numa imagem interna, quer numa cultura externa, para que a função da maternidade supere restrições desse tipo, ela deveria ter algumas qualidades ferozes, qualidades que, em muitas culturas, são consideradas masculinas. Há gerações, infelizmente, a mãe que quisesse gerar estima em si mesma e na sua prole precisava ter as qualidades exatas que lhe eram expressamente proibidas: a veemência, o destemor e a aparência atemorizante.

Para uma mãe criar feliz um filho que seja ligeiramente ou altamente diferente nas necessidades da sua psique e da sua alma em comparação com a corrente principal da sua cultura, ela precisa tomar a dianteira no que diz respeito a algumas qualidades heroicas. Ela precisa ser capaz de roubar essas qualidades, se elas não lhe forem permitidas, abrigá-las, liberá-las na hora certa e defender a si mesma e àquilo no que acredita. Praticamente não existe um meio de preparar a pessoa para isso, a não ser inspirar profundamente para ganhar coragem e agir. Desde tempos imemoriais, o que foi considerado um ato de heroísmo foi a cura para uma ambivalência paralisante.

A MÃE PROSTRADA – Afinal, a mãe pata não aguenta mais a perseguição ao filhote que ajudou a pôr no mundo. O que é mais esclarecedor ainda é o fato de ela não conseguir mais tolerar o tormento a ela imposto pela comunidade quando tenta proteger seu filho "diferente". E assim ela desiste. Ela exclama para o patinho que preferia que ele desaparecesse. E o filhote torturado foge.

Quando uma mãe desiste, isso significa que ela perdeu o sentido de si mesma. Ela pode ser uma mãe perversamente narcisista que se sente no direito de ser criança também. É mais provável que ela tenha sido isolada do Self selvagem e que tenha entrado em prostração, forçada por alguma ameaça real, de ordem psíquica ou física.

Quando as pessoas caem prostradas, elas geralmente caem em um dentre três estados emocionais: o de confusão, o de agitação (quando têm a impressão de que ninguém sente uma solidariedade adequada pela sua aflição) ou o de abismo (uma reencenação emocional de antigas feridas, muitas vezes frutos de uma injustiça inexplicada e não corrigida perpetrada contra elas ainda quando crianças).

O meio para forçar a prostração de uma mãe consiste em dividi-la emocionalmente. O método mais comum, desde o início dos tempos, foi o de forçar a mãe a escolher entre o amor ao filho e o medo do mal que a comunidade possa infligir a ela e ao filho se ela não respeitar as normas. Em *A escolha de Sofia*, de William Styron, a heroína, Sofia, é prisioneira num campo de concentração. Ela está diante do comandante nazista com os dois filhos nos braços. O comandante a força a escolher qual das duas crianças deve viver e qual deve morrer, dizendo-lhe que, se não fizer essa escolha, as duas crianças serão mortas.

Embora seja inconcebível ser forçada a fazer uma escolha dessas, trata-se de uma opção psíquica que as mães foram forçadas a fazer há séculos. Cumpra as normas e elimine seus filhos, se não... E isso continua. Quando uma mãe é forçada a escolher entre o filho e a cultura, existe algo de repulsivamente cruel e irrefletido nessa cultura. Uma cultura que exija que se prejudique a própria alma para fazer cumprir as proibições é na verdade uma cultura muito doente. Essa "cultura" pode ser aquela em que a mulher vive, mas, o que seria ainda mais prejudicial, ela pode ser a cultura que a mulher leva por aí e com a qual concorda dentro da sua própria cabeça.

Existem inúmeros exemplos literais de situações desse tipo em todo o mundo,[6] sendo os exemplos mais hediondos encontrados na América, onde sempre foi tradição separar à força as mulheres dos seus seres amados e das coisas que amam. Houve a longa e deplorável história da divisão forçada de famílias pela escravidão, nos séculos XVIII, XIX e XX.[7] Nos últimos séculos, houve a prescrição de que as mulheres entregassem seus filhos à nação em nome da guerra, e de que se sentissem felizes com isso.

Em várias épocas, houve costumes diferentes no mundo inteiro que ditavam que não se podia permitir à mulher amar quem amasse e do modo que desejasse.

Uma das repressões menos comentadas na vida da alma das mulheres está relacionada a milhões de mães solteiras ou de mães que nunca se casaram em todo o mundo e mesmo nos Estados Unidos, que, apenas neste século, foram pressionadas pelos costumes culturais a esconder sua condição ou seus filhos, a matar ou entregar seus rebentos ou ainda a viver uma semivida com identidade falsa e como cidadãs desprezadas e indefesas.[8]

Há gerações as mulheres aceitaram o papel de legitimação como seres humanos através do casamento com um homem. Elas estiveram de acordo com a ideia de que um ser humano pudesse não ser aceitável a menos que um homem dissesse o contrário. Sem essa proteção "masculina", a mãe é vulnerável. É irônico, portanto, que na história do patinho feio o pai seja mencionado apenas uma vez. Isso ocorre quando a mãe pata está chocando o ovo daquele patinho. Ela se queixa do pai da sua prole: "Aquele safado não veio me visitar uma vez sequer." Há muito tempo na nossa cultura, o pai – por infelicidade e pelo motivo que seja[9] – foi incapaz de ser de ajuda a quem quer que fosse e, o que é mais terrível, a si mesmo, ou não se dispôs a isso. Seria fácil afirmar que para inúmeras meninas selvagens, o pai foi um homem prostrado, apenas uma sombra que pendurava a si mesmo e ao seu casaco no armário todas as noites.

Quando a mulher tem um constructo de mãe prostrada dentro da sua psique e/ou da sua cultura, ela é indecisa quanto ao seu valor. Ela pode considerar que as escolhas entre cumprir exigências exteriores e as exigências da alma são questões de vida ou morte. Ela pode se sentir como um pária atormentado que não se encaixa em nenhum lugar – o que é uma sensação relativamente normal para a pessoa "diferente" – mas o que não é normal é ficar sentada chorando, sem fazer nada. Devemos nos levantar e sair à procura do lugar a que pertençamos. Para quem é "diferente", é sempre esse o próximo passo. E para uma mulher com uma internalização da mãe prostrada, esse passo é vital. Se a mulher tiver uma mãe prostrada, ela deve se recusar a se tornar outra mãe prostrada para si mesma.

A MÃE-CRIANÇA E A MÃE SEM MÃE – A mãe pata, como podemos ver, é muito simplória e ingênua. O tipo mais comum de mãe frágil é de longe o da mãe sem mãe. Na história, aquela que insiste tanto em ter filhotes acaba rejeitando seu filho. Existem muitos motivos para que uma mãe psíquica e/ou concreta aja dessa forma. Pode ser que ela própria seja uma mulher sem mãe. Ela pode ser uma dessas mães frágeis, psiquicamente muito jovens ou muito ingênuas.

Ela pode se sentir tão deslocada sob o aspecto psíquico que se considere não merecedora até do amor do seu bebê. Ela pode ter sido tão torturada pela família e pela cultura que não se consiga imaginar digna de chegar aos pés do arquétipo da "mãe radiante" que acompanha cada nova gestação. Não há como escapar: a mãe precisa receber a atenção materna para dar atenção à sua própria prole. Embora a mulher tenha um vínculo físico e espiritual inalienável com seus rebentos, no mundo instintivo da Mulher Selvagem, ela simplesmente não se transforma de repente numa mãe temporal completa por si mesma.

Nos velhos tempos, as bênçãos do arquétipo da Mulher Selvagem eram normalmente transmitidas pelas mãos e palavras da mulher que auxiliava as mães mais jovens. Especialmente as mulheres que estão sendo mães pela primeira vez têm dentro de si, não uma velha experiente, mas uma mãe-criança. A mãe-criança pode ter qualquer idade, seja 18, seja 40, não importa. Toda nova mãe começa como mãe-criança. Ela tem a idade suficiente para procriar e tem bons instintos que a orientam corretamente, mas ela precisa da atenção de uma mulher mais velha, ou de várias mulheres, que basicamente lhe dê sugestões, estímulo e apoio no cuidado com os filhos.

Durante muitos séculos, esse papel coube às mulheres mais velhas do povoado ou da aldeia. Essas "deusas-mães" humanas, que mais tarde foram relegadas pela religião ao papel de "madrinhas", compunham um sistema básico de nutrição de-mulher-para-mulher que apoiava em especial as mães jovens, ensinando-lhes a alimentar, por sua vez, as psiques e as almas dos seus filhos. Quando o papel da deusa-mãe ficou mais intelectualizado, a "madrinha" passou a representar aquela que se certificava de que a criança não se afastaria dos preceitos da Igreja. Muito se perdeu nessa mudança.

As mulheres mais velhas eram os repositórios do comportamento e do conhecimento instintivo e podiam transmitir os mesmos para as jovens mães. As mulheres passam esse conhecimento de uma para a outra por meio de palavras, mas também por outros meios. Mensagens complexas acerca do que ser e de como ser são simplesmente transmitidas com um olhar, um toque com a palma da mão, um sussurro ou um tipo especial de abraço que diz "sinto carinho por você".

O self instintivo sempre abençoa e ajuda quem vem depois. É assim que funciona entre criaturas saudáveis e entre seres humanos saudáveis. Desse modo, a mãe-criança é levada pelo portal adentro, sendo acolhida pelo círculo de mães maduras, que lhe dão as boas-vindas com piadas, presentes e histórias.

Esse círculo de mulheres foi outrora o domínio da Mulher Selvagem, e era aberto a quem dele quisesse participar. Absolutamente qualquer uma tinha essa possibilidade. No entanto, tudo o que sobrou dele nos nossos dias é um farrapinho chamado "chá de bebê" em que são comprimidas no espaço de duas horas todas as piadas sobre partos – dons maternos e as histórias sobre os órgãos genitais, que não se encontrarão mais disponíveis para a mulher durante toda a sua vida de mãe.

Na maioria dos países industrializados, hoje em dia, a jovem mãe choca, dá à luz e tenta beneficiar seus filhos completamente só. Trata-se de uma tragédia de enormes proporções. Como muitas mulheres nasceram de mães frágeis, mães-crianças e mães sem mãe, elas próprias podem possuir um modelo interno semelhante de "automaternagem".

É provável que a mulher que tem um constructo de mãe-criança ou de mãe sem mãe na sua psique ou que veja essa imagem ser glorificada na sua cultura e mantida no trabalho e na família sofra de pressentimentos ingênuos, de uma falta de experiência e, em especial, de uma redução da sua capacidade instintiva para imaginar o que irá acontecer daqui a uma hora, uma semana, um mês, um ano, cinco ou dez anos.

Uma mulher com uma mãe-criança interna assume a aura de uma criança que finge ser mãe. A mulher nesse estado muitas vezes tem uma atitude indiscriminada de "vivas" a qualquer coisa, uma espécie de atenção maternal exagerada que a leva a querer fazer e ser tudo para todos. Ela não é capaz de orientar e apoiar seus filhos, mas, como as crianças da fazenda na história do patinho feio, que sentem uma alegria intensa por ter um animalzinho em casa, mas não sabem cuidar direito dele, a mãe-criança acaba deixando o filho maltratado e em péssimas condições. Sem que o perceba, a mãe-criança tortura seu filho com diversas formas de atenção destrutiva e, em alguns casos, de falta de atenção.

Às vezes, a mãe frágil é, ela mesma, um cisne criado no meio dos patos. Ela não conseguiu descobrir sua identidade verdadeira cedo o suficiente para ajudar sua prole. Mais tarde, quando sua filha se depara com o enorme mistério da natureza selvagem do feminino na adolescência, a mãe também se descobre em meio a crises de solidariedade e a impulsos típicos de cisne. A procura da filha por sua própria identidade pode até mesmo, finalmente, dar início à "viagem inaugural" da mãe em busca do seu self perdido. Nessa casa, portanto, entre mãe e filha, haverá dois espíritos selvagens escondidos no porão, de mãos dadas, esperando que os chamem para cima.

São essas as coisas que podem dar errado quando a mãe é isolada da sua própria natureza instintiva. No entanto, não deem suspiros tão fortes ou tão longos, pois existe remédio para tudo isso.

A MÃE FORTE, A PROLE FORTE – O remédio está em obter cuidados de mãe para nossa própria mãe interna. Isso se obtém com mulheres reais no mundo objetivo que sejam mais velhas, mais sábias e que, de preferência, tenham sido temperadas como o aço. Elas se tornaram calejadas por terem passado por tudo o que passaram. Independentemente do custo, mesmo agora, seus olhos *veem*, seus ouvidos *ouvem*, suas línguas *falam*, e elas são gentis.

Mesmo que tivéssemos a mãe mais maravilhosa do mundo, ainda poderíamos acabar tendo mais de uma. Como muitas vezes disse às minhas filhas: "vocês nasceram de uma mãe, mas, se tiverem sorte, terão mais de uma. E entre todas elas encontrarão quase tudo que precisarem". Nossos relacionamentos com *las todas madres*, as muitas mães, serão com maior probabilidade relacionamentos permanentes, pois nunca passamos da idade de necessitar de orientação e conselho, e isso também não deveria ocorrer, a partir do ponto de vista da profunda vida criativa das mulheres.[10]

Os relacionamentos entre mulheres, sejam elas da mesma família de sangue ou almas gêmeas, seja o relacionamento entre analista e analisando, entre mestre e aprendiz, ou entre espíritos afins, são todos relacionamentos de afinidade da maior importância.

Embora alguns dos teóricos da psicologia dos nossos tempos alardeiem o abandono do modelo total da mãe como um golpe que, se não for realizado, irá nos prejudicar para sempre; e embora haja quem diga que a difamação da própria mãe é positiva para a saúde mental do indivíduo, na realidade a imagem e o conceito da mãe selvagem não podem e não devem jamais ser abandonados. Pois, se o forem, a mulher estará abandonando sua própria natureza profunda, a que detém todo o conhecimento, todos os sacos de sementes, todas as agulhas de espinheiro para os remendos, todos os remédios para o trabalho e o descanso, para o amor e a esperança.

Em vez de nos desapegarmos da mãe, estamos procurando uma mãe selvagem. Não vivemos e não podemos viver separadas dela. Nosso relacionamento com essa mãe da alma deve girar sempre, mudar, transformar-se; e ele é um paradoxo. Essa mãe é a escola na qual nascemos, a escola na qual aprendemos, a escola na qual ensinamos, tudo ao mesmo tempo e pelo resto das nossas vidas. Quer tenhamos filhos, quer não, quer cuidemos do jardim, das ciências, das tormentas da poética, sempre nos depararemos com a mãe selvagem em nosso caminho para qualquer lugar. E é assim que deve ser.

Mas o que dizer da mulher que realmente passou por uma experiência com uma mãe destrutiva na própria infância? É claro que esse período não pode ser apagado, mas ele pode ser atenuado. Ele pode não ser suavizado, mas pode agora ser reconstruído com firmeza e da forma correta. Não é a reconstrução da mãe interna que é tão assustadora para tantas mulheres, mas, sim, o medo de que algo de essencial tenha morrido naquele período, algo que nunca mais possa ser ressuscitado, algo que não recebeu alimento e proteção, pois em termos psíquicos era a nossa própria mãe que morreu. Para vocês, eu digo, tranquilizem-se, vocês não estão mortas, vocês não sofreram danos letais.

Como na natureza, a alma e o espírito têm recursos espantosos. À semelhança dos lobos e de outras criaturas, a alma e o espírito conseguem sobreviver com muito pouco e, às vezes, passam muito tempo sem nenhum alimento. Para mim, esse é o milagre dos milagres. Uma vez eu estava transplantando uma cerca viva de lilases. Um enorme arbusto havia morrido de causa desconhecida, mas os restantes estavam cobertos de roxo na primavera. O pé morto rachou e se esfarelou como pé de moleque quando o desenterrei. Descobri que suas raízes estavam ligadas a todos os outros lilases vivos na cerca.

O que me espantou ainda mais foi o fato de a planta morta ser a "mãe". Eram dela as raízes mais grossas e mais velhas. Todos os seus filhotões estavam muito bem embora ela própria estivesse *botas arriba*, como que de canelas esticadas. Os lilases se reproduzem por meio do que se chama de sistema de rebentões, de modo que cada pé provém de um rebento da raiz da planta mãe. Com esse sistema, mesmo que a mãe fraqueje, o rebento pode sobreviver. É esse o modelo psíquico e a esperança para aquelas que tiveram pouco ou nenhum cuidado materno, bem como para as que sofreram cuidados torturantes. Muito embora a mãe de certo modo esteja acabada, muito embora ela não tenha mais nada a oferecer, os rebentos irão se desenvolver, crescer independentes, e ainda vicejar.

As más companhias

O patinho feio vai de um lado a outro à procura de um lugar onde possa repousar. Apesar de não estar plenamente desenvolvido seu instinto para detectar exatamente onde ir, o instinto de vaguear até encontrar o que ele precisa está em perfeito funcionamento. No entanto, ocorre às vezes uma espécie de patologia na síndrome do patinho feio. Continuamos batendo nas portas erradas mesmo depois de más experiências. É difícil imaginar como se poderia esperar que uma pessoa soubesse quais portas são as certas se ela, para começar, nunca chegou a saber o que é uma porta certa. No entanto, as portas erradas são aquelas que fazem com que voltemos a nos sentir proscritos.

Essa reação ao isolamento é a do tipo "procura do amor em todos os lugares errados". Quando a mulher se volta para um comportamento repetitivamente compulsivo – reencenando um comportamento frustrante, que provoca a decadência em vez de uma vitalidade permanente – com o objetivo de abrandar seu isolamento, ela na realidade está causando mal ainda maior porque a ferida original não está sendo tratada e a cada incursão ela ganha novas feridas.

Essa atitude se assemelha à de pingar algum remedinho no nariz quando se tem um talho aberto no braço. Mulheres diferentes escolhem tipos diferentes de "remédio errado". Algumas optam pelo que é obviamente inadequado, como as más companhias, os excessos nos prazeres que são prejudiciais e destrutivos da alma, e tudo que primeiro a incentiva e a coloca lá no alto para depois atirá-la no rés do chão.

Existem diversas soluções para essas más escolhas. Se a mulher conseguisse parar para examinar seu próprio coração, ela veria nele uma necessidade de que suas habilidades, seus dons e suas limitações fossem respeitosamente reconhecidos e aceitos. Portanto, para começar a cura, pare de se iludir com a ideia de que um pequeno paliativo irá consertar uma perna quebrada. Seja franco frente às suas feridas, e assim terá uma imagem correta do remédio necessário. Não jogue no vazio o que for mais fácil ou estiver mais disponível. Faça questão do medicamento adequado. Você o reconhecerá porque ele irá fortalecer sua vida, em vez de enfraquecê-la.

A aparência indevida

Como o patinho feio, o intruso aprende a evitar situações em que possa agir certo, mas mesmo assim dar a impressão errada. O patinho, por exemplo, sabe nadar bem, mas não tem a aparência devida. Por outro lado, a mulher pode ter a aparência perfeita e não conseguir agir corretamente. Existem muitos ditados sobre pessoas que não conseguem (e que no fundo não querem) esconder o que são, desde um muito conhecido no leste do Texas "você pode vesti-las com esmero, mas não pode sair com elas" até um espanhol "ela era uma mulher com uma plumagem negra por baixo da saia".[11]

Na história, o patinho começa a agir como um *dummling*,[12] um pateta, aquele que não consegue fazer nada certo... ele joga poeira na manteiga e cai no barril de farinha, mas não antes de mergulhar primeiro no latão de leite. Todas nós já passamos por isso. Não conseguimos fazer nada certo. Tentamos melhorar. Em vez disso, pioramos. Não era para o patinho ter entrado naquela casa. Mas isso acontece quando se está desesperado. Vai-se ao lugar errado em busca da coisa errada. Como dizia uma querida amiga minha já falecida, "não se pode tirar leite na casa do carneiro".[13]

Embora seja útil abrir canais até mesmo para aqueles grupos aos quais não pertencemos e seja importante tentar ser gentil, é também imperioso não nos esforçarmos demais, não acreditar demais que se agirmos corretamente, se conseguirmos conter todos os impulsos e contrações da *criatura* selvagem, poderemos realmente passar por damas educadas, recatadas, contidas e reprimidas. É esse tipo de atitude, aquele tipo de desejo do ego de integrar-se a todo custo, que destrói o vínculo com a Mulher Selvagem na psique. E então, em vez de uma mulher vital, temos uma mulher simpática, a quem foram arrancadas as garras. Temos, então, uma mulher bem-comportada, com boas intenções, nervosa, ofegante no anseio de ser boa. Não, é melhor, mais elegante e muito mais profundo ser o que somos e como somos, deixando que os outros também o sejam.

Sentimentos congelados, criatividade congelada

As mulheres lidam com o isolamento de outras formas. Como o patinho que fica preso no gelo do lago, elas se congelam. O congelamento é a pior atitude que uma pessoa pode tomar. A frieza é o beijo da morte para a criatividade, para os relacionamentos, para a própria vida. Algumas mulheres agem como se conseguir ser fria fosse um grande feito. Não é. É um ato de ira defensiva.

Na psicologia arquetípica, estar frio representa não ter sentimentos. Há histórias da criança congelada, da criança que não conseguia sentir, dos corpos presos no gelo, durante um período em que nada podia se mexer, nada podia se transformar, nada podia nascer. Um ser humano congelado significa que ele está propositalmente sem sentimentos, em especial para consigo mesmo, mas também e às vezes ainda mais para com os outros. Embora esse seja um mecanismo de autoproteção, ele prejudica a psique-alma, porque a alma não reage ao gelo, mas ao calor. Uma atitude gélida apagará o fogo criativo da mulher. Ela inibirá a função criativa.

É esse um problema grave, mas a história nos dá uma ideia. O gelo precisa ser quebrado, e a alma, retirada do congelamento.

Quando os escritores, por exemplo, se sentem secos, áridos, sem vida, eles sabem que o jeito para voltar à fertilidade reside em escrever. No entanto, se eles estiverem presos no gelo, não conseguirão escrever. Há pintores que estão ansiosos por pintar, mas dizem a si mesmos, "larga disso. Seus quadros são estranhos e feios". Existem muitos artistas que ainda não firmaram sua posição e outros que são veteranos de guerra no desenvolvimento da sua vida criativa, e mesmo assim cada vez que eles pegam da pena, do pincel, das fitas, do roteiro, eles ouvem, "você só causa problemas. Seu trabalho é marginal ou totalmente inaceitável porque você mesmo é marginal e inaceitável".

Portanto, qual é a solução? Aja como o patinho. Siga em frente, supere tudo com a luta. Apanhe logo a caneta, comece a escrever e pare de resmungar. Escreva. Pegue o pincel e, para variar, seja má consigo mesma: pinte. Bailarina, vista sua malha, amarre fitas no cabelo, na cintura ou nos tornozelos e diga ao corpo que se mexa. Dance. Atriz, dramaturga, poeta, musicista ou qualquer outra. Em geral, pare de falar. Não pronuncie mais uma palavra sequer, a não ser que você seja cantora. Tranque-se num quarto com teto ou numa clareira sob os céus. Exerça sua arte. Sabe-se que o que está em movimento não se congela. Por isso, mexa-se. Vá em frente.

O estranho que passava

Embora na história o lavrador que leva o pato para casa pareça ser um recurso literário para promover a história, em vez de um *leitmotiv* arquetípico sobre o exílio, creio ser valiosa uma reflexão sobre esse ponto. A pessoa que talvez pudesse nos tirar do gelo, que talvez até mesmo nos libertasse em termos psíquicos da nossa insensibilidade, não vai necessariamente ser aquela a cujo grupo pertencemos. Pode ocorrer, como na história, mais um daqueles acontecimentos mágicos porém efêmeros que surgem quando menos esperamos, um ato de gentileza de um estranho que passava.

É mais um exemplo de alimentação da psique que ocorre quando estamos numa situação-limite que não podemos mais suportar. É nessa hora que algum sustento aparece do nada para nos ajudar e depois desaparece noite adentro, deixando-nos perplexas. Teria sido uma pessoa ou um espírito. Talvez tenha sido um repentino acesso de sorte que traz à nossa porta algo muito necessário. Poderia ser algo tão simples quanto uma trégua, um alívio na pressão, um curto período de repouso.

Não estamos falando agora de contos de fadas, mas, sim, da vida real. Qualquer que seja, é um tempo em que o espírito, de um modo ou de outro, nos sustenta, nos puxa do fundo, nos mostra a passagem secreta, o esconderijo, o meio de escapar. E essa chegada quando estamos por baixo e nos sentimos numa tempestade sombria ou numa calmaria sinistra é o que nos empurra pelo canal que leva ao próximo passo, à próxima fase no aprendizado de ganhar força no isolamento.

O isolamento como dádiva

Se você tentou se adaptar a qualquer tipo de forma e não conseguiu, talvez você tenha muita sorte. É verdade que você pode ser um exilado de alguma espécie, mas sua alma está abrigada. Ocorre um estranho fenômeno quando a pessoa tenta se adequar e não consegue. Muito embora a criatura diferente seja rejeitada, ela ao mesmo tempo é empurrada para os braços dos seus verdadeiros companheiros psíquicos, quer se trate de uma linha de estudo, de uma forma de arte, quer de um grupo de pessoas. É pior ficar ali onde não nos sentimos bem do que vaguear perdida por um período em busca da afinidade psíquica e profunda de que precisamos. Nunca é errado ir à procura do que necessitamos. Nunca mesmo.

Há algo de útil em toda essa torção e tensão. Algo no patinho está sendo temperado, está sendo reforçado por esse isolamento. Embora essa situação não seja algo que se deseje a ninguém por nenhum motivo, seu efeito é semelhante ao da produção de diamantes pela pressão aplicada ao carbono puro – ela acaba levando a uma profunda amplidão e clareza na psique.

Existe um aspecto da alquimia no qual a substância bruta do chumbo é golpeada e martelada. Embora o isolamento não seja algo que se deseje por ser divertido, provém dele um ganho inesperado. As dádivas do isolamento são inúmeras. Ele elimina a fraqueza com os golpes. Ele erradica as lamentações, proporciona um *insight* penetrante, aguça a intuição, assegura o poder incisivo de observação e de visão de perspectiva jamais alcançados pelas pessoas "aceitas".

Apesar de ter seus aspectos negativos, a psique selvagem consegue resistir ao isolamento. Ele faz com que tenhamos um anseio ainda maior no sentido de liberar nossa própria natureza verdadeira, e provoca em nós um desejo intenso por uma cultura que combine com essa natureza. Só esse anseio, esse desejo já faz a pessoa prosseguir. Ele faz com que a mulher continue a procurar. E, se não consegue encontrar a cultura que a estimule, geralmente ela resolve criar, ela mesma, essa cultura. Isso é bom, pois, se ela a criar, outras que vinham procurando há muito tempo chegarão misteriosamente um dia, proclamando com entusiasmo o fato de estarem procurando por ela o tempo todo.

Os gatos desgrenhados e as galinhas vesgas do mundo

O gato desgrenhado e a galinha vesga consideram as aspirações do patinho estúpidas e sem sentido. Isso dá exatamente a perspectiva correta quanto à suscetibilidade e aos valores daqueles que criticam quem não é igual a eles. Quem esperaria que um gato gostasse da água? Quem iria pensar numa galinha nadando? É claro que ninguém. No entanto, com enorme frequência, do ponto de vista do proscrito, quando as pessoas não são parecidas, é o proscrito que é inferior, não o outro.

Bem, com a atitude de não querer tornar ninguém inferior a outra pessoa, ou não mais do que for preciso, digamos que nesse ponto o patinho passa pela mesma experiência pela qual passaram milhares de mulheres "exiladas" – aquela de uma incompatibilidade básica com pessoas diferentes, que não é culpa de ninguém, apesar de que a maioria das mulheres, num excesso de amabilidade, assumam o fato como se fosse sua culpa exclusiva.

Quando isso acontece, vemos mulheres que estão sempre dispostas a pedir desculpas pelo espaço que ocupam. Vemos mulheres com medo de dizer simplesmente, "Não, obrigada", e ir embora. Vemos mulheres dando ouvidos a alguém que lhes repete insistentemente que elas são teimosas, sem compreender que os gatos não nadam e que as galinhas não mergulham.

Devo admitir que às vezes considero útil no meu trabalho clínico delinear as diversas tipologias da personalidade como gatos, galinhas, patos, cisnes e assim por diante. Se a situação permitisse, eu poderia pedir a uma cliente que imaginasse por um instante ser um cisne que não sabe quem é. Imagine-se, também, por um instante que ela tenha sido criada ou esteja atualmente cercada por patos.

Não há nada de errado com os patos, afianço às minhas clientes, ou sequer com os cisnes. Mas patos são patos, e cisnes são cisnes. Às vezes, para transmitir bem a mensagem, passo para outras imagens do reino animal. Gosto de usar camundongos. E se você fosse criada pelo povo camundongo? E se você fosse, digamos, um cisne? Os cisnes em geral detestam os alimentos que os camundongos comem e vice-versa. Cada um deles acha que o outro tem um cheiro esquisito. Eles não têm interesse em passar tempo juntos, e, se o fizessem, estariam constantemente perseguindo uns aos outros.

E o que dizer se você, sendo um cisne, teve de fingir ser um camundongo? E se você teve de fingir ser cinzento, peludo e diminuto? E se lhe faltava um rabo longo e sinuoso para ficar em exibição no dia de andar com o rabo para cima? E se, onde quer que você fosse, você tentasse andar como um camundongo, mas acabasse gingando? E se você tentasse falar como um camundongo, mas a cada vez que tentasse saísse um grasnido? Você não se sentiria a criatura mais infeliz do mundo?

A resposta é um inequívoco sim. Então, por que, se tudo isso é tão verdadeiro, por que as mulheres não param de tentar se curvar e se dobrar para assumir formas que não são suas? Devo dizer, com base em anos de observação clínica do problema, que na maioria das vezes isso não decorre de um masoquismo enraizado ou de uma dedicação perversa à autodestruição ou qualquer atitude dessa natureza. Com enorme frequência, isso ocorre porque a mulher não sabe o que fazer. Ela foi criada sem mãe.

Há um ditado que diz *tu puedes saber muchas cosas*, é possível saber acerca das coisas, mas não se trata do mesmo que *sentido*, que deter o sentido. Já o patinho parece saber "das coisas", mas ele não tem nenhum bom senso. Ele é sem mãe, ou seja, não foi instruído nos níveis mais elementares. Lembrem-se, é a mãe que ensina ao expandir o talento ou instinto inato à prole. As mães do reino animal que ensinam seus filhotes a caçar não estão exatamente os ensinando "a caçar", pois isso já está nas suas entranhas. Elas os ensinam a se precaver disso e daquilo, a prestar atenção às coisas. Elas ensinam tudo que os filhotes desconheciam até que ela mostrasse, ativando, assim, novos conhecimentos e sabedoria inata.

O mesmo ocorre com a mulher exilada. Se ela for um patinho feio, se ela não tiver mãe, seus instintos não estarão aguçados. Em vez disso, ela aprende pelo método de ensaio e erro. Geralmente muitas tentativas; erros inúmeros. Existe esperança, porém, pois a criatura rejeitada nunca desiste. Ela persiste até encontrar seu guia, até farejar a pista, o rastro, até encontrar seu chão.

Os lobos nunca são mais engraçados do que quando perderam a pista e fazem tudo para recuperá-la. Eles saltam no ar, correm em círculos, escavam o chão com o focinho, arranham o chão, correm adiante, voltam e ficam parados como estátuas. A impressão é a de que enlouqueceram. Mas o que eles estão realmente fazendo é recolhendo todos os indícios que podem encontrar. Estão captando esses indícios com mordidas no ar. Estão enchendo os pulmões com os cheiros do nível do chão e do nível das espáduas. Eles provam o ar para ver quem passou por ali recentemente, com as orelhas girando como antenas parabólicas, captando transmissões de muito longe. Uma vez que eles tenham todos esses indícios em ordem, eles sabem como prosseguir.

Embora a mulher possa parecer desmiolada, quando perdeu o contato com a vida que mais valoriza, e esteja correndo de um lado para o outro tentando reconquistá-la, na maioria das vezes ela está recolhendo informações, provando um pouco disso aqui, agarrando com uma patada um pouco daquilo lá. O máximo que se pode fazer seria explicar sucintamente o que ela está fazendo e deixá-la em paz. Assim que ela processar todas as informações das pistas recolhidas, ela voltará a se movimentar de modo deliberado. E então o desejo de pertencer ao clube do gato desgrenhado e da galinha vesga acabará desaparecendo totalmente.

A lembrança e a persistência não importa o que aconteça

Todas nós temos um anseio que sentimos pela nossa própria turma, nossa turma selvagem. Vocês devem se lembrar de que o patinho fugiu depois de ser impiedosamente torturado. Em seguida, teve uma altercação com um bando de gansos e quase foi morto pelos caçadores. Foi expulso de um quintal e da casa de um lavrador e, finalmente, exausto, caiu tremendo às margens do lago. Não há mulher que não conheça essa sensação. E, no entanto, é exatamente esse anseio que nos leva a insistir, a continuar, a prosseguir com esperança.

É essa a promessa da psique selvagem para todos nós. Mesmo que tenhamos apenas ouvido falar de um maravilhoso mundo selvagem ao qual um dia pertencemos, apenas vislumbrado esse mundo ou sonhado com ele, mesmo que até agora nós ainda não o tenhamos tocado ou apenas o tenhamos tocado momentaneamente, mesmo que nós não nos identifiquemos como parte dele, a recordação desse mundo é um farol que nos guia para o lugar ao qual pertencemos, pelo resto de nossas vidas. No patinho feio, um sábio anseio surge quando ele vê os cisnes alçando voo pelos céus, e a partir desse único acontecimento sua lembrança daquela visão lhe dá sustento.

Trabalhei com uma mulher que estava muito perto do seu limite e pensava em suicídio. Uma aranha que tecia uma teia na sua varanda chamou sua atenção. Não saberemos nunca exatamente o que na atividade do pequeno inseto foi capaz de quebrar o gelo que circundava sua alma para que ela pudesse se libertar e voltar a crescer. No entanto, estou convencida, tanto como psicanalista quanto como *cantadora*, que muitas vezes são as coisas da natureza que têm maior capacidade de cura, especialmente aquelas muito simples. Os remédios da natureza são poderosos e diretos: uma joaninha na casca verde de um melão, um tordo com um pedaço de barbante, uma planta do mato em flor, uma estrela cadente, até mesmo um arco-íris num caco de vidro na rua, qualquer um deles pode ser o remédio adequado. A persistência é estranha: ela exige uma energia tremenda e pode se abastecer por um mês com cinco minutos de contemplação de águas calmas.

É interessante salientar que, entre os lobos, não importa o quanto esteja doente, não importa o quanto esteja acuada, o quanto esteja só ou enfraquecida, a loba persiste. Ela corre mesmo com a perna quebrada. Ela se aproxima dos outros à procura da proteção da matilha. Ela se esforça ao máximo para superar na espera, na astúcia, na velocidade ou na duração da vida aquilo que a esteja atormentando. Ela dedicará todas as suas forças a respirar bem. Ela se arrastará, se necessário, igual ao patinho, de um lugar para outro até encontrar o lugar certo, um lugar benéfico, em que possa se recuperar.

A principal característica da natureza selvagem é a persistência. A perseverança. Isso não é algo que se faça. É algo que se é, em termos naturais e inatos. Quando não temos condição de vicejar, seguimos adiante até podermos voltar a vicejar. Seja o nosso isolamento originado de um afastamento da nossa vida criativa, seja uma cultura ou uma religião que nos rejeitou, seja um exílio da família, um banimento de um grupo, seja a imposição de sanções a nossos movimentos, pensamentos e sentimentos, a vida selvagem profunda continua, e nós persistimos. A natureza selvagem não é natural de nenhum grupo étnico específico. Ela é a natureza essencial das mulheres do Daomé, dos Camarões e da Nova Guiné. Ela está nas mulheres Da Letônia, dos Países Baixos, de Serra Leoa. Ela está no cerne das mulheres da Guatemala, do Haiti, da Polinésia. Digam o nome de um país. De uma raça. De uma religião. De um povo. Digam o nome de uma cidade, de uma aldeia, de um solitário posto fronteiriço. Todas as mulheres têm isso em comum: a Mulher Selvagem, a alma selvagem. Todas elas continuam a tatear em busca do selvagem e a segui-lo.

Por isso, se precisarem, as mulheres pintarão céus azuis nas paredes da prisão. Se a meada se queimou, elas fiarão mais. Se a colheita estiver destruída, elas farão outra semeadura imediatamente. As mulheres desenharão portas onde não houver nenhuma. E elas as abrirão e passarão por essas portas para novos caminhos e novas vidas. Como a natureza selvagem persiste e triunfa, as mulheres persistem e triunfam.

O patinho é levado a arriscar a vida por um fio. Ele já se sentiu só, frio, congelado, acuado, perseguido. Já atiraram nele, já desistiram dele. Ele já se sentiu desnutrido, longe, fora de todos os limites, no limiar entre a vida e a morte, e sem saber o que iria acontecer depois. Nessa hora vem a parte mais importante da história: chega a primavera, começa a vida nova, uma reviravolta, uma nova oportunidade de tentar. O mais importante é esperar, aguentar esperando pela nossa vida criativa, pela nossa solidão, pelo nosso tempo de ser e de fazer, pela nossa própria vida. Esperemos, pois a promessa da natureza selvagem é a seguinte: depois do inverno, *sempre vem a primavera.*

O amor pela alma

Aguarde. Confie. Faça sua parte. Você descobrirá seu próprio caminho. No final da história, os cisnes reconhecem o patinho como um dos seus antes dele mesmo. Isso é bem típico das mulheres exiladas. Depois de tanto sofrer e vaguear, elas conseguem atravessar por acaso a fronteira com seu próprio território e muitas vezes não percebem por um certo tempo que as expressões das pessoas deixaram de ser depreciativas e passaram a ser neutras com maior frequência, quando não sejam de admiração e de aprovação.

Seria de se pensar que, já que estão agora no seu próprio chão psíquico, elas estariam delirantemente felizes. Mas, não. Pelo menos por algum tempo, sentem uma terrível desconfiança. Será que essas pessoas realmente me consideram? Será que aqui eu estou em segurança? Será que não vão me espantar daqui? Será que agora vou poder dormir com os dois olhos fechados? Será que está certo agir como... um cisne? Com o tempo, essas suspeitas são abandonadas, e começa o próximo estágio da volta ao próprio eu: a aceitação da nossa própria beleza singular, ou seja, da alma selvagem da qual somos feitas.

É provável que não exista uma medida melhor e mais confiável para se saber se uma mulher passou pelo status de patinho feio em algum ponto da sua vida ou durante toda ela do que sua incapacidade de aceitar um cumprimento sincero. Embora essa atitude possa ser uma questão de modéstia ou possa ser atribuída à timidez – apesar de muitíssimos ferimentos graves serem descartados descuidadamente como "nada mais do que timidez"[14] – é muito mais comum que a mulher evite o elogio, gaguejando, porque ele inicia um diálogo automático e desagradável na mente da mulher.

Se você disser que ela é bonita, que sua arte é linda ou se a elogiar por alguma coisa de que sua alma participou, que tenha sido inspirada por sua alma ou que esteja dela impregnada, algo na sua cabeça lhe diz que ela não merece o elogio e que você, que a está elogiando, é idiota por ter uma opinião dessas a seu respeito. Em vez de entender que a beleza da sua alma aparece refulgente quando ela é ela mesma, a mulher muda de assunto e consegue assim roubar o sustento do self-alma, que se nutre de ser reconhecido.

Portanto, essa é a função final da mulher exilada que encontra seu próprio grupo: não só a de aceitar a própria individualidade, a própria identidade específica como um determinado tipo de pessoa, mas também a de aceitar a própria beleza... a forma da nossa própria alma e o fato de que viver junto dessa criatura selvagem transforma a nós e a tudo que ela toca.

Quando aceitamos nossa própria beleza selvagem, ela fica em perspectiva, e nós deixamos de ser incomodadas pela sua percepção, mas também não renunciaríamos a ela nem negaríamos sua existência. Uma loba sabe a beleza que tem ao saltar? Uma fêmea de felino sabe as belas formas que cria ao se sentar? Uma ave se espanta com o som que ouve ao abrir as asas? Aprendendo com elas, simplesmente agimos à nossa própria maneira e não evitamos nossa beleza natural nem nos escondemos dela. Como os animais, simplesmente somos, e isso é bom.

Para as mulheres, essa procura e essa descoberta se baseiam na misteriosa paixão que as mulheres têm pelo selvagem, pelo que lhes é inato. Estivemos chamando o objeto desse anseio de Mulher Selvagem... mas, mesmo quando as mulheres não a conhecem pelo nome, mesmo quando não sabem onde ela reside, elas se esforçam para alcançá-la: elas a amam do fundo do coração. Elas anseiam por ela, e esse anseio é tanto motivação quanto locomoção. É esse desejo intenso que nos faz procurar a Mulher Selvagem e encontrá-la. Não é tão difícil quanto se poderia imaginar a princípio, pois a Mulher Selvagem também está procurando por nós. Nós somos seus filhotes.

O ZIGOTO ERRADO

Com os anos da minha experiência clínica, ficou claro que essa questão do sentir-se integrado às vezes precisa ser considerada de uma perspectiva mais leve, pois a leveza pode ajudar a eliminar parte da dor de uma mulher. Comecei, então, a contar às minhas clientes essa história inventada chamada "O zigoto errado", com o principal objetivo de ajudá-las a examinar sua qualidade de "diferente" com uma imagem mais revitalizante. A história é como se segue.

Alguma vez você já se perguntou como conseguiu aparecer numa família tão estranha quanto a sua? Se você passou a vida se sentindo estrangeiro, como uma pessoa ligeiramente estranha ou diferente, se você é um ser solitário, que vive às margens da corrente dominante, você sem dúvida sofreu. No entanto, chega também a hora de remar para longe disso tudo, de experimentar um panorama diferente, de migrar de volta à terra da sua própria gente.

Que não haja mais sofrimento, que não haja mais tentativas de descobrir em que você errou. O mistério da razão pela qual você nasceu na família em que tenha nascido acabou, *finis*, está encerrado. Descanse por um instante na proa, refrescando-se no vento que vem da sua verdadeira terra natal.

Durante anos a fio, as mulheres que carregam em si a vida mística do arquétipo da Mulher Selvagem queixaram-se em silêncio: "Por que sou tão diferente? Por que nasci numa família tão estranha (ou insensível)?" Onde quer que suas vidas pretendessem se expandir, havia sempre alguém a espalhar sal na terra para que nada ali crescesse. Elas se sentiam torturadas por todas as proibições relativas aos seus desejos naturais. Se eram filhas da natureza, eram mantidas entre quatro paredes. Se eram cientistas, diziam-lhes que deviam ser mães. Se queriam ser mães, diziam-lhes que, então, era melhor que se adaptassem perfeitamente ao papel. Se queriam inventar algo, diziam-lhes que fossem práticas. Se tinham vontade de criar, diziam-lhes que o serviço doméstico nunca termina.

Às vezes, elas tentavam se adequar a qualquer padrão que estivesse na moda, sem perceber até bem mais tarde o que realmente queriam, como precisavam viver. E então, a fim de ter uma vida própria, elas passavam pelas dolorosas amputações de abandonar suas famílias, os casamentos que pelo juramento deveriam ser até a morte, os empregos que deveriam ser trampolins para algo mais neutralizante embora mais bem remunerado. Deixaram sonhos espalhados pela estrada inteira.

Com frequência, as mulheres eram artistas que estavam tentando ser sensatas ao dedicar oitenta por cento do seu tempo a algum trabalho que abortasse diariamente suas vidas criativas. Embora as situações sejam inúmeras, um aspecto permanece constante: desde muito cedo elas eram identificadas como "diferentes" com uma conotação negativa. Na realidade, eram pessoas apaixonadas, especiais, curiosas e em pleno uso de suas mentes instintivas.

Portanto, é claro que a resposta a "por que comigo, por que essa família, por que sou tão diferente", é que não há resposta para esse tipo de pergunta. Mesmo assim, o ego precisa ruminar alguma coisa antes de se soltar, e proponho três respostas de qualquer maneira. (A analisanda pode escolher a que preferir, mas tem de escolher pelo menos uma. A maioria opta pela última, mas qualquer uma serve.) Prepare-se. Ei-las.

Nascemos do jeito que nascemos e nas estranhas famílias a que pertencemos 1) porque sim (quase ninguém acredita nessa), 2) o Self tem um planejamento, e nossos cérebros de ervilha são ínfimos demais para desvendá-lo (muitas consideram essa ideia atraente) ou 3) por causa da síndrome do zigoto errado (bem... é, pode ser... mas o que é isso afinal?).

Sua família a considera uma alienígena. Você tem penas, eles têm escamas. Sua ideia de diversão é a floresta, os ermos, a vida interior, a majestade da natureza. A ideia deles de diversão é dobrar toalhas direitinho. Se isso acontece com você na sua família, você está sendo vítima da síndrome do zigoto errado.

Sua família passa lentamente pelo tempo; você passa como o vento. Eles são barulhentos, você é delicada; ou eles são calados e você canta alto. Você sabe porque sabe. Eles querem prova e uma dissertação de trezentas páginas. Sem a menor dúvida, trata-se da síndrome do zigoto errado.

Nunca ouviu falar nisso? Bem, foi assim, a fada dos zigotos estava sobrevoando sua cidade natal numa noite, e todos os zigotinhos na sua cesta pulavam e saltavam de alegria.

Na verdade, você estava destinada a pais que a teriam compreendido, mas a fada dos zigotos entrou numa zona de turbulência e, epa, você caiu da cesta na casa errada. Você caiu de cabeça para baixo bem numa família que não lhe estava destinada. Sua "verdadeira" família ficava uns cinco quilômetros mais adiante.

É por isso que você se apaixonou por uma família que não era a sua, e que morava a uns cinco quilômetros dali. Você sempre quis que o sr. e sra. Fulano-de-Tal fossem seus pais de verdade. É possível que eles fossem mesmo.

É por isso que você sapateia pelos corredores apesar de ter uma família que vive grudada na televisão. É por isso que seus pais ficam alarmados cada vez que você vem visitá-los ou telefona. Eles estão preocupados "com o que ela vai aprontar agora? Da última vez, ela nos deixou envergonhados, só Deus sabe o que vai fazer desta vez. Ai!". Eles cobrem os olhos quando você se aproxima, e não é por se ofuscarem com sua luz.

Tudo o que você quer é amor. Tudo o que eles querem é paz.

Os membros da sua família, por seus próprios motivos (em virtude das suas preferências, da sua inocência, de danos sofridos, da sua constituição, da sua doença mental ou ignorância cultivada), não são tão hábeis para serem espontâneos com o inconsciente, e é claro que sua visita invoca o arquétipo do trickster, o que agita as coisas. E assim, antes mesmo que vocês se sentem à mesa, ela já está dançando por ali louca para deixar cair um fio de cabelo no ensopado da família.

Apesar de não ser sua intenção irritar a família, eles ficarão irritados do mesmo jeito. Quando você aparece, tudo e todos parecem enlouquecer. É um sinal inequívoco dos zigotos errados na família o fato de os pais se sentirem ofendidos o tempo todo enquanto os filhos têm a impressão de que nunca vão conseguir fazer nada certo.

A família não selvagem tem apenas um desejo, mas o zigoto errado jamais consegue vislumbrar qual seja ele e, se o conseguisse, seu cabelo se arrepiaria formando pontos de exclamação.

Prepare-se, vou lhe contar o grande segredo. Eis a coisa misteriosa e tremenda que eles realmente querem de você.

Os não selvagens querem coerência.

Querem que você seja hoje exatamente a mesma que foi ontem. Querem que você não mude com o passar dos dias, mas que permaneça como no início dos tempos.

Pergunte à família se eles querem coerência, e eles darão uma resposta afirmativa. Em tudo? Não, eles dirão, somente naquilo que importa. Quaisquer que sejam as coisas que importam no sistema de valores deles, elas sempre serão inaceitáveis para a natureza selvagem das mulheres. Infelizmente, "aquilo que importa" para eles não combina com "aquilo que importa" para a criança selvagem.

A coerência nas atitudes é uma expressão impossível para a Mulher Selvagem, pois sua força está na sua capacidade de adaptação à mudança, na sua inovação, na dança, nos uivos, nos rosnados, na sua vida instintiva profunda, na sua chama criadora. Ela não revela coerência pela uniformidade, mas, sim, pela vida criativa, pela percepção, pela rápida captação de imagens, pela flexibilidade e destreza coerentes.

Se tivéssemos de identificar um aspecto que faz da Mulher Selvagem o que ela é, seria sua capacidade de resposta. A palavra *resposta* vem do termo latino "prometer, garantir" – e esse é o seu forte. Suas respostas cheias de percepção e habilidade são uma promessa e garantia coerentes para com as forças criadoras, sejam elas *duendes*, o diabrete que se esconde por trás da paixão, sejam elas a beleza, a arte, a dança ou a vida. A promessa que ela nos faz, se não a contrariarmos, é que ela nos fará viver. Ela nos fará viver plenamente, com sensibilidade e coerência.

Dessa forma, o zigoto errado dá sua fidelidade, não à família, mas ao seu Self interior. É por isso que ela se sente dividida. Sua mãe loba está segurando seu rabo; sua família concreta prendeu seus braços. Não demora muito, e ela está gritando de dor, rosnando e mordendo a si mesma e aos outros, para afinal ficar numa calma mortal. Quando se olha nos seus olhos, veem-se *ojos del cielo*, olhos vazios, os de uma pessoa que não está mais ali.

Embora a socialização para as crianças seja importante, matar a *criatura* interior é matar a criança. Os habitantes da África Ocidental consideram que ser duro com uma criança faz com que a alma se afaste do corpo, às vezes só alguns metros, outras vezes a distância de alguns dias de caminhada.

Apesar de as necessidades da alma da criança deverem ser equilibradas com sua necessidade de segurança e cuidados físicos, bem como com noções cuidadosamente examinadas do "comportamento civilizado", sempre me preocupo com aquelas que são bem-comportadas demais. Elas muitas vezes têm aquela expressão de "alma fraca" nos olhos. Alguma coisa não está certa. Uma alma saudável aparece brilhante por trás da *persona* a maior parte dos dias, e nos outros arde como chama. Quando o dano é sério, a alma foge.

Às vezes, ela sai vagueando ou correndo assustada e vai tão longe que são necessários agrados magistrais para fazer com que volte. Muito tempo deverá se passar antes que uma alma dessas sinta confiança suficiente para voltar, mas a tarefa não é impossível. Um resgate desses exige alguns ingredientes: uma honestidade aberta, energia, ternura, carinho, um exame da raiva e humor. Combinados, esses elementos compõem uma canção que chama a alma de volta para casa.

Quais são as necessidades da alma? Elas residem nos dois reinos da natureza e da criatividade. Nesses reinos, vive *Na'ashjé'ii Asdzáá*, a Mulher-aranha, a deusa da criação do povo *navajo* que dá proteção psíquica a quem a procura. Ela se encarrega de ensinar à alma tanto a proteção quanto o amor à beleza.

As necessidades da alma são encontradas no abrigo das três velhas (ou jovens, dependendo do dia) irmãs – Cloto, Láquesis e Átropos – que tecem o fio vermelho, ou seja, a paixão, da vida da mulher. Elas tecem as idades da vida da mulher, dando nós à medida que uma idade se completa e a próxima se inicia. Elas se encontram nos bosques dos espíritos das caçadoras, Diana e Ártemis, duas mulheres-lobas que representam a capacidade de caçar, farejar e resgatar aspectos da psique.

As necessidades da alma são governadas por *Coatlique*, a deusa asteca da autossuficiência feminina, que dá à luz de cócoras, direto nos pés. Ela dá lições sobre a vida da mulher solitária. Ela é uma fazedora de bebês, o que significa novos potenciais de vida, mas é também uma mãe da morte que usa caveiras na saia. Quando ela anda, elas dão a impressão do chocalho de uma cascavel, pois são chocalhos de caveiras. E, como os chocalhos de caveiras têm o som da chuva, por meio da ressonância simpática, eles atraem a chuva para a terra. Ela é a protetora de todas as mulheres solitárias e daquelas que são tão *mágia*, tão cheias de ideias e pensamentos poderosos, que precisam viver no limiar do fim do mundo para não deslumbrar demais a comunidade. *Coatlique* é a protetora especial da mulher exilada.

Qual é o alimento básico para a alma? Bem, ele difere de uma criatura para outra. Seguem-se, porém, algumas combinações. Considerem-nas uma macrobiótica psíquica. Para algumas mulheres, o ar, a noite, o sol e as árvores são necessidades vitais. Para outras, somente as palavras, o papel e os livros conseguem saciá-las. Para ainda outras, a cor, a forma, a sombra e o barro são requisitos absolutos. Algumas mulheres precisam saltar, inclinar-se, correr, pois suas almas amam a dança. Ainda outras só querem a paz de se recostar numa árvore.

Há mais uma questão a tratar. Os zigotos errados aprendem a sobreviver. É difícil passar anos a fio na companhia de quem não pode nos ajudar a florescer. Ser capaz de dizer que sobrevivemos é um feito. Para muitas, o poder está na própria palavra. No entanto, chega uma hora no processo de formação da identidade em que a ameaça, ou o trauma, já faz parte do passado. É então que se passa ao próximo estágio da sobrevivência, à cura e ao *desenvolvimento futuro.*

Se permanecermos no estágio de sobreviventes sem avançar para o desenvolvimento, estaremos nos limitando, reduzindo nossa energia para nós mesmas e nosso poder no mundo a menos da metade. Uma mulher pode sentir tanto orgulho de ter sobrevivido que esse sentimento prejudique seu desenvolvimento criativo futuro. Às vezes, as pessoas têm medo de prosseguir além do status de sobrevivente, pois é exatamente isso o que ele é – um status, um marco de distinção, uma realização "pura e simples, pode apostar, pode acreditar".

Em vez de tornar a sobrevivência a peça principal da nossa vida, é melhor usá-la como uma entre muitas insígnias, mas não como a única. Os seres humanos merecem andar cobertos de belas recordações, medalhas e condecorações por terem vivido, vivido mesmo e saído vitoriosos. Uma vez passada a ameaça, existe uma armadilha potencial se nos chamarmos por nomes adquiridos durante os tempos mais terríveis das nossas vidas. Essa atitude cria uma disposição mental que pode ser limitadora. Não é bom basear a identidade da alma exclusivamente nos feitos, nas derrotas e nas vitórias dos tempos difíceis. Embora a sobrevivência possa deixar a mulher dura como carne de pescoço, em algum ponto ela começa a inibir o desenvolvimento futuro.

Quando a mulher insiste em repetir que é uma "sobrevivente", quando já se passou o tempo em que isso seria útil, o trabalho adiante de nós é óbvio. Devemos fazer com que a pessoa solte das mãos o arquétipo do sobrevivente. Se não o fizermos, nada mais poderá crescer. Faço a comparação dessa atitude com uma pequena planta resistente que conseguiu – sem água, sem sol, sem nutrientes – produzir uma corajosa e ínfima folhinha. Apesar das circunstâncias.

No entanto, vicejar significa que, agora que passou o tempo das vacas magras, vamos nos colocar em situações de exuberância, de luz e de nutrição para ali prosperar, vicejar com flores e folhas densas, pesadas, emaranhadas. É melhor que nos demos nomes que nos desafiem a crescer como criaturas livres. Isso é vicejar. É isso o que nos foi destinado.

O ritual é um dos meios pelos quais os seres humanos colocam suas vidas em perspectiva, quer se trate do Purim, do Advento, quer se trate de puxar a lua para baixo. Os rituais reúnem as sombras e espectros das vidas das pessoas, como que os organizam e os fazem repousar. Há uma imagem especial das comemorações de *El Día de los Muertos* que se aplicam a ajudar as mulheres na transição da sobrevivência para o desenvolvimento futuro. Baseia-se no rito das *ofrendas*, que são altares para aqueles que passam desta vida. *Ofrendas* são tributos, memoriais e expressões da mais profunda consideração pelos entes amados não mais presentes neste plano. Descobri ser útil para muitas mulheres o ato de fazer uma *ofrenda* à criança que elas um dia foram, à guisa de reconhecimento do heroísmo da criança.

Algumas mulheres escolhem objetos, escritos, roupas, brinquedos, recordações de acontecimentos e outros símbolos da infância que serão incluídos. Elas arrumam a *ofrenda* ao seu próprio modo, contam a história que acompanha ou não e depois deixam aquilo arrumado enquanto quiserem. É a comprovação de seu passado de dificuldades, de garra e de triunfo sobre a adversidade.[15]

Essa maneira de olhar o passado surte alguns efeitos: ela proporciona perspectiva, uma interpretação compassiva dos tempos passados, ao exibir aquilo que a pessoa vivenciou, o que foi feito daquilo, o que é admirável. É o fato de admirar o feito, em vez de vivê-lo, que libera a pessoa.

Continuar a ser a criança sobrevivente depois da hora para tal representa um excesso de identificação com um arquétipo danificado. Perceber o dano, e mesmo assim registrá-lo na memória, permite que se passe ao desenvolvimento futuro. Vicejar é o nosso destino na Terra. Vicejar, não apenas sobreviver, é o nosso direito inato na qualidade de mulheres.

Não se encolha nem recue se for chamada de ovelha negra, de indisciplinada, de loba solitária. Quem tem a visão lenta diz que o rebelde é uma praga para a sociedade. No entanto, ficou provado com o passar dos séculos que ser diferente significa estar no limite, significa ser praticamente garantido que essa pessoa vá fazer uma contribuição original, uma contribuição útil e espantosa à sua cultura.[16]

Ao procurar conselhos, jamais dê ouvidos aos tímidos de coração. Seja gentil com eles, cumule-os de bênçãos, tente incentivá-los, mas nunca siga seus conselhos.

Se você alguma vez foi chamada de desafiadora, incorrigível, saliente, esperta, insubmissa, indisciplinada, rebelde, você está no caminho certo. A Mulher Selvagem está por perto.

Se você nunca foi chamada de nada disso, ainda é tempo. Ponha em prática sua Mulher Selvagem. *Ándele!* Insista.

CAPÍTULO 7

o corpo júbiloso: a carne selvagem

Sempre me emociono com o jeito pelo qual os lobos batem nos corpos uns dos outros quando correm e brincam, os mais velhos a seu modo, os jovens ao deles, os magros, os gordos, os de pernas longas, os de rabo cortado, os de orelhas caídas, os de membros quebrados que ficaram tortos ao sarar. Todos têm sua própria configuração corporal, sua própria força e sua própria beleza. Vivem e brincam de acordo com o que são, quem são e como são. Eles não tentam ser o que não são.

Bem ao norte, vi uma vez uma velha loba com três pernas. Ela era a única que conseguia se enfiar numa fenda na qual cresciam vacínios. Outra vez vi um lobo cinzento armar o bote e saltar com tal velocidade que deixou no ar por um segundo a imagem de um arco prateado. Lembro-me de uma visão delicada, a de uma jovem mãe, ainda redonda de corpo, procurando com cuidado o caminho entre o musgo do lago com a graça de uma bailarina.

No entanto, apesar de sua beleza e sua capacidade de manter a força, às vezes falam dos lobos nos seguintes termos: "Ah, vocês têm fome demais; seus dentes são afiados demais; seus apetites são muito interesseiros." À semelhança dos lobos, as pessoas às vezes encaram as mulheres como se apenas um determinado tipo de temperamento, de apetite, fosse aceitável. E com enorme frequência acrescenta-se a essa atitude a atribuição de correção ou incorreção moral de acordo com a conformidade da forma, do jeito de andar, da altura e do tamanho da mulher em relação a um ideal único e exclusivo. Quando as mulheres são relegadas a disposições de ânimo, a maneirismos e a contornos que se amoldam a um único ideal de beleza e de comportamento, elas se tornam cativas tanto no corpo quanto na alma, não gozando mais de liberdade.

Na psique instintiva, o corpo é considerado um sensor, uma rede de informações, um mensageiro com uma infinidade de sistemas de comunicação – cardiovascular, respiratório, ósseo, nervoso, vegetativo, bem como o emocional e o intuitivo. No mundo imaginário, o corpo é um veículo poderoso, um espírito que vive conosco, uma oração de vida nos seus próprios méritos. Nos contos de fadas, como encarnado por objetos mágicos que têm capacidades e qualidades sobre-humanas, considera-se que o corpo tem dois pares de orelhas, um para ouvir os sons do mundo, o outro para ouvir a alma; dois pares de olhos, um para a visão normal, o outro para a vidência; dois tipos de força, a dos músculos e a invencível força da alma. A lista de pares relacionados com o corpo não para por aí.

Em métodos de trabalho com o corpo como o de Feldenkrais, de Ayurveda e outros, entende-se, de diversas perspectivas, que o corpo possui seis sentidos, em vez de cinco. O corpo usa sua pele, sua fáscia e sua carne mais profunda para registrar tudo que ocorre com ele. Como a pedra de Rosetta, para aqueles que sabem decifrá-lo, o corpo é um registro vivo de vida transmitida, de vida levada, de esperança de vida e de cura. Seu valor está na sua capacidade expressiva para registrar reações imediatas, para ter sentimentos profundos, para pressentir.

O corpo é um ser multilíngue. Ele fala através da cor e da temperatura, do rubor do reconhecimento, do brilho do amor, das cinzas da dor, do calor da excitação, da frieza da falta de convicção. Ele fala através do seu bailado ínfimo e constante, às vezes oscilante, às vezes agitado, às vezes trêmulo. Ele fala com o salto do coração, a queda do ânimo, o vazio no centro e com a esperança que cresce.

O corpo se lembra, os ossos se lembram, as articulações se lembram. Até mesmo o dedo mínimo se lembra. A memória se aloja em imagens e sensações nas próprias células. Como uma esponja cheia de água, em qualquer lugar que a carne seja pressionada, torcida ou mesmo tocada com leveza, pode jorrar dali uma recordação.

Limitar a beleza e o valor do corpo a qualquer coisa inferior a essa magnificência é forçar o corpo a viver sem seu espírito de direito, sem sua forma legítima, seu direito ao regozijo. Ser considerada feia ou inaceitável porque nossa beleza está fora da moda atual fere profundamente a alegria natural que pertence à natureza selvagem.

As mulheres têm bons motivos para refutar modelos psicológicos e físicos que são danosos ao espírito e que rompem o relacionamento com a alma selvagem. É claro que a natureza instintiva das mulheres valoriza o corpo e o espírito muito mais por sua capacidade de vitalidade, sensibilidade e resistência do que por qualquer avaliação da aparência. Esse ponto de vista não pretende descartar aquilo que seja considerado belo por qualquer segmento da cultura, mas, sim, traçar um círculo mais amplo que inclua todas as formas de beleza, forma e função.

A fala do corpo

Minha amiga Opalanga, uma *griot*, contadora de histórias, afro-americana, e eu costumamos contar em conjunto uma história chamada "A fala do corpo" que trata da descoberta de bênçãos ancestrais dos nossos parentes. Opalanga é muito alta, como um teixo, e esbelta como ele. Já minha estrutura é mais próxima do chão, com um corpo exuberante. Além de ser alvo de deboche por ser alta, Opalanga, quando criança, ainda tinha de ouvir que seus dentes incisivos separados eram um sinal de ser ela mentirosa. Já a mim diziam que o tamanho e o formato do meu corpo eram indícios de um ser inferior desprovido de autocontrole.

Enquanto estamos contando juntas nossas histórias sobre o corpo, Opalanga e eu falamos dos golpes e flechadas que recebemos durante a vida inteira porque, de acordo com os Outros, com letra maiúscula, aos nossos corpos faltava algo ou sobrava algo. Na nossa apresentação, cantamos um lamento pelos corpos que não nos foi permitido usufruir. Dançamos, nos balançamos e olhamos uma para a outra. Nós duas consideramos que a outra tem uma aparência misteriosa tão bela que como pôde alguém pensar o contrário?

Quando conheci Opalanga, nós duas tivemos a impressão de que nos conhecíamos, como costuma acontecer com as contadoras, não a vida inteira, mas há séculos. Entabulamos conversa sobre nossas histórias mais íntimas. Como fiquei perplexa ao ouvir que, já adulta, ela havia viajado até a Gâmbia, na África ocidental, e encontrado alguns membros da sua linhagem que, pasmem!, tinham na sua aldeia muitas pessoas altas como teixos, esbeltas e com os incisivos separados. Explicaram-lhe que essa separação se chamava *Sakaya Yallah*, que quer dizer "abertura de Deus"... e era interpretada como um sinal de sabedoria.

Qual não foi a sua surpresa quando eu lhe disse que eu também, já adulta, havia viajado até o istmo de Tehuantepec, no México, e descoberto descendentes dos meus antepassados que, pasmem!, eram uma aldeia de mulheres gigantes fortes, brincalhonas e imponentes no tamanho. Elas me haviam dado tapinhas[1] e pequenos puxões, observando abertamente que não estava suficientemente gorda. Eu comia o suficiente? Será que eu não havia estado doente? Elas explicaram que eu devia me esforçar pois as mulheres são *La Tierra*, redondas como a própria Terra, pois a Terra contém muito.[2]

Portanto, na apresentação minha e de Opalanga, como nas nossas vidas, nossas histórias pessoais, que começaram com experiências repressoras e deprimentes, terminam com um sentido forte e jubiloso do self. Opalanga entende que sua altura é sua beleza, seu sorriso é de sabedoria e que a voz de Deus está sempre perto dos seus lábios. Eu entendo que meu corpo não é separado da terra, que meus pés foram feitos para firmar minha posição, que meu corpo tem a forma de um recipiente feito para conter muito. Nós duas aprendemos, com gente vigorosa fora da nossa própria cultura norte-americana, a reavaliar o corpo, a refutar ideias e expressões que ultrajassem o corpo misterioso, que ignorassem o corpo feminino enquanto instrumento de conhecimento.[3]

Extrair grande prazer de um mundo repleto de muitas espécies de beleza é uma alegria na vida à qual todas as mulheres fazem jus. Defender apenas um tipo de beleza é de certo modo não observar a natureza. Não pode haver apenas um tipo de ave canora, apenas uma variedade de pinheiro, apenas uma qualidade de lobo. Não pode haver apenas um tipo de bebê, de homem ou de mulher. Não pode haver apenas um formato de seio, de cintura, um tipo de pele.

Minhas experiências com mulheres avantajadas no México fizeram com que eu questionasse todo o conjunto de premissas analíticas relacionadas aos diversos tamanhos, formatos e, especialmente, pesos das mulheres. Uma antiga premissa psicológica, em especial, pareceu-me absurdamente equivocada: a ideia de que todas as mulheres avantajadas têm fome de alguma coisa, de que "dentro delas existe uma pessoa magra que grita para sair". Quando sugeri essa imagem da "mulher magra que grita" a uma das majestosas mulheres da aldeia *tehuana*, ela ficou me observando com certo alarme. Ela me perguntou se eu estava querendo dizer "uma possessão por um espírito malévolo".[4] "Quem iria pôr um ser tão perverso dentro da mulher?" Estava além da sua capacidade de compreensão a possibilidade de que "curandeiros" ou qualquer outra pessoa pudessem considerar que uma mulher, só por ser grande por natureza, tivesse dentro de si uma mulher aos gritos.

Embora sejam verdadeiras e trágicas as perturbações da alimentação compulsiva e destrutiva que deformam as dimensões do corpo, elas não são a norma na maioria das mulheres. É mais provável que as mulheres que são grandes ou pequenas, largas ou estreitas, altas ou baixas, sejam assim simplesmente por terem herdado a configuração corporal dos seus parentes; se não dos seus parentes imediatos, então dos parentes de uma geração ou duas no passado. Difamar ou julgar o físico herdado de uma mulher é criar gerações e mais gerações de mulheres ansiosas e neuróticas. As críticas destrutivas e desdenhosas a respeito da forma herdada de uma mulher privam-na de diversos tesouros psicológicos e espirituais preciosos e de vital importância. Privam-na do orgulho pelo tipo de corpo que lhe foi transmitido por linhagens de antepassados. Se lhe ensinarem a rejeitar essa herança física, ela será imediatamente desvinculada da sua identidade corporal feminina com o resto da família.

Se lhe ensinarem a detestar o próprio corpo, como poderá ela amar o corpo da mãe, que tem a mesma estrutura que o seu?[5] – ou o corpo da avó, ou das suas filhas também? Como poderá ela amar os corpos de outras mulheres (e homens) próximas a ela que tiverem herdado o corpo dos mesmos antepassados? Semelhante agressão a uma mulher destrói seu legítimo orgulho de parentesco com sua própria gente e lhe rouba a alegria natural que ela sinta por seu corpo, não importa qual seja sua altura, tamanho ou forma. No fundo, a agressão ao corpo da mulher é uma agressão de longo alcance que atinge tanto os que vieram antes dela quanto os que chegarão depois.[6]

O que acontece é que críticas ásperas a respeito da aceitabilidade do corpo criam uma nação de garotas altas corcundas, de baixinhas sobre pernas de pau, de mulheres avantajadas vestidas como se estivessem de luto, de outras muito magras que tentam se inflar como serpentes e vários outros tipos de mulheres que se escondem. Destruir o vínculo instintivo da mulher com seu corpo natural subtrai-lhe a confiança. Faz com que ela insista em descobrir se é uma boa pessoa ou não, e baseia sua autoestima na sua aparência em vez de na sua essência. Ela é pressionada a gastar sua energia preocupando-se com a quantidade de alimento que consome, com os números na balança ou na fita métrica. Essa destruição lhe dá uma ideia fixa e influencia tudo o que ela faz, planeja e prevê. No mundo instintivo, é inconcebível que uma mulher viva absorta desse jeito com sua aparência.

Faz total sentido manter-se saudável e forte, cuidar do corpo da melhor forma possível.[7] No entanto, devo admitir que muitas mulheres têm uma "faminta" dentro de si. Em vez de "famintas" por ter um certo tamanho, formato ou altura; em vez de "famintas" por se adequar ao estereótipo, as mulheres têm fome de consideração básica por parte da cultura que as cerca. A mulher "faminta" ali dentro anseia por ser tratada com respeito, anseia por ser aceita,[8] e no mínimo anseia por ser vista sem preconceitos. Se realmente existe uma mulher "gritando para sair", ela está pedindo aos gritos que terminem as projeções desrespeitosas que os outros lançam sobre seu corpo, seu rosto, sua idade.

A patologização da variação nos corpos femininos é uma tendência profunda endossada por muitos teóricos da psicanálise, sem a menor sombra de dúvida por Freud. Martin Freud, por exemplo, em seu livro sobre o próprio pai, Sigmund, relata que a família inteira desprezava e debochava das pessoas corpulentas.[9] Os motivos das opiniões de Freud estão fora do âmbito deste trabalho. É difícil, porém, entender como uma atitude desse tipo poderia contribuir para uma perspectiva equilibrada dos corpos das mulheres.

Mesmo assim, basta afirmar que vários profissionais da psicanálise continuam a transmitir esse preconceito contra o corpo natural, estimulando as mulheres a voltar a atenção para um monitoramento constante do mesmo, privando-as, assim, de relacionamentos mais profundos e mais refinados com a forma que herdaram. A angústia quanto ao próprio corpo subtrai à mulher uma fatia considerável da sua vida criativa e da sua atenção a outros aspectos.

Esse estímulo a que a mulher comece a tentar esculpir seu próprio corpo é extraordinariamente semelhante ao processo de escavar a própria terra, queimá-la, descascar suas camadas, desnudá-la até os ossos. Onde exista uma ferida nas psiques e nos corpos das mulheres, existe uma ferida correspondente no mesmo local na própria cultura e, finalmente, na própria natureza. Numa psicologia de caráter verdadeiramente holístico, todos os universos são interpretados como interdependentes, não como entidades autônomas. Não é de espantar que na nossa cultura coexistam a questão de esculpir o corpo natural da mulher, a questão correlata de entalhar a paisagem e ainda a de retalhar a cultura em partes que estejam na moda. Apesar de uma mulher não ter condição de parar a dissecação da cultura e das terras da noite para o dia, ela tem condição de interromper esse processo no seu próprio corpo.

A natureza selvagem jamais defenderia a tortura do corpo, da cultura ou da terra. A natureza selvagem jamais concordaria em açoitar as formas com o objetivo de provar valor, "controle" ou caráter, de tornar essas formas mais agradáveis ao olhar ou mais valiosas em termos financeiros.

Uma mulher não pode tornar a cultura mais consciente apenas com a ordem de que se transforme. Ela pode, no entanto, mudar sua própria atitude para consigo mesma, fazendo com que projeções desvalorizadoras simplesmente ricocheteiem. Isso ela consegue ao resgatar seu corpo. Ao não renunciar à alegria do seu corpo natural, ao não "comprar" a ilusão popular de que a felicidade só é concedida àqueles de uma certa configuração ou idade, ao não esperar nem se abster de nada e ao reassumir sua vida verdadeira a plenos pulmões, ela consegue interromper o processo. Essa dinâmica do amor-próprio e da aceitação de si mesma são o que dá início à mudança de atitudes na cultura.

O corpo nos contos de fadas

Existem muitos mitos e contos de fadas que descrevem a fragilidade e a natureza selvagem do corpo. Temos o grego Hefesto, o manco que trabalhava os metais preciosos; o mexicano *Hartar*, que tinha dois corpos; a Vênus nascida do mar; o pequeno alfaiate, que era feio mas que podia gerar vida nova; as mulheres da Montanha dos Gigantes, que são cortejadas por sua força; Thumbelina, que consegue viajar de um lado para o outro com o auxílio da mágica; e muitos outros.

Nos contos de fadas, determinados objetos mágicos têm capacidades sensoriais e de transporte que são hábeis metáforas do corpo, como a nuvem, a folha e o tapete mágico. Às vezes, mantos, sapatos, escudos, chapéus e elmos proporcionam o poder da invisibilidade, de uma força superior, da vidência e assim por diante. São como uma parentela arquetípica. Cada um permite ao corpo físico dispor de um aprofundamento do *insight*, da audição, do voo ou de algum tipo de proteção tanto para a psique quanto para a alma.

Antes da invenção de carruagens, coches e bigas, antes da domesticação de animais para tração e montaria, aparentemente a imagem que representava o corpo sagrado era a do objeto mágico. Peças do vestuário, amuletos, talismãs e outros objetos, quando participantes de algum tipo de relação, transportavam a pessoa para o outro lado do rio ou do mundo.

O tapete mágico é um excelente símbolo do valor sensorial e psíquico do corpo natural e selvagem. Os contos de fadas em que aparece o motivo do tapete mágico imitam a atitude não-muito-consciente para com o corpo na nossa própria cultura. O tapete mágico é a princípio considerado completamente ordinário e sem grande valor. No entanto, para aqueles que se sentam na sua densa felpa e dizem "Suba!", o tapete começa imediatamente a tremer, eleva-se do solo, paira um pouco e de repente, zum!, sai voando, transportando o passageiro para um lugar, um centro, um ponto de vista, um conhecimento diferente.[10] O corpo, através de seus estados de excitação, percepção e de experiências sensoriais – como, por exemplo, ao ouvir música ou a voz da pessoa amada, ou ao sentir um certo perfume – tem a capacidade de nos transportar para outros lugares.

Nos contos de fadas, como nos mitos, o tapete representa um meio de locomoção, mas de um tipo determinado – do tipo que nos permite ver em profundidade o mundo assim como a vida em qualquer sentido. Nas histórias do Oriente Médio, ele é o veículo para o voo espiritual dos xamãs. O corpo não é um objeto inerte do qual lutamos para nos livrar. Visto da perspectiva correta, ele é um foguete, uma série de trevos atômicos, um emaranhado de cordões umbilicais neurológicos que nos ligam a outros mundos e outras experiências.

Além do tapete mágico, existem outros símbolos para o corpo. Uma história específica ilustra três deles. Essa história me foi passada por Fahtah Kelly. Ela se chama simplesmente "A história do tapete mágico".[11] Nela, um sultão manda três irmãos procurarem "o melhor objeto da terra". Aquele dos três que trouxer o que for considerado o tesouro dos tesouros receberá todo um reino. Um dos irmãos procura e traz de volta uma varinha de condão de marfim, com a qual se pode examinar o que se desejar. Outro irmão traz uma maçã cujo perfume tem o poder de curar qualquer enfermidade. O terceiro irmão traz um tapete mágico que é capaz de transportar uma pessoa para qualquer lugar, bastando que ela pense nesse lugar.

O sultão pergunta o que é melhor. A capacidade para ver a distância? A capacidade para a cura e a recuperação? Ou a capacidade para o voo espiritual?

Cada irmão por sua vez glorificou o objeto por ele encontrado. O sultão, no entanto, acaba por abanar a mão e proclamar que nenhum deles é melhor do que o outro, pois, sem um deles, os outros não têm nenhum valor. Com isso, o reino é dividido entre os três irmãos em partes iguais.

Essa história encerra imagens fortes que nos permitem vislumbrar no que consiste uma verdadeira animação do corpo. Essa história (assim como outras semelhantes) descreve o fabuloso potencial da intuição, do *insight*, da cura sensorial e do êxtase oculto no corpo.[12] Costumamos pensar no corpo como esse "outro" que cumpre suas funções mais ou menos independente de nós e que, se o "tratarmos" bem, ele fará com que nos "sintamos bem". Muitas pessoas tratam seu corpo como se ele fosse um escravo, ou talvez elas até o tratem bem mas exijam dele que satisfaça seus desejos e caprichos como se ele fosse um escravo do mesmo jeito.

Há quem diga que a alma anima o corpo. No entanto, e se resolvêssemos imaginar por um instante que é o corpo que anima a alma, que a ajuda a se adaptar à vida concreta, que analisa e traduz, que fornece o papel em branco, a tinta e a pena com os quais a alma pode escrever nas nossas vidas? Suponhamos, como nos contos de fadas em que as coisas mudam de forma, que o corpo é um Deus por si só, um mestre, um mentor, um guia autorizado. E daí? Seria prudente passar a vida inteira torturando esse mestre que tem tanto a dar e a ensinar? Desejamos passar a vida inteira permitindo que os outros depreciem nossos corpos, julguem-nos, considerem-nos defeituosos? Será que temos força suficiente para renegar o pensamento geral e prestar atenção, com profundidade e sinceridade, ao nosso corpo como um ente poderoso e sagrado?[13]

Está errada a imagem vigente na nossa cultura do corpo exclusivamente como escultura. O corpo não é de mármore. Não é essa a sua finalidade. A sua finalidade é a de proteger, conter, apoiar e atiçar o espírito e a alma em seu interior, a de ser um repositório para as recordações, a de nos encher de sensações – ou seja, o supremo alimento da psique. É a de nos elevar e de nos impulsionar, de nos impregnar de sensações para provar que existimos, que estamos aqui, para nos dar uma ligação com a terra, para nos dar volume, peso. É errado pensar no corpo como um lugar que abandonamos para alçar voo até o espírito. O corpo é o detonador dessas experiências. Sem o corpo não haveria a sensação de entrada em algo novo, de elevação, altura, leveza. Tudo isso provém do corpo. Ele é o lançador de foguetes. Na sua cápsula, a alma espia lá fora a misteriosa noite estrelada e se deslumbra.

O poder das ancas

O que constitui um corpo saudável no mundo instintivo? No nível mais básico – o seio, o ventre, qualquer parte onde haja pele, qualquer parte onde haja neurônios para transmitir sensações – a questão não é a do formato, do tamanho, da cor, da idade; mas, sim, se existe sensação, se funciona como deveria, se temos reações, se temos todo um leque, todo um espectro de sentimentos. Ele tem medo, está paralisado pela dor ou pelo receio? Está anestesiado por traumas antigos? Ou será que ele tem sua própria música? Está ouvindo, como Baubo, através do ventre? Está olhando com uma das suas inúmeras formas de ver?

Passei por duas experiências decisivas quando estava com vinte e poucos anos, experiências que contrariavam tudo o que me haviam ensinado sobre o corpo até então. Quando estava num seminário de uma semana de duração para mulheres, à noite junto ao fogo e perto de fontes termais, vi uma mulher nua de cerca de 35 anos. Seus seios estavam murchos de amamentar; seu ventre, estriado de dar à luz. Eu era muito nova e me lembro de ter sentido pena das agressões sofridas pela sua pele fina e clara. Alguém estava tocando tambores e maracas, e ela começou a dançar, com o cabelo, os seios, a pele, os membros todos se movimentando em direções diferentes. Como era linda, como era cheia de vida. Sua graça era de partir o coração. Eu sempre havia ridicularizado a expressão "furacão nos quadris". Naquela noite, porém, vi um exemplo. Vi o poder das suas ancas. Presenciei o que me haviam ensinado a ignorar: o poder do corpo de uma mulher quando é animado de dentro para fora. Quase três décadas mais tarde, ainda posso vê-la dançando no escuro e ainda sinto o impacto da força do corpo.

O segundo despertar envolveu uma mulher muito mais velha. De acordo com os padrões vigentes, seus quadris eram excessivamente parecidos com peras, seus seios eram ínfimos em comparação, e suas coxas eram totalmente cobertas por finíssimas veias arroxeadas. Uma longa cicatriz de alguma cirurgia grave circundava seu corpo, indo desde a coluna vertebral até as costelas, como um corte para descascar maçãs. Sua cintura devia ter a largura de quatro palmos.

Era, portanto, um mistério o motivo pelo qual os homens zumbiam à sua volta como se ela fosse um favo de mel. Eles queriam morder suas coxas de pera, lamber aquela cicatriz, segurar aquele peito, descansar o rosto nas teias das suas varizes. Seu sorriso era deslumbrante; seu caminhar, extremamente belo. E quando ela olhava, seus olhos realmente absorviam o que estavam vendo. Vi novamente o que me haviam ensinado a ignorar, o poder *no* corpo. O poder cultural *do* corpo é a sua beleza, mas o poder *no* corpo é raro, pois a maioria das mulheres o expulsou com torturas ou com sua vergonha da própria carne.

Tendo em vista o exposto, a mulher selvagem pode pesquisar a numinosidade do seu próprio corpo e compreendê-lo, não como um peso morto que estamos condenadas a carregar por toda a vida, não como uma besta de carga, mimada ou não, que nos carrega por aí pela vida inteira, mas como uma série de portas, sonhos e poemas através dos quais podemos obter todo tipo de aprendizagem e conhecimento. Na psique selvagem, compreende-se o corpo como um ser por seus próprios méritos, que nos ama, que depende de nós, para quem, de vez em quando, somos a mãe e que, de vez em quando, representa a mãe para nós.

La Mariposa, a Mulher-borboleta

Para falar sobre o poder do corpo de um outro ângulo, tenho de lhes contar uma história, uma história verdadeira e bem longa.

Há anos, os turistas atravessam barulhentos o enorme deserto norte-americano, cobrindo às pressas o "circuito espiritual": Monument Valley, Chaco Canyon, Mesa Verde, Kayenta, Keams Canyon, Painted Desert e Canyon de Chelly. Eles espiam pela pelve do Mother Grand Canyon, abanam a cabeça, encolhem os ombros e voltam correndo para casa, só para no verão seguinte atravessar de novo o deserto, olhando, olhando um pouco mais, espiando, observando um pouco mais.

Subjacente a tudo isso está a mesma fome de experiência espiritual que os seres humanos sentiram desde o início dos tempos. Em alguns casos, porém, essa fome é exacerbada pois muitas pessoas perderam o contato com seus antepassados.[14] É muito comum que elas não saibam os nomes dos que vieram antes dos seus avós. Perderam, em especial, as histórias das suas famílias. Em termos espirituais, essa situação provoca tristeza... e fome. Por isso, muitos estão tentando recriar algo de importante para o bem da alma.

Há anos, os turistas também vêm a Puyé, uma grande mesa poeirenta no "fim do mundo", no Novo México. Aqui os *Anasazi*, os antigos, costumavam se chamar de uma mesa para a outra. Diz-se que na pré-história foi o mar que entalhou os milhares de bocas e olhos, sorridentes, debochados e queixosos, nas paredes rochosas daquele lugar.

Os descendentes dos *navajos*, dos *jicarilla apaches*, dos *utes* do sul, dos *hopis*, *zunis*, *Santa Clara*, *Santa Domingo*, *Laguna*, *Picuris*, *Tesuque*, de todas essas tribos do deserto, reúnem-se aqui. É aqui que eles conseguem voltar, através da dança, a pinheiros nativos, aos cervos, às águias e *Katsinas*, espíritos poderosos.

Para aqui também vêm visitantes, alguns dos quais estão privados dos seus mitos genealógicos, isolados da sua placenta espiritual. Eles também já se esqueceram dos seus deuses ancestrais. Por isso, vêm observar os que *não* se esqueceram.

A estrada que sobe até Puyé foi construída para os cascos de cavalos e para os mocassins. Com o tempo, no entanto, os automóveis foram ficando mais potentes, e agora tanto os habitantes do local quanto os turistas chegam em todo tipo de carro, picape, caminhonete e conversível. Os veículos sobem pela estrada, guinchando e soltando fumaça, num desfile lento e empoeirado.

Todos estacionam *trochimochi*, de qualquer jeito, no terreno irregular. Antes do meio-dia, a borda da mesa dá a impressão de um engavetamento de mil carros. Há quem estacione bem junto a pés de malva-rosa de um metro e oitenta de altura, pensando que basta afastar os galhos da planta para sair do carro. Só que esses pés de malva-rosa são centenários e parecem feitos de ferro. Quem estaciona junto a eles fica preso dentro do carro.

Antes mesmo do meio-dia, o sol é uma fornalha acesa. Todos caminham pesadamente com sapatos que queimam os pés, carregando um guarda-chuva caso chova (o que vai acontecer), uma cadeira de armar de alumínio caso eles se cansem (o que também vai acontecer) e, se forem turistas, talvez uma máquina fotográfica (se lhes for permitido) e latinhas de filme penduradas no pescoço como se fossem fieiras de alho.

Os turistas vêm com todo tipo de expectativa, desde as sagradas até as profanas. Vêm ver algo que nem todos conseguirão ver, um exemplo do mais selvagem dentre os selvagens, um espírito vivo, *La Mariposa*, a Mulher-borboleta.

O último evento é a Dança da Borboleta. Todos aguardam com imenso prazer a tal dança de uma só pessoa. Ela é apresentada por uma mulher, e que mulher! Quando o sol começa a se pôr, aparece um velho resplandecente no seu traje de cor turquesa que deve pesar uns vinte quilos. Com os alto-falantes guinchando como um pintinho que detectou um falcão, ele sussurra no microfone de cromo da década de 1930, "E nossa próxima atração vai ser a Dança da Borboleta". Ele se afasta arrastando no chão a bainha dos jeans.

Ao contrário de uma apresentação de balé, na qual o número é anunciado, as cortinas se abrem e os bailarinos aparecem, inseguros, aqui em Puyé, como em outras danças tribais, o anúncio formal da dança pode preceder a aparição da dançarina em desde vinte minutos a uma eternidade. Onde está ela? Arrumando seu trailer, quem sabe. Aqui são comuns temperaturas superiores a 40 graus centígrados, e são necessários retoques de última hora na maquiagem do corpo desmanchada pelo suor. Se um cinto da dança, que pertenceu ao avô da dançarina, se partir no caminho até a arena, ela simplesmente não faria sua apresentação pois o espírito do cinto precisaria descansar. Os dançarinos também podem se atrasar porque está tocando uma ótima música na "Tony Lujan's Indian Hour" na rádio Taos, KKIT (em homenagem a Kit Carson).

Pode acontecer de um dançarino não ter ouvido o alto-falante e precisar ser chamado por mensageiro a pé. E depois é claro que o dançarino precisa falar com todos os parentes no caminho até a arena, e com a maior certeza deve parar para que seus sobrinhos e sobrinhas deem uma boa olhada. Como as criancinhas ficam assombradas de ver um imponente espírito *Katsina* que desperta a suspeita de se parecer, pelo menos um pouco, com tio Tomás ou uma participante da dança do milho que dá a impressão de ser mesmo muito parecida com tia Yazie. Afinal, existe a possibilidade sempre presente de que o dançarino ainda esteja lá na rodovia de Tesuque, com as pernas balançando da goela escancarada de uma picape enquanto o escapamento polui o ar por mais de um quilômetro a favor do vento.

Enquanto esperam a Dança da Borboleta num estado de agitação irrefreada, todos tagarelam acerca das virgens das borboletas e sobre a beleza das meninas *zunis* que dançaram num antigo traje vermelho e preto, de um ombro só, e com vibrantes círculos cor-de-rosa pintados nas faces. Elogiam, também, os rapazes da dança do cervo que se apresentaram com galhos de pinheiro amarrados aos braços e às pernas.

O tempo passa.

Passa.

E passa.

As pessoas sacodem moedas nos bolsos. Chupam os dentes. Os turistas ficam impacientes para ver essa maravilhosa bailarina borboleta.

Inesperadamente, já que todos estão pra lá de entediados, os braços do tocador de tambor começam a fazer soar o sagrado ritmo da borboleta, e os cantores do coro começam a gritar para os deuses com toda a alma.

Para os turistas, uma borboleta é algo delicado. "Ah, a frágil beleza", sonham eles. Por isso, ficam necessariamente abalados quando surge aos saltos Maria Lujan.[15] E ela é grande, grande *mesmo*, como a Vênus de Willendorf, como a Mãe dos Dias, como a mulher heroica de Diego Rivera, que construiu a Cidade do México com um simples voltear do seu pulso.

E Maria Lujan é velha, muitíssimo velha, como uma mulher que voltou do pó; velha como um rio velho; velha como os pinheiros nos pontos mais altos das montanhas. Um dos seus ombros está nu. Sua *manta* vermelha e preta, um vestido-saco, pula de um lado para o outro com ela dentro. Seu corpo pesado e suas pernas muito finas fazem com que ela lembre uma aranha saltitante envolta numa pamonha.

Ela salta num pé só, e depois no outro. Ela abana seu leque de penas por toda parte. Ela é A Borboleta que chegou para dar força aos fracos. Ela é o que a maioria considera não ser forte; a velhice, a borboleta, o feminino.

O cabelo da Donzela Borboleta cai até o chão. Ele é denso como dez feixes de milho e é de um cinza de pedra. E ela usa asas de borboleta do tipo que se vê nas crianças que fazem o papel de anjos em peças na escola. Seus quadris são como duas enormes cestas balouçantes e a parte carnuda do alto das nádegas é larga o suficiente para carregar duas crianças.

Ela salta, salta e salta, não como um coelho, mas em passinhos que ecoam.

– Estou aqui, aqui, aqui...

– Estou aqui, aqui, aqui...

– Acordem. Acordem. Acordem!

Ela abana o leque para cima e para baixo, salpicando a terra e o povo da terra com o espírito polinizador da borboleta. Suas pulseiras de conchas chocalham como cascavéis; suas ligas providas de sinos produzem o som da chuva. Sua silhueta com sua grande barriga e pernas pequenas dança de um lado do círculo para o outro. Seus pés deixam pequenos remoinhos de poeira.

As tribos ficam reverentes, envolvidas. No entanto, alguns turistas olham uns para os outros, perguntando, aos sussurros, se *aquilo* é a Donzela

Borboleta. Eles estão perplexos, alguns até mesmo decepcionados. Parecem não mais se lembrar de que o mundo dos espíritos é um lugar em que os lobos são mulheres, os ursos são maridos e as velhas de dimensões avantajadas são borboletas.

É, é apropriado que a Mulher Selvagem/Mulher-borboleta seja velha e corpulenta, pois ela traz o mundo dos trovões num seio, e o mundo subterrâneo no outro. Suas costas são a curva do planeta Terra com todos os seus frutos, alimentos e animais. Na sua nuca, ela traz o sol nascente e poente. Sua coxa esquerda guarda todos os pinheiros; sua coxa direita, todas as lobas do mundo. Em seu ventre estão todos os bebês que um dia ainda irão nascer.

A Donzela Borboleta é a força feminina fertilizadora. Ao transportar o pólen de um lugar para outro, ela fecunda por cruzamento, da mesma forma que a alma fertiliza a mente com sonhos, da mesma forma que os arquétipos fertilizam o mundo concreto. Ela é o centro. Ela aproxima os opostos ao tirar um pouco daqui e levá-lo para lá. A transformação não é nem um pouco mais complicada do que isso. É essa a sua lição. É assim que a borboleta faz. É assim que a alma atua.

A Mulher-borboleta corrige a ideia equivocada de que a transformação é só para os torturados, para os santos, ou apenas para os tremendamente fortes. O Self não precisa mover montanhas para se transformar. Um pouco basta. Um pouco vai longe. Um pouco muda muita coisa. A força fertilizadora substitui a movimentação de montanhas.

A Donzela Borboleta poliniza as almas da terra. É mais fácil do que vocês pensam, diz ela. Ela abana seu leque de penas e saltita porque está derramando pólen espiritual sobre todos os presentes, indígenas norte-americanos, criancinhas, turistas, todo mundo. Ela está usando seu corpo inteiro como uma bênção, esse seu corpo velho, frágil, grande, manchado, de pernas curtas e quase sem pescoço. Essa é a mulher vinculada à sua natureza selvagem, a intérprete da força instintiva, fertilizante, a que conserta, a que recorda antigas ideias. Ela é *La Voz Mitológica*. Ela é a encarnação da Mulher Selvagem.

A intérprete da dança da borboleta tem de ser velha por representar a alma que é velha. Ela é larga de coxas e ancas por carregar tantas coisas. Seu cabelo grisalho garante que ela não precisa mais obedecer a tabus ligados ao contato com outras pessoas. É permitido que ela toque a todos: meninos, bebês, homens, mulheres, meninas, os idosos, os enfermos, os mortos. A Mulher-borboleta pode tocar qualquer pessoa. É seu o privilégio de tocar a todos, afinal. Esse é o seu poder. Seu corpo é o de *La Mariposa*, a borboleta.

*

O corpo é como um planeta. Ele é uma terra por si só. Como qualquer paisagem, ele é vulnerável ao excesso de construções, a ser retalhado em lotes, a se ver isolado, esgotado e alijado do seu poder. A mulher mais selvagem não será facilmente influenciada por tentativas de urbanização. Para ela, as questões não são de forma, mas de sensação. O seio em todos os seus formatos tem a função de sentir e de amamentar. Ele amamenta? Ele é sensível? Então é um seio bom.

Já os quadris são largos por um motivo. Dentro deles há um berço de marfim acetinado para a nova vida. Os quadris da mulher são estabilizadores para o corpo acima e abaixo deles. Eles são portais, são uma almofada opulenta, suportes para as mãos no amor, lugar para as crianças se esconderem. As pernas foram feitas para nos levar, às vezes para nos empurrar. Elas são as roldanas que nos ajudam a subir; são o *anillo*, o anel que abraça o amado. Elas não podem ser criticadas por serem muito isso ou muito aquilo. Elas simplesmente são.

No corpo, não existe nada que "devesse ser" de algum jeito. A questão não está no tamanho, no formato ou na idade, nem mesmo no fato de ter tudo aos pares, pois algumas pessoas não têm. A questão selvagem está em saber se esse corpo sente, se ele tem um vínculo adequado com o prazer, com o coração, com a alma, com o mundo selvagem. Ele tem alegria, felicidade? Ele consegue ao seu modo se movimentar, dançar, gingar, balançar, investir? É só isso o que importa.

Quando eu era pequena, levaram-me numa excursão de estudos práticos ao Museu de História Natural de Chicago. Ali vi as esculturas de Malvina Hoffman, dezenas de esculturas escuras em bronze, em tamanho natural, num enorme salão. Ela havia esculpido os corpos, em sua maioria nus, das pessoas do mundo, e sua ótica era selvagem.

Ela derramou seu amor na canela fina do caçador, nos longos seios da mãe com dois filhos crescidos, nos cones de carne no peito da virgem, nos testículos pendentes até o meio das coxas de um velho, no nariz com narinas maiores do que os olhos, no nariz recurvo como o bico de um falcão, no nariz reto como uma aresta. Ela havia se apaixonado por orelhas que pareciam semáforos, orelhas baixas perto do queixo e pequenas como nozes-pecãs. Ela havia amado cada cabelo enroscado como um cesto de cobras, cada cabelo ondulado como uma fita que se desenrola ou liso como capim molhado. Ela sentia o amor selvagem *pelo* corpo. Ela compreendia o poder *no* corpo.

Há um verso em *for colored girls who have considered suicide/ when the rainbow is enough*, de Ntozake Shange.[16] Na peça, a mulher de roxo fala depois de lutar para lidar com todos os aspectos físicos e psíquicos de si mesma que a cultura ignora ou deprecia. Ela se resume com estas palavras sábias e pacíficas:

here is what i have...
poems
big thighs
lil tits
&

so much love*

É esse o poder do corpo, o nosso poder, o poder da Mulher Selvagem. Nos mitos e contos de fadas, as divindades e outros espíritos poderosos testam o coração dos seres humanos ao aparecer sob diversas formas que disfarçam sua natureza divina. Aparecem usando mantos, farrapos, faixas de prata ou com os pés enlameados. Aparecem com a pele morena como madeira escura, ou em escamas feitas de pétalas de rosa, como uma frágil criança, como uma velha de um amarelo-esverdeado, como um homem que não sabe falar ou como um animal que sabe. Os grandes poderes estão querendo descobrir se os seres humanos já aprenderam a reconhecer a grandeza da alma em todas as suas variações.

A Mulher Selvagem aparece em muitos tamanhos, formas, cores e condições. Mantenha-se alerta para poder reconhecer a alma selvagem em todos os seus inúmeros disfarces.

---

* é isso o que tenho... / poemas / coxas grossas / peito pequeno / & / tanto amor (N. da T.)

CAPÍTULO 8

a preservação do self: a identificação de armadilhas, arapucas e iscas envenenadas

A mulher braba

Segundo o Oxford English Dictionary, a palavra *feral*, em inglês, deriva do latim *fer*... que significa "animal selvagem". No emprego mais comum da palavra, um animal "brabo" é aquele que um dia foi selvagem, foi depois domesticado e voltou ao estado natural ou indomado.

A mulher braba é aquela que um dia viveu num estado psíquico natural – ou seja, em perfeito estado mental selvagem – e que depois se tornou cativa de alguma reviravolta dos acontecimentos, passando, assim, a ser excessivamente domesticada e amortecida nos seus instintos próprios. Quando essa mulher tem a oportunidade de voltar à sua natureza selvagem original, quase sempre ela é vítima de todos os tipos de armadilhas e venenos. Como seus ciclos e seus sistemas de proteção foram manipulados, ela corre riscos naquele que costumava ser seu estado selvagem natural. Já não mais alerta e desconfiada, ela se torna presa fácil.

Existe um padrão específico para a perda dos instintos. É essencial que estudemos esse modelo, que na realidade o decoremos, para que possamos proteger os tesouros das nossas naturezas básicas bem como os das nossas filhas. Nos bosques psíquicos, há muitas armadilhas enferrujadas que ficam escondidas por baixo das folhas verdes do chão da floresta. Em termos psicológicos, o mesmo vale para o mundo objetivo. Existem vários chamarizes aos quais somos suscetíveis: relacionamentos, pessoas e empreitadas tentadoras. Dentro da isca sedutora há, porém, algo afiado, algo que acabará com nosso espírito no momento em que dermos a primeira mordida.

As mulheres brabas de todas as idades, e especialmente as jovens, têm uma enorme vontade de compensar períodos de fome e de isolamento. Elas se arriscam quando fazem esforços excessivos e irracionais para se aproximar de pessoas e objetivos que não são benéficos, concretos ou duradouros.

Não importa onde ou em que época elas vivam, há sempre arapucas à sua espera. Há sempre vidas menores para onde as mulheres se veem forçadas ou atraídas.

Se você alguma vez foi capturada, se você alguma vez sofreu de *hambre del alma*, uma fome da alma, se você alguma vez se sentiu num alçapão e especialmente se você tem uma compulsão a criar, é bem provável que você tenha sido ou seja uma mulher braba. A mulher braba tem em geral uma fome extrema por algo profundo e, muitas vezes, pode ingerir qualquer veneno disfarçado na ponta de uma flecha, na crença de que ele é aquilo pelo qual sua alma anseia.

Embora algumas mulheres brabas se desviem das armadilhas no último instante com mínimas perdas de pelo, um número muito maior cai nessas armadilhas sem perceber, ficando temporariamente desorientadas, enquanto outras são alquebradas pelas armadilhas e ainda outras consigam se libertar e se arrastar dali até uma caverna para cuidar dos seus ferimentos sozinhas.

Para evitar esses ardis e engodos propiciados pelo tempo que a mulher passa no cativeiro e na fome, precisamos ter a capacidade de prevê-los e de nos desviarmos deles. Temos de voltar a desenvolver o *insight* e a prudência. Temos de aprender a nos desviar. Para poder distinguir as opções corretas, temos de poder ver as erradas.

Existe uma história ilustrativa contada por velhas a respeito das aflições da mulher esfaimada e braba. Ela é conhecida pelos títulos diversos de "As sapatilhas do Diabo", "Os sapatos ardentes do Diabo" e "Os sapatinhos vermelhos". Hans Christian Andersen escreveu um conto de fadas baseado nessa antiga história, dando-lhe este último título. Como um verdadeiro contador de histórias, ele envolveu o enredo básico com uma boa parte da sua própria inteligência e sensibilidade étnica, mas o esqueleto da história é o mesmo.

Segue-se uma versão germânico-magiar que minha tia Tereza costumava nos contar quando éramos crianças. Na sua versão da história, ela sempre começava dizendo: "Olhem para seus sapatos e agradeçam por eles serem sem graça... porque é preciso que se viva com muito cuidado quando os sapatos são vermelhos demais."

*

OS SAPATINHOS VERMELHOS

Era uma vez uma pobre órfã que não tinha sapatos. Essa criança guardava os trapos que pudesse encontrar e, com o tempo, conseguiu costurar um par de sapatos vermelhos. Eles eram grosseiros, mas ela os adorava. Eles faziam com que ela se sentisse rica, apesar de ela passar seus dias procurando alimento nos bosques espinhosos até muito depois de escurecer.

Um dia, porém, quando ela vinha caminhando com dificuldade pela estrada, maltrapilha e com seus sapatos vermelhos, uma carruagem dourada parou ao seu lado. Dentro dela, havia uma senhora de idade que lhe disse que ia levá-la para casa e tratá-la como se fosse sua própria filhinha. E assim lá foram elas para a casa da rica senhora, e o cabelo da menina foi lavado e penteado. Deram-lhe roupas de baixo de um branco puríssimo, um belo vestido de lã, meias brancas e reluzentes sapatos pretos. Quando a menina perguntou pelas roupas velhas, e em especial pelos sapatos vermelhos, a senhora disse que as roupas estavam tão imundas e os sapatos eram tão ridículos que ela os jogara no fogo, onde se reduziram a cinzas.

A menina ficou muito triste, pois, mesmo com toda a fortuna que a cercava, os modestos sapatos vermelhos feitos por suas próprias mãos haviam lhe dado uma felicidade imensa. Agora, ela era obrigada a ficar sentada quieta o tempo todo, a caminhar sem saltitar e a não falar a não ser que falassem com ela, mas uma chama secreta começou a arder no seu coração e ela continuou a suspirar pelos seus velhos sapatos vermelhos mais do que por qualquer outra coisa.

Como a menina tinha idade suficiente para ser crismada no dia do sacramento, a senhora levou-a a um velho sapateiro aleijado para que ele fizesse um par de sapatos especiais para a ocasião. Na vitrina do sapateiro havia um par de lindíssimos sapatos vermelhos do melhor couro. Eles praticamente refulgiam. Pois, apesar de sapatos vermelhos serem escandalosos para se ir à igreja, a menina, que só sabia decidir com seu coração faminto, escolheu os sapatos vermelhos. A vista da velha senhora era tão fraca que ela, sem perceber a cor dos sapatos, pagou por eles. O velho sapateiro piscou para a menina e embrulhou os sapatos.

No dia seguinte, os membros da congregação ficaram alvoroçados com os sapatos da menina. Os sapatos vermelhos brilhavam como maçãs polidas, como corações, como ameixas tingidas de vermelho. Todos olhavam carrancudos. Até os ícones na parede, até as estátuas não tiravam os olhos reprovadores dos sapatos. A menina, no entanto, gostava cada vez mais deles. Por isso, quando o bispo começou a salmodiar, o coro a cantarolar, o órgão a soar, a menina não achou que nada disso fosse mais belo que os seus sapatos vermelhos.

Antes do final do dia, a velha senhora já estava informada dos sapatos vermelhos da sua protegida.

– Nunca, nunca mais use esses sapatos vermelhos! – ameaçou a velha. No domingo seguinte, porém, a menina não conseguiu deixar de preferir os sapatos vermelhos aos pretos, e ela e a velha senhora caminharam até a igreja como de costume.

À porta do templo estava um velho soldado com o braço numa tipoia. Ele usava uma jaqueta curta e tinha a barba ruiva. Ele fez uma mesura e pediu permissão para tirar o pó dos sapatos da menina. Ela estendeu o pé, e ele tamborilou na sola dos sapatos uma musiquinha compassada que lhe deu cócegas nas solas dos pés.

– Lembre-se de ficar para o baile – disse ele, sorrindo e piscando um olho para ela.

Mais uma vez, todos lançaram olhares reprovadores para os sapatos vermelhos da menina. Ela, no entanto, adorava tanto esses sapatos que brilhavam como o carmim, como framboesas, como romãs, que não conseguia pensar em mais nada, que mal prestou atenção no culto. Estava tão ocupada virando os pés para lá e para cá para admirar os sapatos que se esqueceu de cantar.

– Que belas sapatilhas! – exclamou o soldado ferido quando ela e a velha senhora saíam da igreja. Essas palavras fizeram a menina dar alguns rodopios ali mesmo. No entanto, depois que seus pés começaram a se movimentar, eles não queriam mais parar; e ela atravessou dançando os canteiros e dobrou a esquina da igreja até dar a impressão de ter perdido totalmente o controle de si mesma. Ela dançou uma gavota, depois uma *csárdás* e saiu valsando pelos campos do outro lado da estrada.

O cocheiro da velha senhora saltou do seu banco e correu atrás da menina. Ele a segurou e a trouxe de volta para a carruagem, mas os pés da menina, nos sapatos vermelhos, continuavam a dançar no ar como se ainda estivessem no chão. A velha senhora e o cocheiro começaram a puxar e a forçar, na tentativa de arrancar os sapatos vermelhos dos pés da menina. Foi um horror. Só se viam chapéus caídos e pernas que escoiceavam, mas afinal os pés da menina se acalmaram.

De volta à casa, a velha senhora enfiou os sapatos vermelhos no alto de uma prateleira e avisou a menina para nunca mais calçá-los. No entanto, a menina não conseguia deixar de olhar para eles e ansiar por eles. Para ela, eles eram o que havia de mais lindo no planeta.

Não muito tempo depois, o destino quis que a velha senhora caísse de cama e, assim que os médicos saíram, a menina entrou sorrateira no quarto onde eram guardados os sapatos vermelhos. Ela os contemplou lá no alto da prateleira. Seu olhar tornou-se fixo e provocou nela um desejo tão forte que a menina tirou os sapatos da prateleira e os calçou, na crença de que eles não lhe fariam mal algum. Só que, no instante em que eles tocaram seus calcanhares e seus dedos, ela foi dominada pelo impulso de dançar.

E saiu dançando porta afora e escada abaixo, primeiro uma gavota, depois uma *csárdás* e em seguida giros arrojados de valsa em rápida sucessão. A menina estava num momento de glória e não percebeu que enfrentava dificuldades até que teve vontade de dançar para a esquerda e os sapatos insistiram em dançar para a direita. Quando ela queria dançar em círculos, os sapatos teimavam em seguir em linha reta. E, como eram os sapatos que comandavam a menina, em vez do contrário, eles a fizeram dançar estrada abaixo, atravessar os campos enlameados e penetrar na floresta soturna e sombria.

Ali, encostado numa árvore, estava o velho soldado de barba ruiva, com o braço na tipoia e usando sua jaqueta curta.

– Puxa – disse ele –, que belas sapatilhas!

Apavorada, a menina tentou tirar os sapatos, mas por mais que puxasse, eles continuavam firmes. Ela saltava primeiro num pé, depois no outro, para tentar tirá-los, mas o pé que estava no chão continuava dançando assim mesmo e o outro pé na sua mão também fazia seu papel na dança.

E assim, ela dançava e dançava sem parar. Por sobre os montes mais altos e pelos vales afora, na chuva, na neve e ao sol, ela dançava. Ela dançava na noite mais escura, no amanhecer e continuava dançando também ao escurecer. Só que não era uma dança agradável. Era terrível, e não havia descanso para a menina.

Ela entrou no adro de uma igreja e ali um espírito guardião não quis permitir que ela entrasse.

– Você irá dançar com esses sapatos vermelhos – proclamou o espírito – até que fique como uma alma penada, como um fantasma, até que sua pele pareça suspensa dos ossos, até que não sobre nada de você a não ser entranhas dançando. Você irá dançar de porta em porta por todas as aldeias e baterá três vezes a cada porta. E, quando as pessoas espiarem quem é, verão que é você e temerão que seu destino se abata sobre elas. Dancem, sapatos vermelhos. Vocês devem dançar.

A menina implorou misericórdia mas, antes que pudesse continuar a suplicar, os sapatos vermelhos a levaram embora. Ela dançou por cima das urzes, através dos riachos, por cima de cercas vivas, sem parar. Ainda dançava quando voltou à sua antiga casa e viu pessoas de luto. A velha senhora que a havia abrigado estava morta. Mesmo assim, ela passou dançando. Dançava porque não podia deixar de dançar. Totalmente exausta e apavorada, ela entrou dançando numa floresta onde morava o carrasco da cidade. E o machado na parede começou a tremer assim que pressentiu que ela se aproximava.

– Por favor! – implorou ela ao carrasco quando passou pela sua porta. – Por favor, corte fora meus sapatos para me livrar desse destino horrível.

O carrasco cortou fora as tiras dos sapatos vermelhos com o machado, mas os sapatos não se soltaram dos pés da menina. Ela se lamentou, então, dizendo que sua vida não valia mesmo nada e que ele deveria amputar-lhe os pés. Foi o que ele fez. Com isso, os sapatos vermelhos com os pés neles continuaram dançando floresta afora e morro acima até desaparecerem. A menina era, agora, uma pobre aleijada e teve de descobrir um jeito de sobreviver no mundo trabalhando como criada. E nunca mais ansiou por sapatos vermelhos.

*

A perda brutal nos contos de fadas

É mais do que razoável que se pergunte por que motivo os contos de fadas têm finais tão brutais. Trata-se de um fenômeno encontrado por toda parte nas mitologias e no folclore. O horripilante fecho dessa história é típico dos finais de histórias de fadas nas quais a protagonista espiritual é incapaz de completar um esforço de transformação.

Em termos psicológicos, o episódio brutal comunica uma verdade psíquica imperiosa. Essa verdade é tão urgente – e no entanto tão fácil de ser descartada quando dizemos: "Ah, sim, é, entendo" e seguimos, mesmo assim, na direção da nossa ruína – que é improvável que prestemos atenção ao aviso se ele for expresso em termos mais leves.

No mundo tecnológico moderno, os episódios brutais dos contos de fadas foram substituídos por imagens nos comerciais da televisão como, por exemplo, aquelas que mostram uma fotografia de uma família com um dos membros eliminado e com um rastro de sangue cobrindo a fotografia para mostrar o que acontece quando a pessoa dirige alcoolizada, ou aquelas imagens que tentam convencer as pessoas a não usarem drogas ilícitas mostrando um ovo a borbulhar numa frigideira e salientando que é isso o que ocorre com o cérebro submetido a drogas. A imagem brutal é um velho recurso para fazer com que o self emotivo preste atenção a uma mensagem muito séria.

A verdade psicológica na história dos sapatinhos vermelhos é a de que a vida expressiva da mulher pode ser sondada, ameaçada, roubada ou seduzida a não ser que ela se mantenha fiel à sua alegria básica e ao seu valor selvagem, ou que os resgate. A história chama a nossa atenção para armadilhas e venenos com os quais nos envolvemos com excessiva facilidade quando estamos sem a proteção da alma selvagem. Sem uma firme participação da natureza selvagem, a mulher definha e cai numa obsessão pelo que a faça se sentir melhor, pelo que a deixe em paz e por qualquer um que a ame, pelo amor de Deus.

Quando está esfaimada, a mulher aceita qualquer substituto que lhe seja oferecido, incluindo-se aqueles que, como os placebos, não fazem absolutamente nada por ela e os que são destrutivos e perigosos, que a fazem gastar seu tempo e seu talento de modo revoltante ou que expõem sua vida a perigos físicos. Trata-se de uma fome da alma que leva a mulher a optar por aquilo que a fará sair dançando descontrolada – e a levará também perto demais da porta do carrasco.

Portanto, para podermos compreender essa história com maior profundidade, precisamos ver como uma mulher pode se perder de forma tão drástica ao perder sua vida selvagem e instintual. O jeito de nos mantermos fiéis ao que temos, o jeito de descobrir o caminho de volta ao feminino selvagem, está em ver os erros que pode cometer uma mulher presa numa armadilha dessas. Só então podemos voltar atrás para consertar os estragos. Só então podemos ter uma reunião.

Como veremos, a perda dos sapatos vermelhos feitos à mão representa a perda da vitalidade passional e da vida que a própria mulher projetou para si, aliadas à adoção de uma vida domesticada em excesso. Isso acaba levando à perda da percepção aguçada, que induz aos excessos, à perda do pé, a plataforma sobre a qual pousamos, nossa base, um aspecto profundo da nossa natureza instintual que sustenta a nossa liberdade.

"Os sapatinhos vermelhos" nos mostra como tem início uma deterioração e o estado a que chegamos se não tomamos qualquer iniciativa em defesa da nossa própria natureza selvagem. Que não reste dúvida, quando a mulher se esforça por intervir e combater seus próprios demônios, quaisquer que sejam eles, essa é uma guerra das mais valiosas, tanto em termos arquetípicos quanto nos da realidade consensual. Muito embora ela possa, como ocorre na história, chegar ao fundo do poço em decorrência da fome, do cativeiro, do instinto prejudicado, de escolhas destrutivas e de todo o resto, lembrem-se de que no fundo é onde ficam as raízes vivas da psique. É ali que estão os alicerces selvagens da mulher. No fundo está o melhor solo para semear e ver crescer algo de novo. Nesse sentido, chegar ao fundo do poço, embora extremamente doloroso, é chegar ao terreno de semeadura.

Apesar de que jamais desejaríamos os venenosos sapatinhos vermelhos e subsequente definhamento para nós mesmas nem para ninguém mais, existe no seu centro ardente e destrutivo algo que mescla a ferocidade e a prudência na mulher que dançou a dança maldita, que perdeu a si mesma e à sua vida criativa, que se transportou até o inferno numa cestinha barata (ou cara) e que, mesmo assim, de algum modo se manteve fiel a uma palavra, um pensamento, uma ideia até poder fugir desses demônios por uma fresta no tempo e poder sobreviver para contar sua história.

Portanto, a mulher que perdeu o controle pela dança, que perdeu seu equilíbrio e seus pés e compreende esse estado de privação no final da história, tem um conhecimento especial e valioso. Ela é como um *saguaro*, um belo cacto gigante que sobrevive no deserto. Esses cactos podem ser perfurados por muitos tiros, podem ser entalhados, derrubados, pisoteados e ainda assim sobrevivem, ainda assim armazenam a água que dá vida, ainda assim crescem loucamente e se recuperam com o tempo.

Apesar de os contos de fadas acabarem ao final de dez páginas, nossas vidas não acabam junto. Nós somos coleções de muitos volumes. Na nossa vida, mesmo que um episódio represente um desastre total, sempre há um outro episódio à nossa espera e depois mais outro. Há sempre outras oportunidades para acertar, para moldar nossa vida do jeito que merecemos que ela seja. Não percam tempo amaldiçoando alguma derrota. O fracasso é um mestre mais eficaz do que o sucesso. Ouçam, aprendam, insistam. É isso o que estamos fazendo com essa história. Estamos ouvindo sua mensagem antiquíssima. Estamos aprendendo lições sobre modelos deteriorantes para podermos prosseguir com a força de quem sabe pressentir as armadilhas, arapucas e iscas antes de nos defrontarmos com elas ou de com elas nos envolvermos.

Comecemos a destrinchar essa significativa história compreendendo o que acontece quando a vida que mais valorizamos, não importa a impressão que ela cause nos outros, a vida que mais amamos, é desvalorizada e reduzida a cinzas.

Os sapatinhos vermelhos feitos à mão

Na história, sabemos que a menina perde os sapatos vermelhos criados por ela mesma, aqueles que a faziam se sentir rica ao seu próprio modo. Ela era pobre, porém criativa. Estava encontrando seu jeito de ser. Havia passado da condição de não ter sapato nenhum à de ter sapatos que lhe proporcionavam um sentido de força espiritual apesar das dificuldades da sua vida concreta. Os sapatinhos feitos à mão são símbolos da sua ascensão de uma existência psíquica insignificante para uma vida emotiva projetada por ela mesma. Seus sapatos representam um passo enorme e literal no sentido da integração da sua engenhosa natureza feminina na rotina do seu dia a dia. Não importa que sua vida seja imperfeita. Ela tem sua alegria. Ela irá evoluir.

Nos contos de fadas, podemos compreender essa personagem tipicamente pobre porém criativa, como um motivo psicológico daquele que é rico em espírito e que lentamente adquire maior conscientização e maior poder com o passar do tempo. Seria possível dizer que essa personagem retrata exatamente todas nós, pois todas avançamos lentamente, mas com segurança.

Sob o aspecto social, os sapatos transmitem um sinal: são um meio de distinguir um tipo de pessoa de outro tipo. Os artistas costumam usar sapatos que são completamente diferentes daqueles usados, digamos, por engenheiros. Os sapatos podem expressar algo a respeito de como somos, às vezes até de quem aspiramos ser, da *persona* que estamos experimentando.

O simbolismo arquetípico dos sapatos remonta à antiguidade, quando os sapatos eram um sinal de autoridade: os governantes os possuíam, os escravos não. Mesmo hoje em dia, grande parte do mundo moderno aprende a avaliar exageradamente a inteligência e a capacidade de uma pessoa com base no fato de ele ou ela usar sapatos ou não, assim como no fato de essa pessoa que possui sapatos estar "bem calçada" ou não.

Essa versão da história tem origem nos frios países do norte nos quais os sapatos são vistos como instrumentos de sobrevivência. Quando os pés são mantidos secos e aquecidos, eles permitem a sobrevivência da pessoa em condições extremas de frio e umidade. Lembro-me de que minha tia me contava que roubar o único par de sapatos de uma pessoa no inverno era um crime equivalente ao assassinato. A natureza apaixonada e criativa da mulher corre o mesmo risco se ela não puder se agarrar às suas fontes de alegria e crescimento. Elas são o seu calor, a sua proteção.

O símbolo dos sapatos pode ser interpretado como uma metáfora psicológica. Eles protegem e defendem o que é a nossa base – os nossos pés. No simbolismo dos arquétipos, os pés representam mobilidade e liberdade. Nesse sentido, ter sapatos para cobrir os pés é ter convicção nas nossas crenças e ter os meios necessários para segui-las. Sem sapatos psíquicos, a mulher é incapaz de transpor ambientes subjetivos ou objetivos que exijam perspicácia, bom senso, cautela e firmeza.

A vida e o sacrifício andam juntos. O vermelho é a cor da vida e do sacrifício. Para levar uma vida vibrante, precisamos fazer sacrifícios de diversos tipos. Se você quer ir para a universidade, deverá sacrificar tempo e dinheiro e dedicar uma concentração enorme a essa opção. Se você quiser criar, precisará sacrificar a superficialidade, alguma segurança e, com frequência, seu desejo de ser apreciada, para fazer vir à tona seus *insights* mais fortes, suas visões mais amplas.

Os problemas surgem quando há muito sacrifício, mas nenhuma vida brota disso tudo. Nesse caso, o vermelho é a cor da perda de sangue, em vez de ser a cor da vida do sangue. É exatamente isso o que ocorre na história. Perde-se um tipo de vermelho vibrante e amado quando os sapatinhos feitos à mão são queimados. Isso detona na menina um anseio, uma obsessão e, finalmente, uma dependência do outro tipo de vermelho: o das emoções baratas e velozes; o do sexo sem alma; aquele que leva a uma vida sem significado.

Portanto, ao interpretar todos os aspectos do conto de fadas como componentes da psique de uma única mulher, podemos concluir que a confecção dos sapatos vermelhos pela própria criança representa um feito importante: a menina retira sua vida do status de escrava/descalça – a de quem cuida da própria vida, com os olhos voltados para o chão, sem olhar nem para a direita nem para esquerda – para uma conscientização que faz uma pausa para criar, que nota a beleza e sente alegria, que sente paixão e registra a satisfação... bem como tudo o que compõe a natureza essencial que chamamos de selvagem.

O fato de os sapatos serem vermelhos indica que o processo será de uma vida vibrante, o que inclui o sacrifício. Isso é justo e correto. O fato de esses sapatos serem feitos à mão e formados de retalhos demonstra que a criança simboliza o espírito criativo, que, sendo órfã e não tendo recebido ensinamentos por quaisquer motivos, conseguiu reunir os pedacinhos e formar os sapatos usando sua percepção inata. Muito bem! Uma bela e veemente afirmação.

Se ela tivesse sido deixada em paz, essa situação teria um progresso agradável para o self criativo. Na história, a menina está feliz com sua obra, com o fato de ter conseguido executá-la, o fato de ter tido paciência para procurar e acumular retalhos, para criar a forma, reunir os pedaços e combiná-los, para manifestar suas ideias. Não importa que a princípio o resultado seja grosseiro. Muitos dos deuses da criação em todas as culturas e através dos séculos não criaram com perfeição logo da primeira vez. A primeira tentativa pode sempre receber aperfeiçoamentos, assim como a segunda e muitas vezes a terceira e também a quarta. Isso não tem nada a ver com a nossa habilidade e talento. É simplesmente a vida, evocativa e em evolução.

Contudo, se a criança for deixada em paz, ela fará outro par de sapatos vermelhos, mais um e ainda outro, até que eles não saiam tão grosseiros. Ela irá progredir. No entanto, ainda superior à sua maravilhosa exibição de engenhosidade e à capacidade de prosperar em circunstâncias difíceis, o fato notável é que esses sapatos feitos por ela lhe proporcionaram uma alegria imensa, e a alegria é a seiva da vida, o alimento do espírito e a vida da alma reunidos num só.

A alegria é o tipo de sensação que a mulher experimenta quando ela põe as palavras no papel daquele jeito exato, ou acerta as notas *al punto*, como queria, logo da primeira vez. Uau! É incrível. É o tipo de emoção que a mulher sente ao descobrir que está grávida quando é isso o que deseja. É o tipo de alegria que a mulher sente quando vê as pessoas que ama se divertindo. É aquela alegria que ela sente quando realizou alguma coisa na qual insistiu muito, que envolveu sentimentos fortes, algo que a fez se arriscar, algo que a fez se esforçar e se superar para conseguir – talvez com elegância, talvez não, mas com sucesso. Criou aquele algo, aquele alguém, a arte, a luta, o momento: sua vida. Esse é o estado de ser natural e instintivo da mulher. A Mulher Selvagem transparece nesse tipo de alegria. Situações comoventes dessa natureza convocam a Mulher Selvagem pessoalmente.

No entanto, na história, como preferiu o destino, um dia, para se contrapor diretamente aos modestos sapatos vermelhos feitos de retalhos, à simples alegria de viver, chega rolando e estalando à vida da menina uma carruagem dourada.

As armadilhas

Armadilha nº 1: A carruagem dourada, a vida desvalorizada

No simbolismo dos arquétipos, a carruagem é uma imagem literal, um veículo que transporta alguma coisa de um lugar para outro. Nos temas de sonhos modernos e no folclore contemporâneo, ela foi suplantada principalmente pelo automóvel, que dá a mesma "impressão" arquetípica. Do ponto de vista clássico, esse tipo de veículo de "transporte" é compreendido como a disposição central da psique, que nos transporta de um lado da psique para o outro, de uma ideia para outra, de um pensamento para outro e de uma iniciativa para outra.

O ato de subir na carruagem dourada da velha senhora nesse ponto é muito parecido com a entrada na gaiola dourada. Ela supostamente oferece algo mais confortável, menos estressante, mas na realidade sua função é a de cativeiro. Ela prende de um jeito imperceptível de imediato, já que a princípio os dourados costumam ser ofuscantes. Imaginemos, portanto, que vamos descendo a estrada da nossa vida, com nossos sapatos feitos por nós mesmas, e somos acometidas por uma disposição de ânimo que nos diz algo como "Talvez outra coisa fosse melhor; talvez algo que não fosse tão difícil; algo que consumisse menos tempo, energia e esforço".

Isso ocorre muitas vezes na vida das mulheres. Estamos no meio de um empreendimento e não importa como nos sintamos a respeito dele. Estamos simplesmente criando nossa vida à medida que avançamos e fazendo o melhor possível. Logo, porém, somos inundadas por algo que nos diz, isso é muito difícil, mas olhe só aquela beleza logo ali; aquele negócio todo enfeitado parece ser mais fácil, mais bonito, mais irresistível. De repente, uma carruagem dourada se aproxima, a porta se abre, a escadinha cai e nós subimos. Fomos seduzidas. Essa tentação ocorre com regularidade, às vezes diariamente. E às vezes é difícil dizer não.

Por isso, nós nos casamos com a pessoa errada porque nossa vida será mais fácil em termos econômicos. Desistimos de uma peça nova na qual estivemos trabalhando e voltamos a usar a velha e desgastada fórmula, porém mais fácil, que viemos tentando forçar nos últimos dez anos. Não levamos aquele belo poema ao nível de refinamento máximo mas o deixamos no terceiro rascunho em vez de trabalhar nele mais um pouco.

A passagem da carruagem dourada supera a alegria modesta dos sapatos vermelhos. Embora pudéssemos interpretar esse fato como a procura por parte da mulher de bens e confortos materiais, muitas vezes ele exprime um mero desejo psicológico de não ter de se esforçar tanto com os aspectos básicos da vida criativa. O desejo de facilitar a vida não é a armadilha, pois é natural que o ego tenha esse desejo. Ah, mas o preço. O preço é que é a armadilha. A armadilha se fecha quando a menina vai morar com a senhora velha e rica. Nessa casa, ela deverá ficar bem-comportada e em silêncio... Não lhe será permitido verbalizar nenhum anseio e, mais especificamente, não lhe será permitida a realização desse anseio. É o início da fome da alma para o espírito criativo.

A psicologia junguiana tradicional salienta que a perda da alma ocorre especialmente na metade da vida, por volta dos trinta e cinco anos de idade, ou pouco depois. No entanto, para as mulheres na cultura moderna, a perda da alma é um perigo a cada dia que passa, quer se tenha dezoito, quer oitenta anos, sejamos casadas ou não, independentemente da nossa linhagem, instrução ou nível econômico. Muitas pessoas "instruídas" sorriem com superioridade quando ouvem falar que as pessoas "primitivas" possuem listas intermináveis de experiências e acontecimentos que na sua opinião podem roubar sua alma – desde ver um urso na época errada do ano até entrar numa casa que não foi benzida depois de ali ter ocorrido uma morte.

Embora muitos aspectos da cultura moderna sejam maravilhosos e revitalizantes, ela também possui maior quantidade de ursos em época errada e locais não abençoados num único quarteirão do que em milhares de quilômetros quadrados de mato. O fato psíquico crucial continua a ser o de que nosso vínculo com o significado, com a paixão, com o envolvimento e com a natureza profunda é algo que precisamos proteger. Existem muitas coisas que tentam nos forçar, nos arrastar, nos seduzir para longe dos sapatos feitos à mão, que aparentam ser simples como quando dizemos: "numa outra hora, eu danço, planto, abraço, procuro, planejo, aprendo, faço as pazes, limpo... numa outra hora". Só armadilhas.

Armadilha nº 2: A velha secarrona, a força senescente

Na interpretação dos sonhos e dos contos de fadas, compreende-se que aquele que possui o "veículo de atitudes", a carruagem dourada, é o principal valor que pressiona a psique, que a força a seguir adiante, que a impulsiona na direção que lhe apraz. Nesse caso, os valores da velha senhora proprietária da carruagem começam a conduzir a psique.

Na psicologia junguiana tradicional, a figura arquetípica do idoso é às vezes chamada de força "senex". Em latim, *senex* significa "velho". Com maior propriedade e sem a atribuição de gênero, o símbolo do idoso pode ser compreendido como a *força senescente*: aquilo que age de um modo peculiar aos idosos.[1]

Nos contos de fadas, essa força da idade é encarnada por uma pessoa idosa que é frequentemente descrita como tendo apenas um aspecto, o que indica que o processo psíquico central está também se desenvolvendo apenas num aspecto. Em termos ideais, uma mulher de idade simboliza a dignidade, a capacidade de orientação, a sabedoria, o autoconhecimento, a atenção às tradições, os limites bem definidos e a experiência... com uma boa dose de irreverência irritadiça, franca e encantadora para contrabalançar.

No entanto, quando uma velha num conto de fadas usa esses atributos de forma negativa, como na história dos sapatinhos vermelhos, somos avisadas de que certos aspectos da psique que deveriam ser mantidos aquecidos estão a ponto de serem congelados no tempo. Algo que normalmente vibra dentro da psique está prestes a ser engomado e alisado, a ser espancado ou deformado ao ponto de não ser mais reconhecido. Quando a menina entra na carruagem dourada da velha senhora e em seguida na sua casa, ela foi capturada exatamente como se, de propósito, tivesse enfiado a pata numa armadilha de dentes pontiagudos.

Como vemos na história, o fato de ser adotada pela velha senhora, em vez de dignificar o novo, permite que a atitude senescente destrua a inovação. Em vez de orientar sua protegida, a velha senhora tentará mumificá-la. A velha senhora nessa história não é sábia, mas se dedica, sim, à repetição de um único valor sem experimentos nem renovação.

Através de todas as cenas localizadas na igreja, concluímos que esse valor único é o de que a opinião do coletivo importa mais do que qualquer coisa e deveria superar as necessidades da alma selvagem individual. Com frequência, considera-se que o coletivo é a cultura[2] que cerca um indivíduo. Embora isso seja verdade, a definição de Jung era a de "muitos comparados com o indivíduo". Somos influenciados por inúmeros coletivos, tanto pelos grupos aos quais nos associamos quanto por aqueles dos quais não somos integrantes. Sejam os grupos que nos cercam de natureza acadêmica, espiritual, financeira, profissional, familiar, quer de alguma outra natureza, eles impõem poderosas recompensas e punições a seus membros e aos não membros com idêntica aplicação. Eles operam de modo a influenciar e controlar todas as áreas possíveis – desde os nossos pensamentos até a nossa escolha de parceiros e o trabalho da nossa vida. Eles podem também depreciar ou desestimular os esforços que não se harmonizem com as suas preferências.

Nessa história, a velha senhora é um símbolo da rígida guardiã da tradição coletiva, de quem sustenta o *status quo* sem questioná-lo, do "comporte-se; não crie confusão; não pense demais; não se superestime; não chame a atenção; seja mais uma cópia; seja simpática; aceite tudo, mesmo que não goste, mesmo que não se ajuste a você, que não seja do tamanho certo e que machuque". E assim por diante.

Obedecer a um sistema de valores tão desprovido de vida provoca uma perda extrema de vínculo com a alma. Independentemente de quaisquer influências ou afiliações com grupos, nosso desafio em defesa da alma selvagem e do nosso espírito criador consiste em *não* nos fundirmos com o coletivo, mas em nos distinguirmos dos que nos cercam, construindo pontes até eles à nossa escolha. Nós vamos decidir quais pontes irão se solidificar e ter muito movimento, e quais permanecerão em esboço e vazias. E os grupos com os quais devemos nos relacionar serão aqueles que proporcionarem maior apoio à nossa alma e à vida criativa.

Se a mulher trabalha na universidade, ela está num grupo acadêmico. Ela não deve se fundir com qualquer proposta apresentada por esse ambiente coletivo, mas deve, sim, acrescentar-lhe sua própria contribuição especial. Como criatura inteira que é, a menos que tenha outras criações fortes na sua vida para contrabalançar isso, ela não pode permitir se transformar numa pessoa rabugenta e preconceituosa do tipo que "faz seu trabalho, vai para casa, volta para o trabalho...". Se a mulher tenta fazer parte de uma organização, associação ou família que deixe de examiná-la para ver do que ela é feita, que deixe de se perguntar o que faz essa pessoa funcionar e que não se esforce para desafiá-la ou incentivá-la de nenhum modo positivo... sua capacidade de prosperar e criar fica reduzida. Quanto piores as circunstâncias, mais empurrada ela será na direção de uma terra estéril onde foi espalhado sal para que nada ali crescesse.

A separação da vida e da mente de uma mulher de um pensamento coletivo nivelador e o desenvolvimento dos seus talentos exclusivos estão entre as realizações mais importantes que a mulher pode alcançar, pois esses atos impedem que tanto a psique quanto a alma caiam na escravidão. Uma cultura que promova genuinamente o desenvolvimento individual não pode jamais ter uma classe de escravos de qualquer grupo ou sexo.

Contudo, na história, a menina aceita os valores áridos da velha senhora. A menina torna-se, assim, braba, por passar de um estado natural para um de cativeiro. Logo, ela será lançada na loucura dos diabólicos sapatos vermelhos, mas já sem seus sentidos inatos e incapaz de perceber o perigo.

Se nos afastarmos da nossa vida real e pulsante e entrarmos na carruagem dourada da velha senhora sem vida, estaremos na verdade adotando a *persona* e as ambições dessa frágil perfeccionista. Então, como todo animal em cativeiro, caímos numa tristeza que leva a um anseio obsessivo, muitas vezes caracterizado como uma inquietação sem nome. Daí em diante, corremos o risco de nos agarrar à primeira coisa que promete fazer com que voltemos a nos sentir vivas.

É importante que mantenhamos os olhos abertos e que consideremos com cuidado as ofertas de uma existência mais fácil, de uma estrada sem problemas, especialmente se nos for pedido em troca que entreguemos a nossa própria alegria criadora a um forno crematório em vez de aquecê-la num fogo criado por nós mesmas.

Armadilha nº 3: A queima do tesouro, hambre del alma, *a fome da alma*

Existe o fogo que acompanha a alegria, e o fogo que acompanha a destruição. Um é o fogo da transformação; o outro, o fogo apenas da dizimação. No entanto, muitas mulheres renunciam aos seus sapatos vermelhos e concordam em se tornar limpas demais, educadas demais, submissas demais à visão de mundo das outras pessoas. Estamos entregando nossos alegres sapatos vermelhos ao fogo destrutivo quando digerimos valores, propagandas e filosofias por atacado, incluindo-se aí as de natureza psicológica. Os sapatos vermelhos são reduzidos a cinzas quando pintamos, atuamos, escrevemos, agimos e somos de qualquer modo que diminua as nossas vidas, que enfraqueça a nossa visão, que alquebre os ossos do nosso espírito.

É então que a vida da mulher é dominada pela palidez porque ela está com *hambre del alma*; é uma alma faminta. Tudo o que ela quer é ter de volta sua vida profunda. Tudo o que ela quer é aquele par de sapatos vermelhos feitos à mão. A enorme alegria que eles representam poderia ter sido extinta no fogo da falta de uso ou no da desvalorização do nosso próprio trabalho. Eles também poderiam ter ardido nas chamas do silêncio que impomos a nós mesmas.

Uma quantidade excessiva de mulheres fez um voto terrível anos antes de serem capazes de um melhor discernimento. Ainda jovens, faltaram-lhes o apoio e o estímulo básicos; e assim, cheias de mágoa e resignação, elas pousaram suas canetas, calaram sua voz, desligaram seu canto, enrolaram suas telas e juraram nunca mais voltar a tocar neles. A mulher que esteja em condições semelhantes entrou, sem perceber, no forno junto com a vida da sua própria criação. Sua vida fica reduzida a cinzas.

É possível que a vida de uma mulher definhe no fogo do ódio a si mesma, pois os complexos corroem fundo e, pelo menos por algum tempo, conseguem manter a mulher afastada do trabalho ou da vida que realmente importam para ela. Muitos anos se passam *sem* que ela ande, se mexa, aprenda, descubra, obtenha, assuma, *sem* que se transforme.

A imagem que a mulher cria para sua própria vida também pode ser destruída pelas chamas da inveja de outra pessoa ou pela simples atitude destrutiva dessa pessoa para com ela. Não se espera que a família, os conselheiros, professores e amigos sejam destrutivos mesmo quando sentem inveja, mas a verdade é que alguns deles decididamente são destrutivos, tanto de formas sutis quanto de formas não tão sutis. Nenhuma mulher pode permitir que sua vida criativa fique suspensa por um fio enquanto ela presta serviço a um amigo, mestre, pai ou parceiro num relacionamento amoroso, que não lhe seja propício.

Quando a vida da alma de uma pessoa fica reduzida a cinzas, a mulher perde seu tesouro vital e começa a agir com a aridez da morte. No seu inconsciente, o desejo pelos sapatos vermelhos, por uma alegria imensa, não só continua, mas cresce, transborda, acaba conseguindo se equilibrar nos próprios pés e domina a mulher, faminto e brabo.

Viver no estado de *hambre del alma*, de alma faminta, é sentir uma fome insaciável. Nessa situação, a mulher arde de fome por qualquer coisa que a faça voltar a se sentir viva. A mulher que foi capturada não sabe o que fazer e aceita alguma coisa, qualquer coisa, que lhe *pareça semelhante* ao tesouro original, seja para o seu bem ou não. A mulher que foi privada da sua verdadeira vida da alma pode dar a impressão de estar "limpa e penteada", mas por dentro ela está repleta de dezenas de mãos que imploram e de bocas vazias.

Nesse estado, ela aceita qualquer alimento independentemente das suas condições e dos seus efeitos porque está tentando compensar perdas anteriores. No entanto, mesmo que essa seja uma situação terrível, o Self selvagem insiste em tentar nos salvar. Ele sussurra, geme, chama, arrasta nossas carcaças descarnadas de um lado para o outro nos nossos sonhos até que nos conscientizemos da nossa condição e tomemos medidas no sentido de resgatar o tesouro.

Podemos entender melhor a mulher que se afunda em excessos – sendo os mais comuns as drogas, o álcool e relacionamentos prejudiciais – e cuja força propulsora é a fome da alma, com a observação do comportamento do animal esfaimado e voraz. Como a alma faminta, o lobo sempre foi descrito como um ser perverso, devorador, que ataca os inocentes e os desprotegidos, que mata por matar, que nunca sabe quando parar. Como se pode ver, o lobo tem uma reputação péssima e imerecida tanto nos contos de fadas quanto na vida real. Na verdade, os lobos são animais sociais dedicados. A matilha como um todo é organizada instintivamente de modo que os lobos saudáveis matem apenas o que for necessário para a sobrevivência. É somente quando algum trauma atinge um lobo isolado ou a matilha como um todo que esse padrão normal se relaxa ou se altera.

Existem duas circunstâncias nas quais o lobo mata desenfreadamente. Nos dois casos, ele não está bem. Ele pode matar indiscriminadamente quando está doente de raiva ou cinomose. Ele pode, também, matar indiscriminadamente após um período excessivo de fome. A ideia de que a fome pode mudar o comportamento dos seres vivos tem grande significado para as mulheres de alma faminta porque, em nove entre dez casos, a mulher com um problema espiritual/psicológico que a faz cair em armadilhas e se machucar seriamente é uma mulher cuja alma está sendo atualmente, ou foi no passado, submetida à fome.

Entre os lobos, a fome ocorre quando há fortes nevascas e é impossível chegar à caça. O cervo e o caribu funcionam como limpa-neves. Os lobos seguem as trilhas que eles abrem na neve alta. No entanto, quando o cervo fica preso por nevascas pesadas, essa limpeza para, e os lobos também ficam sem ter rastros a seguir. A consequência é a fome. Para os lobos, a época mais propícia aos perigos da fome é o inverno. Para a mulher, a fome pode surgir a qualquer hora, vinda de qualquer lugar, até mesmo da sua própria cultura.

Para o lobo, a fome geralmente termina na primavera, quando a neve começa a derreter. Depois de passar fome, a matilha pode se entregar a uma matança desenfreada. Seus integrantes não comem a maior parte da caça morta, nem a escondem. Eles simplesmente a abandonam. Matam muito mais do que jamais conseguiriam comer, muito mais do que jamais precisariam.[3] Um processo semelhante ocorre quando uma mulher foi capturada e submetida à fome. De repente, sentindo-se livre para ir e vir, fazer e ser, ela corre o risco de se entregar a excessos irresponsáveis... e de se sentir no direito de fazê-lo. A menina no conto de fadas também crê ter o direito de acesso aos perigosos sapatos vermelhos a qualquer custo. Há algo na fome que nos priva do raciocínio.

Portanto, quando o tesouro da vida mais profunda da mulher foi reduzido a cinzas, em vez de ter a motivação da expectativa, ela se vê possuída pela voracidade. Se não se permitia, por exemplo, que a mulher esculpisse, ela de repente pode começar a esculpir dia e noite, perdendo horas de sono, privando de alimento seu corpo inocente, prejudicando sua saúde e sabe-se lá mais o quê. Pode ser que ela não consiga ficar acordada nem mais um segundo. Recorre, então, às drogas... pois quem sabe quanto tempo ainda irá continuar livre?

Hambre del alma também implica a privação dos atributos da alma: a criatividade, a percepção sensorial e outros dons instintivos. Se uma mulher tem de ser bem-educada e só se senta com os joelhos bem juntinhos; se ela foi criada de modo a baixar a cabeça diante da linguagem grosseira; se nunca lhe foi permitido beber nada a não ser leite pasteurizado... quando ela se liberar, cuidado! De repente, pode não haver quantidade de gim que sacie sua sede; ela pode se esparramar como um marinheiro embriagado; e seus palavrões podem fazer soltar a tinta das paredes. Depois da fome, vem o medo de que um dia desses voltemos a ser capturadas. Por isso, vamos aproveitar enquanto é tempo.[4]

A aniquilação através de excessos, ou seja, os comportamentos exagerados, é a reação da mulher que está faminta por uma vida que tenha significado e faça sentido para ela. Quando uma mulher passou longos períodos sem seus ciclos ou sem suprir suas necessidades criativas, ela começa a se exceder – seja no que for –: álcool, drogas, raiva, espiritualidade, opressão generalizada, promiscuidade, gravidezes, estudo, criação, controle, instrução, organização, forma física, comidas pouco saudáveis, para citar apenas algumas áreas em que os excessos são comuns. Quando a mulher age assim, ela está procurando compensar a perda dos ciclos regulares de expressão de si mesma, expressão da alma, da satisfação da alma.

A mulher faminta resiste a muitos períodos de privação. Ela pode planejar escapar e, não obstante, considerar alto demais o preço da fuga, acreditando que ela lhe exigirá muita libido, muita energia. A mulher pode também se sentir despreparada sob outros aspectos, como por exemplo em termos espirituais, econômicos ou da sua própria formação. Infelizmente, a perda do tesouro e a recordação de longas temporadas de privação podem nos levar a racionalizar que os excessos são desejáveis. E é claro que é um imenso alívio e prazer conseguir finalmente apreciar uma sensação... qualquer sensação.

A mulher recém-liberta da fome só quer gozar a vida, para variar. Suas percepções embotadas no que diz respeito aos limites financeiros, espirituais, físicos, racionais e emocionais necessários para a sobrevivência colocam em risco sua existência. Para ela, há em algum lugar um belo e perigoso par de sapatos vermelhos. Ela os apanhará onde os encontrar. É esse o problema da privação. Se alguma coisa der a impressão de preencher o anseio, a mulher a agarrará, sem fazer perguntas.

Armadilha nº 4: Danos aos instintos básicos, a consequência do cativeiro

Os instintos são algo difícil de definir, pois suas configurações são invisíveis e, embora pressintamos que eles fazem parte da natureza humana desde o início dos tempos, ninguém sabe precisamente onde eles se localizariam em termos neurológicos nem de que modo exato eles nos influenciam. À luz da psicologia, Jung propôs que os instintos seriam derivados do inconsciente psicóide, aquela camada da psique na qual a biologia e o espírito talvez se encontrem. Depois de muito refletir, sou da mesma opinião, e me arriscaria a propor que o instinto criador, em especial, tanto é a expressão lírica do Self quanto a simbologia dos sonhos.

Etimologicamente, a palavra *instinto* deriva do latim *instinguere*, que significa incitar ou induzir uma inspiração inata, bem como de *instinctus*, que significa "impulso". A ideia do instinto pode ser valorizada como alguma coisa interna que quando mesclada com a previsão e a consciência, orienta os seres humanos no sentido de um comportamento integral. A mulher nasce com todos os instintos intactos.

Embora pudéssemos dizer que a menina da história foi arrastada para um ambiente novo, ambiente no qual sua falta de polimento é corrigida e as dificuldades eliminadas da sua vida, na realidade seu processo de individualização para, seu esforço no sentido do desenvolvimento é interrompido. E, quando a velha senhora, uma presença inibidora, considera a obra do espírito criador um lixo, em vez de um bem, e queima os sapatos vermelhos, a menina fica mais do que calada. Ela se entristece, que é o estado esperado quando o espírito criativo é isolado da vida profunda natural. Pior que isso, o instinto da criança para fugir dessa aflição fica embotado a ponto de desaparecer. Em vez de ter como objetivo uma nova vida, ela fica presa numa poça de cola psíquica. A recusa a tentar fugir, quando essa atitude é plenamente justificada, causa a depressão. Mais uma armadilha.

Chamem a alma do que quiserem – a união com o lado selvagem, a esperança no futuro, uma corrente de energia, a paixão pela criação, um jeito de ser, de fazer, o ser amado, o noivo selvagem, a "pluma pousada no sopro de Deus".[5] Quaisquer que sejam as palavras ou imagens que empreguemos para descrever esse aspecto da nossa vida, foi ele que foi capturado. É por isso que o espírito da psique fica tão desolado.

Em estudos a respeito da vida de diversas espécies de animais selvagens em cativeiro, foi descoberto que, independentemente do carinho com que foram construídos os seus ambientes nos zoológicos, independentemente do amor, realmente verdadeiro, dos seus tratadores, muitas vezes os animais tornam-se incapazes de procriar, alteram-se seus apetites para o alimento e para o descanso, seu comportamento vital definha até chegar à letargia, à irritabilidade ou à agressividade desmedida. Os zoólogos chamam esse comportamento no cativeiro de "depressão animal". Sempre que o animal é enjaulado, deterioram-se seus ciclos naturais de sono, de seleção do parceiro, do estro, dos cuidados consigo mesmo e dos cuidados com os filhotes, entre outros. À medida que se vão perdendo os ciclos naturais, segue-se o vazio. O vazio não é cheio, como no conceito budista do vazio sagrado, mas, sim, um vazio como o de se estar dentro de uma caixa vedada sem aberturas.

Assim, quando a mulher entra nos domínios da velha e árida senhora, ela sofre de perda de decisão, confusão mental, tédio, depressão simples e súbitas crises de ansiedade que são semelhantes aos sintomas que os animais apresentam quando estão atordoados pelo cativeiro ou por traumas. Um excesso de domesticação gera impulsos fortes e essenciais no sentido de brincar, de se relacionar, de saber lidar, de perambular, de comungar e assim por diante. Quando uma mulher concorda em ser bem-educada demais, seus instintos por esses impulsos caem nas trevas do seu inconsciente mais profundo, fora do seu alcance imediato. Diz-se, então, que ela está com seus instintos prejudicados. O que deveria vir naturalmente acaba não vindo ou vem só depois de muito esforço, muitos empurrões, muita racionalização e lutas consigo mesma.

Quando falo do excesso de domesticação como forma de cativeiro, não estou me referindo à socialização, o processo pelo qual as crianças são ensinadas a se comportar de um modo mais ou menos civilizado. O desenvolvimento social é de importância crítica. Sem ele, a mulher não tem como progredir no mundo.

No entanto, o excesso de domesticação se assemelha a proibir que a essência vital saia dançando. Em seu estado saudável e característico, o Self selvagem não é dócil e vazio. Ele é alerta e sensível a qualquer movimento ou momento. Ele não se prende a um modelo absoluto e repetitivo para toda e qualquer circunstância. Ele tem opções criativas. A mulher cujos instintos estão prejudicados não tem escolha. Ela simplesmente fica impossibilitada de prosseguir.

Há muitos modos de se estar impedida de prosseguir. A mulher cujos instintos estão feridos geralmente se denuncia por enfrentar muita dificuldade para pedir ajuda, para reconhecer suas próprias necessidades. Seu instinto natural para a luta ou para a fuga é drasticamente reduzido ou mesmo extinto. São inibidos ou exagerados o seu reconhecimento das sensações de saciedade, de sabor estranho, de suspeita, de cautela, e seu impulso no sentido de amar plena e livremente.

Como na história, uma das agressões mais insidiosas ao Self selvagem consiste em receber ordens para agir corretamente, com a insinuação de que uma recompensa se seguirá (um dia, quem sabe?). Embora esse método possa (dou ênfase especial a esse "possa") temporariamente convencer uma criança de dois anos a arrumar seu quarto (nada de brinquedo enquanto a cama não estiver feita),[6] ele jamais funcionará na vida de uma mulher cheia de energia. Apesar de a coerência, a persistência e a organização serem elementos essenciais à implementação de uma vida criativa, a ordem da velha senhora para que ela se comporte elimina qualquer oportunidade de expansão.

Não é o bom comportamento, mas a atividade lúdica que é a artéria central, o cerne, o bulbo cerebral da vida criativa. O impulso para o lúdico é instintivo. Sem o lúdico, não há vida criativa. Com o comportamento restrito ao "bom", não há vida criativa. Quando estamos sentadas sem nos mexer, não há vida criativa. Quando falamos, pensamos e agimos apenas com modéstia, não há vida criativa. Qualquer grupo, sociedade, instituição ou organização que incentive as mulheres a desprezar o que for excêntrico; a suspeitar do que for novo e incomum; a evitar o que for inovador, vital, veemente; a despersonalizar o que lhe for característico, estará à procura de uma cultura de mulheres mortas.

Janis Joplin, uma cantora de blues da década de 60, é um bom exemplo de uma mulher braba cujos instintos se viram prejudicados por forças alquebradoras do espírito. Sua vida criativa, sua curiosidade inocente, seu amor pela vida, sua atitude irreverente para com o mundo durante os anos do seu crescimento eram impiedosamente criticados pelos seus mestres e por muitos dos que a cercavam na comunidade batista de meninas brancas "bem-comportadas", no sul dos Estados Unidos.

Embora fosse excelente aluna e pintora talentosa, era repudiada pelas outras meninas por não usar maquiagem[7] e pela vizinhança por ouvir jazz e gostar de escalar uma formação rochosa fora da cidade para ficar lá cantando com seus amigos. Quando afinal fugiu para o mundo dos blues, era uma pessoa tão carente que não sabia mais dizer quando era a hora de parar. Ela não tinha limites no que dizia respeito a sexo, bebidas ou drogas.[8]

Há algo em Bessie Smith, Anne Sexton, Edith Piaf, Marilyn Monroe e Judy Garland que apresenta o mesmo padrão de instintos prejudicados pela fome da alma: a tentativa de "se ajustar", a tendência à intemperança, a impossibilidade de parar.[9] Poderíamos trazer uma longa relação de mulheres talentosas de instintos feridos que, num estado de vulnerabilidade, fizeram escolhas infelizes. Como a criança da história, todas elas perderam seus sapatos feitos à mão em algum ponto do caminho e de algum modo chegaram aos perigosos sapatinhos vermelhos. Todas elas estavam cheias de mágoa por ansiarem por alimento para o espírito, por histórias para a alma, por vaguear naturalmente por aí, por enfeites que se adequassem às suas próprias necessidades, pelo aprendizado de Deus e por uma sexualidade simples e sã. No entanto, distraídas, elas escolheram os sapatos amaldiçoados – crenças, atos, ideias que fizeram com que sua vida se deteriorasse cada vez mais – que as transformaram em espectros a dançar loucamente.

Não se pode subestimar o dano causado aos instintos como raiz do problema quando as mulheres parecem estar loucas, são possuídas por uma obsessão ou quando estão presas a modelos menos maléficos mas, ainda assim, destrutivos. A recuperação do instinto ferido começa com o reconhecimento de que a captura ocorreu, de que uma fome da alma se seguiu, de que os limites normais de *insight* e proteção foram perturbados. É preciso reverter o processo que causou a captura da mulher e a consequente fome. Antes de mais nada, porém, muitas mulheres passam pelos estágios que se seguem, como está descrito na história.

Armadilha nº 5: A tentativa de ocultar uma vida secreta, a divisão

Nesse segmento da história, a menina está para ser crismada e é levada ao sapateiro para comprar sapatos novos. O tema da crisma é um acréscimo relativamente moderno à história. Em termos arquetípicos, é provável que "Os sapatinhos vermelhos" seja um fragmento extremamente alterado de uma história ou mito muito mais antigo que tratava do surgimento da menarca e da passagem para uma vida menos protegida pela mãe, já que a jovem teria aprendido na infância com mulheres mais velhas do que ela a ficar alerta para o mundo concreto e a reagir a ele.[10]

Diz-se que nas antigas culturas matriarcais da Índia, do Egito, de partes da Ásia e da Turquia – que parecem ter influenciado o nosso conceito da alma feminina por milhares de quilômetros em todas as direções – a transmissão da *henna* e de outros pigmentos vermelhos às mocinhas, para que pudessem tingir os pés com eles, era uma característica fundamental dos ritos de passagem.[11] Um dos ritos de passagem mais importantes tratava da primeira menstruação. Esse rito celebrava a travessia da infância para a profunda capacidade de gerar vida no próprio ventre, de dispor do poder sexual resultante e de todos os poderes femininos periféricos. A cerimônia apresentava o sangue em todos os seus estágios: o sangue uterino da menstruação, o do parto, o do aborto, todos escorrendo na direção dos pés. Como se pode ver, os sapatos vermelhos originais eram plenos de significado.

A referência ao dia do sacramento da crisma é também um acréscimo mais recente. Trata-se de uma festa cristã que, na Europa, acabou por superar os festejos do solstício de inverno da antiga cultura pagã. Durante as festividades pagãs, mais antigas, as mulheres praticavam a purificação ritual do corpo feminino e da alma/espírito feminino numa preparação para uma nova vida, tanto figurativa quanto literal, na primavera que viria. Esses ritos podiam conter o lamento grupal pelas perdas nos partos,[12] incluindo-se a morte de um filho, o aborto natural, o parto de natimortos, o aborto provocado e outros acontecimentos importantes na vida sexual e reprodutiva do ano anterior.[13]

Nesse momento na história, ocorre um dos episódios mais reveladores da repressão psíquica. O voraz desejo da criança pela alma destrói as trancas do seu comportamento reprimido. Na sapataria, ela faz passar os estranhos sapatos vermelhos sem que a velha senhora note. Uma fome devoradora pela vida da alma veio à tona na sua psique, apanhando qualquer coisa que lhe caia nas mãos, pois ela sabe que logo voltará a ser reprimida.

Essa explosiva "ocultação" psicológica ocorre quando a mulher reprime grande parte do self, empurrando-o para locais sombrios na psique. Segundo a psicologia analítica, a repressão de sentimentos, instintos e impulsos tanto negativos quanto positivos, forçando-os para o fundo do inconsciente, faz com que eles ocupem o reino da sombra. Embora o ego e superego continuem tentando censurar os impulsos da sombra, a própria pressão causada por essa repressão se assemelha muito a uma bolha na lateral de um pneu. Com o tempo, à medida que o pneu gira e se aquece, a pressão por trás da bolha aumenta e provoca uma explosão, que libera todo o ar do seu interior.

A sombra age de modo semelhante. É por isso que uma pessoa extremamente sovina pode surpreender a todos contribuindo de repente com milhões de dólares para um orfanato. Ou é por isso que uma pessoa normalmente simpática é capaz de ter um ataque e agir momentaneamente como um rojão enlouquecido. Concluímos que, quando se abre um pouco a porta para o reino da sombra e se permite que vários elementos saiam, aos poucos, para que nos relacionemos com eles, que descubramos uso para eles, que negociemos com eles, podemos reduzir a chance de sermos surpreendidas por ataques e explosões inesperadas dali provenientes.

Embora os valores possam mudar de uma cultura para a outra, colocando, assim, "negativos" e "positivos" diferentes no reino das sombras, impulsos típicos que são considerados negativos e, portanto, relegados às trevas são aqueles que estimulam a pessoa a roubar, a enganar, a assassinar, a agir com excesso de diversas maneiras, e assim por diante nessa mesma linha. Os aspectos negativos da sombra costumam ser estranhamente interessantes e, ainda assim, de natureza entrópica, roubando o equilíbrio e a serenidade na disposição e na vida de indivíduos, relacionamentos e grupos maiores.

A sombra pode, porém, conter aspectos divinos, exuberantes, belos e poderosos da individualidade. Para as mulheres, especialmente, o mundo sombrio quase sempre contém modos refinados de ser que são proibidos na sua cultura ou que nela recebem pouco apoio. No fundo do poço da psique de muitas mulheres está a criadora visionária, a astuta reveladora da verdade, a vidente, a que pode falar bem de si mesma sem se censurar, que pode se encarar sem repulsa, que se esforça para aperfeiçoar seu talento. Os impulsos positivos ocultos nas sombras da nossa cultura na maioria das vezes estão relacionados à permissão para que a mulher crie uma vida própria, feita à mão.

Esses aspectos rejeitados, desvalorizados e "inaceitáveis" da alma e do self não ficam simplesmente ali parados nas trevas, mas conspiram para decidir quando e como farão uma tentativa para alcançar a liberdade. Eles borbulham ali no inconsciente, em fervilhante ebulição, até que um dia, não importa se a tampa que os cobre esteja bem fechada ou não, explodem em todas as direções num caudal descontrolado e com vontade própria.

Nessas circunstâncias, como dizem no interior, é como tentar pôr dez quilos de lama num saco de cinco quilos. O que irrompeu das trevas é difícil de ser controlado depois da explosão. Embora tivesse sido muito melhor ter descoberto um meio de vivenciar a alegria proporcionada pelo espírito criativo de modo pleno e consciente, do que tê-la enterrado, às vezes a mulher fica contra a parede, e é esse o resultado.

A vida sombria ocorre quando escritoras, pintoras, bailarinas, mães, cientistas, místicas, estudantes ou artífices param de escrever, de pintar, de dançar, de cuidar dos filhos, de pesquisar, observar, aprender, praticar. Elas podem parar porque aquilo a que dedicaram tanto tempo não saiu como esperavam, não obteve o reconhecimento merecido ou por inúmeras outras razões. Quando quem cria para pelo motivo que seja, a energia que chega naturalmente a ela é desviada para o mundo oculto, a partir do qual ela vem à tona quando e onde consegue. Como a mulher percebe que não pode se dedicar abertamente àquilo que deseja, ela começa a levar uma estranha vida dupla, simulando um comportamento à luz do dia, agindo de outro modo quando tem a oportunidade.

Quando a mulher começa a arrumar a sua vida para que caiba inteira num pequeno embrulho bem-feito, tudo o que consegue é forçar toda a sua energia vital para o lado da sombra. "É, estou bem", diz essa mulher. Olhamos para ela do outro lado do quarto ou no espelho. Sabemos que não está bem. Um dia, de repente, alguém nos diz que ela se juntou com um tocador de flautim e fugiu para Tippecanoe para tomar conta de um cassino. Ficamos nos perguntando o que aconteceu porque sabemos que ela detesta flautins e sempre quis ir morar nas ilhas gregas, não em Tippecanoe, e nunca chegou a mencionar uma palavra sequer a respeito de cassinos.

À semelhança de Hedda Gabler na peça de Henrik Ibsen, a mulher selvagem pode fingir que leva uma "vida normal" enquanto range os dentes, mas há sempre um preço a ser pago. Hedda esconde uma vida perigosa e apaixonada, brincando com um ex-amante e com a Morte. Por fora, ela parece se contentar em usar chapéus e ouvir seu marido insípido reclamar da monotonia da vida. A mulher pode ser educada e até mesmo cínica por fora, enquanto sofre de uma hemorragia interna.

Ou ainda, como Janis Joplin, a mulher pode tentar se adequar até não conseguir aguentar mais; e então sua natureza criativa, corroída e revoltada por ter sido forçada a mergulhar nas sombras, entra em violenta erupção, rebelando-se contra os dogmas da "educação" com atitudes irresponsáveis que desdenham seu próprio talento e sua própria vida.

Pode-se dar o nome que se quiser, mas ter uma vida secreta porque a vida real não tem espaço suficiente para vicejar é prejudicial à vitalidade da mulher. Mulheres famintas e em cativeiro escondem todo o tipo de coisa: músicas e livros proibidos, amizades, sensações sexuais, sentimentos religiosos. Elas escondem pensamentos furtivos, sonhos de revolução. Elas roubam tempo dos seus parceiros e das suas famílias. Escondem dentro de casa um tesouro. Tiram furtivamente o tempo para escrever, para pensar, para a alma. Elas escondem um espírito no quarto de dormir; um poema antes do trabalho; um carinho ou um abraço quando ninguém está olhando.

Para escapar desse caminho polarizado, a mulher tem de abandonar a simulação. Esconder uma vida interior falsa nunca funciona. Ela sempre explode pela lateral do pneu, quando menos esperamos. E aí, é a desgraça para todos. É melhor que despertemos, que nos levantemos, por mais caseira que seja nossa plataforma, e vivamos com a maior intensidade possível, da melhor maneira possível, deixando de lado a ocultação de falsos substitutos. Esperemos pelo que seja realmente significativo e saudável para nós.

Na história, a menina consegue fazer passar os sapatos pela velha senhora de pouca visão. Nesse ponto afirma-se que o próprio sistema de valores rígido e perfeccionista não possui a capacidade de ver bem, de estar alerta para o que acontece ao seu redor. É típico da psique ferida, assim como da cultura nas mesmas condições, não perceber a aflição pessoal do self. E assim a jovem faz mais uma escolha infeliz em meio a uma série de outras.

Partamos do pressuposto de que seu primeiro passo para o cativeiro, a entrada na carruagem dourada, tenha sido fruto da ignorância. Digamos que o abandono da sua própria criação tenha sido irrefletido, mas característico de quem não tem experiência de vida. Agora, porém, ela quer aqueles sapatos na vitrina do sapateiro e, paradoxalmente, esse impulso em busca de uma nova vida é certo e apropriado, mas a verdade é que ela passou muito tempo na casa da velha senhora e, por isso, seus instintos não dão o alarme quando ela escolhe esse perigo mortal. Na realidade, o sapateiro conspira com a menina. Ele pisca e sorri com a sua triste opção. Juntos eles fazem passar os sapatos, sem que a velha perceba.

As mulheres iludem-se dessa forma. Elas jogaram fora o tesouro, qualquer que ele pudesse ter sido, mas ficam escondendo coisinhas ínfimas sempre que podem. Será que elas escrevem? Escrevem, mas em segredo. E, assim, não têm apoio, nem *feedback*. A estudante universitária está procurando se superar? Está, mas sozinha, de tal modo que não pode obter ajuda ou orientação. E o que dizer da mulher ambiciosa que finge não o ser, mas que tem uma dedicação sincera a realizações para si mesma, para sua gente, seu mundo? Ela tem sonhos vigorosos, mas se limita a continuar lutando em silêncio. É fatal não ter uma confidente, não ter um guia, não ter nem mesmo uma torcida ínfima.

É difícil ocultar fragmentos de vida desse jeito, mas as mulheres o fazem todos os dias. Quando a mulher se sente obrigada a viver às ocultas, ela está pondo para funcionar um modo de subsistência mínima. Ela oculta a vida para que "eles" não ouçam, quem quer que "eles" sejam na sua vida.

Superficialmente, ela aparenta desinteresse e tranquilidade, mas, sempre que surge uma réstia de luz, sua alma esfaimada dá um salto, persegue a forma de vida mais próxima, alegra-se, dá coices, avança loucamente, dança como uma boba, fica exausta e depois tenta se esgueirar de volta à cela sombria antes que alguém perceba sua ausência.

As mulheres infelizes no casamento agem assim. As mulheres forçadas a se sentirem inferiores agem assim. As mulheres cheias de vergonha, as que temem ser punidas, expostas ao ridículo ou à humilhação agem assim. As mulheres com instintos feridos agem assim. Esconder o que se faz *só* é bom para a mulher no cativeiro se ela esconder o que for certo, só se o que ela esconder for exatamente o que a levará à libertação. No fundo, o ato de esconder fragmentos de vida que sejam corajosos, benéficos e que deem satisfação faz com que a alma fique ainda mais determinada a erradicar a mentira para ter a liberdade de viver a vida abertamente como bem lhe aprouver.

Vejamos. Há algo na alma selvagem que não nos permite sobreviver para sempre com migalhas. Porque na realidade é impossível para a mulher que luta pela conscientização respirar um pouquinho de ar puro e se contentar com isso só. Lembre-se de quando você era criança e descobriu que era impossível cometer suicídio prendendo a respiração? Embora você procure continuar só com um pouquinho de ar ou sem ar nenhum, os seus pulmões parecem querer gritar, e alguma força impetuosa e imperativa faz com que você acabe inspirando o máximo de ar possível. Você sorve o ar, você o engole, até voltar a respirar normalmente.

Felizmente existe um mecanismo semelhante na alma/psique. Ele nos domina e nos força a respirar fundo o ar puro. Na realidade, sabemos que não podemos subsistir de verdade se sorvermos a vida em goles mínimos. A força selvagem na alma da mulher exige que ela tenha acesso a tudo. E assim podemos ficar em estado de alerta e assimilar tudo o que for certo para nós.

Na história, o sapateiro é um prenúncio do velho soldado, que mais tarde transmite vida aos sapatos que dançam até enlouquecer quem os calça. Há muitos pontos coincidentes entre esse personagem e o que sabemos da simbologia antiga para que o consideremos um mero espectador. O predador natural no interior da psique (e também aquele pertencente à cultura) é um mutante, uma força capaz de se disfarçar, da mesma forma que as armadilhas, arapucas e iscas envenenadas são disfarçadas para seduzir os desavisados. Devemos levar em consideração que ele transforma em brincadeira o ato de enganar a velha senhora.

Não, é provável que ele seja cúmplice do soldado, que é obviamente uma descrição do diabo disfarçado.[14] Nos velhos tempos, o diabo, o soldado, o sapateiro, o corcunda e outros eram imagens usadas para retratar as forças negativas tanto na natureza da terra quanto na natureza humana.[15]

Embora pudéssemos sentir um orgulho justificado da alma com coragem suficiente para tentar apanhar secretamente alguma coisa, qualquer coisa, sob circunstâncias de tamanha carência, a verdade é que essa atitude por si só não pode ser o único aspecto da questão. Uma psicologia abrangente deve incluir não só o corpo, a mente e o espírito, mas também, e de modo idêntico, a cultura e o ambiente. A partir dessa perspectiva, é preciso que perguntemos a cada estágio como acabou acontecendo que qualquer mulher específica tenha a sensação de precisar ser servil, retrair-se, humilhar-se e implorar por uma vida que, para começo de conversa, já lhe pertence. Um exame das pressões criadas em cada camada do mundo objetivo e do subjetivo irá evitar que a mulher imagine ser uma opção construtiva apanhar em segredo os sapatinhos do diabo.

Armadilha nº 6: O recuo diante do coletivo, a rebelião na sombra

A menina calça os sapatos vermelhos às escondidas, vai até a igreja, não presta nenhuma atenção ao alvoroço ao seu redor, é desprezada pela comunidade. Os habitantes da aldeia a denunciam. Ela é repreendida. Os sapatos vermelhos são retirados. É, porém, tarde demais. Ela foi fisgada. Não se trata ainda de uma obsessão, mas a questão é que o coletivo inspira e reforça sua fome interna ao exigir que ela capitule diante de seus valores estreitos.

Pode-se tentar levar uma vida secreta, mas mais cedo ou mais tarde o superego, um complexo negativo e/ou a própria cultura a atacarão. É difícil esconder algo proibido que lhe inspira voracidade. É difícil ocultar prazeres furtivos mesmo quando eles não são benéficos.

A natureza das culturas e dos complexos negativos consiste em se abater sobre qualquer discrepância entre o consenso sobre o que é o comportamento aceitável e o impulso divergente do indivíduo. Da mesma forma que algumas pessoas ficam furiosas com uma única folha caída na entrada de casa, o julgamento negativo se mune das suas serras para amputar qualquer membro que não se harmonize com o todo.

Ocasionalmente, o coletivo pressiona a mulher para ser uma santa, ser uma pessoa esclarecida, ser politicamente correta, ser controlada, para que cada uma das suas iniciativas resulte numa obra-prima. Se recuarmos diante do coletivo, cedendo às pressões no sentido de um conformismo irracional, estaremos protegidas do isolamento, mas, ao mesmo tempo, estaremos também traindo nossas vidas selvagens e as colocando em risco.

Há quem pense que já se foi o tempo em que chamar uma mulher de selvagem equivalia a xingá-la. Se ela foi rebelde, ou seja, se agiu de acordo com a natureza do seu self profundo, ela foi classificada de "errada" ou "má". Não é verdade que esse tempo já passou. O que mudou foram os tipos de comportamento considerados "descontrolados" no caso das mulheres. Por exemplo, em diversas partes do mundo hoje em dia, se uma mulher toma uma posição política, social ou ambientalista, é muito frequente que suas motivações sejam examinadas para detectar se ela "perdeu o controle", ou seja, se enlouqueceu.

Para uma criança selvagem nascida numa comunidade de valores rígidos, a consequência normal é a de passar pela vergonha de ser evitada. É uma atitude em que a vítima é tratada como se não existisse. O ostracismo retira da pessoa que dele é vítima o interesse espiritual, o amor e outras necessidades psíquicas. A ideia é de forçar a vítima a se ajustar, e se isso não acontecer, destruí-la espiritualmente e/ou expulsá-la da aldeia para que definhe e morra nos ermos.

Se uma mulher é repudiada, quase sempre isso ocorre porque ela fez algo ou está a ponto de fazer algo relacionado ao selvagem, frequentemente algo tão simples quanto a expressão de uma crença ligeiramente diversa da corrente ou quanto o uso de uma cor não aprovada – questões insignificantes assim como questões maiores. Precisamos lembrar que não se trata de a mulher reprimida se recusar a se ajustar, mas ela *não poder* se ajustar sem morrer. Sua integridade espiritual está em jogo, e ela tentará se livrar de todas as formas possíveis, mesmo daquelas que a coloquem em risco.

Temos um exemplo recente. De acordo com a CNN, no início da Guerra do Golfo, as mulheres muçulmanas da Arábia Saudita, proibidas de dirigir por motivos religiosos, entraram nos carros e saíram dirigindo. Depois da guerra, as mulheres foram levadas a tribunais que condenaram seu comportamento e, finalmente, após muitos interrogatórios e censuras, libertaram as mulheres para a custódia dos seus pais, irmãos ou maridos, que tiveram de prometer mantê-las sob controle no futuro.

É um caso em que a marca de vida transmitida e propiciada pela mulher num mundo louco é definida como escandalosa, insensata e descontrolada. Ao contrário da menina na história, que permite que a cultura circundante a empurre para situações ainda mais áridas, às vezes a única alternativa a adotar diante de uma coletividade ressequida consiste em perpetrar um ato impregnado de coragem. Esse ato não tem necessariamente de provocar um terremoto. A coragem significa seguir o coração. Há milhões de mulheres que realizam atos de enorme coragem todos os dias. Não é só o ato singular que reformula uma coletividade encarquilhada, mas também a continuidade desses atos. Como me disse uma vez uma monja budista, "A água consegue furar a pedra".

Além disso, existe um aspecto muito oculto na maioria dos grupos que estimula a repressão à vida criativa, profunda e selvagem das mulheres: o estímulo interno a uma cultura para que as mulheres se denunciem umas às outras e sacrifiquem suas irmãs (ou seus irmãos) a restrições que não refletem os valores da natureza feminina. Essas restrições abrangem não só o incentivo a que uma mulher denuncie uma outra, expondo-a a punições por se comportar de um modo feminino e pleno, por registrar um horror adequado às circunstâncias ou a discordância quanto a alguma injustiça, como também o estímulo a que as mulheres mais velhas sejam cúmplices nas violências físicas, mentais e espirituais perpetradas contra as mais jovens, indefesas ou menos poderosas, aliado ao incentivo às mulheres mais jovens no sentido de que ignorem e desdenhem as necessidades de mulheres que sejam muito mais velhas do que elas.

Quando a mulher se recusa a dar apoio à coletividade árida, ela está se recusando a reprimir seu raciocínio selvagem, e seus atos seguem o mesmo caminho. A história dos sapatinhos vermelhos na sua essência nos ensina que a psique selvagem precisa ser devidamente protegida – através de uma inequívoca valorização de nós mesmas, com uma defesa veemente dos seus interesses, com uma recusa a se submeter a situações psíquicas pouco saudáveis. Aprendemos, também, que o lado selvagem, por sua energia e beleza, está *sempre* na mira de alguém, de alguma instituição, de algum grupo, seja com o objetivo de transformá-lo em troféu, seja com o objetivo de submetê-lo a limitação, alteração, domínio, eliminação, reformulação ou controle. O lado selvagem precisa sempre de um guarda junto ao portão, ou poderá ser utilizado para fins impróprios.

Quando o coletivo é hostil à vida natural da mulher, em vez de aceitar os rótulos desrespeitados ou pejorativos que lhe são aplicados, ela pode e deve, como o patinho feio, resistir, aguentar e procurar aquilo a que ela pertence – e preferivelmente sobreviver a quem a rejeitou, vicejando e criando mais do que eles.

O problema com a menina dos sapatinhos vermelhos está em que ela, em vez de se fortalecer para a luta, está na terra dos sonhos, encantada pela sedução daqueles sapatos vermelhos. O que há de mais importante na rebeldia é a forma que ela assume para ser eficaz. O fascínio da menina pelos sapatinhos vermelhos na realidade impede uma rebeldia significativa, uma que promova a mudança, que transmita uma mensagem, que provoque um despertar.

Eu gostaria de poder afirmar que a esta altura não existem mais todas essas armadilhas para as mulheres, ou que elas já estão tão calejadas que detectam essas armadilhas de longe. No entanto, isso não acontece. Nós ainda temos o predador na nossa cultura, e ele ainda tenta sabotar e destruir toda a conscientização e todas as tentativas de alcançar a totalidade. Há uma grande verdade no ditado de que é preciso batalhar de novo pela liberdade a cada vinte anos. Às vezes, a impressão é de que é preciso lutar por ela a cada cinco minutos.

No entanto, a natureza selvagem nos ensina que devemos enfrentar os desafios à medida que eles se apresentem. Quando os lobos são atormentados, eles não saem dizendo, "Ah, não! *De novo!!!*" Eles saltam, investem, correm, desaparecem, fingem-se de mortos, pulam na garganta do agressor, fazem o que tiver de ser feito. Portanto, não podemos ficar escandalizadas com a existência de entropia, deterioração, tempos difíceis. É preciso compreender que as armadilhas preparadas para capturar a alegria da mulher irão sempre se alterar e mudar de aparência, mas na nossa própria natureza selvagem nós iremos encontrar a energia absoluta, a libido exigida por todos os atos de coragem que forem necessários.

Armadilha nº 7: A simulação, a tentativa de ser boa, a trivialização do anormal

Segundo a história, a menina é punida por usar os sapatos vermelhos para ir à igreja. Agora, embora ela fique olhando para os sapatos no alto da prateleira, ela não os toca. Até então ela tentou sem sua vida profunda, o que não funcionou. Em seguida, ela tentou ocultar uma vida dupla, o que também não funcionou. Agora, num último recurso, ela "tenta ser boazinha".

O problema com a decisão de "ser boazinha" está em que essa atitude não resolve a questão sombria subjacente, e mais uma vez ela se erguerá como um *tsunami*, como uma onda gigantesca, que desce veloz, destruindo tudo o que estiver à frente. Ao "ser boazinha", a mulher fecha os olhos a tudo que for empedernido, deformado ou maléfico à sua volta e simplesmente tenta "conviver" com esses aspectos. Seus esforços no sentido de aceitar esse estado anormal prejudicam ainda mais seus instintos selvagens para reagir, mostrar, mudar, combater o que não está certo, o que não é justo.

Anne Sexton escreveu sobre o conto de fadas dos sapatinhos vermelhos um poema a que deu o mesmo título.

I stand in the ring
in the dead city
and tie on the red shoes...
They are not mine.
They are my mother's.
Her mother's before.
Handed down like an heirloom
but hidden like shameful letters.
The house and the street where they belong
are hidden and all the women, too,
are hidden...*

Tentar ser boa, disciplinada e submissa diante do perigo interno ou externo, ou a fim de esconder uma situação crítica psíquica ou no mundo objetivo, elimina a alma da mulher. É uma atitude que a isola do que sabe; que a isola da sua capacidade de agir. Como a criança na história, que não expressa em voz alta suas objeções, que tenta esconder sua privação, que tenta dar a impressão de que nada está dentro dela, as mulheres modernas passam pela mesma perturbação, a trivialização do que é anormal. Esse dis-

* Estou parada na arena / na cidade morta / e calço os sapatos vermelhos... / Eles não são meus. / São da minha mãe. / Da mãe dela antes. / Passados de mãe para filha como bens da família / mas escondidos como cartas vergonhosas. / A casa e a rua às quais pertencem / estão ocultas e todas as mulheres, também, / estão ocultas... (N. da T.)

túrbio está disseminado em todas as culturas. A trivialização do anormal faz com que o espírito, que em circunstâncias normais saltaria para corrigir a situação, afunde no tédio, na complacência e acabe, como a velha senhora, na cegueira.

Existe um importante estudo que esclarece a perda do instinto de autodefesa nas mulheres. No início da década de 1960, alguns cientistas[16] realizaram experiências com animais para tentar determinar algo a respeito do "instinto de fuga" nos seres humanos. Numa das experiências, eles fizeram uma instalação elétrica na metade direita de uma grande jaula, de modo que um cão preso nela recebesse um choque cada vez que pisasse no lado direito. O cão aprendeu rapidamente a permanecer no lado esquerdo da jaula.

Em seguida, o lado esquerdo da jaula recebeu o mesmo tipo de instalação, que foi desligada no lado direito. O cão logo se reorientou, aprendendo a ficar no lado direito da jaula. Então, todo o piso da gaiola foi preparado para dar choques aleatórios, de tal modo que, onde quer que o cão estivesse parado ou deitado, ele acabaria levando um choque. Ele a princípio aparentou estar confuso e depois entrou em pânico. Finalmente, o cão desistiu e se deitou, aceitando os choques à medida que surgissem, sem tentar fugir deles ou descobrir de onde viriam.

No entanto, a experiência não estava encerrada. No próximo passo, a jaula foi aberta. Os cientistas esperavam que o cão saísse dali correndo, mas ele não fugiu. Muito embora pudesse abandonar a jaula quando bem entendesse, ele ficou ali deitado recebendo os choques aleatórios. A partir dessa experiência, os cientistas levantaram a hipótese de que, quando um animal é exposto à violência, ele apresentará a tendência a se adaptar a essa perturbação, de tal forma que, quando a violência para ou ele tem acesso à liberdade, o instinto saudável de fugir é extremamente reduzido, e em vez de escapar o animal fica paralisado.[17]

Em termos da natureza selvagem das mulheres, é essa trivialização da violência, assim como o que os cientistas subsequentemente denominaram "aprendizado da impotência", que não só influencia as mulheres a ficar com parceiros alcoólatras, patrões exploradores e grupos que se aproveitam delas e as importunam, mas também faz com que elas se sintam incapazes de se erguer para apoiar aquilo em que acreditam profundamente: sua arte, seu amor, seu estilo de vida, sua preferência política.

A trivialização do que é anormal, mesmo quando existem claros indícios de que essa atitude seja prejudicial a nós mesmas,[18] aplica-se a todos os maus-tratos infligidos às naturezas instintiva, espiritual, criativa, emocional e física. As mulheres enfrentam essa questão sempre que são desorientadas de modo a fazer qualquer coisa que não seja a defesa da sua vida profunda de projeções invasivas, culturais, psíquicas ou de outra natureza.

Em termos psíquicos, nós nos acostumamos aos golpes dirigidos às nossas naturezas selvagens. Nós nos adaptamos à violência perpetrada contra a natureza selvagem e sábia da psique. Tentamos ser boazinhas enquanto trivializamos o anormal. Perdemos, consequentemente, nosso poder de fuga. Perdemos nosso poder de lutar pelos elementos da alma e da vida que mais valorizamos. Quando estamos obcecadas pelos sapatinhos vermelhos, todo tipo de fato importante do ponto de vista cultural, pessoal ou ambiental é deixado de lado.

Há uma tal perda de significado quando renunciamos à vida feita à mão que é permitida toda sorte de danos à psique, à natureza, à cultura, à família e assim por diante. Os danos à natureza são concomitantes com o desnorteamento da psique dos seres humanos. A natureza e a psique não são separadas e não podem ser assim consideradas. Quando um grupo fala nos erros da vida selvagem e um outro grupo alega que a vida selvagem foi, sim, vítima, há algo de radicalmente errado nisso tudo. Na psique instintiva, a Mulher Selvagem contempla do alto a floresta e vê nela um lar para si mesma e para todos os seres humanos. Outros podem, porém, olhar a mesma floresta e imaginá-la sem nenhuma árvore, enquanto seus bolsos estão abarrotados de dinheiro. Essas circunstâncias representam graves fendas na capacidade de viver e deixar viver para que todos possam viver.

Quando eu era menina, na década de 1950, nos primeiros tempos das tragédias industriais destruidoras da Terra, uma barcaça de petróleo afundou na bacia de Chicago do lago Michigan. Depois de um dia na praia, as mães esfregavam seus filhinhos com a força que geralmente reservavam para os pisos de madeira, porque as crianças estavam imundas com manchas de óleo.

O desastre fez vazar uma substância pegajosa que se espalhou numa fina camada, como enormes ilhas flutuantes, tão extensas e largas quanto um quarteirão de cidade. Quando essas "ilhas" colidiam com o cais, elas se partiam em gotículas que afundavam na areia e chegavam à praia por baixo das ondas. Durante anos a fio, os banhistas não podiam nadar sem saírem emporcalhados. Crianças que construíssem castelos na areia de repente escavavam sem querer um punhado de óleo viscoso. Os namorados não podiam mais rolar na areia. Os cães, as aves, a vida aquática e os seres humanos, todos sofreram. Lembro-me de que minha impressão era a de que a minha catedral havia sido bombardeada.

O dano ao instinto, a trivialização do anormal, foi o que permitiu que aquelas mães limpassem as manchas do derramamento de petróleo, e mais tarde, de outros pecados cometidos por fábricas, refinarias e siderúrgicas, da pele dos seus filhinhos, da sua roupa, de dentro do corpo dos seus amados da melhor maneira possível e, embora confusas e preocupadas, elas conseguiram efetivamente podar sua raiva justificada. Nem todas, mas a maioria delas já estava acostumada a não ser capaz de interferir em acontecimentos chocantes. Havia punições assustadoras para a quebra do silêncio, para a fuga da jaula, para quem identificasse injustiça, para quem exigisse mudanças.

Podemos concluir, a partir de acontecimentos semelhantes ocorridos durante nossa vida, que, quando as mulheres não falam, quando é insuficiente o número de pessoas a falar, a voz da Mulher Selvagem se cala e, com isso, o mundo também se cala de tudo que é natural e selvagem. Acabam também se calando os lobos, ursos e aves de rapina. Os cantos, danças e criações. O amar, consertar e manter. O ar, a água e as vozes da consciência.

No entanto, naquela época, muito embora as mulheres estivessem todas contaminadas pelo anseio de uma liberdade ilimitada, elas continuavam a passar detergente na louça, a usar produtos cáusticos na limpeza, permanecendo, nas palavras de Sylvia Plath, "atadas às máquinas de lavar roupa Bendix". Nelas, as mulheres lavavam e enxaguavam suas roupas em água quente demais para o contato com a pele e sonhavam com um mundo diferente.[19] Quando os instintos estão feridos, os seres humanos trivializam uma agressão após a outra, atos de injustiça e destruição que afetam a elas mesmas, à sua prole, aos seres amados, à sua terra e até mesmo aos seus deuses.

Com a recuperação do instinto ferido, rejeita-se essa trivialização do que é revoltante e violento. À medida que o instinto se restaura, a Mulher Selvagem retorna. Em vez de entrar dançando na floresta usando os sapatos vermelhos até que toda a sua vida passe a ficar torturada e desprovida de significado, podemos voltar à vida feita à mão, à vida plenamente atenta, podemos refazer os nossos próprios sapatos, caminhar o nosso caminho, falar a nossa própria fala.

Embora seja verdade que há muito a se aprender com a dissolução das nossas projeções (você é perverso, você me magoa) e com o exame de como somos perversas com nosso próprio self, como magoamos a nós mesmas, definitivamente esse não deveria ser o final da investigação.

A armadilha escondida dentro da armadilha consiste em pensar que tudo está resolvido com a dissolução da projeção e com a descoberta da conscientização em nós mesmas. Isso às vezes é verdade; e às vezes não. Em vez de aplicar esse paradigma de exclusão – ou há algo de errado lá fora, ou algo de errado comigo – é mais útil aplicar um modelo de acréscimo. Essa é a questão interna, *e* essa é a questão externa. Esse paradigma permite um exame completo e é muito mais saudável em todos os sentidos. Esse paradigma dá apoio às mulheres para que questionem o *status quo* com confiança e para que não olhem apenas para si mesmas, mas também para o mundo que as está pressionando por acaso, inconscientemente ou de propósito. O paradigma do acréscimo não se destina a ser usado como um modelo para atribuir culpa a si mesma ou aos outros, mas é, sim, um meio de avaliar e julgar a responsabilidade, tanto interna quanto externa, e o que precisa ser alterado, procurado, esboçado. Ele impede a fragmentação da mulher que procura restaurar tudo que está ao seu alcance, sem negligenciar suas necessidades e sem se isolar do mundo.

Não se sabe como muitas mulheres conseguem se manter nesse estado, mas elas estão vivendo uma vida pela metade, um quarto de vida ou uma fração ainda mais ínfima. Elas conseguem, mas podem ficar amarguradas até o final dos seus dias. Elas podem se sentir sem esperanças e muitas vezes, como um bebê que chorou e chorou sem que nenhuma ajuda humana se oferecesse, elas podem adotar um silêncio mortal, desesperançado. Seguem-se o cansaço e a resignação. A jaula está trancada.

Armadilha nº 8: A dança descontrolada, a obsessão e a dependência

A velha senhora cometeu três erros de avaliação. Embora no nível do ideal espere-se que ela seja o guardião, o guia da psique, ela está cega demais para ver a verdadeira natureza dos sapatos pelos quais ela própria pagou. Ela é incapaz de perceber que a menina ficou encantada por eles ou mesmo de detectar o caráter do homem de barba ruiva que está esperando perto da igreja.

O velho de barba ruiva tamborilou nas solas dos sapatos da menina, e a vibração dessas cócegas pôs os pés da menina a dançar. Ela dança agora, ah, como dança, só que não consegue parar. Tanto a velha senhora, que supostamente deveria agir como guardião da psique, quanto a menina, que deveria exprimir a alegria da psique, estão completamente desvinculadas de todo instinto e bom senso.

A menina já tentou tudo: adaptar-se à velha senhora, não se adaptar, ser dissimulada, "ser boazinha", perder o controle e sair dançando, dominar-se e tentar voltar a ser boazinha. Nesse ponto, sua terrível privação do espírito e do significado mais uma vez a força a apanhar os sapatinhos vermelhos, a calçá-los e a começar sua última dança, a dança que a levará para o vazio da inconsciência.

Ela trivializou uma vida árida e cruel, instalando, com isso, na sua sombra um anseio ainda maior pelos sapatos da loucura. O homem de barba ruiva transmitiu vida a alguma coisa, mas não à menina: aos sapatos torturantes. A menina começa então a desperdiçar sua vida num redemoinho que, como qualquer tipo de dependência, não gera a abundância, esperança ou felicidade, mas, sim, trauma, medo e esgotamento. Para ela não há descanso.

Quando ela tenta entrar rodopiando no adro de uma igreja, há ali um espírito guardião que não lhe permite a entrada. O espírito lança-lhe a seguinte maldição: "Você irá dançar com esses sapatos vermelhos até que fique como uma alma penada, como um fantasma, até que sua pele pareça suspensa dos ossos, até que não sobre nada de você a não ser entranhas dançando. Você irá dançar de porta em porta por todas as aldeias e baterá três vezes a cada porta. E, quando as pessoas espiarem quem é, verão que é você e temerão que seu destino se abata sobre elas. Dancem, sapatos vermelhos. Vocês devem dançar." O espírito guardião a encerra, portanto, numa obsessão que é análoga a uma dependência física.

A vida de muitas mulheres criativas seguiu esse modelo. Quando era adolescente, Janis Joplin tentou se adaptar aos costumes da sua cidadezinha. Mais tarde, ela se rebelou um pouco, escalando os morros à noite e cantando lá de cima, andando na companhia de "artistas". Depois que seus pais foram chamados à escola para dar conta do comportamento da filha, ela começou uma vida dupla, agindo na superfície com modéstia, mas atravessando escondida a fronteira para ouvir jazz. Ela entrou para a universidade, adoeceu gravemente em virtude da dependência às drogas, "recuperou-se" e tentou levar uma vida normal. Aos poucos, voltou a beber, formou uma pequena banda, envolveu-se com drogas e assumiu de vez os sapatos vermelhos. Ela dançou e dançou até morrer de overdose aos 27 anos de idade.

Não foi a música, o canto nem a vida criativa finalmente liberada de Janis Joplin que a mataram. Foi a falta de instinto para reconhecer as armadilhas, para saber quando basta, para criar limites para a defesa da saúde e do bem-estar, para entender que os excessos quebram alguns ossinhos psíquicos, depois outros maiores, até que finalmente todo o esqueleto de sustentação da psique cai por terra e a pessoa vira uma massa amorfa em vez de uma força poderosa.

Ela precisava somente de uma sábia imagem interna à qual pudesse se agarrar, um resquício de instinto que durasse até que ela pudesse dar início ao longo trabalho de reformulação do instinto e da percepção íntima. Ela só precisava dar ouvidos à voz selvagem que vive dentro de todas nós, a que sussurra, "fique aqui o bastante... fique o tempo necessário para reanimar sua esperança, para abandonar seu sangue-frio terminal, para renunciar a meias verdades defensivas, para se insinuar, para abrir caminho com precisão ou com violência; fique aqui o suficiente para ver o que é bom para você, para se fortalecer, para fazer aquela tentativa que terá sucesso; fique aqui o suficiente para completar a corrida, não importa quanto tempo demore ou de que forma isso ocorra".

A dependência

Não é a alegria da vida que mata o espírito da menina na história dos sapatinhos vermelhos; é a sua falta. Quando a mulher não tem consciência da própria privação, das consequências do uso de veículos e substâncias mortíferas, ela está dançando, dançando sem parar. Sejam eles o negativismo, os relacionamentos infelizes, as situações de exploração, sejam eles as drogas ou o álcool – eles são como os sapatos vermelhos; é dificílimo livrar a pessoa deles depois que eles se instalaram.

Nessa dependência compensatória dos excessos, a velha senhora da psique desempenha um papel importantíssimo. Ela foi cega como ela só. Agora adoece. Fica imóvel, deixando um perfeito vazio na psique. Agora não há mais ninguém para dar uns conselhos à psique desvairada. A velha senhora acaba morrendo mesmo, não deixando absolutamente nenhum local seguro na psique. E a menina dança. A princípio, ela vira os olhos de êxtase, mas, logo, quando os sapatos a deixam exausta de tanto dançar, seus olhos viram de horror.

Dentro da psique selvagem estão os instintos de sobrevivência mais ferozes de cada mulher. No entanto, a menos que ela pratique sua liberdade interna e externa com regularidade, a submissão, a passividade e o tempo passado no cativeiro embotam seus dons inatos de visão, de percepção, confiança e outros, aqueles de que ela precisa para ser independente.

A natureza instintiva nos diz quando basta. Ela é prudente e protege a vida. A mulher não pode compensar toda uma vida de traições e mágoas entregando-se a excessos de prazer, de raiva ou de rejeição. Espera-se que a velha senhora na psique marque o tempo, espera-se que ela diga quando. Nessa história, a velha senhora está liquidada, arrasada.

Para nós é às vezes difícil perceber quando estamos perdendo os nossos instintos, pois com muita frequência trata-se de um processo insidioso que não se completa num único dia, mas que se estende por um longo período. Da mesma forma, a perda ou amortecimento do instinto é muitas vezes apoiada pelo ambiente cultural, e ocasionalmente até por outras mulheres que suportam a perda do instinto como um meio de corroborar o fato de pertencerem a uma cultura que não mantém um *habitat* propício à mulher natural.[20]

A dependência começa quando a mulher perde sua vida feita à mão e cheia de significado e passa a ter uma fixação em resgatar de qualquer forma qualquer coisa que lembre essa vida. Na história, a menina insiste em tentar se reunir aos diabólicos sapatos vermelhos, muito embora eles cada vez mais a façam perder o controle. Ela perdeu seu poder de discriminação, sua capacidade de perceber a verdadeira natureza das coisas. Devido à perda da sua vitalidade original, ela se dispõe a aceitar um substituto fatal. Na psicologia analítica, diríamos que ela abdicou do Self.

A dependência e a ferocidade estão relacionadas. A maioria das mulheres esteve em cativeiro pelo menos por um curto período, e algumas por um tempo interminável. Algumas só foram livres *in utero*. Todas perdem parte do instinto durante esse período. Em algumas, fica prejudicado o instinto a respeito de quem é uma boa pessoa, e com frequência essa mulher é induzida ao erro. Em outras, a capacidade de reagir à injustiça se vê radicalmente reduzida, e elas muitas vezes se transformam em mártires relutantes, prontas para a retaliação. Em outras ainda, o instinto de fugir ou enfrentar é enfraquecido, e elas se transformam em vítimas. A lista ainda continua. Por outro lado, a mulher em pleno uso de sua mente selvagem rejeita as convenções que não sejam propícias nem sensatas.

A dependência de substância química é uma verdadeira armadilha. As drogas e o álcool são muito parecidos com um amante violento que nos trata bem a princípio e depois nos espanca; pede desculpas, é gentil por algum tempo e de repente volta a nos espancar. A armadilha consiste em tentar ficar, levando em conta o lado bom, enquanto procuramos ignorar o lado negativo. Isso está errado. Nunca poderia funcionar.

Janis Joplin começou também a realizar os desejos selvagens de outras pessoas. Ela assumiu uma presença arquetípica que os outros não tinham coragem suficiente para assumir. Eles aplaudiam *nela* a rebeldia como se ela pudesse libertá-los sendo selvagem *no lugar deles*.

Janis fez mais uma tentativa de se adequar antes de começar seu longo mergulho no comportamento obsessivo. Ela se juntou às fileiras de outras mulheres vigorosas, porém feridas, que se descobriram funcionando como xamãs para as massas. Elas, também, ficaram exaustas e caíram dos céus. Frances Farmer, Billie Holiday, Anne Sexton, Sylvia Plath, Sara Teasdale, Judy Garland, Bessie Smith, Edith Piaf e Frida Kahlo – é triste que a vida das nossas figuras-modelos de mulheres selvagens e artísticas preferidas tenha terminado de forma trágica e prematura.

Uma mulher braba não tem força suficiente para assumir, no lugar de todo mundo, um arquétipo extremamente almejado sem entrar em colapso. A mulher braba está em processo de cura. Não costumamos pedir a um convalescente que carregue um piano escada acima. A mulher que está voltando precisa ter tempo para se fortalecer.

As pessoas que são apanhadas e levadas pelos sapatos vermelhos sempre começam pensando que qualquer substância da qual estejam dependentes representa uma forma ou outra de salvação. Às vezes isso lhes dá uma sensação de poder fantástico, ou uma falsa sensação de que têm energia para ficar acordadas a noite inteira, para criar até o amanhecer, para ficar sem comer. Ou talvez a dependência permita que elas durmam sem temer demônios internos, acalme seus nervos, ajude a que elas não se importem tanto com tudo aquilo com que tanto se importam ou, talvez, as ajude a não querer mais amar nem ser amada. No entanto, no final das contas, a dependência só cria, como vemos na história, uma paisagem borrada que gira com tal velocidade que no fundo não se está vivendo uma vida de verdade. A dependência[21] é uma Baba Yaga enlouquecida que devora crianças perdidas e as deixa à porta do carrasco.

Na casa do carrasco

A tentativa de tirar os sapatos, tarde demais

Quando a natureza selvagem quase foi exterminada, nos casos mais extremos, é possível que uma deterioração esquizoide e/ou uma psicose possam dominar a mulher.[22] De repente ela pode simplesmente ficar na cama, recusar-se a se levantar, vaguear de um lado para outro de roupão, esquecer distraída cigarros acesos, três em cada cinzeiro, chorar sem conseguir parar, passear descabelada pelas ruas, abandonar a família de repente para vaguear por aí. Ela pode ter tendências suicidas; ela pode se matar acidentalmente ou de propósito. No entanto e muito mais comum é o fato de a mulher simplesmente ficar entorpecida. Ela não se sente nem bem nem mal; apenas não sente nada.

E o que acontece com a mulher quando suas vibrantes cores psíquicas são mescladas? O que acontece quando se misturam o vermelho-escarlate, o azul-safira e o amarelo-topázio? Os pintores sabem. Quando alguém mistura cores vibrantes, o resultado é uma cor chamada lama. Não a lama que é fértil, mas uma lama que é estéril, sem cor, estranhamente pálida, que não emite luz. Quando o pintor cria lama na tela, ele precisa começar tudo de novo.

Essa é a parte difícil; é aí que os sapatos têm de ser arrancados à força. Dói o movimento de se isolar da dependência destrutiva. Ninguém sabe por quê. Seria de esperar que as pessoas sentissem alívio. Seria de esperar que elas se sentissem salvas no último instante. Seria de esperar que elas se alegrassem. Mas não, elas entram em pânico, ouvem dentes rangendo e descobrem que são os seus próprios dentes que fazem esse barulho. Sentem que estão sangrando de certo modo, apesar de não se ver nenhum sangue. No entanto, é essa dor, essa separação, essa situação de não ter em que se afirmar, de não ter uma casa para onde voltar, é exatamente isso que é necessário para recomeçar, para voltar à vida feita à mão, aquela elaborada por nós com cuidado e atenção a cada dia.

É, a dor chega quando a pessoa se vê separada dos sapatinhos vermelhos. Essa separação é, porém, a nossa única esperança. Ela vem repleta de bênçãos incondicionais. Os pés vão crescer de novo; vamos descobrir nosso próprio caminho; vamos nos recuperar; um dia vamos voltar a correr, saltar e pular. Quando isso acontecer, a nossa vida feita à mão estará pronta. Nós a assumiremos e nos encheremos de espanto por termos tido a sorte de ter mais uma oportunidade.

O retorno à vida feita à mão, a cura dos instintos feridos

Quando um conto de fadas termina como esse, com a morte ou a mutilação do protagonista, nós nos perguntamos como o fim poderia ter sido diferente.

Em termos psíquicos, é bom criar um local intermediário, uma estação secundária, um lugar bem escolhido, quando se escapa da fome. Não é demais tirar um ano ou dois, para avaliar os nossos ferimentos, procurar orientação, ministrar os medicamentos, meditar sobre o futuro. Um ano ou dois é um tempo limitado. A mulher braba é aquela que está tentando voltar. Ela está aprendendo a acordar, a prestar atenção, a parar de ser ingênua, desinformada. Ela apanha a vida nas próprias mãos. Para reaprender os instintos femininos profundos, é essencial, para começar, que se veja como eles foram destituídos.

Quer os danos tenham sido sofridos pela sua arte, pelas suas palavras, estilos de vida e pensamentos, quer pelas suas ideias, e se você tiver tricotado um pulôver de muitas mangas para si mesma, acabe com esse emaranhado e siga adiante. Para além dos anseios e desejos, para além dos métodos cuidadosamente ponderados que adoramos discutir e urdir, há uma simples porta à espera de que a cruzemos. Do outro lado, há pés novos. Vá até lá. Rasteje até lá se for necessário. Pare de falar e de se atormentar. Simplesmente aja.

Não temos controle sobre quem nos põe neste mundo. Não podemos influenciar a fluência com a qual nos criam; não podemos forçar a cultura a se tornar hospitaleira instantaneamente. No entanto, as boas notícias consistem em podermos reviver nossas vidas, mesmo depois de feridas, mesmo num estado feroz, mesmo que estejamos no cativeiro.

O projeto psicológico para voltar ao nosso self de direito é o seguinte: tenha extrema prudência e cuidado no sentido de se soltar aos poucos na selva, instalando uma estrutura ética ou de proteção com a qual você tenha acesso a meios para medir se há um excesso de alguma coisa. (Geralmente você já é bastante sensível para detectar quando há falta de alguma coisa.)

Portanto, a volta à psique livre e selvagem deve ser empreendida com ousadia, mas também com ponderação. Em psicanálise, gostamos de dizer que, para que alguém possa realmente ajudar/promover curas, é tão importante aprender o que não fazer quanto o que fazer. A volta ao estado selvagem depois do cativeiro exige as mesmas precauções. Examinemos esse movimento mais de perto.

As armadilhas, arapucas e iscas envenenadas deixadas para a mulher selvagem são específicas à sua cultura. Relacionei aqui algumas que são comuns à maioria das culturas. Mulheres com formações religiosas e étnicas diversas terão outros *insights* específicos. O que estamos compondo é um mapa da floresta que habitamos, onde moram os predadores e qual é seu *modus operandi*. Diz-se que uma única loba conhece cada criatura do seu território num raio de quilômetros. É esse conhecimento que lhe permite viver com a maior liberdade possível.

A recuperação do instinto perdido e a cura do instinto ferido estão realmente ao nosso alcance, pois tudo volta quando a mulher presta mais atenção, ouvindo, olhando e pressentindo o mundo ao seu redor e, depois, agindo como vê os outros agindo, com competência, eficácia e dedicação. A oportunidade de observar outros que tenham instintos intactos é vital para esse resgate. Com o tempo, a observação, a atenção e o comportamento integrado transformam-se num modelo de ritmo próprio, um ritmo que se pratica até que ele seja reaprendido e volte a se tornar automático.

Se a nossa natureza selvagem foi ferida por alguma coisa, nós nos recusamos a nos deitar para morrer. Nós nos recusamos a trivializar esse ferimento. Invocamos os nossos instintos e fazemos o que tem de ser feito. A Mulher Selvagem é, por natureza, veemente e talentosa. No entanto, por ter sido separada dos seus instintos, ela é também ingênua, acostumada à violência, adaptável a ficar isolada tanto do pai quanto da mãe. Os amantes, as drogas, a bebida, o dinheiro, a fama e o poder não têm como abrandar os danos sofridos. No entanto, uma volta gradativa à vida instintiva tem condição de fazer isso. Para tal, a mulher precisa de uma mãe, uma mãe selvagem "boa o suficiente". E adivinhem quem está esperando para ser essa mãe?

A Mulher Selvagem gostaria de saber o que está fazendo com que você demore tanto para chegar até ela, para *realmente* estar com ela, não apenas de vez em quando, mas com regularidade.

Se você estiver lutando para fazer algo a que dê valor, é importantíssimo que se cerque de pessoas que deem apoio inequívoco ao seu trabalho. É tanto uma armadilha quanto um veneno ter supostos amigos que sofrem dos mesmos males, mas não têm nenhum desejo verdadeiro de se curar. Esses tipos de amigos incentivam a pessoa a agir de modo escandaloso, fora dos seus ciclos naturais, fora de sincronia com suas necessidades profundas.

Uma mulher braba não pode se dar o luxo de ser ingênua. Por estar voltando à sua vida inata, ela deve considerar os excessos com um olhar cético e ficar alerta para os custos que eles representam para a alma, a psique e o instinto. Como os filhotes de lobo, vamos decorar as armadilhas, como são feitas e de que modo são armadas. É dessa forma que permanecemos livres.

Mesmo assim, os instintos não recuam sem deixar ecos e rastros de sentimento, que podemos seguir para resgatá-los. Embora uma mulher possa estar presa às garras de veludo da propriedade e das restrições, quer ela esteja a um passo da destruição decorrente dos excessos, quer tenha apenas começado a mergulhar neles, ela ainda assim ouve os sussurros do deus selvagem no seu sangue. Mesmo nas piores circunstâncias, como as descritas na história dos sapatinhos vermelhos, até os instintos mais prejudicados podem ser curados.

Para corrigir tudo isso, vamos ressuscitar a Mulher Selvagem na nossa natureza inúmeras vezes, sempre que o pêndulo estiver muito inclinado numa direção ou na outra. Vamos saber quando há motivos para preocupação, pois em geral o equilíbrio amplia a nossa vida enquanto o desequilíbrio a limita.

Uma das coisas mais importantes que podemos fazer é compreender a vida, toda a vida, como um corpo vivo em si, provido de respiração, de renovação de células, mudança de pele e resíduos. Seria tolice se imaginássemos que o nosso corpo não tivesse resíduos mais de uma vez a cada cinco anos. Seria um absurdo pensar que, só porque comemos ontem, não deveríamos ter fome hoje.

Trata-se de um disparate idêntico imaginar que, uma vez solucionada uma questão, ela permanece resolvida; que, depois que aprendemos algo, continuamos conscientes disso para todo o sempre. Não, a vida é um imenso organismo que cresce e diminui em áreas diferentes, com ritmos diferentes. Quando somos como o corpo, dedicando-nos ao crescimento, atravessando as piores situações, apenas respirando ou descansando, estamos muito vivas, estamos imersas nos ciclos da Mulher Selvagem. Se pudéssemos perceber que a tarefa consiste em continuar trabalhando, seríamos muito mais brabas e muito mais pacíficas.

Para manter a nossa alegria, às vezes temos de lutar por ela. Temos de nos fortalecer e ir fundo, combatendo da forma que considerarmos mais astuta. A fim de nos prepararmos para o sítio, podemos ter de abdicar de muitos confortos por algum tempo. Podemos viver sem a maioria das coisas por longos períodos, praticamente sem qualquer coisa, mas não sem a nossa alegria, não sem aqueles sapatos vermelhos feitos à mão.

O verdadeiro milagre da individuação e resgate da Mulher Selvagem está em que todas nós começamos o processo antes de estarmos prontas, antes de termos a força suficiente, o conhecimento suficiente. Começamos um diálogo com pensamentos e sentimentos que tanto nos tocam com delicadeza quanto trovejam dentro de nós. Reagimos antes de saber falar a língua, antes de saber as respostas e antes de saber exatamente com quem estamos falando.

No entanto, à semelhança da mãe loba que ensina seus filhotes a caçar e a ter cuidado, é essa a forma pela qual a Mulher Selvagem ganha corpo através de nós. Começamos a falar com a sua voz, adotando seu ponto de vista e seus valores. Ela nos ensina a enviar a mensagem da nossa volta a quem for como nós.

Conheço alguns escritores que têm este lema colado acima da sua escrivaninha. Conheço uma que o leva dobrado dentro do sapato. É um trecho de um poema de Charles Simic que serve de orientação definitiva para todas nós. "Quem não sabe uivar não encontrará sua matilha."[23]

Se você quiser reconvocar a Mulher Selvagem, recuse-se a ficar no cativeiro.[24] Com os instintos aguçados para ter equilíbrio, salte para onde bem entender, uive à vontade, apanhe o que estiver à mão, descubra tudo o que puder, deixe que seus olhos revelem seus sentimentos, examine tudo, veja o que puder ver. Dance usando sapatos vermelhos, mas certifique-se de que eles sejam os que você mesma fez à mão. Você será uma mulher cheia de vida.

CAPÍTULO 9

a volta ao lar: o retorno ao próprio self

Existe o tempo dos homens e o tempo selvagem. Quando eu era criança nas florestas do norte, antes de aprender as quatro estações do ano, eu imaginava que havia dezenas de estações: o tempo das tempestades noturnas, o tempo de relâmpagos silenciosos no horizonte, o tempo de fogueiras nos bosques, o tempo de sangue na neve; o tempo das árvores de gelo, o das árvores encurvadas, o das árvores chorando, o das árvores cintilantes, o das árvores empanadas, o das árvores ondulando apenas as folhas mais altas e o das árvores deixando cair seus frutos. Eu adorava as estações da neve de diamantes, da neve fumegante, da neve que chia e até mesmo da neve suja e da neve endurecida, pois estas últimas indicavam que estava chegando o tempo dos botões em flor no rio.

Essas estações eram como visitantes sagrados e importantes, e cada uma mandava seus arautos: cones de pinheiros abertos, cones fechados, cheiro de folhas apodrecendo, cheiro da chuva que vem, cabelos quebradiços, cabelos escorridos, cabelos volumosos, portas frouxas, portas justas, portas que não fecham de jeito nenhum, vidraças cobertas de fios de neve, vidraças cobertas de pétalas úmidas, cobertas de pólen amarelo, salpicadas de resina. E a nossa própria pele também tem seus ciclos: ressecada, suarenta, empoeirada, queimada de sol, macia.

A psique e a alma das mulheres também têm seus próprios ciclos e estações de atividade e de solidão, de correr e de ficar, de se envolver e de se manter distante, de procura e de descanso, de criar e de incubar, de participar do mundo e de voltar ao canto da alma. Enquanto somos crianças e meninas, a natureza instintiva percebe todas essas fases e ciclos. Ela paira bem perto de nós, e nós estamos conscientes e ativas em períodos diversos, segundo a nossa decisão.

As crianças *são* a natureza selvagem e, sem que recebam ordens para isso, elas se preparam para a chegada dessas estações, saudando-as, vivendo com elas e guardando desses tempos *recuerdos*, lembranças: a folha cor de carmim dentro do dicionário; as penas de pássaros; as bolas de neve no congelador; aquela vagem, varinha, osso ou pedra especial; a concha diferente; a fita do enterro do passarinho; um diário de perfumes da época; o coração tranquilo; o sangue que se excita; e todas as imagens nas suas mentes.

Houve um tempo em que vivíamos em harmonia com esses ciclos e estações ano após ano, e eles viviam em nós. Eles nos acalmavam, faziam com que dançássemos, nos sacudiam, nos tranquilizavam, faziam com que aprendêssemos instintivamente. Eles faziam parte da pele da nossa alma – um pelo que envolve a nós e ao mundo natural e selvagem – pelo menos até o momento em que nos diziam que na verdade havia apenas quatro estações no ano, e que as próprias mulheres tinham apenas três estações – a infância, a idade adulta e a velhice. E supostamente isso era tudo.

No entanto, não podemos nos permitir perambular como sonâmbulas envoltas por essa invenção frágil e desatenta, pois ela faz com que as mulheres se desviem dos seus ciclos naturais e profundos e, portanto, sofram de aridez, exaustão e nostalgia. É muito melhor que voltemos aos nossos próprios ciclos exclusivos e profundos, a todos eles, a qualquer um deles. O conto que se segue trata dos ciclos mais importantes da mulher, a volta ao lar, ao lar selvagem, ao lar da alma.

Esta história é contada em todo o mundo, pois é um arquétipo, um conhecimento universal sobre uma questão da alma. Às vezes os contos de fadas e os contos folclóricos brotam de um sentido de lugar, especialmente de lugares significativos da alma. Essa história é contada nos países frios do norte, em qualquer região onde haja um mar ou um oceano glacial. Versões desta história são contadas entre os celtas, os escoceses, as tribos do noroeste da América do Norte, os povos da Sibéria e da Islândia. A história geralmente se intitula "A Mulher-foca" ou "Selkie-o, *Pamrauk*, a pequena foca"; "*Eyalirtaq*, a carne de foca". Chamo a minha versão analítica e para representação de "Pele de foca, pele da alma". A história nos fala de onde realmente viemos, do que somos feitas e de como todas nós precisamos, com regularidade, usar nossos instintos e descobrir o caminho de volta ao lar.[1]

*

PELE DE FOCA, PELE DA ALMA

Houve um tempo, que passou para sempre e que irá logo estar de volta, em que um dia corre atrás do outro de céus brancos, neve branca... e todos os minúsculos pontinhos escuros ao longe são pessoas, cães ou ursos.

Nesse lugar, nada viceja gratuitamente. Os ventos são fortes, e as pessoas se acostumaram a trazer consigo seus *parkas*, *mamleks* e botas, já de propósito. Nesse lugar, as palavras se congelam ao ar livre, e frases inteiras precisam ser arrancadas dos lábios de quem fala e descongeladas junto ao fogo para que as pessoas possam ver o que foi dito. Nesse lugar, as pessoas vivem na basta cabeleira da velha Annuluk, a avó, a velha feiticeira que é a própria Terra. E foi nessa terra que vivia um homem... um homem tão solitário que, com o passar dos anos, as lágrimas haviam aberto fundos abismos no seu rosto.

Ele tentava sorrir e ser feliz. Ele caçava. Colocava armadilhas e dormia bem. No entanto, sentia falta de companhia. Às vezes, lá nos bancos de areia, no seu caiaque, quando uma foca se aproximava, ele se lembrava de antigas histórias sobre como as focas haviam um dia sido seres humanos e como o único remanescente daqueles tempos estava nos seus olhos, que eram capazes de retratar expressões, aquelas expressões sábias, selvagens e amorosas. Às vezes ele sentia nessas ocasiões uma solidão tão profunda que as lágrimas escorriam pelas fendas já tão gastas no seu rosto.

Uma noite ele caçou até depois de escurecer, mas sem conseguir nada. Quando a lua subiu no céu e as banquisas de gelo começaram a reluzir, ele chegou a uma enorme rocha malhada no mar e seu olhar aguçado pareceu distinguir movimentos extremamente graciosos sobre a velha rocha.

Ele remou lentamente e com os remos bem fundos para se aproximar, e lá no alto da rocha imponente dançava um pequeno grupo de mulheres, nuas como no primeiro dia em que se deitaram sobre o ventre da mãe. Ora, ele era um homem solitário, sem nenhum amigo humano a não ser na lembrança – e ele ficou ali olhando. As mulheres pareciam seres feitos de leite da lua, e sua pele cintilava com gotículas prateadas como as do salmão na primavera. Seus pés e mãos eram longos e graciosos.

Elas eram tão lindas que o homem ficou sentado, atordoado, no barco, e a água nele batia, levando-o cada vez mais para junto da rocha. Ele ouvia o riso magnífico das mulheres... pelo menos elas pareciam rir, ou seria a água que ria às margens da rocha? O homem estava confuso, por se sentir tão deslumbrado. Entretanto, dispersou-se a solidão que lhe pesava no peito como couro molhado e, quase sem pensar, como se fosse seu destino, ele saltou para a rocha e roubou uma das peles de foca ali jogadas. Ele se escondeu por trás de uma saliência rochosa e ocultou a pele de foca dentro do seu *qunquq, parka*.

Logo, uma das mulheres gritou numa voz que era a mais linda que ele já ouvira... como as baleias chamando na madrugada... ou não, talvez fosse mais parecida com os lobinhos recém-nascidos caindo aos tombos na primavera... ou então, não, era algo melhor do que isso, mas não fazia diferença porque... o que as mulheres estavam fazendo agora?

Ora, elas estavam vestindo suas peles de foca, e uma a uma as mulheres-focas deslizavam para o mar, gritando e ganindo de felicidade. Com exceção de uma. A mais alta delas procurava por toda parte a sua pele de foca, mas não a encontrava em lugar nenhum. O homem sentiu-se estimulado – pelo quê, ele não sabia. Ele saiu de trás da rocha, dirigindo um apelo a ela.

– Mulher... case-se... comigo. Sou um... homem... sozinho.

– Ah – respondeu ela. – Eu não posso me casar, porque sou de outra natureza, pertenço aos que vivem *temeqvanek*, lá embaixo.

– Case-se... comigo – insistiu o homem. – Em sete verões, prometo lhe devolver sua pele de foca, e você poderá ficar ou ir embora, como preferir.

A jovem mulher-foca ficou olhando muito tempo o rosto do homem com olhos que, se não fossem suas origens verdadeiras, pareciam humanos.

– Irei com você – disse ela, relutante. – Dentro de sete verões, tomaremos a decisão.

E assim, com o tempo, tiveram um filho a quem deram o nome de Ooruk. A criança era ágil e gorda. No inverno, a mãe contava a Ooruk histórias de seres que viviam no fundo do mar enquanto o pai esculpia um urso em pedra branca com uma longa faca. Quando a mãe levava o pequeno Ooruk para a cama, ela lhe mostrava pelo buraco da ventilação as nuvens e todas as suas formas. Só que, em vez de falar das formas do corvo, do urso e do lobo, ela contava histórias da vaca-marinha, da baleia, da foca e do salmão... pois eram essas as criaturas que ela conhecia.

No entanto, à medida que o tempo foi passando, sua pele começou a ressecar. A princípio, ela escamou e depois passou a rachar. A pele das suas pálpebras começou a descascar. O cabelo da sua cabeça, a cair no chão. Ela se tornou *naluaq*, do branco mais pálido. Suas formas arredondadas começaram a definhar. Ela procurava esconder seu caminhar claudicante. A cada dia seus olhos, sem que ela quisesse, iam ficando mais opacos. Ela passou a estender a mão para tatear porque sua vista estava escurecida.

E as coisas iam dessa forma até uma noite em que o menino Ooruk despertou ouvindo gritos e se sentou ereto nas cobertas de pele. Ele ouviu um rugido de urso, que era seu pai repreendendo a mãe. Ouviu, também, um grito como o da prata que ressoa com uma pedra, que era sua mãe.

– Você escondeu minha pele de foca há sete longos anos, e agora está chegando o oitavo inverno. Quero que me seja devolvido aquilo de que sou feita – gritou a mulher-foca.

– E você, mulher – vociferou o marido. – Você me deixará se eu lhe der a pele.

– Não sei o que eu faria. Só sei que preciso daquilo a que pertenço.

– E você me deixaria sem mulher, e a seu filho, sem mãe. Você é má.

Com essas palavras, o marido afastou com violência a pele da porta e desapareceu noite adentro.

O menino adorava a mãe. Ele tinha medo de perdê-la e, por isso, chorou até dormir... só para ser acordado pelo vento. Um vento estranho... que parecia chamá-lo.

– Oooruk, Ooorukkkk.

Ele pulou da cama, tão apressado que vestiu o *parka* de cabeça para baixo e só puxou os *mukluks* até a metade. Ao ouvir seu nome chamado insistentemente, ele saiu correndo na noite estrelada.

– Oooooorukkk.

O menino correu até o penhasco de onde se via a água e lá, bem longe no mar encapelado, estava uma foca prateada, imensa e peluda... Sua cabeça era enorme. Seus bigodes lhe caíam até o peito. Seus olhos eram de um amarelo forte.

– Oooooorukkk.

O menino foi descendo o penhasco de qualquer jeito e bem junto à base tropeçou numa pedra, não, numa trouxa, que rolou de uma fenda na rocha. O cabelo do menino fustigava seu rosto como milhares de açoites de gelo.

– Oooooorukkk.

O menino abriu a trouxa e a sacudiu: era a pele de foca da sua mãe. Ah, ele sentia seu perfume na pele inteira. E, enquanto mergulhava o rosto na pele de foca e respirava seu cheiro, a alma da mãe penetrava nele como um súbito vento de verão.

– Ah – exclamou ele com alegria e dor, e levou novamente a pele ao rosto. Mais uma vez, a alma da mãe passou pela dele. – Ah!!! – gritou ele de novo, porque estava sendo impregnado pelo amor infindo da mãe.

E a velha foca prateada ao longe mergulhou lentamente para debaixo d'água.

O menino escalou o penhasco, voltou correndo para casa com a pele de foca voando atrás dele e se jogou para dentro de casa. Sua mãe contemplou o menino e a pele e fechou os olhos, cheia de gratidão pelo fato de os dois estarem em segurança. Ela começou a vestir sua pele de foca.

– Ah, mãe, não! – gritou o menino.

Ela apanhou o menino, ajeitou-o debaixo do braço e saiu correndo aos trambolhões na direção do mar revolto.

– Ai, mamãe, não me abandone! – implorava Ooruk.

E logo dava para se ver que ela queria ficar com o filho, *queria* mesmo, mas alguma coisa a chamava, algo que era mais velho do que ele, mais velho do que ela, mais antigo que o próprio tempo.

– Ah, mamãe, não, não, não – choramingou a criança. Ela se voltou para ele com uma expressão de profundo amor nos olhos. Segurou o rosto do menino nas mãos e soprou para dentro dos pulmões do menino seu doce alento, uma vez, duas, três vezes. Depois, com o menino debaixo do braço como uma carga preciosa, ela mergulhou bem fundo no mar e cada vez mais fundo. A mulher-foca e seu filho não tinham dificuldade para respirar debaixo d'água.

Eles nadaram muito para o fundo até que entraram no abrigo subaquático das focas, onde todos os tipos de criaturas estavam jantando e cantando, dançando e conversando, e a enorme foca prateada que havia chamado Ooruk de dentro do mar da noite abraçou o menino e o chamou de neto.

– Como você está se saindo lá em cima, minha filha? – perguntou a grande foca prateada.

A mulher-foca afastou o olhar e respondeu.

– Magoei um ser humano... um homem que deu tudo para que eu ficasse com ele. Mas não posso voltar para ele, porque, se o fizer, estarei me transformando em prisioneira.

– E o menino? – perguntou a velha foca. – Meu neto? – Ele estava tão orgulhoso que sua voz tremia.

– Ele tem de voltar, meu pai. Ele não pode ficar aqui. Ainda não chegou o seu tempo de ficar conosco. – Ela chorou. E juntos eles choraram.

E assim passaram-se alguns dias e noites, exatamente sete, período durante o qual voltou o brilho aos cabelos e aos olhos da mulher-foca. Ela adquiriu uma bela cor escura, sua visão se recuperou, seu corpo voltou às formas arredondadas, e ela nadava com agilidade. Chegou, porém, a hora de devolver o menino à terra. Nessa noite, o avô-foca e a bela mãe do menino nadaram com a criança entre eles. Vieram subindo, subindo de volta ao mundo da superfície. Ali eles depositaram Ooruk delicadamente no litoral pedregoso ao luar.

– Estou sempre com você – afiançou-lhe sua mãe. – Basta que você toque algum objeto que eu toquei, minhas varinhas de fogo, minha *ulu*, faca, minhas esculturas de pedra de focas e lontras, e eu soprarei nos seus pulmões um fôlego especial para que você cante suas canções.

A velha foca prateada e sua filha beijaram o menino muitas vezes. Afinal, elas se afastaram, saíram nadando mar adentro e, com um último olhar para o menino, desapareceram debaixo d'água. E Ooruk, como ainda não era a sua hora, ficou.

Com o passar do tempo, ele cresceu e se tornou um famoso tocador de tambor, cantor e inventor de histórias. Dizia-se que tudo isso decorria do fato de ele, quando menino, ter sobrevivido a ser carregado para o mar pelos enormes espíritos das focas. Agora, nas névoas cinzentas das manhãs, ele às vezes ainda pode ser visto, com seu caiaque atracado, ajoelhado numa certa rocha no mar, parecendo falar com uma certa foca fêmea que frequentemente se aproxima da orla. Embora muitos tenham tentado caçá-la, sempre fracassaram. Ela é conhecida como *Tanqigcaq*, a brilhante, a sagrada, e dizem que, apesar de ser foca, seus olhos são capazes de retratar expressões, aquelas expressões sábias, selvagens e amorosas.

*

A perda do sentido da alma como iniciação

A foca é um dos mais belos de todos os símbolos da alma selvagem. À semelhança da natureza instintiva das mulheres, as focas são criaturas singulares que evoluíram e se adaptaram através dos séculos. Como a mulher-foca, as focas verdadeiras só vêm à terra firme para procriar e amamentar. A mãe foca é extremamente devotada ao seu filhote por cerca de dois meses, dando-lhe amor e proteção e alimentando-o exclusivamente com as reservas do seu próprio corpo. Durante esse período, o filhote de quinze quilos tem seu peso quadruplicado. Depois, a mãe nada para mar aberto e o filhote já crescido e capaz começa uma vida independente.

Entre grupos étnicos por todo o mundo, incluindo-se muitos da região circumpolar e da África Ocidental, diz-se que os seres humanos não estão realmente animados enquanto a alma não der à luz o espírito, cuidando dele e o amamentando, enchendo-o de força. Acredita-se que, com o tempo, a alma se retire para um lar mais distante enquanto o espírito dá início a uma vida independente no mundo.[2]

O símbolo da foca para a alma é ainda mais irresistível porque há nas focas uma "docilidade", uma facilidade de acesso bem familiar aos que vivem na proximidade delas. As focas têm uma certa qualidade canina: são afetuosas por natureza. Irradia delas uma espécie de pureza. No entanto, elas também podem ser muito rápidas para reagir, recuar ou retaliar quando ameaçadas. A alma também é assim. Ela paira por perto. Ela alimenta o espírito. Ela não foge quando percebe algo de novo, de incomum ou de difícil.

Pode ocorrer, porém, especialmente quando a foca não está acostumada a seres humanos e fica ali deitada num daqueles estados de beatitude que parecem acometer as focas de quando em quando, que ela não preveja as atitudes do ser humano. Como a mulher-foca da história, e como a alma de mulheres jovens e/ou inexperientes, ela não percebe as intenções dos outros e o perigo em potencial. E é sempre aí que a pele da foca é roubada.

Ao trabalhar com histórias de "cativeiro" e de "roubos de tesouros" bem como com a minha experiência de análise de muitos homens e mulheres, cheguei à conclusão de que ocorre no processo de individuação de praticamente todo mundo pelo menos um caso de roubo significativo. Algumas pessoas o caracterizam como o roubo da sua "grande oportunidade" na vida. Os apaixonados o definem como o roubo da alma, uma apropriação do espírito da pessoa, um enfraquecimento do sentido de identidade. Outros descrevem o fato como uma distração, uma ruptura, uma interferência ou interrupção de algo que lhes era vital: sua arte, seu amor, seu sonho, sua esperança, sua crença na bondade, seu desenvolvimento, sua honra, seus esforços.

A maior parte do tempo, esse roubo crucial se abate sobre a pessoa vindo de onde ela não espera. Ele cai sobre as mulheres pelos mesmos motivos que ocorrem nessa história do povo *inuit*: em virtude da ingenuidade, da percepção falha quanto às motivações dos outros, da inexperiência em projetar o que poderia acontecer no futuro, da falta de atenção a todas as pistas do ambiente e em virtude de o destino estar sempre entretecendo lições em sua trama.

As pessoas que se permitem ser roubadas não são más. Tampouco erradas. Não são tolas. No entanto, elas são sob um certo aspecto inexperientes ou estão imersas numa espécie de cochilo psíquico. Seria um erro atribuir esses estados apenas à juventude. Eles podem ocorrer em qualquer um, independentemente da idade, da filiação étnica, do grau de instrução ou mesmo das boas intenções. Está claro que o fato de ser roubado evolui definitivamente para uma misteriosa oportunidade de iniciação arquetípica[3] para aqueles que se veem enredados na situação... o que se aplica a quase todo mundo.

O processo de resgate do tesouro e de descoberta de um meio de reabastecer o self faz surgir quatro constructos vitais na psique. Quando se enfrenta esse dilema diretamente e se empreende a descida até o *Río Abajo Río*, ele fortalece extremamente nossa determinação de lutar pelo resgate consciente. Ele esclarece, com o passar do tempo, o que é mais importante para nós. Ele nos preenche com a necessidade de ter um plano para nos libertarmos, em termos psíquicos ou outros, e de pôr em cena nosso conhecimento recém-adquirido. Finalmente, e com a máxima importância, ele desenvolve nossa natureza medial, aquela parte selvagem e sagaz da psique que também pode permear o mundo da alma e o mundo dos humanos.

A história da "Pele de foca, pele da alma" é de extrema riqueza, pois fornece instruções claras e precisas para os passos exatos que devemos dar a fim de desenvolver e descobrir nosso próprio modo de cumprir essa tarefa arquetípica. Uma das questões mais cruciais e de maior potencial destrutivo enfrentadas pelas mulheres consiste no fato de elas começarem vários processos de iniciação psicológica sem iniciadores que tenham eles próprios completado o processo. Elas não conhecem pessoas maduras que saibam como prosseguir. Quando os próprios iniciadores são pessoas cuja iniciação está incompleta, eles omitem aspectos importantes do processo sem perceber, e às vezes causam grandes males ao iniciando por trabalharem com uma ideia fragmentada da iniciação, uma ideia que frequentemente está contaminada de uma forma ou de outra.[4]

Na outra extremidade do espectro está a mulher que passou pela experiência do roubo e que está lutando por ter maior conhecimento e domínio da situação, mas que se desnorteou e não sabe que existem outros aspectos a serem praticados para completar o aprendizado, voltando, portanto, ao primeiro estágio, o de ser submetida ao roubo, repetidas vezes. Não se sabe por meio de que circunstâncias, ela ficou emaranhada nas rédeas. Basicamente, está lhe faltando orientação. Em vez de descobrir as necessidades de uma alma saudável e selvagem, ela se torna vítima de uma iniciação incompleta.

Como os canais de iniciação matrilineares – os das mulheres mais velhas que ensinam às mais jovens certos fatos e procedimentos psíquicos do feminino selvagem – foram fragmentados e interrompidos para tantas mulheres e durante tantos anos, é uma bênção poder dispor da arqueologia dos contos de fadas para ter esse aprendizado. Podemos imaginar de novo tudo o que precisamos saber a partir desses modelos profundos, ou podemos comparar nossas próprias ideias a respeito dos processos psicológicos essenciais das mulheres com aquelas encontradas nas histórias. Nesse sentido, os contos de fadas e os mitos são os nossos iniciadores. Eles são os sábios que ensinam aos que vieram depois deles.

Portanto, é para as mulheres semi-iniciadas ou iniciadas de modo incompleto que a dinâmica apresentada em "Pele da foca, pele da alma" é a mais ilustrativa. Quando se aprendem todos os passos que devem ser dados para completar a volta cíclica ao lar, mesmo uma iniciação atamancada pode ser destrinchada, refeita e concluída corretamente. Vejamos como a história nos ensina a proceder.

A perda da pele

O desenvolvimento do conhecimento, como apresentado em versões do "Barba-azul", de "Rapunzel", da "Parteira do Diabo", da "Roseira Brava", e de outros contos, resulta primeiro do fato de se estar desatenta, de ser enganada de uma forma ou de outra e, a partir daí, de reencontrar nosso acesso ao poder. O tema da captura fatal que testa a consciência e termina num conhecimento profundo é um tema recorrente nos contos de fadas com protagonistas femininas. Tais histórias transmitem instruções profundas a todas nós a respeito do que devemos fazer se e quando formos capturadas e como podemos voltar do cativeiro com a capacidade de *pasar a través del bosque como una loba*, atravessar a floresta como uma loba, *con un ojo agudo*, com um olhar penetrante.

"Pele de foca, pele da alma" tem um tema invertido. Os contadores de histórias chamam esses contos de "histórias às avessas". Na maioria dos contos de fadas, um ser humano é encantado e transformado num animal.

Aqui, porém, temos o oposto: um animal que é levado à vida humana. A história produz um *insight* na estrutura da psique feminina. A mulher-foca, à semelhança da natureza selvagem na psique das mulheres, é uma combinação mística de animal que ao mesmo tempo é capaz de viver entre os seres humanos com desembaraço.

A pele na história não é tanto um objeto, mas a representação de um estado de sentimento e de um estado de ser um estado que é coeso, profundo e que pertence à natureza feminina selvagem. Quando a mulher se encontra nesse estado, ela se sente inteiramente dona de si mesma, em vez de se sentir fora de si mesma, a se perguntar se está agindo corretamente, se está pensando certo. Embora esse estado de comunhão "consigo mesma" seja um estado com o qual ela ocasionalmente perca contato, o tempo que ela anteriormente passou ali a sustenta enquanto ela se dedica ao seu trabalho no mundo. A volta periódica ao estado selvagem é o que reabastece suas reservas psíquicas para seus projetos, sua família, seus relacionamentos e sua vida criativa no mundo objetivo.

Toda mulher afastada do lar da sua alma acaba se cansando. E isso é o que deveria ocorrer mesmo. É então que ela procura sua pele de foca para revitalizar seu sentido de identidade e de alma, para restaurar seu conhecimento penetrante e oceânico. Esse vasto ciclo de idas e vindas reflete dentro da natureza instintiva das mulheres e é inato a todas as mulheres pela vida afora, desde a infância, a adolescência, o início da idade adulta quando se torna amante, quando se torna mãe, até quando se torna uma especialista, um repositório de sabedoria, uma anciã, e ainda adiante. Essas fases não seguem necessariamente uma ordem cronológica, pois algumas mulheres de meia-idade são recém-nascidas, algumas velhas são amantes ardentes e há meninas que têm grande conhecimento dos feitiços das velhas.

Muitas e muitas vezes perdemos a sensação de estarmos inteiras dentro da nossa própria pele em decorrência de fatos já mencionados bem como de longos períodos de coação. Quem trabalha com grande esforço sem descanso também corre esse risco. A pele da alma desaparece quando não prestamos atenção ao que realmente estamos fazendo e, especialmente, ao custo disso para nós.

Perdemos a pele da alma quando ficamos muito envolvidas com o ego, quando nos tornamos por demais exigentes, perfeccionistas,[5] quando nos martirizamos desnecessariamente, somos dominadas por uma ambição cega ou quando nos sentimos insatisfeitas – com o próprio self, com a família, a comunidade, a cultura, o mundo – e não fazemos nem dizemos nada a respeito disso; também quando fingimos ser uma fonte ilimitada para os outros quando não fazemos o possível para nos ajudar. Ora, existem tantos modos para se perder a pele da alma quantas são as mulheres do mundo.

O único meio de permanecer agarrada a essa essencial pele da alma consiste em manter uma conscientização delicadamente imaculada a respeito dos seus valores e utilidades. No entanto, como ninguém consegue manter permanentemente uma conscientização aguçada, ninguém consegue permanecer com a pele da alma a cada momento do dia e da noite. Podemos, porém, restringir os furtos a um mínimo. Podemos desenvolver aquele *ojo agudo*, olhar penetrante que observa as condições ao nosso redor e vigia nosso território psíquico de acordo com essas condições. A história da "Pele de foca, pele da alma" trata, porém, de um exemplo do que poderíamos chamar de roubo com agravante. Esse grande roubo pode, com a conscientização, ser abrandado no futuro se prestarmos atenção aos nossos ciclos e à voz que nos chama de volta a casa.

Todas as criaturas do planeta voltam para casa. É uma ironia que nós tenhamos construído santuários para a íbis, o pelicano, a garça-real, o lobo, o grou, o cervo, o camundongo, o alce e o urso, mas não para nós mesmos, nos lugares em que vivemos nosso dia a dia. Nós compreendemos que a perda do *habitat* é o acontecimento mais desastroso que pode se abater sobre um ser livre. Apontamos com veemência como os territórios naturais de outras criaturas foram cercados por cidades, fazendas, rodovias, barulho e outras incongruências, como se nós mesmos não estivéssemos cercados pelos mesmos problemas, como se não fôssemos afetados do mesmo modo. Sabemos que para que os animais continuem a viver, eles precisam pelo menos de vez em quando de um lar, um lugar em que se sintam protegidos e livres.

Faz parte da nossa tradição compensar a perda de um *habitat* mais sereno tirando férias ou dias de folga, o que supostamente representaria dar prazer ao próprio self, só que frequentemente as férias são qualquer coisa menos isso. Podemos compensar nossa dissonância rotineira reduzindo as atividades que nos fazem retesar nossos deltoides e trapézios, transformando-os em nós dolorosos. E tudo isso é muito bom, mas para a psique-self-alma, as férias não equivalem ao santuário. "Tempo de folga" ou "de licença" não equivale a voltar para casa. A tranquilidade não é o mesmo que a solidão.

Para começar, podemos conter essa perda de alma mantendo-nos próximas à pele. Constato, por exemplo, nas mulheres talentosas da minha experiência clínica que o roubo da pele da alma pode decorrer de relacionamentos com pessoas que não estão elas mesmas dentro das suas peles de direito, e de relacionamentos que são decididamente venenosos. São necessárias força e determinação para superar tais relacionamentos, mas é algo que pode ser feito, especialmente se, como ocorre na história, a pessoa der ouvidos à voz que chama de casa e voltar ao âmago do self onde o conhecimento imediato é pleno e acessível. A partir daí, a mulher pode decidir com clarividência o que é que ela precisa ter e o que é que ela quer fazer.

O grave roubo da pele da foca também ocorre com muito maior sutileza através da apropriação indevida do tempo e dos recursos de uma mulher. O mundo anseia pelo consolo, pelos quadris e seios das mulheres. Ele clama com milhares de mãos, milhões de vozes, acenando para nós, puxando-nos e nos beliscando, à procura da nossa atenção. Às vezes a impressão que temos é a de que, para qualquer lado que nos voltemos, haverá algo ou alguém que precisa, quer, deseja. Algumas pessoas, questões e objetos do mundo são atraentes e charmosos; outros podem ser exigentes e raivosos; e ainda outros parecem indefesos ao ponto de partir o coração, tanto que, mesmo contra nossa vontade, a compaixão se derrama e nosso leite escorre pelo nosso ventre. No entanto, a não ser que se trate de uma questão de vida ou morte, reserve algum tempo, crie o tempo suficiente para "vestir o sutiã de lata".[6] Pare de ser a mãezona do mundo. Dedique-se à tarefa de voltar para casa.

Embora saibamos que a pele pode ser perdida com um amor frustrante e devastador, ela também pode ser perdida com um amor certo e profundo. Não é exatamente o fato de uma pessoa ou coisa ser certa ou errada que provoca o roubo da pele da alma; mas seu custo para nós. Trata-se, sim, do que ela nos custa em tempo, energia, observação, atenção, indecisão, sugestões, instruções, ensinamentos, treinos. Esses movimentos da psique são como saques em dinheiro de uma caderneta de poupança psíquica. A questão não está nos próprios saques de energia pois eles são importantes para o toma lá dá cá da vida. No entanto, é a existência de um *saque a descoberto* que provoca a perda da pele e o embotamento e enfraquecimento dos nossos instintos mais aguçados. É a falta de novos depósitos de energia, conhecimento, reconhecimento, ideias e animação que faz com que a mulher sinta estar morrendo em termos psíquicos.

Na história, quando a jovem mulher-foca perde sua pele, ela está envolvida numa bela ocupação, está dedicada à liberdade. Ela dança e dança, sem prestar atenção ao que está ocorrendo ao seu redor. Quando estamos na nossa natureza selvagem de direito, todas nós sentimos essa vida luminosa. Ela é um dos sinais de que estamos próximas à Mulher Selvagem. Todas nós entramos no mundo, dançando. Sempre começamos com nossas peles intactas.

Contudo, pelo menos até que nos conscientizemos melhor, todas nós passamos por esse estágio no processo de individuação. Todas nós nadamos até o rochedo, dançamos e não prestamos atenção. É aí que o aspecto mais trapaceiro da psique cai sobre nós, e em algum ponto da estrada nós de repente procuramos e não conseguimos mais encontrar aquilo que nos pertence e a que pertencemos. Falta-nos, misteriosamente, nosso sentido de alma e, ainda pior, ele está escondido. Por isso, vagueamos por aí parcialmente atordoadas. Não é bom tomar decisões quando estamos atordoadas, mas é isso o que fazemos.

Sabemos que as más decisões ocorrem de inúmeras formas. Uma mulher casa-se cedo demais. Outra engravida muito jovem. Ainda outra fica com um parceiro errado. Outra renuncia à sua arte para "ter coisas". Outra se vê seduzida por uma série de ilusões; outra, por promessas; outra, por "ser boazinha" demais e não ter alma suficiente; ainda outra, por ser visionária ao extremo e lhe faltar os "pés no chão". E nos casos em que a mulher vive só com metade da pele da alma, não é necessariamente porque suas decisões estão erradas, mas porque ela se mantém afastada do seu lar espiritual por muito tempo, começa a se ressecar e é de ínfima utilidade para qualquer um, menos ainda para si mesma. Existem centenas de meios para se perder a pele da alma.

Se mergulharmos no símbolo da pele animal, descobriremos que em todos os animais, incluindo-se o ser humano, o eriçamento dos pelos ocorre como reação a coisas vistas bem como a coisas pressentidas. O eriçamento do pelo transmite um "frio" a toda a criatura, despertando nela a suspeita, a precaução e outros sinais de defesa. Em meio ao povo *inuit*, diz-se que tanto os pelos quanto as penas têm a capacidade de ver o que acontece a distância, e é por isso que um *angakok*, um xamã, usa muitos pelos e muitas penas, de modo a ter centenas de olhos para melhor examinar os mistérios. A pele da foca é um símbolo da alma que não só fornece calor, mas que também, com a sua visão, representa um sistema de alerta antecipado.

Nas culturas dedicadas à caça, a pele equivale ao alimento enquanto importantíssimo fator de sobrevivência. Ela é usada para fazer botas, para forrar *parkas*, para a impermeabilização a fim de manter o rosto e os pulsos livres do gelo acumulado. A pele mantém as criancinhas secas e em segurança; protege e aquece partes vulneráveis do corpo humano, o ventre, as costas, os pés, as mãos e a cabeça. A perda da pele significa a perda da nossa proteção, do nosso calor, do nosso sistema de alerta antecipado, da nossa visão instintiva. Sob o aspecto psicológico, o fato de estar sem a pele faz com que a mulher aja como acha que deveria agir, não da forma que ela realmente deseja. Isso faz com que ela acompanhe quem quer que lhe dê a impressão de ser mais forte – quer seja benéfico para ela, quer não. Nesse caso, ela salta de mais e olha de menos. Ela brinca em vez de ser direta. Não dá importância às coisas. Deixa tudo para depois. Ela se recusa a dar o próximo passo, a empreender a descida necessária e a se manter ali o tempo suficiente para que algo aconteça.

Portanto, podemos ver que, num mundo que valoriza mulheres teleguiadas que não sabem parar, o roubo da pele da alma é muito fácil, tanto assim que o primeiro roubo acontece em algum ponto entre as idades de sete e dezoito anos. A essa altura, a maioria das mocinhas já terá começado a dançar na rocha no mar. A essa altura, a maioria terá procurado pela sua pele da alma, mas sem encontrá-la no lugar onde a havia deixado. E, embora isso a princípio pareça ter a intenção de causar o desenvolvimento de uma estrutura medial na psique – ou seja, de uma capacidade para aprender a viver no mundo do espírito bem como na realidade concreta – com grande frequência esse resultado não se realiza, como também não se realiza o restante da experiência de iniciação, e a mulher vagueia pela vida sem sua pele.

Mesmo que tenhamos tentado impedir uma reincidência do roubo praticamente nos costurando à nossa pele da alma, são pouquíssimas as mulheres que atingem a maioridade com mais do que alguns tufos da pele original intactos. Deixamos de lado nossas peles quando dançamos. Aprendemos o mundo, mas perdemos nossa pele. Descobrimos que, sem nossas peles, começamos lentamente a definhar. Como a maioria das mulheres foi educada de modo a suportar esse tipo de estado com estoicismo, como suas mães suportaram antes delas, ninguém percebe que algo esteja definhando, até que um dia...

Quando somos jovens e a vida da nossa alma entra em colisão com os desejos e exigências da cultura e do mundo, nós realmente nos sentimos perdidas, longe de casa. No entanto, na idade adulta, continuamos a nos empurrar cada vez mais para longe de casa, em consequência das nossas próprias opções sobre quem, o quê, onde e por quanto tempo. Se nunca nos ensinaram a voltar ao lar profundo da nossa infância, nós repetimos *ad infinitum* o modelo de "ser roubada e vaguear perdida por aí". Entretanto, mesmo que nossas próprias escolhas infelizes nos tenham desviado do curso – para muito longe do que precisamos – não vamos perder a fé, porque no interior da alma está o dispositivo de orientação de retorno. Todas nós podemos encontrar nosso caminho de volta.

O homem solitário

Numa história semelhante a essa, é na realidade uma mulher humana que seduz um homem-baleia a copular com ela, tendo-lhe roubado sua nadadeira. Em outras versões de "Pele de foca, pele da alma", a criança é às vezes uma menina, às vezes um menino-peixe. Por vezes, a velha foca lá fora no mar é uma venerável fêmea. Por haver tantas trocas de sexo nas versões da história, o fato de seus personagens serem masculinos ou femininos tem importância muito menor do que o processo condenado.

Nessa linha, consideremos que o homem solitário que rouba a pele de foca representa o ego da psique da mulher. A saúde do ego é muitas vezes determinada pela eficácia com a qual medimos as fronteiras do mundo concreto, pela firmeza com a qual nossa identidade foi formada, pela exatidão com que diferenciamos o passado, o presente e o futuro, bem como pelo nível de coincidência das nossas percepções com a realidade consensual. É um tema eterno na psique humana o de que o ego e a alma lutem pelo controle da força da vida. No início da vida, o ego, com seus apetites, é frequentemente quem manda. Ele está sempre inventando alguma coisa que tem um cheirinho delicioso. O ego tem muita força durante esse período. Ele relega a alma aos trabalhos mesquinhos da cozinha.

No entanto, em algum ponto, às vezes quando estamos com vinte anos, às vezes com trinta, com maior frequência aos quarenta anos, muito embora algumas mulheres só estejam realmente prontas depois dos cinquenta, dos sessenta ou mesmo dos setenta ou oitenta, começamos, afinal, a permitir que a alma assuma o comando. O poder passa, então, dos detalhes e minúcias práticas para o envolvimento da alma. E apesar de a alma não assumir o controle com a eliminação do ego, este último é destituído do seu posto e designado para uma função diferente na psique, que consiste essencialmente em se submeter aos interesses da alma.

Desde o instante em que nascemos, há dentro de nós um impulso selvagem que deseja que nossa alma conduza nossa vida, pois o ego é limitado na sua capacidade de compreensão. Imaginemos o ego preso a uma rédea permanente e relativamente curta; ele só consegue penetrar até certo ponto nos mistérios da vida e do espírito. Geralmente, ele fica assustado. Ele tem o mau hábito de reduzir toda a força espiritual a "isso ou aquilo". Ele exige fatos que sejam observáveis. Provas que sejam de natureza mística ou das sensações raramente combinam bem com o ego. É por isso que o ego é solitário. Desse modo, ele fica muito limitado na sua imaginação. Ele não tem como participar plenamente dos processos mais misteriosos da alma e da psique. No entanto, o homem solitário anseia pela alma, vislumbrando vagamente o que é profundo e selvagem quando deles se aproxima.

Algumas pessoas empregam os termos *alma* e *espírito* como equivalentes. Nos contos de fadas, porém, a alma é sempre a pró-*gin*itora e a pro*gen*itora do espírito. Na hermenêutica dos arcanos, o espírito é um ser nascido da alma. O espírito herda a matéria, ou nela encarna, a fim de recolher notícias sobre os costumes do mundo para levá-las de volta para a alma. Quando não ocorre nenhuma intromissão, o relacionamento entre a alma e o espírito é de uma simetria perfeita. Cada um por sua vez enriquece o outro. Juntos, a alma e o espírito formam um ecossistema, como num lago no qual os animais do fundo nutrem os animais das camadas superiores enquanto estas últimas nutrem os animais do fundo.

Na psicologia junguiana, o ego é frequentemente descrito como uma pequena ilha de consciência flutuando no mar do inconsciente. No folclore, porém, o ego é retratado como uma criatura de apetites, muitas vezes simbolizado por um animal ou ser humano não muito brilhante cercado de forças que são mistificantes aos seus olhos e sobre as quais ele procura conquistar o controle. Às vezes, o ego é capaz de ganhar o controle por meios brutais e destrutivos, mas, no final, com o aperfeiçoamento do herói ou da heroína, é muito mais provável que ele fracasse em sua tentativa de reinar.

No início da nossa vida, o ego sente curiosidade a respeito do mundo da alma, mas com enorme frequência ele está interessado na satisfação dos próprios desejos. O ego nasce em nós, a princípio como um potencial, e é moldado, trabalhado e preenchido com ideias, valores e deveres pelo mundo que nos cerca: nossos pais, nossos mestres, nossa cultura. E é assim que deveria ser, pois ele vai ser nosso acompanhante, nosso segurança e nossa sentinela avançada no mundo objetivo. Entretanto, se não for permitido à natureza selvagem emanar pelo ego, dando-lhe cor, sabor e capacidade de resposta instintiva, então, muito embora a cultura possa não aprovar o que foi criado nesse ego, ela não aprova, não pode nem irá aprovar um tratamento tão incompleto da *sua* obra.

O homem solitário na história está tentando participar da vida da alma, mas, à semelhança do ego, ele não foi talhado exatamente para ela e tenta agarrar a alma em vez de desenvolver um relacionamento com ela. Por que o ego rouba a pele da foca? Como qualquer outra criatura solitária ou faminta, ele adora a luz. Ele vê a luz e a possibilidade de ficar junto da alma, e se esgueira até ela, roubando-lhe uma das suas camuflagens essenciais. O ego não pode se conter. Ele é o que é; atraído pela luz. Embora não consiga viver debaixo d'água, ele tem um anseio próprio por ter um relacionamento com a alma. O ego é grosseiro em comparação com a alma. Seu modo de agir raramente é evocativo ou sensível. Mesmo assim, ele sente um anseio pequenino e vagamente compreendido pela beleza da luz. E isso, de certo modo e por algum tempo, o tranquiliza.

Assim, faminto pela alma, nosso próprio ego rouba a pele. "Fique comigo", sussurra ele. "Vou fazê-la feliz, isolando-a do seu self profundo e dos seus ciclos de retorno ao lar da sua alma. Vou fazê-la muito, muito feliz. Por favor, por favor, fique." E então, como é correto que aconteça no início da formação da individuação feminina, a alma é forçada a entrar em relacionamento com o ego. A função prática da subserviência da alma ao ego ocorre para que nós conheçamos o mundo, para que aprendamos os meios de conseguir as coisas, como trabalhar, como diferenciar o que é bom do que não é tão bom assim, quando agir, quando ficar parada, como conviver com as pessoas; para que nos inteiremos da mecânica e das maquinações da cultura; para que saibamos manter um emprego, segurar um bebê no colo, cuidar do nosso próprio corpo, cuidar dos negócios... todos os aspectos da vida objetiva.

O objetivo inicial de desenvolver um constructo tão importante na psique da mulher, o do casamento da mulher-foca com o homem solitário, um casamento no qual ela é definitivamente submissa, consiste em criar um acordo temporário que acabará produzindo um filho espiritual com a capacidade de conviver no mundo prático e no mundo selvagem e de traduzir de um para o outro. Uma vez nascida essa criança, uma vez que ela esteja desenvolvida e iniciada, ela volta à tona no mundo objetivo, e o relacionamento com a alma é corrigido. Muito embora o homem solitário, o ego, não possa dominar para sempre – já que um dia ele precisará se submeter às exigências da alma pelo restante da vida da mulher – ao conviver com a mulher-foca/mulher-alma, ele foi tocado pela grandeza e fica, portanto, encantado, enriquecido e humilhado, tudo ao mesmo tempo.

A criança espiritual

Vemos assim que a união dos opostos entre o ego e a alma produz algo de infinito valor, a criança espiritual. E é verdade que, mesmo quando o ego invade os aspectos mais sutis da psique e da alma, está ocorrendo uma fecundação cruzada. Paradoxalmente, ao roubar a proteção da alma e sua capacidade de desaparecer para dentro da água ao seu bel-prazer, o ego participa da criação de um filho que terá direito a uma herança dupla, a do mundo e a da alma, um filho que será capaz de levar e trazer mensagens e presentes de um lado para o outro.

Em algumas das histórias mais notáveis, como por exemplo em "A bela e a fera" de origem gaélica, na mexicana "Bruja Milagro" e na japonesa "Tsukino Waguma: o urso do quarto crescente", descobrir o caminho de volta ao nosso correto estado psíquico começa com o ato de dar alimento ou cuidados a um homem, mulher ou animal solitário e/ou ferido. Um dos constantes milagres da psique está em que uma criança dessas, que terá a capacidade de percorrer dois mundos muito diferentes, possa se originar de uma mulher nesse estado de "falta de pele" e "casada" com algo em si mesmo ou no mundo objetivo tão solitário e pouco desenvolvido. Ocorre algo dentro de nós quando estamos nesse tipo de estado, algo que produz um sentimento, uma ínfima vida nova, uma pequena chama que não se apaga em circunstâncias imperfeitas, árduas ou até mesmo desumanas.

Essa criança espiritual é *la niña milagrosa*, a criança milagrosa, que tem a capacidade de ouvir o chamado, ouvir a voz distante que avisa que chegou a hora de voltar, de voltar para o próprio self. A criança faz parte da nossa natureza medial que nos impele, porque ela ouve o chamado quando ele vem. É a criança que desperta, que se levanta da cama, que sai de dentro da casa para a noite cheia de vento e que desce até o mar revolto, que nos faz afirmar: "Deus é testemunha de que eu vou agir assim", "Eu *vou* resistir", "Nada me desviará" ou "Descobrirei uma forma de continuar".

É a criança que devolve a pele de foca, a pele da alma, para a mãe. É a criança que lhe possibilita a volta ao lar. Essa criança é uma força espiritual que nos induz a continuar nossa obra importante, a recuar, a mudar nossa vida, a melhorar a comunidade, a nos unirmos para ajudar a dar equilíbrio ao mundo... tudo isso apenas ao voltar ao lar. Se quisermos participar de tudo isso, o difícil casamento entre a alma e o ego precisa ser realizado, o filho espiritual precisa nascer. O resgate e o retorno são os objetivos a serem atingidos.

Independentemente das circunstâncias da mulher, a criança espiritual, a velha foca que surge do mar chamando sua filha para casa e o mar aberto estão sempre por perto. Sempre. Fui recentemente convidada para visitar o presídio federal de mulheres de Pleasanton, Califórnia, juntamente com um grupo de artistas/curandeiras,[7] e fazer apresentações e ensinar um grupo de cem mulheres que estavam profundamente envolvidas num programa de desenvolvimento espiritual.

Vi poucas mulheres "calejadas" ali. Pelo contrário, vi dezenas de mulheres em diversos estágios do processo da mulher-foca. Muitas haviam caído "prisioneiras" tanto em termos figurados quanto em termos literais em virtude de opções extremamente ingênuas. Quaisquer que fossem os motivos que as colocaram naquele lugar, apesar das condições de rigoroso confinamento, cada mulher a seu próprio modo estava nitidamente no processo de criar uma criança espiritual, moldada com carinho e dor da sua própria carne, dos seus próprios ossos. Cada mulher estava também procurando pela sua pele de foca. Cada uma estava mergulhada no processo de recordar o caminho de volta ao lar da alma.

Uma artista da nossa trupe, uma jovem violinista negra chamada Índia Cook, tocou para as mulheres. Estávamos ao ar livre, no pátio aberto. Estava muito frio, e o vento uivava em volta da tela de fundo do palco aberto. Índia passou o arco pelas cordas do seu violino elétrico e tocou num tom menor uma música de explodir o coração. Na verdade, seu violino chorava. Uma mulher grande, de origem *lakota*, bateu no meu braço e sussurrou com voz rouca: "Essa música... esse violino está abrindo alguma coisa em mim. Eu achava que estava trancada para sempre." Seu rosto largo estava perplexo e etéreo. Meu próprio coração se partiu, mas no bom sentido, porque eu percebi que, independentemente do que lhe houvesse ocorrido, ela ainda conseguia ouvir o grito de lá do mar alto, o chamado do próprio lar.

Na história da "Pele de foca, pele da alma", a mulher-foca conta ao filho histórias sobre o que vive e viceja debaixo d'água. Com suas histórias, ela instrui, forjando a criança nascida da sua união com o ego. Ela está formando a criança, ensinando-lhe o terreno e os costumes dos "outros". A alma está preparando o filho selvagem da psique para algo muito importante.

O definhamento e a invalidez

A maioria das depressões, tédios e confusões errantes da mulher é causada por uma severa restrição da vida da alma, na qual a inovação, o impulso e a criatividade são proibidos ou limitados. As mulheres recebem um enorme impulso para agir proveniente da força criadora. Não podemos ignorar o fato de ainda ocorrerem muitas apropriações e mutilações dos talentos das mulheres através das restrições culturais e do castigo aos seus instintos naturais e saudáveis.

Podemos nos libertar dessa condição se houver um rio subterrâneo ou até mesmo uma pequena corrente que escorra de algum lugar profundo da alma para dentro da nossa vida. Se, no entanto, a mulher "longe de casa" ceder toda a sua força, ela se transformará primeiro numa névoa, depois num vapor e afinal numa sombra do seu antigo self selvagem.

Toda essa apropriação e ocultação da pele natural da mulher e seu subsequente definhamento e invalidez me fazem lembrar de uma velha história que meu falecido tio Vilmos uma vez contou para acalmar e esclarecer um adulto furioso da nossa grande família que estava sendo ríspido demais com uma criança. O tio Vilmos tinha uma ternura e uma paciência infinitas com seres humanos e animais. Ele era um contador de histórias inato na tradição dos *mesemondók*, muito hábil ao aplicar histórias como um bálsamo suave.

*

Um homem veio a um *szabó*, alfaiate, para experimentar um terno. Parado diante do espelho, ele percebeu que o colete estava um pouco irregular na parte inferior.

– Ora – disse o alfaiate. – Não se preocupe com isso. Basta você puxar a ponta mais curta para baixo com a mão esquerda, que ninguém jamais vai perceber nada.

Enquanto o cliente fazia exatamente isso, ele notou que a lapela do paletó estava com uma ponta enrolada em vez de estar rente.

– Isso? – perguntou o alfaiate. – Isso não é nada. É só você virar a cabeça um pouquinho e segurar a lapela no lugar com o queixo.

O freguês obedeceu e, quando o fez, observou que a costura de entrepernas estava meio curta e que o gancho lhe parecia um pouco apertado demais.

– Ora, nem pense nisso. Puxe o gancho para baixo com a mão direita, e tudo vai ficar perfeito. – O freguês concordou e comprou o terno.

No dia seguinte, o homem estreou o terno com todas as alterações de queixo e mãos. Enquanto ia mancando pelo parque com o queixo segurando a lapela no lugar, uma das mãos puxando o colete, e a outra mão agarrada ao gancho, dois velhos pararam de jogar damas para vê-lo passando com dificuldade.

– *M'Isten*, meu Deus! – disse o primeiro velho. – Veja aquele pobre aleijado.

O segundo homem refletiu por um instante antes de sussurrar.

– *Igen*, é, ele é bem aleijado mesmo, mas sabe o que eu queria saber... onde será que ele comprou um terno tão elegante?

*

A atitude do segundo velho constitui uma reação cultural comum diante da mulher que desenvolveu uma *persona* impecável, mas que tem de se aleijar toda ao tentar mantê-la. Bem, é, ela está aleijada, mas veja como está elegante, veja como é boa, veja como está se saindo bem. Quando começamos a definhar, tentamos caminhar todas tortas para dar a impressão de que estamos cuidando de tudo, que tudo está bem e em perfeita ordem. Quer seja a pele da alma que nos falte, quer seja a pele criada pela cultura que nos sirva, ficamos aleijadas quando fingimos que nada disso ocorre. Quando agimos assim, a vida se encolhe e o preço que pagamos é muito alto.

Quando a mulher começa a ressecar, para ela torna-se cada vez mais difícil funcionar segundo sua entusiástica natureza selvagem. As ideias, a criatividade, a própria vida crescem melhor em condições de umidade. As mulheres em processo de ressecamento frequentemente têm sonhos com o homem sinistro: ladrões, bandidos ou estupradores as ameaçam, fazem delas reféns, roubam e agem de modo ainda pior. Às vezes esses sonhos refletem traumas decorrentes de uma agressão real. No entanto, na maioria dos casos, eles são sonhos de mulheres que estão ressecando, que não estão dando a devida atenção ao lado instintivo da sua vida, que roubam de si mesmas, que excluem a função criadora e que às vezes não fazem nenhum movimento no sentido de se ajudar, ou podem até mesmo se esforçar com afinco para ignorar o chamado de volta à água.

Durante os anos de exercício da minha profissão, vi muitas mulheres nesse estado de ressecamento, algumas ligeiramente afetadas, outras mais. Ao mesmo tempo, ouvi dessas mulheres muitos sonhos com animais feridos, sendo que eles aumentaram drasticamente (tanto nas mulheres quanto nos homens) durante os últimos dez anos. É difícil não perceber que o aumento dos sonhos com animais feridos coincide com as devastações da natureza tanto internas quanto externas às pessoas.

Nesses sonhos, o animal – corça, lagarto, cavalo, urso, touro, baleia e outros – está aleijado, de uma forma muito parecida à do homem na história do alfaiate, de uma forma idêntica à da mulher-foca. Embora sonhos com animais feridos reflitam a condição da psique instintiva da mulher e seu relacionamento com a natureza selvagem, ao mesmo tempo esses sonhos também refletem profundas lacerações no inconsciente coletivo, relacionadas à perda da vida instintiva. Se a cultura proíbe às mulheres uma vida sã e íntegra, por quaisquer motivos que sejam, ela terá sonhos com animais feridos. Embora a psique envide todos os esforços para se purificar e se fortalecer regularmente, cada marca de agressão "lá fora" fica registrada no inconsciente "aqui dentro", de tal forma que quem sonha sofre os efeitos da perda dos seus vínculos pessoais com a Mulher Selvagem bem como da perda de relacionamento do mundo com a sua natureza profunda.

Portanto, às vezes não é apenas a mulher que está definhando. Pode acontecer que aspectos essenciais do seu próprio meio ambiente – por exemplo, a família ou o ambiente de trabalho – ou do seu ambiente cultural mais amplo estejam também se crestando e se desfazendo em pó, e isso a afeta e a aflige. A fim de que ela possa contribuir para a correção dessas condições, é necessário que volte à sua própria pele, ao seu próprio bom senso instintivo e ao seu próprio lar.

Como vimos, é difícil reconhecer a nossa condição antes que nos tornemos como a mulher-foca na sua aflição: com a pele escamando, mancando, perdendo a seiva, ficando cega. Portanto, é uma bênção da imensa vitalidade da psique que exista no fundo do inconsciente alguém que chama, alguém de idade que suba à superfície da nossa consciência e comece a nos chamar incessantemente de volta à nossa verdadeira natureza.

Ouvindo o chamado da Mais Velha

O que é esse grito que vem do mar? Essa voz no vento que chama para tirar a criança da cama e para fazê-la sair noite adentro é semelhante a uma espécie de sonho noturno que chega à consciência de quem sonha como uma voz incorpórea e nada mais. Esse é um dos sonhos mais fortes que uma pessoa pode ter. Qualquer coisa que seja dita por essa voz é considerada uma transmissão direta da alma.

Diz-se que sonhos com vozes incorpóreas podem ocorrer a qualquer hora, mas especialmente quando a alma está angustiada. É então que o self profundo como que corre no encalço. Pronto! A alma da mulher fala. E ela nos diz o que vem depois.

Na história, a velha foca sai do seu próprio elemento para dar início ao chamado. É uma profunda característica da psique selvagem que, se não voltamos por nossa própria vontade, se não prestamos atenção às nossas próprias fases e à hora da volta, a Mais Velha virá nos buscar, chamando e tornando a chamar até que alguma coisa em nós responda.

É uma felicidade que esse sinal natural de orientação para o lar fique cada vez mais forte quanto mais necessitarmos dessa volta. O sinal é disparado no instante em que tudo começa a ser excessivo – seja em termos negativos, seja em termos positivos. Pode tanto estar na hora de voltar para casa quando existe um excesso de estímulo positivo como quando há uma discrepância incessante. Podemos estar nos dedicando demais a alguma coisa. Podemos estar esgotadas demais por alguma outra. Podemos estar sendo amadas demais, amadas de menos, trabalhando demais, trabalhando de menos... cada um desses casos custa muito caro. Diante dos excessos, vamos aos poucos ressecando, os nossos corações se esgotam, as nossas energias começam a nos faltar, e surge em nós um misterioso anseio por "alguma coisa", para a qual quase nunca temos um nome. Então, a Mais Velha chama.

Nessa versão da história, é interessante que quem ouve o chamado do mar e tem uma reação a ele é a pequena criança espiritual. É ele quem se arrisca lá fora passando pelas pedras e penhascos gelados, que segue o chamado sem questionar e que acidentalmente tropeça na pele de foca enrolada da sua mãe.

O sono irrequieto da criança é um retrato agudo e nítido da inquietação que a mulher sente quando anseia por voltar ao seu lugar de origem psíquica. Como a psique é um sistema completo, todos os seus elementos ressoam ao chamado. A inquietação da mulher durante esse período vem muitas vezes acompanhada de irritabilidade e de uma sensação de que tudo está perto demais para ser agradável, ou longe demais para nos proporcionar paz. Ela se sente de alguma forma pouco e muito "perdida", pois ficou muito tempo longe de casa. Tais sentimentos são exatamente os que ela deveria ter. São uma mensagem que lhe diz "Venha agora". A sensação de dilaceramento vem de ouvir, consciente ou inconscientemente, algo que nos chama, que nos chama de volta, algo a que não podemos dizer não, sem nos machucar.

Se não voltarmos na hora certa, a alma virá nos buscar, como vemos nesses versos de um poema intitulado "Mulher que vive no fundo do lago".

... one night
there's a heartbeat at the door.
Outside, a woman in the fog,
with hairs of twigs and a dress of weed,
dripping green lake water.
She says, "I am you,
and I have traveled a long distance.
Come with me, there is something I must show you..."
She turns to go, her cloak falls open.
Suddenly, golden light... everywhere, golden light...[8]*

A velha foca surge à noite, e a criança sai aos tropeções também à noite. Nessa e em muitas outras histórias, vemos o personagem principal

* ... uma noite / batem à porta. / Ali fora, uma mulher na névoa, / com o cabelo de gravetos e vestes de ervas daninhas, gotejando a verde água do lago. / Ela diz "Eu sou você, / e viajei uma enorme distância. / Venha comigo, tenho algo a lhe mostrar..." / Ela se volta para ir embora, seu manto cai aberto, / de repente, uma luz dourada... por toda parte, uma luz dourada... (N. da T.)

descobrir uma verdade assustadora ou recuperar um tesouro inestimável enquanto tateia no escuro. É um tema onipresente nos contos de fadas e ocorre de qualquer maneira, a qualquer custo. Nada realça a luz, a maravilha, o tesouro melhor do que as trevas. A "noite escura da alma" quase se transformou num lugar-comum em certas culturas. A recuperação do divino tem lugar nas trevas de Hel, do Hades ou "lá". A volta do Cristo chega como um fulgor do crepúsculo do inferno. A deusa asiática do sol, Amaterasu, explode a partir da escuridão de debaixo da montanha. A deusa suméria Inanna, na sua forma aquática, entra em combustão transformando-se em ouro branco quando jaz num sulco recém-aberto na terra negra. Nas montanhas em Chiapas, diz-se que a cada dia o sol precisa abrir um buraco na *huipil*, blusa, mais negra, a fim de poder se erguer no céu.

Essas imagens de movimentos dentro e através da escuridão transmitem uma mensagem antiquíssima que diz: "Não tema 'não saber'." Em várias fases e períodos da nossa vida, é assim que deve ser. Essa característica dos contos e dos mitos nos estimula a seguir o chamado, mesmo quando não temos a menor ideia de onde ir, em que direção ou por quanto tempo. Tudo o que sabemos é que, à semelhança da criança na história, precisamos acordar, nos levantar e ir ver o que é. Assim, pode ser que saiamos no escuro aos trambolhões por algum tempo, tentando descobrir o que nos chama, mas, como conseguimos impedir que nos convencêssemos a não atender ao chamado do lado selvagem, invariavelmente acabamos por tropeçar na pele da alma. Quando respiramos esse estado da alma, automaticamente mergulhamos na sensação de que "Isso está certo. Sei do que preciso".

Para muitas mulheres de hoje, não é a perambulação nas trevas à procura da pele da alma que é mais apavorante. Mas, sim, é o mergulho na água, a verdadeira volta ao lar e especialmente a despedida em si que são mais terríveis. Embora as mulheres estejam voltando para dentro de si mesmas, tratando de vestir a pele de foca, fechando-a bem, e estejam prontas para partir, é difícil partir. É realmente difícil ceder, renunciar a tudo com que se esteve ocupada e simplesmente ir embora.

A demora excessiva

Nesse conto, a mulher-foca resseca por ter se demorado demais. Suas aflições são as mesmas que experimentamos quando ficamos além do tempo.

A sua pele se resseca. A nossa pele é o nosso órgão dos sentidos mais extenso. Ela nos diz quando estamos com frio, com calor, quando estamos entusiasmadas, quando estamos com medo. Quando a mulher passa tempo demais longe de casa, sua capacidade de perceber como está se sentindo a respeito de si mesma e de todas as outras coisas começa a secar e a rachar. Ela está no "estado de lemingue".* Como não está percebendo o que é demais, nem o que é insuficiente, ela simplesmente ultrapassa seus próprios limites.

Vemos na história que seu cabelo cai, ela perde peso e se transforma numa versão anêmica do que foi um dia. Quando nos demoramos demais, nós também perdemos nossas ideias, nosso relacionamento com a alma se fragiliza, nosso sangue flui aguado e lento. A mulher-foca passa a mancar; seus olhos perdem a umidade; ela começa a ficar cega. Quando já estamos atrasadas para a nossa volta ao lar, os nossos olhos não têm nada que os faça cintilar; os nossos ossos se cansam; é como se os nossos feixes nervosos estivessem se desfazendo e nós não pudéssemos mais nos concentrar em quem e naquilo que nos interessa.

Nos montes cobertos de bosques de Indiana e do Michigan, há um grupo surpreendente de lavradores cujos antepassados vieram das regiões de morros do Kentucky e do Tennessee há muito tempo. Embora sua linguagem seja coalhada de invenções gramaticais – como "*I ain't got no...*" e "*We done this the other day...*" – eles leem a Bíblia e, por esse motivo, usam belas palavras compridas e pomposas como *iniquidades*, *aromáticos* e *cânticos*.[9] Eles também possuem muitas expressões descritivas que se aplicam a mulheres exaustas e que não têm consciência disso. As pessoas do campo não enfeitam seu discurso. Elas cortam blocos de palavras, amarram-nos em conjuntos que chamam de frases e os empregam exatamente assim. "Trabalhou demais atrelada", "ficou descadeirada de tanto trabalhar", "está tão cansada que não consegue encontrar o caminho de volta a um belo estábulo vermelho" e a descrição especialmente brutal de "amamentar uma ninhada morta", que significa que alguém está esgotando sua vida num casamento, num emprego ou numa iniciativa fútil ou que não compensa.

Quando a mulher fica muito tempo longe do seu lar, ela se torna cada vez menos capaz de avançar na vida. Em vez de optar por arreios de sua própria escolha, ela como que fica pendurada na vontade dos outros. Fica

* Os lemingues são pequenos roedores da região ártica, conhecidos por migrarem em massa, mar adentro, o que faz com que quase todos morram afogados. (N. da T.)

tão vesga de cansaço que passa pesadamente pelo local que lhe serviria de ajuda e consolo. A "ninhada morta" é composta de ideias, deveres, exigências que não funcionam, que não têm vida e que não geram vida. Uma mulher assim torna-se pálida, apesar de briguenta; passa a ser cada vez mais inflexível, embora dispersa. Seu pavio vai ficando cada vez mais curto. A cultura popular chama esse estado de "crise de estresse" – mas trata-se de muito mais do que isso, é *hambre del alma*, a fome da alma. Nesse caso, há apenas um recurso. Finalmente a mulher sabe que dessa vez não valem as hipóteses, quem sabe, talvez, mas que *precisa*, que tem de voltar para casa.

No conto, uma promessa feita deixa de ser cumprida. O homem, que também está muito ressecado, com todos esses longos sulcos no rosto por ter ficado tanto tempo só, conseguiu que a mulher-foca entrasse na sua casa e no seu coração mediante a promessa de que, após um certo tempo, ele lhe devolveria a pele e ela poderia ficar com ele ou voltar para seu povo, como preferisse.

Que mulher não sabe de cor essa promessa vã? "Assim que eu terminar isso, posso ir. Assim que eu puder me afastar... Quando a primavera chegar, eu vou embora. Quando o verão terminar, eu vou. Quando as crianças estiverem na escola de novo... Bem no final do outono, quando as árvores estão tão lindas, eu me vou. Bem, ninguém pode ir para lugar nenhum no inverno mesmo. Por isso, vou esperar a primavera... Desta vez estou falando sério."

A volta ao lar é de especial importância se a mulher se dedicou profundamente a questões práticas e passou da sua hora. Qual é a medida do seu tempo? É diferente para cada mulher, mas basta dizer que as mulheres sabem, com certeza absoluta, quando se demoraram demais no mundo. Elas sabem quando estão atrasadas para a volta ao lar. Seu corpo está no aqui e no agora, mas sua mente está longe, muito longe.

Ela está morrendo de necessidade de vida nova. Ela está ansiando pelo mar. Ela está vivendo só até o mês que vem, até o fim do semestre, mal conseguindo esperar o final do verão para poder voltar a se sentir viva, aguardando uma data determinada misticamente em algum ponto do futuro, quando ela estará livre para fazer algo de maravilhoso. Ela acha que vai morrer e se não conseguir... preencham vocês a lacuna. E nisso tudo há um tom de luto. Há angústia. Há desolação. Há melancolia. Há um anseio profundo. A mulher fica puxando os fios da saia e com o olhar parado à janela.

Há também uma sensação temporária de desconforto. Só que ela permanece e fica cada vez mais forte com o tempo.

No entanto, a mulher continua sua rotina diária, com ar submisso, agindo como se se sentisse culpada ou superior aos outros. "É, é, eu sei", dizem elas. "Eu devia, mas, mas, mas..." São esses "mas" na sua fala que denunciam inegavelmente que elas se atrasaram.

Uma mulher de iniciação incompleta nesse estado de privação acredita erroneamente obter maior vantagem espiritual ficando do que indo embora. Outras se veem presas a atitudes como a de *dar a algo un tirón fuerte*, como se diz no México, sempre puxando o manto da Virgem, o que significa que elas se esforçam cada vez mais para provar que são aceitáveis, que são pessoas boas.

Existem, porém, outros motivos para a mulher dividida. Ela não está acostumada a deixar que os outros remem o barco. Ela pode ser adepta da "ladainha das crianças", que diz mais ou menos o seguinte: "Mas meus filhos precisam disso, meus filhos precisam daquilo e assim por diante."[10] Ela não percebe que, ao sacrificar sua necessidade da volta, está ensinando os seus filhos a fazer os mesmos sacrifícios quando crescerem.

Algumas mulheres temem que os que a cercam não compreendam sua necessidade de voltar. E pode ser que nem todos entendam. No entanto, a mulher precisa entender essa necessidade *por si mesma*. Quando a mulher volta ao lar segundo seus próprios ciclos, aqueles que a cercam recebem a tarefa da própria definição de individualidade, tendo de lidar com suas próprias questões vitais. A volta da mulher ao lar permite aos outros, também, o crescimento e o desenvolvimento.

Entre os lobos, não existe o dilema de ir ou ficar, porque eles trabalham, dão crias, descansam e perambulam em ciclos. As lobas fazem parte de um grupo que divide o trabalho e os cuidados enquanto outros membros tiram uma folga. É uma boa maneira de viver. É um modo de vida que tem toda a integridade do feminino selvagem.

Deixemos claro que a volta ao lar pode ser muitas coisas diferentes para mulheres diferentes. Um pintor romeno meu amigo soube que sua avó estava no estado de volta ao lar quando ela levou uma cadeira de madeira até o quintal e ficou sentada, olhando para o sol com os olhos bem abertos. "É um remédio para os meus olhos, faz bem", disse ela. As pessoas sabiam que era melhor não perturbá-la ou, se não sabiam, logo descobriram. É importante compreender que a volta ao lar não implica necessariamente gastar dinheiro. Gasta-se tempo. Essa volta exige uma firme determinação de dizer "Eu vou" e de estar falando a sério. Você pode simplesmente avisar, já de costas, "Estou indo, mas vou voltar", mas você precisa continuar na direção certa mesmo assim.

Há muitas formas de volta ao lar. Muitas são rotineiras; algumas são sublimes. Minhas clientes me dizem que as seguintes iniciativas práticas representam uma volta ao lar para elas... embora eu deva advertir que a exata localização da saída para essa volta muda de vez em quando, de modo que num mês ela pode ser diferente do mês anterior. Reler trechos de livros e de poemas isolados que as comoveram. Passar até mesmo alguns minutos junto a um rio, um córrego, um regato. Ficar deitada no chão numa sombra rendilhada. Ficar com quem amamos sem as crianças por perto. Sentar na varanda debulhando, tricotando ou descascando. Caminhar ou passear de carro por uma hora, em qualquer direção, e depois voltar. Apanhar qualquer ônibus, com destino desconhecido. Tocar um instrumento enquanto se ouve música. Assistir ao nascer do sol. Ir de carro até um lugar em que as luzes da cidade não prejudiquem a visão do céu noturno. Orar. Estar com uma amiga especial. Ficar sentada numa ponte com as pernas balançando no ar. Segurar um bebê no colo. Sentar-se junto a uma janela num café e escrever. Sentar-se num círculo de árvores. Secar o cabelo ao sol. Pôr as mãos num barril cheio de água da chuva. Envasar plantas, fazendo questão de enlamear muito as mãos. Contemplar a beleza, a graça, a comovente fragilidade dos seres humanos.

Portanto, a volta ao lar não implica necessariamente uma árdua viagem por terra. Entretanto, não quero dar a entender que seja algo simples, pois existe muita resistência à volta ao lar, seja ela fácil ou não.

Existe uma outra explicação para a atitude das mulheres de adiar a volta, uma explicação que é mais misteriosa, ou seja, o excesso de identificação da mulher com o arquétipo do curador. Ora, um arquétipo é uma força enorme que nos é tanto misteriosa quanto instrutiva. Ganhamos muito se ficamos perto desse arquétipo, se o imitamos, se mantemos um relacionamento equilibrado com ele. Cada arquétipo possui suas próprias características que ratificam o nome que lhe damos: o da grande mãe, o da criança divina, o do deus-sol e assim por diante.

O arquétipo do grande curador contém sabedoria, bondade, conhecimento, solicitude e todas as outras qualidades associadas a quem cura. Portanto, é bom ser generosa, delicada e solícita como o arquétipo do grande curador. Mas, só até certo ponto. Além desse ponto, esse arquétipo exerce uma influência prejudicial na nossa vida. A compulsão das mulheres no sentido de "tudo curar, tudo consertar" é uma importante armadilha formada pelas exigências a nós impostas pelas nossas próprias culturas, especialmente as pressões no sentido de que provemos que não estamos por aí sem fazer nada, ocupando espaço e nos divertindo, mas, sim, que temos um valor resgatável. Em algumas partes do mundo, pode-se dizer que o exigido é uma prova de que temos valor e, portanto, deveria ser permitido que vivêssemos. Essas pressões são inseridas na nossa psique quando somos muito jovens e incapazes de ter uma opinião sobre elas ou de lhes oferecer resistência. Elas se tornam a lei para nós... a não ser que, ou até que, as desafiemos.

No entanto, os clamores do mundo em sofrimento não podem ser todos atendidos por uma única pessoa o tempo todo. Na realidade, só podemos optar por atender àqueles que nos permitem voltar ao lar com regularidade; em caso contrário, as luzes do nosso coração praticamente se apagam. O que o coração deseja ajudar é às vezes diferente dos recursos da alma. Se a mulher valoriza sua pele da alma, ela irá decidir essas questões de acordo com sua proximidade do "lar" e com a frequência de sua presença ali.

Embora os arquétipos possam se manifestar através de nós de quando em quando, naquilo que chamamos de experiência numinosa, nenhuma mulher tem condições de permitir a manifestação contínua de um arquétipo. Somente o próprio arquétipo consegue suportar projeções tais como a de disponibilidade permanente, de total generosidade, de energia eterna. Nós podemos tentar imitar essas qualidades, mas elas são ideais, fora do alcance do ser humano, e é assim que deve ser. No entanto, a armadilha exige que as mulheres se esgotem tentando atingir esses níveis fantásticos. Para evitar a armadilha, temos de aprender a dizer "Alto lá" e "Parem a música", e é claro que temos de estar falando a sério.

A mulher tem de se afastar, ficar sozinha e examinar, para início de conversa, como ficou presa a um arquétipo.[11] É preciso resgatar e desenvolver o instinto selvagem básico que determina os limites "só até aqui e nem um passo a mais, só esse tanto e nada mais". É assim que a mulher se mantém norteada. É preferível voltar ao lar por algum tempo, mesmo que isso irrite os outros, em vez de ficar, para se deteriorar e acabar indo embora rastejando, em frangalhos.

Portanto, mulheres que estão cansadas, que estão temporariamente cheias do mundo, que têm medo de tirar uma folga, têm medo de parar, acordem imediatamente! Cubram com um cobertor o gongo estridente que não para de pedir que vocês ajudem aqui, ajudem ali, ajudem mais acolá. Ele ainda estará ali para que você lhe retire o cobertor, se assim desejar, quando estiver de volta. Se não voltamos para casa quando chega a hora, deixamos de ver com nitidez. Encontrar nossa pele, vesti-la, ajeitá-la bem, voltar para casa, tudo isso nos ajuda a ser mais eficazes quando estivermos de volta. Existe um ditado que diz: "É impossível voltar às origens." Não é verdade. Embora não se possa realmente voltar para dentro do útero, pode-se retornar ao lar da alma. E não é apenas possível; é indispensável.

A separação, o mergulho

O que significa a volta ao lar? Ela é o instinto de retorno, de volta ao lugar de que nos lembramos. É a capacidade de encontrar, à luz do sol ou nas trevas, nossa terra natal. Todas nós sabemos voltar para casa. Não importa quanto tempo tenha passado, nós encontramos o caminho. Atravessamos a noite, passamos por terras estranhas, por tribos desconhecidas, sem mapas e perguntando qual é o caminho a quem quer que encontremos na estrada.

A resposta exata à pergunta de onde fica o lar é mais complexa... mas de certo modo ele fica num lugar interno, um lugar em algum ponto do tempo, não do espaço, onde a mulher se sinta inteira. O lar é onde um pensamento ou sentimento pode ser mantido em vez de sofrer interrupções ou de ser arrancado de nós porque alguma outra coisa exige nosso tempo e atenção. E, pelos séculos afora, as mulheres sempre descobriram inúmeros meios de chegar a ele, de criá-lo para si, mesmo quando seus deveres e afazeres pareciam intermináveis.

Aprendi isso na comunidade em que vivi durante a minha infância, em que muitas devotas acordavam antes das cinco da manhã e, nos seus longos vestidos escuros, seguiam pela madrugada cinzenta para ir se ajoelhar na fria nave da igreja, com sua visão periférica protegida por lenços amarrados ao queixo, puxados bem para a frente. Elas enterravam o rosto nas mãos avermelhadas e oravam, contavam histórias para Deus, conseguiam alcançar a paz, a força e o *insight*. De vez em quando, minha tia Katerin me levava com ela. Quando um dia eu lhe disse, "É tão calmo e bonito aqui", ela piscou enquanto fazia com que eu me calasse. "Não conte para ninguém.

É um segredo importantíssimo." E era mesmo, porque o trajeto até a igreja na madrugada e o interior sombrio da nave eram os dois únicos lugares naquela época em que era proibido perturbar a mulher.

É correto e conveniente que as mulheres procurem, liberem, conquistem, criem, conspirem para obter e afirmem seu direito à volta ao lar. O lar é uma sensação ou uma disposição constante que nos permite vivenciar sensações não necessariamente mantidas no mundo concreto: o assombro, a imaginação, a paz, a despreocupação, a falta de exigências, a liberdade de estar afastada da tagarelice constante. Todos esses tesouros do lar deveriam ficar armazenados na psique para seu uso futuro no mundo objetivo.

Embora existam muitos lugares físicos onde a mulher pode ir para "tatear" o caminho de volta a esse lar especial, esse lugar físico específico não é o lar. Ele é apenas o veículo que embala o ego para que ele adormeça e nós possamos percorrer o resto do caminho sozinhas. Os veículos com os quais e através dos quais a mulher chega ao lar são muitos: a música, a arte, a floresta, o vapor do mar, o nascer do sol, a solidão. Todos eles nos levam de volta a um mundo interior benéfico que tem ideias, organização e sustentação próprias.

O lar é a pura vida instintiva que funciona tão bem quanto uma engrenagem bem azeitada, onde tudo é como deveria ser, onde todos os ruídos parecem certos, a luz é boa e os cheiros nos acalmam em vez de nos deixarem alarmadas. Não é importante como passamos o tempo nesse retomo. O que é essencial é qualquer coisa que propicie o equilíbrio. O lar é isso.

Não há só tempo para contemplar, mas também para aprender e descobrir o esquecido, o enterrado, o que está fora de uso. Ali podemos imaginar o futuro e também nos debruçar sobre os mapas de cicatrizes da psique, descobrindo o que levou ao quê e onde iremos em seguida. Como colocou Adrienne Rich a respeito da volta ao self em seu poema evocativo "Diving into the wreck":[12]

> There is a ladder.
> The ladder is always there
> hanging innocently
> close to the side of the schooner...
> I go down...
> I came to explore the wreck...

I came to see the damage that was done
and the treasures that prevail...*

O que posso lhe dizer de mais importante quanto ao momento certo desse ciclo de volta ao lar é o seguinte: quando está na hora, está na hora. Mesmo que você não se sinta pronta, mesmo que algumas coisas fiquem por fazer, mesmo que hoje seja o dia da sua sorte grande. Quando chegou a hora, chegou a hora. A mulher-foca volta para o mar, não porque ela simplesmente tenha sentido vontade, não porque aquele fosse um dia adequado para ir, não porque sua vida estivesse toda nos eixos – não existe uma hora em que tudo esteja nos eixos para ninguém. Ela vai porque chegou a hora, e por isso precisa ir.

Todas nós temos nossos métodos preferidos para nos convencer a não tirar o tempo necessário para a volta ao lar. No entanto, quando resgatamos nossos ciclos instintivos e selváticos, ficamos sob a obrigação psíquica de organizar nossa vida para que possamos vivê-la cada vez mais em harmonia. Discussões sobre a conveniência e a inconveniência da despedida para a volta ao lar são inúteis. A verdade é que, quando chegou a hora, chegou a hora.[13]

Algumas mulheres nunca voltam ao lar e, em vez disso, passam a vida a *la zona zombi*, na faixa dos zumbis. A parte mais cruel desse estado sem vida reside no fato de a mulher funcionar, caminhar, falar, agir, até realizar muitas coisas, mas sem sentir os efeitos do que não deu certo. Se ela sentisse, a dor faria com que imediatamente se voltasse para corrigir a situação.

No entanto, não é isso o que ocorre. A mulher nesse estado segue em frente com dificuldade, com os braços estendidos, defendendo-se da dolorosa perda do lar, cega e, como dizem nas Bahamas, "ela se tornou *sparat*", querendo dizer que sua alma partiu sem ela e a deixou com uma sensação de não ser inteiramente sólida, por mais que se esforce. Nesse estado, as mulheres têm a estranha impressão de que estão realizando muito, mas com muito pouca satisfação. Elas estão fazendo o que achavam que deviam fazer, mas não se sabe como o tesouro nas suas mãos se transformou em pó. Essa é a percepção adequada que a mulher deve ter nesse estado. O des-

* "O mergulho no barco naufragado", Há uma escada. / A escada está sempre ali / inocentemente suspensa / junto à lateral da escuna... / Vou descendo... / Vim explorar os destroços... / Vim ver os danos sofridos / e os tesouros que restaram... (N. da T.)

contentamento é a porta secreta que leva a mudanças significativas e revigorantes.

Algumas mulheres com quem trabalhei que não voltaram ao lar nos últimos vinte anos ou mais sempre choram no instante em que voltam a pôr os pés nesse terreno psíquico. Por diversos motivos, que aparentavam ser bons em cada ocasião, elas passaram anos aceitando o exílio permanente da sua terra natal. Estavam esquecidas de como é bom quando a chuva cai na terra ressecada.

Para algumas, o lar corresponde à dedicação a algum tipo de iniciativa. Algumas mulheres começam a cantar depois de anos em que não encontravam razão para fazê-lo. Elas se comprometem a aprender algo que há muito tempo tinham vontade de aprender. Elas procuram entrar em contato com pessoas e coisas que pareciam perdidas na sua vida. Elas reassumem sua voz e começam a escrever. Elas repousam. Elas transformam algum cantinho do mundo no seu próprio canto. Elas levam a cabo decisões imensas ou intensas. Elas fazem coisas que deixam sua marca.

Para algumas mulheres, o lar é a floresta, o deserto, o mar. Na realidade, o lar é holográfico. Ele está com todo o seu potencial até mesmo numa única árvore, num cacto solitário na vitrina de uma loja de plantas, num lago de água parada. Ele também está com todo o seu potencial numa folha amarela caída no asfalto, num vaso de barro vermelho à espera de um feixe de raízes, numa gota d'água na pele. Quando você concentrar os olhos da alma, verá o lar num grande número de lugares.

Por quanto tempo a pessoa fica no lar espiritual? O máximo de tempo possível, ou até que você seja novamente dona de si mesma. Com que frequência é necessária essa volta? Com uma frequência muito maior se você for uma pessoa "sensível" e muito ativa no mundo objetivo. Algo menos se você for um pouco insensível e não se "expuser" tanto. Cada mulher sabe no fundo do coração a frequência e a duração necessárias. É uma questão de saber avaliar a condição do brilho nos nossos olhos, da vibração do nosso ânimo, da vitalidade dos nossos sentidos.

Como equilibramos a necessidade da volta ao lar espiritual com a nossa vida de rotina? Basta que planejemos previamente o espaço para o lar espiritual nas nossas vidas. É sempre surpreendente como é fácil para a mulher "arrumar um tempo" quando ocorre uma doença na família, quando uma criança precisa dela, quando o carro enguiça, quando ela tem uma dor de dente. É preciso que demos o mesmo valor à volta ao lar, se necessário que lhe atribuamos proporções de crise. Pois a verdade inequívoca é que, se a mulher não for quando chegou sua hora de ir, a fenda finíssima na sua alma/psique se transforma numa ravina, e a ravina se transforma num abismo fragoroso.

Se a mulher valoriza absolutamente seus ciclos de volta ao lar, os que a cercam irão também aprender a valorizá-los. É verdade que podemos alcançar um nível significativo de volta ao "lar" quando tiramos algum tempo longe da monotonia da rotina diária, um tempo que não pode ser interrompido e que é exclusivamente nosso. Só que "exclusivamente nosso" tem significados diferentes para mulheres diferentes. Para algumas, estar num aposento com a porta fechada, mas ainda estando acessível aos outros, já é uma boa volta ao lar. Para outras, porém, o lugar de onde elas podem mergulhar precisa estar livre até mesmo da menor interrupção. Nada de "Mamãe, mamãe, onde estão os meus sapatos?". Nada de "Querida, estamos precisando de alguma coisa do mercado?".

Para esse tipo de mulher, a entrada para o lar profundo é evocada pelo silêncio. *No me molestes*. Silêncio Absoluto, com S maiúsculo e A maiúsculo. Para ela, o barulho do vento passando por um grande bloco de árvores é silêncio. Para ela, o ruído de um córrego da montanha é silêncio. Para ela, o trovão é silêncio. Para ela, a ordem normal da natureza, que nada pede em troca, é o silêncio revigorante. Cada mulher escolhe tanto como pode quanto como deve.

Independentemente do tempo dedicado ao "lar", uma hora ou dias, lembre-se de que outras pessoas podem cuidar dos seus gatos mesmo que seus gatos digam que só você sabe cuidar certo. Seu cachorro tentará fazer com que você pense que está abandonando uma criancinha numa rodovia, mas acabará por perdoá-la. A grama irá ficar um pouco amarelada, mas reviverá. Você e seu filho sentirão falta um do outro, mas os dois se alegrarão quando da sua volta. Seu parceiro pode resmungar. Todos irão superar o problema. Seu chefe pode ameaçá-la. Ele ou ela também superará isso. Demorar-se demais é loucura. A volta ao lar é a decisão saudável.

Quando a cultura, a sociedade ou a psique não apoiam esse ciclo de volta ao lar, muitas mulheres aprendem a saltar por cima do portão ou a cavar por baixo da cerca, de qualquer jeito. Elas contraem alguma doença crônica e roubam um tempinho para leitura na cama. Dão aquele sorriso amarelo como se tudo estivesse bem e continuam numa sutil redução do ritmo de trabalho enquanto necessário.

Quando o ciclo de volta ao lar é perturbado, muitas mulheres sentem que, para se verem livres, precisam arrumar uma briga com o chefe, com os filhos, com os pais ou com seu parceiro para afirmar suas necessidades psíquicas. E assim o que ocorre é que no meio de uma explosão ou outra a mulher insiste. "Bem, vou embora. Já que você é tão ____________ [preencha a lacuna] e obviamente não liga a mínima ___________ [preencha a lacuna], vou embora, muito obrigada." E lá se vai ela, com um ronco, um estrondo e uma saraivada de cascalho.

Se a mulher tem de lutar pelo que é seu de direito, ela se sente justificada, ela se sente absolutamente legitimada em seu desejo de voltar ao lar. É interessante observar que, se necessário, os lobos lutam pelo que desejam, seja alimento, sono, sexo ou tranquilidade. Seria de se imaginar que lutar pelo que se quer é uma reação instintiva adequada à situação de ser tolhida. No entanto, para muitas mulheres, a luta precisa também, ou apenas, ser empreendida no seu íntimo: uma luta contra todo o complexo interno que para começar nega suas necessidades. Pode-se também fazer recuar uma cultura agressiva com eficácia muito maior quando se foi ao lar e se voltou de lá.

Se você tiver de lutar cada vez que quiser ir, seus relacionamentos mais íntimos podem precisar ser cuidadosamente avaliados. Se possível, é melhor demonstrar ao seu pessoal que você estará diferente quando voltar, que você não os está abandonando, mas se reaprendendo e trazendo a si mesma de volta à sua verdadeira vida. Especialmente se você for artista, cerque-se de pessoas que sejam compreensivas para com sua necessidade de volta ao lar, pois é provável que você vá precisar, com maior frequência do que a maioria das mulheres, minar o terreno psíquico do "lar" a fim de aprender os ciclos da criação. Portanto, seja breve, porém firme. Minha amiga Normandi, uma escritora talentosa, diz que já tem prática e resume tudo a "Estou indo". Essas são as melhores palavras possíveis. Diga-as. E vá embora.

Mulheres diferentes têm critérios diferentes para o que consiste num período útil e/ou necessário passado no "lar". A maioria de nós nem sempre pode ficar lá tanto tempo quanto quer. Por isso, ficamos o tempo que podemos. De vez em quando, ficamos lá o tempo que precisamos. Em outras ocasiões, ficamos por lá até sentirmos falta do que deixamos. Às vezes mergulhamos, saímos, mergulhamos de novo, rapidamente. A maioria das mulheres de volta aos ciclos naturais alternam entre essas opções, procurando equilibrar as circunstâncias e a necessidade. Uma coisa é certa. É uma boa ideia ter uma pequena valise pronta junto à porta. Para uma eventualidade.

A mulher medial: A que respira debaixo d'água

Na história, é feita uma interessante concessão. Em vez de abandonar seu filho, ou de levar o filho consigo para sempre, a mulher-foca leva a criança em visita aos que vivem no mundo "oculto". A criança é reconhecida como um membro do clã das focas através do sangue da sua mãe. Ali no lar subaquático, ensinam-lhe os costumes da alma selvagem.

A criança representa uma nova ordem na psique. Sua mãe foca soprou um pouco do seu próprio ar, um pouco da sua própria animação especial, para dentro dos pulmões da criança, transformando-a, portanto, em termos psicológicos, num ser intermediário, um ser medial,[14] um ser capaz de construir uma ponte entre os dois mundos. No entanto, embora essa criança seja iniciada no mundo subaquático, ela não pode ficar ali, mas deve voltar para a terra. Daí em diante, ela preenche um papel especial. A criança que mergulhou fundo e voltou à tona não é inteiramente ego, nem inteiramente alma, mas fica em algum ponto intermediário.

Existe no âmago de todas as mulheres o que Toni Wolff, uma analista junguiana que viveu na primeira metade do século XX, chamou de "mulher medial". A mulher medial se posiciona entre o mundo da realidade consensual e o do inconsciente místico, fazendo mediação entre eles. Ela é o transmissor e o receptor entre dois ou mais valores ou ideias. Ela é a que dá à luz novas ideias, transmuta velhas ideias por ideias inovadoras, faz a comunicação entre o mundo do racional e o do imaginário. Ela "ouve" coisas, sabe "coisas" e "pressente" o que virá a seguir.

Esse ponto a meio caminho entre os mundos da razão e da imaginação, entre o raciocínio e o sentimento, entre a matéria e o espírito – entre todos os opostos e todas as nuanças de significado que se possam imaginar – é o lugar da mulher medial. A mulher-foca na história é uma manifestação de alma. Ela é capaz de viver em todos os mundos, no mundo superficial da matéria e no mundo distante, ou mundo oculto, que é o seu lar espiritual, mas ela não consegue ficar muito tempo na terra. Ela e o pescador, a psique egoica, geram um filho que também consegue viver nos dois mundos, mas que não consegue ficar muito tempo no lar da alma.

A mulher-foca e a criança formam juntas um sistema na psique da mulher que é bem parecido com um mutirão para apagar um incêndio com baldes. A mulher-foca, o self da alma, passa pensamentos, ideias, sentimentos e impulsos de dentro d'água até o self medial, que por sua vez leva os mesmos até a terra e até a consciência no mundo objetivo. O sistema também funciona no sentido inverso. Os acontecimentos da nossa vida diária, nossos traumas e alegrias passadas, nossos temores e esperanças para o futuro, todos são passados diretamente à alma, que tece seus comentários nos nossos sonhos, manifesta seus sentimentos através do nosso corpo ou nos fisga com um momento de inspiração com uma ideia na ponta.

A Mulher Selvagem é uma combinação de bom senso e senso da alma. A mulher medial é o duplo de si mesma e tem também essa dupla capacidade. Como a criança na história, a mulher medial pertence a este mundo, mas tem condição de viajar até os recessos mais profundos da psique com facilidade. Algumas mulheres nascem com esse dom. Outras mulheres adquirem essa capacidade. Não importa a forma pela qual se chegue a ela. Um dos efeitos da regularidade na volta ao lar está no fato de a mulher medial da psique sair fortalecida toda vez que a mulher vai e volta.

A volta à superfície

O assombro e a dor da volta ao lar selvagem consistem em podermos fazer uma visita, sem que possamos ficar. Não importa o quanto seja maravilhoso o lar mais profundo imaginável, não podemos ficar debaixo d'água para sempre, mas precisamos voltar à superfície. Como Ooruk, que é delicadamente colocado no litoral rochoso, nós voltamos à nossa vida diária impregnadas com um novo ânimo. Mesmo assim, é triste o momento em que somos deixadas na praia, mais uma vez sozinhas. Em antigos ritos místicos, os iniciados que voltavam ao mundo exterior também eram sujeitos a uma sensação agridoce. Sentiam-se alegres e renovados, mas a princípio, também um pouco saudosos.

O bálsamo para essa pequena tristeza é dado quando a mulher-foca dá instruções ao filho. "Estou sempre com você. Basta que você toque algum objeto que eu toquei, minhas varinhas de fogo, minha *ulu*, faca, minhas esculturas de pedra de focas e lontras, e eu soprarei nos seus pulmões um fôlego especial para que você cante suas canções."[15] Suas palavras são um tipo especial de promessa do mundo selvagem. Elas querem dizer que não deveríamos perder muito tempo ansiando por voltar. Em vez disso, se compreendermos essas ferramentas, se interagirmos com elas, sentiremos a sua presença, como se fôssemos um couro de tambor acionado por uma mão selvagem.

O povo *inuit* caracteriza essas ferramentas como as que pertencem a uma "mulher de verdade". Elas são o que a mulher precisa para "esculpir uma vida para si mesma". Sua faca corta, desbasta, libera, recorta e faz com que os materiais se ajustem. Seu conhecimento das varinhas de fogo permitem que ela faça fogo mesmo nas condições mais adversas. Suas esculturas de pedra transmitem seu conhecimento místico, seu repertório para a cura e sua união pessoal com o mundo espiritual.

Em termos psicológicos, essas metáforas caracterizam as forças comuns à natureza selvagem. Na psicologia junguiana tradicional, alguns poderiam chamar essa união em série de eixo do ego-self. No jargão dos contos de fadas, a faca é, entre outras coisas, um instrumento visionário para abrir um corte na obscuridade e examinar o que está oculto. Os instrumentos para fazer fogo representam a capacidade de produzir alimento para si mesma, para transformar a vida antiga em vida nova, para repelir o negativismo e para dar têmpera a certos materiais. A confecção de amuletos e talismãs ajuda a heroína e o herói dos contos de fadas a lembrar que as forças do mundo selvagem estão bem próximas.

Para a mulher moderna, a *ulu*, a faca, simboliza seu *insight*, sua disposição e sua capacidade de eliminar o supérfluo, de criar finais nítidos e abrir novos começos. O fogo que ela sabe fazer demonstra sua capacidade de se erguer a partir do fracasso, de criar paixão por si mesma, de reduzir algo a cinzas, se necessário. Suas esculturas de pedra encarnam a lembrança que ela tem da sua própria consciência selvagem, da sua união com a vida instintual natural.

Como o filho da mulher-foca, aprendemos que chegar perto das criações da mãe da alma significa encher os pulmões com ela. Muito embora ela tenha voltado para sua própria gente, sua força total pode ser sentida através dos poderes femininos do *insight*, da paixão e do vínculo com a natureza selvagem. Ela promete que, se entrarmos em contato com os instrumentos da força psíquica, passaremos a sentir seu pneuma. Seu alento penetra no nosso sopro, e ficamos impregnadas com um vento sagrado para o canto. Os antigos *inuits* dizem que o sopro de um deus e o sopro de um ser humano, quando mesclados, fazem com que a pessoa crie uma poesia densa e sagrada.[16]

É essa poesia e esse canto sagrados o que procuramos. Queremos palavras e canções poderosas que possam ser ouvidas em terra firme e debaixo d'água. Estamos à procura do canto selvagem, da nossa chance de usar a linguagem selvagem que estamos aprendendo no fundo do mar. Quando a mulher transmite a sua verdade, quando atiça suas intenções e sentimentos, quando se mantém fiel à natureza instintiva, ela está cantando, está vivendo na corrente do vento selvagem da alma. Esse estilo de vida é um ciclo em si, um ciclo destinado a continuar, continuar, continuar.

É por isso que Ooruk não tenta mergulhar de volta, nem pede à sua mãe que o deixe acompanhá-la quando ela se afasta mar adentro e desaparece. É por isso que ele fica em terra firme. Ele ouviu a promessa. À medida que voltamos ao mundo tagarela, especialmente se ficamos de algum modo isolados durante nossa viagem de volta ao lar, as pessoas, as máquinas e outros objetos nos dão uma impressão ligeiramente estranha, e até mesmo a conversa dos que nos cercam nos parece um pouco singular. Essa fase do retorno é chamada de reentrada, e é natural. A sensação de pertencer a um mundo diferente passa depois de algumas horas ou de alguns dias. Daí em diante, dedicaremos uma boa parcela de tempo à nossa vida mundana, estimulada pela energia acumulada na viagem ao nosso lar e na união temporária com a alma através da prática da solidão.

Na história, o filho da mulher-foca começa a encarnar a natureza medial. Ele se torna tocador de tambor, cantor, contador de histórias. Na interpretação dos contos de fadas, quem toca o tambor se transforma no coração situado no centro de qualquer nova vida e novo sentimento que precise surgir e reverberar. O tocador de tambor consegue espantar as coisas para longe, da mesma forma que consegue evocá-las. O cantor transporta mensagens da grande alma para o self mundano e vice-versa. Pela natureza e pelo tom da sua voz, o cantor pode desarmar, destruir, construir e criar. Diz-se que o contador de histórias se esgueirou até perto dos deuses e ficou ouvindo enquanto eles falavam dormindo.[17]

Portanto, com todos esses atos criativos, o filho vivencia o que a mulher-foca instilou nele. O filho vive o que aprendeu debaixo d'água, a vida relacional com a alma selvagem. Descobrimo-nos, então, repletas de toques de tambor, repletas de cantos, repletas das nossas próprias palavras, que ouvimos e transmitimos; novos poemas, novos modos de ver, novos modos de agir e de pensar. Em vez de tentar "fazer com que o momento mágico dure", nós simplesmente o vivemos. Em vez de oferecer resistência ao trabalho da nossa escolha, ou de ter pavor dele, nós mergulhamos nele com facilidade; vivas, cheias de novas ideias e curiosas para ver o que virá a seguir. Afinal de contas, a pessoa que está retornando sobreviveu a ser carregada mar adentro pelos grandes espíritos das focas.

A prática da solidão voluntária

Em meio à névoa cinzenta da manhã, o filho já adulto ajoelha-se numa rocha no mar e conversa nada mais nada menos do que com a mulher-foca. Essa prática diária e intencional da solidão permite que ele se aproxime do lar "espiritual" de um modo criterioso, não somente ao mergulhar até o lar da alma por períodos mais longos, mas, com a mesma importância, ao ser capaz de invocar a alma até o mundo da superfície por períodos muito curtos.

Para ter esse intercâmbio com o feminino selvagem, a mulher precisa deixar temporariamente o mundo, colocando-se num estado de solidão – *aloneness* – no sentido mais antigo do termo. Outrora, a palavra *alone* (só) era tratada como duas palavras, *all one.*[18] Estar *all one* significava estar inteiramente em si, em sua unidade, quer essencial quer temporariamente. É esse exatamente o objetivo da solidão, o de estar inteiramente em si. Ela é a cura para o estado de nervos em frangalhos tão comum às mulheres modernas, aquele que a faz "montar no cavalo e sair cavalgando em todas as direções", como diz um velho ditado.

A solidão não é uma ausência de energia ou de ação, como acreditam algumas pessoas, mas é, sim, um tesouro de provisões selvagens a nós transmitidas a partir da alma. Nos tempos antigos, a solidão voluntária era tanto paliativa quanto preventiva. Ela era usada para curar a fadiga e para evitar o cansaço. Ela era também usada como um oráculo, como um meio de se escutar o self interior a fim de procurar conselhos e orientação que, de outra forma, seriam impossíveis de ouvir no burburinho do dia a dia.

As mulheres dos tempos antigos, assim como as mulheres aborígines modernas, reservavam um local sagrado para essa indagação e comunhão. Tradicionalmente, diz-se que esse lugar era reservado para a menstruação, pois durante esse período a mulher está muito mais próxima do autoconhecimento do que o normal. A membrana que separa a mente consciente da inconsciente fica, então, consideravelmente mais fina. Sentimentos, recordações e sensações que em geral são impedidos de atingir a consciência chegam ao conhecimento sem nenhuma resistência. Quando a mulher procura a solidão durante esse período, ela tem mais material a examinar.

No entanto, nas minhas conversas com mulheres de tribos das Américas do Norte, Central e do Sul, assim como com descendentes de algumas tribos eslavas, descobri que os "lugares das mulheres" eram usados *a qualquer hora*, não apenas durante a menstruação. Descobri, ainda, que cada mulher muitas vezes tinha seu próprio "lugar da mulher", que podia ser uma certa árvore, algum lugar à beira d'água, algum aposento natural criado pela floresta ou pelo deserto, ou alguma gruta oceânica.

Minha experiência de análise com mulheres me leva a crer que grande parte do mau humor pré-menstrual da mulher moderna não representa apenas uma síndrome física, mas também pode ser atribuído ao fato de a mulher se ver frustrada na sua necessidade de reservar tempo suficiente para se revitalizar e se renovar.[19] Sempre rio quando ouço alguém citar alguns dos primeiros antropólogos que afirmavam que as mulheres menstruadas de várias tribos eram consideradas "impuras" e forçadas a deixar a comunidade até que tivessem "terminado". Todas as mulheres sabem que, mesmo que existisse um exílio ritual forçado como esse, cada uma das mulheres, quando chegada sua hora, sairia da aldeia triste e cabisbaixa, pelo menos até não estar mais à vista, e de repente sairia saltitante pelo caminho, tagarelando o tempo todo.

Como na história, se fixarmos uma prática regular de solidão voluntária, estaremos propiciando uma conversa entre nós mesmas e a alma selvagem que se aproxima da terra firme. Agimos assim não só para "estar perto" da nossa natureza selvagem e profunda, mas, como na tradição mística desde tempos imemoriais, o objetivo dessa união é o de que nós façamos perguntas e de que a alma dê conselhos.

Como se pode invocar a alma? Há muitas formas: pela meditação, pelos ritmos da corrida, do toque de tambor, do canto, do ato de escrever, da pintura, da composição musical, de visões de grande beleza, da oração, da contemplação, dos ritos e rituais, de ficar parada e até mesmo de ideias e disposições de ânimo arrebatadoras. Todos eles são convocações psíquicas que chamam a alma da sua morada até a superfície.

Eu, porém, recomendo aqueles métodos que não exijam nenhum acessório, nenhuma localização especial e aos quais possamos recorrer com a mesma facilidade num minuto ou num dia. Isso quer dizer que devemos usar a mente para convocar o self da alma. Todo mundo tem pelo menos um estado mental conhecido no qual realiza esse tipo de solidão. Para mim, a solidão é como uma floresta portátil que levo dobrada comigo para onde vou e que abro à minha volta quando necessário. Sento-me, então, aos pés das árvores velhas e enormes da minha infância. Desse ponto privilegiado, faço minhas perguntas, recebo minhas respostas e depois reduzo novamente meu bosque ao tamanho de uma carta de amor para a próxima vez. A experiência é imediata, breve, ilustrativa.

Na realidade, só se precisa de uma coisa para obter a solidão voluntária: a capacidade de eliminar as distrações. A mulher pode aprender a se desligar das outras pessoas, do barulho e da conversa, não importa que ela esteja no meio de uma controvertida reunião de diretoria, não importa que ela esteja se sentindo encurralada por uma casa que precisa ser limpa com uma pá mecânica, não importa que ela esteja cercada por oitenta parentes, que brigam, cantam e dançam ao longo de um velório de três dias. Se você já foi adolescente, você sabe se desligar. Se você já foi um dia mãe de uma criança de dois anos insone, você sabe como atingir a solidão voluntária. Não é difícil conseguir; só é difícil lembrar de tentar.

Embora todas nós pudéssemos preferir passar uma temporada no lar espiritual que fosse muito mais longa, na qual partíssemos, ninguém soubesse onde estávamos e só voltássemos muito tempo depois, também é bom praticar a solidão num ambiente com mil pessoas. Pode parecer estranho, a princípio, mas francamente as pessoas conversam com a alma o tempo todo. Em vez de entrar nesse estado conscientemente, porém, muitas caem nele de repente ou "se desligam" e "se descobrem" nele.

Por ser considerada uma atitude tão desagradável, aprendemos a camuflar esse intervalo de comunicação profunda, chamando-o por nomes bem corriqueiros. Por isso, ele já foi chamado de "conversa consigo mesmo", de "mergulho nos pensamentos", de "olhos perdidos no espaço" ou de "sonhar com os olhos abertos". Essa linguagem de eufemismos é inculcada por muitos segmentos da nossa cultura, pois infelizmente aprendemos desde cedo a sentir vergonha quando nos apanham em comunhão com a alma, especialmente em ambientes prosaicos como no trabalho ou na escola.

Seja como for, o universo da educação e do trabalho sempre teve a impressão de que o tempo que passamos sendo só nós mesmos é improdutivo, quando na realidade ele é o mais fecundo de todos. É a alma selvagem que canaliza as ideias para nossa imaginação, diante do que nós as examinamos para descobrir quais iremos implementar, quais são as mais práticas e produtivas. É o intercâmbio com a alma que nos faz refulgir com o espírito, que nos dispõe e afirmar nossos talentos, quaisquer que eles sejam. É essa união breve, até mesmo instantânea, porém intencional, que nos estimula a viver nossa vida interior, de tal forma que, em vez de enterrá-la na introversão da vergonha, no medo de retaliação ou de ataque, na letargia, na acomodação ou em outras racionalizações e pretextos cerceadores, nós permitimos que nossa vida interior tremule, cintile, arda a céu aberto para que todos vejam.

Portanto, além de conseguir informações sobre aquilo que queríamos examinar, a opção pela solidão pode ser usada para avaliar como estamos nos saindo em qualquer esfera de nossa escolha. Anteriormente, na história, vimos que a criança ficava sete dias e sete noites no fundo do mar, sendo esse um aprendizado de um dos ciclos mais antigos da natureza. O número sete é com frequência considerado um número da mulher, um número místico equivalente à divisão do ciclo da lua em quatro partes: nova, crescente, cheia e minguante. Foi uma tradição feminina muito comum o hábito de se perguntar durante a fase da lua cheia qual era o estado do ser de cada uma; o estado das nossas amizades, da nossa vida doméstica, do nosso parceiro, dos nossos filhos.

Num tal estado de solidão, podemos agir assim, pois é nesse período que direcionamos todos os aspectos do self para um ponto situado no tempo, e pesquisamos, perguntamos, querendo descobrir o que eles/nós/a alma desejam neste exato instante e realizando esse desejo se possível. Desse modo, fazemos sondagens vitais sobre nossas condições atuais. Há muitos aspectos da nossa vida que devemos avaliar com constância: o ambiente, o trabalho, a vida criativa, a família, o parceiro, os filhos, mãe/pai, a sexualidade, a vida espiritual e assim por diante.

O padrão usado para a avaliação é simples. O que precisa menos? O que precisa mais? Estamos perguntando a partir do self instintivo, não em termos lógicos, não em termos de ego, mas segundo a mulher selvagem, que trabalho, que acertos, quais aparas ou quais realces precisam ser executados. Será que estamos na trajetória certa no espírito e na alma? A nossa vida interior está aparecendo? O que está precisando de reforço, de proteção, de lastro ou de pesos? O que está precisando ser eliminado, transposto ou modificado?

Após alguma prática, o efeito cumulativo da solidão voluntária começa a agir como um sistema respiratório vital, um ritmo natural de acúmulo de conhecimento, de ajustes mínimos e de eliminação do que não for utilizável inúmeras e repetidas vezes. Ela é não só poderosa, mas pragmática, pois a solidão se situa mais abaixo na cadeia alimentar. Embora ela tenha algum custo no que diz respeito à intenção e à perseverança, ela pode ser obtida em qualquer lugar, a qualquer hora. Com o tempo, você se descobrirá colocando suas próprias questões para a alma. Às vezes, você pode ter apenas uma pergunta. Outras vezes, pode ser que você não tenha absolutamente nenhuma e que só queira descansar na rocha perto da alma, respirando junto com ela.

A ecologia inata às mulheres

É dito na história que são muitos os que tentam caçar a alma para capturá-la e matá-la, mas que nenhum caçador o consegue. Mais uma referência nos contos de fadas à indestrutibilidade da alma selvagem. Mesmo que tenhamos trabalhado, feito sexo, descansado ou brincado fora dos ciclos, isso não mata a Mulher Selvagem; só *nos* deixa exaustas. O lado bom consiste em podermos fazer as correções necessárias e voltar aos nossos próprios ciclos naturais. É com o amor e o cuidado com nossas fases naturais que protegemos nossa vida para que ela não seja arrastada pelo ritmo de outra pessoa, pela dança de outra pessoa, pela fome de outra pessoa. É através da legitimação dos nossos ciclos distintos para o sexo, para a criação, o descanso, o lazer e o trabalho que reaprendemos a definir e a discriminar todos os nossos sentidos e fases selvagens.

Sabemos que não podemos viver uma vida confiscada. Sabemos que há uma hora em que as questões dos homens e as questões do mundo precisam ser abandonadas por algum tempo. Aprendemos que somos como anfíbios. Podemos viver na terra, mas não para sempre, não sem viagens à água e ao lar. Culturas excessivamente civilizadas e repressoras tentam impedir as mulheres de voltar para casa. Infelizmente, ocorre muitas vezes que ela seja espantada de perto da água até que definhe e perca o brilho.

No entanto, quando chega o chamado para uma estada prolongada, uma parte dela sempre ouve, sempre esteve lá esperando ouvir. Quando vem o chamado de volta ao lar, ela o seguirá, pois, em segredo, ou em nem tanto segredo, ela vem se preparando para segui-lo. Ela e todos os aliados na sua psique interior irão recuperar sua capacidade para voltar. Esse processo revigorante não se aplica apenas a uma mulher aqui e outra ali, mas a todas nós. Todas nós nos enredamos em compromissos em terra firme. Mesmo assim, a mais velha lá longe no mar chama a todas. Todas precisam voltar.

Nenhum desses meios de volta ao lar depende de condição econômica, status social, formação ou mobilidade física. Mesmo que só possamos ver uma folha de grama, mesmo que só tenhamos vinte centímetros de céu para observar, mesmo que só vejamos uma erva esguia que brota de uma rachadura na calçada, podemos ver nossos ciclos dentro da natureza e com ela. Todas nós podemos nadar mar adentro. Todas podemos entrar em comunhão com a foca na rocha. Todas as mulheres precisam dessa união: mães com filhos, mulheres com amantes, mulheres solteiras, mulheres com empregos, mulheres na fossa, mulheres de sucesso, mulheres introvertidas, mulheres extrovertidas, mulheres com fortes responsabilidades profissionais.

Nas palavras de Jung, "seria muito melhor simplesmente admitir nossa pobreza espiritual... Quando o espírito fica pesado, ele se transforma em água... Portanto, o caminho da alma... conduz à água".[20] A volta ao lar e os intervalos para conversar com a foca na rocha no mar são nossos atos de uma ecologia inata e integral, pois eles todos representam a volta à água, o encontro com a amiga selvagem, aquela que acima de todos os outros nos ama incansavelmente, sem se defender e com profunda tolerância. Basta que olhemos no fundo daqueles olhos veementes que são "sábios, selvagens e amorosos", e que aprendamos com eles.

CAPÍTULO 10

as águas claras: o sustento da vida criativa

A criatividade é um mutante. Num momento, ela assume uma forma; no instante seguinte, uma outra. Ela é como um espírito deslumbrante que aparece para todas nós, sendo, porém, difícil de descrever já que não existe acordo a respeito do que as pessoas vislumbram no seu clarão cintilante. Será que o emprego de pigmentos e telas, ou de lascas de tinta e papel de parede, é comprovação da sua existência? E o que dizer da pena e do papel, de bordas floridas no caminho do jardim, da criação de uma universidade? É, isso mesmo. E de passar bem um colarinho, de criar uma revolução? Também. Tocar com amor as folhas de uma planta, reduzir a importância de certas preocupações, dar nós no tear, descobrir a própria voz, amar alguém profundamente? Também. Segurar o corpo morno do recém-nascido, criar um filho até a idade adulta, ajudar a reerguer uma nação derrotada? Também. Cuidar do casamento como do pomar que ele é, escavar à procura do ouro psíquico, descobrir a palavra perfeita, fazer uma cortina azul? Tudo isso pertence à vida criativa. Todos esses atos provêm da Mulher Selvagem, de *Río Abajo Río*, do rio abaixo do rio, que não para de correr para dentro da nossa vida.

Alguns dizem que a vida criativa está nas ideias; outros, que ela está na ação. Na maioria dos casos, ela parece estar num ser simples. Não se trata do virtuosismo, embora não haja nada de errado com ele. Trata-se de amor por algo, de sentir tanto amor por algo – seja por uma pessoa, uma palavra, uma imagem, uma ideia, pelo país ou pela humanidade – que tudo o que pode ser feito com o excesso é criar. Não é uma questão de querer; não é um ato isolado da vontade. Simplesmente é o que se precisa fazer.

A força criadora escorre pelo terreno da nossa psique à procura de depressões naturais, os *arroyos*, os canais que existem em nós. Nós nos tornamos seus afluentes e sua bacia. Somos suas piscinas naturais, suas represas, córregos e santuários. A força criadora selvagem escorre para todos os leitos de que dispomos, aqueles com que nascemos bem como aqueles que escavamos com nossas próprias mãos. Não temos de enchê-los. Basta que os formemos.

Na tradição arquetípica, existe a ideia de que, se prepararmos um local psíquico especial, o ser, a força criadora, a fonte da alma irão ouvir falar dele, descobrir o caminho até ele e habitá-lo. Quer essa força seja invocada por palavras bíblicas "vá e prepare um local para a alma", quer aconteça como no filme *O campo dos sonhos*,[1] no qual um fazendeiro ouve uma voz sugerindo que construa um campo de beisebol para os espíritos de jogadores falecidos, "Se você construir o campo, eles virão", o preparo de um local adequado estimula a grande criadora a avançar.

Uma vez que esse imenso rio subterrâneo tenha encontrado seus estuários e afluentes na nossa psique, nossa vida criadora tem cheias e vazantes, sobe e desce com as estações, exatamente como um rio natural. Esses ciclos propiciam que as coisas sejam criadas, alimentadas, que recuem e definhem, tudo a seu próprio tempo e repetidas vezes.

Criar algo num certo ponto do rio alimenta quem vem até ele, nutre animais que estão bem a jusante e ainda outros que estão nas profundezas. A criatividade não é um movimento solitário. Nisso reside seu poder. O que quer que seja tocado por ela e quem quer que a ouça, que a veja, que a sinta, que a conheça serão alimentados. É por isso que a observação da ideia, da imagem, da palavra criadora de outra pessoa nos preenche e nos inspira para nosso próprio trabalho criativo. Um único ato de criação tem o potencial de alimentar um continente. Um ato de criação pode fazer com que uma corrente abra caminho pedra adentro.

Por esse motivo, a capacidade criadora da mulher é seu trunfo mais valioso, pois ela é generosa com o mundo externo e nutre a mulher internamente em todos os níveis: psíquico, espiritual, mental, emocional e econômico. A natureza selvagem derrama-se em possibilidades ilimitadas, atua como um canal de vida, revigora, mitiga a sede, sacia a nossa fome pela vida profunda e selvagem. Seria ideal que esse rio criador não fosse represado, não sofresse desvios nem fosse mal utilizado.[2]

O rio da Mulher Selvagem nos alimenta e faz com que nos tornemos seres semelhantes a ela: a que dá a vida. Enquanto criamos, esse ser misterioso e selvagem está nos criando em troca, está nos enchendo de amor. Somos atraídas como os animais são atraídos pelo sol e pela água. Ficamos tão vivas que retribuímos distribuindo vida. Produzimos rebentos, florescemos, nos dividimos e nos multiplicamos, impregnamos, incubamos, comunicamos, transmitimos.

É óbvio que a criatividade emana de algo que surge, cresce, toma impulso, se avoluma e se derrama para dentro de nós em vez de ser algo que simplesmente fica parado em algum ponto à espera de que possamos, não importa depois de quantos rodeios, encontrar algum meio de chegar até ele. Nesse sentido, jamais podemos "perder" nossa criatividade. Ela está sempre ali, preenchendo-nos ou então entrando em colisão com quaisquer obstáculos que sejam colocados no seu caminho. Se ela não descobrir nenhuma abertura até nós, ela recua, acumula energia e investe novamente até conseguir abrir passagem. Os únicos meios para podermos evitar sua insistente energia consistem em construir continuamente obstáculos contra ela ou permitir que ela seja envenenada pela negligência e pelo negativismo destrutivo.

Se ansiamos pela energia criadora; se temos problemas para alcançar os aspectos férteis, imaginativos, formadores de ideias; se temos dificuldade para nos concentrarmos no nosso sonho pessoal, para agir de acordo com ele ou para garantir sua execução, então alguma coisa deu errado no ponto de união das águas das cabeceiras e dos afluentes de um rio. Ou pode ser que as águas criadoras estejam correndo por um meio poluente no qual as formas de vida da imaginação são eliminadas antes que possam atingir a maturidade. Com enorme frequência, quando uma mulher se vê despojada da sua vida criativa, todas essas circunstâncias estão no cerne da questão.

Já que a Mulher Selvagem é *Río Abajo Río*, o rio por baixo do rio, quando ela corre dentro de nós, nós corremos. Se a abertura dela até nós for bloqueada, nós ficamos bloqueadas. Se sua corrente estiver envenenada pelos nossos próprios complexos negativos internos ou pelas pessoas que nos cercam, os delicados processos que forjam nossas ideias também ficam poluídos. Passamos, então, a ser como um rio que morre. Isso não é coisa ínfima, a ser ignorada. A perda do nítido fluxo criador constitui uma crise psicológica e espiritual.

Quando um rio está poluído, tudo começa a definhar porque tudo depende de tudo o mais. Num rio de verdade, os juncos às suas margens ficam marrons por falta de oxigênio, o pólen não consegue encontrar nada que tenha vibração suficiente para ser fecundado, as tanchagens caem, não deixando em suas raízes nenhum berço para os nenúfares, nos salgueiros não crescem amentilhos, as salamandras não encontram parceiros e as efeméridas não procriam. Com isso, os peixes não saltam, as aves não mergulham e os lobos e outros animais que vêm se renovar no rio seguem adiante ou morrem por beber água envenenada ou por comer presas que se alimentaram das plantas que morrem à beira d'água.

Quando a criatividade fica estagnada de uma forma ou de outra, o resultado é sempre o mesmo: uma fome desesperada pelo novo, um enfraquecimento da fecundidade, uma falta de espaço para as formas menores de vida se localizarem nos interstícios das formas maiores de vida, uma impossibilidade de que uma ideia fertilize outra, nenhuma ninhada, nenhuma vida nova. Nessas circunstâncias, sentimo-nos doentes e queremos seguir adiante. Vagueamos sem destino, fingindo poder sobreviver sem a exuberância da vida criativa, mas não podemos nem devemos. Para trazer de volta a vida criativa, as águas têm de ficar claras e límpidas de novo. Precisamos entrar na lama, purificá-la dos elementos contaminadores, reabrir passagens, proteger a corrente de danos futuros.

Entre os povos de língua espanhola, existe uma antiga história intitulada "*La Llorona*",[3] "A chorona". Dizem que ela teve origem no início do século XVI, quando os conquistadores espanhóis atacaram os povos asteca/náuatle do México; mas ela é muito anterior a esse período. Ela é a história do rio da vida que se tornou um rio da morte. A protagonista é uma obsessiva mulher do rio que é fértil, generosa e que sabe criar a partir do seu próprio corpo. Ela é pobre, surpreendentemente linda, mas rica de alma e de espírito.

La Llorona é uma história estranha, pois continua a evoluir com o passar do tempo como se tivesse uma imensa vida interior toda sua. Como uma enorme duna de areia que se move pela terra, engolindo o que estiver no caminho, aproveitando tudo de tal maneira que a terra pareça pertencer ao seu próprio corpo, essa história se vale das questões psíquicas relativas a cada geração. Às vezes, a história de *La Llorona* é contada como se fosse um relato sobre *Ce. Malinalli* ou *Malinche*, a mulher nativa de quem se diz ter sido tradutora e amante do conquistador espanhol Hernán Cortés.

No entanto, a primeira versão de *La Llorona* que ouvi a descrevia como protagonista numa guerra desagregadora nos bosques do norte, onde cresci. Da segunda vez que ouvi essa história, *La Llorona* estava enfrentando um antagonista envolvido no repatriamento forçado de mexicanos dos Estados Unidos na década de 1950. Ouvi, também, a história em inúmeras versões no sudoeste do país, sendo que uma delas provinha de antigos lavradores espanhóis assentados em terras doadas pelo governo, e nela a protagonista estava envolvida nas guerras desse tipo de assentamento no Novo México: um rico incorporador tirava proveito de uma filha de espanhóis pobres, porém linda.

Ultimamente, recolhi mais três versões, sendo a primeira uma história de terror: *La Llorona* perambula à noite uivando num parque de estacionamento de *trailers*. A segunda é uma história de uma prostituta contaminada com o vírus da Aids: *La Llorona* exerce sua profissão no Town River em Austin. A última versão, uma versão espantosa, me foi transmitida por uma criança. Primeiro, vou relatar o enredo genérico dos grandes contos da *La Llorona* e, em seguida, a variante mais recente e surpreendente dessa história.

*

LA LLORONA

Um rico *hidalgo*, fidalgo, corteja uma moça pobre, mas muito bonita, e conquista seu afeto. Ela lhe dá dois filhos, mas ele não se dispõe a casar com ela. Um dia, ele comunica que vai voltar para a Espanha, onde se casará com uma moça rica escolhida por sua família, e que vai levar seus filhos para lá.

A jovem mãe fica fora de si e age no estilo das célebres loucas enfurecidas de todos os tempos. Ela arranha o rosto do homem e arranha seu próprio rosto. Rasga as vestes dele e rasga as suas próprias vestes. Ela apanha os dois meninos pequenos, corre para o rio com eles e lá os joga na correnteza. As crianças morrem afogadas, e *La Llorona* cai às margens do rio, cheia de dor, e morre.

O *hidalgo* volta para a Espanha e se casa com a mulher rica. A alma de *La Llorona* sobe aos céus. Lá o porteiro-mor diz que ela pode entrar nos céus, já que sofreu, mas que não pode lá entrar sem *antes* resgatar do rio as almas das duas crianças.

E é por isso que se diz hoje em dia que *La Llorona* vasculha as margens dos rios com seus longos cabelos, que mergulha seus dedos compridos na água para arrastá-los no fundo à procura dos filhos. É também por isso que as crianças vivas não devem se aproximar dos rios depois de anoitecer, porque *La Llorona* pode confundi-las com seus próprios filhos e levá-las embora para sempre.[4]

*

Passemos, agora, a uma versão moderna de *La Llorona*. À medida que a cultura sofre influências diversas, nosso modo de pensar, nossas atitudes e nossos temas mudam. Muda, também, a história de *La Llorona*. Enquanto eu estava no Colorado no ano passado, colhendo histórias de fantasmas, Danny Salazar, um menino de 10 anos de idade, sem dentes incisivos e com pés absurdamente grandes para um corpo mirrado (que um dia será muito alto), me passou esta história. Ele me garantiu que *La Llorona* não matou os filhos pelos motivos mencionados na versão antiga.

"Não, não", insistiu Danny. *La Llorona* ficou com um rico *hidalgo*, dono de fábricas junto ao rio. Algo, no entanto, deu errado. Durante a gravidez, *La Llorona* bebeu água do rio. Seus filhinhos, dois meninos gêmeos, nasceram cegos e com os dedos unidos por membranas, pois o *hidalgo* havia envenenado o rio com os dejetos das suas fábricas.

O *hidalgo* disse a *La Llorona* que não a queria, nem a seus filhos. Ele se casou com uma mulher rica que queria os objetos produzidos pela fábrica. *La Llorona* jogou os filhos no rio porque eles iriam levar uma vida extremamente difícil. Depois, ela caiu morta de tanta dor. Ela foi para o céu, mas São Pedro lhe disse que ela não poderia entrar enquanto não encontrasse as almas dos filhos. Agora *La Llorona* procura o tempo todo por seus filhos no rio poluído, mas ela mal chega a ver alguma coisa de tão escura e suja que é a água. Ora seus longos dedos de fantasma varrem o fundo do rio. Ora ela vagueia pelas margens chamando pelos filhos o tempo todo.

A poluição da alma selvagem

Essa versão de *La Llorona* pertence à categoria que as *cantadoras y cuentistas* chamam de *temblón*, histórias de arrepiar. Elas tem o propósito de divertir, mas têm também a intenção de fazer com que os ouvintes sintam um arrepio da conscientização que leva a uma atitude pensativa, à contemplação e à ação. Independentemente das imagens da história que se modificam com o passar do tempo, o tema permanece o mesmo: a destruição do feminino fecundo. Quer a contaminação da beleza selvagem ocorra no mundo interior, quer no mundo exterior, ela é algo doloroso de se presenciar. Na cultura moderna, às vezes consideramos que uma seja muito mais devastadora do que a outra, mas as duas são de importância crítica e equivalente.

Embora eu às vezes conte essa história de duas versões em outros contextos,[5] quando é compreendida como uma imagem da deterioração do fluxo criador, ela faz com que as mulheres se arrepiem por bem saber do que se trata. Se considerarmos essa história como a condição da psique de uma única mulher, poderemos ter uma boa compreensão do enfraquecimento e definhamento do processo criativo da mulher. Como outras histórias com finais trágicos, essa tem a função de ensinar à mulher o que *não* fazer e como voltar atrás, no caso de escolhas infelizes, para reduzir o impacto negativo. Em geral, ao assumir uma postura psicológica oposta àquela adotada pela protagonista da história, podemos aprender a viajar com a onda em vez de nos afogarmos nela.

Esse conto emprega as imagens da bela mulher e do puro rio da vida para descrever o processo criador da mulher num estado normal. Aqui, porém, quando ele interage com um espírito destrutivo, tanto a mulher quanto o rio decaem. É então que a mulher cuja vida criativa está definhando vivencia, como *La Llorona*, uma sensação de envenenamento, de deformação, um impulso para acabar com tudo. Em seguida, ela é levada a uma procura aparentemente interminável do seu potencial criativo original, em meio aos destroços.

Para a correção do seu ambiente psíquico, o rio precisa voltar a ficar limpo. Nessa história, não estamos preocupadas com a qualidade dos produtos da nossa criação, mas com a determinação e os cuidados para com nossa vida criativa. Sempre por trás do ato de escrever, de pintar, de pensar, de curar, de fazer, de cozinhar, de falar, de sorrir, de criar, está o rio, o *Río Abajo Río*. O rio debaixo do rio alimenta tudo o que criamos.

Na simbologia, os grandes volumes de água representam o lugar em que se crê que a própria vida teve origem. Nas regiões hispânicas do sudoeste dos Estados Unidos, o rio simboliza a capacidade de viver, de viver realmente. Ele é considerado a mãe, *La Madre Grande*, a Grande Mulher, cujas águas não só correm nas valas e leitos de rios, mas que se derramam de dentro do corpo das próprias mulheres quando seus filhos nascem. O rio é visto como a *Gran Dama* que passeia pela terra com uma saia rodada e esvoaçante, azul ou prateada e às vezes dourada, que se deita com o solo para prepará-lo para o plantio.

Algumas das minhas velhas amigas do sul do Texas dizem que *El Río Grande* não poderia jamais ser um rio-homem, mas um rio-mulher. Elas riem e dizem, como um rio poderia ser outra coisa a não ser *La Dulce Acequia*, a doce fenda, entre as coxas da terra? No norte do Novo México, o rio na tempestade, no vendaval, nas inundações repentinas, é visto como aquela que está excitada, aquela que no cio corre para tocar tudo o que puder para fazer com que cresça.

Vemos, então, que o rio simboliza aqui uma forma de generosidade feminina que desperta, excita e cria paixão. Os olhos das mulheres cintilam quando elas criam; suas palavras saem melodiosas; seu rosto fica ruborizado; seu próprio cabelo parece brilhar mais. Elas ficam excitadas com a ideia, interessadas pelas possibilidades, apaixonadas pelo próprio pensamento, e a essa altura, como o grande rio, espera-se que elas se derramem continuamente no seu próprio caminho criativo. É desse jeito que as mulheres se sentem realizadas. E são essas as condições do rio junto ao qual *La Llorona* vivia antes que a destruição ocorresse.

No entanto, como na história, pode acontecer que a vida criativa da mulher seja dominada por algo que deseje fabricar apenas produtos do ego, que não têm nenhum valor psicológico duradouro. Às vezes existem pressões originadas na sua cultura que lhe dizem que suas ideias são inúteis, que ninguém vai se interessar por elas, que é vão o esforço de continuar. Isso é poluição. Isso equivale a derramar chumbo no rio. É isso o que envenena a psique.

A satisfação do ego é permissível e importante por si só. O problema reside no fato de que o derramamento de complexos negativos ataca tudo o que significar novidade, tudo o que for novo, que tenha potencial, que tenha acabado de nascer, tudo o que esteja no estado de crisálida, de lacuna, bem como o que estiver já crescido, tudo o que for velho e venerado. Quando há um excesso de fabricação sem alma, os resíduos tóxicos escorrem para o rio límpido, eliminando tanto o impulso criador quanto a energia.

O veneno no rio

Há inúmeros mitos relativos à deterioração e represamento do criativo e do selvagem, quer eles tratem da contaminação da pureza, como foi representado pela névoa nociva que se espalhou sobre a ilha de Lecia, onde eram armazenadas as meadas da vida com as quais as Parcas teciam,[6] quer tratem de histórias sobre malfeitores que tapam os poços de aldeias, causando, com isso, sofrimento e morte. Duas das histórias mais profundas são as atuais "Jean de Florette" e "Manon da Primavera".[7] Nessas histórias, dois homens, na esperança de despojar um pobre corcunda, sua esposa e sua filhinha pequena das terras que eles vinham tentando revitalizar com flores e árvores, tampam a nascente que alimenta aquela terra, provocando a destruição da família trabalhadora e dedicada.

O efeito mais comum da poluição na vida criativa da mulher é a perda da vitalidade. Isso prejudica a capacidade da mulher de criar ou agir no mundo "lá fora". Embora existam épocas nos ciclos da vida criativa saudável da mulher nas quais o rio da criatividade desaparece no subsolo temporariamente, algo está se desenvolvendo do mesmo jeito. Nessas ocasiões, estamos em incubação. A sensação é muito diferente da de uma crise espiritual.

Num ciclo natural, existe inquietação e impaciência, talvez, mas não ocorre jamais uma sensação de que a alma selvagem esteja morrendo. Podemos saber a diferença através da avaliação da nossa expectativa: mesmo quando nossa energia criativa está envolvida num longo processo de incubação, nós ainda ansiamos pelo resultado. Sentimos os estalos e ondulações dessa nova vida que gira e zumbe dentro de nós.

No entanto, quando a vida criativa morre porque não estivemos cuidando da saúde do rio, a situação é inteiramente outra. Sentimo-nos exatamente como o rio que morre. Sentimos a perda de energia; sentimo-nos cansadas. Não há nada rastejando, incomodando, levantando folhas, refrescando, aquecendo. Nós nos tornamos turvas, lentas de um modo negativo, envenenadas pela contaminação ou por um refluxo e estagnação de todas as nossas riquezas. Tudo dá a impressão de estar poluído, impuro e envenenado.

Como pode a vida criativa da mulher ser poluída? Esse enlameamento da vida criativa invade todas as cinco fases da criação: a inspiração, a concentração, a organização, a implementação e a manutenção. As mulheres que perderam uma ou mais dessas fases relatam que não "conseguem pensar" em nada de novo, de útil ou que desperte sua empatia. Elas se veem facilmente "perturbadas" por casos de amor, pelo excesso de trabalho, pelo excesso de lazer, pela fadiga ou pelo receio de fracassar.[8]

Por vezes, elas não conseguem dominar a mecânica da organização, e seus projetos acabam espalhados por aí em centenas de lugares, aos pedaços. Às vezes, os problemas se originam da ingenuidade da mulher acerca da sua própria extroversão. Ela acha que, ao fazer alguns movimentos no mundo exterior, realmente fez alguma coisa. Isso equivale a fazer os braços de alguma coisa, mas não as pernas nem a cabeça, e considerá-la pronta. Ela se sente necessariamente incompleta.

Às vezes, a mulher tropeça na própria introversão e quer simplesmente que as coisas existam só porque ela deseja. Ela pode acreditar que basta pensar que a ideia é suficientemente boa e que não há necessidade de nenhuma manifestação externa. Só que ela se sente despojada e incompleta do mesmo jeito. Todas essas são manifestações de poluição no rio. O que está sendo fabricado não é a vida, mas algo que inibe a vida.

Outras vezes, ela sofre agressões por parte daqueles que a cercam ou das vozes que lhe soam na cabeça: "O que você faz não está bem certo, não é bom o suficiente, não é suficientemente isso ou aquilo. É pretensioso demais, ínfimo demais, insignificante demais, demora demais, é fácil ou difícil demais." Isso equivale a derramar cádmio no rio.

Há uma outra história que descreve o mesmo processo, mas emprega um simbolismo diferente. Na mitologia grega, há um episódio no qual os deuses determinam que um grupo de aves chamadas Harpias[9] deverá punir um indivíduo conhecido como Fineu. Cada vez que a comida de Fineu é servida magicamente, o bando aparece voando, rouba parte do alimento, espalha outra parte e defeca sobre o resto, deixando o pobre homem com uma fome extrema.[10]

Essa poluição literal também pode ser compreendida em termos figurados com uma fieira de complexos internos à psique, cuja única razão de ser consiste em atrapalhar. Essa história é decididamente um *temblón*, uma história de arrepiar. Ela nos dá arrepios de reconhecimento já que todas nós passamos por isso. A "Síndrome das Harpias" destrói através do menosprezo aos nossos talentos e esforços e através de um diálogo interior de enorme depreciação. A mulher propõe uma ideia, e a Harpia caga sobre ela. A mulher diz, "Bem, acho que eu devia fazer isso e aquilo". A Harpia responde, "Que ideia idiota. Ninguém vai ligar para isso. É ridiculamente simplista. Ora, ouça o que lhe digo, suas ideias são todas estúpidas, as pessoas vão rir, você realmente não tem nada a dizer". É assim que a Harpia fala.

As desculpas são outra forma de poluição. De escritoras, pintoras, bailarinas e outras artistas, ouvi todo tipo de desculpa inventada desde que a Terra esfriou. "Bem, um desses dias vou arranjar tempo para meu trabalho." Enquanto isso não acontece, ela se mantém numa depressão sorridente. "Estou ocupada, é, consigo um tempinho aqui e ali para escrever, ora, escrevi dois poemas no ano passado, é, e terminei um quadro e parte de outro nos últimos dezoito meses. É, a casa, as crianças, o marido, o namorado, o gato, o bebê precisam de minha total atenção. Vou conseguir me dedicar ao meu trabalho. Não tenho dinheiro, não tenho tempo, não consigo encontrar tempo, não consigo criar tempo, não posso começar sem ter os melhores e mais caros instrumentos ou experiências, simplesmente não estou com vontade agora, ainda não estou com a disposição de ânimo certa. Só preciso de pelo menos um dia para conseguir, só preciso de uns dias para conseguir. Só preciso de algumas semanas comigo mesma para conseguir. Eu só, eu só..."

O rio em chamas

Já na década de 1970, o rio Cuyahoga em Cleveland ficou tão poluído que começou a pegar fogo. A corrente criativa poluída pode de repente irromper num fogo tóxico que queima não somente o combustível do lixo do rio mas incinera também todas as formas de vida. Um excesso de complexos psíquicos em atividade ao mesmo tempo pode causar um dano imenso ao rio. Complexos psicológicos negativos se erguem e questionam seu valor, sua intenção, sua sinceridade e seu talento. Eles também lhe enviam mensagens no sentido de afirmar inequivocamente que você deve trabalhar para "ganhar a vida", fazendo coisas que a deixam exausta, que não lhe permitem nenhum tempo para criar, que destroem sua vontade de imaginar.

Alguns dos castigos e das sabotagens preferidos dos complexos malévolos perpetrados contra a criatividade das mulheres giram em torno da promessa feita ao self da alma de que terá "tempo para criar" em algum ponto no futuro remoto. Ou da promessa de que, quando tivermos alguns dias livres, a agitação afinal começará. Isso é tolice. O complexo não tem nenhuma intenção semelhante. É apenas um meio de abafar o impulso criativo.

Pode acontecer que as vozes sussurrem, "Só se você terminar o doutorado, sua obra será decente. Só se você for elogiada pela rainha; só se você receber o prêmio tal, só se sua obra sair na revista tal, só se, só se, só se".

Essa atitude de condicionar o impulso criativo equivale a entupir a alma com alimentos que não nutrem. Uma coisa é receber qualquer tipo de comida, outra bem diferente é ser realmente nutrida. Com enorme frequência, a lógica do complexo é extremamente falha, muito embora ele tente convencê-la do contrário.

Um dos maiores problemas do complexo criativo está na acusação de que não importa o que você não esteja fazendo, não irá dar certo porque você não está raciocinando com lógica, não está sendo racional, o que você fez até agora não era lógico e, portanto, está fadado ao fracasso. Em primeiro lugar, os estágios básicos da criação não são lógicos – nem deveriam ser. Se o complexo conseguir interromper seu avanço com essas alegações, você estará nas mãos dele. Diga-lhe que se cale ou que vá embora até você ter terminado. Lembre-se, se a lógica fosse tudo o que há no mundo, certamente todos os homens cavalgariam de lado.

Já vi mulheres cumprindo longos expedientes em empregos que desprezam só para poder comprar objetos caríssimos para a casa, o parceiro, os filhos, enquanto deixam em segundo plano outros talentos consideráveis. Já vi mulheres insistindo em limpar tudo dentro de casa antes de poder se sentar para escrever... e todas sabemos que há algo de curioso na limpeza doméstica... ela nunca termina. Um jeito perfeito para paralisar uma mulher.

A mulher precisa ter o cuidado de não permitir que o excesso de responsabilidade (ou de respeitabilidade) roubem o tempo necessário para seus êxtases, improvisos e repousos criativos. Ela deve simplesmente fincar o pé e dizer não à metade do que ela acredita ser seu "dever". A arte não foi feita para ser criada somente em momentos roubados.

A dispersão de planos e projetos, como se pela ação do vento, ocorre quando a mulher tenta organizar uma ideia criadora, e esta de certo modo não para de ser espalhada, ficando cada vez mais confusa e desorganizada. A mulher não controla a ideia de um modo mais concreto porque, mais uma vez, não tem tempo para fazer todas as anotações e organizá-las, ou pode ser que ela esteja sendo requisitada por tantas outras coisas que acaba perdendo o fio da meada e não consegue voltar a ele.

Pode também acontecer de o processo criador da mulher ser mal compreendido ou desrespeitado pelos que a cercam. Cabe a ela informar-lhes que, quando ela está com "aquela expressão" nos olhos, isso não quer dizer que ela seja um terreno baldio à espera de que o ocupem. Quer dizer que ela está equilibrando um grande castelo de cartas de ideias na ponta de um único dedo, que está unindo cuidadosamente todas as cartas usando minúsculos ossos cristalinos e um pouquinho de saliva e que, se ao menos conseguir levar tudo até a mesa sem que caia ou se desmorone, ela poderá trazer à luz uma imagem do mundo invisível. Falar com ela nesse momento equivale a criar um vento de Harpia que, com um sopro, destrói toda a estrutura. Falar com ela nesse momento equivale a partir seu coração.

No entanto, a mulher pode agir assim consigo mesma ao descartar suas ideias até que toda a animação se esgote, ao não fazer questão quando outras pessoas se esgueiram levando seus materiais e instrumentos de criação, ao cometer o simples deslize de não comprar os equipamentos corretos para executar corretamente o trabalho criativo, ao parar e recomeçar tantas vezes, permitindo que todo mundo a interrompa à vontade, que o projeto acaba em ruínas.

Se a cultura na qual a mulher vive agride a função criadora dos seus membros, se ela parte ou esfacela qualquer arquétipo ou deturpa sua intenção ou significado, eles serão incorporados em seu estado esfacelado nas psiques dos seus membros da mesma forma; como uma força alquebrada, e não como uma força sã, cheia de vitalidade e potencial.

Quando esses elementos prejudicados, acerca de como permitir a vida criadora e de como promovê-la, são ativados dentro da psique da mulher, é difícil ter um *insight* mínimo quanto ao que está errado. Estar dentro de um complexo é o mesmo que estar dentro de um saco preto. Ali dentro é escuro, não conseguimos ver o que nos capturou, só sabemos que fomos apanhadas por alguma coisa. Dessa forma, ficamos temporariamente incapazes de organizar nossos pensamentos ou nossas prioridades e, como animais presos dentro de sacos, começamos a agir sem refletir. Embora a ação sem reflexão possa ser útil ocasionalmente, como no princípio que diz que a "primeira ideia é a melhor ideia", nessas circunstâncias ele não se aplica.

No processo de criação envenenado ou paralisado, a mulher oferece ao belo self da alma "comida de mentirinha". Ela tenta ignorar a condição do espírito. Assim, ela consegue frequentar um "seminariozinho" aqui, um "cursinho" ali, arranja um "tempinho" para ler mais adiante. Mas, no final das contas, falta a substância. A mulher não está enganando ninguém a não ser a si mesma.

Portanto, quando esse rio morre, ele já não tem sua correnteza, sua força vital. Os hindus dizem que sem Shakti, a personificação da força vital feminina, Shiva, que abrange a capacidade de agir, se torna um cadáver. Ela é a energia vital que anima o princípio masculino; e o princípio masculino, por sua vez, estimula a ação no mundo.[11]

Vemos, por conseguinte, que o rio precisa apresentar um equilíbrio razoável entre suas poluições e suas purificações, ou tudo resultará em nada. No entanto, a fim de proceder dessa forma, o ambiente imediato precisa ser propício e acessível. É fato que, quanto menos disponíveis os elementos essenciais, como o alimento e a água, o abrigo e a segurança, menores serão as opções. E, quanto menores as opções, menos criativa será a vida, pois a criatividade prospera nas combinações inúmeras e ilimitadas de todas as coisas.

O *hidalgo* destrutivo na história é a parte profunda, mas imediatamente reconhecível, da mulher ferida. Ele é o seu *animus*, o que faz com que ela se esforce, não para criar – muitas vezes ela não consegue sequer chegar a esse ponto – mas, sim, para obter uma permissão inequívoca, um sólido sistema interno de apoio para que crie à vontade. Espera-se que um *animus* saudável se envolva com o funcionamento do rio, e é assim que deve ser. Ele é o auxiliar que observa para ver se é preciso fazer algo. Na história de *La Llorona*, porém, ele assume o comando, impedindo a nova vida essencial. A mulher tem, então, um número cada vez menor de opções criativas. O *animus* conquista o poder de mandar na mulher, de depreciar seu trabalho. Isso ele consegue através da destruição do rio.

Examinemos, em primeiro lugar, os parâmetros do *animus* em geral. Passaremos, em seguida, à compreensão de como a vida criativa da mulher se deteriora quando ocorre uma influência negativa do *animus*, bem como ao que ela pode e deve fazer a respeito. A criatividade deve ser um ato de nítida consciência. Um ato que reflita a clareza do rio. O espírito é o homem do rio. Ele é o encarregado. É quem cuida da água e a protege.

O homem do rio

Antes de podermos entender o que o homem da história de *La Llorona* fez ao poluir o rio, precisamos ver como o que ele representa deve ser um constructo positivo na psique da mulher. Na definição junguiana clássica, o *animus* é a força da alma nas mulheres e é considerado masculino. No entanto, muitas psicanalistas, entre as quais me incluo, através de suas próprias observações, chegaram a uma conclusão contrária ao ponto de vista clássico e afirmam, em vez disso, que a fonte de revitalização da mulher não é masculina e alheia a ela, mas feminina e bem conhecida.[12]

Seja como for, creio que o conceito masculino do *animus* tenha ampla aplicação. Existe uma forte correlação entre as mulheres que têm medo de criar, de manifestar suas ideias ao mundo, e as imagens de homens feridos ou que ferem nos seus sonhos. Por outro lado, os sonhos das mulheres com boa capacidade de manifestação externa muitas vezes apresentam uma forte figura masculina que aparece com regularidade sob diversos disfarces.

O *animus* pode ser compreendido melhor como uma força que ajuda as mulheres a agir em sua própria defesa no mundo objetivo. O *animus* ajuda a mulher a expor seus pensamentos e sentimentos íntimos e específicos de um modo concreto – em termos emocionais, sexuais, financeiros, criativos e outros – em vez de expô-los numa imagem que se modele de acordo com um desenvolvimento masculino padronizado numa determinada cultura.

As figuras masculinas nos sonhos das mulheres parecem indicar que o *animus* não é a alma da mulher, mas que pertence a ela, provém dela, é uma "ponte" essencial.[13] Ele possui capacidades fantásticas que o fazem chegar à altura do trabalho como um portador e um intermediário. Ele é como um negociante da alma. Ele importa e exporta bens e conhecimentos. Ele escolhe o melhor entre o que é oferecido, negocia o melhor preço, faz o acompanhamento e completa a transação.

Outro meio de se interpretar essa imagem consiste em considerar a Mulher Selvagem, o Self da alma, como o artista, e o *animus*, como o braço do artista.[14] A Mulher Selvagem é o motorista; o *animus* acelera o veículo. Ela compõe a canção; ele escreve a partitura. Ela imagina; ele dá conselhos. Sem ele, a peça fica escrita na nossa imaginação, mas nunca é escrita e nunca é representada. Sem ele, o palco pode estar repleto, mas as cortinas nunca se abrem e a portaria permanece sem iluminação.

Se quisermos traduzir o *animus* saudável por uma metáfora em espanhol, ele seria *el agrimensor*, o que conhece a configuração do terreno e, com seus instrumentos, mede a distância entre dois pontos. Ele define cantos e estabelece limites. Podemos, também, chamá-lo de *el jugador*, aquele que estuda e sabe como e onde colocar os marcos para ganhar ou para vencer. Esses são alguns dos aspectos mais importantes de um *animus* robusto.

Portanto, o *animus* trafega pela estrada entre dois territórios e às vezes entre três: o mundo subterrâneo, o mundo interior e o mundo exterior. Todas as ideias e sentimentos da mulher são amontoados e transportados de um ponto a outro – nas duas direções – pelo *animus*, que tem uma afinidade com todos os mundos. Ele traz ideias de "lá de fora" de volta para dentro dela e transfere ideias do Self da alma pela ponte para a fruição e "para o mercado". Sem o construtor e o zelador dessa ponte, a vida interior da mulher não pode se manifestar com determinação no mundo objetivo.

Não é preciso chamá-lo de *animus*; deem-lhe o nome que preferirem. No entanto, compreendam também que existe atualmente dentro da cultura feminina uma suspeita quanto ao masculino, um medo de "precisar do masculino". Isso tem como origem os traumas que mal começam a se curar provocados pela família e pela cultura em tempos passados, quando as mulheres eram tratadas como servas, não como indivíduos de identidade própria. Ainda está recente na memória da Mulher Selvagem que houve um tempo em que as mulheres talentosas eram descartadas como lixo, em que uma mulher não podia ter uma ideia a não ser que em segredo a plantasse num homem, que então a apresentava ao mundo lá fora como se fosse exclusivamente sua.

Recentemente, porém, creio que não podemos ignorar nenhuma metáfora que nos ajude a ver e a ser. Eu não confiaria numa paleta na qual faltasse o vermelho, o azul, o amarelo, o branco ou o preto. Vocês também não confiariam. O *animus* é uma cor primária na paleta da psique feminina.

Portanto, em vez de ser a natureza da alma da mulher, o *animus*, ou natureza contrassexual da mulher, é uma profunda inteligência psíquica com capacidade para agir, que viaja de um lado para o outro entre os mundos. Essa força tem a capacidade de expressar e encenar os desejos do ego, de executar os impulsos e ideias da alma, de despertar a criatividade da mulher de uma forma manifesta e concreta. O aspecto principal do desenvolvimento do *animus* é a real *manifestação* de pensamentos, impulsos e ideias muito particulares.

Além do mais, o *animus* é um elemento da psique da mulher que precisa ser exercitado, que precisa treinar com regularidade, a fim de ser capaz de agir. Se ele for negligenciado na vida psíquica da mulher, irá se atrofiar, exatamente como um músculo que permaneceu inerte por muito tempo.

Embora algumas mulheres levantem a hipótese de que uma natureza de mulher-guerreira, a natureza de amazona, a da caçadora, possa suplantar esse elemento "masculino-dentro-do-feminino", para mim existem muitas camadas e nuanças da natureza masculina, como por exemplo um certo tipo de criação de normas, de decretação de leis, de estabelecimento de fronteiras, em termos intelectuais, que é extremamente valioso para as mulheres que vivem nos nossos dias. Esses atributos masculinos não se originam do temperamento psíquico instintivo das mulheres com a mesma forma ou tom daqueles da sua natureza feminina.[15]

Portanto, por vivermos, como vivemos, num mundo que exige tanto a ação meditativa quanto a ação concreta, considero muito útil o emprego do conceito de uma natureza masculina ou *animus* na mulher. Quando em perfeito equilíbrio, o *animus* atua como auxiliar, companheiro, amante, irmão, pai, rei. Isso *não* quer dizer que o *animus* seja rei da psique da mulher, como poderia sustentar um ponto de vista patriarcal doentio. Quer dizer, sim, que existe um aspecto majestoso na psique da mulher, o de um rei que serve com carinho à natureza selvagem, que deve trabalhar para defender a mulher e seu bem-estar, governando o que ela lhe designar, reinando sobre os territórios psíquicos que ela lhe conceder.

Pois é assim que deve ser, mas na história o *animus* persegue outras metas em detrimento da natureza selvagem e, à medida que o rio se enche de detritos, a própria corrente passa a envenenar outros aspectos da psique criativa, especialmente os futuros filhos da mulher.

O que acontece quando a psique passou ao *animus* o poder do rio e esse poder foi mal utilizado? Quando eu era criança, alguém me disse que era tão fácil criar para o bem quanto para o mal. Descobri que isso não é verdade. É muito mais difícil manter o rio limpo. É muito mais fácil deixá-lo ficar imundo. Digamos, então, que manter a correnteza límpida é um desafio natural que todas nós enfrentamos. Esperamos corrigir a turvação com a maior rapidez e abrangência possível.

Mas, e se algo assumir o controle do fluxo criador, tornando-o cada vez mais enlameado? E se ficarmos presas nessa armadilha? E se de algum modo começarmos obstinadamente a extrair frutos dessa situação, a não só gostar dela, mas nela confiar, a ganhar nosso pão com ela, a nos sentirmos vivas através dela? E se a usarmos para levantar da cama pela manhã, para nos levar a qualquer lugar, para fazer de nós alguém aos nossos próprios olhos? Essas são as armadilhas que esperam por todas nós.

O *hidalgo* nessa história representa um aspecto da psique da mulher que, para usar uma linguagem coloquial, “apodreceu”. Ele se corrompeu. Ele extrai vantagem de fabricar veneno e, de certo modo, está vinculado à vida insalubre. Ele é como um rei que governa por meio de uma fome mal orientada. Ele nem é sábio nem jamais poderá ser amado pela mulher que ele simula servir.

É muito bom para a mulher ter uma figura de um *animus* devotado, forte, capaz de uma visão penetrante, capaz de ouvir tanto no mundo objetivo quanto no mundo subterrâneo, capaz de prever a probabilidade do que ocorrerá a seguir, tomando decisões quanto à luz e à justiça a partir da soma do que ele percebe e vê em todos os mundos. Nesse caso, porém, ele é um herege. O papel do *hidalgo*, do rei ou do mentor na psique da mulher destina-se a ajudar a realizar seus potenciais e suas metas, a tornar manifestas as ideias e ideais que lhe são caros, a avaliar a justiça, a se encarregar dos armamentos, a criar estratégias quando estiver ameaçada, a ajudar a unir todos os seus territórios psíquicos.

Quando o *animus* se transformou numa ameaça, como vemos na história, a mulher perde a confiança nas suas decisões. À medida que seu *animus* se vê enfraquecido pela sua parcialidade, a água do rio passa de algo que é essencial à vida para algo a ser abordado com a mesma precaução com que abordamos um assassino de aluguel. Ocorre, então, a fome na terra e a poluição no rio.

Criar é *creare* em latim,[16] significando produzir, fazer (vida), produzir algo onde antes não havia nada. É o ato de beber água do rio poluído que provoca a suspensão da vida interior e, por conseguinte, da exterior. Na história, essa poluição gera a deformação dos filhos, e esses filhos simbolizam as novas ideias e ideais. Os filhos representam nossa capacidade de produzir algo onde antes não havia nada. Podemos reconhecer que essa deformação do novo potencial está ocorrendo quando começamos a questionar nossa capacidade, e especialmente nosso direito, de pensar, agir ou ser.

Mulheres talentosas, mesmo quando resgatam sua vida criativa, mesmo quando obras lindas saem das suas mãos, da sua caneta, do seu corpo, continuam a questionar se são realmente escritoras, pintoras, artistas, gente, gente *de verdade*. E é claro que elas são reais, muito embora possam gostar de se atormentar quanto ao que constitui a realidade. Uma agricultora é real quando olha suas terras lá fora e planeja o plantio de primavera. Uma corredora é real quando dá o primeiro passo. Uma flor é real quando ainda está no caule da planta-mãe. Uma árvore é real quando ainda é uma semente dentro de um pinhão. Uma árvore adulta é um ser vivo real. Real é tudo o que tem vida.

O desenvolvimento do *animus* varia de mulher para mulher. Não se trata de uma criatura perfeitamente formada que salta do ventre dos deuses. Ele parece ter uma qualidade inata, mas também precisa "crescer", ser ensinado e treinado. Ele se destina a ser uma força poderosa e direta. No entanto, quando o *animus* sofre danos por parte de todas as inúmeras forças da cultura, algo de desgastante, de mesquinho, ou uma espécie de entorpecimento, que algumas pessoas chamam de "neutralidade", se interpõe entre o mundo interno da psique e o mundo externo da página em branco, da tela intocada, da pista de dança, da sala da diretoria, da plateia à espera. Esse "algo" coagula o rio, impede o pensamento, emperra a caneta e o pincel, trava as articulações por um tempo interminável, abafa as novas ideias e, assim, sofremos.

Ocorre um estranho fenômeno com a psique. Quando a mulher sofre de um *animus* negativo, qualquer esforço no sentido de um ato criativo aciona esse *animus* para que ele a agrida. Ela apanha a caneta para escrever, e a fábrica vomita seu veneno sobre o rio. Ela pensa em se matricular num curso, ou começar aulas, mas para no meio, sufocada com a falta de apoio e alimento interiores. A mulher acelera, mas não para de recuar. Há mais desenhos de bordado não terminados, mais canteiros de flores não concretizados, mais caminhadas não feitas, mais bilhetes não escritos só para dizer "Eu me importo com você", mais línguas estrangeiras jamais aprendidas, mais aulas de música abandonadas, mais tecidos suspensos no tear numa espera interminável...

Essas são as formas deterioradas da vida. São os filhos envenenados de *La Llorona*. E todas elas são jogadas no rio; são jogadas de volta às águas poluídas que tanto as afligiam desde o início. Nas melhores circunstâncias arquetípicas, elas deveriam borbulhar por algum tempo e, como uma fênix, deveriam renascer das cinzas sob uma nova forma. Aqui, porém, algo está errado com o *animus* e, portanto, com a capacidade de manifestar e implementar nossas ideias no mundo. E o rio está tão cheio de excrementos de complexos que nada pode nascer dele para uma nova vida.

E assim chegamos à parte mais difícil. Temos de entrar na lama e procurar por isso tudo. Como *La Llorona*, temos de dragar o rio à procura da nossa vida da alma, da nossa vida criativa. E ainda mais uma tarefa, também árdua: precisamos purificar o rio para que *La Llorona* possa ver, para que ela e nós possamos encontrar a alma das crianças e nos sentirmos em paz para criar novamente.

A cultura torna piores suas "fábricas" e sua poluição através do seu imenso poder de desvalorização do feminino – e sua incompreensão quanto à natureza mediadora do masculino.[17] Infelizmente a cultura muitas vezes mantém o *animus* da mulher no exílio insistindo para que seja resolvida uma daquelas perguntas insolúveis e disparatadas que os complexos querem dar a entender que são válidas e diante das quais muitas mulheres se intimidam. "Mas será que você é *mesmo* uma escritora [artista, mãe, filha, irmã, esposa, amante, trabalhadora, dançarina, pessoa] de verdade?" "Será que você realmente é talentosa [prendada, valiosa]?" "Será que você realmente tem algo a dizer que valha a pena [que seja esclarecedor, que irá ajudar a humanidade, que irá descobrir uma cura para o antraz]?"

Não é de surpreender que, quando o *animus* da mulher é dominado por uma fabricação psíquica de natureza negativa, a produção da mulher se reduz, à medida que vão definhando sua confiança e sua força criadora. Mulheres nesse tipo de aflição afirmam "não conseguir ver uma saída" do chamado bloqueio de escritor, ou da sua causa. Seu *animus* está extraindo todo o oxigênio do rio, e elas se sentem "extremamente cansadas" e sofrem uma "tremenda perda de energia", parecem não conseguir "dar o primeiro passo", sentem-se refreadas por alguma coisa.

Reassumindo o rio

A natureza da vida-morte-vida faz com que o destino, o relacionamento, o amor, a criatividade e tudo o mais se movimentem em coreografias amplas e selvagens, uma atrás da outra na seguinte ordem: criação, crescimento, poder, dissolução, morte, incubação, criação, e assim por diante. A sabotagem ou a ausência de ideias, pensamentos, sentimentos é o resultado de uma corrente tumultuada. Eis como reassumir o rio.

Aceite o alimento para começar a limpeza do rio. Elementos contaminadores que perturbam o rio ficam óbvios quando a mulher rejeita elogios sinceros acerca da sua vida criativa. Pode ser que haja apenas um pouquinho de poluição, como no despreocupado "Ah, como você está sendo simpático com esse elogio", ou pode ser que os problemas com o rio sejam graves: "Ora, essa velharia" ou "Você deve estar ficando louco". Além da atitude defensiva: "É claro que eu sou maravilhosa. Como você poderia deixar de perceber?" Todas essas expressões são sinais de um *animus* enfermo. Podem chegar coisas boas à mulher, mas elas são imediatamente envenenadas.

Para reverter o fenômeno, a mulher treina aceitar elogios (mesmo que a princípio ela dê a impressão de estar se jogando ao cumprimento para, dessa vez, ficar com ele). Ela o saboreia e repele o *animus* maligno que quer responder "Isso é o que você pensa. Você na verdade não sabe todos os erros que ela fez. Você não sabe como ela é chata...", e assim por diante.

Os complexos negativos sentem uma atração especial pelas ideias mais suculentas, pelas ideias mais maravilhosas e revolucionárias e pelas formas de criatividade mais extravagantes. Portanto, não há outra alternativa: precisamos invocar um *animus* que aja com maior limpeza, e o mais velho deverá ser aposentado, ou seja, transferido para os arquivos da psique, onde deixamos arquivados impulsos e catalisadores vazios e dobrados. Ali eles se transformam em artefatos, em vez de agentes ou de emoção.

Seja sensível. É assim que se limpa o rio. Os lobos levam vidas imensamente criativas. Eles fazem dezenas de opções todos os dias, decidem de um modo ou de outro, avaliam distâncias, concentram-se na presa, calculam as suas chances, aproveitam oportunidades, reagem vigorosamente para realizar suas metas. Suas capacidades de encontrar o que está oculto, de aglutinar intenções, de focalizar a atenção no resultado desejado e de agir em seu próprio benefício para atingi-lo são as exatas características necessárias para a realização criativa nos seres humanos.

Para criar é preciso que sejamos capazes de nos sensibilizar. A criatividade é a capacidade de ser sensível a tudo que nos cerca, a escolher em meio às centenas de possibilidades de pensamento, sentimento, ação e reação, e a reunir tudo isso numa mensagem, expressão ou reação inigualável que transmite ímpeto, paixão e determinação. Nesse sentido, a perda do nosso ambiente criativo significa que nos encontramos limitadas a uma única opção, que fomos despojadas dos nossos sentimentos e pensamentos, ou que os reprimimos ou censuramos, sem agir, sem falar, sem fazer, sem ser.

Seja selvagem. É assim que se limpa o rio. O rio não começa já poluído; isso é nossa responsabilidade. O rio não fica seco; nós o represamos. Se quisermos lhe permitir sua liberdade, precisamos deixar que nossa vida ideativa se solte, corra livre, permitindo a vinda de qualquer coisa, a princípio sem censurar nada. Essa é a vida criativa. Ela é composta do paradoxo divino. Para criar, precisamos estar dispostas a ser rematadas idiotas, a nos sentar num trono em cima de um imbecil, cuspindo rubis pela nossa boca. Só assim o rio correrá, e nós poderemos nos postar na correnteza. Podemos estender nossas saias e blusas para apanhar o que pudermos carregar.

Comece. É assim que se limpa o rio poluído. Se você tiver medo, tiver receio de fracassar, digo-lhe que comece já, fracasse se for preciso, recupere-se, recomece. Se fracassar de novo, fracassou. E daí? Comece novamente. Não é o fracasso que nos detém, mas é a relutância em recomeçar que nos faz estagnar. Se você estiver apavorada, qual é o problema? Se você estiver com medo de que algo vá dar um salto para mordê-la, então pelo amor de Deus, resolva isso imediatamente. Deixe que seu medo surja e a morda para que você possa superá-lo e seguir adiante. Você irá superá-lo. O medo acaba passando. Nesse caso, é melhor que você o encare de frente, que o sinta e que o supere, do que continuar a usá-lo como pretexto para evitar limpar o rio.

Proteja seu tempo. É assim que se eliminam os poluentes. Conheço uma pintora muito impetuosa nas Montanhas Rochosas que pendura o seguinte cartaz na porta de casa quando ela está disposta a pintar ou a pensar. "Hoje estou trabalhando e não vou receber visitas. Sei que você pensa que isso não se aplica a você porque você é o gerente da minha conta no banco, meu agente ou meu melhor amigo. Mas se aplica, sim."

Outra escultora que conheço tem o seguinte cartaz pendurado no portão. "Não perturbe a não ser que eu tenha ganhado a loteria ou que alguém tenha visto Jesus Cristo na rodovia de Old Taos." Como se pode ver, o *animus* positivo tem excelentes fronteiras.

Fique com ela. Como eliminar ainda mais a poluição? Insistindo para que nada impeça de exercitar o *animus*; continuando nossas iniciativas que tecem alma e criam asas, nossa arte, nossos consertos e remendos psíquicos, quer nos sintamos fortes, quer não, quer estejamos prontas, quer não. Se necessário, nos amarrando ao mastro, à cadeira, à mesa de trabalho, à árvore, ao cacto – onde quer que estejamos criando.

Esses complexos negativos são eliminados ou transformados – seus sonhos irão guiá-la no trecho final do caminho – quando você finca o pé, de uma vez por todas, e afirma, "Amo a minha vida criativa mais do que amo cooperar com a minha própria opressão". Se maltratássemos nossos filhos, o serviço de assistência social viria bater às nossas portas. Se maltratássemos nossos animais de estimação, a sociedade protetora dos animais viria nos afastar deles. No entanto, não existe nenhuma Patrulha da Criatividade ou Polícia da Alma para intervir se insistirmos em esfaimar nossa alma. Somos só nós mesmas. Nós somos as únicas a cuidar do Self da alma e do *animus* heroico. É uma enorme crueldade regá-los apenas uma vez por semana, uma vez por mês ou mesmo uma vez por ano. Cada um deles tem seu ritmo circadiano. Eles precisam de nós e da água da nossa atividade todos os dias.

Proteja sua vida criativa. Se você quiser evitar a *hambre del alma*, a alma faminta, chame o problema pelo seu verdadeiro nome e trate de consertá-lo.

Pratique sua atividade todos os dias. E então, não permita que nenhum homem, mulher, parceiro, amigo, religião, emprego ou voz resmungona venha forçá-la a passar fome. Se necessário, arreganhe os dentes.

Forje seu verdadeiro trabalho. Construa aquele abrigo de carinho e conhecimento. Transfira sua energia de um lado para o outro. Insista em atingir um equilíbrio entre a responsabilidade prosaica e o êxtase pessoal. Proteja a alma. Insista numa vida criativa de qualidade. Não permita que seus próprios complexos, sua cultura, os dejetos intelectuais ou que qualquer papo furado político, pedagógico, aristocrático ou pretensioso lhe roubem essa vida.

Ofereça alimentos para a vida criativa. Embora muitas coisas sejam boas e nutritivas para a alma, a maioria recai num dos quatro grupos básicos de alimentos da Mulher Selvagem: o tempo, a sensação de integração, a paixão e a soberania. Faça estoque deles. Eles mantêm o rio limpo.

Quando o rio estiver novamente limpo, ele estará livre para correr. A produção criativa da mulher aumenta e daí em diante continua em ciclos naturais de aumento e redução. Nada será enlameado ou destruído por muito tempo. Quaisquer agentes de contaminação que ocorram naturalmente serão neutralizados com eficácia. O rio volta a ser nosso sistema de realimentação, um sistema no qual penetramos sem medo, do qual podemos beber sem preocupação, junto ao qual podemos tranquilizar a alma atormentada de *La Llorona*, curando seus filhos e os devolvendo para ela. Podemos então desmontar o mecanismo poluente da fábrica, instalar um novo *animus*. Podemos viver nossa vida como desejarmos e como nos for conveniente, ali ao lado do rio, com nossos filhinhos no colo, mostrando-lhes seu reflexo na água limpíssima.

A concentração e o moinho da fantasia

Na América do Norte, o conto intitulado "A menininha dos fósforos" é mais conhecido na versão de Hans Christian Andersen. Ele descreve as consequências da falta de alimento e da falta de concentração. Trata-se de uma história muito antiga, contada pelo mundo afora, em versões diferentes. Às vezes ela fala de um carvoeiro que usa seus últimos carvões para se aquecer enquanto sonha com tempos passados. Em algumas versões, o símbolo dos fósforos é transformado em algum outro objeto, como na história do pequeno florista, que descreve um homem magoado que contempla fixamente o centro das suas últimas flores até desaparecer para sempre.

Embora haja quem dê uma interpretação superficial a essas histórias e declare que não passam de histórias piegas, querendo dizer que elas têm excessivo apelo emocional, seria um erro ignorá-las sem lhes dedicar maior atenção. Em sua essência, esses contos são profundas expressões da psique, a qual pode vir a ser hipnotizada negativamente a um tal ponto que a vida real e vibrante começa a "morrer" em espírito.[18]

A primeira vez que ouvi essa versão de "A menininha dos fósforos" foi da minha tia Katerina, que veio para os Estados Unidos depois da Segunda Guerra Mundial. Durante a guerra, sua humilde aldeia de lavradores da Hungria havia sido dominada e ocupada por três nações hostis. Ela sempre começava a história dizendo que sonhos agradáveis sob circunstâncias difíceis não fazem bem; que nos tempos árduos precisamos ter sonhos fortes, reais, sonhos que possam se realizar se trabalharmos com afinco e bebermos nosso leite à saúde da Virgem.

*

A MENININHA DOS FÓSFOROS

Era uma vez uma menininha que não tinha nem pai nem mãe e que morava na floresta negra. Havia nas proximidades da floresta uma aldeia, e ela havia aprendido que podia comprar lá fósforos por meio pêni que podiam ser vendidos na rua por um pêni inteiro. Se ela vendesse fósforos em quantidade suficiente, poderia comprar uma fatia de pão, voltar para sua meia-água na floresta e ali dormir com as únicas roupas que possuía.

Chegou o vento, e ficou muito frio. Ela não tinha sapatos, e seu casaco era tão fino que chegava a ser transparente. Seus pés há muito haviam passado do ponto de estar azuis de frio. Seus dedos dos pés estavam brancos, assim como os dedos das mãos e a ponta do nariz. Ela perambulava pelas ruas, implorando a desconhecidos que comprassem fósforos dela. Mas ninguém parava e ninguém prestava a mínima atenção a ela.

Por isso, uma noite ela se sentou dizendo para si mesma que tinha fósforos e que podia acender uma fogueira para se aquecer. Só que ela não tinha nem gravetos nem lenha. Resolveu acender os fósforos assim mesmo.

Ela se sentou com as pernas esticadas para a frente e acendeu o primeiro fósforo. Ao fazê-lo, pareceu-lhe que o frio e a neve desapareciam por completo. O que ela viu no lugar da neve rodopiante foi uma sala, uma linda sala com um enorme fogão de cerâmica verde-escuro, com uma porta de ferro trabalhado em arabescos. Tanto calor emanava do fogão que o ar chegava a ondular. Ela se aconchegou junto a ele e se sentiu no paraíso.

De repente, porém, o fogão se apagou, e ela estava mais uma vez sentada na neve, tremendo tanto que os ossos do seu rosto retiniam. E assim ela acendeu o segundo fósforo. A luz iluminou a parede do edifício ao lado de onde ela estava sentada, e ela subitamente pôde ver através da parede. Na sala por trás da parede, havia uma toalha alvíssima sobre a mesa, e ali na mesa havia porcelana do branco mais branco. Numa travessa, um ganso, que acabava de ser preparado. E, exatamente quando ela esticou a mão para alcançar o banquete, a miragem desapareceu.

Ela estava novamente na neve, mas agora seus joelhos e quadris não doíam mais. Agora o frio abria caminho pelo seu torso e pelos braços com formigamentos e ardências, e por isso ela acendeu o terceiro fósforo.

E na chama do terceiro fósforo havia uma linda árvore de Natal, com uma belíssima decoração de velas brancas, babados de renda e maravilhosos enfeites de vidro, além de milhares e milhares de pequenos pontos de luz que ela não conseguia discernir direito.

Ela olhou para o alto dessa árvore enorme que crescia cada vez mais e avançava cada vez mais na direção do teto até que se transformou nas estrelas do céu lá em cima. Uma estrela atravessou brilhante o céu, e ela se lembrou de sua mãe lhe ter dito que, quando morre uma alma, uma estrela cai.

E do nada surgiu sua avó, tão carinhosa e delicada, e a menina se sentiu feliz ao vê-la. A avó levantou o avental, envolveu nele a criança, abraçou-a bem apertado, e a menina se sentiu contente.

Mas a avó também começou a desaparecer. A menina acendia cada vez mais fósforos para manter a avó consigo... cada vez mais fósforos para mantê-la consigo... cada vez mais... e elas começaram a subir juntas para o céu, onde não havia nem frio, nem fome, nem dor. E pela manhã, entre as casas, encontraram a menina imóvel e morta.

*

Afugentando a fantasia criativa

Essa criança está num ambiente em que as pessoas não se importam com ela. Se você está num ambiente desses, saia daí. Essa criança está num meio no qual o que ela tem, foguinhos em palitos – o início de toda possibilidade criativa – não é valorizado. Se você estiver numa aflição semelhante, vire as costas e vá embora. Essa criança está numa situação psíquica na qual há poucas opções. Ela se resignou ao seu "lugar" na vida. Se isso aconteceu com você, pare de se resignar e saia.

O que a menina dos fósforos deve fazer? Se os seus instintos estivessem intactos, suas opções seriam inúmeras. Caminhe até uma outra cidade, esconda-se numa carroça, abrigue-se num depósito de carvão. A Mulher Selvagem saberia o que fazer em seguida, mas a menina dos fósforos não conhece mais a Mulher Selvagem. A pequena criança selvagem está morrendo de frio; tudo o que resta dela é uma pessoa que se movimenta como se em transe.

Estar com pessoas reais que nos aqueçam, que apoiem e elogiem nossa criatividade, é essencial para a corrente da vida criativa. Do contrário, acabamos congeladas. O ambiente propício é um coro de vozes tanto interiores quanto exteriores que observa o estado do ser da mulher, tem o cuidado de incentivá-lo e, se necessário, também a conforta. Não tenho certeza do número de amigos de que precisamos, mas decididamente um ou dois que considerem o seu talento, qualquer que ele seja, *pan de cielo*, o pão dos céus. Toda mulher tem direito a um coro de elogios.

Quando as mulheres estão ao relento, no frio, elas costumam viver de fantasias em vez de ação. Fantasias desse tipo são o grande anestésico. Conheço mulheres dotadas de vozes maravilhosas. Conheço mulheres contadoras inatas de histórias. Quase tudo que lhes sai da boca é de improviso e bem elaborado. No entanto, elas se sentem isoladas ou de algum modo destituídas dos seus direitos. Elas são tímidas, o que muitas vezes é um disfarce para um *animus* esfaimado. Elas têm dificuldade para perceber que recebem apoio de dentro, de amigos, da família ou da comunidade.

Para evitar o destino da menininha dos fósforos, há um importante passo que você deve dar. Qualquer um que não apoie sua arte, sua vida, não é digno do seu tempo. É duro, mas é verdade. Se não pensarmos assim, adotamos direto os trapos da menina dos fósforos e somos forçadas a viver uma fração de vida que mata pelo frio todo pensamento, toda esperança, talentos, escritos, alegrias, projetos e danças.

O calor deveria ser o principal alvo da menininha dos fósforos. Na história, porém, ele não é. Pelo contrário, ela tenta vender os fósforos, suas fontes de calor. Essa atitude não deixa o feminino nem um pouco mais quente, rico ou sábio, e impede seu desenvolvimento futuro.

O calor é um mistério. Ele de certo modo nos cura e nos gera. Ele é quem solta o que está preso demais, propicia o movimento livre, o misterioso impulso de *ser*, o primeiro voo das ideias novas. Não importa o que o calor seja, ele aproxima as pessoas cada vez mais.

A menina dos fósforos não está num ambiente em que possa se desenvolver. Não há calor, não há gravetos, não há lenha. Se estivéssemos no seu lugar, o que poderíamos fazer? Para começar, poderíamos não acalentar a terra de fantasia que a menina cria ao acender os fósforos. Existem três tipos de fantasias. O primeiro é a fantasia do prazer: uma espécie de sorvete mental, exclusivamente destinada à fruição, como quando sonhamos de olhos abertos. O segundo tipo de fantasia é a formação intencional de imagens. Essa fantasia é como uma sensação de planejamento. Ela é usada como veículo para nos levar a agir. Todos os sucessos – psicológicos, espirituais, financeiros e criativos – começam com fantasias dessa natureza. E existe ainda o terceiro tipo, aquela fantasia que paralisa tudo. É o tipo de fantasia que impede a ação adequada nos momentos críticos.

Infelizmente, é essa a fantasia criada pela menina dos fósforos. É uma fantasia que não tem nada a ver com a realidade. Ela está relacionada, sim, à sensação de que não há nada a ser feito mesmo e que não faz diferença se mergulhamos numa fantasia vã. Às vezes, essa fantasia está na mente da mulher. Às vezes, ela lhe chega numa garrafa de bebida, numa seringa, ou na falta dessas coisas. Às vezes, a fumaça de um alucinógeno é o meio de transporte; ou ainda muitos quartos descartáveis, mobiliados com uma cama e um desconhecido. As mulheres nessas situações estão representando a menininha dos fósforos em cada noite de fantasias e de mais fantasias, acordando congeladas e inertes a cada amanhecer. Existem muitas formas de perder o rumo, de perder nosso foco de atenção.

E o que poderá reverter essa situação e restaurar a autoestima e o amor-próprio? Temos de descobrir algo muito diferente do que o que a menina dos fósforos tinha. Precisamos levar nossas ideias para um lugar onde elas encontrem apoio. Esse é um passo enorme concomitante com a volta ao foco de atenção: encontrar um lugar propício. Pouquíssimas mulheres têm condição de criar apenas com o próprio gás. Precisamos de todos os estímulos que pudermos encontrar.

A maior parte do tempo as pessoas têm ideias fantásticas. Vou pintar aquela parede de uma cor que eu aprecie; vou bolar um projeto com o qual toda a cidade se envolva; vou fazer uns azulejos para meu banheiro e, se eu realmente gostar deles, vou vender alguns; vou voltar a estudar; vou vender a casa para viajar, vou ter um filho, deixar isso e começar aquilo, seguir o meu caminho, me organizar, ajudar a corrigir essa ou aquela injustiça, proteger os desassistidos.

Esses tipos de projeto precisam ser acalentados e alimentados. Eles precisam de apoio vital – de pessoas *carinhosas*. A menininha dos fósforos está aos frangalhos. Como diz a velha canção folclórica, esteve por baixo tanto tempo que até lhe parece que está por cima. Nada pode vicejar nesse nível. Queremos nos colocar em situações nas quais, como as plantas e as árvores, possamos nos voltar para o sol. Mas é preciso que haja um sol. Para conseguir isso temos de nos *mexer*, não simplesmente ficar ali sentadas. Temos de fazer alguma coisa para tornar diferente nossa situação. Se não nos mexermos, estaremos de volta às ruas vendendo fósforos.

Amigos que a amem e que tenham carinho pela sua vida criativa são os melhores sóis do mundo. Quando uma mulher, como a menininha dos fósforos, não tem nenhum amigo, ela também se sente congelada de angústia bem como, às vezes, de raiva. Mesmo que se tenha amigos, eles podem não ser sóis. Eles podem confortá-la em vez de mantê-la informada das suas circunstâncias cada vez mais gélidas. Eles a consolam – mas isso é muito diferente do cuidado e carinho. O cuidado e o carinho levam a mulher de um lugar para outro. Eles são como cereais matinais psíquicos.

A diferença entre o consolo e o cuidado e carinho é a seguinte: se você tem uma planta que está doente porque você a mantém num armário escuro e você lhe diz palavras tranquilizadoras, isso é consolo. Se você tira a planta do armário e a põe ao sol, lhe dá algo para beber e depois conversa com ela, isso é cuidado e carinho.

Uma mulher enregelada sem cuidado e sem carinho tem a propensão a se voltar para incessantes fantasias hipotéticas. No entanto, mesmo que ela esteja nessa condição de enregelamento, *especialmente* se ela estiver numa situação dessas, ela deve recusar a fantasia consoladora. É que esse tipo de fantasia nos deixará mortas sem a menor dúvida. Você sabe como essas fantasias letais se apresentam, "Um dia quem sabe...", "Se ao menos eu tivesse", "Ele vai mudar..." e "Se eu só aprender a meu controlar quando eu realmente estiver pronta, quando eu tiver XYZ suficiente, quando as crianças crescerem, quando eu me sentir mais segura, quando eu encontrar outra pessoa e logo que eu...", e assim por diante.

A menininha dos fósforos tem uma avó interna que em vez de gritar com ela "Acorde! Levante-se! Não importa a que custo, descubra um lugar quente!", prefere levá-la para uma vida de fantasia, levá-la para o "céu". Mas o céu não vai ajudar a Mulher Selvagem, a criança selvagem acuada ou a menininha dos fósforos nessa situação. Essas fantasias consoladoras não devem ser detonadas. Elas são distrações sedutoras e letais que nos afastam do trabalho verdadeiro.

Vemos a menina dos fósforos fazer uma espécie de permuta, um tipo de comércio maléfico, quando ela vende os fósforos, os únicos objetos que possui que poderiam aquecê-la. Quando as mulheres estão desconectadas do amor benéfico da mãe selvagem, elas estão vivendo com o equivalente a uma dieta de subsistência no mundo exterior. O ego mal consegue se manter vivo, recebendo o mínimo de alimento de fora e voltando a cada noite do ponto de onde começou, sem parar. Ali a menina adormece, exausta.

Ela não pode despertar para uma vida com um futuro porque sua desgraça é como um gancho no qual ela se pendura todos os dias. Nas iniciações, passar algum tempo sob condições difíceis faz parte de uma separação forçada da acomodação e do conforto. Como transição iniciática, esse período tem seu término, e a mulher "recém-preparada" começa uma vida criativa e espiritual revitalizada e esclarecida. No entanto, poderia ser dito que as mulheres na situação da menininha dos fósforos foram envolvidas numa iniciação que deu errado. As condições hostis não servem para um aprofundamento, só para dizimar. É preciso que elas escolham um outro local, outro ambiente, com tipos diferentes de apoio e de orientação.

Historicamente, e em especial na psicologia dos homens, a doença, o exílio e o sofrimento são muitas vezes compreendidos como uma separação iniciática, ocasionalmente com enorme significado. No entanto, para as mulheres, há outros arquétipos iniciáticos que têm origem na psicologia e no físico da mulher. Dar à luz é um deles; o poder do sangue é outro, assim como estar apaixonada ou ser objeto de um amor benéfico. Receber a bênção de alguém que ela admira, receber ensinamentos profundos e positivos de alguém mais velho do que ela: todas essas são iniciações intensas e que possuem suas próprias tensões e ressurreições.

Seria possível dizer que a menina dos fósforos chegou muito perto e no entanto ficou longe demais do estágio transicional de movimento e de ação que teria completado sua iniciação. Embora ela possua os meios para uma experiência iniciática na sua vida miserável, não há ninguém nem dentro nem fora dela que oriente seu processo psíquico.

Em termos psíquicos, no sentido mais negativo possível, o inverno traz o beijo da morte – ou seja, uma frieza – a tudo o que toca. A frieza representa o fim de um relacionamento. Se você quiser matar alguma coisa, basta agir com frieza. Assim que vemos congelados nosso sentimento, nosso pensamento ou nossa atividade, o relacionamento não é mais possível. Quando os seres humanos querem abandonar alguma coisa dentro de si mesmos ou pretendem dar um "gelo" em alguém, eles os ignoram, deixam de convidá-los, isolam-nos, fazem o maior esforço para não ter nem mesmo de ouvir sua voz ou pôr os olhos sobre eles. É essa a situação na psique da menina dos fósforos.

A menina dos fósforos perambula pelas ruas e implora a desconhecidos que comprem fósforos dela. Essa cena mostra um dos aspectos mais desconcertantes quanto ao instinto ferido das mulheres, a entrega da luz por um preço baixo. As pequenas luzes nos palitos são semelhantes às luzes maiores, às caveiras nas pontas das varas, na história de Vasalisa. Elas representam a sabedoria, mas, o que é mais importante, elas acionam a conscientização, substituindo o escuro pela luz, reacendendo o que acabou se apagando. O fogo é o principal símbolo da revivificação na psique.

Temos aqui a menina dos fósforos em extrema necessidade, mendigando, oferecendo na realidade algo de valor muito maior – uma luz – do que o valor recebido em troca – um pêni. Quer esse "grande valor dado em troca de um valor menor" esteja dentro da nossa psique, quer ele seja vivenciado por nós no mundo objetivo, o resultado é o mesmo: maior perda de energia. Nessas circunstâncias, a mulher não consegue suprir suas próprias necessidades. Algo que quer viver implora pela vida, mas não obtém resposta. Temos, aqui, alguém que, como Sofia, o espírito grego da sabedoria, tira a luz das profundezas, mas a revende em espasmos de fantasia inútil. Maus amantes, patrões execráveis, situações de exploração, complexos ardilosos de todos os tipos atraem a mulher para essas escolhas.

Quando a menina dos fósforos resolve acender os fósforos, ela está usando seus recursos para fantasiar em vez de usá-los para agir. Ela queima sua energia de um modo quase que instantâneo. Isso aparece com evidência na vida da mulher. Ela está determinada a entrar para a faculdade, mas demora três anos para decidir qual prefere. Ela vai fazer aquela série de quadros mas, como não tem um lugar em que possa exibir o conjunto, não dá prioridade à pintura. Ela quer fazer isso ou aquilo, mas não reserva tempo para aprender, para desenvolver bem sua sensibilidade ou sua técnica. Ela tem dez cadernos cheios de sonhos, mas fica enredada no seu fascínio pela interpretação e não consegue pôr em ação seu significado. Ela sabe que deve sair, começar, parar, avançar, mas não faz nada disso.

E assim compreendemos seus motivos. Quando a mulher tem seus sentimentos congelados, quando ela não consegue mais se sentir, quando seu sangue, sua paixão, não mais atingem as extremidades da sua psique, quando ela está desesperada; em todos esses casos, uma vida de fantasia é muito mais agradável do que qualquer outra coisa ao alcance dos seus olhos. A pequena chama dos seus fósforos, por não ter nenhuma lenha a queimar, acaba queimando sua psique com se ela fosse uma grande acha seca. A psique começa a se iludir. Ela agora vive no fogo de fantasia da satisfação de todos os anseios. Esse tipo de fantasia é como uma mentira. Se você a repetir com bastante frequência, começará a acreditar nela.

Esse tipo de angústia de conversão, na qual os problemas ou questões são minimizados com a entusiástica fantasia de soluções irrealizáveis ou de tempos melhores, não ataca apenas as mulheres; ele é o maior obstáculo enfrentado pela humanidade. O fogão na fantasia da menina dos fósforos representa pensamentos calorosos. Ele é também um símbolo do centro, do coração, da lareira. Ele nos diz que sua fantasia está à procura do self verdadeiro, do coração da psique, do calor de um lar interno.

De repente, porém, o fogão se apaga. A menina dos fósforos, como todas as mulheres nesse tipo de aflição psíquica, descobre que está novamente sentada na neve. Vemos aqui que esse tipo de fantasia é momentâneo e destrutivo. Ele não tem nada a queimar, a não ser nossa energia. Muito embora a mulher possa usar suas fantasias para se manter aquecida, ela mesmo assim acaba num frio profundo.

A menina dos fósforos acende outros palitos. Cada fantasia se extingue, e a criança volta a congelar na neve. Quando a psique está gelada, a pessoa se volta para si mesma e para ninguém mais. Ela risca um terceiro fósforo. Ele é o número três dos contos de fadas, o número mágico, o ponto no qual algo de novo pode acontecer. Nesse caso, porém, como a fantasia supera a ação, nada de novo ocorre.

É irônico que haja uma árvore de Natal na história. A árvore de Natal evoluiu de um símbolo pré-cristão da vida eterna – a árvore que mantinha suas folhas verdes mesmo no inverno. Seria possível dizer que isso era o que poderia salvá-la, a ideia da psique da alma sempre verde, sempre crescendo, sempre em movimento. Mas o quarto não tem teto. A ideia da vida não pode ser contida na psique. A ilusão assumiu o comando.

A avó é tão carinhosa, tão dedicada, e no entanto ela é a morfina final, o último trago de cicuta. Ela atrai a criança para o sono da morte. Em seu sentido mais negativo, esse é o sono da acomodação, o sono do entorpecimento – "Tudo bem, dá para eu aguentar"; o sono da negação – "Basta que eu olhe para o outro lado". Esse é o sono da fantasia maligna, no qual esperamos que todo sofrimento físico desapareça como que por mágica.

Trata-se de um fato psíquico que, quando a libido ou a energia definha ao ponto de não mais se ver a respiração no espelho, a natureza da vida-morte-vida aparece, representada aqui pela avó. É sua a tarefa de chegar no momento da morte de alguma coisa, de incubar a alma que deixou sua casca para trás e de cuidar dessa alma até que ela possa renascer.

Essa é a bênção da psique de todo mundo. Mesmo diante de um final doloroso quanto o da menina dos fósforos, há um raio de luz. Quando se reúnem tempo, insatisfação e pressão suficientes, a Mulher Selvagem da psique lançará vida nova na mente da mulher, dando-lhe a oportunidade de agir em seu próprio interesse mais uma vez. Como podemos ver pelo sofrimento envolvido, é muito melhor curar nossa dependência da fantasia do que aguardar, com desejo e esperança, que sejamos ressuscitadas dos mortos.

A renovação do fogo criativo

Imaginemos, portanto, agora que temos tudo reunido, que não temos a menor dúvida quanto ao nosso propósito, que não estamos nos afogando numa fantasia escapista, que estamos integradas e que nossa vida criativa prospera. Precisamos de mais uma qualidade. Precisamos saber o que fazer, não *se* perdermos nosso foco de atenção, mas *quando* o perdermos; ou seja, quando estivermos temporariamente desgastadas. O quê? Depois de todo esse esforço, ainda poderíamos perder nosso rumo? Poderíamos, sim, mas ele fica perdido apenas por um tempo limitado, pois é a ordem natural das coisas. Felizmente, os camponeses da Europa Oriental já resolveram tudo isso para nós. Eles têm um conto de fadas maravilhoso intitulado "Os três cabelos de ouro".

Esta é uma história que os contadores vêm transmitindo às pessoas há centenas, talvez milhares, de anos, pois ela representa um arquétipo. É essa a natureza dos arquétipos... eles deixam uma comprovação, eles se entretecem nas histórias, nos sonhos e nas ideias dos mortais. Ali eles se tornam um tema universal, um conjunto de instruções, residindo não se sabe onde, mas atravessando o tempo e o espaço para iluminar cada nova geração. Há um ditado que diz que as histórias têm asas. Elas conseguem atravessar voando os montes Cárpatos para ir se abrigar nos Urais. Elas dão, então, um salto até as Sierras e seguem seu espinhaço até pular para as Montanhas Rochosas, e assim por diante.

Esta versão de "Os três cabelos de ouro" é romena. Existem também versões teutônicas e celtas. Ela ainda é conhecida na periferia da região desértica que cobre parte do México e dos Estados Unidos. É uma história que trata da recuperação do rumo perdido. O rumo é composto de sentir, ouvir e seguir a orientação da voz da alma. Muitas mulheres conseguem ter uma perfeita noção de rumo mas, quando perdem contato com ela, ficam dispersas como um colchão de penas aberto que se espalhou por todo o campo.

É importante ter um repositório para tudo o que sentimos e ouvimos da natureza selvagem. Para algumas mulheres, é o seu diário, onde elas deixam registrada cada pena que passa voando; para outras, é sua arte criadora: elas dançam a natureza selvagem, elas a pintam, elas a transformam num enredo. Você se lembra da Baba Yaga? Ela tem um grande caldeirão. Ela viaja pelos céus num caldeirão que na realidade é um pilão com sua mão. Em outras palavras, ela tem um repositório no qual guarda as coisas. Ela tem um modo de pensar, um meio de se locomover de um local para outro que é contido. É, os repositórios são a solução para o problema de toda perda de energia, isso e mais alguma coisa. Vejamos...

*

OS TRÊS CABELOS DE OURO

Uma vez, numa noite escuríssima e trevosa, o tipo de noite em que a terra fica negra, as árvores parecem mãos retorcidas e o céu é de um azul-escuro de meia-noite, um velho vinha cambaleando pela floresta, meio às cegas devido aos galhos das árvores. Os ramos arranhavam seu rosto, e ele trazia um pequeno lampião numa das mãos. A vela dentro do lampião tinha uma chama cada vez mais baixa. O homem tinha os cabelos amarelos e compridos, dentes amarelos e rachados e unhas amarelas e recurvas. Ele andava todo dobrado, e suas costas eram arredondadas como um saco de farinha. Sua pele era tão vincada que caía em folhos do seu queixo, das axilas e dos quadris.

Ele se apoiava numa árvore e se forçava a avançar; depois se agarrava numa outra para avançar mais um pouco. E assim, remando desse jeito e respirando com dificuldade ele ia atravessando a floresta.

Cada osso nos seus pés ardia como fogo. As corujas nas árvores piavam acompanhando o gemido das suas articulações à medida que ele seguia pelas trevas. Muito ao longe, tremeluzia uma luzinha, um chalé, um fogo, um lar, um local de descanso; e ele se esforçava na direção daquela luz. No exato instante em que chegou à porta, ele estava tão cansado, tão exausto, que a pequena chama no seu lampião se apagou e o velho caiu porta adentro desmaiado.

Dentro da casa, uma velha estava sentada diante de uma bela fogueira e ela se apressou a chegar até ele, segurou-o nos braços e o levou mais para perto do fogo. Ela o abraçou como uma mãe abraça o filho. Ela se sentou na cadeira de balanço e o embalou. E ali ficaram os dois, o pobre e frágil velhinho, apenas um saco de ossos, e a velha forte que o embalava.

– Pronto, pronto. Calma, calma. Pronto, pronto.

Ela o embalou a noite inteira e, quando ainda não havia amanhecido mas estava quase chegando a hora, ele estava extremamente remoçado. Ele era agora um belo rapaz, de cabelos dourados e membros longos e fortes. Mas ela continuava a embalá-lo.

– Pronto, pronto. Calma, calma. Pronto, pronto.

E quando a manhã foi se aproximando cada vez mais, o rapaz foi se transformando numa linda criancinha com cabelos dourados trançados como palha de milho.

No momento exato do raiar do dia, a velha arrancou bem rápido três fios da linda cabeça da criança e os jogou nos ladrilhos. Eles fizeram um barulhinho. *Tiiiiing! Tiiiiiiing! Tiiiiiiing!*

E a criancinha nos seus braços desceu do seu colo e saiu correndo para a porta. Voltando o rosto por um instante para a velha, o menino deu um sorriso deslumbrante, virou-se e saiu voando para o céu para se tornar o brilhante sol da manhã.[19]

*

Tudo à noite é diferente. Por isso, para entender essa história precisamos mergulhar numa consciência noturna, um estado no qual percebemos com maior rapidez cada estalido ou ruído. É à noite que ficamos mais próximos de nós mesmos, mais próximos de ideias e sentimentos essenciais que não são tão registrados durante o dia.

A noite é o mundo de Mãe Nyx, a mulher que criou o mundo. Ela é a Velha Mãe dos Dias, uma das megeras da vida e da morte. Quando é noite num conto de fadas, sabemos que estamos no inconsciente. São João da Cruz chamou-a de "noite escura da alma". Nessa história, ela é um período em que um homem muito velho vai enfraquecendo cada vez mais. É uma hora na qual estamos nas últimas, em algum sentido importante.

Perder o rumo significa perder a energia. A tentativa absolutamente equivocada quando perdemos o rumo é a de correr para arrumar tudo de novo. Correr não é o que devemos fazer. Como vemos na história, sentar e balançar é o que devemos fazer. A paciência, a paz e o balanço renovam as ideias. Só o ato de entreter uma ideia e a paciência para embalá-la são o que algumas mulheres poderiam chamar de grande prazer. A Mulher Selvagem o considera uma necessidade.

Isso é algo que os lobos conhecem inteiramente. Quando um intruso aparece, os lobos podem rosnar, latir ou até mesmo mordê-lo, mas eles também podem, a uma boa distância, recuar para o interior do grupo, sentando-se todos juntos como uma família faria. As costelas se enchem e se esvaziam, sobem e descem. Eles estão tomando rumo, estão se reposicionando, voltando ao centro de si mesmos e resolvendo o que é importante e o que fazer em seguida. Estão decidindo que "não vão fazer nada agora mesmo, que só vão ficar ali sentados, respirando, embalando-se juntos".

Ora, muitas vezes quando as ideias não estão funcionando bem, ou quando nós não as estamos trabalhando bem, perdemos nosso rumo. Isso faz parte de um ciclo natural e ocorre porque a ideia ficou ultrapassada, ou porque nós perdemos a capacidade de vê-la por um ângulo novo. Nós mesmas ficamos velhas e desconjuntadas como o velho em "Três cabelos de ouro". Embora haja muitas teorias sobre "bloqueios" criativos, a verdade é que bloqueios brandos vêm e voltam como as condições atmosféricas e como as estações do ano – com as exceções dos bloqueios psicológicos de que falamos anteriormente, como não mergulhar na própria verdade, como o medo da rejeição, o medo de dizer o que se sabe, a preocupação com a própria competência, a poluição da correnteza básica, entre outros.

Essa história é tão admirável por delinear todo o ciclo de uma ideia, a ínfima luz que lhe é concedida, que é obviamente a própria ideia, o fato de ela se cansar e praticamente se extinguir, tudo como parte do seu ciclo natural. Nos contos de fadas, quando acontece algo de mau, isso significa que algo novo precisa ser tentado, uma nova energia precisa ser aplicada, uma força mágica, de cura e ajuda precisa ser consultada.

Aqui mais uma vez vemos a velha *La Que Sabé*, a mulher de dois milhões de anos. Ela é "aquela que sabe". Ser mantido diante do seu fogo é algo revigorante, reparador.[20] É para esse fogo e para os braços dela que o velho se arrasta, pois sem eles ele morreria.

O velho está cansado de passar tempo demais dedicado ao trabalho que lhe demos. Vocês alguma vez viram uma mulher trabalhar como se o diabo estivesse agarrado no seu dedão do pé, só para de repente entrar em colapso e não dar mais um passo sequer? Você alguma vez viu uma mulher totalmente dedicada a alguma questão social que um belo dia virou as costas e mandou tudo para o inferno? É que seu *animus* está esgotado. Ele precisa ser embalado por *La Que Sabé*. A mulher cujas ideias ou energias feneceram, murcharam ou cessaram completamente precisa saber o caminho até a velha *curandera* e precisa levar o *animus* exausto até lá para que ele se recupere.

Trabalho com muitas mulheres que são ativistas sociais, são profundamente engajadas nas questões sociais. Não resta a menor dúvida a esse respeito: quando chega o ponto extremo do seu ciclo, elas ficam exaustas e se arrastam pela floresta afora, com as pernas rangendo e a chama tremeluzindo, pronta para se apagar. É nessa hora que elas dizem: "Para mim, chega. Vou embora. Vou devolver minha credencial da imprensa, meu distintivo, meu macacão, meu..." não importa o que seja. Elas querem emigrar para Auckland. Elas vão ver televisão comendo biscoitinhos de soja e nunca mais olhar pela janela para o mundo lá fora. Elas vão comprar sapatos baratos, vão se mudar para um bairro onde nunca aconteça nada, vão fazer compras por telefone pelo resto de suas vidas. De agora em diante, elas vão se preocupar com sua própria vida, afastar os olhos... e assim vai.

Qualquer que seja sua ideia de uma trégua, muito embora elas estejam falando com um cansaço e uma frustração humilhantes, eu sempre digo que é uma boa ideia, que chegou a hora de descansar. Ao ouvir isso elas geralmente berram, "Descansar! Como posso descansar quando o mundo inteiro está se destruindo diante dos meus olhos?".

No final, porém, a mulher precisa descansar agora, ser embalada, recuperar seu rumo. Ela precisa rejuvenescer, recuperar sua energia. Ela acha que não pode fazer isso, mas pode sim, pois o círculo de mulheres, sejam elas mães, alunas, artistas ou ativistas, sempre se dispõe a suprir a falta das que saem de licença. A mulher criativa precisa de descanso agora para voltar ao seu trabalho intenso mais tarde. Ela precisa ir visitar a velha na floresta, a revitalizadora, a Mulher Selvagem numa das suas muitas apresentações. A Mulher Selvagem *já espera* que o *animus* fique exausto com certa regularidade. Ela não se espanta quando ele lhe cai porta adentro. Ela está pronta. Ela não virá correndo até nós em pânico. Ela simplesmente nos apanha e nos segura até que recuperemos nossas forças.

Nem nós deveríamos entrar em pânico ao perdermos o ímpeto ou o rumo. À sua semelhança, devemos entreter a ideia com tranquilidade e ficar com ela algum tempo. Quer nosso foco de atenção esteja voltado para o aperfeiçoamento pessoal, para questões do mundo, quer para um relacionamento, isso não importa. O *animus* sempre acaba se desgastando. Não se trata de uma hipótese; trata-se, sim, de quando isso vai ocorrer. Levar a cabo longas empreitadas, tais como diplomar-se, concluir um original, completar uma obra, cuidar de uma pessoa enferma, todas essas atividades apresentam momentos em que a energia que um dia foi jovem fica velha e cai prostrada sem conseguir ir adiante.

Para as mulheres, é melhor que elas tenham conhecimento disso desde o início porque as mulheres costumam ser surpreendidas pela fadiga. É então que elas uivam, resmungam, sussurram, queixando-se do fracasso, da incompetência e coisas semelhantes. Não, não. Essa perda de energia é o que é. Ela faz parte da natureza.

A suposição da força eterna no masculino é equivocada. Trata-se de uma introjeção cultural que precisa ser desviada da psique. Esse engano faz com que tanto as energias masculinas no cenário interior quanto os homens de verdade na cultura decepcionem. Todos por natureza precisam de uma trégua para recuperar as forças. O *modus operandi* da natureza da vida-morte-vida é cíclico e se aplica a todo mundo e a todas as coisas.

Na história, três fios de cabelo são jogados ao chão, como no ditado, "Jogue um pouco de ouro no chão". Esse ditado provém de *desprender las palabras*, que na tradição dos contadores de histórias, dos *cuentistas*, significa jogar fora algumas das palavras da história para torná-la mais forte.

O cabelo simboliza o pensamento, aquilo que emana da cabeça. Jogar cabelo no chão ou fora torna o menino de certo modo mais leve, faz com que ele brilhe ainda mais. Da mesma maneira, sua ideia ou iniciativa desgastada pode brilhar ainda mais se você tirar um pouco dela para jogar fora. É a mesma ideia de um escultor removendo mais mármore a fim de revelar mais a forma oculta. Um meio poderoso de renovar ou reforçar nossa intenção ou nossa ação que ficou extenuada consiste em jogar algumas ideias fora e concentrar nossa atenção.

Arranque três fios de cabelo da sua iniciativa, jogando-os ao chão. Eles se transformarão num alarme de despertador. Jogá-los ao chão gera um ruído psíquico, um repique, uma ressonância no espírito da mulher que faz com que a atividade retorne. O som da queda de algumas das nossas muitas ideias se transforma numa espécie de proclamação de uma nova era ou de uma nova oportunidade.

Na realidade, a velha *La Que Sabé* está podando ligeiramente o lado masculino. Sabemos que o corte dos galhos secos ajuda a árvore a crescer com mais força. Sabemos também que a eliminação das flores de certas plantas faz com que elas fiquem mais vigorosas, mais exuberantes. Para a mulher selvagem, o ciclo de desenvolvimento e redução do *animus* é natural. Trata-se de um processo arcaico, antiquíssimo. Desde tempos imemoráveis, é assim que as mulheres abordam o mundo das ideias e suas manifestações objetivas. É assim que as mulheres agem. A velha no conto de fadas dos três cabelos de ouro nos ensina, na verdade volta a nos ensinar, como é que se faz.

Portanto, qual é o objetivo desse resgate e dessa concentração, desse chamado ao falcão para que volte, dessa corrida com os lobos? É procurar a jugular, chegar direto ao miolo e aos ossos de tudo que existe na sua vida, porque é ali que está o seu prazer, é ali que está a sua alegria, é ali que está o Éden da mulher, aquele local onde há tempo e liberdade de ser, de perambular, de se maravilhar, de escrever, cantar e criar sem medo. Quando os lobos pressentem prazer ou perigo, a princípio eles ficam totalmente imóveis. Ficam parados como estátuas, em total concentração para poderem ver, ouvir, perceber o que exatamente está *ali*, perceber o que está ali na sua forma mais essencial.

É isso o que a Mulher Selvagem nos oferece: a capacidade de ver o que está diante de nós com a concentração de atenção, com a imobilidade para ver, ouvir, sentir com o tato, com o olfato, com o gosto. A concentração é o uso de todos os nossos sentidos, incluindo-se a intuição. É desse mundo que as mulheres vêm resgatar suas próprias vozes, seus próprios valores, sua imaginação, sua clarividência, suas histórias e suas antigas recordações. São esses os resultados do trabalho da concentração e da criação. Se você perdeu o rumo para se concentrar, sente-se e fique imóvel. Segure a ideia e a embale. Mantenha uma parte dela, jogue outra parte fora, e ela se renovará. Não é preciso fazer mais nada.

CAPÍTULO 11

o cio: a recuperação de uma sexualidade sagrada

AS DEUSAS SUJAS

Há um ser que vive no subterrâneo selvagem das naturezas das mulheres. Essa criatura faz parte da nossa natureza sensorial e, como qualquer animal completo, possui seus próprios ciclos naturais e nutritivos. Esse ser é curioso, gregário, transbordante de energia em certas horas, submisso em outras. Ele é sensível a estímulos que envolvam os sentidos: a música, o movimento, o alimento, a bebida, a paz, o silêncio, a beleza, a escuridão.[1]

É esse aspecto da mulher que tem cio. Não um cio voltado exclusivamente para a relação sexual, mas uma espécie de fogo interior cuja chama cresce e depois abaixa, em ciclos. A partir da energia liberada nesse nível, a mulher age como lhe convém. O cio da mulher não é um estado de excitação sexual, mas um estado de intensa consciência sensorial que inclui sua sexualidade, sem se limitar a ela.

Muito poderia ser escrito acerca dos usos e abusos da natureza sensorial feminina e sobre como a mulher e outras pessoas atiçam o fogo à revelia dos seus ritmos naturais ou tentam extingui-lo por completo. No entanto, em vez disso, vamos focalizar um aspecto que é ardente, decididamente selvagem e que transmite um calor que nos mantém aquecidas com boas sensações. Na mulher moderna, essa manifestação sensorial recebeu pouquíssima atenção e, em muitas regiões e períodos, foi totalmente eliminada.

Existe um aspecto da sexualidade feminina que, nos tempos remotos, era chamado de obsceno sagrado, não na acepção que damos hoje em dia ao termo, mas com o significado de uma sabedoria sexual de uma certa forma bem-humorada. Havia outrora cultos a deusas que eram voltados para uma sexualidade feminina irreverente. Longe de serem depreciativos, eles se dedicavam a ilustrar partes do inconsciente que ainda hoje permanecem misteriosas e em grande parte desconhecidas.

A própria ideia da sexualidade como sagrada e, mais especificamente, da obscenidade como um aspecto da sexualidade sagrada, é vital para a natureza selvática. Havia deusas da obscenidade nas antigas culturas matriarcais – assim denominadas por sua lascívia astuta, porém inocente. Contudo, a linguagem, pelo menos no inglês, dificulta a compreensão das "deusas sujas" como algo que não seja vulgar. Eis o que a palavra *sujo* e outros termos a ela relacionados significam. A partir desses significados, creio que ficará claro por que motivo essa antiga adoração às deusas foi empurrada para baixo do pano.

Gostaria que vocês examinassem as seguintes definições encontradas em dicionários e chegassem às suas próprias conclusões.

- *Dirt* (sujeira): Inglês Médio, *drit*, provavelmente do islandês – excremento. Significado ampliado para incluir imundície; geralmente, o solo e a poeira, por exemplo, e *obscenidade* de qualquer natureza, especialmente na fala.
- *Dirty word* (palavrão): uma palavra *obscena*, também usada atualmente para designar qualquer coisa que tenha se tornado impopular ou suspeita em termos sociais ou políticos, muitas vezes através de difamação e críticas imerecidas ou por estar em descompasso com as tendências atuais.
- *Obscene*: do hebraico antigo, *ob*, significando um mago, uma feiticeira.

Tudo isso, difamação. Existem, porém, fragmentos de histórias em toda a cultura mundial que sobreviveram a vários expurgos. Eles nos informam que o obsceno não é absolutamente vulgar, mas que lembra mais alguma criatura fantástica da natureza que desejamos muito que nos venha visitar e que venha a ser uma das nossas melhores amigas.

Há alguns anos, quando comecei a contar "histórias de deusas sujas", as mulheres sorriam e depois riam ao ouvir os feitos de mulheres, tanto verdadeiras quanto mitológicas, que haviam usado sua sexualidade, sua sensualidade, para transmitir uma ideia, para amenizar a tristeza, provocar o riso e, desse modo, corrigir algo que estivesse desencaminhado. Eu também me comovi com a forma pela qual as mulheres se aproximavam do limiar do riso a respeito desses assuntos. Elas primeiro precisavam pôr de lado tudo que lhes dizia que isso não seria sinal de boa educação.

Percebi como essa atitude de "boa educação" nas situações erradas realmente sufocava a mulher em vez de permitir que respirasse. Para rir, você precisa ser capaz de soltar o ar e inspirar de novo rapidamente. Sabemos a partir da cinesiologia e de terapias do corpo, como a Hakomi, que respirar significa conhecer nossas emoções, que, quando queremos parar de sentir, interrompemos a respiração, prendendo-a.

No riso, a mulher pode começar a respirar de verdade e, ao fazê-lo, ela talvez comece a ter sentimentos censurados. E quais poderiam ser esses sentimentos? Bem, eles acabam não sendo sentimentos, mas alívio para os sentimentos e, em alguns casos, curas para os sentimentos, como por exemplo a liberação de lágrimas contidas ou de lembranças esquecidas, ou ainda a destruição das amarras que prendiam a personalidade sensual.

Ficou evidente para mim que a importância dessas antigas deusas da obscenidade estava na sua capacidade de soltar o que estava muito preso, de fazer dissipar a melancolia, de trazer ao corpo uma espécie de humor pertencente não ao intelecto, mas ao próprio corpo, de manter desobstruídas as passagens. É o corpo que ri das histórias de coiotes, das histórias de Tio Trungpa,[2] das frases de Mae West, entre outras. As deusas sujas fazem com que uma forma vital de medicamento neurológico e endócrino se espalhe por todo o corpo.

Seguem-se três histórias que encarnam o obsceno nos termos em que estamos usando a palavra, ou seja, uma espécie de encanto sexual/sensual que gera emoções agradáveis. Todas as três podem ser empregadas como histórias ilustrativas. Duas são antigas, e uma é atual. As três tratam das deusas sujas. Chamo-as de sujas porque estiveram muito tempo vagueando debaixo da terra. No sentido positivo, elas pertencem à terra fértil, à lama, ao estrume – à substância criadora da qual se origina toda arte. Na realidade, as deusas sujas representam aquele aspecto da Mulher Selvagem que é tanto sexual quanto sagrado.

Baubo: A deusa do ventre

Há uma expressão muito forte que diz: *Dice entre las piernas*, "ela fala do meio das pernas". Essas pequenas histórias "do meio das pernas" são encontradas em todo o mundo. Uma delas é a história de Baubo, uma deusa da Grécia antiga, a chamada "deusa da obscenidade". Ela tem nomes mais antigos, como por exemplo *Iambe*, e aparentemente os gregos a adotaram de culturas muito mais antigas. Sempre houve deusas selvagens arquetípicas da sexualidade sagrada e da fertilidade da vida-morte-vida desde o início dos tempos.

Conhece-se apenas uma referência escrita a Baubo remanescente de tempos remotos, dando a nítida impressão de que seu culto foi destruído e soterrado pelas diversas conquistas. Tenho a forte sensação de que em algum ponto, talvez debaixo daqueles morros silvestres e lagos de florestas na Europa e no Oriente, existam templos dedicados a ela, templos lotados de artefatos e ícones de marfim.[3]

Portanto, não é por acaso que poucos ouviram falar de Baubo mas, lembrem-se, precisamos apenas de um fragmento para reconstituir o todo. E temos esse fragmento, porque temos uma história em que Baubo aparece. Ela é uma das divindades mais adoráveis e picarescas que habitaram o Olimpo. Esta é a minha versão da *cantadora*, baseada num resquício selvático de Baubo que ainda cintila na mitologia grega pós-matriarcal e nos hinos homéricos.[4]

*

Deméter, a mãe-terra, tinha uma linda filha chamada Perséfone, que estava um dia brincando ao ar livre. Perséfone encontrou por acaso uma flor de rara beleza e estendeu os dedos para tocar seu lindo cálice. De repente, a terra começou a tremer e uma gigantesca fenda se abriu em zigue-zague. Das profundezas da terra chegou Hades, o deus dos Infernos. Ele chegou alto e majestoso numa biga negra puxada por quatro cavalos da cor de fantasmas.

Hades apanhou Perséfone, levando-a para sua biga, em meio a uma confusão de véus e sandálias. Ele guiou, então, seus cavalos cada vez mais para dentro da terra. Os gritos de Perséfone foram ficando cada vez mais fracos à medida que a fenda foi se fechando como se nada tivesse acontecido. Por toda a terra, abateu-se um silêncio e o perfume de flores esmagadas.

E a voz da donzela a gritar ecoou nas pedras das montanhas e borbulhou num lamento vindo do fundo do mar. Deméter ouviu os gritos das pedras. Ela ouviu, também, o choro das águas. Arrancou, então, a grinalda dos seus cabelos imortais, deixou cair de cada ombro seus véus escuros e saiu a sobrevoar a terra como uma ave enorme, procurando, chamando por sua filha.

Naquela noite, uma velha à frente de uma gruta comentou com suas irmãs que havia ouvido três gritos naquele dia: um, o de uma voz jovem que gritava de pavor; um outro que implorava ajuda; e um terceiro, o de uma mãe que chorava.

Não se via Perséfone em parte alguma. E assim começou a procura longa e enlouquecida de Deméter por sua filha querida. Deméter esbravejava, chorava, gritava, fazia perguntas, procurava debaixo, dentro e em cima de todos os acidentes geográficos, implorava por misericórdia, implorava pela morte, mas não conseguia encontrar sua filha amada.

Assim, ela, que havia gerado o crescimento perpétuo de tudo, amaldiçoou todos os campos férteis do mundo, gritando na sua dor.

– Morram! Morram! Morram!

Em decorrência da maldição de Deméter, nenhuma criança poderia nascer, nenhum trigo poderia crescer para se fazer pão, nenhuma flor para as festas, nenhum ramo para os mortos. Tudo ficou murcho e esgotado na terra crestada e nos seios secos.

A própria Deméter não mais se banhava. Seus mantos estavam encharcados de lama; seus cabelos pendiam em cachos imundos. Muito embora a dor no seu coração fosse tremenda, ela não se entregava. Depois de muita investigação, de muitos pedidos e de muitos incidentes, tudo levando a nada, ela afinal perdeu as forças ao lado de um poço numa aldeia onde não era conhecida. E quando recostou seu corpo dolorido na pedra fresca do poço, chegou por ali uma mulher, ou melhor, uma espécie de mulher. E essa mulher chegou dançando até Deméter, balançando os quadris de um jeito que sugeria a relação sexual, e balançando os seios nessa sua pequena dança. E, quando Deméter a viu, não pôde deixar de sorrir um pouco.

A fêmea que dançava era realmente mágica, pois não tinha nenhum tipo de cabeça, seus mamilos eram seus olhos e sua vulva era sua boca. Foi com essa boquinha que ela começou a regalar Deméter com algumas piadas picantes e engraçadas. Deméter começou a sorrir, depois deu um risinho abafado e em seguida uma boa gargalhada. Juntas, as duas mulheres riram, a pequena deusa do ventre, Baubo, e a poderosa deusa mãe da terra, Deméter.

E foi exatamente esse riso que tirou Deméter da sua depressão e lhe deu energia para prosseguir na sua busca pela filha, que acabou em sucesso, com a ajuda de Baubo, da velha Hécate, e do sol Hélios. Restituíram Perséfone à sua mãe. O mundo, a terra e o ventre das mulheres voltaram a vicejar.

*

Sempre gostei mais dessa pequena Baubo do que de outras deusas na mitologia grega, talvez mais do que de qualquer outra figura, ponto final. Ela sem dúvida tem como origem as deusas do ventre do período neolítico, que são misteriosas figuras sem cabeça e às vezes sem pés e sem braços. É insignificante chamá-las de figuras de fertilidade, porque elas são muito mais do que isso. Elas são talismãs da conversa da mulher – vocês sabem, aquele tipo de conversa que as mulheres nunca, nunca mesmo, teriam na frente de um homem, a não ser que fosse sob circunstâncias raras. Esse tipo de conversa.

Elas representam sensibilidades e expressões exclusivas em todo o mundo: os seios, e o que é sentido dentro desses bichinhos sensíveis, os lábios da vulva, nos quais a mulher tem sensações que outros podem imaginar mas que só ela sabe. E a gargalhada é um dos melhores remédios que a mulher pode ter.

Sempre considerei que o *kaffeeklatsch** era um remanescente de algum antigo rito feminino de reunião, um ritual de conversa íntima, mulheres falando com suas entranhas, dizendo a verdade, rindo até parecerem bobas, revigoradas, de volta ao lar, sentindo tudo melhor.

Às vezes é difícil conseguir que os homens se afastem para que as mulheres possam ficar a sós. Só sei que antigamente as mulheres estimulavam os homens a fazer uma "excursão de pesca". Trata-se de um ardil usado pelas mulheres desde tempos imemoriais com o objetivo de fazer com que os homens saíssem por algum tempo a fim de que elas pudessem ficar sozinhas ou só com outras mulheres. As mulheres desejam estar numa atmosfera exclusivamente feminina de quando em quando, quer sós quer com outras. Trata-se de um ciclo feminino natural.

A energia masculina é agradável. Ela é mais do que agradável; ela é exuberante, grandiosa. No entanto, ela às vezes lembra um banquete de chocolates. Depois, ansiamos por arroz frio e puro durante alguns dias e um caldo quente e simples para limpar a boca. Precisamos fazer isso de vez em quando.

Além do mais, a pequena deusa Baubo nos dá a ideia interessante de que um pouco de obscenidade pode ajudar a desfazer uma depressão. E é verdade que certos tipos de riso, que provêm de todas as histórias que as mulheres contam umas para as outras, histórias que são tão apimentadas ao ponto de serem de total mau gosto... essas histórias ativam a libido. Elas acendem o fogo do interesse da mulher pela vida. A deusa do ventre e a gargalhada são o que procuramos.

---

* O *kaffeeklatsch* é uma reunião informal em que se toma café e se conversa, (N. da T.)

Portanto, acrescente à sua coleção de medicamentos essas histórias típicas de Baubo. Essa forma diminuta de história é um remédio poderoso. A história engraçada e "suja" pode não só acabar com a depressão como arrancar da raiva o coração irado, deixando a mulher mais feliz do que antes. Experimente e verá.

Agora não posso me estender muito acerca dos dois aspectos seguintes na história de Baubo, pois eles se destinam a ser debatidos em pequenos grupos e somente entre mulheres, mas posso afirmar o seguinte: Baubo tem um outro aspecto – ela vê com os mamilos. É um mistério para os homens, mas as mulheres em seminários concordam entusiasticamente e dizem saber exatamente do que estou falando.

Ver com os mamilos é sem dúvida uma qualidade sensorial. Os mamilos são órgãos psíquicos, sensíveis à temperatura, ao medo, à raiva, ao barulho. Eles são órgãos dos sentidos tanto quando os olhos na cabeça.

E quanto a "falar com a vulva", trata-se simbolicamente de falar a partir da *primae materia*, o nível mais básico e honesto da verdade – a boca vital. O que mais haveria a dizer além de que Baubo fala do filão mestre, da mina profunda, literalmente das profundezas. Na história em que Deméter procura sua filha, ninguém sabe que palavras Baubo teria realmente dito a Deméter. Mas podemos ter algumas ideias.

Coyote Dick*

Creio que as piadas que Baubo contou a Deméter eram piadas de mulheres a respeito desses belos transmissores e receptores: os órgãos genitais. Nesse caso, talvez Baubo tenha contado a Deméter uma história como a que se segue, que ouvi há alguns anos de um administrador de estacionamento de *trailers* em Nogales. Seu nome era Old Red e ele alegava ser de origem indígena.

Ele não estava usando sua dentadura e não se barbeava há alguns dias. Sua esposa simpática, Willowdean, tinha o rosto bonito porém castigado. Ela me disse que havia uma vez quebrado o nariz numa briga de bar. Eles possuíam três Cadillacs, nenhum funcionando. A mulher tinha um Chihuahua que mantinha preso num cercadinho na cozinha. Ele era o tipo de homem que não tira o chapéu nem quando está sentado no vaso sanitário.

---

* Dick é a forma hipocorística de Richard, mas é também um termo vulgar para designar o pênis. (N. da T.)

Eu estava recolhendo histórias e havia chegado ao seu território com meu pequeno *trailer* Napanee.

– Vocês conhecem algumas histórias típicas dessa região? – comecei, querendo dizer sua terra e redondezas.

Old Red olhou para a mulher com um sorriso matreiro e frouxo e a provocou, debochado.

– Vou contar para ela a história de Coyote Dick.[5]

– Red, não conte essa história para ela. Não vá me contar essa história.

– Vou lhe contar a história de Coyote Dick de qualquer jeito – afirmou Old Red. Willowdean pôs as mãos na cabeça e falou direto para a mesa.

– Red, não conte essa história. Estou falando sério.

– Vou contar, e é agora mesmo, Willowdean.

Willowdean sentou-se de lado, com a mão tapando os olhos como se tivesse ficado cega.

Eis a história que Old Red me contou. Ele disse que a havia ouvido "de um indígena *navajo*, que a havia ouvido de um mexicano, que a havia ouvido de um *hopi*".

*

Era uma vez Coyote Dick, e ele era tanto a criatura mais esperta quanto a mais tonta que jamais se podia esperar encontrar. Ele estava sempre querendo comer alguma coisa, sempre trapaceando as pessoas para conseguir o que queria e, em qualquer outra hora, estava dormindo.

Bem, um dia quando Coyote Dick estava dormindo, seu pênis ficou realmente entediado e resolveu abandonar Coyote para viver sozinho uma aventura. Foi assim que o pênis se soltou de Coyote Dick e saiu correndo pela estrada. Na realidade, ele pulava pela estrada afora já que possuía só uma perna.

E ele foi pulando e pulando, e se divertindo até que saltou da estrada e entrou na floresta, onde – Ah, não! – ele pulou direto numa moita de urtigas.

– Ai! – gritou ele. – Ai, ai, ai! – berrou ele. – Socorro! Socorro!

O barulho dessa gritaria toda acordou Coyote Dick e, quando ele estendeu a mão para dar partida no coração com a manivela, como de costume, viu que ela não estava mais lá. Coyote Dick saiu correndo pela estrada, segurando-se no meio das pernas, e afinal encontrou seu pênis passando pela maior dificuldade que se pudesse imaginar. Com grande delicadeza, Coyote Dick tirou seu pênis aventureiro do meio das urtigas, acarinhou-o, tranquilizou-o e o devolveu ao seu lugar certo.

*

Old Red ria como um louco, com acesso de tosse, olhos saltados e tudo o mais.

– Essa é a história do velho Coyote Dick.

– Você se esqueceu de contar o final – repreendeu-o Willowdean.

– Que final? Já contei o final – resmungou Old Red.

– Você se esqueceu de contar para ela o verdadeiro final da história, seu porcaria.

– Ora, se você se lembra assim tão bem, então conte você mesma. – A campainha tocou e ele se levantou da cadeira desconjuntada.

Willowdean olhou direto para mim, e seus olhos cintilavam.

– O final da história é a moral. – Nesse instante, Baubo apoderou-se de Willowdean, pois ela começou a dar risinhos, a rir abertamente e afinal a gargalhar tanto, e até com lágrimas, que levou dois minutos para conseguir dizer as duas últimas frases, já que repetia cada palavra duas ou três vezes enquanto tentava recuperar o fôlego.

– A moral é que, mesmo depois de Coyote Dick sair do meio das urtigas, elas fizeram seu pau coçar feito louco para todo o sempre. E é por isso que os homens estão sempre chegando perto das mulheres e querendo se esfregar nelas com aquele olhar de "Estou com uma coceira". Pois é, aquele pau universal está coçando desde a primeira vez que fugiu do dono.

Não sei o que deu em mim, mas ficamos ali sentadas na cozinha, rindo aos guinchos e batendo na mesa até praticamente perdermos o controle dos músculos. Depois, a sensação me pareceu semelhante àquela de ter comido um bom pedaço de raiz-forte. É esse o tipo de história que eu realmente acho que Baubo contou. Seu repertório inclui qualquer coisa que faça as mulheres rirem desse jeito, desenfreadas, sem ligar para as amídalas aparecerem, com a barriga solta, com os seios balançando. Há algo numa risada sexual que é diferente de uma risada sobre temas mais educados. Uma risada "sexual" parece chegar longe e fundo na psique, sacudindo todos os tipos de coisas, tocando nos nossos ossos e fazendo com que uma sensação agradável corra por nosso corpo. Ela é uma forma de prazer selvagem que está à vontade no repertório psíquico de qualquer mulher.

O sagrado e o sensual/sexual vivem muito próximos um do outro na psique, pois eles despertam nossa atenção por meio de uma sensação de assombro, não por alguma racionalização, mas pela vivência de alguma experiência física do corpo, algo que instantaneamente ou para sempre nos muda, nos sacode, nos leva ao ápice, abranda nossas rugas, nos dá um passo de dança, um assobio, uma verdadeira explosão de vida.

No sagrado, no obsceno, no sexual, há sempre uma risada selvagem à espera, um curto período de riso silencioso, a gargalhada de velha obscena, o chiado que é um riso, a risada que é selvagem e animalesca ou o trinado que é como uma volata. O riso é um lado oculto da sexualidade feminina: ele é físico, essencial, arrebatado, revitalizante e, portanto, excitante. É um tipo de sexualidade que não tem objetivo, como a excitação genital. É uma sexualidade da alegria, só pelo momento, um verdadeiro amor sensual que voa solto e que vive, morre e volta a viver da sua própria energia. Ele é sagrado por ser tão medicinal. É sensual por despertar o corpo e as emoções. Ele é sexual por ser excitante e gerar ondas de prazer. Ele não é unidimensional, pois o riso é algo que compartilhamos com nosso próprio self bem como com muitos outros. É a sexualidade mais selvagem da mulher.

Segue-se mais um exemplo de histórias de mulheres e de deusas sujas. Essa história conheci quando criança. É surpreendente o que as crianças ouvem que os adultos acham que elas não ouvem.

Uma viagem a Ruanda

Eu tinha cerca de 12 anos, e estávamos no lago Big Bass no norte de Michigan. Depois de preparar o café da manhã e o almoço para quarenta pessoas, todas as minhas parentas redondas e bonitas, minha mãe e minhas tias, estavam deitadas ao sol em espreguiçadeiras, conversando e contando piadas. Os homens estavam "pescando" – o que significava que eles estavam se divertindo, dizendo palavrões e contando suas próprias histórias e piadas. Eu estava brincando por perto das mulheres.

De repente, ouvi uns guinchos agudos. Alarmada, corri para onde as mulheres estavam. Mas elas não estavam gritando de dor. Elas estavam rindo, e uma das minhas tias não parava de repetir sempre que recuperava o fôlego entre os gritos, "... cobriram o rosto... cobriram o rosto!". Essa frase misteriosa provocava novos acessos de riso em todas elas.

Elas ficaram muito tempo gritando, guinchando e recuperando o fôlego para voltar a guinchar. No colo de uma das minhas tias havia uma revista. Mais tarde, quando todas elas cochilavam ao sol, tirei a revista da sua mão adormecida e me deitei debaixo da espreguiçadeira lendo com os olhos espantados. Na página havia um caso da Segunda Guerra Mundial. Eis o que dizia:

*

O general Eisenhower ia visitar suas tropas em Ruanda. (Poderia ter sido Bornéu. Poderia ter sido o general MacArthur. Os nomes não significavam muito para mim naquela época.) O governador queria que todas as mulheres nativas se postassem ao longo da estrada de terra para dar vivas e acenar em boas-vindas a Eisenhower quando ele passasse no seu jipe. O único problema era que as mulheres nativas nunca usavam roupa a não ser um colar de contas e às vezes um minúsculo cinto de correia.

Não, não, isso não seria conveniente. Portanto, o governador chamou o chefe da aldeia e lhe falou do seu problema.

– Não se preocupe – disse o chefe. Se o governador conseguisse algumas dúzias de saias e blusas, ele se certificaria de que as mulheres se apresentariam vestidas nesse acontecimento especial. E esses trajes o governador e os missionários da região conseguiram obter.

No entanto, no dia do desfile e apenas poucos minutos antes de Eisenhower descer pela longa estrada no seu jipe, descobriu-se que apesar de todas as mulheres estarem usando obedientemente as saias, elas não haviam gostado das blusas e as haviam deixado em casa. Pois agora todas as mulheres estavam enfileiradas dos dois lados da estrada, com saias, mas com o peito nu, e sem mais nenhuma roupa, nem mesmo roupa de baixo.

Ora, o governador ficou apoplético ao saber disso e convocou, irado, o chefe. Este lhe assegurou que sua mulher havia conversado com ele, garantindo-lhe que as mulheres haviam concordado com um plano para cobrir os seios quando o general estivesse passando.

– Você tem certeza? – berrou o governador.

– Tenho toda a certeza – respondeu o chefe.

Bem, não havia muito tempo para discutir, e nós só podemos tentar adivinhar qual foi a reação do general Eisenhower quando seu jipe veio passando ruidoso e uma mulher de seios nus atrás da outra levantava graciosamente a frente da saia rodada e cobria o rosto com ela.

*

Fiquei deitada debaixo da espreguiçadeira abafando meu riso. Era a história mais tola que eu já havia ouvido. Era uma história maravilhosa, uma história excitante. Mas por intuição, eu sabia também que ela era ilícita, por isso guardei-a para mim por muitos e muitos anos. E às vezes em meio a situações difíceis, em épocas de tensão e mesmo antes de fazer provas na faculdade, eu pensava nas mulheres de Ruanda cobrindo o rosto com a saia, e sem dúvida rindo por trás dela. E eu ria e me sentia firme, forte, com os pés na terra.

Esse é sem dúvida o outro benefício das piadas e do riso compartilhado das mulheres. Tudo se torna um remédio para os tempos difíceis, um fortificante para mais tarde. É uma diversão boa, limpa, suja. Podemos imaginar o sexual e o irreverente como algo sagrado? Podemos, especialmente se atuam como medicamento. Jung observou que, se alguém procurava seu consultório queixando-se por um motivo sexual, o verdadeiro motivo muitas vezes era mais um problema do espírito e da alma. Quando uma pessoa relatava um problema de natureza espiritual, muitas vezes era na realidade um problema de ordem sexual.

Nesse sentido, a sexualidade pode ser imaginada como um bálsamo para o espírito, sendo, portanto, sagrada. Quando o riso sexual é medicinal, ele é um riso sagrado. E aquilo que provoca o riso medicinal é também sagrado. Quando o riso ajuda sem prejudicar, quando ele alivia, reorganiza, põe em ordem, reafirma a força e o poder, esse é o riso que gera a saúde. Quando o riso deixa as pessoas alegres por estarem vivas, felizes por estarem aqui, com maior consciência do amor, elevadas pelo eros, quando ele desfaz sua tristeza e as isola da raiva, ele é sagrado. Quando elas se tornam maiores, melhores, mais generosas, mais sensíveis, ele é sagrado.

No arquétipo da Mulher Selvagem, há muito espaço para a natureza das deusas sujas. Na natureza selvagem, o sagrado e o irreverente, o sagrado e o sexual, não estão separados, mas vivem juntos como imagino um grupo de velhas esperando na estrada que nós apareçamos. Elas estão ali na sua psique, esperando que você apareça, experimentando suas histórias umas com as outras e rindo como loucas.

CAPÍTULO 12

a demarcação do território: os limites da raiva e do perdão

O URSO DA MEIA-LUA

Sob a orientação da Mulher Selvagem, resgatamos o antigo, o intuitivo e o arrebatado. Quando nossa vida reflete a dela, agimos com coesão. Persistimos, ou aprendemos a persistir se ainda não sabemos. Tomamos as medidas necessárias para manifestar nossas ideias no mundo. Recuperamos o foco de atenção quando o perdemos, ouvimos nossos ritmos pessoais, ficamos mais próximas de amigos e parceiros que estejam em harmonia com ritmos selváticos e integrais. Optamos por relacionamentos que propiciam nossa vida instintiva e criativa. Estendemos nossa mão para beneficiar os outros. E estamos dispostas a ensinar parceiros receptivos tudo sobre os ritmos selváticos, se necessário.

Existe, porém, um outro aspecto do autodomínio, que é lidar com o que só pode ser chamado de fúria da mulher. A liberação dessa fúria é obrigatória. Uma vez que a mulher se lembre das origens da sua fúria, ela passa a considerar que não pode nunca parar de ranger os dentes. Por ironia, também sentimos muita ansiedade para dispersar essa fúria, pois ela nos dá uma impressão nociva e aflitiva. Queremos nos apressar e nos livrar dela.

Reprimi-la, no entanto, não funciona. É como tentar guardar fogo num saco de aniagem. Não é aconselhável que nos queimemos, nem que queimemos outras pessoas. Portanto, cá estamos nós com essa emoção poderosa que achamos ter caído sobre nós sem que a chamássemos. É um pouco parecido com o lixo tóxico. Ele existe, ninguém o quer, mas existem poucos locais para depositá-lo. É preciso ir muito longe para que se encontre um terreno onde enterrá-lo. Segue-se uma versão literária de uma história japonesa intitulada "*Tsukina Waguma*, o urso da meia-lua", que pode ajudar a nos mostrar o que fazer quanto a isso. A história me foi dada pelo sargento I. Sagara, um veterano da Segunda Guerra Mundial e paciente do Hines Veteran's Assistance Hospital em Illinois, há muitos anos.

*

Era uma vez uma jovem mulher que vivia numa perfumada floresta de pinheiros. Seu marido esteve fora, lutando na guerra, muitos anos. Quando ele afinal foi liberado, voltou para casa com o pior dos humores. Ele se recusou a entrar na casa pois havia se acostumado a dormir nas pedras. Ele só queria ficar só e permanecia na floresta tanto de dia quanto à noite.

A jovem esposa ficou tão feliz quando soube que o marido estava afinal voltando para casa. Ela cozinhou e fez compras, e fez compras e cozinhou. Preparou pratos e mais pratos, tigelas e mais tigelas, de delicioso queijo branco de soja, três tipos de peixe, três tipos de algas, arroz salpicado com pimenta vermelha e belos camarões frios, grandes e alaranjados.

Com um tímido sorriso, ela levou os alimentos até o bosque e se ajoelhou ao lado do marido esgotado pela guerra, oferecendo-lhe a bela refeição que havia preparado. No entanto, ele se pôs de pé e chutou as travessas de modo que o queijo de soja caiu, os peixes saltaram no ar, as algas e o arroz caíram na terra e os grandes camarões alaranjados rolaram pelo caminho abaixo.

– Deixe-me em paz! – rugiu ele, voltando-lhe as costas. Ele estava tão furioso que ela sentiu medo. E afinal, em desespero, ela foi procurar a gruta da curandeira que morava fora da aldeia.

– Meu marido foi ferido gravemente na guerra – disse a esposa. – Ele sofre de uma raiva permanente e não come nada. Só quer ficar ao ar livre e não se dispõe a voltar a viver comigo. A senhora não pode me dar uma poção que faça com que ele volte a ser carinhoso e gentil?

– Isso eu posso fazer por você – asseverou-lhe a curandeira. – Mas vou precisar de um ingrediente especial. Infelizmente, acabou todo meu pelo de urso de meia-lua. Por isso, você deve subir a montanha, encontrar o urso-negro e me trazer um único pelo da meia-lua que ele tem no pescoço. Depois, eu lhe darei o que você precisa, e a vida voltará a ser boa.

Algumas mulheres teriam se sentido desencorajadas com essa tarefa. Algumas teriam considerado que todo esse esforço era impossível. Mas não ela, pois ela era uma mulher que amava.

– Ah! Como lhe sou grata! É tão bom saber que existe uma solução.

E assim ela se preparou para a viagem e na manhã seguinte partiu para a montanha.

– *Arigato zaishö* – dizia ela, o que é uma forma de cumprimentar a montanha e lhe dizer “Obrigada por me deixar escalar seu corpo”.

Ela se embrenhou nos contrafortes, onde havia rochas semelhantes a grandes pães de fôrma. Subiu até um platô coberto de mata. As árvores tinham galhos longos e caídos e folhas que se pareciam com estrelas.

– *Arigato zaishö* – entoou. Era uma forma de agradecer as árvores por erguerem seus cabelos para que ela pudesse passar por baixo. E assim ela conseguiu atravessar a floresta e começou a subir de novo.

Agora estava mais difícil. A montanha tinha flores espinhosas que se prendiam na barra do seu quimono e rochas que arranhavam suas mãos delicadas. Estranhos pássaros escuros saíram voando na sua direção no crepúsculo, deixando-a assustada. Ela sabia que eles eram os *muen-botoke*, espíritos dos mortos que não tinham parentes. Ela entoou orações para eles.

– Vou ser sua parenta. Vou dar-lhes descanso.

Ela prosseguia subindo pois era uma mulher que amava. Subiu até ver neve no pico da montanha. Logo seus pés estavam frios e molhados, e ela continuava a escalar, pois era uma mulher que amava. Começou uma tempestade, e a neve penetrava direto nos seus olhos e fundo nas suas orelhas. Mesmo sem ver, ela continuava a subir.

– *Arigato zaishö* – cantou a mulher quando a nevasca parou, para agradecer aos ventos por terem parado de cegá-la.

Ela procurou abrigo numa caverna rasa e mal conseguiu lugar para seu corpo inteiro. Embora tivesse uma bolsa cheia de alimentos, ela não comeu, mas se cobriu com folhas e adormeceu. Pela manhã, o ar estava calmo e plantinhas verdes chegavam a atravessar a neve aqui e acolá.

– Ah – pensou ela. – Agora, ao urso da meia-lua.

Ela procurou o dia inteiro e quase ao anoitecer encontrou grossos cordões de bosta. E não precisou procurar mais, pois um gigantesco urso-negro passou pesadamente pela neve, deixando profundas marcas de patas e garras. O urso da meia-lua deu um rugido feroz e entrou na sua toca. A mulher enfiou a mão na trouxa e colocou numa tigela a comida que trouxera. Ela colocou a tigela do lado de fora da toca e voltou correndo para o seu esconderijo. O urso sentiu o cheiro da comida e saiu cambaleando da toca, rugindo tão alto que pequenas pedras se soltaram do lugar. O urso fez um círculo em volta da comida de uma certa distância, farejou o vento muitas vezes e depois comeu tudo de uma só vez. O enorme urso foi andando de ré e sumiu dentro da sua toca.

Na noite seguinte, a mulher agiu da mesma forma, servindo o alimento na tigela, mas dessa vez não voltou para seu esconderijo, recuando apenas metade do caminho. O urso sentiu o cheiro da comida, saiu pesadamente da toca, rugiu para abalar os céus e as estrelas, deu uma volta, farejou o ar com extremo cuidado, mas afinal engoliu a comida e voltou para a toca. Isso continuou por muitas noites até que numa noite escura a mulher sentiu ter coragem suficiente para esperar ainda mais perto da toca do urso.

Ela pôs a comida na tigela do lado de fora da toca e ficou esperando junto à abertura. Quando o urso sentiu o cheiro e saiu, ele viu não só a comida mas também um par de pequenos pés humanos. O urso virou a cabeça de lado e rugiu tão alto que fez os ossos do corpo da mulher zumbirem.

A mulher tremia, mas não recuava. O urso se ergueu nas patas traseiras, estalou as mandíbulas e rugiu tanto que a mulher pôde ver bem o céu vermelho e marrom da sua boca. Mesmo assim, ela não saiu correndo. O urso rugiu ainda mais e estendeu seus braços como se quisesse agarrá-la, com suas dez garras suspensas como dez facas sobre sua cabeça. A mulher tremia como uma folha ao vento, mas permaneceu onde estava.

– Por favor, meu querido urso – implorou ela. – Por favor, vim toda essa distância em busca de uma cura para meu marido. – O urso voltou as patas dianteiras para a terra fazendo voar a neve e olhou direto no rosto assustado da mulher. Por um instante, ela teve a impressão de ver cordilheiras inteiras, vales, rios e aldeias refletidos nos olhos vermelhíssimos do urso. Uma paz profunda caiu sobre ela, e seus tremores passaram.

– Por favor, urso querido, eu venho lhe trazendo alimento todas essas noites. Será que eu podia ficar com um dos pelos da meia-lua do seu pescoço? – O urso parou e pensou, essa mulherzinha seria fácil de devorar. No entanto, ele de repente se sentiu cheio de pena dela.

– É verdade – disse o urso da meia-lua, sem afastar as garras da sua cabeça. – Você foi boa para mim. Pode ficar com um dos meus pelos. Mas arranque-o rápido, vá embora e volte para sua gente.

O urso ergueu seu enorme focinho para que aparecesse a meia-lua branca do seu pescoço, e a mulher viu ali a forte pulsação do seu coração. A mulher pôs uma das mãos no pescoço do urso, e com a outra segurou um único pelo branco e lustroso. Rapidamente ela o arrancou. O urso recuou e gritou como se estivesse ferido. E essa dor assumiu a forma de bufos irritados.

– Ah, obrigada, urso da meia-lua, muitíssimo obrigada. – A mulher se inclinou em reverência e voltou a se inclinar. Mas o urso rosnou e avançou um passo. Ele rugiu para a mulher com palavras que ela não entendia e, no entanto, palavras que de algum modo havia conhecido toda a vida. Ela se voltou e correu montanha abaixo com a maior velocidade possível. Ela passou correndo debaixo das árvores de folhas com formato de estrelas. E o tempo todo ela agradecia às árvores por erguerem os galhos para ela passar. Ela veio tropeçando pelas pedras que pareciam grandes pães de fôrma, sempre agradecendo à montanha por deixar que ela escalasse seu corpo.

Embora suas roupas estivessem esfarrapadas, seu cabelo desalinhado, seu rosto sujo, ela desceu a escada de pedra que levava até a aldeia, seguiu pela estrada de terra atravessando a cidade até o outro lado e entrou na cabana onde a curandeira estava sentada cuidando do fogo.

– Olhe! Olhe! Consegui, encontrei, conquistei um pelo do urso da meia-lua! – gritou a jovem mulher.

– Que bom – disse a curandeira com um sorriso. Ela examinou a mulher atentamente, pegou o pelo de um branco puríssimo e o segurou perto da luz. Ela sopesou o longo pelo com uma das mãos e o mediu com um dedo e exclamou: – É! Este é um autêntico pelo do urso da meia-lua. – De repente, porém, ela se voltou e lançou o pelo no meio do fogo, onde ele estalou, pipocou e se consumiu numa bela chama laranja.

– Não – gritou a mulher. – O que a senhora fez?

– Fique calma. Está certo. Tudo está bem – disse a curandeira. – Você se lembra de cada passo que deu para escalar a montanha? Você se lembra de cada passo que deu para conquistar a confiança do urso da meia-lua? Você se lembra do que viu, do que ouviu e do que sentiu?

– Lembro – disse a mulher. – Lembro-me muito bem.

– Então, minha filha – disse a velha curandeira com um sorriso meigo –, volte por favor para casa com seus novos conhecimentos e proceda da mesma forma com seu marido.

A raiva como mestra

O tema central dessa história é encontrado em todos os cantos do mundo. Em alguns casos, é uma mulher que empreende a escalada; em outros, é um homem. O objeto mágico sendo procurado é uma pestana, um pelo do nariz, um dente ou algum outro elemento físico. Variações quanto ao tema são encontradas na Coreia, na Alemanha e nos montes Urais. Na China, o doador é um tigre. No Japão, o animal na história é às vezes um urso, às vezes uma raposa. Na Rússia, o objeto procurado é a barba de um urso. Numa das versões, o pelo procurado é do queixo da própria Baba Yaga.

A história do "Urso da meia-lua" pertence, como outras neste livro, a uma categoria de relatos que chamo de histórias de revelação. As histórias de revelação nos permitem vislumbrar suas estruturas curativas ocultas e seu significado mais profundo, em vez de apenas seu conteúdo óbvio. O conteúdo dessa história nos diz que a paciência ajuda a aliviar a raiva, mas a mensagem maior trata do que a mulher deve fazer para restaurar a ordem na psique, curando com isso o self enfurecido.

Nas histórias de revelação, tudo fica implícito em vez de ser declarado. Nessa história, a estrutura de sustentação revela um modelo completo para tratar a raiva e para se curar dela: a procura de uma força restauradora calma e sábia (a ida à curandeira), a aceitação do desafio de entrar num terreno psíquico que nunca havíamos abordado antes (a escalada da montanha), o reconhecimento das ilusões (a atitude para escalar as rochas, para correr debaixo das árvores), o descanso propiciado aos nossos velhos sentimentos e pensamentos obsessivos (o encontro com os *muen-botoke*, espíritos inquietos sem parentes para enterrá-los), o agrado ao grande Self compassivo (a alimentação do urso com paciência e a retribuição da gentileza por parte do urso), a compreensão do lado furioso da psique compassiva (o reconhecimento de que o urso, o Self compassivo, não é manso).

A história mostra a importância de trazer esse conhecimento psicológico até aqui embaixo, até nossa vida real (a descida da montanha e a volta à aldeia), de aprender que a cura reside na busca e na prática, não numa única ideia (destruição do pelo). O cerne da história é, "aplique tudo isso à sua raiva, e tudo correrá bem" (o conselho da curandeira para que volte para casa e aplique esses princípios).

Essa história faz parte de um grupo de histórias que começam com o protagonista procurando agradar a alguma criatura solitária e ferida. Se considerarmos a história como se todos os seus componentes pertencessem à psique de uma única mulher, podemos ver que a psique possui um setor muito torturado e enfurecido na imagem do marido de volta ao lar depois da guerra. O espírito amoroso da psique, a esposa, toma a si a responsabilidade de descobrir uma cura para a raiva e para a fúria a fim de que ela e seu amado possam viver em paz e com amor mais uma vez. Trata-se de um esforço meritório para todas as mulheres, pois ele trata a fúria e muitas vezes nos permite descobrir nosso caminho até o perdão.

A história nos mostra que a paciência é um bom remédio a ser aplicado à raiva nova ou antiga, da mesma forma que a dedicação à busca da cura. Embora a cura e o *insight* sejam diferentes para cada pessoa, a história propõe algumas ideias interessantes a respeito de como se envolver com o processo.

A história do "Urso da meia-lua" vem do Japão, onde viveu um grande príncipe-filósofo chamado Shotoku Taishi, na virada do século VI. Entre outras coisas, ele ensinou que o trabalho psíquico deve ser feito tanto no mundo interno quanto no externo. Mas ainda mais do que isso, ele pregou a tolerância para com todo ser humano, todo animal *e toda emoção*.

Mesmo as emoções grosseiras e confusas são uma forma de luz, que estala e explode de energia. Podemos usar a luz da raiva de modo positivo, para iluminar lugares que geralmente não vemos. Um uso negativo da raiva consiste em concentrá-la destrutivamente num único ponto minúsculo até que, como o ácido gerando uma úlcera, ela abre um buraco negro que perfura todas as camadas delicadas da psique.

Existe, porém, um outro jeito. Toda emoção, mesmo a raiva, possui conhecimento, *insight*, o que alguns chamam de iluminação. Nossa raiva pode, por algum tempo, ser nossa mestra... algo de que não devemos nos livrar tão rápido, mas, sim, pelo que devemos escalar a montanha, algo a ser identificado, algo com que aprender, algo a ser tratado internamente e depois ser transformado em algo útil para o mundo, ou algo que deixamos voltar ao pó. Na vida selvagem, a raiva não é um item isolado. Ela é uma substância à espera de nossos esforços transformadores. O ciclo da raiva é como qualquer outro ciclo: ela sobe, cai, morre e é liberada como energia nova.

Quando nos permitimos aprender com nossa raiva, assim transformando-a, nós a dispersamos. Nossa energia volta para ser usada em outras áreas, especialmente na área da criatividade. Embora algumas pessoas aleguem conseguir criar a partir de uma raiva crônica, o problema é que a raiva limita o acesso ao inconsciente coletivo – esse infinito reservatório de imagens e pensamentos imaginários – de tal forma que a pessoa que cria a partir da raiva costuma recriar a mesma coisa inúmeras vezes, sem produzir nada de novo. A raiva não transformada pode se tornar um mantra constante acerca de como fomos oprimidas, feridas e torturadas.

Uma das minhas amigas, companheira de representações, que afirma ter sempre sentido raiva, recusa toda e qualquer ajuda para enfrentá-la. Quando escreve roteiros sobre a guerra, fala de como as pessoas são más; quando escreve roteiros sobre a cultura, personagens perversos também aparecem. Quando escreve sobre o amor, surgem as mesmas pessoas com más intenções idênticas. A raiva corrói nossa confiança de que algo de bom possa ocorrer. Aconteceu algo com nossa esperança. E por trás da falta de esperança geralmente está a raiva; por trás da raiva, a dor; por trás da dor, normalmente algum tipo de tortura, às vezes recente, mas quase sempre muito remota.

Na terapia física pós-traumática, sabemos que são boas as chances de que, quanto mais cedo se tratar do dano físico, menores e menos graves serão suas consequências. Da mesma forma, quanto mais rápido se imobilizar a pessoa e se tratar do trauma, mais curto será o tempo de recuperação. Isso também vale para os traumas psicológicos. Em que condições estaríamos se tivéssemos quebrado uma perna na infância e trinta anos depois ainda não a tivéssemos engessado devidamente?

O trauma original acabaria causando uma tremenda perturbação em outros sistemas e ritmos do corpo, como por exemplo nos padrões imunológicos, osteopáticos e de locomoção. A situação é exatamente a mesma com antigos traumas psicológicos. Em muitos casos, eles não receberam atenção na época, fosse por ignorância, fosse por negligência. Agora, estamos como que de volta da guerra, mas a impressão é a de que ainda guerreamos com a mente e com o corpo. No entanto, ao abrigar a raiva – ou seja, a herança do trauma – em vez de procurar soluções para ela, em vez de procurar o que a gerou, o que podemos fazer com ela, acabamos nos trancando num quarto cheio de raiva pelo resto da nossa vida. Isso não é jeito de se viver, seja de modo intermitente ou não. Existe vida para além de uma raiva irracional. Como vemos na história, basta uma prática consciente para contê-la e curá-la. E temos condição de conseguir. Na realidade, é só dar um passo de cada vez.

A procura da curandeira: A escalada da montanha

Portanto, em vez de procurar ter um "bom comportamento" e não sentir raiva, ou em vez de usá-la para incinerar todo e qualquer ser vivo num raio de cem quilômetros, é melhor primeiro convidar a raiva para se sentar conosco, tomar um pouco de chá e conversar para que possamos descobrir o que provocou essa sua visita. A princípio, a raiva age como o marido irado na história. Ela não quer conversa; ela não quer comer; só quer ficar ali sentada, vociferando, ou então não quer ser perturbada. É nesse ponto crítico que chamamos a curandeira, nosso self mais sábio, nossos melhores recursos para ver além da irritação e exasperação do ego. A curandeira é sempre a "que vê longe". É ela quem pode nos dizer a vantagem que pode advir da exploração dessa onda emotiva.

As curandeiras nos contos de fadas representam geralmente um aspecto calmo e imperturbável da psique. Muito embora o mundo externo possa estar em ruínas, a curandeira interna não se perturba com tudo isso e mantém a calma para calcular o melhor meio de prosseguir. A psique de toda mulher contém essa "ordenadora". Ela faz parte da psique natural e selvagem, e nós já nascemos com ela. Se a tivermos perdido, podemos invocá-la novamente ao examinar com calma a situação que provoca nossa raiva, projetando-nos para o futuro para decidir, a partir desse ponto privilegiado, o que nos deixaria orgulhosas do nosso comportamento passado, e depois agindo de acordo com isso.

A indignação, ou irritação, que sentimos naturalmente com relação a vários aspectos da vida e da cultura é exacerbada quando houve repetidas ocorrências de desrespeito, perseguição, negligência ou extrema insegurança[1] na infância. A pessoa ferida dessa forma fica sensibilizada para futuros traumas e utiliza todas as defesas para evitá-los.[2] Significativas perdas de poder, ou seja, a perda da certeza de que somos dignos de cuidado, respeito e atenção, geram uma tristeza extrema e juramentos irados por parte da criança de que, quando adulta, ela nunca mais se permitirá ser ferida daquela forma.

Além disso, se a mulher foi criada com expectativas positivas inferiores às de outros membros da família, com severas restrições à sua liberdade, às suas atitudes, ao seu linguajar, entre outras, é provável que sua raiva normal cresça diante de assuntos, tons de voz, gestos, palavras e outros gatilhos sensoriais que a façam se lembrar dos acontecimentos originais.[3] Podemos chegar bem perto de uma reconstituição dos traumas da infância ao examinar com cuidado o que faz com que os adultos percam o controle.[4]

Queremos usar a raiva como uma força criadora. Queremos usá-la para mudar, desenvolver e proteger. Portanto, quer a mulher esteja tratando da irritação momentânea de um filho, quer se trate de uma queimadura extensa e grave, a perspectiva da curandeira é a mesma. Quando há tranquilidade, pode haver aprendizado; soluções criativas são possíveis. No entanto, quando há vastos incêndios com ventos e chuvas, seja no mundo subjetivo, seja no objetivo, tudo arde e não sobra nada a não ser cinzas. Queremos poder olhar de volta para nossos atos com dignidade. Queremos algo para mostrar em vez de sentir a raiva.

Embora seja fato que às vezes precisamos expressar nossa raiva antes de podermos avançar para uma tranquilidade esclarecedora, isso precisa sofrer algum tipo de contenção. Se não for assim, é como jogar um fósforo aceso na gasolina. A curandeira concorda: essa raiva pode ser transformada, mas preciso de algo de um outro mundo, algo do mundo instintivo, o mundo em que os animais falam e os espíritos vivem.

No budismo, existe uma ação de busca chamada *nyübu*, que significa entrar nas montanhas para alcançar a compreensão de si mesmo e para fazer os laços com os deuses. Trata-se de um antigo ritual ligado aos ciclos de preparo da terra, de semeadura e colheita. Embora seja bom passear nas montanhas concretas, existem também montanhas no mundo subterrâneo, no nosso próprio inconsciente, e felizmente todas dispomos da entrada para o mundo subterrâneo da nossa própria psique, podendo por isso penetrar rapidamente nas montanhas em busca de renovação.

Nos contos, como na mitologia, a montanha é às vezes usada como um símbolo para descrever os níveis de autocontrole que devemos atingir antes de podermos passar para o nível seguinte. A parte de baixo da montanha, os contrafortes, representa muitas vezes o impulso no sentido da conscientização. Tudo que ocorre nos contrafortes é considerado em termos da maturação da consciência. A parte central da montanha é com frequência vista como o estágio de consolidação do processo, a parte que testa o conhecimento adquirido nos níveis inferiores. A parte mais alta representa o aprendizado intensificado. Ali, o ar é rarefeito. É preciso persistência e determinação para cumprir as tarefas. O pico da montanha simboliza o confronto com o conhecimento absoluto, como o da velha que mora no alto da montanha ou, como nessa história, o do urso velho e sábio.

Por isso, vale a pena subir a montanha quando não sabemos o que fazer. Quando somos atraídas para aventuras sobre as quais sabemos muito pouco, isso cria vida e desenvolve a alma. Ao escalar a montanha desconhecida, adquirimos o verdadeiro conhecimento da psique instintiva e dos atos criativos de que ela é capaz – é essa a nossa meta. O aprendizado ocorre sob formas diferentes com pessoas diferentes. No entanto, o ponto de vista instintivo que emana do inconsciente selvagem, e que é cíclico, passa a ser o único que faz sentido e que dá sentido à vida, à nossa vida. Ele é aquilo que infalivelmente nos fala sobre o que fazer em seguida. Onde podemos encontrar esse processo que nos libertará? Na montanha.

Encontramos na montanha outras pistas sobre como transformar a mágoa, o negativismo e o excesso de rancor da raiva, todos a princípio plenamente justificados. Uma dessas pistas é a expressão "*Arigato zaishö*", que a mulher entoa para agradecer às árvores e às montanhas por lhe permitirem passagem. Numa tradução literal, a expressão significa "Obrigada, Ilusão". Em japonês, *zaisho* representa um modo claro de se olhar para aquilo que prejudica a compreensão mais profunda de nós mesmas e do mundo.

Uma ilusão ocorre quando algo gera uma imagem que não é real, como por exemplo as ondas de calor numa estrada que a fazem parecer ondulada. É real que existam ondas de calor, mas a estrada não é realmente ondulada. É essa a ilusão. A primeira parte da informação é exata, mas a segunda, a conclusão, não é.

Na história, a montanha permite a passagem da mulher, e as árvores erguem seus galhos para o mesmo fim. Isso simboliza uma dispersão das ilusões que permite que a mulher prossiga na sua busca. No budismo, diz-se que existem sete véus de ilusão. À medida que cada um é eliminado, diz-se que a pessoa compreendeu mais um aspecto da verdadeira natureza da vida e do self. Erguer os véus fortalece a pessoa o suficiente para que aceite o significado da vida, para que desvende os padrões dos acontecimentos, dos seres e das coisas; e para que acabe aprendendo a não levar tão a sério a primeira impressão, mas a sempre procurar mais fundo.

No budismo, erguer os véus é necessário para que a pessoa se ilumine. A mulher nessa história está numa expedição para trazer a luz para as trevas da raiva. Para conseguir isso, ela precisa compreender as muitas camadas da realidade ali na montanha. Temos tantas ilusões acerca da vida. "Ela é bonita e, por isso, desejável" pode ser uma ilusão. "Sou boa e, por isso, serei aceita" pode também ser uma ilusão. Quando procuramos nossa verdade, também estamos procurando dispersar nossas ilusões. Quando pudermos ver o que está por trás dessas ilusões, que no budismo chamaríamos de "obstáculos à iluminação", seremos capazes de descobrir o lado oculto da raiva.

Eis algumas ilusões frequentes acerca da raiva. "Se eu perder minha raiva, serei outra. Ficarei mais fraca." (A primeira suposição é correta, mas a conclusão não é exata.) "Aprendi minha raiva com meu pai [minha mãe, avó, quem quer que seja] e estou condenada a me sentir assim pelo resto da minha vida." (Primeira afirmação, correta; conclusão, equivocada.) Essas ilusões são contestadas pela procura, pelas perguntas, pelo estudo, por espiar debaixo das árvores e escalar o corpo da montanha. Perdemos nossas ilusões quando nos arriscamos ao encontro com o aspecto da natureza que é verdadeiramente selvagem: um mentor da vida, da raiva, da paciência, da suspeita, da desconfiança, do segredo, do distanciamento e da engenhosidade... o urso da meia-lua.

Enquanto a mulher está na montanha, algumas aves investem em sua direção. Elas são os *muen-botoke*, espíritos de mortos que não têm família para alimentá-los, consolá-los, sepultá-los. Ao orar por eles, ela se torna sua família, cuidando deles e os confortando. Segue-se uma forma útil para a compreensão dos mortos órfãos da psique. Eles são as ideias, pensamentos e palavras criativas na vida da mulher que sofreram morte prematura e que contribuem profundamente para sua raiva. Num certo sentido, poderíamos dizer que a raiva resulta de fantasmas que não foram devidamente sepultados. No final deste capítulo, sob o título de *Descansos*, há sugestões de como tratar os *muen-botoke* da psique da mulher.

Como a história ilustra, vale a pena agradar ao urso sábio, à psique instintiva, e não deixar de lhe oferecer alimento espiritual, quer se trate de igreja, orações, psicologia arquetípica, vida imaginária, arte, alpinismo, canoagem, viagens ou o que seja. Para se aproximar do mistério do urso, você lhe oferece alimento. É um belo esforço consertar a raiva: desnudar as ilusões, adotá-la como mestra, pedir ajuda à psique instintiva, sepultar os mortos.

O espírito do urso

O que nos ensina o símbolo do urso, em contraste com o da raposa, do texugo, do quetçal, no que diz respeito ao trato com o self enfurecido? Para os antigos, o urso simbolizava a ressurreição. O animal dorme por um longo período, no qual sua pulsação se reduz a quase nada. É frequente que o macho emprenhe a fêmea imediatamente antes da hibernação, mas, como que por milagre, o óvulo e o espermatozoide não se unem de imediato. Eles permanecem separados no caldo uterino da ursa até bem mais tarde.

Perto do final da hibernação, o óvulo e o espermatozoide se unem, e tem início a divisão celular, de tal modo que os filhotes nasçam na primavera quando a mãe estiver despertando, na hora certa para cuidar dos novos filhotes e os preparar para a vida. Não só pelo fato de acordar da hibernação como se voltasse da morte, mas ainda mais pelo motivo de a ursa despertar com uma nova ninhada, esse animal é uma profunda metáfora para a vida humana, para a volta e o crescimento de algo que parecia extinto.

Associa-se o urso a muitas deusas caçadoras: Ártemis e Diana na Grécia e Roma, e *Muerte* e *Hecoteptl*, divindades femininas de lama nas culturas latino-americanas. Essas deusas concediam às mulheres o poder de rastrear, de conhecer, de "sacar" os aspectos psíquicos de todas as coisas. Para os japoneses, o urso é um símbolo de lealdade, sabedoria e força. No norte do Japão, onde vive a aldeia Ainu, o urso é aquele que pode conversar diretamente com Deus e trazer mensagens para os seres humanos. O urso da meia-lua é considerado um ser sagrado, que recebeu a marca branca no pescoço da deusa budista Kuan-Yin, cujo símbolo é a meia-lua. Kuan-Yin é a deusa da Profunda Compaixão, e o urso é seu emissário.[5]

Na psique, o urso pode ser compreendido como a capacidade de se regular a própria vida, especialmente a vida emocional. A força do urso está na sua capacidade de se movimentar em ciclos, de estar totalmente alerta ou de se acalmar entrando num sono hibernal que renova suas energias para o ciclo seguinte. A imagem do urso ensina ser possível manter uma espécie de manômetro na nossa vida emocional, e especialmente que podemos ser ferozes e generosas ao mesmo tempo. Podemos ser lacônicas e prolíficas. Podemos proteger nosso território, deixar claros nossos limites, abalar os céus caso seja necessário, e ainda ser disponíveis, acessíveis, férteis, tudo ao mesmo tempo.

O pelo do pescoço do urso é um talismã, um lembrete do que se aprendeu. Como vemos, seu valor é inestimável.

O fogo transformador e a ação correta

O urso demonstra enorme compaixão pela mulher ao lhe permitir que arranque um dos seus pelos. Ela desce correndo a montanha, realizando todos os gestos, canções e louvores que haviam surgido espontaneamente nela durante a escalada. Ela chega correndo à curandeira, cheia de ansiedade. Ela poderia ter dito, "Olhe, consegui. Fiz o que a senhora mandou. Resisti.

Consegui". A velha curandeira, que também é gentil, demora um pouco, permite que a mulher saboreie seu feito e depois lança ao fogo o pelo conquistado a duras penas.

A mulher fica perplexa. O que essa curandeira louca fez? "Vá embora", diz a curandeira. "Pratique o que aprendeu." Para o zen, o momento em que o pelo é jogado ao fogo e a curandeira diz essas palavras simples é considerado o momento da verdadeira iluminação. Observem que a iluminação não ocorre na montanha. Ela ocorre quando, com a incineração do pelo do urso da meia-lua, a projeção de uma cura mágica se desfaz. Todas nós enfrentamos essa questão, pois todas nós esperamos que, se nos esforçarmos muito e perseguirmos um objetivo sagrado e elevado, chegaremos a algo, alguma substância, algo material que de repente tornará tudo perfeito para sempre.

No entanto, não é assim que funciona. Funciona exatamente da forma descrita na história. Podemos deter todo o conhecimento do universo, e ele se reduz a um ponto: praticá-lo. Ele se reduz a voltar para casa e implementar passo a passo o que sabemos. Com a frequência necessária, pelo tempo que for possível, ou para sempre: a opção que predominar. Dá tranquilidade saber que, quando estamos com a raiva fervendo, sabemos o que fazer com exatidão e com a habilidade de quem conhece o ofício: aguardar, soltar as ilusões, levar a raiva para uma escalada na montanha, conversar com ela, respeitá-la como mestra.

Essa história nos dá muitos sinais, muitas ideias a respeito de como atingir o equilíbrio: criar paciência, ser gentil com o ser furioso e lhe dar tempo para superar sua raiva através da busca e da introspecção. Existe um velho ditado:

> Antes do zen, as montanhas eram montanhas, e as árvores eram árvores.
>
> Durante o zen, as montanhas eram tronos dos espíritos, e as árvores eram as vozes da sabedoria.
>
> Depois do zen, as montanhas eram montanhas, e as árvores eram árvores.

Enquanto a mulher estava na montanha, aprendendo, tudo era mágico. Agora que ela desceu da montanha, o pelo supostamente mágico foi queimado no fogo que destrói a ilusão, e chegou a hora de "depois do zen". A vida deve voltar ao plano prático. Mesmo assim, a mulher tem o tesouro da sua experiência na montanha. Ela tem o conhecimento. A energia que estava enfaixada pela raiva pode ser empregada em outras atividades.

Ora, a mulher que conseguiu se entender com a raiva volta à vida cotidiana com novos conhecimentos, com um novo sentido de poder viver sua vida com maior habilidade. No entanto, um dia no futuro, alguma coisa – um olhar, uma palavra, um tom de voz, a sensação de estar sendo tratada com condescendência, de não estar sendo apreciada ou de estar sendo manipulada contra a própria vontade – qualquer uma dessas coisas emergirá novamente. E então novamente a mulher se incendiará.[6]

A raiva residual de antigas feridas pode ser comparada aos efeitos traumáticos de um ferimento por estilhaços. A pessoa pode conseguir catar praticamente todos os pedaços de metal estilhaçado do míssil, mas os caquinhos menores permanecem. Seria de se pensar que, se a maioria foi retirada, tudo bem. Mas não é assim. Em certas ocasiões, esses caquinhos minúsculos se torcem e retorcem, causando uma dor semelhante à do ferimento original (o ferver da raiva) mais uma vez.

Não é, porém, a imensa raiva original que provoca esse jorro, mas são ínfimas partículas dela, elementos irritantes deixados na psique que nunca são completamente eliminados. Eles causam uma dor que é quase tão intensa quanto a do ferimento original. É assim que a pessoa se retesa, temendo o golpe violento da dor e, de fato, gerando mais dor. Eles se envolvem em manobras drásticas em três frentes: uma que tenta conter o evento objetivo; uma que tenta conter a dor que se espalha a partir do antigo ferimento interno; e uma terceira que tenta garantir a segurança da sua posição mergulhando de cabeça numa posição psicológica de defesa. É demais pedir a um único indivíduo que enfrente o equivalente a um bando de três e tente nocautear todos eles ao mesmo tempo. É por isso que é imperativo parar no meio de tudo isso, recuar e procurar a solidão. É demais tentar lutar e lidar ao mesmo tempo com a sensação de que se foi atingido nas vísceras. A mulher que escalou a montanha retira-se, trata do evento anterior em primeiro lugar, em seguida do evento mais recente, toma decisões acerca da sua posição, sacode o pelo, ergue as orelhas e volta a aparecer para agir com dignidade.

Nenhuma de nós pode fugir inteiramente da nossa história. Sem dúvida, podemos mantê-la num segundo plano, mas ela está ali do mesmo jeito. No entanto, se você quiser agir em seu próprio benefício, você superará a raiva e acabará se acalmando e se sentindo bem. Não perfeita, mas bem. Você será capaz de seguir em frente. Ficará para trás o tempo da raiva em estilhaços. Cada vez você lidará melhor com ela, pois saberá quando chegar a hora de voltar a procurar a curandeira, de escalar a montanha, de se livrar das ilusões de que o presente é uma reapresentação exata e calculada do passado. A mulher lembra-se de que pode ser feroz e generosa ao mesmo tempo. A raiva não é como o cálculo renal – se esperarmos tempo suficiente, a dor passa. Não e não. Você precisa tomar a atitude correta. Só assim ela passará, e sua vida será mais criativa.

A raiva legítima

Ofereça a outra face, ou seja, ficar calada diante da injustiça ou da desconsideração, é uma atitude a ser avaliada com muito cuidado. É uma coisa usar a resistência passiva como arma política da forma que Gandhi ensinou multidões a fazer; já é bem diferente o fato de a mulher ser incentivada ou forçada a se calar para poder sobreviver a uma situação insuportável de poder corrupto ou injusto na família, na comunidade ou no mundo. As mulheres nesse caso são isoladas da natureza selvagem, e seu silêncio não é de serenidade, mas representa uma enorme defesa para não sofrer violência. É um erro que os outros considerem que, só porque a mulher está calada, isso quer dizer que ela aprova a vida que leva.

Existem ocasiões em que se torna imperioso liberar uma raiva que abale os céus. Existe a ocasião – muito embora ela seja rara, um dia decididamente ela aparece – para se liberar todo o poder de fogo que se tem. É preciso que seja em reação a alguma ofensa grave, que tenha peso e ataque a alma ou o espírito. Todos os outros caminhos razoáveis para a mudança devem ser tentados primeiro. Se eles fracassarem, teremos de escolher a hora certa. Existe sem a menor dúvida a hora adequada para soltar a raiva a todo vapor. Quando as mulheres prestam atenção ao self instintivo, como o homem na história que se segue, elas sabem quando chegou a hora. Intuitivamente, elas sabem e agem de acordo. E isso é certo. Certíssimo.

Esta história vem do Oriente Médio. Versões dela são contadas pelos sufis, budistas e hindus.[7] Ela pertence à categoria da história que trata da realização do ato proibido ou censurado com o objetivo de redimir a sua vida.

*

AS ÁRVORES RESSECADAS

Era uma vez um homem cujo temperamento irascível lhe havia custado maior perda de tempo e de bons amigos do que qualquer outro aspecto da sua vida. Ele se aproximou de um velho sábio, vestido em farrapos.

– Como vou poder um dia ter controle sobre esse demônio da raiva? – perguntou-lhe.

O velho recomendou ao homem que se postasse num oásis seco bem longe no deserto, que ficasse ali sentado entre as árvores ressecadas e que puxasse do poço a água salobra para qualquer viajante que por lá passasse.

E o homem, no esforço de dominar a raiva, partiu para o deserto, para o lugar das árvores ressecadas. Durante meses a fio, envolto em mantos e albornoz para se proteger das tempestades de areia, ele puxava a água azeda e a oferecia a todos que chegavam. Anos se passaram, e ele nunca mais sofreu crises de fúria.

Um dia, um cavaleiro sombrio chegou ao oásis morto e lançou um olhar de desprezo ao homem que lhe oferecia água numa tigela. O viajante zombou da água turva, recusou-a e começou a se afastar.

O homem que oferecia água foi acometido de uma fúria repentina, tanto que ficou cego de raiva e, puxando o viajante de cima do camelo, matou-o ali mesmo. Que horror! Ele ficou imediatamente aflito por ter sido dominado pela raiva. E vejam ao que ela o havia levado.

De repente, surgiu outro cavaleiro a grande velocidade. Ele examinou o rosto do morto.

– Graças a Alá, você matou o homem que estava indo assassinar o rei!

Nesse momento, a água turva do oásis tornou-se límpida e doce, e as árvores ressecadas do oásis reverdeceram e irromperam em jubilosa floração.

*

Interpretamos esse conto em termos simbólicos. Não se trata de uma história sobre assassinatos. Trata-se de uma lição para que não liberemos a raiva indiscriminadamente, mas na hora certa. A história começa quando o homem aprende a oferecer água, a vida, mesmo sob condições de seca. Oferecer a vida é um impulso inato na maioria das mulheres. Elas são muito competentes nessa tarefa a maior parte do tempo. No entanto, existe também a hora do acesso que vem das entranhas, a hora da raiva acertada, da fúria legítima.[8]

Muitas mulheres são sensíveis como a areia é sensível à onda, como as árvores são sensíveis à qualidade do ar, como uma loba pode ouvir o passo de um outro animal entrando em seu território de mais de um quilômetro de distância. O magnífico dom das mulheres com essa sintonia consiste em ver, ouvir, pressentir, receber e transmitir imagens, ideias e sentimentos com a velocidade de um raio. A maioria das mulheres consegue sentir as alterações mais sutis no temperamento de uma outra pessoa, consegue ler expressões faciais e corporais – sendo essa capacidade chamada de intuição – e, muitas vezes, a partir de uma infinidade de pistas minúsculas que se reúnem para lhe dar informação, sabe o que está passando na cabeça dos outros. Para poder usar esses talentos selvagens, as mulheres mantêm-se abertas a todas as coisas. E é essa mesma abertura que deixa vulneráveis suas fronteiras, expondo-as a danos ao espírito.

Como o homem na história, a mulher pode ter o mesmo problema em grau mais ou menos intenso. Ela pode sustentar uma forma de raiva pulverizada que a força a criticar, criticar, criticar; a usar a frieza como uma anestesia; ou ainda a dizer doces palavras quando no fundo quer punir ou depreciar. Ela pode impor sua própria vontade àqueles que dela dependem, ou pode ameaçá-los com o término do relacionamento ou do afeto. Ela pode se refrear nos elogios, ou mesmo deixar de reconhecer o mérito devido e em geral ter uma atitude reveladora de danos aos instintos. Parte-se do pressuposto de que a pessoa que trata os outros dessa maneira está sofrendo uma agressão violenta dentro de sua própria psique por parte de um demônio que age exatamente da mesma forma com ela.

Muitas mulheres que sofrem desse problema resolvem mergulhar numa campanha de purificação, não ser mais mesquinhas, ser "mais simpáticas", mais generosas. Isso é válido e muitas vezes representa um alívio para os que a cercam, desde que ela não se identifique em excesso com o fato de ser uma pessoa dadivosa, como o homem na história. Ele está lá no oásis e, ao servir os outros, começa a se sentir cada vez melhor. Ele passa a se identificar com a serenidade, com a mesmice, da sua vida.

Da mesma forma, a mulher que evita todas as confrontações começa a se sentir melhor. Essa sensação é, porém, temporária. Não é esse o aprendizado que procuramos. Queremos aprender a decidir quando permitir a raiva justa e quando não. Essa história não trata do esforço para alcançar a santidade. Ela trata de saber quando agir de um modo selvagem e integrado. A maior parte do tempo, os lobos evitam os confrontos, mas quando precisam fazer valer seu território, quando alguma coisa ou alguém os persegue constantemente, ou os acua, eles têm seu próprio jeito vigoroso de explodir. Isso acontece raramente, mas a capacidade de expressar essa raiva faz parte do seu repertório, e deveria fazer parte do nosso também.

Houve muita especulação quanto ao fato de uma mulher furiosa ser apavorante no seu poder de provocar medo e tremores nos que a cercam. No entanto, essa é uma projeção da angústia pessoal do observador, demasiada para que qualquer mulher a suporte. Na sua psique instintiva, a mulher tem o poder, quando provocada, de se enfurecer com consciência – e isso realmente é algo poderoso. A raiva é um dos meios inatos de que ela dispõe para começar a criar e manter os equilíbrios que lhe são caros, tudo que ela realmente ama. É seu direito e, em certas horas e sob certas circunstâncias, é seu dever moral.

Para as mulheres, isso significa que existe uma hora para mostrar os dentes, para mostrar a poderosa capacidade de defender seu território, para dizer "até aqui e nem mais um passo, não passe a responsabilidade adiante, não se intrometa, tenho uma coisa a dizer, tudo isso decididamente vai mudar".

Como o homem no início de "As árvores ressecadas", e como o guerreiro em "O urso da meia-lua", muitas mulheres com frequência têm dentro de si um soldado exausto, cansado da luta, que simplesmente não quer mais saber de batalhas, que não quer tocar nesse assunto, que não quer lidar com isso. Em decorrência desse sentimento abre-se na psique um oásis seco. Seja por dentro, seja por fora, ele é uma área de enorme silêncio, que está pedindo, esperando, que ocorra algo ruidoso, uma quebra, uma fragmentação, um abalo que volte a gerar vida.

O homem na história fica a princípio perplexo com seu feito de matar o viajante. Contudo, quando ele compreende que nesse caso aplicava-se a máxima de ser a "primeira ideia, a ideia correta", ele se vê liberado da norma simplista de "nunca se enfurecer". Como no "Urso da meia-lua", a iluminação não ocorre durante o ato em si. Ela ocorre quando a ilusão é destruída e a pessoa percebe o significado subjacente.

DESCANSOS

Vimos, portanto, que desejamos transformar a raiva num fogo que prepara as coisas em vez de num fogo de conflagração. Vimos que a elaboração da raiva não pode ser completa sem o ritual do perdão. Falamos sobre o fato de a raiva das mulheres muitas vezes derivar da situação na sua família de origem, da cultura que a cerca e às vezes de traumas da vida adulta. No entanto, independentemente da fonte dessa raiva, algo tem de acontecer para reconhecê-la, abençoá-la, contê-la e liberá-la.

É frequente que a mulher torturada desenvolva uma percepção deslumbrante de uma profundidade e amplitude excepcionais. Embora eu nunca fosse desejar que alguém sofresse tortura a fim de aprender os meandros secretos do inconsciente, o fato é que ter sobrevivido a uma repressão brutal faz com que surjam dons que compensam e protegem.

Nesse sentido, a mulher que levou uma vida torturante e nela mergulhou fundo dispõe, sem a menor dúvida, de uma profundidade incalculável. Apesar de ela ter alcançado essa profundidade através da dor, se ela tiver cumprido a árdua tarefa de se agarrar à consciência, ela terá uma profunda e próspera vida da alma e uma feroz crença em si mesma independentemente de eventuais hesitações do ego.

Há uma época na nossa vida, geralmente na metade da vida, em que precisamos tomar uma decisão – possivelmente a decisão psíquica mais importante para nossa vida futura – a respeito de nos tornarmos amargas ou não. As mulheres costumam chegar a esse estágio pouco antes ou pouco depois dos quarenta anos. Elas estão num ponto em que estão "cheias até a raiz dos cabelos", em que "para elas, chega", em que "isso foi a gota d'água" e em que "estão irritadas a ponto de explodir". Seus sonhos de quando tinham vinte anos podem estar jogados de qualquer jeito. Pode haver corações partidos, casamentos desfeitos, promessas esquecidas.

Qualquer um que viva muito acumula lixo. Não há como evitá-lo. No entanto, se a mulher quiser voltar à sua natureza instintiva em vez de mergulhar numa atitude amarga, ela renascerá, revitalizada. Nascem ninhadas de lobos todos os anos. Geralmente são uns bichinhos de pelagem escura, de olhos ainda fechados, que miam o tempo todo, cobertos de terra e palha, mas de imediato eles estão alerta, brincalhões e amorosos, querendo a proximidade e o carinho. Eles querem brincar, querem crescer. A mulher que volta à Mulher Selvagem também voltará à vida. Ela vai querer brincar. Ela ainda vai querer crescer. Mas antes, é preciso que haja uma purificação.

Gostaria de lhes apresentar o conceito dos *Descansos*. Se você alguma vez viajou pelo velho México, pelo Novo México, pelo sul do Colorado, pelo

Arizona ou por certas partes do sul dos Estados Unidos, terá visto pequenas cruzes brancas junto à estrada. São os *descansos*, sepulturas.[9] Você também as irá encontrar à beira de penhascos ao longo de estradas especialmente lindas, mas perigosas na Grécia, na Itália e em outros países do Mediterrâneo. Às vezes as cruzes estão reunidas em grupos de duas, de três, de cinco. Há nomes de pessoas inscritos nelas – Jesús Mendez, Arturo Buenofuentes, Jeannie Abeyta. Às vezes, as letras são formadas de pregos; às vezes, são pintadas ou entalhadas na madeira.

É comum que essas cruzes sejam profusamente decoradas com flores verdadeiras ou artificiais, ou que cintilem com palha recém-cortada grudada a taliscas de madeira, fazendo com que brilhem como ouro ao sol. Às vezes, o *descanso* não passa de duas varetas ou dois pedaços de cano amarrados com cipó e enfiados no chão. Nos trechos mais pedregosos, a cruz é simplesmente pintada numa grande pedra junto à estrada.

Os *descansos* são símbolos que registram uma morte. Bem ali, exatamente naquele ponto, a jornada de alguém pela vida afora foi interrompida inesperadamente. Foi um acidente de automóvel, ou alguém vinha andando pela estrada e morreu ali de insolação, ou ainda ali ocorreu uma briga. Alguma coisa aconteceu ali que alterou a vida daquela pessoa e a vida dos outros para sempre.

Antes de completarem vinte anos, as mulheres já morreram centenas de mortes. Elas iam numa direção ou noutra e foram impedidas de prosseguir. Elas tinham sonhos e esperanças que também foram cortados na raiz. Qualquer uma que não concorde é porque ainda está dormindo. Todas essas mortes podem passar pelo processo dos *descansos*.

Embora esses fatos aprofundem o sentido de individualidade, de diferenciação, de crescimento e expansão, de floração, de despertar e se manter alerta e consciente, eles também são tragédias profundas e assim devem ser pranteados.

Criar *descansos* significa examinar sua vida e marcar os pontos em que ocorreram as pequenas mortes, *las muertes chiquitas*, e as grandes mortes, *las muertes grandotas*. Gosto de traçar uma linha cronológica da vida da mulher numa longa faixa de papel branco de açougue e assinalar com uma cruz ao longo dessa linha, desde sua tenra infância até o presente, os pontos em que morreram aspectos e partes do seu self e da sua vida.

Assinalamos a ocasião em que se optou por não seguir por uma determinada estrada, caminhos que foram obstruídos, emboscadas, traições e mortes.

Desenho uma pequena cruz na linha cronológica nos pontos que deveriam ter sido pranteados ou que ainda precisam sê-lo. Também escrevo "esquecido" naqueles pontos que a mulher pressente mas que ainda não vieram à tona. Também escrevo "perdoado" acima dos fatos de que a mulher já praticamente se liberou.

Recomendo que você faça *descansos*, que se sente com uma linha cronológica da sua vida e diga "Onde estão as cruzes? Onde estão os pontos que devem ser lembrados, que devem ser abençoados?". Em todos eles há significados que você trouxe até sua vida atual. Eles precisam ser lembrados, mas ao mesmo tempo precisam ser esquecidos. Leva tempo. E exige paciência.

Lembre-se de que no "Urso da meia-lua" a mulher disse uma oração e conseguiu sepultar os mortos órfãos. É isso o que fazemos nos *descansos*. *Descansos* é uma técnica consciente que se compadece dos mortos órfãos da psique e lhes presta homenagem, sepultando-os afinal.

Seja boa para si mesma e crie *descansos*, sepulturas para aqueles seus aspectos que estavam a caminho de algum lugar, mas que nunca chegaram. *Descansos* assinalam os locais das mortes, os tempos sombrios, mas eles também são cartas de amor ao seu sofrimento. Eles são transformadores. Há muitas vantagens em prender certas coisas à terra para que elas não saiam nos perseguindo. Há muitas vantagens em sepultá-las.

O instinto ferido e a raiva

As mulheres [e os homens] costumam tentar atribuir um final a antigos episódios dizendo, "Eu/ele/ela/eles deram o melhor de si". No entanto, dizer que "eles deram o melhor de si" não equivale ao perdão. Mesmo que seja verdade, essa afirmação peremptória elimina a possibilidade da cura. É como quando se aplica um torniquete acima de um ferimento profundo. Deixar o torniquete no lugar depois de algum tempo causa gangrena por falta de circulação. Negar a raiva e a dor não funciona.

Se a mulher sofreu danos ao seu instinto, ela costuma se deparar com alguns desafios relacionados à raiva. Em primeiro lugar, ela tem problemas para reconhecer invasores. É lenta na percepção de violações do seu território e não se dá conta da própria raiva até que esteja dominada por ela. Como o homem no início de "As árvores ressecadas", sua fúria se abate sobre ela como uma espécie de emboscada.

Essa demora resulta de danos aos instintos provocados por exortações às meninas para que não percebam desavenças, para que tentem criar a paz a todo custo, para que não se intrometam e suportem a dor até que tudo se acalme ou se disperse por algum tempo. A atitude típica dessas mulheres consiste em não agir em sintonia com a raiva na hora certa, talvez se adiantando ou tendo uma reação retardada semanas, meses ou mesmo anos mais tarde, ao perceber o que deveriam ou poderiam ter dito ou feito.

Geralmente isso *não* resulta de timidez ou de introversão, mas de um excesso de raciocínio, de um esforço exagerado no sentido de ser simpática e de uma falta de ação por impulso. A alma selvagem sabe quando e como agir, se ao menos a mulher lhe der atenção. A reação correta contém percepção acrescida de quantidades adequadas de compaixão e de força. O instinto prejudicado deve ser restaurado através da aplicação e imposição de limites definidos e da prática de respostas firmes e, quando possível, generosas, mas mesmo assim sólidas.

A mulher pode enfrentar dificuldades para liberar sua raiva mesmo quando isso prejudica sua própria vida, mesmo quando a raiva faz com que ela não se livre de acontecimentos passados há anos como se tivessem ocorrido ontem. Repisar eventos traumatizantes com alguma intensidade por um certo tempo é muito importante para a cura. No entanto, todo ferimento acaba sendo suturado, podendo se curar com a formação de cicatrizes.

A fúria coletiva

A fúria ou raiva coletiva é também uma função natural. Existe o fenômeno de dor grupal, ferimento grupal. As mulheres que se conscientizam em termos sociais, políticos ou culturais muitas vezes descobrem que têm de lidar com uma fúria coletiva que se infiltra nelas insistentemente.

Em termos psíquicos, é saudável que as mulheres sintam essa raiva. É saudável que elas usem essa raiva da injustiça para inventar formas de fazer surgir mudanças úteis. Já *não* é psicologicamente saudável que elas neutralizem essa raiva de modo a não mais senti-la e, portanto, não mais pressionar pela evolução e pela mudança. Como ocorre com a raiva pessoal, a raiva coletiva também é uma mestra. As mulheres podem consultá-la, questioná-la sozinhas e com os outros. Existe uma diferença entre carregar por aí uma velha raiva enrustida e mexê-la com uma nova colher para ver quais usos práticos podem advir dela.

A raiva coletiva é bem utilizada como motivação para procurar ou oferecer apoio, para imaginar meios de forçar grupos ou indivíduos a um diálogo ou para exigir prestações de contas, avanços, aperfeiçoamentos. Esses são processos adequados nos modelos das mulheres que chegam à conscientização, de como se importam com o que é essencial e importante para elas. Faz parte da psique instintiva saudável ter profundas reações ao desrespeito, à ameaça, à ofensa. Trata-se de uma parte essencial e esperada do aprendizado sobre os mundos coletivos da alma e da psique.

A prisão da raiva antiga

Se e quando a raiva se transforma numa represa para o pensamento e a ação criativa, ela precisa ser abrandada ou modificada. Para quem passou bastante tempo elaborando algum trauma, quer ele tenha sido provocado pela crueldade, negligência, falta de respeito, falta de responsabilidade, arrogância ou ignorância de alguém, quer por obra do destino, um dia chega a hora de perdoar a fim de liberar a psique para que ela volte a um estado normal de calma e paz.[10]

Quando a mulher enfrenta dificuldades para se livrar da raiva ou da fúria, muitas vezes é porque ela está usando a raiva para ganhar forças. Embora a princípio essa possa ter sido uma decisão sábia, com o tempo ela precisa ter cuidado, pois a raiva constante é um fogo que queima sua própria energia vital. Encontrar-se nesse estado é como voar pela vida com "o pé na tábua"; como tentar levar uma vida equilibrada com o pé no acelerador até o fundo. O ímpeto da fúria não deve ser considerado um substituto da vida cheia de paixão. Não é a vida na sua melhor forma. Trata-se de uma defesa cuja manutenção é muito cara, depois de passada a necessidade da sua proteção. Após algum tempo, ela arde incessantemente, polui nossas ideias com sua fumaça negra e prejudica outras formas de visão e de percepção.

Não vou, porém, lhe dizer a mentira deslavada de que você tem condições de eliminar toda a sua fúria hoje ou na semana que vem, e que estará livre dela para sempre. A angústia e o tormento de tempos passados costumam surgir na psique numa frequência cíclica. Embora um expurgo profundo elimine a maior parte da dor e da fúria, nunca se consegue varrer completamente todo o resíduo. Ele deveria, no entanto, deixar cinzas bem leves, não um fogo voraz. Por isso, a limpeza da fúria residual precisa se tornar um ritual de higiene periódica, um ritual que nos libera, pois carregar a raiva antiga além do ponto de sua utilidade equivale a carregar uma ansiedade constante, mesmo que inconsciente.

Às vezes as pessoas se confundem e pensam que estar presa a uma raiva ultrapassada significa queixas e enfurecimentos, acessos de raiva e de atirar coisas. Na maioria dos casos, não é assim que funciona. Estar presa significa estar cansada o tempo todo, ter uma grossa camada de cinismo, destruir a esperança, frustrar o novo, o promissor. Significa ter medo de perder antes de abrir a boca. Significa chegar ao ponto de ebulição por dentro, deixando transparecer ou não. Significa amargos silêncios defensivos. Significa sentir-se desamparada. Existe, porém, uma saída, e é através do perdão.

"Ora, através do perdão?" você dirá num tom de repúdio. Qualquer coisa menos isso? No fundo, você sabe que um dia tudo se resumirá a isso. Pode ser que isso só chegue no seu leito de morte, mas chegará. Pense no seguinte: muitas pessoas têm dificuldades com o perdão porque lhes ensinaram que ele é um ato único a ser concluído de uma vez. Isso não é correto. O perdão tem muitas camadas, muitas estações. Na nossa cultura existe a ideia de que o perdão é absoluto. Tudo ou nada. Também nos ensinam que perdoar significa fechar os olhos, agir como se algo não tivesse ocorrido. Isso também não é verdade.

A mulher que conseguir atingir 95% de perdão de alguém ou de algum acontecimento trágico e danoso está praticamente qualificada para a beatificação, se não para a santidade. Se ela sentir uns 75% de perdão e 25% de "não sei se vou um dia conseguir perdoar totalmente, e nem sei se quero isso", estará mais próxima do normal. No entanto, 60% de perdão acompanhados de 40% de "não sei, não tenho certeza e ainda estou pensando nisso" já são uma atitude decididamente satisfatória. Um nível de perdão de 50% ou menos pode ser considerado como esforço em andamento. Menos de 10%? Ou você está apenas começando, ou ainda não está se esforçando.

Seja como for, quando tiver passado um pouco da metade do caminho, o resto virá com o tempo, geralmente em pequenos aumentos graduais. O aspecto importante do perdão consiste em *começar e persistir*. A conclusão do processo é trabalho para toda a vida. Você dispõe do resto da sua vida para trabalhar nos percentuais residuais. Na realidade, se pudéssemos entender tudo, tudo poderia ser perdoado. Para a maioria das pessoas, porém, é preciso muito tempo no banho alquímico para chegar a esse ponto.

E está certo. Nós dispomos da cura e, por isso, temos a paciência para acompanhar o processo.

Algumas pessoas, graças ao seu temperamento inato, têm maior facilidade para perdoar do que outras. Para alguns, trata-se de um dom; para a maioria, trata-se de uma técnica a ser aprendida. A sensibilidade e a vitalidade essencial parecem afetar a capacidade de dar pouca importância às coisas. A sensibilidade e a vitalidade intensa nem sempre permitem que injustiças sejam ignoradas com facilidade. O fato de você não perdoar facilmente não quer dizer que você seja má. Você também não é santa só por perdoar facilmente. Cada coisa a seu tempo.

Para uma cura real, porém, precisamos dizer a nossa verdade, e não só a nossa dor e o nosso lamento, mas também o mal que foi causado, a raiva e revolta e o desejo de autopunição ou de vingança que foi evocado em nós. A velha curandeira da psique compreende a natureza humana com todas as suas fraquezas e concede o perdão com base no relato da verdade nua e crua. Ela não dá apenas uma segunda chance. Na maior parte das vezes ela dá muitas chances.

Examinemos os quatro níveis de perdão que venho usando no meu trabalho com pessoas traumatizadas ao longo dos anos. Cada nível tem algumas camadas. Pode-se lidar com eles em qualquer ordem e pelo tempo que se deseje, mas a seguir eles estão relacionados na ordem que sugiro a minhas clientes.

Os quatro estágios do perdão

1. Deixar passar – deixar a questão em paz
2. Controlar-se – renunciar à punição
3. Esquecer – afastar da memória, recusar-se a repisar
4. Perdoar – o abandono da dívida

DEIXAR PASSAR[11] – Para se começar a perdoar, é bom deixar passar algum tempo. Ou seja, é bom deixar de pensar provisoriamente na pessoa ou no acontecimento. Não se trata de deixar algo por fazer, mas assemelha-se a tirar umas férias do assunto. Isso ajuda a evitar que fiquemos exaustas, permite que nos fortaleçamos por outros meios, que tenhamos outras alegrias na vida.

Esse estágio é um bom treino para o abandono definitivo que mais adiante advirá do perdão. Deixe a situação, a recordação, o assunto, tantas vezes quantas for necessário. A ideia não é a de fechar os olhos, mas a de adquirir agilidade e força para se desligar da questão. Deixar passar envolve voltar a tecer, a escrever, ir até o mar, aprender e amar algo que a fortaleça e deixar que o tema saia do primeiro plano por um tempo. Isso é bom e é medicinal. As questões de danos passados irão atormentar a mulher muito menos se ela garantir à psique ferida que lhe aplicará bálsamos medicinais agora e que mais tarde tratará do assunto de quem provocou tal ferida.

CONTROLAR-SE[12] – A segunda fase é a do controle, especificamente no sentido de abster-se de punir; de não pensar no fato nem reagir a ele seja em termos grandes, seja em termos pequenos. É de extrema utilidade a prática desse tipo de refreamento, pois ele aglutina a questão num único ponto, em vez de permitir que ela se espalhe por toda parte. Essa atitude concentra a atenção para a hora em que a pessoa se dirigir aos próximos passos. Ela não quer dizer que a pessoa deva ficar cega, entorpecida ou que perca sua vigilância protetora. Ela pretende conferir um prazo à situação para ver como isso ajuda.

Controlar-se significa ter paciência, resistir, canalizar a emoção. Esses são medicamentos poderosos. Faça tanto quanto puder. Esse é um regime de purificação. Você não precisa fazer tudo; você pode escolher um aspecto, como o da paciência, e praticá-lo. Você pode se abster de palavras, de resmungos punitivos, de agir de modo hostil, ressentido. Ao evitar punições desnecessárias, você estará reforçando a integridade da alma e da ação. Controlar-se é praticar a generosidade, permitindo, assim, que a grande natureza compassiva participe de questões que anteriormente geravam emoções que iam desde a ínfima irritação até a fúria.

ESQUECER[13] – Esquecer significa afastar da lembrança, recusar-se a repisar um assunto – em outras palavras, deixar de lado, soltar, especialmente da memória. Esquecer não quer dizer entorpercer o cérebro. O esquecimento consciente consiste em deixar de lado o acontecimento, não insistir para que ele permaneça no primeiro plano, mas permitir que ele seja relegado ao plano de fundo ou mesmo que saia do palco.

Praticamos o esquecimento consciente quando nos recusamos a invocar o material inflamável, quando nos recusamos a mergulhar em recordações. Esquecer é uma atividade, não uma atitude passiva. Significa não trazer certos materiais até a superfície, nem revirá-los constantemente, nem se irritar com pensamentos, imagens ou emoções repetitivas. O esquecimento consciente significa a determinação de abandonar a prática obsessiva, de ultrapassar a situação e perdê-la de vista, sem olhar para trás, vivendo, portanto, numa nova paisagem, criando vida e experiências novas em que pensar no lugar das antigas. Esse tipo de esquecimento não apaga a memória; ele simplesmente enterra as emoções que cercavam a memória.

PERDOAR[14] – Existem muitos meios e proporções com os quais se perdoa uma pessoa, uma comunidade, uma nação por uma ofensa. É importante lembrar que um perdão "final" não é uma capitulação. É uma decisão consciente de deixar de abrigar ressentimento, o que inclui o perdão da ofensa e a desistência da determinação de retaliar. É você quem decide quando perdoar e o ritual a ser usado para assinalar esse evento. É você quem resolve qual é a dívida que você agora afirma não precisar mais ser paga.

Algumas pessoas optam pelo perdão total: liberando a pessoa de qualquer tipo de reparação para sempre. Outras preferem interromper a reparação no meio, abandonando a dívida, alegando que o que está feito está feito e que a compensação já é suficiente. Outro tipo de perdão consiste em isentar a pessoa sem que ela tenha feito qualquer reparação emocional ou de outra natureza.

Para certas pessoas, finalizar o perdão significa considerar o outro com indulgência, e isso é mais fácil quando as ofensas são relativamente leves. Uma das formas mais profundas de perdão está em dar ajuda compassiva ao ofensor por um ou outro meio.[15] Isso não quer dizer que você deva enfiar a cabeça no ninho da cobra, mas, sim, ser sensível a partir de uma postura de compaixão, segurança e preparo.[16]

O perdão é onde vão culminar toda a abstenção, o controle e o esquecimento. Não significa abdicar da própria proteção, mas da própria frieza. Uma forma profunda de perdão consiste em deixar de excluir o outro, o que significa deixar de mantê-lo a distância, de ignorá-lo, de agir com frieza, condescendência e falsidade. É melhor para a psique da alma restringir ao máximo o tempo de exposição às pessoas que são difíceis para você do que agir como um robô insensível.

O perdão é um ato de criação. Você pode escolher entre muitas formas de proceder. Você pode perdoar por enquanto, perdoar até que, perdoar até a próxima vez, perdoar, mas não dar outra chance – começa tudo de novo se acontecer outro incidente. Você pode dar só mais uma chance, dar mais algumas chances, dar muitas chances, dar chances só se... Você pode perdoar uma ofensa em parte, pela metade ou totalmente. Você pode imaginar um perdão abrangente. Você decide.[17]

Como a mulher sabe que perdoou? Você passa a sentir tristeza a respeito da circunstância, em vez de raiva. Você passa a sentir pena da pessoa em vez de irritação. Você passa a não se lembrar de mais nada a dizer a respeito daquilo tudo. Você compreende o sofrimento que provocou a ofensa. Você prefere se manter fora daquele meio. Você não espera por nada. Você não quer nada. Não há no seu tornozelo nenhuma armadilha de laço que se estende desde lá longe até aqui. Você está livre para ir e vir. Pode ser que tudo não tenha acabado em "*viveram felizes para sempre*", mas sem a menor dúvida existe de hoje em diante um novo "*Era uma vez*" à sua espera.

CAPÍTULO 13

marcas de combate: a participação no clã das cicatrizes

As lágrimas são um rio que nos leva a algum lugar. O choro forma um rio em volta do barco que carrega a vida da alma. As lágrimas erguem seu barco das pedras, soltam-no do chão seco, carregam-no para um lugar novo, um lugar melhor.

Há oceanos de lágrimas que as mulheres nunca choraram por terem sido ensinadas a levar para o túmulo os segredos dos pais e das mães, dos homens, da sociedade, bem como os seus próprios. O choro da mulher sempre foi considerado muito perigoso, pois ele abre os trincos e os ferrolhos dos segredos que ela carrega. Na realidade, porém, para o bem da alma selvagem da mulher, é melhor chorar. Para as mulheres, as lágrimas são um princípio de iniciação para o ingresso no clã das cicatrizes, essa eterna aldeia de mulheres de todas as cores, todas as nacionalidades, todos os idiomas, que no decorrer dos séculos passaram por algo de grandioso e que mantiveram seu orgulho.

Todas as mulheres têm histórias pessoais tão abrangentes e poderosas quanto a força espiritual existente nos contos de fadas. Existe, no entanto, um tipo singular de história que está relacionado com os segredos da mulher, especialmente àqueles associados à vergonha. São algumas das histórias mais importantes que a mulher pode dedicar seu tempo a destrinchar. Para a maioria das mulheres, essas histórias estão incrustadas, não como pedras preciosas numa coroa, mas como cascalho negro na pele da alma.

Os segredos como assassinos

Durante os vinte anos da minha experiência profissional, ouvi milhares de "segredos", histórias que, em geral, eram mantidas ocultas por muitos anos, às vezes quase pela vida inteira. Quer o segredo de uma mulher esteja encoberto por um silêncio imposto por ela mesma, quer ela tenha sofrido ameaças por parte de alguém mais poderoso do que ela, seu medo profundo é o da privação dos seus direitos, de ser considerada indesejável, da destruição dos relacionamentos que são importantes para ela e às vezes até mesmo da violência física, se ela revelar o segredo.

Alguns segredos das mulheres consistem em terem contado alguma mentira deslavada ou em terem praticado alguma perversidade proposital que prejudicou ou magoou alguém. No entanto, na minha experiência, esses são raros. A maioria dos segredos das mulheres se relaciona à transgressão de algum código social ou moral do sistema de valores da pessoa, da religião ou da cultura. Alguns desses atos, acontecimentos e opções, especialmente aqueles relacionados à liberdade das mulheres em toda e qualquer seara, costumaram ser denunciados pela cultura como vergonhosos para as mulheres, mas não para os homens.

O problema dos segredos envoltos em vergonha está no fato de eles isolarem a mulher da sua natureza instintiva, que essencialmente é livre e alegre. Quando existe um segredo atroz na psique, a mulher não consegue nem chegar perto dele e na realidade, por defesa, evita entrar em contato com qualquer coisa que a lembre desse segredo ou que faça com que sua dor crônica se intensifique.

Essa manobra defensiva é comum e, como nos efeitos retardados dos traumas, influencia secretamente a mulher naquilo que ela irá ou não realizar no mundo objetivo: os livros, filmes ou acontecimentos com os quais ela irá se envolver; do que ela irá rir ou não; e a que interesses ela irá se dedicar. Nesse sentido, ocorre um cerceamento da natureza selvagem, que deveria ser livre para fazer, ser, examinar o que bem entender.

Em geral, os segredos seguem os mesmos temas encontrados no teatro sério. Alguns desses temas são a traição, o amor proibido, a curiosidade censurável, atos desesperados, atos forçados, o amor não correspondido, o ciúme e a rejeição, a vingança e a fúria, a crueldade consigo mesmo ou com outros; sonhos, desejos e anseios reprováveis; estilos de vida e interesses sexuais condenados; gravidezes não planejadas; o ódio e a agressão; o ferimento ou a morte acidentais; promessas não cumpridas; falta de coragem; descontrole emocional; impossibilidade de terminar algo; incapacidade de fazer algo; manipulação e interferência por baixo do pano; descaso; violência; e a lista continua, sendo que a maioria dos temas se incluiria na categoria de erro lamentável.[1]

Os segredos, como os contos de fadas e os sonhos, também seguem as mesmas estruturas e padrões de energia encontrados no drama. Os segredos, no entanto, em vez de obedecer à estrutura heroica, seguem a estrutura trágica. O drama heroico começa com uma heroína em viagem. Às vezes ela não está psicologicamente alerta. Às vezes ela é excessivamente meiga e não percebe o perigo. Por vezes ela já foi maltratada e faz os gestos desesperados de um animal em cativeiro. Não importa como comece, a heroína acaba caindo nas garras de qualquer coisa ou de qualquer um e sofre severas provas. Então, recorrendo à sua inteligência e por ter quem se importe com ela, ela é libertada e cresce em consequência disso.[2]

Na tragédia, a heroína é raptada, forçada ou entra direto no inferno, sendo subsequentemente dominada, sem que ninguém ouça seus gritos ou dê atenção a suas queixas. Ela perde as esperanças, perde contato com a riqueza da própria vida e entra em colapso. Em vez de ser capaz de saborear sua vitória sobre a adversidade, ou a prudência das suas escolhas e sua resistência, ela é aviltada e entorpecida. Os segredos que a mulher guarda são quase sempre dramas heroicos que degeneraram em tragédias que não dão em nada.

Porém, nem tudo é tão sombrio quanto parece. O modo de reverter um drama trágico num drama heroico está em revelar o segredo, em falar a respeito dele com alguém, em escrever um outro final, em examinar nosso papel nele e quais as nossas qualidades ao suportá-lo. Esse aprendizado compõe-se em partes iguais de dor e prudência. O fato de se ter passado por tudo isso é uma vitória do espírito profundo e selvagem.

Portanto, esses segredos cheios de vergonha que as mulheres guardam são histórias muito antigas. Qualquer pessoa que tenha guardado um segredo em detrimento de si mesma viu-se soterrada pela vergonha. Nessa aflição universal, o próprio padrão é arquetípico: ou bem a heroína foi forçada a fazer algo ou, pela perda do instinto, caiu em alguma armadilha. Tipicamente, ela é incapaz de corrigir a triste condição. Ela está presa ao segredo por algum tipo de juramento ou pela vergonha. Ela concorda por medo da perda do amor, da perda da consideração, da perda dos meios básicos de subsistência. Para lacrar ainda mais o segredo, é lançada uma maldição sobre a pessoa, ou pessoas, que o revelar. Há a ameaça de alguma coisa terrível caso o segredo seja um dia revelado.

As mulheres foram advertidas de que certos acontecimentos, certas opções e circunstâncias na sua vida, geralmente relacionados com sexo, amor, dinheiro, violência e/ou outras dificuldades comuns à condição humana, são de natureza extremamente vergonhosa, não merecendo nenhum tipo de absolvição. Isso não é verdade.

Todo mundo faz opções pouco inteligentes em termos de palavras e atos, quando ainda não têm melhores conhecimentos e antes de perceber quais serão as consequências. Não há nada neste planeta, ou neste universo, que esteja fora dos limites do perdão. Nada. "Ah, não!" você dirá. "Isso que eu fiz não tem perdão." E eu digo que não há *nada* que um ser humano possa ter feito, esteja fazendo ou possa vir a fazer que esteja fora dos limites do perdão. Nada mesmo.

O Self não é uma força punitiva que corre por aí castigando as mulheres, homens e crianças. O Self é um deus selvagem que entende a natureza das criaturas. Muitas vezes é difícil para nós "agir corretamente", em especial quando os instintos básicos, incluindo-se a intuição, estão isolados. Nesse caso, é difícil fazer especulações quanto às consequências antes do fato, em vez de depois dele. A alma selvática tem um lado profundamente compassivo que leva esse fato em consideração.

No arquétipo do segredo, é lançado sobre a psique da mulher uma espécie de encantamento, como uma rede escura, e ela é encorajada a acreditar que o segredo não deve jamais ser revelado. Além do mais, ela deve acreditar que, se o revelar, todas as pessoas decentes que por acaso a encontrarem irão insultá-la para todo o sempre. Essa ameaça a mais, além da própria vergonha secreta, faz com que a mulher se submeta não a uma, mas a duas cargas.

Esse tipo de ameaça de encantamento é um passatempo apenas para aquelas pessoas que habitam um espaço negro e limitado no seu coração. Entre as pessoas cheias de amor e carinho pela condição humana, vale exatamente o contrário. Elas ajudariam a extrair o segredo, por saberem que ele gera uma ferida incurável até que o tema se expresse em palavras e disponha de testemunhas.

A zona morta

A guarda de segredos isola a mulher daqueles que lhe dariam amor, auxílio e proteção. Ela faz com que a mulher carregue a carga da dor e do medo sozinha, e às vezes no lugar de um grupo inteiro, seja a família, seja a cultura. Além disso, como afirmou Jung, guardar segredos nos isola do inconsciente. Ali onde há um segredo vergonhoso, há sempre na psique da mulher uma zona morta, um local que não tem sensibilidade ou resposta adequada aos acontecimentos contínuos da sua própria vida emocional ou aos acontecimentos da vida emocional dos outros.

A zona morta tem imensas proteções. Ela é um lugar de inúmeras portas e muros, todos fechados com vinte trincos, e os *homunculi*, as pequenas criaturas que habitam os sonhos das mulheres, estão sempre ocupados na construção de mais portas, mais represas, maior segurança, para que o segredo não escape.

No entanto, não há como enganar a Mulher Selvagem. A Mulher Selvagem tem consciência dos fardos obscuros que a mente da mulher carrega bem amarrados com cordas e faixas. Esses espaços na mente da mulher não são sensíveis à luz ou à graça, de tão cobertos que estão. E é claro que, já que a psique é extremamente compensatória, o segredo irá de qualquer jeito descobrir uma forma de sair, se não for em palavras concretas então sob a forma de melancolias repentinas, de acessos de fúria intermitentes e misteriosos, de todos os tipos de dores, esforços e tiques físicos, conversas inacabadas que terminam de repente e sem explicação e súbitas reações estranhas a filmes e até mesmo a comerciais de televisão.

O segredo sempre descobre um meio de sair, se não for direto através de palavras, então em termos somáticos; e na maior parte das vezes de uma forma que lhe permita ser tratado e auxiliado abertamente. Portanto, o que faz a mulher quando descobre que o segredo está vazando? Ela corre atrás dele com enorme dispêndio de energia. Ela o alcança, o embrulha e o enfurna de novo na zona morta. Ela chama seus *humunculi* – os guardiões internos e defensores do ego – para que construam mais portas, mais paredes. A mulher descansa encostada ao seu túmulo psíquico mais recente, gotejando sangue e respirando como uma locomotiva. A mulher que guarda um segredo é uma mulher exausta.

Minhas *nagynénik*, tias, costumavam contar uma historieta sobre essa questão dos segredos. Elas a intitulavam "A mulher dos cabelos de ouro" ou "*Arányos Haj*, cabelos dourados".

*

A MULHER DOS CABELOS DE OURO

Era uma vez uma mulher lindíssima, mas muito estranha, de longos cabelos dourados, finos como fios de ouro. Ela era pobre e não tinha nem pai nem mãe. Morava sozinha no bosque e tecia num tear feito de galhos de nogueira-preta. Um brutamontes, que era filho do carvoeiro, tentou forçá-la a se casar com ele, e ela, numa tentativa para se livrar dele, lhe deu uma mecha de cabelos dourados.

Ele, no entanto, não sabia ou não se importou em saber se o ouro que ela lhe dera tinha valor monetário ou espiritual. Assim, quando ele tentou trocar o cabelo por mercadorias no mercado, as pessoas zombaram dele e o consideraram louco.

Furioso, ele voltou à noite à cabana da mulher, matou-a com suas próprias mãos e enterrou o corpo junto ao rio. Por muito tempo, ninguém notou sua ausência. Ninguém perguntava por sua casa, nem por sua saúde. Na sua cova, porém, os cabelos dourados não paravam de crescer. A linda cabeleira abriu o solo negro para subir em curvas e espirais e foi crescendo cada vez mais, em arcos e volteios, crescendo até que sua cova se cobrisse de ondulantes juncos dourados.

Uns pastores cortaram os juncos anelados para fazer flautas e, quando foram tocá-las, as flautinhas começaram a cantar sem parar:

Aqui jaz a mulher dos cabelos dourados
assassinada e enterrada,
morta pelo filho do carvoeiro
porque tinha vontade de viver.

E foi assim que o homem que havia tirado a vida da mulher dos cabelos dourados foi descoberto e levado à justiça para que quem vive nos bosques selvagens do mundo, como nós vivemos, pudesse mais uma vez estar em segurança.

*

Embora essa história transmita a costumeira recomendação de que se tome cuidado em locais solitários e ermos, a mensagem interior é profunda: a de que a força da vida da bela mulher selvagem, encarnada por seus cabelos, continua a crescer, a viver e a transmitir uma sabedoria em nível consciente mesmo depois de fisicamente silenciada e enterrada. A história é provavelmente um fragmento de uma narrativa de morte e ressurreição muito maior e mais antiga, girando em torno de uma divindade feminina.

Esse trecho é bonito e muito ilustrativo. Além disso, ele nos diz algo a respeito da natureza dos segredos e talvez até mesmo o que é que morre na psique quando a vida da mulher não é devidamente valorizada. Nessa história, o assassinato da mulher que mora lá na floresta é o segredo. Ela representa uma *kore*, o aspecto da mulher-que-não-quer-se-casar da psique feminina. A parte da mulher que deseja ficar só consigo mesma é mística e solitária num sentido positivo e se dedica a escolher e criar ideias, pensamentos e iniciativas.

É essa mulher selvagem refreada que mais sofre com traumas ou com a guarda de um segredo... esse sentido integral do self que não precisa ter muita coisa à sua volta para se sentir feliz, esse coração da psique feminina que tece na floresta no tear de nogueira-preta e está em paz ali.

No conto de fadas ninguém pergunta por essa mulher vital. Isso não é incomum nesses contos ou na vida real. As famílias das mulheres mortas no "Barba-azul" também não vêm procurar suas filhas. Em termos culturais, isso carece de interpretação. É triste, mas todas sabemos o que significa, e infelizmente muitas mulheres compreendem essa falta de interesse de primeira mão. Embora as pessoas possam perceber que no fundo seu coração está partido, elas podem, inadvertida ou propositalmente, fechar os olhos à evidência da sua dor.

Entretanto, parte do milagre da psique selvagem reside no fato de que, não importa a profundidade da "morte" da mulher, não importa a extensão dos danos, sua vida psíquica continua e surge a céu aberto, onde em circunstâncias de grande emoção ela acabará saindo sob a forma de canção. É então que o mal perpetrado é percebido pelo consciente, e a psique começa sua recuperação.

É uma ideia bastante interessante a de que a força vital da mulher possa continuar a crescer mesmo que ela aparente estar sem vida. Trata-se de uma promessa de que, mesmo sob as condições mais insubstanciais, a força da vida selvagem mantém nossas ideias vivas e em desenvolvimento debaixo da terra, embora apenas por algum tempo. Com o tempo, elas irão abrir seu caminho até a superfície. Essa força vital não deixará o assunto em paz até que sejam revelados o paradeiro e as circunstâncias.

Como acontece com os pastores na história, isso envolve inspirar o ar e deixar passar o ar da alma ou *pneuma* através dos juncos, a fim de saber o verdadeiro estado de coisas da psique e o que deve ser feito em seguida. É essa a função do lamento. Depois, começa a escavação.

Embora alguns segredos sejam fortificantes – por exemplo, aqueles usados como parte de uma estratégia para se atingir um objetivo competitivo, ou aqueles segredos agradáveis guardados só pelo prazer de saboreá-los – os segredos da vergonha são muito diferentes, tão diferentes quanto uma medalha adornada com fitas e uma faca ensanguentada. Esta última precisa ser trazida à superfície, testemunhada por pessoas compassivas sob condições generosas. Quando a mulher guarda um segredo vergonhoso, é apavorante ver a enorme quantidade de culpa e de tortura que ela impõe a si mesma. Toda a culpa e a tortura que ameaçavam se abater sobre a mulher se ela contar o segredo acaba se abatendo do mesmo jeito, apesar de ela não o ter revelado a ninguém. Tudo a ataca de dentro.

A mulher selvática não consegue conviver com isso. Os segredos vergonhosos fazem com que a pessoa viva atormentada. Ela não consegue dormir, pois um segredo humilhante é como um cruel arame farpado que se engancha no seu ventre quando ela tenta sair correndo. Os segredos da vergonha são destrutivos não só da saúde mental da mulher mas também dos seus vínculos com a Mulher Selvagem. A Mulher Selvagem escava as coisas, joga-as para o alto, corre atrás delas. Ela não enterra e esquece. Se por acaso enterrar, ela se lembra do que foi enterrado e do local, e não passará muito tempo até que ela o desenterre de volta.

Manter em segredo a vergonha perturba profundamente a psique. Os segredos passam a irromper nos sonhos. Um analista muitas vezes precisa ir além do conteúdo manifesto, e às vezes até mesmo do conteúdo arquetípico, de um sonho para ver que ele na realidade está divulgando o próprio segredo que a sonhadora não pode e não ousa dizer em voz alta.

Existem muitos sonhos que, ao serem analisados, são vistos como sonhos sobre sentimentos vastos e imensos que a pessoa, na vida real, não consegue verbalizar. Alguns desses sonhos dizem respeito aos segredos. Algumas das imagens de sonhos mais comuns são as luzes, de origem elétrica ou não, tremeluzindo e/ou se apagando, sonhos em que a pessoa que sonha adoece por ter comido algo, outros em que a pessoa que sonha não consegue se mexer devido ao perigo e aqueles nos quais a pessoa que sonha tenta gritar, mas não sai nenhuma voz.

Lembram-se de *canto hondo*, o canto profundo, e de *hambre del alma*, a alma faminta? Com o tempo, essas duas forças, através dos sonhos e da própria força da vida selvagem da mulher, sobem até a superfície da psique e deixam sair o grito necessário, o grito que liberta. A mulher descobre, então, a sua voz. Ela canta, revela o segredo e é ouvida. Recupera seus alicerces psíquicos.

Esse conto de fadas e outros a ele semelhantes são bálsamos a serem aplicados sobre as feridas secretas. Eles são incentivo, orientação e resolução. O que se encontra por trás da formação da sabedoria dos contos de fadas é o fato de que, tanto para os homens quanto para as mulheres, danos ao self, à alma e à psique causados por segredos e por outros motivos, fazem parte da vida da maioria das pessoas. Nem podem ser evitadas as cicatrizes subsequentes. Existe, no entanto, ajuda para esses danos e existe a cura, sem a menor sombra de dúvida.

As feridas são genéricas; existem as que são específicas dos homens e as específicas das mulheres. O aborto provocado deixa uma cicatriz. O aborto espontâneo deixa uma cicatriz. Perder um filho de qualquer idade deixa uma cicatriz. Às vezes estar perto de outra pessoa ajuda a formar cicatrizes. Podem surgir extensas cicatrizes como consequência de escolhas ingênuas, de se cair numa armadilha, bem como de escolhas acertadas. Existem tantos formatos de cicatrizes quantos são os tipos de ferida psíquica.

A repressão de temas secretos cercada de vergonha, medo, raiva, culpa ou humilhação acaba por isolar todas as outras partes do inconsciente que se encontram perto do local do segredo.[3] É como aplicar uma anestesia, digamos, no tornozelo de uma pessoa para fazer uma cirurgia. Uma boa parte da perna acima e abaixo do tornozelo também é afetada pela anestesia, não apresentando mais sensação. É assim que a guarda de um segredo funciona na psique. Ela é um anestésico gotejando constantemente por via intravenosa, e que amortece muito mais do que a área em questão.

Não importa a natureza do segredo, não importa quanta dor esteja envolvida na sua guarda, a psique é afetada do mesmo jeito. Eis um exemplo. Uma mulher, cujo marido quarenta anos antes havia cometido suicídio três meses após o casamento, foi aconselhada pela família dele a ocultar não só as provas da grave enfermidade depressiva de que ele sofria mas também sua profunda raiva e dor emocional daquela época. Em consequência disso, ela desenvolveu uma "zona morta" relacionada com a aflição dele, com a sua própria aflição, bem como sua raiva do estigma cultural vinculado ao acontecimento como um todo.

Ela permitiu que a família do marido a traísse ao concordar com a exigência de que nunca deveria revelar o fato de como haviam tratado seu marido com crueldade durante anos a fio. E a cada ano no aniversário do suicídio do marido, a família mantinha um silêncio total. Ninguém ligava para perguntar, "Como está se sentindo? Você gostaria de receber visita hoje? Você sente falta dele? Sei que deve sentir. Vamos sair para fazer alguma coisa juntos?". A mulher cavava a sepultura do marido mais uma vez e enterrava sozinha a sua dor, ano após ano.

Com o tempo, ela começou a evitar outros dias de comemoração: aniversários de casamento e de nascimento, até mesmo o seu próprio. A zona morta foi se espalhando do centro do segredo para fora, não só cobrindo os acontecimentos comemorativos, mas se estendendo a outros festejos e até além deles. Todos esses acontecimentos típicos das famílias e das amizades eram menosprezados pela mulher, que os considerava uma perda de tempo.

No seu inconsciente, porém, eles eram gestos vazios, já que ninguém se havia aproximado dela nos seus tempos de desespero. Sua dor crônica e a guarda vergonhosa daquele segredo haviam corroído aquela área da psique que regulava os relacionamentos. Na maior parte das vezes, ferimos os outros no ponto, ou bem próximo do ponto, onde nós mesmas fomos feridas.

Se, no entanto, a mulher deseja manter todos os seus instintos e ser capaz de se movimentar livremente dentro da própria psique, ela pode revelar seu segredo ou seus segredos a algum ser humano da sua confiança, recontando-os quantas vezes considerar necessário. Geralmente uma ferida não se cura apenas com um primeiro tratamento, às vezes são necessários cuidados contínuos até que se cure.

Quando afinal o segredo se revela, a alma precisa de uma resposta melhor do que "Hummmmm, é mesmo? Que pena!" ou "Pois é, a vida é dura" tanto por parte de quem conta como por parte de quem ouve. Quem conta tem de se esforçar para não depreciar a questão. E é uma bênção se quem ouve for uma pessoa que saiba escutar com o coração comovido e que possa se retrair, estremecer e sentir uma fisgada de dor no coração sem perder o controle. Parte da cura de um segredo reside em contá-lo para que outros se comovam com ele. Dessa forma, a mulher começa a se recuperar da vergonha ao receber o auxílio e os cuidados que lhe faltaram durante o drama original.

Em grupos pequenos de mulheres nos quais haja intimidade, realizo esse intercâmbio quando peço às mulheres que se reúnam e tragam fotografias das mães, tias, irmãs, companheiras, avós e de outras mulheres que sejam significativas para elas. Alinhamos todos os retratos. Alguns estão rachados, alguns descascados, alguns manchados com círculos de café ou de água; alguns foram rasgados e depois colados novamente com fita adesiva; alguns estão envoltos em papel celofane. Muitos trazem no verso belas inscrições arcaicas, "Ah, só você!", "Amor para sempre", "Eu e Joe em Atlantic City", "Eu e minha maravilhosa companheira de quarto" ou ainda "Essas são as colegas da fábrica".

Sugiro que cada mulher comece dizendo, "essas são as mulheres da minha família" ou "essas são as mulheres de quem sou herdeira". As mulheres olham para essas fotos das suas parentas e amigas e, com profunda compaixão, começam a contar as histórias e segredos de cada uma, como lhes chegaram ao conhecimento: a grande alegria, a grande mágoa, o grande esforço, a grande vitória na vida de cada uma delas. Em todo o tempo que passamos juntas, há momentos em que não se pode mais ir adiante, pois muitas lágrimas tiram muitos barcos da doca seca e lá saímos nós velejando juntas por algum tempo.[4]

Aqui o que conta é uma verdadeira lavagem de roupas femininas de uma vez por todas. A proibição universal de se lavar a roupa suja em público é irônica porque geralmente a "roupa suja" também nunca chega a ser lavada no seio da família. Lá embaixo no canto mais escuro do porão, a "roupa suja" da família simplesmente fica ali jogada, dura com seu segredo para sempre. A insistência em se manter segredo é um veneno. Na realidade, ela quer dizer que a mulher não tem nenhum apoio à sua volta para lidar com as questões que lhe causam dor.

Muitas das histórias secretas das mulheres são do tipo que a família e os amigos não têm condição de examinar. Eles não acreditam, tentam fazer pouco do assunto ou se desviar dele, e na realidade é totalmente compreensível que ajam assim. Se eles as examinassem, se as iluminassem, trabalhassem com elas, teriam de compartilhar da dor da mulher. Nenhuma possibilidade de ficar ali parada, controlada. Nenhuma chance de um "Pois é..." seguido de silêncio. Nada de "precisamos tentar nos ocupar para não ficar repisando essas coisas". Não, se a colega, a família, a comunidade de uma mulher são solidárias na dor pela morte da mulher dos cabelos dourados, todas terão de acompanhar o cortejo fúnebre. Todas terão de chorar junto ao túmulo. Ninguém vai conseguir se desvencilhar disso, e será muito duro para todas.

Quando a mulher dedica mais atenção à questão da sua própria vergonha secreta do que outros membros da sua família ou da sua comunidade, é só ela quem sofre conscientemente.[5] Nunca se realiza o objetivo psicológico da família, o de reunir forças. No entanto, a natureza selvagem exige que nosso ambiente seja purificado de irritações e ameaças, que aquilo que oprime seja reduzido ao mínimo possível. Por isso, é geralmente apenas uma questão de tempo até que a mulher invoque a coragem desde os ossos da alma, corte uma flauta de junco e revele o segredo de sua própria voz.

Eis o que fazer com segredos vergonhosos, com base em estudos sobre conselhos arquetípicos extrapolados de dezenas de contos de fadas, como por exemplo "Barba-azul", "Mr. Fox", "Robber Bridegroom", "Mary Culhane",[6] entre outros, nos quais a heroína se recusa a guardar o segredo de uma forma ou de outra e fica assim liberada para viver intensamente.

Veja o que estiver vendo. Conte para alguém. Nunca é tarde demais. Se você achar que não consegue contar o segredo em voz alta, basta fazê-lo por escrito. Escolha uma pessoa que seus instintos julguem ser de confiança. O assunto complexo cuja abordagem lhe causa tanta preocupação estará muito melhor no mundo lá fora do que preso aqui dentro, supurando. Se preferir, procure um terapeuta que saiba lidar com segredos. Ele deverá ser uma pessoa solidária, sem nenhuma necessidade de fazer alarde sobre o que é certo e errado, que sabe a diferença entre a culpa e o remorso e tem conhecimento da natureza da dor e da ressurreição do espírito.

Qualquer que seja o segredo, agora compreendemos que ele faz parte das nossas funções para o resto da vida. O seu resgate cura uma ferida que esteve aberta, mas mesmo assim ficará uma cicatriz. Com mudanças no tempo, a cicatriz pode doer e voltará a fazê-lo. Isso faz parte da natureza da verdadeira dor.

Durante anos, a psicologia tradicional de todas as linhas considerou equivocadamente que a dor era um processo pelo qual se passava uma vez, preferivelmente no decurso de um ano, e que depois terminava. Havia algo de errado se o indivíduo não conseguisse ou não quisesse completar o processo dentro desse período. Agora, porém, sabemos o que os seres humanos sabem instintivamente há séculos: que certos danos, mágoas e vergonhas nunca acabam de ser lamentados. Sendo a perda de um filho pela morte ou pelo abandono uma das dores mais duradouras, se não for a mais duradoura de todas.

Num estudo[7] realizado com diários escritos ao longo de muitos anos, Paul C. Rosenblatt, Ph.D., concluiu que as pessoas podem se recuperar da pior parte da dor da sua alma no primeiro ou no segundo ano após uma tragédia, dependendo dos sistemas de apoio dessa pessoa, entre outros aspectos. Daí em diante, porém, ela continua a passar por períodos de dor intensa. Embora esses episódios passem a rarear no tempo e a encurtar na sua duração, eles apresentam praticamente a mesma intensidade de dor quase física da ocasião original.

Esses dados nos ajudam a entender a normalidade da dor a longo prazo. Quando um segredo não é revelado, a dor persiste do mesmo jeito, e por toda a vida. A guarda de segredos prejudica a higiene natural e autocurativa da psique e do espírito. Essa é mais uma razão para revelarmos nossos segredos. A revelação e a dor nos salvam da zona morta. Elas nos permitem deixar para trás o culto fatal dos segredos. Podemos chorar e chorar muito, e sair cobertas de lágrimas, mas não manchadas de vergonha. Podemos sair daí mais profundas, com o total reconhecimento de quem somos e plenas de uma nova vida.

A Mulher Selvagem nos abraçará enquanto estivermos chorando. Ela é o Self instintivo. Ela consegue suportar nossos gritos, nossos uivos, nosso desejo de morrer sem morrer. Ela sabe aplicar os melhores remédios nos piores lugares. Ela ficará sussurrando e murmurando nos nossos ouvidos. Ela sentirá dor pela nossa dor. Ela a suportará. Não fugirá. Embora haja cicatrizes inúmeras, é bom lembrar que, em termos de resistência à tração e capacidade de absorver pressão, uma cicatriz é mais forte do que a pele.

O capote expiatório

Às vezes no meu trabalho com mulheres mostro-lhes como fazer um *capote* expiatório longo, de tecido ou de algum outro material. Um capote expiatório é um casaco que descreve em detalhes, pintados ou escritos e com todo tipo de coisas costuradas ou pregadas nele, os insultos que a mulher sofreu na sua vida, todas as ofensas, calúnias, traumas, feridas, cicatrizes. É a sua afirmação da experiência da mulher de ser transformada em bode expiatório. Às vezes demoramos apenas um dia ou dois para fazer um casaco desses; outras vezes demoramos meses. Ele é de extrema utilidade para a descrição de todas as mágoas, baques e golpes da vida da mulher.

A princípio, fiz um capote expiatório para mim mesma. Ele logo ficou tão pesado que precisou de um cortejo de musas para carregar a cauda. A minha intenção era a de fazer esse casaco e mais tarde, depois de ter posto todo esse lixo psíquico num único objeto psíquico, eu poderia dispersar uma parte da minha antiga fragilidade ao incinerá-lo. O que aconteceu, porém, foi que pendurei o casaco no teto do corredor e cada vez que passava por ele, em vez de me sentir mal, eu me sentia bem. Descobri que admirava os *ovarios* da mulher que podia usar um casaco daqueles e ainda estar andando inabalável, cantando, criando e abanando o rabo.

Descobri que isso também se aplicava às mulheres com que eu trabalhava. Elas nunca queriam destruir seus capotes expiatórios depois de prontos. Elas queriam guardá-los para sempre, quanto mais repulsivos e sangrentos, melhor. Às vezes, também os chamamos de mantos de combate pois eles são prova da resistência, das derrotas e das vitórias das mulheres como indivíduos e das suas parentas.

É também uma boa ideia que as mulheres contassem sua idade não pelos anos, mas pelas marcas de combate. "Qual é a sua idade?" perguntam-me às vezes. "Tenho dezessete marcas de combate", respondo. Geralmente as pessoas não se retraem, mas começam alegremente a medir sua idade pelas marcas de combate.

Como o povo *lakota* pintava hieroglifos em peles de animais para registrar os acontecimentos do inverno, e os povos náuatle, maia e egípcio possuíam seus códices de registro dos grandes eventos da aldeia, das guerras, das vitórias, as mulheres têm seus capotes expiatórios, seus mantos de combate. Fico me perguntando o que nossas netas e bisnetas irão pensar das nossas vidas assim registradas. Espero que tudo isso precise ser explicado a elas.

Que não reste nenhuma dúvida a respeito, pois você o conquistou com as difíceis opções da sua vida. Se alguém lhe perguntar sua nacionalidade, sua origem étnica ou sua linhagem, dê um sorriso enigmático. Responda: "Clã das Cicatrizes".

CAPÍTULO 14

la selva subterránea: a iniciação na floresta subterrânea

A DONZELA SEM MÃOS

Se uma história é uma semente, então nós somos seu solo. O ato de ouvir uma história nos permite vivenciá-la como se nós mesmas fôssemos a heroína que cede diante das dificuldades ou que as supera no final. Se ouvimos uma história de um lobo, depois disso saímos a perambular e a ter o conhecimento de um lobo por algum tempo. Se ouvimos uma história de uma pomba que afinal encontra seus filhotes, então, por algum tempo depois, algo fica se movendo por baixo do nosso próprio peito emplumado. Se se trata de uma história de resgate da pérola sagrada das garras do vigésimo dragão, sentimo-nos depois exaustas e satisfeitas. Num sentido muito real, ficamos impregnadas de conhecimento só por termos dado ouvidos ao conto.

Entre os junguianos, isso se chama "mística da participação" – um termo tomado de empréstimo do antropólogo Lévy-Bruhl – e é usado para designar um relacionamento no qual "a pessoa não consegue se distinguir como entidade separada do objeto observado". Entre os freudianos, é uma atitude chamada de "identificação projetiva". Entre os contadores de histórias, ela é chamada de "magia solidária" – querendo dizer a capacidade da mente de se afastar do seu ego por um tempo e se fundir com uma outra realidade, ali vivenciando e aprendendo ideias que ela não pode aprender em nenhuma outra forma de consciência para depois trazê-las de volta à realidade consensual.[1]

"A donzela sem mãos" é um conto de fadas admirável, no qual descobrimos os dedos de antigas religiões noturnas aparecendo no entretexto da história. O enredo se desenrola de tal forma que os ouvintes participam das provas de resistência da heroína pois a história é tão extensa que demora para ser contada e demora ainda mais para ser absorvida. Costumo contá-la durante o período de sete noites e às vezes, dependendo dos ouvintes, durante sete semanas ou sete meses – dedicando cada noite, semana ou mês a cada provação da história – e existe um motivo para isso.

A história nos atrai para um mundo que está muito abaixo das raízes das árvores. Dessa perspectiva, podemos ver que "A donzela sem mãos" fornece material para todo o processo da vida da mulher. Ela trata da maioria das principais jornadas da psique da mulher. Ao contrário de outros contos examinados nesta obra que tratam de uma tarefa específica ou de um aprendizado específico ocorrido num período de dias ou de semanas, "A donzela sem mãos" cobre uma jornada de muitos anos – o percurso de toda a vida de uma mulher. Essa história é, portanto, especial; e um bom ritmo para sua assimilação consiste na sua leitura acompanhada de uma generosa parcela de tempo dedicada a nos sentarmos com nossa musa para estudar suas partes uma a uma.

"A donzela sem mãos" trata da iniciação da mulher para sua entrada na floresta subterrânea através do rito da resistência. O termo *resistir* dá a impressão de significar "continuar sem interrupção" e, embora essa seja uma parte eventual das tarefas subjacentes ao conto, esse termo também significa "endurecer, tornar firme, robusto, fortalecer". É esse o principal impacto do conto bem como a característica produtiva da longa vida psíquica da mulher. Não continuamos só por continuar. A resistência denota que estamos criando algo.

O ensino da resistência ocorre em toda a natureza. A planta das patas dos filhotes de lobo são macias como barro molhado quando eles nascem. São só os passeios, as perambulações, as migrações nas quais seus pais os levam que as enrijecem. Então, eles podem escalar e saltar sobre cascalhos cortantes, sobre urtigas, até mesmo sobre vidro quebrado, sem se machucar.

Já presenciei mães lobas mergulhando seus filhotes nos córregos mais frios que se possam imaginar, correndo até que o filhote tenha as pernas tão cansadas que não consiga mais acompanhar e depois correndo mais um pouco. Elas estão fortalecendo a pequenina criatura, nela investindo força e rápida capacidade de recuperação. Na mitologia, o ensino da resistência é um dos ritos da Grande Mãe Selvagem, arquétipo da Mulher Selvagem. É seu ritual eterno o de fortalecer seus rebentos. É ela quem nos dá a têmpera, quem nos torna resistentes e poderosos.

E o lugar em que esse aprendizado se realiza e essas qualidades são adquiridas é *la selva subterránea*, o mundo oculto do conhecimento feminino. É um mundo selvagem que fica subjacente ao nosso. Enquanto estamos lá, ficamos impregnadas do conhecimento e da linguagem instintivos. A partir desse ponto privilegiado, compreendemos o que não conseguimos compreender com tanta facilidade a partir da perspectiva do mundo objetivo.

A donzela no conto realiza algumas descidas. Quando ela completa um estágio de descida e de transformação, ela mergulha ainda em mais um. Esses estágios alquímicos se completam cada um com um *nigredo*, perda, *rubedo*, sacrifício e *albedo*, chegada da luz, cada um acompanhando o outro. Também o rei e a mãe do rei têm cada um seu próprio estágio. Todas essas descidas, perdas, descobertas e fortalecimentos ilustram a iniciação perpétua da mulher na renovação do aspecto selvagem.

A história da donzela sem mãos é, em diferentes partes do mundo, chamada de "Mãos de prata", "A noiva sem mãos" e "O pomar". Estudiosos do folclore computam mais de cem versões da história. Na sua essência, a seguinte versão é encontrada em toda a Europa central e oriental. No entanto, que a verdade seja dita, a profunda experiência feminina subjacente ao conto se encontra em qualquer lugar onde haja um anseio pela Mãe Selvagem.

Minha tia Magdalena tinha um hábito matreiro para contar histórias. Ela apanhava seus ouvintes de surpresa começando um conto de fadas com "Isso aconteceu há uns dez anos" e depois passava a relatar um conto da era medieval perfeito, com cavaleiros, fossos e tudo o mais. Ou então ela dizia "Era uma vez, bem na semana passada..." e contava uma história do tempo em que os seres humanos ainda não usavam roupa.

Portanto, segue-se a história, "A donzela sem mãos".

*

Era uma vez, há alguns dias, um homem que ficava na estrada e que ainda possuía uma pedra enorme de fazer farinha com a qual moía o cereal da aldeia. Esse moleiro estava passando por dificuldades e não lhe restava nada além da enorme pedra de moinho num barracão e da grande macieira florida atrás da construção.

Um dia, quando ele entrava na floresta com seu machado de gume de prata para cortar lenha, um velho estranho surgiu de trás de uma árvore.

– Não há necessidade de você se torturar cortando lenha – disse o velho em tom engambelador. – Posso adorná-lo de riquezas se você quiser me dar o que está atrás do seu moinho.

– O que está atrás do meu moinho a não ser a macieira florida? – perguntou-se o moleiro, concordando com a proposta do velho.

– Dentro de três anos, virei buscar o que é meu – disse o estranho, rindo à socapa, e foi embora a mancar, desaparecendo por entre os troncos das árvores.

O moleiro encontrou sua mulher no caminho. Ela havia saído correndo de dentro de casa, com o avental voando e o cabelo desgrenhado.

– Marido, marido meu, quando bateu a hora, surgiu na nossa casa um relógio mais bonito, nossas cadeiras rústicas foram trocadas por cadeiras enfeitadas de veludo, nossa pobre despensa está repleta de carne de caça, nossas arcas e baús transbordam de tão cheios. Diga-me, por favor, como isso aconteceu. – E neste exato momento, anéis de ouro apareceram nos seus dedos e seu cabelo foi puxado e preso num arco dourado.

– Ah – disse o moleiro, assombrado enquanto seu próprio gibão passava a ser de cetim. Diante dos seus olhos, seus sapatos de madeira com o salto tão gasto que ele caminhava inclinado para trás também se transformaram em finos sapatos. – Bem, isso foi um desconhecido – disse ele, ofegante. – Deparei-me com um homem estranho, com uma sobrecasaca escura, na floresta. E ele me prometeu enorme fortuna se eu lhe desse o que está atrás do nosso moinho. Ora, mulher, claro que podemos plantar outra macieira.

– Ai, marido meu! – lamentou-se a mulher, dando a impressão de ter recebido um golpe mortal. – O homem de casaco escuro era o Diabo, e o que está atrás do moinho é a árvore, sim, mas nossa filha também está lá varrendo o quintal com uma vassoura de salgueiro.

E assim os pais foram cambaleando para casa, derramando lágrimas sobre seus belos trajes. A filha permaneceu sem se casar durante três anos e tinha o temperamento como das primeiras maçãs doces da primavera. No dia em que o Diabo veio apanhá-la, ela se banhou, pôs um vestido branco e ficou parada num círculo de giz que ela mesma traçara à sua volta. Quando o Diabo estendeu a mão para agarrá-la, uma força invisível o lançou do outro lado do quintal.

– Ela não pode mais se banhar – berrou ele. – Ou não vou conseguir me aproximar dela. – Os pais ficaram apavorados e algumas semanas se passaram em que ela não se banhou até que seu cabelo ficou emaranhado; suas unhas, negras; sua pele, acinzentada; suas roupas encardidas e duras de sujeira.

Então, com a donzela cada dia mais parecida com um animal, surgiu mais uma vez o Diabo. No entanto, a menina chorou, e suas lágrimas escorreram pelas mãos e pelos braços. Agora, suas mãos e seus braços estavam alvíssimos e limpos. O Diabo ficou furioso.

– Cortem-lhe fora as mãos, do contrário não vou poder me aproximar dela.

– Você quer que eu corte as mãos da minha própria filha? – perguntou o pai, horrorizado.

– Tudo aqui irá morrer – berrou o Diabo. – Você, sua mulher e todos os campos até onde sua vista alcance.

O pai ficou tão apavorado que obedeceu e, pedindo perdão à filha, começou a afiar seu machado de gume de prata. A filha conformou-se.

– Sou sua filha. Faça o que deve fazer.

E foi o que ele fez. No final ninguém poderia dizer quem gritou mais alto, a filha ou o pai. Terminou, assim, a vida da menina da forma que ela conhecia.

Quando o Diabo voltou, a menina havia chorado tanto que os tocos que restavam dos seus braços estavam novamente limpos, e o Diabo foi mais uma vez atirado para o outro lado do quintal quando tentou agarrá-la. Lançando maldições que provocavam pequenos incêndios na floresta, ele desapareceu para sempre, pois havia perdido todo o direito a ela.

O pai havia envelhecido cem anos, e sua esposa também. Como autênticos habitantes da floresta, eles continuaram como podiam. O velho pai fez a oferta de manter a filha num castelo de imensa beleza e riqueza pelo resto da vida, mas a filha disse achar mais condizente que se tornasse mendiga e dependesse da bondade dos outros para seu sustento. E assim ela fez com que atassem seus braços com gaze limpa e ao raiar do dia ela se afastou da sua vida como havia sido até então.

Ela caminhou muito. O sol do meio-dia fez que o suor escorresse riscando a sujeira no seu rosto. O vento desgrenhou tanto seu cabelo até que ele mais parecia um ninho de cegonha com gravetos enfiados de qualquer jeito. No meio da noite, ela chegou a um pomar real onde a lua fazia reluzir os frutos nas árvores.

Ela não podia entrar já que o pomar era cercado por um fosso. Caiu, então, de joelhos pois estava faminta. Um espírito etéreo vestido de branco surgiu e fechou a comporta para esvaziar o fosso.

A donzela caminhou por entre as pereiras sabendo de algum modo que cada fruto perfeito havia sido contado e anotado, e que eles eram também vigiados. Mesmo assim, um ramo curvou-se bem baixo para que ela o alcançasse, fazendo o galho estalar. Ela tocou a pele dourada da pera com os lábios e comeu ali em pé ao luar, com os braços atados em gaze, os cabelos desgrenhados, parecendo uma mulher de lama, a donzela sem mãos.

O jardineiro viu tudo, mas reconheceu a magia do espírito que protegia a donzela e não se intrometeu. Quando ela acabou de comer aquela única pera, ela se retirou atravessando o fosso e foi dormir no abrigo do bosque.

No dia seguinte, o rei veio contar suas peras. Ele descobriu que uma estava faltando, mas, olhando por toda parte, não conseguiu encontrar o fruto desaparecido. Quando lhe perguntaram, o jardineiro tinha a explicação.

– Ontem à noite, dois espíritos esgotaram o fosso, entraram no jardim à luz do luar e um deles que era mulher e não tinha mãos comeu a pera que se oferecia a ela.

O rei disse que iria montar guarda naquela noite. Quando escureceu, ele veio com o jardineiro e o mago, que sabia conversar com espíritos. Os três se sentaram debaixo de uma árvore e ficaram vigiando. À meia-noite, a donzela veio flutuando pela floresta, com as roupas em farrapos, o cabelo desfeito, o rosto sujo, os braços sem mãos e o espírito de branco ao seu lado.

Eles entraram no pomar da mesma forma que antes. Mais uma vez uma árvore curvou-se graciosamente para chegar ao seu alcance, e a donzela sorveu a pera que estava na ponta do ramo. O mago aproximou-se deles, mas não muito.

– Vocês são deste mundo ou não são deste mundo? – perguntou ele.

– Eu fui outrora *do* mundo – respondeu a donzela. – No entanto, não sou *deste* mundo.

– Ela é humana ou é um espírito? – perguntou o rei ao mago, e o mago respondeu que era as duas coisas. O coração do rei deu um salto, e ele se apressou a chegar até ela.

– Não renunciarei a você! – exclamou ele. – Deste dia em diante, eu cuidarei de você.

No castelo ele mandou fazer para ela um par de mãos de prata, que foram amarradas aos seus braços. E foi assim que o rei se casou com a donzela sem mãos.

Passado algum tempo, o rei teve de ir combater num reino distante e pediu à mãe que cuidasse da jovem rainha, pois ele a amava de todo o coração.

– Se ela der à luz um filho, mande me avisar imediatamente.

A jovem rainha deu à luz um belo bebê, e a mãe do rei mandou um mensageiro até o rei para lhe dar as boas-novas. No entanto, a caminho, o mensageiro se cansou e, chegando a um rio, ficou cada vez com mais sono. Afinal, adormeceu profundamente às margens do rio. O Diabo saiu de trás de uma árvore e trocou a mensagem por uma que dizia que a rainha havia dado à luz uma criança que era metade cachorro.

O rei ficou horrorizado com a notícia, mas mesmo assim mandou de volta uma carta recomendando que amassem a rainha e que cuidassem dela nesse terrível transe. O rapaz que vinha trazendo a mensagem mais uma vez chegou ao rio e, sentindo a cabeça pesada como se tivesse comido todo um banquete, logo adormeceu junto à água. Foi quando o Diabo mais uma vez apareceu e trocou a mensagem para "Matem a rainha e a criança".

A velha mãe ficou abalada com essa ordem e mandou um mensageiro pedindo confirmação. Corriam os mensageiros de um lado para outro, cada um adormecendo junto ao rio enquanto o Diabo trocava as mensagens para outras que iam ficando cada vez mais apavorantes, sendo que a última dizia: "Guardem a língua e os olhos da rainha como prova de que ela está morta."

A velha mãe não pôde suportar a ideia de matar a doce rainha. Em vez disso, ela sacrificou uma corça, arrancou sua língua e seus olhos e os escondeu. Em seguida, ela ajudou a jovem rainha a atar o bebê junto ao peito e, cobrindo-a com um véu, disse que ela precisava fugir para salvar a vida. As mulheres choraram e se beijaram na despedida.

A jovem rainha vagueou até chegar à floresta maior e mais selvagem que jamais vira. Na tentativa de procurar um caminho, ela procurava passar por cima, pelo meio e por volta do mato. Quase ao escurecer, o mesmo espírito de branco de antes apareceu e a conduziu a uma pobre estalagem de gente simpática da floresta. Uma outra donzela vestida de branco levou a rainha para dentro e demonstrou saber seu nome. A criança foi posta num berço.

– Como você sabe que sou uma rainha? – perguntou a donzela.

– Nós da floresta acompanhamos esses casos, minha rainha. Agora descanse.

E assim a rainha ficou sete anos na estalagem e se sentia feliz com sua criança e com sua vida. Aos poucos suas mãos lhe voltaram, primeiro como pequeninas mãozinhas de bebê, rosadas como pérolas, depois como mãos de menina e afinal como mãos de mulher.

Enquanto isso, o rei voltou da guerra, e sua velha mãe se lamentou com ele.

– Por que você quis que eu matasse dois inocentes? – perguntou ela, mostrando-lhe os olhos e a língua da corça.

Ao ouvir a terrível história, o rei cambaleou e caiu a chorar inconsolável. A mãe viu sua dor e contou que os olhos e a língua eram de uma corça e que ela havia mandado a rainha e o filho fugir pela floresta adentro.

O rei jurou não mais comer nem beber e viajar até onde o céu continuasse azul para encontrar os dois. Ele procurou por sete anos a fio. Suas mãos ficaram negras; sua barba, de um marrom semelhante ao do musgo; seus olhos, avermelhados e ressecados. Todo esse tempo, ele não comeu nem bebeu nada, mas uma força maior do que ele o ajudou a se manter vivo.

Afinal, ele chegou à estalagem mantida pelo povo da floresta. A mulher de branco convidou-o a entrar, e ele se deitou de tão cansado. A mulher colocou um véu sobre o rosto dele, e ele adormeceu. Quando ele chegou à respiração do sono mais profundo, o véu se enfunou e escorregou aos poucos do seu rosto. Ao despertar, ele encontrou uma linda mulher e uma bela criança que o contemplavam.

– Sou sua esposa, e este é seu filho. – O rei queria acreditar, mas via que a donzela tinha mãos. – Com todas as minhas aflições e com meus bons cuidados, minhas mãos voltaram a crescer – disse a donzela. E a mulher de branco trouxe as mãos de prata que estavam guardadas como um tesouro numa arca. O rei ergueu-se e abraçou a mulher e o filho, e naquele dia houve uma alegria imensa na floresta.

Todos os espíritos e os ocupantes da estalagem fizeram um belo banquete. Depois, o rei, a rainha e o filho voltaram para a velha mãe, realizaram um segundo casamento e tiveram muitos outros filhos, todos os quais contaram essa história para outros cem, que contaram essa história para outros cem, exatamente como vocês fazem parte dos outros cem a quem eu a estou contando.

*

1º estágio: O pacto sem o conhecimento

No primeiro estágio da história, o moleiro vulnerável e ambicioso faz um pacto infeliz com o diabo. Ele pensava em enriquecer, mas depois percebe que o preço será muitíssimo alto. Ele pensava estar dando sua macieira em troca da prosperidade, mas descobre que, em vez disso, deu sua filha ao diabo.

Na psicologia arquetípica, consideramos todos os elementos de um conto de fadas como descrições de aspectos da psique de uma única mulher. Portanto, ao examinar essa história, como mulheres, precisamos nos perguntar logo no início qual é o pacto infeliz que toda mulher faz.

Embora possamos ter respostas diferentes em dias diferentes, há uma resposta que é constante na vida de todas as mulheres. Embora detestemos admitir o fato, na esmagadora maioria das vezes o pacto mais infeliz das nossas vidas é o que fazemos quando nos privamos da nossa vida de conhecimento profundo em troca de uma vida que é muito mais frágil; quando renunciamos aos nossos dentes, nossas garras, nossos sentidos, nosso faro; quando entregamos nossa natureza selvagem em troca da promessa de algo que parece rico, mas que se revela vazio. Como o pai na história, entramos nesse pacto sem perceber a tristeza, a dor e o transtorno que ele trará para nós.

Podemos ter boa vivência dos costumes do mundo, e, mesmo assim, quase toda filha de Eva, se tiver uma chance, opta a princípio pelo pacto infeliz. O desenvolvimento desse terrível pacto envolve um paradoxo enorme e significativo. Apesar de a escolha infeliz poder ser considerada uma reação autodestrutiva em termos psicológicos, é muito mais frequente que ela se torne um divisor de águas, um evento que proporciona ampla oportunidade para a restauração da força da natureza instintiva. Nesse sentido, embora haja tristeza e perda, o pacto infeliz, como o nascimento e a morte, constitui um passo utilitário fora do penhasco planejado pelo Self com o objetivo de mergulhar a mulher profundamente na sua natureza selvagem.

A iniciação da mulher começa com o pacto infeliz que ela fez há muito tempo enquanto ainda estava entorpecida. Ao escolher aquilo que a atraiu como sendo a riqueza, ela cedeu, em troca, seu domínio sobre algumas partes, e muitas vezes sobre todas as partes, da sua vida instintiva, criativa e cheia de paixão. Esse entorpecimento psíquico feminino é um estado próximo ao sonambulismo. Durante sua vigência, andamos, conversamos e no entanto estamos dormindo. Amamos, trabalhamos, mas nossas escolhas revelam a verdade acerca da nossa condição. Os aspectos voluptuosos, curiosos, incendiários e bons da nossa natureza não estão em pleno funcionamento.

É esse o estado da filha no conto de fadas. Ela é linda de se ver, uma criatura inocente. No entanto, ela poderia continuar a varrer o quintal por trás do moinho para sempre de um lado para o outro – sem nunca desenvolver o conhecimento. Sua metamorfose não tem metabolismo.

Portanto, a história começa com a traição grave, porém involuntária, do feminino jovem, da inocente.[2] Pode se dizer que o pai, que simboliza a função da psique que deveria nos orientar no mundo objetivo, desconhece, na realidade, o modo pelo qual o mundo objetivo e o mundo interior funcionam em série. Quando a função do pai da psique deixa de ter conhecimento sobre questões da alma, somos traídas com facilidade. O pai não percebe um dos fatos mais básicos que intermedeiam entre o mundo da alma e o mundo da matéria – ou seja, que muitas coisas que se apresentam a nós não são como aparentam ser à primeira vista.

A iniciação que nos leva a esse tipo de conhecimento é aquela que nenhuma de nós deseja, muito embora ela seja a que todas nós, mais cedo ou mais tarde, chegamos a receber. Há tantos contos – "A bela e a fera", "O Barba-azul", "Reynard, a raposa" – que começam com o pai pondo a filha em perigo.[3] No entanto, na psique da mulher, muito embora o pai caia numa armadilha fatal por não saber nada sobre o lado sombrio do mundo ou do inconsciente, o momento horrível assinala um começo dramático para ela, uma conscientização e astúcia futuras.

Nenhum ente senciente neste mundo tem a permissão de permanecer inocente para sempre. Para que possamos crescer, nossa própria natureza instintiva nos força a encarar o fato de que as coisas não são como parecem a princípio ser. A função criativa selvagem nos força a aprender acerca dos numerosos estados do ser, da percepção e do conhecimento. Esses são os inúmeros dutos através dos quais a Mulher Selvagem fala conosco. Portanto, essa perda e essa traição são os primeiros passos vacilantes num longo processo iniciático que nos lança na *selva subterránea*. Ali, às vezes pela primeira vez em nossa vida, temos a chance de parar de nos chocar com os muros criados por nós mesmas e, em vez disso, aprender a atravessá-los.

Embora a perda da inocência das mulheres seja frequentemente ignorada, na floresta subterrânea a mulher que passou pela queda da própria inocência é considerada especial, em parte por ter sido ferida, mas muito mais porque persistiu, porque está se esforçando para entender, para descascar as camadas das suas percepções e defesas a fim de ver o que está subjacente. Nesse mundo, sua perda de inocência é tratada como um rito de passagem.[4] Ela é aplaudida por poder agora ver com mais clareza. São-lhe conferidos status e homenagens por ela ter sofrido e continuado a aprender.

Entrar num pacto infeliz é característico não só da psicologia da mulher jovem, mas vale para a mulher de qualquer idade que não tenha sido iniciada ou que esteja dependente quanto a essas questões numa iniciação incompleta. Como uma mulher se envolve nesse tipo de pacto? A história começa com o símbolo do moinho e do moleiro. Como os dois, a psique é um triturador de ideias. Ela mastiga os conceitos e os desdobra em alimento. Ela recebe a matéria-prima, sob a forma de ideias, sentimentos, pensamentos e percepções, e a decompõe de modo a torná-la útil para nossa nutrição.

Essa capacidade psíquica é muitas vezes chamada de processamento. Quando processamos, selecionamos toda a matéria-prima da psique, tudo o que aprendemos, ouvimos, desejamos e sentimos durante um determinado período. Decompomos tudo isso, perguntando, "Como posso fazer o melhor uso disso?". Empregamos, então, essas ideias e energias processadas para implementar nossas tarefas mais profundas e para sustentar nossas diversas iniciativas criativas. Desse modo, a mulher mantém-se robusta e ativa.

No entanto, na história, o moinho não está em funcionamento. O moinho da psique está inativo. Isso quer dizer que nada está sendo feito com toda a matéria-prima que entra na nossa vida diariamente, e que não está sendo obtida nenhuma compreensão a respeito dos grãos de conhecimento do mundo real e do mundo oculto que atingem o nosso rosto. Se o moleiro[5] não tem trabalho, a psique parou de se nutrir em termos de importância crítica.

A moagem do grão está relacionada ao impulso criativo. Qualquer que seja o motivo, a vida criativa da psique da mulher está estagnada. A mulher que se sente assim tem a impressão de não estar mais sendo impregnada pelas ideias, de não estar sendo mais aquecida pelo fogo da inventividade, de não estar mais moendo fino para chegar ao âmago das coisas. Seu moinho está silenciado.

Parece haver um entorpecimento natural que acomete os seres humanos num certo estágio da vida. Ao criar minha família e a partir do meu trabalho com o mesmo grupo de crianças talentosas ao longo de anos, percebi que essa espécie de sono se abate sobre as crianças aproximadamente aos onze anos de idade. É aí que elas começam a fazer avaliações precisas nas suas comparações com os outros. Durante esse período, seus olhos deixam de ser francos, passando à dissimulação; e, apesar de elas estarem sempre em movimento como feijões saltadores mexicanos, muitas vezes estão morrendo de um resfriamento terminal. Quer estejam sendo excessivamente desdenhosos, quer estejam se comportando bem demais, em nenhum dos dois estados elas se demonstram sensíveis ao que ocorre no fundo do seu íntimo, e um entorpecimento aos poucos encobre a natureza sensível, os olhos cheios de vida.

Imaginemos, ainda, que durante esse período algo nos é oferecido em troca de nada. Que, de algum modo, nós nos forçamos para chegar a acreditar que, se continuarmos dormindo, sairemos ganhando. As mulheres sabem o que isso significa.

Quando a mulher renuncia aos seus instintos que lhe indicam a hora certa para dizer sim ou não, quando ela renuncia ao seu *insight*, sua intuição e outros traços de natureza selvagem, ela se encontra, então, em situações que prometem ouro, mas que acabam gerando dor. Algumas mulheres desistem da sua arte em troca de um grotesco casamento por interesse, abandonam o sonho de uma vida para ser uma boa esposa, boa filha ou boa menina, ou renunciam à sua verdadeira vocação a fim de levar o que elas esperam que venha a ser uma vida mais aceitável, mais plena e mais digna.

Por esses meios e por outros perdemos nossos instintos. Em vez de nossas vidas se encherem com a possibilidade de iluminação, somos encobertas por uma espécie de "obscurecimento". Nossa capacidade exterior de penetrar na natureza das coisas bem como nossa visão interior estão em sono profundo de tal forma que, quando o diabo chega e bate à porta, nós vamos até ela, como sonâmbulas, e deixamos que ele entre.

O diabo simboliza a força sinistra da psique, o predador, que nessa história não é reconhecido pelo que é. Esse diabo é um bandido arquetípico que precisa da luz, que a deseja e a rouba. Em tese, se a luz lhe fosse dada – ou seja, uma vida com a possibilidade do amor e da criatividade – o diabo não seria mais o diabo.

Nessa história, o diabo se apresenta porque a doce luz da jovem o atraiu. Sua luz não é qualquer uma, mas a de uma alma virginal presa num estado de sonambulismo. Ah, que petisco! Sua luz refulge com uma beleza de partir o coração, mas ela não tem consciência do seu valor. Uma luz dessas, quer se trate do brilho da vida criativa da mulher, da sua alma selvagem, da sua beleza física, da sua inteligência, quer da sua generosidade, sempre atrai o predador. Uma luz dessas que é também alheia e desprotegida é sempre um alvo.

Trabalhei com uma mulher de quem os outros sempre tiravam vantagem, fosse o esposo, os filhos, a mãe, o pai, fosse algum desconhecido. Ela estava com quarenta anos e ainda se encontrava nesse estágio de pacto/traição do seu desenvolvimento interno. Com sua mansidão, sua voz carinhosa e receptiva, sua atitude simpática, ela não só atraía aqueles que queriam roubar uma brasa, mas também reunia-se diante do seu fogo espiritual uma multidão tão numerosa que a impedia de receber qualquer calor.

O pacto infeliz feito por ela foi o de nunca dizer não, para ser amada com constância. O predador da sua própria psique lhe oferecia o ouro de ser amada, se ela desistisse dos seus instintos que diziam que já bastava. Ela percebeu plenamente o que estava fazendo consigo mesma quando teve um sonho em que estava de quatro no meio de uma multidão, tentando alcançar através da floresta de pernas uma coroa preciosa que alguém havia jogado num canto.

O lado instintual da psique estava chamando sua atenção para o fato de que ela havia perdido a soberania sobre sua própria vida e de que seria um trabalho árduo voltar a conquistá-la. Para reaver sua coroa, essa mulher tinha de reavaliar seu tempo, sua generosidade, sua atenção para com os outros.

A macieira florida da história simboliza um belo aspecto das mulheres, o lado da nossa natureza que tem suas raízes afundadas no universo da Mãe Selvagem, de onde recebe alimento. A árvore é o símbolo arquetípico da individuação. Ela é considerada imortal, pois suas sementes sobreviverão a ela, seu sistema radicular protege e revitaliza e ela abriga toda uma cadeia alimentar. Como a mulher, a árvore também tem suas estações e seus estágios de crescimento. Ela tem seu inverno; tem suas primaveras.

Nos pomares de maçãs da região de Northwoods nos Estados Unidos, os fazendeiros chamam suas éguas e cadelas de *girl*; e suas macieiras floridas, de *lady*. As árvores dos pomares são as jovens nuas da primavera – o "primeiro perfume", como costumávamos dizer. De todas as coisas que mais representavam a primavera, a fragrância dos cachos das flores do pomar superava os tordos enlouquecidos que saltavam de um lado para o outro fazendo saltos-mortais triplos no quintal e sobrepujavam as novas lavouras que surgiam como minúsculas chamas de fogo verde na terra negra.

Havia, também, um ditado sobre as macieiras: "Novos na primavera, frutos amargos; do outro lado, doces como calda." Isso queria dizer que a maçã tinha uma natureza dual. No final da primavera, o fruto estava bonito e redondo, e como que salpicado pelo sol nascente. No entanto, ainda estava ácido demais para ser comido. Ele deixaria todos os nervos em pé, com repulsa. Mais tarde na estação, porém, morder uma maçã era como morder uma bala recheada de calda.

A macieira e a donzela são símbolos intercambiáveis do Self feminino, e o fruto é um símbolo de nutrição e maturação do nosso conhecimento desse Self. Se nosso conhecimento acerca dos hábitos da nossa própria alma não estiver maduro, não poderemos nos nutrir com ele, pois esse conhecimento ainda não está pronto. Como ocorre com as maçãs, a maturação leva tempo, as raízes precisam procurar seu chão, pelo menos uma estação deve passar, às vezes algumas. Se o sentido da alma virginal continuar não sendo testado, nada mais pode ocorrer nas nossas vidas. Se pudermos adquirir raízes subterrâneas, podemos amadurecer, nutrindo a alma, o Self e a psique.

A macieira florida é uma imagem da fecundidade, sim. Mais do que isso, porém, ela simboliza o impulso criador densamente sensual e o amadurecimento das ideias. Tudo isso é obra das *curanderas*, as mulheres das raízes, que moram nas profundezas dos penhascos e das *montañas* do inconsciente. Elas mineram ali o inconsciente profundo e nos passam o produto do seu trabalho. Nós elaboramos o produto que elas nos dão e em consequência disso um fogo vigoroso, instintos astutos e conhecimentos profundos ganham vida, e nós nos desenvolvemos e crescemos tanto no mundo interior quanto no objetivo.

Aqui temos uma árvore que simboliza a abundância da natureza livre e selvagem na psique da mulher, e no entanto o valor disso não é compreendido pela psique. Seria possível dizer que a psique inteira tem os olhos fechados às vastas possibilidades da natureza feminina. Quando falamos da mulher/árvore, queremos falar da energia feminina de florescimento que nos pertence e que chega a nós em ciclos, refluindo e voltando até nós com regularidade exatamente como a primavera psíquica se segue ao inverno psíquico. Sem a renovação desse impulso de florescimento nas nossas vidas, a esperança é encoberta, e a terra das nossas mentes e corações permanece imóvel. A macieira florida é nossa vida profunda.

Percebemos a devastadora desvalorização, por parte da psique, do valor da jovem essência do feminino quando o pai diz da macieira, "claro que podemos plantar outra". A psique não reconhece sua própria deusa-criadora encarnada na árvore florida. O jovem self é permutado sem que se perceba seu valor ou seu papel como mensageiro da Mãe Selvagem. No entanto, é esse corte no fluxo do conhecimento que gera o princípio da iniciação da resistência.

O moleiro desempregado passando por dificuldades havia começado a cortar lenha. É um trabalho pesado o de cortar lenha, não é? Ele envolve muito esforço físico. No entanto, esse corte de lenha representa vastos recursos psíquicos, a capacidade de fornecer energia para as próprias tarefas, de desenvolver as próprias ideias, de trazer o seu sonho, qualquer que ele seja, para o seu alcance. Portanto, quando o moleiro começa a cortar lenha, poderíamos dizer que a psique começou a fazer o trabalho extremamente árduo de produzir luz e calor para si mesma.

No entanto, o pobre ego está sempre procurando uma saída fácil. Quando o diabo sugere aliviar o moleiro do trabalho pesado em troca da luz do feminino profundo, o moleiro ignorante aceita o trato. É assim que selamos nosso destino. Nas profundezas hibernais da nossa mente, somos duronas e sabemos que não existe nada que se assemelhe a uma transformação sem esforço. Sabemos que teremos de arder até o chão, de uma forma ou de outra, para depois nos sentarmos nas cinzas do que um dia pensamos ser e avançar a partir dali.

Ocorre, porém, que um outro lado da nossa natureza, uma parte mais desejosa da ociosidade, espera que isso não seja verdade, espera que o trabalho duro termine para poder voltar ao sono. Quando o predador chega, já estamos preparadas para ele, e nos sentimos aliviadas ao imaginar que talvez exista um jeito mais fácil.

Quando fugimos do corte de lenha, as mãos da psique é que são cortadas... pois sem o trabalho psíquico, as mãos psíquicas definham. No entanto, esse desejo de um pacto que evite o trabalho pesado é tão humano e tão comum que é surpreendente encontrar uma pessoa viva que não o tenha aceitado. A opção é tão frequente que, se fôssemos dar um exemplo atrás do outro de mulheres (ou homens) que desejam parar de cortar lenha para ter uma vida mais fácil, perdendo assim suas mãos – ou seja, seu domínio sobre sua própria vida – bem, demoraríamos muito nisso.

Por exemplo, a mulher que se casa por motivos errados e poda sua vida criativa. A mulher que tem uma preferência sexual e se força a aceitar outra. A mulher que quer ser ou fazer algo de importante, e que fica em casa contando clipes de papel. A mulher que quer viver a vida, mas que coleciona pequenos fragmentos de vida como se fossem pedacinhos de barbante. A mulher que tem sua própria identidade, mas que entrega um braço, uma perna ou um olho ao primeiro namorado que se apresente. A mulher que tem um excesso de criatividade radiante e convida suas amigas vampiras para uma sessão de esgotamento. A mulher que precisa prosseguir com a sua própria vida, e algo dentro dela lhe diz, "não, estar presa é estar segura". Tudo isso é o diabo dizendo, "dou-lhe isso se você me der aquilo", o pacto sem o conhecimento.

Portanto, o que deveria ser a árvore florida e nutritiva da psique perde seu poder, seus botões, sua energia; é iludida; é forçada a renunciar ao seu potencial, sem compreender o pacto em que entrou. O drama inteiro quase sempre começa e firma sua posição fora da consciência da mulher.

Deve-se, porém, realçar o fato de ser assim que todo mundo começa. Nessa história, o pai representa o ponto de vista do mundo objetivo, o ideal coletivo que pressiona as mulheres a serem murchas em vez de exuberantemente selvagens. Mesmo assim, não há vergonha nem culpa no fato de você ter renunciado aos seus ramos floridos. É, sem dúvida, você sofreu. E pode ter dado anos, até mesmo décadas, em troca de nada. No entanto, existe uma esperança.

A mãe no conto de fadas informa a toda a psique o que ocorreu. Ela diz: "Acordem! Vejam o que fizeram!" E todo mundo acorda tão rápido que chega a doer.[6] Mesmo assim, a notícia é boa, pois a mãe fraca da psique, que antes ajudava a diluir e a embotar a função dos sentidos, acabou de perceber o horrível significado do pacto. Agora, a dor da mulher chega ao consciente. Quando a dor é consciente, ela pode fazer algo a respeito. Ela pode usá-la para seu aprendizado, para seu fortalecimento, para se tornar uma mulher que sabe.

Com o passar do tempo, haverá notícias ainda melhores. Aquilo que foi dado pode ser resgatado. Pode ser restaurado ao seu lugar correto na psique. Vocês verão.

2º estágio: A mutilação

No segundo estágio da história, os pais voltam trôpegos para casa, derramando lágrimas sobre seus belos trajes. Exatamente três anos depois, o diabo vem apanhar a sua filha. Ela se banhou e pôs um vestido branco. Ela fica parada num círculo de giz que traçou à sua volta. Quando o diabo estende a mão para segurá-la, uma força invisível o atira do outro lado do quintal. Ele lhe ordena que não se banhe. Ela degenera para uma condição animalesca. No entanto, chora nas próprias mãos, e mais uma vez o diabo não consegue tocá-la. Ele então determina que o pai lhe corte as mãos para que ela não possa chorar sobre elas. O pai obedece, e assim termina sua vida como era até então. Entretanto, ela chora nos tocos dos braços, e mais uma vez o diabo não consegue dominá-la, o que o faz desistir.

A filha saiu-se muito bem, considerando-se as circunstâncias. Mesmo assim, ficamos entorpecidas quando passamos por esse estágio e percebemos o que nos foi feito, como cedemos diante da vontade do predador e do pai apavorado de tal forma que acabamos mutiladas.

Depois disso, nosso espírito reage movimentando-se quando nos movemos, procurando alcançar quando procuramos alcançar, caminhando quando caminhamos, mas sem nenhum sentimento no que faz. Ficamos entorpecidas quando percebemos o que acabou ocorrendo. Ficamos horrorizadas por cumprir o pacto. Pensamos que nossos constructos paternos interiores deveriam estar sempre alerta, solidárias com a psique em flor e protetoras para com ela. Descobrimos agora o que acontece quando elas não estão.

Passam-se três anos entre o acordo e a volta do diabo. Esses três anos representam um tempo em que a mulher não tem plena consciência do fato de que ela própria é a vítima do sacrifício. Ela é o holocausto oferecido em troca de algo sem valor. Na mitologia, o período de três anos é a época do aumento de pressão, como nos três anos de inverno que precedem *Ragnarok*, o crepúsculo dos deuses na mitologia escandinava. Em mitos como esses, três anos de alguma natureza decorrem, vem então a destruição e, em seguida, daquela devastação nasce um novo mundo de paz.[7]

Esse número de anos simboliza o tempo em que a mulher se pergunta o que irá acontecer agora; em que ela gostaria de saber se o que mais teme – ser totalmente envolvida por uma força destrutiva – vai realmente ocorrer. O símbolo do número três nos contos de fadas obedece ao seguinte modelo: a primeira tentativa não é certo; a segunda também não; da terceira vez, ah, agora algo vai acontecer.

Logo energia suficiente será despertada, uma quantidade suficiente de vento da alma começará a soprar, levando a nau psíquica a navegar para bem longe. Lao-tsé[8] diz: "De um vêm dois, e de dois, três. Mas de três, vêm dez mil." Quando chegamos à terceira potência de qualquer coisa, ou seja, ao momento transformador, os átomos saltam, e onde havia a lassidão agora existe o movimento.

Ficar sem marido três anos pode ser compreendido como um estado de incubação da psique, um estado no qual seria muito difícil e perturbador ter um outro relacionamento. A tarefa desses três anos consiste no máximo fortalecimento possível, no uso de todos os recursos psíquicos em proveito da própria pessoa, na máxima consciência possível. Isso implica sairmos do nosso sofrimento para ver o que ele significa, como funciona, que modelo ele segue; para examinar outras pessoas com o mesmo modelo, que conseguiram passar bem por tudo isso, e imitar o que fizer sentido para nós.

É esse tipo de observação do tormento e das soluções que induz a mulher a ficar consigo mesma, e isso é correto, pois, como descobrimos mais adiante na história, a missão da donzela é a de encontrar o noivo no mundo oculto, não neste mundo. Em retrospectiva, as mulheres consideram que a preparação para sua descida iniciática vai se desenrolando ao longo de muito tempo, às vezes de anos, até que afinal e de repente lá caem elas penhasco abaixo para dentro das corredeiras, na maioria das vezes empurradas, mas de vez em quando com um mergulho gracioso do alto dos rochedos... só que isso é raro.

Esse período de tempo é às vezes caracterizado pelo tédio. As mulheres costumam dizer que seu estado de espírito é tal que elas simplesmente não conseguem detectar o que é que elas desejam, quer se trate do trabalho, do amor, do tempo, quer se trate do trabalho criativo. É difícil a concentração. É difícil ser produtiva. Essa inquietação nervosa é típica do estágio espiritual do desenvolvimento. Somente o tempo, e não muito adiante de nós, irá nos levar ao abismo do qual precisamos cair ou mergulhar ou sobre o qual precisamos saltar.

A essa altura na história, vemos um fragmento das antigas religiões noturnas. A jovem banha-se, veste-se de branco, traça um círculo de giz à sua volta. Trata-se de um velho ritual das deusas o de banhar-se – o de purificar-se – de usar o vestido branco – o traje da descida à terra dos mortos – e o de traçar um círculo de proteção mágica – o pensamento sagrado – à sua volta. Tudo isso a donzela faz num estado como que hipnótico, como se estivesse recebendo instruções de um tempo muito remoto.

Existe um ponto crítico para nós quando estamos esperando por aquilo que temos certeza de que irá representar nossa destruição, nosso fim. Isso faz com que nós, como a donzela, voltemos nossos ouvidos para uma voz distante proveniente de tempos ancestrais, uma voz que nos diz como nos mantermos fortes, como manter o espírito simples e puro. Uma vez, no meu próprio desespero, sonhei com uma voz que me dizia para tocar o sol. Depois do sonho, a cada dia, onde fosse, eu aplicava minhas costas, a sola do pé ou a palma da mão nos retângulos de luz – superfícies ensolaradas – nas paredes, pisos e portas. Eu me encostava e descansava nessas formas douradas. Elas agiam como turbinas para meu espírito. Não sei dizer como isso acontecia; só sei que acontecia.

Se prestarmos atenção às vozes de sonhos, às imagens, às histórias e à nossa arte, àquelas que vieram antes e a cada uma de nós, algo nos será oferecido, até mesmo diversas coisas que são rituais, que fazem parte de ritos psicológicos individuais, que servem para firmar esse estágio do processo.[9]

O esqueleto dessa história vem do tempo em que se diz que as deusas penteavam o cabelo das mortais e as amavam profundamente. Nesse sentido, portanto, compreendemos que as descidas nesse conto são aquelas que atraem a mulher para o passado remoto, para suas linhagens ancestrais no mundo subterrâneo. É essa a missão que nos aguarda, a de voltar através das névoas do tempo até o lar de *La Que Sabé*. Ela tem para nós vastos ensinamentos do seu mundo que serão de grande valor para nossos espíritos e para nossa existência no mundo objetivo.

Nas religiões antigas, a purificação e a preparação para a própria morte tornam a pessoa imune ao mal, colocam-na fora do seu alcance. Ao nos abrigarmos sob a proteção da Mãe Selvagem – o círculo de giz – permitimos que a descida psicológica continue sem desvios da sua trajetória, sem que nossa vitalidade seja destruída pela diabólica força oponente da psique.

E aqui estamos nós, vestidas e com o máximo de proteção possível, à espera do nosso destino. A donzela chora, no entanto, chora nas próprias mãos. A princípio, quando a psique chora inconscientemente, não conseguimos ouvi-la, a não ser por uma sensação de desamparo que se abate sobre nós. A donzela continua a chorar. Suas lágrimas são a germinação daquilo que a preservará, daquilo que purifica o ferimento recebido.

C. S. Lewis escreveu sobre o frasco de lágrimas de criança que cura qualquer ferimento com apenas uma gota. As lágrimas, na mitologia, derretem o coração enregelado. Na história "A criança da pedra",[10] do povo *inuit*, as lágrimas mornas de um menino fazem com que uma pedra fria se quebre, liberando um espírito protetor. Na história de "Mary Culhane", o demônio que se apoderou de Mary não pode entrar em nenhuma casa onde haja lágrimas derramadas com sinceridade pois essas ele considera "água benta". Desde o início da história, as lágrimas cumpriram três funções: chamaram os espíritos para o lado de quem chora, afastaram os que queriam abafar e amarrar a alma pura e curaram os males decorrentes de pactos infelizes.

Há épocas na vida de uma mulher em que ela chora e não consegue parar de chorar e, mesmo que tenha o auxílio e o apoio dos seres amados, ainda assim ela chora. Algo nesse pranto mantém o predador afastado, mantém longe a vantagem ou o desejo mórbido que irá destruí-la. As lágrimas fazem parte do conserto de rasgos na psique pelos quais a energia vinha vazando sem parar. A questão é séria, mas o pior não ocorre – nossa luz não é roubada – porque as lágrimas nos tornam conscientes. Não há a menor chance de se voltar a adormecer quando se está chorando. O sono que nos chega nessas circunstâncias é apenas repouso para o corpo físico.

Às vezes a mulher diz: "Não aguento mais chorar, estou cansada, quero parar com isso." No entanto, é a sua alma que está gerando as lágrimas, e elas são a sua proteção. Por isso, ela precisa continuar até a hora em que acabe essa necessidade. Algumas mulheres ficam assombradas com a quantidade de água que seu corpo produz quando elas choram. Isso não irá durar para sempre, só até que a alma considere terminada sua sábia expressão.

O diabo tenta se aproximar da moça e não consegue, porque ela se banhou e chorou. Ele admite que seu poder está enfraquecido com essa água benta e exige que ela não mais se banhe. No entanto, em vez de evitá-la, a falta de banho surte o efeito oposto.[11] Ela começa, então, a se parecer com uma força animal, com a natureza selvagem subjacente, e isso também é uma proteção. Pode ser nesse estágio que a mulher passe a se interessar menos ou de modo diferente pela sua aparência. Ela pode sair por aí vestida mais como um emaranhado de gravetos do que como uma pessoa. À medida que ela contempla sua provação, muitas preocupações anteriores recuam para segundo plano.

"Bem", diz o diabo, "se eu descascar sua camada civilizada, eu talvez possa roubar sua vida para sempre." O predador deseja degradá-la, enfraquecê-la com suas proibições. O diabo acha que, se a donzela não tomar banho e ficar imunda, ele poderá roubá-la de si mesma. O que acontece, porém, é exatamente o contrário, pois a mulher suja de fuligem, a mulher de lama, é amada pela Mulher Selvagem e inequivocamente protegida por ela.[12] Aparentemente o predador não compreende que suas proibições somente a aproximam cada vez mais da sua poderosa natureza selvagem.

O diabo não consegue chegar perto do self selvagem. Esse estado tem uma pureza que acaba repelindo a energia imprudente ou destrutiva. A combinação desse estado com a pureza das lágrimas impede o acesso àquela coisa ruim que deseja seu mal para ter uma vida mais plena.

Em seguida, o diabo dá ordens ao pai para que mutile sua filha, decepando-lhe as mãos. Se o pai não obedecer, o espírito do mal ameaça acabar com toda a psique. "Tudo aqui irá morrer. Você, sua mulher e todos os campos até onde sua vista alcance." O objetivo do diabo é o de fazer com que a donzela perca as mãos – ou seja, sua capacidade psíquica de apreender, de segurar, de ajudar a si mesma ou aos outros.

O elemento paterno da psique não está maduro, não consegue firmar sua posição diante desse perigoso predador e, assim, corta fora as mãos da filha. Ele tenta implorar por ela, mas o preço – a destruição de toda a força criativa da psique – é alto demais. A filha submete-se à mutilação, e o sacrifício de sangue é realizado, aquilo que nos tempos antigos indicava uma descida total até o mundo subterrâneo.

Com a perda das mãos, a mulher abre caminho para entrar na *selva subterránea*, o campo de iniciação do mundo oculto. Se estivéssemos no teatro grego, o coro trágico iria agora lamentar-se e chorar, pois, mesmo que esse ato faça com que adquira um poder imenso, nesse instante a inocência da mulher foi assassinada, sem poder jamais voltar a ser o que era antes.

O machado de gume de prata vem de uma outra camada arqueológica do antigo feminino selvagem, na qual a prata é a cor especial do mundo espiritual e da lua. O machado de gume de prata é assim chamado porque nos tempos antigos ele era feito de aço enegrecido na forja, e sua lâmina era afiada com a pedra de amolar até revelar um brilhante tom de prata.

Na antiga religião minoica, o machado da deusa era usado para assinalar o caminho ritual do iniciando e para indicar os lugares considerados santos. Ouvi, também, de duas velhas contadoras de histórias croatas que, nas antigas religiões matriarcais, um pequeno machado ritual era utilizado para cortar o cordão umbilical do recém-nascido, liberando a criança do mundo subterrâneo para que ela pudesse viver neste mundo.[13]

A prata do machado está relacionada às mãos de prata que, com o tempo, irão pertencer à donzela. Esse é um trecho complexo, pois ele apresenta a ideia de que a remoção das mãos psíquicas pode ser ritual. Nas antigas religiões matriarcais, havia o conceito da árvore jovem sendo podada com um machado para que fechasse mais sua copa.[14] Na antiguidade, existia uma profunda devoção pelas árvores reais, pela sua capacidade de ressecar e de voltar à vida, bem como por todos os produtos vitalizantes que elas fornecem às pessoas, como por exemplo a lenha para aquecer e cozinhar, madeira para construir berços, cajados para caminhar, paredes para abrigo, remédios para a febre além de servirem de um lugar onde podemos subir para ver ao longe e, se necessário, para nos escondermos do inimigo. A árvore era realmente uma maravilhosa mãe selvagem.

Nas antigas religiões matriarcais, esse tipo de machado pertence por natureza à deusa, não ao pai. Essa sequência no conto de fadas sugere com firmeza que a propriedade do machado por parte do pai ocorre na história em consequência da mistura de aspectos das religiões novas e antigas, sendo que a mais antiga foi desfeita e deixou certamente de ser lembrada. No entanto, independentemente das névoas do tempo e/ou das camadas que encobrem essas antigas ideias sobre a iniciação das mulheres, ao acompanhar uma história como essa, podemos extrair do emaranhado aquilo que precisamos. Podemos refazer o mapa que mostra o caminho da descida e o caminho de volta.

Podemos compreender a remoção das mãos psíquicas exatamente da mesma forma que esse símbolo era compreendido pelos antigos. Na Ásia, o machado celestial era utilizado para separar a pessoa do self não iluminado. Essa imagem do corte como iniciação tem importância central na história. Se, nas nossas sociedades modernas, as mãos do ego devem ser decepadas com o objetivo de reconquista da nossa função selvagem, dos nossos sentidos femininos, então é melhor que elas sejam mesmo perdidas para que nos afastemos de todas as seduções de coisas sem sentido que estão ao nosso alcance, de tudo aquilo a que podemos nos agarrar para não crescer.

Se é esse o motivo pelo qual as mãos precisam ser perdidas por algum tempo, que seja assim. Renunciemos a elas.

O pai brande a ferramenta de corte de prata e, embora ele tenha uma sensação de enorme pesar, ele valoriza mais a sua própria vida e a da psique ao seu redor, apesar de alguns contadores realçarem claramente que a vida que ele mais teme perder é a sua própria. Se considerarmos o pai como o princípio organizador, uma espécie de regente da psique externa ou terrena, podemos, então, concluir que o self manifesto da mulher, seu self egoico, não quer morrer.

Isso é perfeitamente compreensível. É sempre esse o caso quando ocorre uma descida. Parte do que somos é atraída pela descida como se ela fosse algo bonito, sombrio e agridoce. Ao mesmo tempo, sentimos repulsa por ela e atravessamos ruas, estradas e até mesmo continentes psíquicos para evitá-la. No entanto, aqui nos é demonstrado que a árvore florida precisa sofrer a amputação. O único motivo pelo qual temos condição de suportar essa ideia está na promessa de que alguém, em alguma parte no lado oculto da psique, está à nossa espera, para nos ajudar, para nos curar. E isso é verdade. Alguém muito importante espera para nos restaurar, para transformar o que se deteriorou e para atar os membros que se feriram.

Na região agrícola onde cresci, as tempestades de relâmpagos e de granizo eram chamadas de "tempestades de corte" e às vezes de "tempestades ceifadoras", no sentido da Ceifeira Implacável, porque elas cortavam os seres vivos em toda a vizinhança: animais e às vezes também seres humanos, mas principalmente árvores e lavouras produtivas. Depois de uma grande tempestade, famílias inteiras saíam das cavas onde armazenavam raízes e se curvavam sobre a terra, procurando ver de que ajuda as lavouras, as flores, as árvores poderiam precisar. As criancinhas menores apanhavam os ramos espalhados cheios de folhas e frutos. As maiores punham esteios para segurar plantas ainda vivas, mas cortadas. Elas as amarravam com tarugos de madeira, lascas de gravetos e trapos brancos. Os adultos dividiam e enterravam aquilo que havia sido totalmente destruído.

Existe uma família amorosa, como essa, esperando pela donzela no mundo subterrâneo, como veremos. Na metáfora da mutilação das mãos, vemos que algo advirá disso. No mundo subterrâneo, sempre que alguma coisa não consegue viver, ela é derrubada e dividida para ser usada de outro modo. Essa mulher da história não é velha, não está doente, mas ela precisa ser despojada já que não pode continuar sendo como era antes. Contudo, há forças que estão à sua espera para ajudá-la a curar-se.

No entanto, ao cortar fora suas mãos, o pai aprofunda a descida, acelera a *disolutio*, a difícil perda de todos os nossos valores mais caros, que significam tudo, a perda do ponto privilegiado, a perda das linhas do horizonte, a perda dos nossos pontos de referência acerca daquilo em que acreditamos e por que motivos. Nos ritos aborígines no mundo inteiro, a ideia é confundir definitivamente o rotineiro para que o místico possa ser facilmente apresentado aos iniciandos.[15]

Com o corte das mãos, é realçada a importância do restante do corpo psíquico e dos seus atributos, e nós sabemos que o tolo pai regente da psique não tem muito tempo de vida pois a mulher profunda e mutilada vai cumprir sua tarefa, com ou sem a assistência e proteção do pai. E por mais medonho que possa parecer a princípio, essa nova versão do corpo vai ser de ajuda.

Portanto, é nessa descida que perdemos nossas mãos psíquicas, aquelas partes do nosso corpo que em si mesmas se assemelham a dois pequenos seres humanos. Nos tempos antigos, os dedos eram comparados a pernas e braços, e a articulação do pulso, à cabeça. Esses seres sabem dançar; eles sabem cantar. Uma vez bati palmas acompanhando o ritmo com Renée Heredia, uma grande guitarrista de flamenco. No flamenco, as palmas das mãos falam, geram sons que são palavras, como “Mais rápido, minha bela, mais alto agora, mais fundo, ah, sinta-me, sinta esta música, sinta isso e mais isso”. As mãos são seres por si sós.

Quando se estudam presépios da região do Mediterrâneo, com grande frequência vê-se que as mãos dos pastores e dos Reis Magos, ou de Maria e José, são todas posicionadas de modo a ter as palmas voltadas para o Menino Jesus, como se a criança fosse uma luz que pudesse ser recebida através da pele das palmas. No México, também se percebe o mesmo gesto em estátuas da grande Deusa de Guadalupe que derrama sua luz purificadora voltando sobre nós as palmas das mãos. O poder das mãos é registrado desde o início dos tempos históricos. Em Kayenta, na reserva *navajo*, há uma certa cabana com uma antiga marca de uma mão vermelha ao lado da porta. Ela quer dizer: “Aqui estamos em segurança.”

Como mulheres, tocamos muitas pessoas. Sabemos que nossa palma é uma espécie de sensor. Quer seja num abraço, numa palmadinha, quer seja num simples toque no ombro, estamos interpretando as pessoas que tocamos. Se estivermos ligadas a *La Que Sabé*, sabemos o que o outro ser humano sente quando o apalpamos. Para algumas pessoas, chegam-lhes informações sob a forma de imagens e até mesmo de palavras, dando-lhes conta do estado emocional do outro. Poderíamos dizer que existe nas mãos uma espécie de radar.

As mãos não são só receptores, mas também transmissores. Quando apertamos a mão de alguém, podemos enviar uma mensagem, e com frequência o fazemos através da pressão, da intensidade, da duração e da temperatura da pele. As pessoas que, consciente ou inconscientemente, têm más intenções apresentam toques que dão a impressão de estar fazendo perfurações no corpo da alma psíquica do outro. No outro polo psicológico, a colocação das mãos sobre uma pessoa pode aliviar, confortar, remover a dor e curar. Esse é o conhecimento da mulher através dos séculos, transmitido de mãe para filha.[16]

O predador da psique conhece tudo a respeito do profundo mistério associado às mãos. Em muitas partes do mundo, uma forma extremamente patológica de demonstrar desumanidade está em sequestrar e decepar as mãos da vítima: mutilar a função de sentir, ver e curar do ser humano. O assassino não sente e por isso não quer que sua vítima sinta. É exatamente essa a intenção do diabo, pois o aspecto não redimido da psique não sente e, na sua inveja doentia de quem sente, ele é levado a um ódio cortante. O assassinato da mulher com instrumentos de corte é o tema de muitas histórias. Esse diabo, porém, é mais do que assassino. Ele é um mutilador. Ele exige a mutilação, não a escarificação decorativa ou simplesmente iniciática, mas aquele tipo de mutilação que deixa a mulher inválida para sempre.

Quando dizemos que as mãos da mulher foram decepadas, queremos dizer que ela está forçosamente afastada da possibilidade de se consolar, de promover uma cura imediata; está completamente incapacitada para fazer qualquer coisa que não seja seguir o caminho antiquíssimo. Portanto, é correto que continuemos a chorar durante esse período. É a nossa proteção simples e poderosa contra um demônio tão lesivo que nenhuma de nós consegue compreender totalmente sua motivação ou razão de ser.

Nos contos de fadas, existe um *leitmotiv* chamado de "objeto lançado". A heroína que está sendo perseguida tira um pente mágico dos cabelos e o joga atrás de si, onde ele se transforma numa floresta tão densa que não se consegue enfiar um forcado entre as árvores. Ou então a heroína tem um pequeno frasco de água, que ela abre, salpicando seu conteúdo atrás de si enquanto corre. As gotículas transformam-se numa enchente, que efetivamente retarda a velocidade de quem a persegue.

Na história, a jovem chora sem parar, molhando os tocos dos braços, e o diabo é repelido por algum tipo de campo de força ao seu redor. Ele não consegue agarrá-la como pretendia. Aqui, as lágrimas são o "objeto lançado", o muro de água que mantém o diabo afastado, não porque ele esteja comovido ou emocionado com elas – ele não está – mas porque há algo na pureza das lágrimas verdadeiras que anula o poder do demônio. Descobrimos que isso é verdade quando choramos a mais não poder porque não há nada, absolutamente nada, no horizonte a não ser as possibilidades mais áridas, mais sombrias e impenitentes, e no entanto são nossas lágrimas que nos salvam de arder até nos reduzirmos a cinzas.[17]

A filha deve lamentar-se. Fico perplexa com o fato de as mulheres hoje em dia chorarem tão pouco e, quando o fazem, procuram justificativas. Fico preocupada quando a vergonha ou o desábito começam a eliminar uma função natural. Ser uma árvore florida e estar cheia de seiva é essencial, se não você pode se quebrar. Chorar faz bem, e é certo. Chorar não cura o dilema, mas permite que o processo continue em vez de entrar em colapso. E agora, a vida da donzela como era até então, sua compreensão da vida até esse ponto, terminou, e ela desce para outro nível do mundo oculto. E nós continuamos a acompanhá-la. Prosseguimos, mesmo nos sentindo vulneráveis e tão desprovidas de proteção do ego quanto uma árvore cuja casca foi arrancada. No entanto, temos poder já que aprendemos a atirar o diabo para o outro lado do quintal.

A essa altura percebemos na nossa vida que, não importa o que façamos, os planos do nosso ego fogem das nossas mãos. Haverá uma mudança na nossa vida, uma das grandes, independentemente dos belos planos que o ego maestro-temperamental tenha para o próximo movimento. Nosso próprio destino poderoso começa a governar nossa vida – não o moinho, não a vassoura, não o sono. Acabou-se a vida como a conhecíamos. Desejamos ficar sozinhas, talvez que nos deixem em paz. Não podemos mais confiar na cultura paterna dominante. Estamos envolvidas com o primeiro aprendizado da nossa vida verdadeira. Persistimos.

Essa é uma época em que tudo que valorizamos perde sua graça. Jung nos relembra o termo usado por Heráclito, *enantiodromia* – que significa refluir. Esse refluxo pode, no entanto, ser mais do que uma regressão ao inconsciente individual; ele pode ser um retorno sincero a antigos valores práticos, a ideias mais profundas.[18] Se compreendermos esse estágio da iniciação na resistência como um passo atrás, devemos também considerá-lo um passo de dez léguas para trás e para baixo, que nos leva ao reino da Mulher Selvagem.

Tudo isso faz com que o diabo jogue o rabo sobre o ombro e vá embora furioso. Nesse sentido, quando a mulher sente ter perdido contato, perdido seu jeito habitual de lidar com o mundo, ela tem poder ainda na pureza da sua alma; ela é forte na sua insistente tristeza, e isso faz com que se afaste aquilo que a quer destruir.

É verdade que o corpo psíquico perdeu suas mãos, mas o resto da psique irá compensar essa perda. Ainda dispomos de pés que conhecem o caminho, a mente-alma com a qual vemos longe, seios e ventre para pressentir, exatamente como a exótica e enigmática deusa do ventre, Baubo, que representa a profunda natureza instintiva das mulheres... e que também não tem mãos.

Com esse corpo incorpóreo e estranho, vamos adiante. Estamos a ponto de realizar a descida seguinte.

3º estágio: A perambulação

No terceiro estágio da história, o pai faz a oferta de manter a filha na riqueza pelo resto da vida, mas ela diz que vai partir para depender do destino. Ao amanhecer, com os braços atados com gaze limpa, ela se afasta da vida como a conhecia até então.

Ela se torna desgrenhada e animalesca. Tarde da noite, ela chega a um pomar onde as peras são numeradas.[19] Um espírito esgota o fosso em volta do pomar; e, enquanto o jardineiro observa assombrado, ela come a pera que se oferece a ela.

A iniciação é o processo pelo qual desistimos da nossa inclinação natural para permanecer inconsciente e resolvemos que, custe o que custar – sofrimento, luta, persistência – iremos perseguir a união consciente com a mente mais profunda, o Self selvagem. Na história, a mãe e o pai tentam atrair a filha de volta ao estado de inconsciência: “Ah, fique aqui conosco, você está ferida, mas nós podemos fazer com que esqueça.” Será que ela, agora que derrotou o demônio, irá descansar sobre os louros conquistados, por assim dizer? Irá ela se recolher, ferida e sem mãos, para os recessos da psique, onde possa receber atenções pelo resto da vida, deixando-se levar e fazendo o que lhe ordenam?

Não, ela não vai se esconder para sempre num quarto escuro como faria uma beldade deformada pelo ácido. Ela irá vestir-se, medicar-se em termos psíquicos da melhor maneira possível e descer mais um degrau de pedra que a levará a um reino ainda mais profundo da psique. A antiga parte dominante da psique oferece-lhe a possibilidade de mantê-la escondida e em segurança para sempre, mas sua natureza instintual recusa o oferecimento, pois sente que precisa lutar para viver em plena consciência, custe o que custar.

Os ferimentos da donzela são envoltos em gaze branca. O branco é a cor da terra dos mortos e também, na alquimia, a cor do *albedo*, a ressurreição da alma do mundo subterrâneo. Essa cor é o arauto do ciclo de descida e retorno. Aqui, no início, a donzela transforma-se em andarilha, e só isso já representa uma ressurreição para uma nova vida e uma morte na vida antiga. Perambular é uma excelente opção.

As mulheres nesse estágio muitas vezes começam a se sentir tanto desesperadas quanto inflexíveis para iniciar essa jornada interior, não importa como. E é o que ocorre quando deixam uma vida por outra, um estágio da vida por outro ou, às vezes, até um amante por nenhum outro a não ser elas mesmas. O progresso da adolescência até a jovem idade adulta, da mulher casada para novamente solteira, da meia-idade para a velhice, a transposição do limite da velhice, partindo com feridas mas com um sistema de valores renovado – isso é a morte e a ressurreição. Abandonar um relacionamento ou o lar dos nossos pais, deixar para trás valores ultrapassados, assumir nossa própria identidade e, às vezes, penetrar na profundeza da selva simplesmente porque *precisamos*, tudo isso constitui a ventura da descida.

E lá partimos nós sob uma luz diferente, sob um céu diferente, com um chão desconhecido por baixo das nossas botas. E no entanto estamos vulneráveis, pois não temos como nos agarrar, nos segurar, nos apoiar, como saber – pois não temos nossas mãos.

A mãe e o pai – os aspectos do coletivo e do ego da psique – não têm mais o poder que tinham antes. Foram punidos pelo sangue derramado em consequência do seu descaso irresponsável. Muito embora eles se ofereçam para manter a donzela em condições de conforto, eles estão impotentes para direcionar sua vida, pois o destino a leva a viver como andarilha. Nesse sentido, o pai e a mãe morrem. Seus novos pais são o vento e a estrada.

O arquétipo do andarilho propicia ou causa o surgimento de um outro: o do lobo solitário ou do proscrito. Ela agora está exilada das famílias aparentemente felizes das aldeias, fora dos ambientes aquecidos e ao relento, no frio. É essa agora a sua vida.[20] Essa passa a ser a imagem viva para as mulheres que iniciaram a viagem. Começamos de certo modo a não mais sentir que fazemos parte da vida que rodopia à nossa volta. Os megafones parecem estar muito longe, os camelôs, os ambulantes, todo o magnífico circo da vida exterior como que cambaleia e desmorona à medida que descemos mais fundo no mundo subterrâneo.

Nesse ponto, a antiga religião noturna volta a surgir para nos encontrar. Embora a antiga lenda de Hades raptando Perséfone para o mundo dos mortos seja eficaz como drama, histórias muito mais antigas oriundas de religiões centradas no matriarcado, como aquelas que falam de Ishtar e Inanna, indicam um nítido vínculo de "desejo de amar" entre a donzela e o rei do mundo oculto.

Nessas antigas versões religiosas, a donzela não é necessariamente capturada e arrastada até o mundo subterrâneo por algum deus sinistro. A donzela sabe que deve ir, sabe que aquilo faz parte de um rito divino. Apesar de ter medo, ela *quer* ir ao encontro do seu rei, seu noivo no mundo oculto, desde o início. Ao empreender a descida ao seu próprio modo, ela é ali transformada, atinge ali o conhecimento profundo e volta a subir para o mundo objetivo.

Tanto o mito clássico de Perséfone quanto o conto de fadas da donzela sem mãos são dramas fragmentários de outros mais coesos retratados nas religiões mais antigas. O que antes havia sido um anseio por encontrar o Amado do mundo subterrâneo passou, em algum ponto do tempo, a ser nos mitos mais recentes um desejo e uma captura.

No tempo dos grandes matriarcados, compreendia-se que a mulher seria naturalmente levada ao mundo subterrâneo, que seria até lá conduzida pelos poderes do feminino profundo. Era considerado parte da sua formação e uma realização de altíssimo valor que ela adquirisse conhecimento por experiência própria. A natureza dessa descida é o cerne arquetípico tanto do conto de fadas da donzela sem mãos quanto do mito de Deméter e Perséfone.

Pois agora, na história, a donzela vagueia, mais uma vez assumindo sua natureza animal, que não se lava. É essa a atitude certa para a descida – uma atitude do tipo "não ligo tanto assim para as coisas deste mundo". E como podemos ver, sua beleza refulge mesmo assim. A ideia de não se lavar também provém dos rituais de tempos antiquíssimos, rituais que culminavam com o banho e novos trajes representantes da passagem para um relacionamento novo ou renovado com o Self.

Vemos que a donzela sem mãos passou por uma descida e transformação completa: a do despertar. Na alquimia, existem três estágios: o *nigredo*, o estágio negro ou sombrio da dissolução; o *rubedo*, o estágio vermelho ou do sacrifício; e saída de casa envolta em branco, o *albedo*, a nova vida. Agora, como andarilha, ela é jogada de volta ao *nigredo*. Agora, porém, seu velho self não mais existe, e o self profundo, o self nu, é o poderoso andarilho.[21]

Agora, a donzela não está apenas desfigurada, mas faminta. Ela se ajoelha diante de um pomar como se este fosse um altar – o que ele é –, o altar dos deuses selvagens do outro mundo. À medida que descemos até nossa natureza básica, as antigas formas automáticas de alimentação são eliminadas. Coisas do mundo que costumavam ser alimento para nós perdem seu sabor. Nossas metas não mais nos atraem. Nossas realizações não têm mais interesse. Para onde quer que olhemos no mundo objetivo não há alimento para nós. Portanto, é um dos milagres mais autênticos da psique que, quando estamos tão desamparadas, a ajuda chega e bem na hora.

A donzela vulnerável é acompanhada por um mensageiro da alma, o espírito de branco. Esse espírito de branco remove os obstáculos que a impediam de alimentar-se. Ele esvazia o fosso ao mexer na comporta. O fosso tem um significado oculto. Segundo os gregos antigos, no mundo subterrâneo, o rio chamado Estige separa a terra dos vivos da terra dos mortos. Suas águas são cheias das recordações de todos os feitos dos mortos desde o início dos tempos. Os mortos conseguem decifrar essas recordações e mantê-las em ordem por terem uma visão mais aguçada decorrente de não possuírem corpo físico.

Para os vivos, porém, o rio é considerado um veneno. A menos que a travessia do ser vivo seja acompanhada por um guia espiritual, ele irá se afogar, afundando para um outro nível do mundo subterrâneo, um lugar que é como uma névoa, e lá irá vaguear para sempre. Dante teve seu Virgílio, *Coatlique* teve uma cobra viva que a acompanhou até o mundo de fogo, e a donzela sem mãos tem o espírito de branco. Portanto, a princípio, a mulher escapa da mãe ainda adormecida e do pai ganancioso e cheio de si, para em seguida deixar-se conduzir pela alma selvagem.

Na história, o guia espiritual acompanha a donzela sem mãos até o outro lado do fosso, o reino das árvores do mundo subterrâneo, o pomar do rei. Esse, também, é um remanescente das antigas religiões. Nelas, guias espirituais são sempre designados para os jovens iniciandos. A mitologia grega é fértil em relatos de jovens sendo acompanhadas por mulheres-lobas, mulheres-leoas ou outras criaturas que serviam como suas iniciadoras. Mesmo em religiões naturais nos nossos tempos, como entre os *navajos*, os misteriosos *yeibecheis* são elementais animais que acompanham os ritos de iniciação assim como os de cura.

A ideia psíquica aqui representada é a de que o mundo subterrâneo, à semelhança do inconsciente dos seres humanos, é um torvelinho com muitas características incomuns e irresistíveis: imagens, arquétipos, seduções, ameaças, torturas e provas. É importante para o processo de individuação da mulher que ela tenha bom senso espiritual, ou que seja auxiliada por um guia que o tenha, para que ela não caia na fantasmagoria do inconsciente, para que ela não se perca no meio desse material torturante e sedutor. Como vemos na história, é mais importante permanecer com a nossa fome e prosseguir a partir daí.

Como Perséfone e as deusas da vida-morte-vida antes dela, a donzela entra por acaso numa terra onde há pomares mágicos e onde um rei aguarda por ela. A antiga religião começa agora a fulgir nessa história com intensidade cada vez maior. Nos mitos gregos[22] havia duas árvores Entrelaçadas acima dos portões do mundo dos mortos, e o Eliseu, o lugar para onde eram enviados os mortos considerados virtuosos, era composto de quê? – isso mesmo, de pomares.

O Eliseu é descrito como um lugar de luz perpétua, onde as almas podiam optar por renascer na terra à vontade. Ele é o *doppelgänger*, o duplo do mundo objetivo. Ali podem ocorrer dificuldades, mas seu significado e o aprendizado por elas proporcionado são diferentes daqueles do mundo objetivo. No mundo terreno, tudo é interpretado tendo-se em mente simples lucros e perdas. No mundo dos mortos, ou no outro mundo, tudo é interpretado levando-se em consideração os mistérios da visão verdadeira, da ação correta e a possibilidade de a pessoa passar a ter um conhecimento e uma força interior intensa.

Na história, a ação está agora centrada na árvore frutífera, que em tempos remotos era chamada de Árvore da Vida, Árvore do Conhecimento, Árvore da Vida e da Morte ou Árvore do Saber. Ao contrário de árvores com folhagens diversas, a árvore frutífera é uma árvore de alimento abundante e não só de alimento, pois a árvore armazena água nos seus frutos. A água, o líquido fundamental do crescimento e da continuidade, é absorvida pelas raízes que alimentam a planta pela ação capilar – uma rede de bilhões de ligações celulares pequenas demais para serem vistas – e a água chega até o fruto e faz com que ele cresça e se embeleze.

Por esse motivo, considera-se que o fruto é investido de alma, de uma força de vida que deriva de uma certa quantidade de água, ar, terra, alimento e semente *e* que contém tudo isso, além de ter um sabor divino. As mulheres que se alimentam do fruto, da água e da semente do trabalho nas florestas do outro mundo também crescem psicologicamente na mesma proporção. Suas psiques engravidam e permanecem num estado de amadurecimento constante.

Da mesma forma que a mãe oferece o seio ao bebê, a pereira do pomar curva-se para dar seu fruto à donzela. Essa seiva da mãe é a da regeneração. Comer a pera nutre a donzela, mas um ato mais comovente consiste em que o inconsciente, o seu fruto, se curva para alimentá-la. Nesse sentido, o inconsciente dá um beijo nos lábios da donzela. Ele lhe dá uma prova do Self, o hálito e a substância do seu próprio deus selvagem, uma comunhão selvagem.

A saudação a Maria por sua parenta Isabel[23] no Novo Testamento talvez seja um remanescente desse antigo entendimento entre as mulheres: "Bendito o fruto do teu ventre", diz ela. Nas religiões noturnas pregressas, a mulher, prenhe de conhecimento ao terminar sua iniciação, seria acolhida de volta ao mundo dos vivos com uma bênção carinhosa das suas parentas.

A notável expressão da história está no fato de que durante os tempos mais sombrios o inconsciente feminino, o inconsciente uterino, a Natureza, alimenta a alma da mulher. As mulheres relatam que, no meio da sua descida, quando elas se encontram na escuridão mais profunda, elas sentem o toque levíssimo de uma ponta de asa e se sentem iluminadas. Elas sentem que está ocorrendo uma nutrição interior, uma fonte de água abençoada que brota do chão ressecado... de onde elas não sabem. Essa fonte não resolve o sofrimento, mas ajuda a nutrir quando nada mais se oferece. É o maná no deserto. É a água que brota das pedras. É o alimento do ar rarefeito. Ela sacia a fome para que possamos prosseguir. E é isso o que interessa... prosseguir. Prosseguir na direção do nosso destino de conhecimento.

A história ressuscita nosso conhecimento de uma promessa muito antiga; a promessa de que a descida nos será benéfica mesmo que esteja escuro, mesmo que tenhamos a impressão de estar perdidas. Mesmo em meio à falta de conhecimento, à falta de visão, quando estamos "vagueando às cegas", existe "algo", "alguém" excessivamente presente que acompanha nosso ritmo. Viramos à esquerda, ele vira à esquerda. Viramos à direita, ele nos acompanha de perto, dando-nos amparo, abrindo o caminho para nós.

Agora estamos num outro *nigredo* em que perambulamos sem saber o que será de nós, e no entanto, nessa condição extremamente precária, somos levadas a sorver da Árvore da Vida. Comer da Árvore da Vida na terra dos mortos é uma antiga metáfora de fecundação. Na terra dos mortos, acreditava-se que a alma pudesse investir-se num fruto, ou em qualquer outro alimento, para que sua futura mãe a comesse, e a alma oculta no fruto começaria sua regeneração na carne dela. Portanto, aqui, nesse ponto praticamente central, através da pera, estamos recebendo o corpo da Mãe Selvagem, estamos comendo aquilo que nós mesmas iremos nos tornar.[24]

4º estágio: Encontrando o amor no outro mundo

Na manhã do dia seguinte, o rei vem contar suas peras. Está faltando uma, e o jardineiro revela o que viu. "Ontem à noite, dois espíritos esgotaram o fosso, entraram no jardim à luz do luar e um deles que era mulher e não tinha mãos comeu a pera que se oferecia a ela."

Nessa noite, o rei fica de guarda com o jardineiro e o mago, que sabe conversar com os espíritos. À meia-noite, a donzela vem flutuando pela floresta, com as roupas em farrapos, o cabelo desfeito, o rosto sujo, os braços sem mãos e o espírito de branco ao seu lado.

Mais uma vez, uma árvore curva-se graciosamente para chegar ao seu alcance, e a donzela sorve a pera da ponta do ramo. O mago aproxima-se deles, mas não muito, e pergunta:

"Vocês são deste mundo ou não são deste mundo?" "Eu fui outrora *do* mundo", responde a donzela. "No entanto, não sou *deste* mundo."

O rei pergunta ao mago se ela é humana ou é um espírito, e o mago responde que ela é as duas coisas. O rei corre até ela, oferecendo-lhe lealdade e amor: "Não renunciarei a você. Deste dia em diante, eu cuidarei de você." Eles se casam, e ele manda fazer para ela um par de mãos de prata.

O rei é uma criatura que transmite sabedoria na psique do outro mundo. Ele não é simplesmente qualquer rei velho, mas um dos principais guardiões do inconsciente da mulher. Ele cuida da botânica da alma que cresce – o pomar dele (e da sua mãe) está repleto de árvores da vida e da morte. Ele pertence à família dos deuses selvagens. Como a donzela, ele é capaz de aguentar muito. E como a donzela, ele ainda tem mais uma descida à sua frente. Mas isso virá depois.

Num certo sentido, seria possível dizer que ele está seguindo o rastro da donzela. A psique sempre acompanha de perto seu próprio processo, como uma sombra. Essa é uma premissa das sagradas. Ela quer dizer que, se você estiver vagueando, sempre haverá mais alguém – pelo menos uma pessoa, e muitas vezes mais de uma – que seja mais maduro e experiente e que somente espere que você bata à porta, bata na pedra, coma a pera ou simplesmente apareça, para que ele anuncie sua chegada ao mundo subterrâneo. Essa presença carinhosa espera pela exploradora andarilha e vela por ela. As mulheres conhecem isso muito bem. Elas a chamam de pequeno tremeluzir da luz do *insight*, pressentimento ou simplesmente presença.

O jardineiro, o rei e o mago são três personificações maduras do arquétipo do masculino. Eles correspondem à trindade sagrada do feminino representada pela donzela, pela mãe e pela velha. Nessa história, a antiga divindade tríplice ou as três-deusas-em-uma são assim representadas: a donzela é retratada na mulher sem mãos; a mãe e a velha são as duas retratadas na mãe do rei, que entra na história mais tarde. A peculiaridade da história que a faz "moderna" está no fato de a imagem do demônio representar uma figura que nos antigos ritos de iniciação feminina era geralmente encarnada pela velha, na sua natureza dual de doadora e tomadora da vida. Nessa história, o diabo é retratado apenas como tomador da vida.

Entretanto, nas névoas do início dos tempos, há uma boa chance de que essa história originalmente apresentasse a velha no papel de iniciadora/criadora de problema, dificultando as coisas para a doce heroína de tal modo que pudesse ocorrer o embarque da terra dos vivos para a terra dos mortos. Em termos psíquicos, isso estaria em harmonia com certos conceitos da psicologia junguiana, da teologia e das antigas religiões noturnas segundo os quais o Self, ou na nossa terminologia a Mulher Selvagem, semeia a psique com perigos e desafios para que o ser humano em desespero recue até sua natureza original à procura de respostas e de força, reconciliando-se, portanto, com o grande Self selvagem e, daí em diante com a maior frequência possível, agindo como um só ser.

Por um lado, esse desvio na história afeta nossa informação acerca dos antigos processos de volta do outro mundo para a mulher. Na realidade, porém, essa substituição da velha pelo diabo é de enorme aplicação ao nosso caso atual, pois, para descobrir os antigos hábitos do inconsciente, muitas vezes nos vemos em luta contra o demônio sob a forma de imposições culturais, familiares ou intrapsíquicas que desvalorizam a vida da alma do feminino selvagem. Nesse sentido, a história funciona de dois modos, seja deixando transparecer o suficiente dos antigos rituais para que possamos imaginá-los, seja mostrando-nos como o predador natural tenta nos isolar dos nossos poderes de direito, como ele tenta tirar de nós nosso trabalho mais profundo.

Os principais agentes de transformação presentes no pomar nessa ocasião são, na ordem aproximada de sua aparição, a donzela, o espírito de branco, o jardineiro, o rei, o mago, a mãe/a velha e o diabo. Segundo a tradição, eles representam as seguintes forças intrapsíquicas.

A DONZELA – Como vimos, a donzela representa a psique sincera que esteve adormecida. No entanto, uma heroína-guerreira encontra-se por baixo da sua aparência frágil. Ela tem a resistência do lobo solitário. Ela é capaz de suportar a sujeira, a imundície, a traição, a mágoa, a solidão e o exílio do iniciando. Ela é capaz de vaguear pelo mundo dos mortos e voltar, enriquecida, ao mundo objetivo. Embora ela talvez não seja capaz de colocá-las em palavras, ao descer pela primeira vez, ela está seguindo as instruções e recomendações da Velha Mãe, a Mulher Selvagem.

O ESPÍRITO DE BRANCO – Em todas as lendas e contos de fadas, o espírito de branco é o guia, aquele que tem um conhecimento inato e delicado, que mais parece um desbravador para a jornada da mulher. Entre alguns dos *mesemondók*, considerava-se que esse espírito seria um fragmento de um antigo e precioso deus estilhaçado que ainda se infundia em cada ser humano. Pelo modo de se vestir, o espírito de branco está intimamente relacionado com inúmeras deusas da vida-morte-vida de diversas culturas que se vestem todas de um branco radiante – *La Llorona*, Berchta, Hel, entre outras. Isso significa que o espírito de branco é um auxiliar da mãe/velha que, na psicologia dos arquétipos, é também uma deusa da vida-morte-vida.

O JARDINEIRO – O jardineiro é quem cultiva a alma, um revitalizante guardião da semente, do solo, da raiz. Ele é semelhante a *Kokopelli*, do povo *hopi*, um espírito corcunda que chega às aldeias a cada primavera e fertiliza as lavouras assim como as mulheres. A função do jardineiro é a de reproduzir. A psique da mulher precisa constantemente semear, tutorar e colher novas energias a fim de substituir a que estiver velha e exausta.

Existe uma entropia natural, ou desgaste pelo uso, das peças psíquicas. Isso é bom; é assim que se espera que a psique funcione, mas cada um precisa ter energias-em-treinamento, prontas para a reposição. É esse o papel do jardineiro na função psíquica. Ele não perde de vista a necessidade de mudança e de reabastecimento. Em termos intrapsíquicos, existe vida constante, morte constante, substituição constante de ideias, imagens, energias.

O REI – O rei[25] representa um tesouro de conhecimentos no outro mundo. Ele dispõe da capacidade de levar seu conhecimento interior até o mundo lá fora para pô-lo em prática, sem afetação, sem resmungos, sem desculpas. O rei é filho da rainha-mãe/velha. À sua semelhança, e provavelmente seguindo seu exemplo, ele se envolve nos mecanismos do processo vital da psique: a fragilidade, a morte e a volta à consciência. Mais tarde na história, ao vaguear à procura da sua rainha perdida, ele passará por uma espécie de morte que o transformará de rei civilizado em rei selvagem. Ele encontrará sua rainha, podendo, assim, renascer. Em termos psíquicos, isso quer dizer que as antigas atitudes centrais da psique morrerão à medida que ela aprender outras. As antigas atitudes serão substituídas por pontos de vista novos ou renovados acerca de quase tudo na vida da mulher. Nesse sentido, o rei representa a renovação das atitudes e leis que regem a psique da mulher.

O MAGO – O mago, ou mágico,[26] que o rei traz consigo para interpretar o que vê, representa a magia direta do poder da mulher. Coisas como a recordação num átimo, a visão a mil léguas de distância, a audição que cobre quilômetros, a capacidade solidária de ver como se através dos olhos do outro – ser humano ou animal – tudo isso pertence ao instintual feminino. É o mago que compartilha dessas habilidades e também, por tradição, ajuda a mantê-las e a fazê-las funcionar no mundo objetivo. Embora o mago possa ser de qualquer sexo, aqui ele é uma poderosa figura masculina, semelhante nos contos de fadas ao irmão resoluto que ama tanto a irmã a ponto de fazer tudo para ajudá-la. O mago sempre tem um potencial de transferência. Nos sonhos e na literatura, ele aparece como homem na mesma frequência em que aparece como mulher. Ele pode ser masculino, feminino, animal ou mineral, exatamente da mesma forma que a velha, sua equivalente feminina, também consegue trocar seus disfarces com facilidade. Na vida consciente, o mago ajuda a capacidade da mulher de se tornar aquilo que deseja parecer a qualquer momento.

A RAINHA-MÃE/A VELHA – A rainha-mãe/a velha nessa história é a mãe do rei. Essa figura representa muitas coisas, entre elas a fecundidade, a enorme autoridade para detectar os ardis do predador e a capacidade de abrandar maldições. A palavra *fecundidade* parece ter o som dos tambores quando pronunciada em voz alta, significa mais do que a fertilidade; ela indica a vulnerabilidade, a capacidade de o solo ser vulnerável à conquista. Ela é aquele solo negro cintilante com mica, negras raízes peludas e toda a vida que passou antes, tudo decomposto num húmus perfumado. O termo *fertilidade* possui a conotação de sementes, ovos, seres, ideias. A fecundidade é a matéria fundamental na qual as sementes são colocadas, preparadas, aquecidas, incubadas, preservadas. É por isso que a velha mãe é muitas vezes chamada pelos seus nomes mais antigos – Mãe Terra, Mãe Poeira, Mam e Ma – pois ela é o estrume que faz com que as ideias aconteçam.

O DIABO – Nessa história, a natureza dual da alma da mulher, que tanto a aflige quanto a cura, foi substituída por uma figura única, a do diabo. Como observamos anteriormente, essa figura do diabo representa o predador natural da psique da mulher, um aspecto contrário à natureza que se opõe ao desenvolvimento da psique e tenta eliminar todo o ânimo. Ela é uma força que se isolou do seu aspecto revitalizante. É uma força que precisa ser dominada e contida. A figura do demônio não é idêntica a uma outra força natural que aflige e instiga, também atuante na psique feminina, a força que eu chamo de alter-alma. A alter-alma aparece com frequência nos sonhos das mulheres, nos contos de fadas e nos mitos como uma figura mutante de velha que seduz e assedia a mulher até uma descida que em termos ideais acaba numa reunião com seus recursos mais profundos.

*

Portanto, aqui nesse pomar do outro mundo, aguarda-nos a impressionante reunião dessas poderosas partes da psique, tanto as masculinas quanto as femininas. Elas formam um *conjunctio*. Esse termo pertence à alquimia e indica uma união altamente transformadora de substâncias dessemelhantes. Quando ocorre o atrito entre esses opostos, resulta daí a ativação de certos processos intrapsíquicos. Eles agem como a pederneira em atrito com alguma pedra para fazer fogo. É através da conjunção e da pressão de elementos díspares habitando o mesmo espaço psíquico que são criados o conhecimento, o *insight* e a energia profunda.

A presença do tipo de *conjunctio* que temos nessa história indica a ativação de um verdejante ciclo de vida-morte-vida. Quando presenciamos uma reunião rara e preciosa como essa, sabemos que um matrimônio espiritual está iminente; sabemos também que ocorrerá uma morte espiritual e que uma nova vida surgirá. Esses fatores preveem o que está por vir. *Conjunctio* não é algo que se consiga com facilidade. Trata-se de algo que ocorre em decorrência de um trabalho extremamente árduo.

Pois, cá estamos, com a roupa enlameada, caminhando por uma estrada nunca vista antes, e com o sinal da Mulher Selvagem reluzindo cada vez mais dentro de nós. É legítimo dizer que esse tipo de *conjunctio* está insistindo numa surpreendente revisão do seu velho self. Se estamos aqui no pomar, e conosco estão esses aspectos psíquicos identificáveis, não há como voltar atrás – temos de prosseguir.

E o que mais dizer sobre essas peras? Elas estão ali para quem tiver fome na longa jornada no outro mundo. Diversas frutas são tradicionalmente usadas para simbolizar o útero feminino, na maioria das vezes, as peras, as maçãs, os figos e os pêssegos, muito embora, em geral, qualquer objeto que tenha forma exterior e interior e que traga no centro uma semente que pode se transformar num ser vivo – como os ovos, por exemplo – possa transmitir a conotação da qualidade feminina da "vida dentro da vida". Aqui, as peras, em termos arquetípicos, representam o irromper de uma nova vida, uma semente de uma nova identidade.

Em grande parte dos mitos e dos contos de fadas, as árvores frutíferas encontram-se sob o domínio da Grande Mãe, da velha Mãe Selvagem, enquanto o rei e seus homens recebem ordens dela. As peras no pomar são contadas, pois nesse processo transformador tudo recebe a devida atenção. Não se trata de um projeto fortuito. Tudo está registrado e controlado. A velha Mãe Selvagem sabe a quantidade de que dispõe dessas substâncias transformadoras. O rei vem contar as peras, não por um sentimento de posse, mas para descobrir se alguém novo chegou ao outro mundo para começar sua iniciação profunda. O mundo da alma sempre aguarda o neófito e o andarilho.

A pera que se curva para alimentar a donzela é como um sino repicando em todo o pomar subterrâneo, conclamando as fontes e as forças – o rei, o mago, o jardineiro e, afinal, a velha mãe – que se apressam a saudar, a apoiar, a auxiliar a nova aprendiz.

Figuras santas desde tempos imemoriais asseguram-nos de que na estrada aberta da transformação já há "um lugar a nós destinado". E até esse lugar, seja pelo faro, seja pela intuição, somos arrastadas ou nos vemos transportadas pelo destino. Todas nós acabamos chegando ao pomar do rei. Não há como escapar.

Nesse episódio, os três atributos masculinos da psique da mulher – o jardineiro, o rei e o mago – são os vigias, os inquiridores e auxiliares na viagem da mulher pelo outro mundo, onde nada é como aparenta ser. À medida que o aspecto régio da psique da mulher no outro mundo descobre ter havido uma alteração na ordem do pomar, ele volta com o mago da psique, que tem condição de entender questões do mundo humano bem como do espiritual, que pesquisa as distinções entre os fatos psíquicos e o inconsciente.

E assim eles observam enquanto o espírito mais uma vez esgota o fosso. Como mencionamos antes, esse fosso representa um símbolo semelhante ao do Estige, um rio venenoso através do qual as almas dos mortos eram transportadas em barcaças da terra dos vivos até a terra dos mortos. Ele não representava veneno para os mortos, apenas para os vivos. Cuidado, portanto, com aquela sensação de repouso e realização que pode seduzir os humanos a considerarem que um feito espiritual ou o término de um ciclo espiritual seja um ponto em que podem parar e descansar sobre os louros para todo o sempre. O fosso é um local de descanso para os mortos, um encerramento no final da vida, mas a mulher viva não pode ficar muito tempo perto dele para não se tornar letárgica em seus ciclos de produção da alma.[27]

Como o símbolo do rio circular, o do fosso, a história nos avisa que essa água não é qualquer água, mas de um tipo determinado. Ela é uma fronteira, semelhante ao círculo que a donzela traçou ao redor de si para manter o diabo afastado. Quando entramos num círculo, ou o atravessamos, estamos entrando num outro estado do ser, num outro estado de consciência, ou de falta dela, ou estamos passando por esse estado.

Nesse caso, a donzela está passando pelo estado de inconsciência reservado aos mortos. Ela não deve beber dessa água, nem vadear por ela, mas, sim, passar pelo leito seco. Em virtude de ter de passar pela terra dos mortos na sua descida, a mulher às vezes fica confusa e pensa que terá de morrer. Isso, porém, não é verdade. A missão consiste em passar pela terra dos mortos como criatura viva, pois é assim que se gera consciência.

Esse fosso é, portanto, um símbolo extremamente significativo, e o fato de o espírito na história esvaziá-lo ajuda a que compreendamos o que precisamos fazer na nossa própria viagem. Não devemos nos deitar e adormecer felizes com o que já realizamos do nosso trabalho. Nem devemos mergulhar no rio numa louca tentativa de acelerar o processo. Existe a morte com *m* minúsculo e a Morte com *M* maiúsculo. Aquela que a psique procura nesse processo dos ciclos da vida-morte-vida é *la muerte por un instante*, não *La Muerte Eterna*.

O mago aproxima-se dos espíritos, mas não muito, e pergunta: "Vocês são ou não são deste mundo?" E a donzela, vestida com as roupas selvagens e descuidadas de uma *criatura* desprovida de ego, e acompanhada pelo luminoso corpo branco do espírito, diz ao mago que está na terra dos mortos embora pertença aos vivos. "Eu fui outrora *do* mundo. No entanto, não sou *deste* mundo." Quando o rei pergunta ao mago se ela é humana ou se é um espírito, o mago responde que ela é as duas coisas.

A enigmática resposta da donzela comunica que ela pertence ao mundo dos vivos mas que está acompanhando o ritmo da vida-morte-vida, e que, por esse motivo, ela é um ser humano em queda assim como uma sombra do seu self anterior. Ela pode viver dias no mundo da superfície, mas a transformação ocorre no mundo subterrâneo, e ela consegue estar nos dois, como *La Que Sabé*. Tudo isso ocorre para que ela aprenda o caminho, para que ela limpe seu caminho, até o verdadeiro self selvagem.

Durante seminários baseados no tema da donzela sem mãos, faço algumas perguntas para ajudar as mulheres a começarem a esclarecer suas viagens pelo mundo subterrâneo. As perguntas são propostas para que possam ser respondidas tanto individualmente quanto pelo grupo. Fazer essas perguntas cria uma rede luminosa que se tece à medida que as mulheres conversam entre si. Elas lançam essa rede na mente coletiva e a recolhem cheia das formas cintilantes, gotejantes, inertes, estranguladas, da vida interior das mulheres para que todas vejam e trabalhem com elas.

Com a resposta a uma pergunta, surgem outras; e para aprender mais, respondemos também essas. Seguem-se algumas delas: Como se pode viver no mundo da superfície e no mundo subterrâneo ao mesmo tempo e na vida do dia a dia? O que precisamos fazer para descer até o mundo subterrâneo sozinhas? Quais circunstâncias na vida ajudam as mulheres nessa descida? Podemos optar quanto a partir ou ficar? Que ajuda espontânea você já recebeu da natureza instintiva numa hora dessas?

Quando as mulheres (ou os homens) se encontram nesse estado de dupla cidadania, elas às vezes cometem o erro de pensar que afastar-se do mundo, abandonar a vida de rotina, com suas tarefas, seus deveres que não só atraem mas irritam infinitamente, é uma brilhante ideia. No entanto, esse não é o melhor caminho, pois o mundo objetivo nessas ocasiões é a única corda que resta presa ao tornozelo da mulher que está suspensa, perambulando, trabalhando de cabeça para baixo no mundo subterrâneo. Trata-se de uma hora de importância crucial, quando o mundo objetivo precisa desempenhar seu papel adequado, exercendo uma tensão e um equilíbrio "de outro mundo" que ajuda a conduzir o processo a bom termo.

E assim prosseguimos perambulando no nosso caminho perguntando-nos – se a verdade fosse dita, realmente resmungando com nossos botões – "Será que eu sou deste mundo ou do outro?" e respondendo "Sou dos dois". Nós nos lembramos disso à medida que prosseguimos. A mulher num processo desses precisa ser dos dois mundos. É esse tipo de movimento sem rumo que ajuda a eliminar o último resquício de resistência, a última possibilidade de *hubris*, a arrasar a última objeção que pudéssemos imaginar, porque andar desse jeito é cansativo. No entanto, esse tipo específico de fadiga faz com que finalmente abandonemos as ambições e os receios do ego para simplesmente acompanhar o que vier. Em consequência dessa atitude, nossa compreensão do nosso tempo nas florestas subterrâneas será profunda e completa.

Na história, a segunda pera curva-se para alimentar a donzela e, como esse rei é o filho da velha Mãe Selvagem e como esse pomar pertence a ela, a jovem donzela na verdade prova o fruto dos segredos da vida e da morte. Como o fruto é uma imagem primordial dos ciclos de florescimento, crescimento, maturação e fenecimento, o ato de comê-lo internaliza na iniciada um relógio psíquico que conhece os padrões da vida-morte-vida e que avisa para sempre quando chegou a hora de deixar algo morrer e prestar atenção a um novo nascimento.

De que modo encontramos essa pera? Quando mergulhamos nos mistérios do feminino, dos ciclos da terra, dos insetos, dos animais, das aves, das árvores, das flores, das estações, da correnteza dos rios e do seu nível, das pelagens espessas e ralas dos animais de acordo com as estações, dos ciclos de transparência e opacidade nos nossos próprios processos de individuação, nos ciclos de desejo e indiferença na sexualidade, na religiosidade, na ascensão e na queda.

Comer a pera significa saciar nossa profunda fome criativa de escrever, pintar, esculpir, tecer, dizer o que pensamos, defender posições, apresentar esperanças, ideias e criações inauditas. É imensamente benéfico reintegrar nas nossas vidas atuais todos os antigos modelos e princípios femininos dos ciclos e da sensibilidade inata que agora fertilizam nossa vida.

Essa é a verdadeira natureza da árvore psíquica: ela cresce, ela dá, ela se esgota, ela deixa sementes para a renovação. Ela nos ama. É assim o mistério da vida-morte-vida. Ele é um modelo, dos mais antigos, de antes da água, antes da luz, um modelo resoluto. Uma vez que tenhamos aprendido esses ciclos, seja o da pera, o da árvore, do pomar, das idades e estágios da vida da mulher, podemos contar com o fato de que irão se repetir, no mesmo ciclo e do mesmo modo. O modelo é o seguinte: em toda morte há uma inutilidade que passa a ser útil quando descobrimos como nos recuperar. O conhecimento que chegará a nós revela-se à medida que prosseguimos. Em tudo que é vivo, a perda gera um ganho real. Nossa missão é a de interpretar o ciclo da vida-morte-vida, vivê-lo com a elegância que pudermos ter, uivar como um cão enlouquecido quando não pudermos ter nenhuma – e prosseguir, pois lá adiante está a carinhosa família subterrânea da psique, que nos abraçará e nos ajudará.

O rei ajuda a donzela a viver com maior capacidade no outro mundo da sua missão. E isso é bom, pois às vezes na descida sente-se menos como um acólito e mais como um pobre monstro que por acaso fugiu do laboratório. Do seu ponto privilegiado, no entanto, as figuras do mundo subterrâneo nos veem como uma vida abençoada lutando com dificuldades. Segundo a visão do outro mundo, somos uma chama forte debatendo-se contra um vidro escuro para quebrá-lo, libertando-se. E todos os elementos úteis no nosso lar subterrâneo apressam-se a nos ajudar.

Nos tempos remotos, a descida da mulher ao outro mundo era realizada para que ela se casasse com o rei (em alguns ritos, aparentemente não havia rei algum, e a acólita provavelmente se casava direto com a Mulher Selvagem do outro mundo). Nessa história, vemos um remanescente disso quando o rei lança um olhar à donzela e de imediato, sem hesitação ou dúvida, sente amor por ela como se fosse sua igual. Ele a reconhece como igual, *não* apesar do seu estado selvagem, de andarilha, mutilado, mas por causa dele. O tema de ser tão carente, e no entanto tão protegida, continua. Muito embora perambulemos por aí sem mãos, semicegas, desamparadas e sem nos banharmos, uma imensa força do Self pode nos amar e nos guardar junto ao coração.

É frequente que a mulher nesse estado sinta um enorme entusiasmo, do tipo que a mulher sente quando encontra um companheiro extremamente parecido com aquele com quem sonhava. É uma época estranha, paradoxal, pois estamos na superfície e ao mesmo tempo nas profundezas da terra. Estamos perambulando, e no entanto estamos sendo amadas. Não somos ricas, mas recebemos alimento. Em termos junguianos, esse estado é chamado de "tensão dos opostos", na qual alguma coisa de cada polo da psique se constela de uma vez, criando um novo campo. Na psicologia freudiana, isso se chama "bifurcação", na qual a atitude ou disposição essencial da psique é dividida em duas polaridades: preto e branco, bem e mal. Entre os contadores de histórias, esse estado é chamado de "nascer de novo". É a época em que ocorre um segundo nascimento decorrente de uma fonte mágica, e daí em diante a alma passa a fazer jus a duas linhagens, uma do mundo físico, outra do mundo invisível.

O rei diz que irá proteger e amar a donzela. Agora a psique está mais consciente. Haverá um casamento, uma união muito interessante entre o rei vivo da terra dos mortos e a mulher sem mãos da terra dos vivos. Um casamento entre dois parceiros tão díspares certamente poria à prova o amor mais magnífico entre duas pessoas. No entanto essa união está relacionada a todos aqueles casamentos picarescos nos contos de fadas nos quais são reunidas duas vidas cheias de energia, porém dessemelhantes. A borralheira e o príncipe, a mulher e o urso, a jovem e a lua, a mulher-foca e o pescador, a donzela do deserto e o coiote. A alma absorve o conhecimento de cada entidade. É isso o que quer dizer "nascer pela segunda vez".

Nos casamentos dos contos de fadas, como nos do mundo objetivo, o grande amor e união entre seres diferentes pode durar para sempre, ou apenas até que o aprendizado esteja concluído. Na alquimia, a união dos opostos significa que logo ocorrerão uma morte e um nascimento; e logo veremos esses dois na história.

O rei manda fazer para a donzela um par de mãos espirituais, que agirão em sua defesa no mundo subterrâneo. É nessa fase que a mulher adquire perícia na sua viagem. Sua submissão à viagem é total. Ela como que caminha sobre os próprios pés e mãos. Tomar nas mãos o mundo subterrâneo significa aprender a invocar os poderes daquele mundo, direcioná-los, confortá-los e recorrer a eles, mas também a evitar seus aspectos desagradáveis, como a sonolência, entre outros. Se o símbolo da mão no mundo objetivo contém radar sensorial dos outros, a mão simbólica do outro mundo pode ver no escuro e através do tempo.

A ideia de substituir partes mutiladas por membros de prata, ouro ou madeira tem uma história antiquíssima. Em contos de fadas da Europa e das regiões polares, o trabalho na prata é a arte dos *homunculi*, dos duendes, *dvergar*, gnomos, diabretes e elfos, que, traduzidos em termos psicológicos, são aqueles aspectos elementais do espírito que vivem nas profundezas da psique e que a escavam à procura de ideias preciosas. Essas criaturas são pequenos mensageiros psíquicos, mensageiros entre a força da alma e os seres humanos. Desde tempos imemoriais, os objetos criados de metais preciosos são associados a esses trabalhadores minuciosos e bastante ranzinzas. É mais um exemplo da psique funcionando em nosso interesse muito embora não estejamos presentes em todos os lugares a todo momento.

Como acontece com todas as coisas do espírito, as mãos de prata contêm tanto a história quanto o mistério. Existem inúmeros mitos e contos que descrevem de onde tiveram origem as próteses mágicas, quem as formou, quem as fundiu, quem as levou, quem as esfriou, quem as poliu e as instalou. Entre os gregos clássicos, a prata é um dos metais preciosos da forja de Hefaístos. Como a donzela, o deus Hefaístos foi mutilado num drama relacionado aos seus pais. É provável que Hefaístos e o rei no conto de fadas sejam figuras intercambiáveis.

Hefaístos e a donzela de mãos de prata são irmão e irmã em termos arquetípicos. Os dois têm pais que não têm consciência do seu valor. Quando Hefaístos nasceu, seu pai, Zeus, exigiu que ele fosse dado, e sua mãe, Hera, obedeceu – pelo menos até que o menino crescesse. Ela então reintegrou Hefaístos ao Olimpo. Ele havia se tornado um ourives e um prateiro de extraordinário talento. Ocorreu uma discussão entre Zeus e Hera, pois Zeus era um deus ciumento. Hefaístos tomou o lado da mãe na desavença, e Zeus atirou o rapaz de lá do alto até os contrafortes, destroçando suas pernas.

Hefaístos, agora aleijado, recusou-se a desistir e a morrer. Ele acendeu na sua forja o fogo mais forte que conseguiu e ali criou para si mesmo um par de pernas, feitas de prata e de ouro dos joelhos para baixo. Passou, então, a fazer todo tipo de objeto mágico, tornando-se um deus do amor e da restauração mística. Pode-se dizer que ele é o patrono de todas as coisas e seres humanos que estão mutilados, rachados, fendidos, partidos, lascados e deformados. Ele sente um amor especial por quem nasce aleijado e por quem teve seu coração partido ou seus sonhos destruídos.

Para todos esses casos, ele dispõe de curas que cria na sua fantástica forja de metais, refazendo um coração com veias da mais fina ourivesaria, fortalecendo um membro aleijado com um revestimento de ouro e prata, investindo nele uma função mágica que compense a mutilação.

Não é por acaso que os caolhos, os mancos, aqueles que têm membros atrofiados ou outras anomalias físicas sempre foram procurados como detentores de conhecimentos especiais. Seu defeito ou diferença força essas pessoas desde cedo a penetrar em regiões da psique normalmente reservadas para o que é antiquíssimo. E elas são protegidas por esse carinhoso artesão da psique. A certa altura, ele fez doze moças cujos membros eram de prata e ouro, e que caminhavam, falavam e conversavam. Diz a lenda que ele se apaixonou por uma delas e implorou aos deuses que a tornassem humana, mas essa já é uma outra história.

Receber mãos de prata significa ser investido com os talentos das mãos espirituais – a capacidade de curar com o toque das mãos, a capacidade de ver no escuro, a de adquirir conhecimentos poderosos através de sensações físicas. Essas mãos dispõem de toda uma medicina psíquica com a qual podem nutrir, aliviar e apoiar. Nesse estágio, a donzela recebe o dom do toque da curadeira ferida. Essas mãos psíquicas irão permitir que ela compreenda melhor os mistérios do outro mundo, mas elas também serão guardadas como presentes quando seu trabalho estiver concluído e ela subir novamente.

É típico desse estágio da descida que ocorram atos estranhos, misteriosos e benéficos, independentes da vontade do ego e que resultam do recebimento das mãos espirituais – ou seja, um místico vigor medicinal. Nos tempos antigos, essas capacidades místicas pertenciam às velhas das aldeias. No entanto, elas não as conquistavam com seu primeiro cabelo grisalho. Eram acumuladas ao longo de anos de esforços, desse esforço de resistência. E é isso também o que estamos fazendo.

Seria possível dizer que as mãos de prata representam a assunção da donzela a mais um papel. Ela é, portanto, coroada, não com uma coroa na cabeça, mas com mãos de prata nos tocos dos braços. Essa é sua coroação como rainha do outro mundo. Aplicando apenas um pouco de paleomitologia, consideremos que, na mitologia grega, Perséfone não era só mulher, mas também rainha da terra dos mortos.

Em histórias menos conhecidas a respeito dela, ela passa por diversos tormentos como o de ficar três dias pendurada da Árvore do Mundo a fim de redimir as almas que não têm sofrimento próprio suficiente para aprofundar seu espírito. Esse *Cristo* feminino repercute na história da donzela sem mãos. O paralelismo é ainda reforçado pelo fato de o Eliseu, onde Perséfone vivia no outro mundo, significar "terra das maçãs" – sendo *alisier* um termo pré-gálico para *sorb*, maçã – e o *Avalon* arturiano também tem o mesmo significado. A donzela sem mãos está diretamente associada à macieira florida.

Essa é uma criptologia antiga. Quando aprendemos a decifrá-la, vemos que Perséfone da terra das maçãs, a donzela sem mãos e a macieira florida são a mesma hóspede temporária da região selvagem. Em todos esses casos, percebemos que os contos de fadas e a mitologia nos deixaram um mapa bem claro dos conhecimentos e práticas do passado e de como devemos proceder no presente.

Portanto, aqui no final da quarta tarefa da donzela sem mãos, *poderíamos* dizer que está completo o trabalho de descida da donzela, já que ela é coroada rainha da vida e da morte. Ela é a mulher lunar que sabe o que acontece à noite; até o próprio sol precisa passar por ela debaixo da terra a fim de se renovar para o dia. Essa, porém, ainda não é a *lysis*, a solução final. Estamos apenas a meio caminho da transformação, um ponto em que somos amadas, embora estejamos prontas para fazer um lento mergulho em outras profundezas. E assim, prosseguimos.

5º estágio: O tormento da alma

O rei parte para ir lutar num reino distante, pedindo à mãe que cuide da jovem rainha e que mande avisá-lo se sua esposa der à luz. A jovem rainha tem um lindo bebê, e a jubilosa notícia é enviada ao rei. No entanto, o mensageiro adormece junto ao rio, e o diabo surge e troca a mensagem por outra que diz que a rainha deu à luz uma criança que é metade cachorro.

O rei fica horrorizado, mas mesmo assim manda de volta uma recomendação no sentido de que amem a rainha e cuidem dela nesse transe terrível. O mensageiro mais uma vez adormece junto ao rio, e o diabo surge novamente e troca a mensagem por uma que manda matar a rainha e a criança. A velha mãe, abalada por esse pedido, manda pedir uma confirmação, e vão e voltam os emissários, sempre adormecendo a cada vez que chegam ao rio. As mensagens trocadas pelo diabo vão ficando cada vez mais perversas, sendo a última: "Guardem a língua e os olhos da rainha como prova de que ela está morta."

A mãe do rei recusa-se a matar a doce e jovem rainha. Em vez disso, ela sacrifica uma corça e guarda escondidos sua língua e seus olhos. Ela ajuda a jovem rainha a amarrar o bebê ao seu peito, cobre-a com um véu e diz que ela precisa fugir para salvar a vida. Elas choram e se beijam na despedida.

Como o Barba-azul, o famoso Jasão do velocino de ouro, o *hidalgo* em "La Llorona", e outros maridos/amantes mitológicos e dos contos de fadas, o rei casa-se e é logo chamado a se afastar. Por que motivo esses maridos mitológicos estão sempre indo embora logo depois da noite de núpcias? A razão é diferente em cada história, mas o fato psíquico essencial é o mesmo: a régia energia da psique recua e se afasta para que possa ocorrer o próximo passo no processo da mulher, e para que seja posta à prova sua postura psíquica recém-adquirida. No caso do rei, ele não abandonou, pois sua mãe cuida da mulher na sua ausência.

O próximo passo consiste na formação do relacionamento da mulher com a velha Mãe Selvagem e com o fato de dar à luz. Está em prova o vínculo de amor entre a donzela e o rei e entre a donzela e a velha mãe. Um diz respeito ao amor entre os opostos; o outro está ligado ao amor do profundo Self feminino.

A partida do rei é um *leitmotiv* universal nos contos de fadas. Quando sentimos, não que o apoio nos foi retirado, mas uma redução da proximidade desse apoio, podemos ter certeza de que um período de provas está prestes a começar, período no qual será exigido de nós que nos nutramos somente da memória da alma até que o amado retorne. É então que nossos sonhos noturnos, especialmente os mais impressionantes e mais fortes, são o único amor que teremos durante algum tempo.

Seguem-se alguns dos sonhos que as mulheres disseram ter sido de enorme sustento para elas nesta fase.

Uma mulher de meia-idade, delicada e espirituosa, sonhou que via na terra preta um par de lábios, que ela se deitava no chão e que os lábios sussurravam alguma coisa para ela e, então, inesperadamente, eles lhe davam um beijo no rosto.

Uma outra mulher muito trabalhadora teve um sonho de uma simplicidade enganosa: que ela dormia em sono profundo a noite inteira. Quando despertou desse sonho, ela afirmou sentir-se perfeitamente descansada, que não havia um feixe muscular, um feixe nervoso, uma célula que estivesse fora do lugar dentro do seu corpo inteiro.

Ainda outra mulher sonhou que estava sofrendo uma cirurgia de coração aberto e que a sala de cirurgia não tinha teto de modo que a iluminação provinha do próprio sol. Ela sentia a luz do sol tocar o seu coração exposto e ouviu o cirurgião dizer que nenhuma outra cirurgia era necessária.

Sonhos como esses são experiências da natureza feminina selvagem. Eles são estados de sentimentos profundos em termos emocionais e muitas vezes físicos que funcionam como uma reserva de alimentos. Podemos recorrer a ela quando é parco nosso sustento espiritual.

Quando o rei vai embora em alguma aventura, sua contribuição psíquica para a descida é mantida pelo amor e pela memória. A donzela compreende que o princípio régio do outro mundo está comprometido com ela e não a abandonará, como prometeu antes de se casar. Muitas vezes, nessa época, a mulher está "cheia de si mesma". Ela está grávida, ou seja, impregnada de uma ideia nascente acerca do que sua vida pode vir a se tornar se ao menos ela prosseguir com seus esforços. É um período mágico e frustrante, como iremos ver, pois esse é um ciclo de descidas, e há mais uma logo em seguida.

É em virtude da explosão de vida nova que a vida da mulher mais uma vez parece tropeçar perto demais da borda e salta direto no abismo. Dessa vez, porém, o amor do masculino interno e o velho Self selvagem irão apoiá-la como nunca antes.

A união do rei e da rainha do outro mundo gera um filho. Um filho feito no outro mundo é uma criança mágica que tem todo o potencial associado ao mundo subterrâneo, como por exemplo a audição aguçada e a capacidade inata de pressentir, mas aqui ela está em seu *Anlage*, ou estágio "daquilo que irá ser". É nessa hora que as mulheres em viagem têm ideias surpreendentes, alguns poderiam dizer grandiosas, que resultam de ter olhos e expectativas novos e esperançosos. Entre as mais jovens, isso pode ser tão simples quanto a procura de novos interesses e novos amigos. Para as mais velhas, isso pode representar toda uma epifania tragicômica de divórcio, reconstituição e um felizes-para-sempre sob medida para cada uma.

O filho do espírito faz com que mulheres sedentárias saiam a escalar os Alpes aos quarenta e cinco anos de idade. É o filho do espírito que faz com que a mulher abandone toda uma vida de fixação no chão encerado para matricular-se na universidade. É o filho do espírito que leva a mulher que está jogando tempo fora, dedicando-se apenas ao que lhe dá segurança, a ganhar a estrada encurvada sob o peso da mochila.

Dar à luz é o equivalente psíquico de adquirir identidade, um self, ou seja, ter uma psique não dividida. Antes desse nascimento de nova vida no outro mundo, é provável que a mulher considere que todas os aspectos e personalidades dentro de si sejam como um caldeirão de nômades que entram e saem da sua vida ao acaso. Com o nascimento no outro mundo, a mulher aprende que tudo que a toque mesmo de leve faz parte dela. Às vezes é difícil fazer essa diferenciação de todos os aspectos da psique, especialmente no que diz respeito às tendências e impulsos que consideramos repulsivos. O desafio de amar aspectos desagradáveis de nós mesmas é um dos maiores esforços já enfrentados por uma heroína.

Pode ocorrer que tenhamos medo de que uma detecção de mais de uma identidade dentro da psique poderia significar que somos psicóticas. Embora seja real que as pessoas com perturbações psicóticas também vivenciem muitas identidades, identificando-se com elas ou opondo-se a elas com bastante energia, a pessoa que não sofre de nenhum problema psicótico mantém todos os seus eus interiores de uma forma ordenada e racional. Eles são bem utilizados; a pessoa cresce e prospera. Para a maioria das mulheres, ser mãe e criar os eus internos é um trabalho criativo, uma forma de conhecimento, não um motivo para o abatimento.

Portanto, a donzela sem mãos está esperando um bebê, um novo e pequenino self selvagem. O corpo na gravidez faz o que quer fazer. A nova vida prende-se, divide-se, cresce. A mulher nesse estágio do processo psíquico pode entrar em outra *enantiodromia*, o estado psíquico em que tudo que um dia foi considerado valioso já não é mais tão valioso e, além do mais, pode ser substituído por desejos extremos e inusitados por iniciativas, experiências e visões estranhas e raras.

Para algumas mulheres, por exemplo, o casamento foi um dia a razão de ser de tudo. No entanto, numa *enantiodromia*, elas querem se soltar: o casamento é péssimo, o casamento é um saco, o casamento é uma *Scheisse*, uma merda, decepcionante. Troque a palavra *casamento* pelos termos *amante*, *emprego*, *corpo*, *arte*, *vida* e *opções* e você perceberá o exato estado de espírito dessa época.

E ainda há os desejos. É mesmo! A mulher pode ansiar por estar perto da água, ou por deitar de bruços, com o rosto na terra, sentindo seu cheiro selvagem. Ela talvez sentisse ter de dirigir com o vento batendo no rosto. Ela pode ter de plantar algo, de capinar algo, de arrancar plantas do chão ou de enfiá-las no chão. Ela pode ter de sovar e assar, absorta na massa até os cotovelos.

Ela pode precisar fazer excursões selvagens pelas montanhas, saltando de uma rocha para outra, experimentando ouvir o eco de sua voz nas pedras. Ela pode precisar de horas de noites estreladas, em que as estrelas sejam como pó de arroz derramado sobre um piso de mármore negro. Ela pode ter a impressão de que irá morrer se não sair dançando nua numa tempestade de verão, se não ficar sentada em silêncio total, se não voltar para casa manchada de tinta, manchada de cor, manchada de lágrimas, manchada da lua.

Um novo self está a caminho. Nossa vida interior, como a conhecíamos até agora, está prestes a mudar. Embora isso não queira dizer que devamos descartar os aspectos razoáveis e especialmente os que fornecem apoio, numa espécie de arrumação enlouquecida da casa, é verdade que nessa descida o mundo objetivo e seus ideais fenecem; e durante algum tempo ficaremos irrequietas e insatisfeitas, pois a satisfação, a realização, reside no processo de nascer na realidade interior.

Aquilo pelo que ansiamos jamais poderá ser concretizado por um parceiro, um emprego, pelo dinheiro, por um novo isso ou aquilo. E esse Self-criança que estamos esperando é produzido exatamente por esse meio – pela espera. À medida que o tempo passa na nossa vida e nos nossos esforços no outro mundo, o bebê cresce para vir a nascer. Na maioria dos casos, os sonhos noturnos da mulher irão prever o nascimento: a mulher sonha literalmente com um novo filho, um novo lar, uma vida nova.

Agora a mãe do rei e a jovem rainha ficam juntas. A mãe do rei é adivinhem quem? – a velha *La Que Sabé*. Ela conhece todos os costumes. A rainha-mãe representa tanto os cuidados maternos ao estilo de Deméter quanto um envelhecimento como o de Hécate[28] no inconsciente das mulheres.[29]

Essa alquimia feminina de donzela, mãe e velha curandeira é espelhada no relacionamento entre a donzela sem mãos e a mãe do rei. Elas são uma equação psíquica semelhante, embora nesse conto a mãe do rei seja apenas esboçada, como a donzela no início da história, com seu rito do vestido branco e do círculo de giz, a velha mãe também conhece seus ritos antigos, como iremos ver.

Uma vez nascido o Self-criança, a velha rainha-mãe envia ao rei uma mensagem sobre o bebê da jovem rainha. O mensageiro parece estar bem de saúde, mas, à medida que se aproxima de um córrego, ele sente cada vez mais sono, adormece, e o diabo aparece. Essa é uma pista que nos diz que haverá novamente um desafio à psique durante sua próxima tarefa no outro mundo.

Na mitologia grega, existe no outro mundo um rio chamado Letes, e beber das suas águas faz com que a pessoa se esqueça de tudo que disse ou que fez. Em termos psicológicos, isso quer dizer estar adormecido para a própria vida real. O emissário que deveria promover e realizar a comunicação entre esses dois importantes elementos da nova psique não consegue resistir à força destrutiva/sedutora da psique. A função comunicativa da psique fica entorpecida, deita-se, adormece e se esquece.

Pois, adivinhem quem está sempre aprontando? Ora, o velho rastreador de donzelas, o diabo faminto. Pelo uso do termo *diabo* na história, percebemos como esse conto recebeu acréscimos de materiais religiosos mais recentes. No conto, o mensageiro, o córrego e o sono que provoca o esquecimento revelam que a antiga religião está logo abaixo do nível superficial da história, a camada imediatamente inferior.

Esse é o modelo arquetípico de descida desde o início dos tempos, e nós também seguimos esse sistema imemorial. Da mesma forma, temos uma sequência de missões terríveis atrás de nós. Vimos a respiração fumegante da Morte. Ultrapassamos as florestas que nos agarravam, as árvores ambulantes, as raízes que nos faziam tropeçar, a névoa que nos deixava cegas. Somos heroínas psíquicas com uma valise cheia de medalhas. E quem pode nos culpar agora? Queremos só descansar. Merecemos descansar, pois passamos por muitas atribulações. E por isso deitamos. Junto a um lindo córrego. O processo sagrado não está esquecido, é só... é só... que queríamos dar um tempo, só um pouquinho, fechar os olhos só por um instante...

E antes que percebamos, o diabo de um salto troca a mensagem que deveria transmitir o amor e a alegria por uma destinada a provocar repulsa. O diabo representa a irritação psíquica que nos atormenta com seu deboche: "Você voltou à sua antiga inocência e ingenuidade agora que se sente amada? Agora que deu à luz? Você acha que tudo está acabado, sua boba?"

E, como estamos perto do Letes, continuamos a roncar. É esse o erro que todas nós cometemos – não uma vez, mas muitas vezes. Nós nos esquecemos de nos lembrar do diabo. A mensagem é trocada de um tom jubiloso, "A rainha deu à luz uma linda criança" para uma calúnia, "A rainha deu à luz uma criança que é metade cachorro". Numa versão da história, a mensagem trocada é ainda mais explícita: "A rainha deu à luz uma criança que é metade cachorro por ter copulado com as feras da floresta."

Essa imagem de um ser metade cachorro não é casual, mas na realidade um belo fragmento das antigas religiões centradas em deusas desde a Europa até a Ásia. Naquela época, as pessoas adoravam uma deusa de três cabeças. As deusas de três cabeças são representadas por Hécate, a Baba Yaga, a Mãe Holle, Berchta e Ártemis, entre outras. Cada uma aparecia como um desses animais ou tinha grande intimidade com eles.

Nas religiões mais antigas, essas e outras divindades femininas selvagens e poderosas transmitiam as tradições de iniciação feminina e ensinavam às mulheres todos os estágios da vida feminina, desde a donzela até a mãe e a velha enrugada. Dar à luz um ser que é metade cachorro é uma degradação deformada das antigas deusas selvagens cujas naturezas instintuais eram consideradas sagradas. A religião mais recente tentou conspurcar os sagrados significados das divindades tríplices, insistindo no ponto de que elas copulavam com animais e estimulavam seus seguidores a fazer o mesmo.

Foi a essa altura que a Mulher Selvagem foi derrubada e enterrada nas profundezas da terra e o lado selvagem das mulheres começou não só a definhar como a precisar ser mencionado em sussurros e em locais secretos. Em muitos casos, as mulheres que amavam a velha Mãe Selvagem tiveram de proteger sua vida com cuidado. Finalmente, esse conhecimento somente transparecia em contos de fadas, no folclore, em estados de transe e nos sonhos. E graças a Deus por isso.

Enquanto no "Barba-azul" soubemos da existência do predador natural como alguém que corta as ações, sentimentos e ideias das mulheres, aqui na história da donzela sem mãos examinamos um aspecto mais sutil, mas imensamente poderoso do predador, um aspecto que devemos enfrentar na nossa psique, e cada vez mais com frequência diária na nossa própria sociedade real.

"A donzela sem mãos" revela como o predador tem a capacidade de distorcer as percepções humanas e as compreensões vitais de que precisamos para desenvolver dignidade moral, amplitude de visão e uma ação solidária na nossa vida e no mundo. No "Barba-azul", o predador não permite que ninguém sobreviva. Já na história da donzela sem mãos, o diabo permite a vida, mas procura impedir que a mulher refaça o vínculo com os profundos conhecimentos da Mulher Selvagem, aquela natureza instintual que possui uma precisão automática de percepção e de ação.

Portanto, quando o diabo troca a mensagem no conto, esse fato pode ser em certo sentido considerado como um registro fiel de um acontecimento histórico, um acontecimento que está especialmente relacionado à mulher moderna na sua missão psíquica de descida e de conscientização. É digno de nota que muitos aspectos da cultura (na acepção do sistema de pensamento coletivo e dominante num grupo de pessoas que vivam em proximidade suficiente para se influenciarem mutuamente) ainda atuem como o diabo no que diz respeito ao trabalho interior, à vida pessoal e aos processos psíquicos das mulheres. Eliminando um pouco aqui e apagando mais um pouco acolá, cortando uma raiz aqui e vedando uma abertura mais adiante, o "diabo" da cultura e o predador intrapsíquico fazem com que gerações de mulheres sintam medo mas continuem perambulando sem a menor pista das causas, ou da própria perda da natureza selvagem, que poderiam revelar tudo para elas.

Embora seja verdade que o predador tenha uma preferência pela caça que de certo modo apresenta a alma faminta, que sinta solidão da alma ou que se apresente debilitada sob algum outro aspecto, os contos de fadas demonstram-nos que o predador se vê atraído também pela consciência, pela renovação, pelo alívio e pela liberdade recém-adquirida. Assim que percebe um desses aspectos, ele imediatamente aparece.

Inúmeros enredos realçam o predador, incluindo-se os mencionados neste livro, bem como contos de fadas como "Cap of Rushes" e "All Fur", e passando pelos mitos sobre a grega Andrômeda e a asteca Malinche.

As estratégias usadas consistem na difamação dos objetivos da protagonista, no emprego de linguagem depreciativa para a descrição da vítima, nas críticas irracionais, nas proibições e nas punições injustificáveis. São esses os meios pelos quais o predador troca as mensagens vitalizantes entre a alma e o espírito por mensagens letais que nos cortam o coração, despertam nossa vergonha e, o que ainda é mais importante, nos deixam inibidas para tomar atitudes corretas.

Em temos culturais, podemos dar muitos exemplos de como o predador molda ideias e sentimentos a fim de roubar a luz da mulher. Um dos exemplos mais surpreendentes da perda da percepção natural consiste nas gerações de mulheres[30] cujas mães interromperam a tradição de ensinar e preparar suas filhas para acolhê-las naquele que é o aspecto mais básico e físico do ser mulher, a menstruação. Na nossa cultura, mas também em muitas outras, o diabo trocou a mensagem de tal forma que o primeiro sangramento e todos os ciclos subsequentes fossem cercados de humilhação em vez de assombro. Isso fez com que milhões de jovens mulheres perdessem a herança do seu corpo miraculoso e, em vez disso, sentissem medo de estar morrendo, sofrendo alguma doença ou sendo punidas por Deus. A cultura e os indivíduos dentro da cultura captaram a mensagem deformada pelo diabo sem examiná-la, passando-a adiante de uma forma impressionante, transformando assim o período da mulher pleno das sensações mais intensas, em termos emocionais e sexuais, num período de vergonha e punição.

Como podemos depreender da história, quando o predador invade uma cultura, seja ela a de uma psique, seja a de uma sociedade, os vários aspectos ou indivíduos dessa cultura têm de usar de astúcia, ler nas entrelinhas, manter sua posição, para que não se vejam carregados pelas alegações escandalosas mas atraentes do predador. Quando há um excesso do predador e uma carência da alma selvagem, as estruturas religiosas, sociais e emocionais da cultura começam a mudar o natural para o artificial, o selvagem para o não selvagem e a fazer especulações sombrias acerca da natureza instintual. É então que métodos dolorosos e antinaturais substituem o que anteriormente era abordado com sabedoria e reflexão.

Entretanto, por mais que o diabo minta e tente mudar as belas mensagens acerca da vida real da mulher para mensagens perversas, invejosas e desanimadoras, a mãe do rei vê realmente o que está ocorrendo e se recusa a sacrificar a filha. Em termos modernos, ela não tentaria silenciá-la, não a aconselharia a não dizer a verdade, não a estimularia a fingir ser menos para manipular mais. Essa figura de mãe selvagem do outro mundo corre o risco de represálias ao seguir o que ela sabe ser o melhor caminho. Em vez de ser sua cúmplice, ela é mais esperta do que o predador. Ela não cede. A Mulher Selvagem sabe o que é íntegro, sabe o que ajudará a mulher a prosperar, reconhece um predador ao ver um, sabe o que fazer a respeito. Mesmo quando pressionada pelas mensagens culturais ou psíquicas mais deturpadas, mesmo com um predador à solta na cultura ou na psique individual, todas nós ainda podemos ouvir suas instruções selvagens originais e agir de acordo com elas.

É isso o que as mulheres aprendem quando cavam até atingir sua natureza selvagem e instintiva, quando realizam o trabalho da iniciação profunda e do desenvolvimento da consciência. Elas recebem uma enorme capacitação através do desenvolvimento da visão, da audição, do ser e do fazer selvagens. As mulheres aprendem a procurar o predador em vez de espantá-lo, ignorá-lo ou de serem gentis com ele. Elas aprendem seus truques, seus disfarces e seu jeito de pensar. Elas aprendem a "ler nas entrelinhas" das mensagens, imposições, expectativas ou costumes que foram transformados de verdadeiros em manipuladores. Em seguida, quer o predador esteja emanando do nosso próprio meio psíquico, quer seja do meio cultural, quer de ambos, agora temos perspicácia e somos capazes de enfrentá-lo de frente e fazer o que precisar ser feito.

O diabo na história simboliza qualquer coisa que corrompa a compreensão dos profundos processos femininos. Sabemos que não é preciso um Torquemada[31] para atormentar a alma das mulheres. Elas também podem ser atormentadas pela boa vontade de métodos novos, porém antinaturais, que, se levados ao exagero, roubem da mulher sua benéfica natureza selvagem e sua capacidade de criar alma. A mulher não precisa viver como se tivesse nascido no ano 1000 a. C. No entanto, o antigo conhecimento é universal, um aprendizado eterno e imortal, que terá tanta aplicação daqui a cinco mil anos quanto hoje e quanto há cinco mil anos. É um conhecimento arquetípico, e esse tipo de sabedoria é atemporal. Convém lembrar que o predador também é atemporal.

Num sentido totalmente diverso, o trocador de mensagens, por ser uma força inata e contrária existente na psique e no mundo, opõe-se naturalmente ao novo Self-criança. No entanto, paradoxalmente, como temos de reagir de modo a combater essa força ou a compensá-la, a própria luta nos fortalece imensamente. No nosso próprio trabalho psíquico, recebemos constantemente mensagens trocadas pelo diabo – "Sou boa nisso; não sou tão boa assim. Meu trabalho é profundo; meu trabalho é bobo. Estou melhorando; não estou saindo do lugar. Tenho coragem; sou covarde. Tenho conhecimento; deveria ter vergonha de mim mesma." Essas mensagens, no mínimo, confundem.

Portanto, a mãe do rei sacrifica uma corça no lugar da jovem rainha. Na psique, como na cultura em geral, há uma estranha característica psíquica. Não é só quando as pessoas estão famintas e carentes que o diabo aparece, mas também às vezes quando houve um acontecimento de rara beleza, nesse caso, o nascimento de um lindo bebê. Mais uma vez, o predador é sempre atraído pela luz, e o que é mais luminoso do que uma vida nova?

Existem, porém, outros entes dissimulados dentro da psique que também procuram menosprezar tudo que é novo ou empanar seu brilho. No processo de aprendizado da mulher no outro mundo, é um fato psíquico que, se alguém deu à luz algo de belo, algo perverso também irá surgir, mesmo que momentaneamente, algo que sinta inveja, que careça de compreensão ou que demonstre desdém. A nova criança será repreendida, será chamada de feia e será condenada por um antagonista persistente ou mais de um. O nascimento do novo faz com que complexos, tanto o da mãe negativa quanto o do pai negativo, bem como o de outras criaturas prejudiciais, surjam do depósito de lixo psíquico e tentem, no mínimo, criticar acirradamente a nova ordem e, na pior das hipóteses, fazer desanimar a mulher e seu novo rebento, ideia, vida ou sonho.

Trata-se do mesmo roteiro seguido pelos pais ancestrais, Crono, Urano e também Zeus, que sempre procuraram comer ou banir seus filhos por um medo sinistro de que os filhos os atacassem para assumir seu lugar. Em termos junguianos, essa força destrutiva seria chamada de complexo, um sistema organizado de sentimentos e ideias na psique que se mantém inconsciente ao ego e que, portanto, consegue de certo modo impor sua vontade a nós. No ambiente psicanalítico, o antídoto é a consciência dos nossos talentos e das nossas fraquezas, para que o complexo não consiga agir isoladamente.

Em termos freudianos, dir-se-ia que essa força destrutiva emana do id, um território psíquico sombrio, indefinido mas infinito, onde vivem, espalhados como destroços e tornados cegos pela falta de luz, todas as ideias, impulsos, desejos e atos esquecidos, reprimidos e revulsivos. Nesse ambiente psicanalítico, a solução é alcançada através da lembrança de impulsos e pensamentos inferiores, da sua conscientização, da sua descrição, rotulação e classificação, com o objetivo de diluir seu potencial.

Segundo algumas histórias da Islândia, essa força mágica destrutiva interna à psique é às vezes *Brak*, o homem de gelo. Há uma antiga história na qual é cometido o crime perfeito. *Brak*, o homem de gelo, mata uma mulher humana que não retribui seu afeto. Ele a mata com uma adaga de gelo. A adaga, assim como o homem, derrete ao sol do dia seguinte, não havendo, portanto, arma para denunciar o assassino. Do próprio assassino também não sobrou nada.

A figura sinistra do homem de gelo do mundo dos mitos possui a mesma mística estranha de aparecimento/desaparecimento característica dos complexos da psique humana, bem como o mesmo *modus operandi* do diabo na história da donzela sem mãos. É por isso que o aparecimento do diabo é tão desnorteante para a inicianda. À semelhança do homem de gelo, ele surge do nada, comete o assassinato e depois desaparece, dissolvido no nada, sem deixar rastros.

Essa história, porém, nos transmite uma pista excelente: se você sente que perdeu sua missão, sua vitalidade, se você se sente confusa, ligeiramente desligada, procure o diabo, o que arma emboscadas para a alma dentro da sua própria psique. Se você não conseguir vê-lo, ouvi-lo, apanhá-lo em flagrante, parta do pressuposto de que ele esteja trabalhando e, acima de tudo, mantenha-se afastada – não importa o cansaço ou o sono que você sinta, por mais que você tenha vontade de fechar os olhos à sua verdadeira tarefa.

Na realidade, quando a mulher tem um complexo demoníaco, ele ocorre exatamente como descrevemos. Ela vai avançando, saindo-se bem, cuidando do seu nariz, e de repente o diabo salta à sua frente. Com isso toda a sua obra perde energia, começa a mancar, a tossir, a tossir cada vez mais e acaba desmaiando. O complexo demoníaco, usando a voz do ego, ataca a sua criatividade, suas ideias e seus sonhos. Na história, ele aparece como uma ridicularização ou uma depreciação interna da experiência da mulher no outro mundo. O diabo mente ao afirmar que o tempo passado pela mulher no outro mundo produziu uma fera, quando na realidade ela gerou uma bela criança.

Quando diversos santos escreveram que lutaram para manter a fé no Deus por eles escolhidos, que eram acossados a noite inteira pelo demônio, que queimava seus ouvidos com palavras destinadas a abalar sua determinação, que arrancava seus olhos do lugar com aparições horríveis e em geral arrastavam sua alma sobre vidro moído, eles estavam falando desse exato fenômeno, da súbita aparição do demônio. Essa emboscada psíquica tem como objetivo abalar a fé, não só a fé em você mesma mas no trabalho delicado e cuidadoso que você está realizando no inconsciente.

É preciso uma fé considerável para continuar nessa hora, mas precisamos e conseguimos continuar. O rei, a rainha e a mãe do rei, todos elementos da psique, estão puxando numa direção, na nossa direção, e por isso devemos perseverar com eles. A essa altura, é um trabalho quase na reta de chegada. Seria um enorme desperdício e ainda mais doloroso abandonar o esforço agora.

O rei da nossa psique tem grande firmeza. Ele não desaba com o primeiro golpe. Ele não definha com ódio e desejo de vingança, como o demônio gostaria. O rei, que ama tanto sua esposa, fica chocado com a mensagem trocada, mas manda de volta uma mensagem recomendando que cuidem da rainha e do filho na sua ausência. Esse é o teste da nossa certeza interior... será que duas forças podem manter seu vínculo mesmo que uma delas seja exposta como abominável e desprezível? Será que uma pode dar apoio à outra, não importa o que aconteça? Será que a união pode continuar mesmo quando sementes de dúvidas estão sendo diligentemente espalhadas? Até aqui, a resposta é positiva. O teste para se saber se pode haver um casamento de amor duradouro entre o outro mundo selvagem e a psique terrena está sendo respondido, e muito bem.

No caminho de volta ao castelo, o mensageiro mais uma vez adormece junto ao riacho e o demônio troca a mensagem para "Matem a rainha". Aqui, o predador tem esperanças de que a psique se torne polarizada e se suicide ao rejeitar todo um aspecto de si mesma, aquele aspecto crucial, o recentemente desperto, o conhecimento da mulher.

A mãe do rei fica horrorizada com a mensagem, e ela e o rei passam a se escrever com frequência, cada um procurando esclarecer a mensagem do outro, até que, finalmente, o demônio troca a mensagem do rei para "Matem a rainha, arrancando-lhe os olhos e a língua para servir de prova".

Nessa altura, temos uma donzela sem condições de captar o mundo, sem mãos, pois o demônio ordenou que fossem decepadas. Agora ele exige outras amputações. Ele agora quer também que ela não consiga falar nem ver de verdade. Esse é um senhor demônio, e no entanto o que ele exige nos causa uma imensa hesitação. Pois o que ele quer ver acontecer são exatamente os comportamentos que vêm oprimindo as mulheres desde os tempos mais remotos. Ele quer que a donzela obedeça aos seguintes princípios: "Não veja a vida como ela é. Não compreenda os ciclos da vida e da morte. Não persiga seus anseios. Não fale de todas essas coisas selvagens."

A velha Mãe Selvagem encarnada pela mãe do rei fica indignada com a ordem do demônio e diz que é demais pedir aquilo. Ela simplesmente se recusa a obedecer. Na tarefa da mulher, a psique diz: "Isso já é demais. Isso eu não posso e não vou tolerar." E a psique começa a agir com mais astúcia, em consequência da sua experiência espiritual nessa iniciação na resistência.

A velha Mãe Selvagem poderia ter apanhado suas saias, mandado selar uma parelha de cavalos e saído mundo afora para encontrar seu filho e determinar de que tipo de possessão ele estava acometido para querer matar sua linda rainha e seu primogênito, mas ela não o faz. Em vez disso, numa tradição consagrada pelo tempo, ela manda a jovem iniciada partir para mais um local de iniciação simbólica, a floresta. Em alguns ritos, o local da iniciação era o interior de uma caverna ou o sopé da montanha, mas no outro mundo, onde é abundante o simbolismo das árvores, na maioria das vezes é a floresta.

Compreendamos o que isso significa. Mandar a donzela embora para outro local de iniciação teria sido, de qualquer forma, o curso natural dos acontecimentos, mesmo que o demônio não tivesse surgido e trocado as mensagens. Na descida, existem diversos locais de iniciação, um seguindo-se ao outro, todos com suas próprias lições e consolos. Seria possível afirmar que o demônio praticamente garante que a mulher irá sentir a compulsão de se levantar e se apressar até o próximo estágio.

Lembre-se de que ocorre naturalmente um certo período após o parto no qual se considera que a mulher pertence ao outro mundo. Ela é empoada com o pó de lá, regada pela água de lá, tendo penetrado no mistério da vida-morte-dor-alegria durante o trabalho de parto. Portanto, por algum tempo, ela "não está aqui" mas, sim, ainda "lá". Leva tempo para que ela volte à superfície.

A donzela é como a mulher após o parto. Ela se levanta da cadeira de parto do outro mundo, onde deu à luz novas ideias, uma nova visão da vida. Ela é agora coberta por véus, seu bebê é colocado junto ao seu peito, e ela segue adiante. Na versão da história da donzela sem mãos dos irmãos Grimm, o recém-nascido é do sexo masculino e se chama Triste. Já nas religiões matriarcais, o filho espiritual nascido da união da mulher com o rei do outro mundo chama-se Alegria.

Aqui, mais um traço da antiga religião estende-se pelo chão. Em seguida ao nascimento do novo self da donzela, a mãe do rei manda a jovem rainha partir numa longa iniciação que, como veremos, irá ensinar-lhe os ciclos definitivos da vida feminina.

A velha Mãe Selvagem concede à donzela uma dupla bênção: ela amarra o bebê ao seio pejado de leite para que o Self-criança possa se nutrir não importa o que venha a acontecer. Em seguida, seguindo a tradição dos antigos cultos das deusas, ela envolve a donzela em véus, sendo esse o principal traje de uma deusa ao sair em alguma santa peregrinação, quando não quer ser reconhecida ou ter sua atenção desviada do seu objetivo. Na Grécia, numerosas esculturas e baixos-relevos mostram a inicianda no rito elêusico sendo coberta com véus para aguardar o novo passo da iniciação.

O que representa esse símbolo dos véus? Ele assinala a diferença entre a ocultação e o disfarce. Esse símbolo trata da privacidade, de ficar só, de não deixar escapar a natureza misteriosa. Trata-se de preservar o *eros* e o *mysterium* da natureza selvagem.

Enfrentamos, às vezes, dificuldade para manter nossa energia vital no caldeirão transformador por tempo suficiente para que disso resulte algo para nós. Precisamos guardar esse segredo conosco sem revelá-lo para quem quer que nos peça, ou para qualquer inspiração sorrateira que de repente caia sobre nós, dizendo-nos que seria uma boa ideia inclinar o caldeirão e despejar o melhor de nós mesmas na boca dos outros ou no próprio chão.

Cobrir algo com um véu intensifica sua ação ou seu sentimento. Isso as mulheres de todo o mundo sabem. Havia uma expressão usada pela minha avó, "cobrir a tigela". Significava pôr um pano branco sobre uma tigela com massa sovada para fazer o pão crescer. O véu para o pão e o véu para a psique têm o mesmo objetivo. Existe um poderoso fermento na alma das mulheres durante sua descida. Ocorre nelas uma forte fermentação. Ficar por trás de véus aperfeiçoa nosso *insight* místico. Desse ponto de vista, todos os seres humanos parecem diáfanos; todos os acontecimentos, todos os objetos, têm a cor que teriam ao amanhecer, ou num sonho.

Na década de 1960, as mulheres costumavam cobrir-se com o próprio cabelo. Elas deixavam crescer longas cabeleiras, passavam o cabelo a ferro e o usavam como uma cortina, como um meio de encobrir o rosto – como se o mundo estivesse aberto demais, nu demais, e o cabelo pudesse isolar o frágil self de cada uma. Há uma dança no Oriente Médio com véus, e é claro que as muçulmanas modernas usam véus. A *babushka* da Europa Oriental e os *trajes* usados nas cabeças de mulheres das Américas Central e do Sul também são remanescentes dos véus. As mulheres da Índia usam véus naturalmente, da mesma forma que as africanas.

À medida que fui observando o mundo, comecei a sentir um pouco de pena da mulher moderna que não tem véus para usar. Pois, ser uma mulher livre e usar um véu à vontade é dispor do poder da mulher misteriosa. Ver uma mulher dessas oculta por véus é uma experiência impressionante.

Uma vez vi algo que daí em diante me manteve fascinada pelo véu: minha prima Éva, arrumando-se para seu casamento. Eu, com cerca de 8 anos de idade, estava sentada na mala de viagem com minha grinalda de dama de honra já fora do lugar, com uma das meias esticadas e a outra já engolida pelo sapato. Ela primeiro pôs o vestido longo de cetim branco com quarenta botõezinhos recobertos de cetim nas costas. Depois, calçou as longas luvas brancas de cetim, cada uma com dez botões recobertos. Ela puxou o véu, que ia até o chão, de modo a cobrir seu lindo rosto e os ombros. Minha tia Teréz afofou o véu em toda a sua extensão, pedindo a Deus que ficasse perfeito. Meu tio Sebestyén parou no portal, perplexo, pois Éva não era mais uma mortal. Era uma deusa. Por trás do véu, seus olhos pareciam prateados; seu cabelo, como que salpicado de estrelas; sua boca, uma flor vermelha. Ela era só ela mesma, contida e poderosa, e adequadamente fora do alcance.

Alguns dizem que o hímen é o véu. Outros, que a ilusão é o véu. Nenhum dos dois grupos está errado, mas há mais a ser dito. Por ironia, embora o véu tenha sido usado para ocultar a beleza do olhar concupiscente dos outros, ele também é apetrecho da *femme fatale*. Usar um véu de um certo tipo, numa certa hora, com um certo amante e com uma certa aparência é transpirar uma intensa e indefinida eroticidade que provoca uma verdadeira suspensão da respiração. Na psicologia feminina, o véu é um símbolo da capacidade das mulheres de assumir a presença ou a essência que desejem.

Há uma surpreendente força espiritual na mulher coberta por véus. Ela inspira tanta admiração que todos que a encontram param onde estão, tão perplexos com sua aparição que só podem deixá-la em paz. A donzela no conto é coberta com véus para sair em viagem, tornando-se, portanto, intocável. Ninguém ousaria erguer seu véu sem sua permissão. Depois de todas as atitudes invasoras por parte do demônio, ela está mais uma vez protegida. As mulheres também sofrem essa transformação. Quando se encontram cobertas por véus, as pessoas sensatas sabem que é melhor não invadir seu espaço psíquico.

Pois bem, depois de todas as falsas mensagens na psique, e mesmo no exílio, estamos protegidas por algum conhecimento superior, alguma solidão suntuosa e benéfica que tem origem no nosso relacionamento com a velha Mãe Selvagem. Estamos mais uma vez com o pé na estrada, mas em segurança. Por estarmos usando o véu, demonstramos pertencer à Mulher Selvagem. Somos dela e, embora não sejamos inatingíveis, de algum modo algo nos mantém afastadas de uma imersão total na rotina da vida.

As diversões do mundo objetivo não nos deslumbram. Estamos perambulando à procura do nosso lugar, da nossa terra natal no inconsciente. Como se diz que as árvores frutíferas em flor estão usando lindos véus, nós e a donzela somos agora macieiras floridas em movimento, à procura da floresta à qual pertencemos.

O sacrifício da corça era um rito de revivificação para as mulheres, um rito que teria sido conduzido por uma mulher mais velha como a mãe do rei, pois ela seria designada "conhecedora" dos ciclos da morte e da vida. No sacrifício da corça, vemos mais um traço da antiga religião. O sacrifício de um corço era um rito antigo destinado a liberar sua energia suave porém saltitante.

Como as mulheres na descida, esse animal sagrado era conhecido como um intrépido sobrevivente do frio e dos invernos mais desesperadores. Considerava-se que a corça era plenamente eficiente em procurar provisões, em dar à luz e viver de acordo com os profundos ciclos da natureza. É provável que os participantes de um ritual desses pertencessem a um clã e que a ideia do sacrifício era a de dar lições às iniciantes quanto à morte, bem como a de nelas infundir as qualidades do próprio animal selvagem.

Aqui repete-se o sacrifício – um duplo *rubedo*, um sacrifício de sangue, na realidade. Em primeiro lugar, há o sacrifício da corça, o animal sagrado da antiga linhagem da Mulher Selvagem. Nos ritos antigos, matar uma corça fora da estação significava violar a velha Mãe Selvagem. O abate de animais é um trabalho perigoso, pois diversas entidades gentis e úteis adotam o disfarce de animais. Considerava-se que matar um animal fora da estação colocava em risco o delicado equilíbrio da natureza podendo provocar uma represália de proporções míticas.

No entanto, o ponto principal é que o sacrifício de um animal-mãe, uma corça, que representava o conhecimento feminino acompanhado do consumo da sua carne e do uso do seu pelo para proteção contra o frio e para demonstrar a participação no clã, o *tornar-se* esse animal, era um ritual sagrado entre as mulheres desde o início dos tempos. Guardar os olhos, as orelhas, o focinho, os chifres e diversas vísceras era dispor do poder simbolizado pelas suas funções: a visão aguçada, a percepção de longe, a movimentação veloz, a resistência física, o tom certo para chamar a própria espécie e assim por diante.

Esse segundo *rubedo* transparece quando a donzela é separada tanto da boa e velha mãe como do rei. Esse é um período em que estamos encarregadas de lembrar, de persistir na nutrição espiritual mesmo que estejamos separadas daquelas forças que nos sustentaram no passado. Não podemos permanecer no êxtase da união perfeita para sempre. Para a maioria de nós, não é essa a nossa linha de conduta. Nossa missão é, sim, a de a certa altura nos afastarmos dessas forças estimulantes, permanecendo, entretanto, em vínculo consciente com elas, e prosseguir para a tarefa seguinte.

É fato que podemos nos fixar num aspecto especialmente agradável da união psíquica e ali permanecer para sempre, mamando na teta sagrada. Isso não quer dizer que a nutrição seja destrutiva. Pelo contrário, a nutrição é absolutamente essencial para a viagem, e necessária em quantidades substanciais. Na realidade, se a nutrição for insuficiente, a inicianda perderá energia, cairá em depressão e definhará até não ser mais do que um sussurro. No entanto, se permanecermos no nosso local preferido da psique, como por exemplo somente na beleza, ou somente no êxtase, o processo de individuação vai ficando cada vez mais lento. A verdade nua e crua é que aquelas forças sagradas que encontramos dentro da nossa psique devem um dia ser abandonadas, pelo menos momentaneamente, para que o próximo estágio do processo possa se realizar.

Como no trecho em que as duas mulheres se despedem em pranto, nós devemos nos despedir das preciosas forças interiores que nos ajudaram imensamente. Depois, com o nosso Self-criança preso ao seio e ao coração, botamos nosso pé na estrada. A donzela está mais uma vez a caminho, vagueando na direção de um enorme bosque com a fé inabalável de que algo irá surgir do imenso aglomerado de árvores, algo que crie alma.

6º estágio: O reino da Mulher Selvagem

A jovem rainha chega à floresta mais extensa e mais impenetrável que ela já viu. Não é possível nela detectar trilhas. Ela abre caminho passando por cima, através e em volta de tudo. Quase ao anoitecer, o mesmo espírito branco que a ajudou no fosso anteriormente a conduz a uma pobre estalagem de gente simpática da floresta. Uma mulher de branco a convida a entrar e a chama pelo nome. Quando a jovem rainha pergunta como descobriu seu nome, a mulher de branco responde: "Nós da floresta acompanhamos esses casos, minha rainha."

E assim a rainha passa sete anos na estalagem da floresta e está satisfeita com a sua criança e com a sua vida. Aos poucos suas mãos voltam a crescer; primeiro, como mãozinhas de bebê, depois como mãos de menina e, afinal, como mãos de mulher.

Embora esse episódio seja o mais curto da história, ele é na verdade o mais longo, tanto no tempo decorrido quanto em termos de realização da tarefa. A donzela mais uma vez perambulou e como que chegou em casa para passar sete anos – separada do marido, é verdade, mas fora isso passando por uma experiência enriquecedora e de restauração.

Seu estado novamente despertou a compaixão de um espírito de branco – que agora é seu espírito guia – e ele a conduz a esse lar na floresta. Assim é a natureza infinitamente misericordiosa da psique profunda durante a viagem da mulher. Sempre há alguém mais que irá nos auxiliar. Esse espírito que a conduz e a abriga é o da velha Mãe Selvagem, e como tal encarna a psique instintiva que sempre sabe o que acontecerá depois e o que virá depois disso.

Essa enorme floresta selvagem encontrada pela donzela é o arquétipo do campo iniciático sagrado. Ela é como *Leuce*, a floresta que os gregos antigos diziam existir no mundo dos mortos, repleta de árvores sagradas e ancestrais e povoada de animais, tanto selvagens quanto mansos. É ali que a donzela sem mãos encontra a paz por sete anos. Como se trata de um local arborizado, e como a própria donzela é representada pela macieira florida, essa é finalmente a sua terra natal, o lugar onde sua alma florida e impetuosa reconquista suas raízes.

E quem é a mulher que cuida da estalagem embrenhada na floresta? Como o espírito vestido num branco resplandecente, ela é um aspecto da velha deusa tríplice. E, se absolutamente todas as fases do conto de fadas original tivessem sido mantidas, haveria também uma velha feroz/simpática na estalagem numa condição ou noutra. No entanto, esse trecho da história se perdeu, mais ou menos como um original do qual foram arrancadas algumas páginas. É provável que o elemento ausente tenha sido eliminado durante um dos antigos confrontos entre a velha religião da natureza e a religião mais nova para determinar qual crença religiosa acabaria predominando. O que restou tem, porém, muita força. As águas da história não são só profundas, mas também límpidas.

O que vemos são duas mulheres que, durante o prazo de sete anos, vêm a se conhecer mutuamente. O espírito de branco é semelhante à telepática Baba Yaga em "Vasalisa", que é uma representação da velha Mãe Selvagem. Como a Yaga diz a Vasalisa, muito embora nunca a tenha visto antes, "Sei, conheço o seu pessoal", esse espírito feminino que toma conta da estalagem no outro mundo já conhece a jovem rainha, pois ela também faz parte da sagrada Mulher Selvagem, que tudo sabe.

Mais uma vez a história sofre um corte significativo. As tarefas e aprendizados exatos daqueles sete anos não são mencionados, a não ser para serem descritos como repousantes e revitalizantes. Embora pudéssemos supor que os aprendizados da velha religião da natureza subjacentes à história fossem mantidos em segredo por tradição, não podendo, portanto, estar num conto de fadas, é muito mais provável que haja outros sete aspectos ou episódios nessa história, uma para cada ano que a donzela passou na floresta do aprendizado. Não desanime, porém, na psique nada se perde, está lembrada?

Podemos recordar tudo que ocorreu naqueles sete anos a partir de pequenos fragmentos obtidos de outras fontes de iniciação das mulheres. A iniciação da mulher é um arquétipo; e, embora um arquétipo tenha muitas variações, seu núcleo permanece constante. Portanto, segue-se o que descobrimos a respeito da iniciação a partir do exame de outros contos de fadas e mitos, tanto da literatura oral quanto da escrita.

A donzela fica ali sete anos, pois é esse o tempo de uma estação na vida da mulher. O sete é o número de dias de cada fase da lua e é também o número de outras expressões do tempo sagrado: os sete dias da criação, os sete dias da semana e assim por diante. No entanto, para além dessas questões fica uma muito maior:

A vida da mulher é dividida em fases, cada uma com sete anos. Cada período de sete anos representa um certo conjunto de experiências e aprendizagens. Essas fases podem ser compreendidas em termos mais concretos como estágios do desenvolvimento, mas elas podem ainda mais ser vistas como estágios espirituais de desenvolvimento que não correspondem necessariamente à idade cronológica da mulher, embora às vezes isso ocorra.

Desde o início dos tempos, a vida das mulheres foi dividida em fases, a maioria relacionada com a mudança dos poderes do corpo. É útil atribuir uma sequência à vida física, espiritual, emocional e criativa da mulher para que ela tenha condições de prever "o que virá em seguida" e de se preparar para tal. O que virá a seguir está no campo da Mulher Selvagem instintiva. Ela sempre sabe. No entanto, com o passar dos tempos, à medida que os antigos ritos de iniciação eram abandonados, a instrução das mulheres mais jovens pelas mais velhas acerca desses estágios inerentes à mulher foi também sendo ocultada.

A observação empírica da inquietação, do desassossego, dos anseios, das mulheres e do crescimento traz de volta à luz os antigos padrões ou fases da vida profunda da mulher. Embora possamos dar títulos específicos aos estágios, todos eles são ciclos de conclusão, de envelhecimento, de morte e de renascimento. Os sete anos que a donzela passa na floresta irão ensinar-lhe os detalhes e os dramas relacionados a essas fases. Temos aqui ciclos de sete anos cada, que se estendem por toda a vida da mulher. Cada um tem seus ritos e suas tarefas. Cabe a nós cumpri-los.

Proponho o que se segue apenas como metáforas do crescimento psíquico. As idades e os estágios da vida da mulher fornecem tanto tarefas a serem realizadas quanto atitudes nas quais enraizá-las. Por exemplo, se de acordo com o esquema que se segue vivermos o suficiente para entrar na fase ou no lugar psíquico dos seres da névoa, o lugar em que todo pensamento é novo como o amanhã e antigo como o início dos tempos, nós nos encontraremos entrando em ainda mais uma atitude, mais uma maneira de ver, bem como descobrindo e realizando as tarefas de conscientização a partir dessa posição privilegiada.

As imagens seguintes são fragmentos. No entanto, partindo-se de metáforas suficientemente amplas, podemos elaborar, a partir do que sabemos e do que sentimos acerca do conhecimento antigo, novos *insights* para nós mesmas que tanto são plenos de força espiritual quanto fazem sentido para nós hoje mesmo. Essas imagens são baseadas livremente na experiência e observação empíricas, na psicologia do crescimento e em fenômenos encontrados nos mitos da criação, que são alguns dos melhores esqueletos fundamentais dos registros psicológicos humanos.

Essas fases não se destinam a ser vinculadas inexoravelmente à idade cronológica, pois algumas mulheres aos 80 anos estão, em termos de desenvolvimento, no início da mocidade; algumas mulheres aos 40 estão no mundo psíquico dos seres da névoa; e algumas de 20 anos têm tantas cicatrizes quanto velhas enrugadas e idosas. Não se pretende que as idades tenham um sentido hierárquico, mas que simplesmente pertençam à consciência da mulher e à expansão da vida da sua alma. Cada idade representa uma mudança de atitude, uma mudança na atribuição de tarefas e uma mudança nos valores.

0 - 7 idade do corpo e do sonho/socialização, mantendo, porém, a imaginação

7 - 14 idade da separação bem como do entretecimento da razão e do imaginário

14 - 21 idade do novo corpo/início da mocidade/desdobramento da sensualidade, apesar de protegida

21 - 28 idade do novo mundo/nova vida/exploração dos mundos

28 - 35 idade da mãe/aprendizado de ser mãe para os outros e para si mesma

35 - 42 idade da procura/aprendizado de ser mãe do self/procura do self

42 - 49 idade da velha precoce/descoberta do acampamento distante/transmissão de coragem aos outros

49 - 56 idade do outro mundo/aprendizado dos termos e dos ritos

56 - 63 idade da escolha/escolha do próprio mundo e do trabalho ainda a ser feito

63 - 70 idade da transformação em sentinela/reformulação de tudo que se aprendeu

70 - 77 idade do rejuvenescimento/mais velhice

77 - 84 idade dos seres da névoa/mais descobertas do que é grande no que é pequeno

84 - 91 idade de tecer com o fio escarlate/compreensão da trama da vida

91 - 98 idade do etéreo/menos a dizer, mais a ser

98 -105 idade do *pneuma*, da respiração

105+ idade da atemporalidade

Para muitas mulheres, a primeira metade dessas fases do conhecimento da mulher, digamos, aproximadamente até os quarenta anos, revela nitidamente um movimento do conjunto autônomo de percepções instintivas da primeira infância até o conhecimento corpóreo da mãe profunda. Já na segunda metade das fases, o corpo transforma-se quase exclusivamente num dispositivo sensorial interno, e as mulheres vão ficando cada vez mais sutis.

Durante a trajetória da mulher por esses ciclos, suas camadas de defesa, proteção e densidade vão se tornando mais diáfanas até que o brilho da sua própria alma começa a transparecer. Podemos sentir e ver o movimento da alma dentro da psique corporal de uma forma surpreendente à medida que envelhecemos cada vez mais.

Portanto, o sete é o número da iniciação. Na psicologia arquetípica há literalmente dezenas de referências ao símbolo do sete. Uma referência que considero valiosíssima para ajudar as mulheres a diferenciar as tarefas que as esperam, bem como para determinar sua posição atual na floresta do outro mundo, faz parte das antigas atribuições dos sete sentidos. Acreditava-se que esses atributos simbólicos pertencessem a todos os seres humanos, e eles aparentemente constituíam uma iniciação na alma através das metáforas e dos sistemas reais do corpo.

Segundo os ensinamentos antigos, os sentidos representam aspectos da alma, ou do "santo corpo interno", e devem ser exercitados e desenvolvidos. Embora o trabalho seja longo demais para ser exposto aqui, gostaria de dar apenas uma olhada nessa antiga tradição. São os seguintes os sete sentidos e, portanto, as sete áreas de tarefas a cumprir: animação, sensação, fala, paladar, visão, audição e olfato.[32]

Dizia-se que cada sentido estaria sob a influência de uma energia dos céus. Para trazer isso de volta à realidade, quando as mulheres trabalhando em grupo falam nessas coisas, descrevem-nas, exploram-nas e as investigam, elas podem usar essas metáforas, a partir da mesma referência, para melhor examinar os mistérios dos sentidos: o fogo anima, a terra provoca a sensação, a água produz a fala, o ar leva ao paladar, a névoa gera a visão, as flores propiciam a audição e o vento sul cria o olfato.

A partir do traço ínfimo que restou do antigo rito iniciático nessa parte da história, especialmente a expressão "sete anos", tenho a forte impressão de que os estágios da vida inteira da mulher, bem como questões como a dos sete sentidos e de outros itens tradicionalmente contados aos sete, eram ressaltados para a inicianda dos tempos de outrora e mesclados nas suas tarefas. Um antigo fragmento de história que me deixa extremamente intrigada vem de Cratynana, um velho contador de histórias suábio, que afirmava que antigamente as mulheres costumavam passar alguns anos longe de casa, num lugar nas montanhas, exatamente da mesma forma que os homens se afastavam por muito tempo a serviço do exército do rei.

E assim, nessa época do aprendizado da donzela na profundeza da floresta, ocorre mais um milagre. Suas mãos começam a voltar a crescer em fases, a princípio as de um bebê. Podemos considerar que isso signifique que sua compreensão de tudo que ocorreu seja inicialmente imitativa, como a compreensão de um bebê. À medida que as mãos se transformam nas de uma criança, ela desenvolve uma compreensão concreta, mas não absoluta, de tudo. Quando afinal elas se transformam em mãos de mulher, ela conseguiu captar, com prática e profundidade, o não concreto, o metafórico, o caminho sagrado em que esteve.

À medida que praticamos o profundo conhecimento instintivo acerca de todo tipo de aprendizado que obtemos durante toda uma vida, nossas mãos voltam a nós, as mãos da nossa feminilidade. É divertido às vezes observar a nós mesmas quando entramos pela primeira vez num estágio psíquico imitando o comportamento que gostaríamos de aprender. Mais tarde, à medida que prosseguimos, atingimos nossa própria fase espiritual, nosso próprio formato de direito.

De vez em quando, uso outra versão dessa história em representações e na análise. Nessa versão, a jovem rainha vai até o poço. Quando se curva para puxar a água, a criança cai no poço. A jovem rainha começa a berrar, e um espírito aparece e pergunta por que motivo ela não salva seu filho. "Porque eu não tenho mãos!", grita ela. "Tente", diz o espírito. E quando a donzela mergulha os braços na água, tentando alcançar seu filho, suas mãos se refazem naquele exato instante, e a criança é salva.

Essa também é uma forte metáfora da ideia de salvamento do Self-criança, do Self da alma, para que ele não volte a se perder no inconsciente, para que não se esqueça de quem somos e de qual é a nossa tarefa. É nesse ponto nas nossas vidas que até mesmo pessoas muito encantadoras, ideias sedutoras, músicas fascinantes podem ser rejeitadas com facilidade, especialmente se não propiciarem a união da mulher com o selvagem.

Para muitas mulheres, é prodigiosa a passagem da sensação de entusiasmo ou atração por qualquer ideia ou pessoa que bata à sua porta para a de ser uma mulher que refulge com *La Destina*, que é possuída de um profundo sentido do seu próprio destino. Com o olhar direto, as palmas voltadas para fora, com a audição do self instintivo intacta, a mulher volta à vida com essa atitude nova e vigorosa.

Nessa versão, a donzela cumpriu sua tarefa de tal modo que, quando ela precisa da ajuda das mãos para tatear e para proteger seu avanço, elas aparecem. Elas se regeneram através do medo de perda do Self-criança. A regeneração do controle da mulher sobre a própria vida e o próprio trabalho por vezes causa uma lacuna momentânea neste último, pois ela pode não ter total confiança nessas forças recém-adquiridas. Ela pode ter de experimentar usá-las por algum tempo para perceber qual é o seu alcance.

Com frequência, temos de reformar nossas ideias acerca de "uma vez sem poder (sem as mãos), sempre sem poder". Depois de todas as nossas perdas e de todo o nosso sofrimento, descobrimos que, se quisermos nos esforçar, seremos recompensadas com a possibilidade de agarrar a criança que é mais valiosa para nós. É aí que a mulher sente que afinal conseguiu retomar o controle sobre a própria vida e recuperar as palmas que a ajudam a ver e a moldar a vida novamente. Esse tempo todo ela recebeu ajuda de forças intrapsíquicas e amadureceu extremamente. Agora, ela está realmente "dentro do seu Self".

Estamos, portanto, quase acabando de percorrer a vastidão dessa longa história. Falta somente um trecho em *crescendo* e a conclusão adiante. Como essa é uma indução nos mistérios e no domínio da resistência, tratemos de cumprir essa última etapa da viagem pelo outro mundo.

7º estágio: O noivo e a noiva selvagens

Agora o rei retorna, e ele e a mãe concluem que o demônio sabotou suas mensagens. O rei faz votos de purificação – de ficar sem comer nem beber e de viajar até os confins do mundo para encontrar a donzela e seu filho. São sete anos de procura. Suas mãos ficam negras; sua barba, de um marrom sujo como o musgo; seus olhos, avermelhados e ressecados. Durante todo esse tempo, ele não come, nem bebe, mas uma força maior do que ele mesmo o ajuda a viver.

Ele afinal chega à estalagem mantida pelo povo da floresta. Ali, ele é coberto por um véu, adormece e acorda para encontrar uma linda mulher e uma bela criança com os olhos fixos nele. "Sou sua mulher, e esse é o nosso filho", diz a jovem rainha. O rei quer acreditar mas vê que a donzela tem mãos. "Com as minhas aflições e ainda assim com meus cuidados, as minhas mãos cresceram de novo", diz ela. E a mulher-espírito de branco traz as mãos de prata de uma arca onde estavam guardadas com carinho. É uma festa espiritual. O rei, a rainha e a criança voltam para a mãe do rei e realizam um segundo casamento.

Aqui no final, a mulher que cumpriu a descida completa reuniu uma vigorosa quadrinidade de forças espirituais: o *animus* do rei, o Self-criança, a velha Mãe Selvagem e a donzela iniciada. Ela foi lavada e purificada muitas vezes. O desejo do seu ego por uma vida segura já não é mais seu guia. Agora, esse quatérnio rege a psique.

Foram o sofrimento e a peregrinação do rei que propiciaram a reunião e o casamento definitivos. Por que ele, que é rei do outro mundo, precisa peregrinar? Ele não é o rei? Bem, a verdade é que também os reis precisam cumprir seu trabalho psíquico, mesmo reis arquetípicos. Nessa história está a ideia antiga e extremamente enigmática de que quando uma força da psique muda, as outras devem mudar também. Aqui, a donzela não é mais a mulher com quem se casou, não é mais aquela frágil andarilha. Agora ela está iniciada; agora ela conhece suas atitudes de mulher em todas as questões. Agora ela está sazonada com as histórias e os conselhos da velha Mãe Selvagem. Ela agora tem mãos.

O rei deve, portanto, sofrer para se desenvolver. Sob certos aspectos, o rei permanece no outro mundo, mas, como uma figura do *animus*, ele representa a adaptação da mulher à vida coletiva – ele transporta as ideias principais que ela aprendeu na sua jornada até a superfície, ou a sociedade exterior. Só que ele ainda não esteve na mesma situação que ela, e isso ele deve fazer para poder transmitir ao mundo o que ela é e o que ela sabe.

Depois que a velha Mãe Selvagem lhe comunica que ele foi enganado pelo demônio, ele mesmo é mergulhado na sua própria transformação através da peregrinação e descoberta, exatamente como aconteceu antes com a donzela. Ele não perdeu as mãos, mas perdeu sua rainha e seu filho. Por isso, o *animus* imita o caminho da donzela.

Essa reencenação por empatia reorganiza o jeito da mulher de ser no mundo. Reorientar o *animus* dessa maneira é iniciá-lo na missão pessoal da mulher. Pode ser por esse motivo que chegou a haver iniciandos do sexo masculino na iniciação essencialmente feminina em Elêusis. Esses homens assumiam as tarefas e provações do aprendizado feminino a fim de encontrar suas próprias rainhas e filhos psíquicos. O *animus* entra nos seus próprios sete anos de iniciação. Com isso, aquilo que a mulher aprendeu irá não só se refletir na sua alma interior, mas também ficará inscrito nela, moldando também seus atos concretos.

O rei também vagueia na floresta da iniciação, e aqui mais uma vez temos a impressão da falta de outros sete episódios – os sete estágios da iniciação do *animus*. Também desta vez, dispomos de fragmentos a partir dos quais podemos extrapolar; temos nossos próprios recursos. Uma das pistas está no fato de o rei não comer durante sete anos e ainda assim manter-se nutrido. A atitude de não se alimentar está relacionada à procura de alcançar, por baixo dos nossos impulsos e apetites, algum significado mais profundo que se encontra oculto e encoberto. A iniciação do rei está relacionada com o aprendizado de um aprofundamento no que diz respeito à compreensão dos apetites, de natureza sexual[33] e de outras naturezas. Ela trata do aprendizado de ciclos de equilíbrio e de valorização que sustentam a esperança e a felicidade do ser humano.

Além do mais, como ele é o *animus*, sua procura também está ligada à busca do feminino plenamente iniciado na psique e a considerar essa como sua meta principal, não importa o que atravesse o seu caminho. Em terceiro lugar, sua iniciação no Self selvagem, quando ele se torna um animal na natureza por sete anos, não se banha durante esse mesmo período, tem o objetivo de arrancar quaisquer camadas excessivas de quitina civilizatória. Esse *animus* está realizando o trabalho necessário para se preparar para demonstrar e representar o verdadeiro Self da alma da mulher recém-iniciada na rotina do dia a dia.

O trecho da história que menciona a colocação de um véu sobre o rosto do rei enquanto ele dorme tem grande probabilidade de ser mais um fragmento dos antigos ritos dos mistérios. Na Grécia, há uma bela escultura exatamente dessa imagem: um iniciando coberto com um véu, com a cabeça inclinada como se estivesse descansando, esperando ou dormindo.[34] Agora vemos que o *animus* não pode estar agindo num nível inferior ao do conhecimento *dela*. Se não fosse assim, ela mais uma vez iria se sentir dividida entre o que sente e sabe intimamente e a forma pela qual, através do *animus*, ela deveria se comportar no mundo. Por isso, o *animus* perambula pela natureza, na sua própria condição masculina, também na floresta.

Não é de se estranhar que tanto a donzela quanto o rei sejam levados a percorrer terras psíquicas onde esses processos se realizam. Eles podem ser aprendidos apenas na natureza selvática, somente quando se está grudado à pele da Mulher Selvagem. É frequente que a mulher iniciada dessa maneira descubra que seu amor subterrâneo pela natureza selvagem vem à tona na sua vida no mundo objetivo. É que, em termos psíquicos, ela traz consigo o perfume de lenha queimando. Costuma acontecer de ela agir *aqui* de acordo com o que aprendeu *lá*.

Um dos aspectos mais surpreendentes dessa longa iniciação consiste em que a mulher que passa por esse processo continua a sua vida normal no mundo objetivo: ela ama o amado; dá à luz filhos; corre atrás das crianças; corre atrás da arte; corre atrás das palavras; carrega alimentos, tintas, meadas; luta por uma coisa ou por outra; enterra os mortos; cumpre todas as tarefas de rotina ao mesmo tempo que avança nessa jornada profunda e distante.

A mulher, nessas condições, encontra-se muitas vezes dividida entre duas opções, pois abate-se sobre ela um impulso de mergulhar na floresta como se ela fosse um rio, de nadar no verde, de subir ao topo de um penhasco e ficar ali sentada com o rosto ao vento. É uma época na qual um relógio interior bate uma hora que faz a mulher sentir uma necessidade repentina de um céu que ela possa chamar de seu, uma árvore que possa abraçar, uma pedra na qual possa encostar o rosto. Mesmo assim, ela também precisa viver sua vida no mundo concreto.

É um motivo de honra para que, apesar de ter muitas vezes sentido o desejo de sair correndo em direção ao pôr do sol, ela não o tenha feito. Pois é essa vida concreta que exerce o nível certo de pressão para que ela assuma as tarefas do outro mundo. É melhor permanecer neste mundo durante esse período, em vez de abandoná-lo, porque a tensão é melhor, e a tensão cria uma vida preciosa e bem torneada que não pode ser obtida de nenhuma outra forma.

Vemos, portanto, o *animus* na sua própria transformação, preparando-se para ser um parceiro adequado para a donzela e o Self-criança. Afinal, eles se reúnem, e ocorre a volta à velha mãe, à mãe sábia, à mãe que tudo suporta, que ajuda com sua inteligência e sabedoria... e todos permanecem unidos e com amor uns pelos outros.

A tentativa demoníaca de assumir o controle da alma fracassou de modo irreversível. A resistência da alma foi testada e aprovada. A mulher passa por esse ciclo uma vez a cada sete anos, sendo a primeira passagem muito suave e, geralmente, pelo menos uma das vezes, muito difícil. Daí em diante, o processo apresenta um aspecto de recordação ou de renovação. Aqui, afinal, descansemos para apreciar essa bela visão panorâmica das iniciações e tarefas da mulher. Uma vez que tenhamos passado pelo ciclo, podemos escolher qualquer uma ou todas as tarefas para renovar nossa vida a qualquer momento e por qualquer motivo. Seguem-se algumas delas:

- abandonar os velhos pais da psique, descer ao território psíquico desconhecido, ao mesmo tempo em que se depende da boa vontade de quem quer que se encontre no caminho
- atar as feridas causadas pelo pacto infeliz feito em alguma época da nossa vida
- perambular com sua alma faminta (em termos psíquicos) e confiar na natureza para a alimentação
- descobrir a Mãe Selvagem e seu socorro
- entrar em contato com o *animus* protetor do outro mundo
- conversar com o emissário da psique (o mágico)
- contemplar os pomares antigos (as formas energéticas) do feminino
- incubar e dar à luz o Self-criança espiritual
- suportar ser mal compreendida, ser apartada do amor repetidas vezes
- tornar-se suja, enlameada, enegrecida
- permanecer no reino do povo da floresta durante sete anos até que a criança chegue à idade da razão
- esperar
- regenerar a visão interior, o conhecimento interior, a cura interior das mãos
- continuar avançando mesmo que tenha perdido tudo à exceção do filho espiritual
- reconstituir e apreender a infância, a mocidade e a idade adulta
- reformar o *animus* como um homem selvagem e natural; amá-lo; e ele a ela
- consumar o casamento selvagem na presença da velha Mãe Selvagem e do novo Self-criança

O fato de tanto a donzela sem mãos quanto o rei sofrerem a mesma iniciação de sete anos é o traço comum entre o feminino e o masculino. Isso reforça a ideia de que, em vez de antagonismo entre essas duas forças, pode haver um amor profundo, especialmente se ele estiver enraizado na procura do próprio self.

"A donzela sem mãos" é uma história da vida real a respeito de nós, mulheres de verdade. Ela não trata de uma parte das nossas vidas, mas da nossa existência inteira. Na sua essência, ela ensina que para as mulheres o trabalho consiste em vaguear, entrando e saindo da floresta repetidas vezes. Nossas psiques e nossas almas são especificamente adequadas a isso, de tal modo que conseguimos percorrer o subterrâneo psíquico, parando aqui e ali, prestando atenção à velha Mãe Selvagem, sendo alimentadas pelos frutos do espírito e conseguindo nos reunir a tudo e todos a quem amamos.

A princípio, o tempo passado com a Mulher Selvagem é difícil. Recuperar o instinto ferido, eliminar a ingenuidade e, com o tempo, aprender os aspectos mais profundos da psique e da alma, guardar o que tivemos aprendido, não voltar as costas, defender aquilo que representamos... tudo isso exige uma resistência mística e infinita. Quando emergimos de volta do outro mundo depois de uma das nossas incursões por lá, por fora pode parecer que não mudamos, mas por dentro reconquistamos um vasto território feminino e selvagem. Na superfície, ainda somos simpáticas, mas debaixo da pele decididamente não somos mais mansas.

CAPÍTULO 15

agir como sombra: *canto hondo*, o canto profundo

Agir como sombra significa ter um toque tão suave, um passo tão leve, que torne possível uma movimentação livre pela floresta, observando sem ser observada. A loba segue como sombra qualquer um ou qualquer coisa que passe pelo seu território. É sua maneira de colher informações. É o equivalente de manifestar-se, transformar-se em algo como fumaça para voltar a se manifestar.

Os lobos conseguem deslocar-se com a máxima delicadeza. O ruído que produzem é semelhante ao de *los angelos timidos*, dos anjos mais tímidos. Primeiro, eles recuam e seguem como sombra a criatura que lhes desperta a curiosidade. Depois, de repente, aparecem adiante da criatura, espiando com um olho dourado e metade da cabeça por trás de uma árvore. Subitamente, o lobo dá a volta e desaparece num borrão de coleira branca e rabo empinado, só para voltar a surgir às costas do desconhecido. Isso é agir como sombra.

A Mulher Selvagem vem agindo assim com as mulheres humanas há anos. Ora temos um vislumbre dela. Ora ela volta a ficar invisível. No entanto, ela aparece tantas vezes na nossa vida e sob formas tão diferentes que nos sentimos cercadas por suas imagens e seus impulsos. Ela nos chega em sonhos ou em histórias, pois quer ver quem somos e se já estamos prontas para nos reunir a ela. Se ao menos olharmos para as sombras que lançamos, veremos que elas não são sombras humanas, bípedes, mas que têm o lindo formato de algo livre e selvagem.

Estamos destinadas a ser residentes permanentes no seu território, não apenas turistas, pois provimos dessa terra. Ela é ao mesmo tempo nossa terra natal e nossa herança. A força selvagem da psique da alma está nos seguindo como sombra por algum motivo. Há um ditado dos tempos medievais que diz que, se você está em processo de descida, sofrendo a perseguição de uma grande força, e se essa força conseguir agarrar a sua sombra, você também irá se transformar numa força por si mesma.

A grande força selvagem das nossas próprias psiques quer pôr sua pata na nossa sombra, afirmando, dessa forma, que lhe pertencemos. Assim que a Mulher Selvagem prender nossa sombra, voltamos a nos pertencer, sentimo-nos no nosso ambiente e na nossa terra natal de direito.

A maioria das mulheres não receia que isso ocorra. Na realidade, elas anseiam por essa reunião. Se elas pudessem neste exato instante encontrar o covil da Mulher Selvagem, elas mergulhariam direto nele e saltariam felizes para o colo dela. Elas só precisam ser orientadas na direção certa, que é sempre para o fundo, o fundo do nosso próprio trabalho, o fundo da nossa própria vida interior, o fundo do túnel que leva ao covil.

*

Começamos nossa procura do selvagem, quer ainda meninas, quer já adultas, porque no meio de alguma empreitada selvática sentimos a proximidade de uma presença selvagem a nos dar apoio. Talvez tenhamos visto seu rastro atravessando a neve solta num sonho. Ou, em termos psíquicos, percebemos um galhinho quebrado aqui e ali, seixos virados de modo que seu lado úmido estivesse voltado para cima... e soubemos que algo de abençoado havia cruzado nosso caminho. Dentro da nossa psique, pressentimos ao longe o som de uma respiração conhecida, sentimos tremores no chão e soubemos no nosso íntimo que algo de poderoso, alguém importante, alguma liberdade selvagem dentro de nós estava se movimentando.

Não poderíamos nos afastar dela mas, sim, acompanhá-la, aprendendo cada vez a saltar, a correr, a seguir como sombra tudo que por acaso chegasse ao nosso território psíquico. Começamos a seguir a Mulher Selvagem como sombra, e ela retribuiu carinhosamente, também nos seguindo como sombra. Ela uivou, e nós tentamos responder, mesmo antes de nos lembrarmos de como se falava sua língua e mesmo antes de sabermos exatamente com quem estávamos falando. E ela esperou por nós e nos incentivou. Esse é o milagre da natureza selvagem e instintual que trazemos dentro de nós. Sem o conhecimento pleno, já sabíamos. Sem a visão total, compreendíamos que uma força amorosa e milagrosa existia para além dos limites do ego em si.

Quando criança, Opal Whiteley escreveu a seguinte mensagem acerca da reconciliação com o poder selvagem.

Today near eventime I did lead
the girl who has no seeing
a little way into the forest
where it was darkness and shadows were.
I led her toward a shadow
that was coming our way.
It did touch her cheeks
with its velvety fingers.
And now she too
does have likings for shadows.
And her fear that was is gone.*

Tudo que as mulheres foram perdendo pelos séculos afora pode ser encontrado de novo se seguirmos sua pista nas sombras. E acendamos uma vela a Guadalupe, pois esses tesouros perdidos e roubados ainda lançam sombras nos nossos sonhos noturnos, nos sonhos diurnos da nossa imaginação, em histórias muito antigas, na poesia e em qualquer momento de inspiração. As mulheres por todo o mundo – a sua mãe, a minha, você e eu, a sua irmã, a sua amiga, as nossas filhas, todas as tribos de mulheres ainda desconhecidas – todas nós sonhamos com o que está perdido, com o que em seguida irá surgir do inconsciente. Todas sonhamos os mesmos sonhos no mundo inteiro. Nunca ficamos sem o mapa. Nunca ficamos sem poder contar com a outra. Nós nos unimos através dos sonhos.

Os sonhos são compensatórios. Eles fornecem um espelho para visualização do inconsciente profundo, que com grande frequência reflete o que está perdido e o que ainda é necessário para a reparação e o equilíbrio. O inconsciente produz constantemente imagens ilustrativas. Portanto, como o lendário continente perdido, a selvagem terra dos sonhos ergue-se do nosso corpo adormecido, ergue-se gotejante e fumegante para criar o abrigo da terra natal para todas nós. Trata-se do continente do nosso conhecimento. A terra do nosso Self.

* Hoje quase ao anoitecer levei / a menina que não vê / um pouco pela floresta adentro / onde estava escuro e havia sombras. / Levei-a até uma sombra / que vinha na nossa direção. / A sombra tocou-lhe o rosto / com seus dedos de veludo. / E agora também a menina / veio a gostar das sombras. / E o medo que existia passou. (N. da T.)

E eis o que sonhamos: sonhamos com o arquétipo da Mulher Selvagem, sonhamos com a reunião. Nascemos e renascemos desse sonho todos os dias e criamos a partir da sua energia o dia inteiro. Nascemos e renascemos noite após noite desse mesmo sonho selvagem, e voltamos à luz do dia com um pelo áspero na mão, com as solas dos pés negras de terra molhada, com o cabelo cheirando a mar, a floresta ou a fogão de lenha.

É vindo dessa terra que voltamos para nossas roupas, para nossas vidas do dia a dia. Voltamos daquele local selvático para nos apresentarmos diante do computador, diante da panela, da janela, do professor, do livro, do freguês. Instilamos o mundo selvagem no nosso trabalho, na criatividade no mundo dos negócios, nas nossas decisões, na nossa arte, no trabalho das nossas mãos e do nosso coração, na nossa política, nos nossos planos, na vida familiar, na educação, na indústria, nas relações exteriores, nas liberdades, direitos e deveres. O feminino selvagem não é apenas sustentável em todos os mundos; é ele que *sustenta* todos os mundos.

Vamos admitir. Nós, mulheres, estamos construindo uma terra natal; cada uma com seu próprio lote de terra extraída de uma noite de sonhos, um dia de trabalho. Estamos espalhando essa terra em círculos cada vez mais amplos, bem devagar. Um dia, ela será uma terra contínua, uma terra ressuscitada de volta dos mortos. *Mundo de la Madre*, a terra natal psíquica, que coexiste e é equivalente em todos os mundos. É um mundo feito da nossa vida, dos nossos gritos, do nosso riso, dos nossos ossos. É um mundo que vale a pena criar, no qual vale a pena viver; um mundo em que predomina uma sanidade honesta e selvagem.

Quando pensamos em recuperação, podem vir à nossa mente pás mecânicas ou carpinteiros, a restauração de uma antiga estrutura, e é esse o emprego moderno desse termo. No entanto, o significado mais antigo é o seguinte. A palavra *reclamation** vem do francês antigo *reclaimer*, *que* significava "chamar de volta o falcão que se deixou voar". Isso mesmo, fazer com que algo do mundo selvagem volte ao ser chamado. Pelo seu significado, ela é portanto uma palavra excelente para nós. Estamos usando as vozes da nossa mente, da nossa vida e da nossa alma para chamar de volta a intuição, a imaginação; para invocar a Mulher Selvagem. E ela aparece.

---

* *Reclamation* em inglês significa a recuperação de um terreno pela drenagem, pela irrigação ou por outros métodos. (N. da T.)

As mulheres não podem fugir a isso. Se for preciso haver uma mudança, nós somos essa mudança. Nós temos dentro de nós *La Que Sabé*, Aquela Que Sabe. Se quisermos mudanças internas, cada mulher deverá empreender a sua. Se quisermos que haja mudanças no mundo, nós, mulheres, temos nossos próprios meios de ajudar a realizá-las. A Mulher Selvagem sussurra as palavras e os meios, e nós obedecemos. Ela esteve correndo, parando e esperando para ver se vamos alcançá-la. Ela tem algo, tem muitas coisas, a nos mostrar.

Por isso, se você estiver a um passo de escapar, de assumir riscos – se ousar agir de modo proibido, procure cavar para encontrar os ossos enterrados mais fundo, fazendo frutificar os aspectos naturais e selvagens da mulher, da vida, dos homens, das crianças, da terra. Use seu amor *além* dos seus bons instintos para saber quando rosnar, quando atacar, quando aplicar um golpe violento, quando matar, quando recuar, quando ladrar até a madrugada. Para viver o mais próximo possível da força espiritual selvagem, a mulher precisa sacudir mais a cabeça, ser mais exuberante, ter mais faro na sua intuição, ter mais vida criativa, enfiar mais a mão na massa, ter mais solidão, ter mais companhia de mulheres, levar uma vida mais natural, ter mais fogo, elaborar mais as palavras e as ideias. Ela precisa de um maior reconhecimento por parte das suas irmãs, de mais sementes, mais rizomas, mais delicadeza com os homens, mais revolução na vizinhança, mais poesia, mais descrição de fábulas e fatos do feminino selvagem. Mais grupos de costura terroristas e mais uivos. Muito mais *canto hondo*, muito mais canto profundo.

Ela precisa sacudir o pelo, percorrer as trilhas conhecidas, afirmar seu conhecimento instintivo. Todas nós podemos afirmar pertencer ao antigo clã das cicatrizes, ostentar orgulhosas as marcas de combate do nosso tempo, escrever nossos segredos nas paredes, não aceitar sentir vergonha, abrir o acesso à saída. Não vamos nos desgastar com a raiva. Pelo contrário, vamos extrair forças dela. Acima de tudo, sejamos espertas e usemos nossos talentos femininos.

Tenhamos em mente que não se pode esconder o que há de melhor. A meditação, a instrução, todas as análises de sonhos, todo o conhecimento dos verdes campos divinos não têm nenhum valor se forem guardados para a própria pessoa ou para uma dúzia de escolhidos. Portanto, apareça. Apareça, onde quer que esteja. Deixe pegadas fundas porque você pode fazer isso. Seja a velha na cadeira de balanço que embala uma ideia até que ela volte a remoçar. Tenha a coragem e a paciência da mulher na história do urso da meia-lua, que aprende a ver além da ilusão. Não se distraia queimando fósforos e fantasias como a pequena menina dos fósforos.

Não desista até encontrar a família à qual pertence, como o patinho feio. Despolua o rio criativo para que *La Llorona* encontre o que lhe pertence. Como a donzela sem mãos, deixe que o coração paciente a guie floresta afora. Como *La Loba*, colha os ossos dos valores perdidos e cante para devolvê-los à vida. Perdoe tanto quanto puder, esqueça um pouco e crie muito. O que você faz hoje influencia suas descendentes no futuro. As filhas das filhas das suas filhas irão provavelmente lembrar-se de você e, o que é mais importante, seguir seu exemplo.

Os recursos da vida com a natureza instintiva são muitos, e as respostas mudam à medida que você muda e o mundo muda e por isso não se pode dizer: "Faça isso e aquilo nessa ordem exata, e tudo ficará bem." No entanto, durante toda a minha vida sempre que encontrei lobos, tentei decifrar como conseguem viver, na maioria das vezes, em tamanha harmonia. Assim, tendo como objetivo a paz, sugiro que você comece agora mesmo com qualquer item da lista. Para quem estiver se esforçando, pode ser de grande ajuda começar pelo número dez.

NORMAS GERAIS PARA
A VIDA DOS LOBOS

1. Coma
2. Descanse
3. Perambule nos intervalos
4. Seja leal
5. Ame os filhos
6. Queixe-se ao luar
7. Apure os ouvidos
8. Cuide dos ossos
9. Faça amor
10. Uive sempre

CAPÍTULO 16

o cílio do lobo

Se você não for passear no bosque, nada irá acontecer e sua vida nunca há de começar.

– Não vá passear no bosque, não vá – eles diziam.

– Por que não? Por que não posso sair para passear no bosque nesta noite? – ela perguntou.

– Porque lá mora um lobo enorme que devora humanos como você. Não vá passear no bosque. Não vá. Estamos falando sério.

E é claro que ela foi. Foi passear no bosque mesmo assim; e naturalmente encontrou o lobo, bem como lhe tinham dito.

– Viu? Nós avisamos – eles disseram, tripudiando.

– Isso aqui é a minha vida, não um conto de fadas, seus palermas – disse ela. – Preciso ir passear no bosque e preciso encontrar o lobo, ou minha vida nunca vai começar.

Mas o lobo com que ela se deparou estava numa armadilha, com a perna presa na armadilha.

– Me ajuda, ai, me ajuda! Aaaaai, aaaaai, aaaaai! – o lobo gritou. – Socorro! Me ajuda! E eu te darei uma recompensa justa. – Pois é assim que são os lobos em histórias desse tipo.

– Como vou saber se você não vai me ferir? – ela perguntou, pois era sua função fazer perguntas. – Como vou saber que você não vai me matar e deixar aqui o que restar de mim?

– Pergunta errada – respondeu o lobo. – Você simplesmente vai ter de confiar em mim. – E o lobo começou a gritar e a se lamuriar de novo e ainda mais.

– Ah, aaai! Aaaaai! Aaaaai!
Só há uma pergunta que vale a pena fazer, linda donzela,
oooooonde
está...aaaaaai...a
aaaaaalma?

– Ai, lobo, vou me arriscar. Certo, pronto! – E ela desarmou a armadilha. O lobo soltou dali a pata, e ela lhe fez uma atadura com ervas e capins.

– Ah, obrigado, gentil donzela, obrigado – suspirou o lobo.

E, como tinha lido demais o tipo errado de histórias, ela exclamou.

– Ande, vamos, pode me matar agora e acabar logo com isso.

Mas não, não foi o que aconteceu. Em vez disso, o lobo pousou a pata no braço dela.

– Sou um lobo de outro tempo e lugar – disse ele. E, arrancando um cílio da pálpebra, deu-o a ela. – Use-o e seja sábia. De agora em diante, você saberá quem é bom e quem não é tão bom assim. Basta olhar com meus olhos, e você verá tudo com clareza.

“Por você permitir que eu vivesse,
desejo que você viva
como nunca antes.
Lembre-se, só há uma pergunta
Que vale a pena fazer, linda donzela,
ooooooonde
está...aaaaaai...a
aaaaaalma?”

E assim ela voltou para sua aldeia,
feliz por ainda estar viva.
E dessa vez, quando lhe diziam,
“Só fique aqui e se case comigo”
ou “Faça o que eu digo”
ou “Fale como quero que você fale,
e continue tão imaculada
quanto no dia em que veio ao mundo”,
ela erguia o cílio do lobo,
espiava através dele
e via as motivações dos outros
como não as tinha visto antes.
E na próxima vez em que
o açougueiro pesou a carne,
através do cílio do lobo ela viu
que ele pesou também o polegar.
Ela olhou para seu pretendente

que lhe dizia ser tão bom para ela
e viu que ele não era bom para
absolutamente nada.
E desse e de outros modos,
ela se poupou,
não de todas,
mas de muitas
desventuras.

E ainda mais, nesse seu novo ver, ela não apenas enxergava os dissimulados e cruéis, mas seu coração passou a apresentar uma expansão imensa, pois ela olhava para cada pessoa e a avaliava novamente através daquele presente do lobo que ela havia salvado.

E ela viu os que eram realmente bons
e se achegou a eles,
ela encontrou seu parceiro
e permaneceu todos os dias de sua vida,
ela distinguiu os corajosos
e se aproximou deles,
ela percebeu os fiéis
e se juntou a eles,
viu a perplexidade por trás da raiva
e se apressou a amenizá-la,
viu o amor nos olhos dos tímidos
e se dispôs a ajudá-los,
viu o sofrimento nos tensos
e tentou fazê-los rir,
viu a necessidade no homem sem palavras
e falou por ele,
viu a fé bem fundo na mulher
que dizia não ter nenhuma
e a reacendeu com a sua própria fé.
Viu todas as coisas
com seu cílio de lobo,
tudo o que é verdadeiro
e tudo o que é falso,
tudo o que se volta contra a vida

e tudo o que se volta para a vida,
todas as coisas vistas somente
pelos olhos daquilo que
avalia o coração com o coração,
e não com a mente apenas.

Foi assim que ela aprendeu ser verdade o que dizem, que o lobo é o mais sábio de todos. Se você ouvir com atenção, o lobo com seus uivos está sempre fazendo a pergunta mais importante – não de onde virá a próxima refeição, não onde será a próxima luta, nem onde será a próxima dança –

mas a pergunta mais importante
para que se veja o que está por dentro e o que está por trás,
para se calcular o valor de tudo o que vive,
oooonde
está, aaaai, a
aaaaalma?
oooonde
está, aaaai, a
aaaaalma?
Onde está a alma?
Onde está a alma?

Vá passear no bosque, vá. Se você não for passear no bosque,
nada irá acontecer, e sua vida nunca há de começar.

Vá passear no bosque,
vá.
Vá passear no bosque,
vá.
Vá passear no bosque,
vá.

Trecho de "The Wolf's Eyelash", poema em prosa original de autoria de C. P. Estés, copyright © 1970, de *Rowing Songs for the Night Sea Journey, Contemporary Chants.*

ADENDO

Em resposta...
Em resposta a leitoras que fizeram perguntas sobre vários aspectos do meu trabalho e minha vida, ampliamos alguns trechos desta obra com pequenos acréscimos, alguns casos, esclarecimentos e várias notas adicionais, com a extensão do posfácio e a publicação aqui, pela primeira vez, de um poema em prosa que fazia parte do texto original. Todas essas contribuições foram feitas com cuidado e sem perturbar a cadência da obra.

Três anos depois...
Muitas leitoras escreveram para manifestar sua gratidão, compartilhar notícias dos seus grupos de leitura que estiveram estudando *Mulheres que correm com os lobos* e para me transmitir bênçãos e perguntas sobre obras futuras. Elas leram este livro com cuidado e atenção, com frequência mais de uma vez.[1]

No todo, foi uma surpresa delicada descobrir que as raízes espirituais da minha obra, embora discretamente afirmadas no subtexto do livro, ficaram tão evidentes para tantas leitoras. Minha carinhosa gratidão pelas bênçãos que nos foram enviadas por leitoras, por suas palavras bondosas, *insights* ponderados, enormes generosidades do coração, belos presentes feitos à mão, bem como seus inúmeros gestos de fortalecimento e acolhimento – como os de incluírem minha obra, o bem-estar da minha família e dos meus entes queridos, e a mim mesma, nas suas preces diárias. Todos esses gestos guardo como um tesouro no coração.

Há muito tempo, mas não tão longe assim...
Vou tentar aqui tecer alguns comentários sobre alguns dos interesses que leitoras nos transmitiram.

Muitas nos perguntaram como *Mulheres que correm com os lobos* começou a ser escrito. "A escrita começou muito antes que a escrita começasse."[2] Começou quando nasci nas estruturas familiares extraordinárias e quixotescas que *El Destino* tinha preparado para mim. Começou com décadas em que me alimentei à vontade com uma beleza comovente e vi muita esperança perdida em tempestades culturais, sociais e de outras naturezas. Começou em consequência de amores e vidas ao mesmo tempo duras e preciosas. "A escrita começou muito antes que a escrita começasse" – isso posso afirmar com segurança.

O real ato físico de escrever à mão começou em 1971, após uma peregrinação do deserto até o lar da minha infância onde pedi a minhas anciãs e delas recebi bênçãos para escrever uma obra especial, enraizada na linguagem das canções das nossas raízes espirituais. Promessas foram feitas por todas as direções naquela ocasião, e foram cumpridas ao longo de todos esses anos, ao pé da letra... sendo a mais importante, "Não se esqueça de nós e daquilo por que sofremos".[3]

Mulheres que correm com os lobos é a primeira parte de uma série de cinco partes que abrange cem contos sobre a vida interior. Levei pouco mais de vinte anos para escrever as duas mil e duzentas páginas da obra completa. Na sua essência, a obra procura despatologizar a natureza instintiva integral e demonstrar seus laços psíquicos profundos e essenciais com o mundo natural. A premissa básica que permeia toda a minha obra afirma que todos os seres humanos possuem talentos inatos.

Sobre a voz...

Foi minha intenção escrever o livro com uma mescla da voz acadêmica, por conta da minha formação como psicanalista, e na mesma medida da voz das tradições de cura e trabalho pesado que refletem minhas origens étnicas – todos imigrantes, das camadas inferiores da classe operária e católicos. O legado da minha infância é o ritmo do trabalho duro; e isso me moldou em primeiríssimo lugar como *una poeta.*

Como representa um texto tanto psicológico quanto espiritual, várias livrarias colocaram *Mulheres que correm com os lobos* ao mesmo tempo em seções diferentes: Psicologia, Poesia, Estudos Femininos e Estudos Religiosos. Há quem diga que o livro é um desafio à categorização ou que ele inaugurou uma categoria própria. Não sei se é isso mesmo, mas, nas suas raízes, eu esperava que ele fosse tanto uma obra de arte quanto um trabalho psicológico sobre o espírito.

Nota a uma leitora...

Mulheres que correm com os lobos procura auxiliar no trabalho consciente da individuação. A melhor forma de abordar o texto consiste em vê-lo como uma obra contemplativa que está redigida em cerca de vinte seções. Cada seção tem sua autonomia.

Noventa e nove por cento das cartas que recebemos relatam de que modo a leitora está lendo o livro, não só para si mesma, mas também para e com um ente querido: mãe para filha, neta para avó, amante para amante, bem como em grupos de leitura semanais ou mensais. Como não pode ser lido numa semana ou num mês, ele se presta a ser estudado. O livro em si sugere que a vida pessoal de cada leitora seja avaliada em comparação com o que está ali proposto, que sejam tomadas decisões favoráveis ou contrárias, que haja uma aproximação, um aprofundamento, um retorno e que cada vida seja encarada através de um processo permanente de maturação.

Não se apresse na leitura. O texto foi escrito com vagar, ao longo de muito tempo. Eu escrevia, saía dali e refletia sobre o tema,[4] voltava e escrevia um pouco mais, me afastava, pensava mais um pouco e voltava para escrever mais um tanto. Em sua maioria, as pessoas leem como ele foi escrito. Um pouquinho de cada vez, então deixam o livro, pensam no assunto e voltam à leitura.[5]

Lembrem-se...

A psicologia, no seu sentido mais antigo, significa o estudo da alma. Embora *insights* valiosos e essenciais tenham sido acrescentados no último século, e mais ainda estejam por vir, o mapeamento da natureza humana, com toda a sua preciosa variedade, está longe de estar completo. A psicologia não tem cerca de cem anos de idade. A psicologia existe há milênios. É acertado homenagear os nomes de muitos homens e mulheres ilustres que contribuíram para o conhecimento psicológico. Mas a psicologia não começou ali. Ela começou com qualquer um que ouviu uma voz maior que a própria voz e que se sentiu levado a procurar sua origem.

Há quem diga que meu trabalho constitui "um campo recém-emergente". Devo dizer, com todo o respeito, que a essência do trabalho que me coube fazer é de uma tradição antiquíssima. Esse tipo de trabalho não se encaixa sem esforço na categoria de nada que seja "emergente". Milhares de pessoas em todas as gerações pelo mundo afora, principalmente os velhos, que muitas vezes "não estudaram", mas são sábios sob muitos aspectos, vigiaram e protegeram seus parâmetros exatos e intrincados. Esse trabalho sempre viveu e vicejou porque essas pessoas viveram e vicejaram, fazendo com que o trabalho respeitasse certas formas e meios.[6]

Um aviso...

A questão do amadurecimento individual é um empreendimento sob medida. Não pode haver uma repetição mecânica, "faça isso, depois aquilo". O processo de cada indivíduo é *singular* e não pode ser codificado numa receita de "siga com facilidade estes dez passos, e tudo vai dar certo". Este tipo de trabalho não é fácil e não é para todos. Se você procurar alguém que cura, um analista, um terapeuta ou conselheiro, certifique-se de que essa pessoa provenha de uma disciplina que tenha sólidos antecessores, que ela de fato saiba fazer o que se diz capaz de fazer. Peça recomendações a amigos, parentes e colegas de trabalho em quem você confie. Certifique-se de que o mestre que você escolher tenha sido formado, adequadamente, tanto em métodos quanto na ética.[7]

A vida agora...

Grande parte do tempo, trabalho e escrevo em isolamento, mas... "ocorrem avistamentos eventuais". Continuo a viver como vivo já há muitos anos... com uma introversão fervorosa, mas com uma dedicação feroz ao esforço de estar no mundo. Continuo a trabalhar como analista, poeta e escritora, além de cuidar da minha numerosa e extensa família. Continuo a me manifestar sobre questões sociais, persisto na gravação de áudios, pinto, componho, traduzo, ensino e ajudo a formar jovens psicanalistas. Ensino literatura, escrita, psicologia, mitopoética, vida contemplativa e outras matérias em várias universidades, como professora visitante.[8]

Às vezes, as pessoas me perguntam qual foi o acontecimento mais memorável destes últimos anos. Sem dúvida, houve muitos, mas o que atingiu meu coração em cheio foi a felicidade dos anciãos da nossa família quando este livro foi publicado pela primeira vez – para eles, o primeiro livro de autoria de um deles que chegou a ser impresso. Uma imagem em particular: quando meu pai de oitenta e quatro anos viu este livro pela primeira vez, ele exclamou em seu inglês capenga, "Um livro, um livro, um livro de verdade!" E ali mesmo, no jardim de casa, ele começou a dançar uma velha dança *Csíbraki* da terra natal.

A obra...

Como *cantadora* (guardiã das velhas histórias) e como mulher de etnia pertencente a duas culturas, para mim seria difícil *não* reconhecer que os seres humanos são muito diversos em termos culturais, psicológicos e outros.

Sendo assim, parece-me que seria errado considerar que qualquer caminho é *o* caminho. Esta obra em particular é oferecida como uma contribuição ao que se sabe e ao que é necessário numa verdadeira psicologia das mulheres – uma que inclua *todos* os tipos de mulheres que existem e *todos* os tipos de vida que elas levam.

Minhas observações e experiências ao longo desses vinte e poucos anos de atendimento tanto a mulheres quanto a homens conduziram-me à ideia de que, qualquer que seja o estado, o estágio ou a situação na vida, a pessoa precisa ter força psicológica e espiritual para poder seguir adiante – em pequenos avanços bem como contra os ventos consideráveis que, de tempos em tempos, sopram na vida de todos.

A força não surge *depois* que se suba a escada ou se escale a montanha, não surge *depois* que se "chegou lá" – seja lá o que for que esse "lá" representa. Fortalecer-se é *essencial* para o processo do esforço – *especialmente antes e durante* –, tanto quanto depois. Para mim, a atenção e a devoção à natureza da alma representa a quintessência da força.

A qualquer momento, muita coisa pode acontecer para desorganizar o espírito e a alma na tentativa de destruir o propósito ou de pressionar para que a pessoa se esqueça das perguntas importantes. Perguntas como não apenas quais são os aspectos pragmáticos de uma situação, mas também "onde está a alma nessa questão?" Prossegue-se na vida, ganha-se terreno, corrigem-se injustiças, fica-se em pé em meio aos ventos, através da força do espírito.

Esse fortalecimento, seja por palavras, preces, vários tipos de contemplação, seja por outros meios, tem como origem um número, uma grandeza que está no centro da psique e, no entanto, é maior do que a psique inteira. Esse número é totalmente acessível, deve receber atenção e ser nutrido. Sua existência, independentemente das suas muitas designações, é um fato psíquico incontestável.

Dificuldade e abundância – é o que uma pessoa num autêntico processo de maturação encontra na essência de tudo – e isso aparece, tanto no interior quanto no exterior, na pessoa que se esforça nessa direção. Isso nós sabemos: há uma diferença perceptível entre uma vida ponderada a fundo e uma baseada em crenças fantasmagóricas. Nessa viagem rumo ao "verdadeiro lar", embora de tempos em tempos possamos dar meia-volta para registrar ou medir a distância percorrida, nós não damos meia-volta para voltar para trás.

POSFÁCIO
as histórias como bálsamos medicinais

Aqui vou esboçar para vocês o *éthos* das histórias nas tradições étnicas da minha família, aquelas em que estão enraizadas minha criação de histórias e minha poesia, bem como um pouco sobre meu uso de *las palabras* e *los cuentos,* histórias, em auxílio à vida da alma.

A meu ver, *Historias son medicina:* Histórias são bálsamos medicinais.

> "... Sempre que se conta um conto de fadas, a noite vem. Não importa o lugar, não importa a hora, não importa a estação do ano, o fato de uma história estar sendo contada faz com que um céu estrelado e uma lua branca entrem sorrateiros pelo beiral e fiquem pairando acima da cabeça dos ouvintes. Às vezes, ao final de um conto, o aposento enche-se de amanhecer; outras vezes, fica para trás um fragmento de estrela ou ainda uma faixa esfarrapada de um céu tempestuoso. E não importa o que tenha ficado para trás, é com essa dádiva que devemos trabalhar; é ela que devemos usar para criar alma..."[1]

Meu trabalho no húmus das histórias não provém apenas da minha formação como psicanalista, mas, em termos iguais, da minha longa vida como filha num legado familiar profundamente étnico e não alfabetizado. Embora minha gente não soubesse ler ou escrever ou conseguisse fazê-lo de modo vacilante, eles eram sábios sob certos aspectos que muitas vezes ficam perdidos para a cultura moderna.

Houve ocasiões nos anos da minha infância em que histórias e piadas, canções e danças eram demonstradas à mesa durante uma refeição, num casamento ou num velório; mas a maior parte do que trago comigo, do que conto sem adornos ou escrevo, fazendo com que se torne literatura, foi recebida não enquanto eu estava sentada num círculo formal, mas durante o trabalho pesado, imersa em tarefas que exigiam força e concentração.

Na minha cabeça, as histórias, sob todos os aspectos possíveis, vicejam apenas com o trabalho duro – intelectual, espiritual, familiar, físico e integral. Elas nunca chegam com facilidade. Elas nunca são "simplesmente colhidas" ou estudadas em "momentos de lazer". Sua essência não pode ser gerada nem mantida no conforto do ar-condicionado; ela não atinge nenhuma profundidade numa mente que tenha entusiasmo mas seja descomprometida, nem consegue viver em ambientes gregários porém rasos. Não há como "estudar" as histórias. Elas são aprendidas através da assimilação, por se viver na proximidade delas com aqueles que as conhecem, que as vivenciam e as ensinam – mais ainda por meio de todas as tarefas corriqueiras da vida, muito mais do que nas ocasiões nitidamente cerimoniais.

O bálsamo medicinal das histórias não existe num vácuo.[2] Ele não pode existir divorciado da sua fonte espiritual. Não pode ser adotado como um projeto para misturar e combinar peças. As histórias possuem uma integridade que provém de uma vida real vivida nelas. Uma história é claramente iluminada pela vida em que cresceu.

Nas tradições mais antigas da minha família, que se estendem longe no passado, como dizem minhas *abuelitas,* "por tantas gerações quantas existiram", a hora de contar histórias, as histórias escolhidas, as palavras exatas usadas para transmiti-las, os tons de voz usados para cada uma, os fins e os começos, o desenrolar do texto e, especialmente, a *intenção* subjacente a cada uma são na maioria das vezes ditadas por uma aguçada sensibilidade interior, mais do que por qualquer "oportunidade" ou influência externa.

Algumas tradições designam épocas específicas para contar histórias. Entre meus amigos de algumas tribos dos *pueblos,* as histórias do Coiote são reservadas para serem contadas no inverno. Minhas *comadres* e parentes no sul do México falam somente na primavera sobre "o grande vento que vem do leste". Na família que me adotou, certas histórias elaboradas na sua tradição da Europa Oriental são contadas apenas no outono, depois da colheita. Na minha família de sangue, minhas histórias de *El día de los muertos* têm início, tradicionalmente, no princípio do inverno e prosseguem ao longo de toda a escuridão da estação até o retorno da primavera.

Nos ritos de cura antigos e essenciais pertinentes à *curanderisma* e às *mesemondók,* cada detalhe é avaliado meticulosamente aos olhos da tradição: quando contar uma história, qual história, e para quem; por quanto tempo e em que formato, com quais palavras e sob quais condições. Examinamos cuidadosamente a hora, o lugar, a saúde ou falta de saúde da pessoa, as determinações vigentes na vida interior e exterior da pessoa, bem como vários outros fatores críticos, a fim de chegar à medicação necessária. Nos termos mais básicos, há um espírito, ao mesmo tempo sagrado e inteiro, por trás dos nossos rituais antiquíssimos; e nós contamos histórias quando somos convocados por seu pacto conosco, não ao contrário.[3]

Ao usar a história como medicação, como numa vigorosa formação psicanalítica, bem como em outras artes da cura ensinadas e supervisionadas com rigor, somos treinados meticulosamente para saber o que fazer e quando, mas principalmente somos treinados sobre *o que não fazer.* Talvez mais do que qualquer coisa seja isso que separa as histórias como diversão – uma forma valiosa em si e por si – das histórias como arte medicinal.

Na minha cultura "mais remota", apesar de termos aberto caminho até o mundo moderno, existe no fundo um legado atemporal dos contadores de histórias, em que um contador ou contadora entrega suas histórias e o conhecimento medicinal existente nelas a uma ou mais pessoas "sementes" – *las semillas.* "Sementes" são pessoas "que possuem o dom desde o nascimento." Elas são as futuras guardiãs das histórias em quem o ancião deposita esperança. Os que demonstraram um talento são reconhecíveis. Alguns anciãos chegarão a um acordo a esse respeito e tratarão de escoltá-las, ajudá-las e protegê-las enquanto aprendem.

Com muita dificuldade, desconforto e inconveniência, esses afortunados irão entrar num curso rigoroso de muitos anos de trabalho que os ensinará a levar adiante a tradição como a aprenderam, com todas as preparações corretas, bênçãos, percussões, *insights* essenciais, ética e atitudes que constituem o corpo do conhecimento da cura, de acordo com as exigências desse conhecimento – não dessas pessoas – de acordo com suas iniciações, com suas formas prescritas.

Essas formas e durações do tempo "em treinamento" não podem ser postas de lado ou modernizadas. Elas não podem ser aprendidas em alguns fins de semana ou ao longo de alguns anos. Elas exigem longos períodos de tempo por uma razão, e isso é assim para que o trabalho não se trivialize, não seja alterado nem desvirtuado, como costuma acontecer quando está nas mãos erradas, quando é usado por motivos errados ou quando dele se apropriam com todas as boas intenções associadas à ignorância.[4] Disso não pode vir nada de bom.

Como as "sementes" são escolhidas é um processo misterioso, que oferece um desafio a uma definição exata, exceto para os que o conhecem bem, pois ele não se baseia num conjunto de regras, nem na imaginação, mas, sim, num relacionamento consagrado pelo tempo, cara a cara, de uma pessoa para outra. O mestre escolhe o mais jovem, as pessoas escolhem-se mutuamente, às vezes elas descobrem como chegar a nós; mas, com maior frequência, uma como que topa com a outra, e nos reconhecemos como se nos conhecêssemos há séculos. O desejo de ser assim não é a mesma coisa que ser.

*

Tipicamente, aquelas na família que trazem esse talento são convocadas na infância. As anciãs que têm o dom ficam de olhos abertos, sempre procurando ver aquela que é "*sin piel*", em carne viva, aquela que sente muito e com enorme profundidade, que observa os padrões maiores da vida bem como os menores detalhes. Elas procuram como eu, agora na minha quinta década, procuro por quem chegou a certas perspicácias por ter, há décadas e por toda a vida, vivido escutando com atenção.

A formação de *curanderas, cantadoras y cuentistas* é muito semelhante porque, na minha tradição, considera-se que as histórias são escritas como *un tatuaje del destino,* uma leve tatuagem na pele de quem as viveu.

Acredita-se que o talento na cura deriva da leitura dessa levíssima escrita feita na alma e do desenvolvimento do que se encontra nela. As histórias, como uma das cinco partes que compõem a disciplina da cura, são encaradas como o destino de quem porta esse tipo de inscrição. Nem todas dispõem disso, mas as que a trazem têm seu próprio futuro gravado nelas mesmas. Elas são chamadas de "*Las únicas*", as que são sem igual.[5]

Por isso, uma das primeiras perguntas que fazemos quando conhecemos uma contadora/curandeira é "*Quienes son tus familiares? Quienes son tus padres?*" "Quem é a sua gente?" Em outras palavras, de que linhagem familiar de curadoras você provém? Isso não quer dizer em que escola você estudou. Não quer dizer que matérias você fez, de quais oficinas participou. Significa, literalmente, de quem são as linhagens espirituais das quais você descende? Como sempre, procuramos a autenticidade na idade, o conhecimento mais do que a capacidade intelectual, uma devoção religiosa que seja inabalável e alicerçada na vida diária, as atitudes e cortesias delicadas que são obviamente inerentes a alguém que tenha conhecimento da Fonte da qual deriva toda a cura.[6]

*

Na tradição da *cantadora/cuentista,* há pais e avós, e às vezes *madrinas y padrinos,* padrinhos de uma história, sendo essas as pessoas que lhe ensinaram a história, seus significados e importância, que a deram de presente a você (a mãe ou pai da história), assim como aquela pessoa que a ensinou à pessoa que a ensinou a você (*abuelo o abuela,* avô ou avó da história). É assim que deveria ser.

Obter permissão explícita para contar a história de outrem e dar os créditos corretos daquela história, caso seja concedida permissão para tal, é absolutamente essencial, pois mantém o vínculo genealógico: nós, numa extremidade; a placenta doadora da vida, na outra. Numa pessoa criada adequadamente em contato com histórias, é um sinal de respeito e, seria possível dizer, de boas maneiras a atitude de pedir e receber permissão,[7] de não utilizar obras que não tenham sido doadas espontaneamente, de respeitar o trabalho de outros, pois é a união do seu trabalho e sua vida que compõe o trabalho que eles oferecem. Uma história não é simplesmente uma história. Em seu sentido mais inato e correto, ela é a vida de alguém. É o númeno da sua vida e da sua familiaridade de primeira mão com as histórias que trazem o que torna a história "medicinal".

Os padrinhos da história são os que deram uma bênção junto com a doação da história. Às vezes é muito demorado o relato dos antecedentes de uma história antes que possamos iniciar a história em si. Essa enumeração da mãe da história, da avó da história e assim por diante não é um preâmbulo longo e enfadonho, mas é, sim, ela mesma temperada com pequenas histórias. A história mais longa que se segue fica sendo, então, como um segundo prato, como num banquete.

Em todas as tradições autênticas de histórias e de cura que conheço, o relato de uma história começa com a invocação, com o trazer à tona, de conteúdos psíquicos, tanto coletivos quanto pessoais. O processo envolve um longo empenho de tempo e energia, tanto intelectual quanto espiritual. Não é de modo algum uma prática descuidada. Ela custa muito e é demorada. Embora exista o intercâmbio de *cuentos,* a troca de histórias, em que duas pessoas que chegaram a um bom nível de conhecimento mútuo trocam histórias uma com a outra, como presentes, isso ocorre porque essas pessoas desenvolveram um relacionamento de parentesco, se é que ele já não existia. E é assim que deve ser.

Apesar de haver quem use as histórias apenas para diversão, e embora a televisão em especial infelizmente empregue roteiros que retratam a necrose da vida, as histórias são, num dos seus sentidos mais antigos, uma arte medicinal. Existem os que foram convocados para essa arte medicinal, e os melhores, a meu ver, são aqueles que realmente se deitaram com a história e descobriram dentro de si mesmos e em profundidade todas as partes que se harmonizavam... eles passaram por uma longa mentoria, um longo aprendizado espiritual como discípulos e muito tempo aperfeiçoando suas disciplinas. Pessoas como essas são reconhecíveis de imediato só por sua presença.

*

Ao lidarmos com histórias, estamos trabalhando com a energia arquetípica, que poderíamos descrever como semelhante à eletricidade. Essa energia elétrica pode animar e iluminar, mas no lugar errado, na hora errada e na quantidade errada, com o contador errado, a história errada, o contador despreparado, alguém que talvez saiba parte do que fazer, mas que não saiba o que *não* fazer,[8] como qualquer medicamento, ela pode não surtir o efeito desejado, ou pode até ter um efeito prejudicial. Às vezes, pessoas que coletam histórias não percebem o que estão pedindo quando pedem uma história dessa dimensão ou quando tentam usá-la sem uma bênção.

Os arquétipos nos modificam. Os arquétipos instilam uma integridade reconhecível, uma perseverança reconhecível – se não houve modificação no contador, não houve fidelidade, não houve nenhum contato real com o arquétipo, não houve transmissão –, somente uma tradução retórica ou um engrandecimento interesseiro. Transmitir uma história é uma responsabilidade vasta e de grande alcance. Detalhar os parâmetros dessa responsabilidade preencheria alguns volumes, se eu tentasse descrever os processos de cura em sua totalidade usando as histórias como um único componente entre muitos. No entanto, neste nosso espaço limitado, que fique explícita a parte mais importante: a de que temos de nos certificar de que as pessoas estejam plena e perfeitamente preparadas para as histórias que trazem e contam.

*

Entre os melhores contadores-curadores que conheço, e tive a bênção de conhecer muitos, *suas histórias crescem a partir da sua vida* como as raízes fazem crescer uma árvore. É que as histórias *os* criaram, transformando-os no que eles são. Dá para ver a diferença. Sabemos quando alguém "criou" uma história como diversão e quando foi a história que de fato o criou. É este último caso que embasa as tradições íntegras.

Pode acontecer de um desconhecido me pedir uma das histórias que estive escavando, modelando e carregando ao longo dos anos. Como guardiã dessas histórias que me foram dadas com base em promessas solicitadas e promessas cumpridas, eu não as separo das outras palavras e ritos que as cercam, especialmente aqueles desenvolvidos e cultivados nas raízes da família. Essa escolha não depende de nenhum plano estratégico, mas de uma ciência da alma. Relacionamentos e afinidades são tudo.

O modelo de mestre-aprendiz fornece o tipo de atmosfera conscienciosa na qual pude ajudar minhas aprendizes a procurar e desenvolver as histórias que as aceitem, que brilhem através delas e não fiquem simplesmente na superfície do seu ser como bijuteria barata. São muitos os caminhos. Poucos são fáceis, mas não há nenhum percurso fácil de que eu tenha conhecimento que também possua integridade. São muito mais numerosos, mais tortuosos e difíceis os caminhos que têm integridade e que valem a pena.

Positivamente, na arte da cura, nas histórias como bálsamos medicinais, somos capacitadas pelo volume do self que estamos dispostas a sacrificar e investir nela. E uso a palavra *sacrificar* com todos os matizes de significado. O sacrifício não é um sofrimento que escolhemos para nós mesmas, nem é um "sofrimento conveniente" em que a meta é controlada por quem se "sacrifica". O sacrifício não é um enorme esforço ou mesmo um incômodo significativo. De certo modo, ele é "entrar num inferno que não foi criado por nós", e voltar de lá plenamente purificadas, com um foco plenamente concentrado, com plena devoção. Nem mais, nem menos.

Há um ditado na minha família: o porteiro das histórias exigirá de vocês que paguem por elas, ou seja, as forçará a levar um certo tipo de vida, a seguir uma disciplina diária, as submeterá a muitos anos de estudo – não um estudo aleatório como o ego possa achar conveniente, mas um estudo alicerçado em modelos e requisitos rigorosos. É de extrema importância salientar ao máximo esse ponto.

Nas tradições familiares do tratamento das histórias, tanto nas das *mesemondók* como nas das *cuentistas,* que aprendi e utilizei desde criança, há o que se chama de *La invitada,* "a convidada", ou seja, a cadeira vazia, estando ela de algum modo presente a cada vez que se conta uma história. Às vezes, durante o relato de uma história, a alma de uma ou mais de uma das ouvintes vem sentar-se ali, por ser essa a sua necessidade. Embora eu possa ter material cuidadosamente preparado para toda uma noite, é possível que eu altere a progressão para acomodar e ajudar o sentido do espírito que veio à cadeira vazia, ou para brincar com ele. "A convidada" exprime as necessidades de todas.

*

Costumo dizer às pessoas que façam elas mesmas o garimpo das histórias da sua própria vida e insisto nesse ponto com aquelas a quem ensino, *especialmente* as histórias da sua própria linhagem, pois, no mínimo, se sempre nos voltarmos direto para as histórias dos tradutores dos irmãos Grimm, por exemplo, as histórias da nossa linhagem pessoal – assim que os anciãos forem morrendo – estarão perdidas para sempre. Dou todo o apoio a quem resgata as histórias dos seus antepassados, preservando-as, salvando-as da extinção pelo esquecimento. É claro que os velhos é que são os ossos de todas as estruturas espirituais e de cura em todos os cantos do mundo.

Cuidem da sua gente, da sua vida. Não é por acaso que esse conselho se repete entre grandes curadores e grandes autores também. Cuide do *real* que você mesma vive. Os tipos de histórias encontrados ali jamais poderiam vir de livros. Eles se originam de relatos de testemunhas oculares.

A autêntica escavação de histórias da nossa própria vida e da vida da nossa própria gente, bem como do mundo moderno no que ele esteja associado à nossa própria vida, significa que haverá desconforto e provações. Você sabe que está na trilha certa se tiver passado por estas experiências: as juntas dos dedos esfoladas, o fato de dormir na terra fria – não uma vez, mas repetidamente –, o tatear no escuro, o caminhar em círculos durante a noite, as revelações tenebrosas e as aventuras horripilantes pelo caminho. Essas experiências valem tudo. É preciso que haja um pouco de sangue derramado, e em muitos casos em grande volume, em cada história, em cada aspecto da sua própria vida, se for para ela portar o númeno, se for para que essa pessoa traga um bálsamo verdadeiro.

Espero que você saia e deixe que histórias, ou seja, a vida, lhe aconteçam; que você trabalhe com essas histórias da sua vida – da sua vida –, não da vida de outra pessoa –, que as regue com seu sangue, suas lágrimas e seu riso até que elas floresçam, até que você mesma esteja em flor. Essa é a missão. A única missão.[9]

AGRADECIMENTOS

Este trabalho a respeito da natureza instintiva das mulheres está em andamento há quase vinte e cinco anos. Durante esse período, muitas pessoas entraram na minha vida, muitas testemunhas capazes e estimulantes. Nas minhas tradições culturais, quando chega a hora dos agradecimentos, eles geralmente duram muitos dias. É por isso que a maioria das nossas reuniões, desde velórios a casamentos, precisa durar pelo menos três dias, pois o primeiro dia deve ser passado a rir e a chorar, o segundo, a brigar e a gritar; e o terceiro, a fazer as pazes, seguindo-se muita cantoria e muita dança. Por isso, um brinde a todas as pessoas da minha vida que ainda estão cantando e dançando:

Bogie, meu marido e amante, que ajudou com a revisão e aprendeu a usar o gravador para poder me ajudar a transcrever o original... inúmeras vezes. *Tiaja,* que veio sem ser chamada e tratou das questões administrativas, fez minhas compras, fez com que eu risse, convencendo-me ainda mais de que uma filha adulta é também uma irmã. *E principalmente, meus parentes e amigos, minhas famílias, meu povo, meus mestres,* tanto os vivos quanto os presentes em espírito – por deixarem pegadas.

Ned Leavitt, ser humano, meu agente, hábil no intercâmbio entre os mundos. *Ginny Faber,* minha produtora na Ballantine, que durante o parto deste livro deu à luz uma obra perfeita, um pequeno bebê selvagem, *Susannah.*

Tami Simon, produtora de áudio, artista e fonte de inspiração que arde com luz intensa, por me perguntar o que eu sabia. *Devon Christensen,* mestre do detalhe e guardião do leme. *Para eles e toda a sua equipe na Sounds True,* aí incluído o *alter ego* de todos, *The Duck,* por cuidarem de tudo e pelo seu tremendo apoio para que eu pudesse dedicar meu tempo a esta obra escrita.

Lucy e *Virginia,* que chegaram saídas das brumas, e bem a tempo. Minha gratidão a *Spence,* ela mesma uma dádiva, por compartilhar essas duas bênçãos comigo. *A garota n.o.n.a.,* que ouviu o chamado e abriu caminho por um terreno difícil para conseguir chegar no momento exato. *Juan Manuel, m'hijo,* por ser um bom *traductor especial.*

Minhas três filhas adultas cujas vidas de mulher me fornecem inspiração e *insight*. *Minhas analisandas*, que, ao longo dos anos, revelaram tanta profundidade e amplidão, além de me mostrarem os inúmeros tons da sombra e as muitas qualidades da luz. *Yancey Stockwell* e *Mary Kouri*, que desde o início gostaram do que escrevo. *Craig M.*, por seu eterno amor e apoio. *Jean Carlson*, minha velha e irritadiça companheira, que me lembrou de me levantar e girar três vezes. O falecido *Jan Vanderburgh*, que deixou um último presente. *Betsy Wolcott*, tão generosa com seu apoio psicológico à alegria dos outros. *Nancy Pilzner Dougherty*, por dizer o que seria possível no futuro. *Kate Furler*, do Oregon, e *Mona Angniq McElderry*, de Kotzebue, Alasca, pela criação de histórias noite adentro há vinte e cinco anos. *Arwind Vasavada*, analista junguiano hindu e mestre na minha família psíquica. *Steve Sanfield*, por também gostar da mulher da ópera de lá do Sul cujos pés não ficavam bonitos em patins de gelo.

Lee Lawson, artista talentosa e amiga espiritual, que percebeu a conversa que roubava a alma e a chamou do que realmente era. *Normandi Ellis*, poeta e autora, por me lembrar do *efe* no inefável. *Jean Yancey*, simplesmente por estar viva no meu tempo. *Fran Lees*, *Staci Wertz Hobbit* e *Joan Jacobs*, por serem minhas irmãs-escritoras talentosas e perspicazes. *Joann Hildebrand*, *Connie Brown*, *Bob Brown*, *Tom Manning*, do Critter Control, *Eleanor Alden*, presidente da Sociedade Junguiana em Denver, e *Anne Cole*, amazona das Montanhas Rochosas, por seu amor e apoio todos esses anos. *As primeiras mulheres selváticas de La Foret* – vocês estavam lá desde o início.

Meus irmãos e irmãs griots, cantadoras, cuentistas, mesemondók, contadores de histórias, pesquisadores do folclore, tradutores, por sua amizade e imensa generosidade: *Nagyhovi Maier*, estudioso do cigano magiar. *Roberta Macha*, intérprete do maia. *La Pat: Patricia Dubrava Kuening*, poeta e especialista em tradução. *Os homens e mulheres dos fóruns dos americanos nativos, da ficção científica, dos judeus, dos cristãos, dos muçulmanos e dos pagãos sobre CIS (estado inibitório central)*, por fornecerem fatos obscuros e interessantes. *Maria de los Angeles Zenaida González de Salazar*, amorosa conhecedora dos povos náuatle e asteca. *Opalanga, griot* e especialista em folclore afro-americano. *Nagynéni Liz Hornyak*, *Mary Pinkola*, *Joseph Pinkola* e *Roelf Sluman*, especialistas em cultura húngara. *Makoto Nomura*, especialista na cultura japonesa. *Cherie Karo Schwartz*, contadora internacional de histórias, pesquisadora de folclore, especialmente da cultura judaica. *J. J. Jerome*, por ser um ousado contador de histórias. *Leif Smith* e *Patricia J. Wagner*, da Pattern Research, por sua disponibilidade e por sua firmeza. *Arminta Neal,* ex-coordenadora de exposições do Museu de História Natural de Denver, pela generosidade em pesquisar nos seus arquivos. *La Chupatinta: Pedra Abacadaba,* escritora de cartas da aldeia Uvallama. *Tiaja Karenina Kaplinski,* mensageira intercultural. *Reina Pennington,* companheira de viagem do Alasca, por suas bênçãos. *Todos os contadores de histórias da minha vida,* que me deram histórias de presente, que as trocaram comigo, que as semearam, que as deixaram como legado de família ou espiritual, e que receberam minhas histórias como retribuição, cuidando delas como se fossem seus próprios filhos; e eu, da mesma forma.

Nancy Mirabella, por traduzir místicos de origem latino-americana e por mencionar para mim o Rocky Mountain Women's Institute. *Rocky Mountain Women's Institute,* por me conceder em 1990-1991 acesso ao quadro de associados para trabalhar no projeto *Las Brujas,* e pelo apoio de *Cheryl Bezio-Gorham* e dos meus colegas artistas de lá: *Patti Leota Genack,* pintora; *Vicky Finch,* fotógrafa; *Karen Zidwick,* escritora; *Hannah Kahn,* coreógrafa; *Carole McKelvey,* escritora; *Dee Farnsworth,* pintora. *Women's Alliance* e a mestra tecelã *Charlotte Kelly,* por me levarem a ensinar nas Sierra Madres durante a semana em que *Mulheres que correm com os lobos* encontrou sua editora. Foi uma bênção conhecer um grupo tão forte de artistas, curandeiras e ativistas. Elas me cercaram naquela semana como naves-mães acompanhando um barquinho debutante até o mar aberto. *Ruth Zaporah,* artista performática; *Vivienne Verdon-Roe,* cineasta; *Fran Peavey,* comediante; *Ying Lee Kelley,* vice-presidente da Rainbow Coalition; *Naomi Newman,* judia, contadora de histórias; *Rhiannon,* cantora de jazz e contadora; *Colleen Kelley,* artista budista; *Adele Getty,* autora e baterista; *Kyos Featherdancing,* especialista em rituais dos americanos nativos; *Rachel Bagby,* cantora afro-americana; *Jalaja Bonheim,* dançarina encantadora; *Norma Cordell,* professora e contadora, americana nativa; *Tynowyn,* fabricante de tambores e música; *Deena Metzger,* autora e mulher de coragem; *Barbara Borden,* baterista; *Kay Tift,* classificadora de fios; *Margaret Pavel,* encordoadora do tear; *Gail Benevenuta,* "a voz"; *Rosemary Le Page,* uma das tecelãs de correias; *Pat Enochs,* artista da nutrição; *y M'hijas, mes lobitas,* vocês, filhotas, sabem quem são. E por último, *a mulher que grita,* que não vamos mencionar.

Jean Shinoda Bolen, por ser uma nítida e resoluta *madre del alma,* por dar muitos exemplos e por me dar Valerie. *Valerie Andrews,* autora e nômade, por me dar seu tempo e me dar Ned. *Manisha Roy,* que me manteve enlevada com seu conhecimento das mulheres bengalis. *Bill Harless, Glen Carlson, Jeff Raff, Don Williams, Lyn Cowan, José Arguelles,* pelo apoio desde o início. Aqueles dentre os meus talentosos *colegas junguianos do IRSJA e IAAP,* que gostam dos poetas e da poesia e os protegem. Meus colegas do *C.G. Jung Center of Colorado, e analistas-em-formação,* atuais e passados, bem como os *candidatos* psicanalíticos do *IRSJA,* pelo seu entusiasmo por aprender e avançar cheios de paixão na direção dos seus verdadeiros objetivos.

Molly Moyer, divina auxiliar da Tattered Cover, que não parava de sussurrar palavras de estímulo nos meus ouvidos, e as três grandes mães de livrarias de Denver, que estocam em suas lojas todos os livros interculturais que eu um dia poderia desejar: *Kasha Songer,* The Book Garden; *Clara Villarosa,* The Hue-Man Experience Bookstore; *Joyce Meskis,* The Tattered Cover. Os autores *Mark Graham* e *Stephen White, Hannah Green, o pessoal da The Open Door Bookstore, membros do Poets of the Open Range e os poetas do Naropa Institute,* pelo apoio e por gostarem das palavras que têm significado. *Irmãos e irmãs poetas,* que me deixam criar através do seu coração.

Mike Wesley, grande especialista em Macintosh na CW Electronics, por recuperar o original inteiro "perdido" no disco rígido, e *Lonnie Wright,* chefe da assistência técnica, que trouxe meu SE30 de volta da terra dos mortos em mais de uma ocasião. *Autores e mestres de computação do Litforum do mundo inteiro,* Japão, México, França, Estados Unidos, Reino Unido, por estarem ligados mesmo à meia-noite para conversar comigo sobre as mulheres e os lobos.

Meus mestres mais essenciais: *A todos os bibliotecários,* os guardiães dos depósitos de riquezas repletos dos suspiros, tristezas, esperanças e alegrias de toda a humanidade, minha profunda gratidão; vocês sempre ajudaram, sempre foram sábios, por mais obscuro que fosse meu pedido.

Georgia O'Keefe, que não riu quando eu tinha dezenove anos e lhe disse que era poeta. *Dorothy Day,* que disse que as origens no povo eram importantes. Como colocou um escritor, às "loucas de negro", as freiras que também eram visionárias: *Irmãs da Santa Cruz,* especialmente *irmã John Michela, irmã Mary Edith, irmã Francis Loyola, irmã John Joseph, irmã Mary Madeleva, irmã Maria Isobela* e *irmã Maria Concéption. Bettina Steinke,* que me ensinou a ver a linha branca que se forma na parte mais alta do veludo. *O editor de "The Sixties",* que me mandou dez palavras que me sustentaram durante vinte anos. Aos meus professores junguianos e de psicologia, dos quais há muitos, mas por seu exemplo como artistas, *Toni Wolff, Harry Wilmer, James Hillman,* e especialmente a *Carl Gustav Jung,* cuja obra uso como trampolim tanto para mergulhar nela quanto para me afastar dela. Senti imensa atração pela obra de Jung por ele ter vivido e abraçado a vida de um artista. Ele esculpiu, escreveu, leu os livros, entrou nos túmulos, remou nos rios. Uma vida de artista.

Ao *Conselho do Colorado para as Artes e Humanidades, Programa do Artista Residente* e *Jovens Plateias,* especialmente os artistas-administradores *Daniel Salazar, Patty Ortiz e Maryo Ewell* por sua energia e entusiasmo. *Marilyn Auer,* redatora e editora-assistente, e *Tom Auer,* redator e editor--chefe de *The Bloomsbury Review,* pelo carinho e loucura pela delicadeza e cultura. Àqueles que publicaram primeiro meus trabalhos, dando-me transfusões de ânimo para eu prosseguir com esta obra: *Tom DeMers, Joe Richey, Anne Richey, Joan Silva, David Chorlton, Antonia Martinez, Ivan Suvanjieff, Allison St. Claire, Andrei Codrescu, José Armijo, Saltillo Armillo, James Taylor III* e *Patricia Calhoun,* a mulher selvagem de Gilpin County. Àqueles poetas que foram testemunhas: *Dana Patillo, charlie mehrhoff, Ed Ward* e *as três Marias, Maria Estevez, Maria Ignacio, Maria Reyes Marquez.*

A todos os hobbits, duendes, cogumelos e homenzinhos do Reivers, um dos meus cafés preferidos para escrever. Especialmente *os meninos da casa da árvore,* pois sem sua constante ajuda e opiniões inabaláveis este livro não poderia ter sido escrito. Às pequenas cidadezinhas do Colorado e do Wyoming, onde vivo, *meus vizinhos, amigos e prestadores de serviços* que me trouxeram histórias de todos os cantos da Terra. *Lois e Charlie,* mãe e pai do meu marido, que lhe deram um amor tão bom e profundo que ele ficou repleto dele, derramando-o sobre mim e sobre nossa família.

E finalmente, *àquele velhíssimo carvalho "das mensagens"* no bosque onde eu, quando criança, costumava escrever. Ao *cheiro da terra boa, ao som da água livre, aos espíritos da natureza,* que correm todos para a estrada para ver quem vai passando. *A todas as mulheres que vieram antes de mim* e que tornaram o caminho um pouco mais claro, um pouco mais fácil. E, com infinita ternura, a *La Loba.*

NOTAS

Às vezes, notas como estas são chamadas de *los cuentitos*, pequenas histórias. Elas são rebentos do texto maior e devem compor sozinhas uma obra de arte isolada. A intenção é a de que sejam lidas de uma vez, sem voltar ao texto principal, se assim se desejar. Sugiro que vocês as leiam das duas formas.

INTRODUÇÃO
Cantando sobre os ossos

1. A linguagem dos contos e da poesia é a irmã vigorosa da linguagem dos sonhos. A partir da análise de muitos sonhos (tanto contemporâneos quanto antigos obtidos de relatos escritos) ao longo de anos, bem como de textos sagrados e da obra de místicos como Catarina de Siena, Francisco de Assis, Rumi e Eckhart, e da obra de muitos poetas como Dickinson, Millay, Whitman, entre outros, parece haver dentro da psique uma função que cria arte e poesia e que brota quando a pessoa espontânea ou propositadamente ousa se aproximar do núcleo instintivo da psique.

   Esse local na psique, onde se reúnem os sonhos, as histórias, a poesia e a arte, constitui o misterioso *habitat* da natureza selvagem ou instintiva. Na poesia e nos sonhos contemporâneos, bem como nos contos folclóricos mais antigos e nos escritos dos místicos, todo o ambiente desse núcleo é compreendido como um ser de vida autônoma. Na maioria das vezes, ele é representado na poesia, na pintura, na dança e nos sonhos como um dos grandes elementos, como por exemplo o oceano, a abóbada celeste, a terra preta ou como um poder personalizado, como a *Rainha dos Céus*, *A Corça Branca*, *A Amiga*, *A Amada*, *O Amante* ou *O Parceiro*.

   A partir desse núcleo, ideias e questões de importância numinosa assomam à pessoa, que vivencia a sensação de "estar plena de algo diferente do eu". Da mesma forma, muitos artistas levam suas próprias ideias e questões nascidas do ego até a borda do núcleo, deixando-as cair ali dentro, com a justificada impressão de que elas voltarão infundidas de algo novo ou impregnadas do notável sentido da vida psíquica desse núcleo. Seja como for, isso provoca um repentino e profundo despertar, uma mudança ou uma formulação dos sentidos, da disposição ou do coração do ser humano. Quando a pessoa acaba de ser informada, sua disposição muda. Quando a disposição muda, o coração muda. É por isso que as imagens e a linguagem que sobem do núcleo são tão importantes. Combinadas, elas têm o poder de transformar qualquer coisa em outra, de uma forma que seria difícil e tortuosa se apenas contasse com a ajuda da vontade. Nesse sentido, o Self central, o Self instintual, tanto cura quanto dá início à vida.

2. O *eixo ego-self* é uma expressão cunhada por Edward Ferdinand Edinger (*Ego and Archetype* [Nova York: Penguin, 1971]) para descrever a visão de Jung do ego e do Self atuando num relacionamento complementar, cada um – o impulsionador e o impulsionado – precisando do outro para funcionar. (C. G. Jung. *Collected Works*, vol. 11, 2 ed. [Princeton: Princeton University Press, 1972], § 39).
3. Veja Posfácio, *As histórias como bálsamos medicinais*.
4. *El duende* é literalmente a força ou o vento elemental por trás da vida criativa e dos atos de uma pessoa, compreendendo o seu jeito de caminhar, o som da sua voz, até mesmo a sua forma de levantar o dedo mindinho. É um termo usado no *flamenco*, e é também empregado para descrever a capacidade de "pensar" em imagens poéticas. Entre contadores de histórias de tradição latino-americana, ele é considerado como a capacidade que uma pessoa tem de se sentir plena de um espírito maior do que o seu próprio. Quer você seja artista, quer seja observador, ouvinte ou leitor, quando *el duende* está presente, você o vê, o ouve, o lê, o sente por baixo da dança, da música, das palavras, da arte. Você sabe que ele está ali. Quando *el duende* não está presente, você também sabe.
5. Vasalisa é uma versão anglicizada do nome russo Wassilissa. No continente europeu, o *w* é pronunciado como um *v*.
6. Um dos pilares mais importantes para o desenvolvimento de um estudo amplo a respeito da psicologia das mulheres está no fato de as mulheres observarem e descreverem o que acontece na sua própria vida. As filiações étnicas da mulher, sua raça, sua prática religiosa, seus valores são todos parte de um todo e devem todos ser levados em consideração, pois juntos eles constituem seu sentido de alma.

CAPÍTULO 1
O uivo: A ressurreição da Mulher Selvagem

1. *E. coli.* Abreviatura parcial de *Escherichia coli*, um bacilo que provoca a gastrenterite e que provém do consumo de água contaminada.
2. Rômulo e Remo, os gêmeos dos mitos do povo *navajo* – sendo esses apenas alguns dos numerosos gêmeos famosos na mitologia.
3. O antigo México.

4. O poema "Luminous Animal" do poeta de blues Tony Moffeit, do seu livro *Luminous Animal* (Cherry Valley, Nova York: Cherry Valley Editions, 1989).
5. Numa versão talmúdica dessa história intitulada "Os quatro que entraram no Paraíso", os quatro rabinos entram no *Pardes*, Paraíso, para estudar os mistérios celestes e três deles enlouquecem de uma forma ou de outra quando põem os olhos na *Shekhinah* – a antiga divindade feminina.
6. *The Transcendent Function* de C. G. Jung, *Collected Works*, vol. 8, 2 ed. (Princeton: Princeton University Press, 1972) pp. 67-91.
7. Há também quem chame esse ser antiquíssimo de "mulher fora do tempo".

CAPÍTULO 2
A tocaia ao intruso: O princípio da iniciação

1. O predador natural aparece nos contos de fadas na pele de ladrão, noivo animal, estuprador, assassino e às vezes de uma mulher perversa de diversas naturezas. As imagens dos sonhos das mulheres seguem estritamente o modelo de distribuição do predador natural nos contos de fadas com protagonistas femininas. Relacionamentos prejudiciais, figuras de autoridade abusiva e prescrições culturais negativas influenciam as imagens dos sonhos e do folclore tanto quanto o próprio modelo arquetípico inato, ou até mais do que ele, sendo esse modelo descrito por Jung como nós arquetípicos inerentes à psique de cada pessoa. O conto pertence, portanto, à categoria de "encontro com a força da vida e da morte", não à de "encontro com a bruxa".
2. Existem versões publicadas nas coleções de Jakob e Wilhelm Grimm, Charles Perrault, Henri Pourrat e outros. Existem também versões orais correntes em toda a Ásia e América Central.
3. No folclore, na mitologia e nos sonhos, o predador natural quase sempre tem seu próprio predador ou perseguidor. É o combate entre esses dois que afinal produz a mudança ou o equilíbrio. Quando isso não ocorre, ou quando não surge nenhum antagonista apreciável, o relato costuma ser chamado de história de terror. A ausência de uma força positiva que se oponha com sucesso ao predador negativo faz surgir um medo extremo no coração dos seres humanos.

   Da mesma forma, no dia a dia, há uma quantidade de ladrões-de-luz e assassinos-da-consciência soltos por aí. Geralmente, uma pessoa predatória apropria-se indevidamente da seiva criadora da mulher, tomando-a para seu próprio uso ou prazer, deixando-a pálida e sem saber o que ocorreu, enquanto o predador de certo modo vai ficando mais corado e animado. O predador deseja que a mulher não preste atenção aos seus próprios instintos para que ela não perceba o sifão que está preso à sua mente, sua imaginação, seu coração, sua sexualidade, ao que seja.

   O modelo de renúncia à nossa vida essencial pode ter começado na infância, estimulado por quem se encarregava da criança e queria que o talento e a beleza da criança suplementassem o vazio e a fome dessa mesma pessoa. Ter uma formação dessas dá enorme poder ao predador natural e nos prepara para ser uma presa para os outros. Enquanto seus instintos não voltarem a funcionar corretamente, a mulher criada dessa forma é extremamente vulnerável a ser dominada pelas necessidades psíquicas tácitas e devastadoras dos outros. Geralmente, a mulher com os instintos em ordem sabe que o predador está se insinuando por perto quando ela se descobre num relacionamento ou numa situação que faz com que sua vida se limite, em vez de se ampliar.

4. Bruno Bettelheim, *Uses of Enchantment: Meaning and Importance of Fairytales* (Nova York: Knopf, 1976).
5. Von Franz, por exemplo, diz que o Barba-azul "é um assassino, e nada mais...". Marie Louise von Franz, *Interpretation of Fairytales* (Dallas: Spring Publications, 1970), p. 125.
6. Ao meu entender, Jung estava especulando sobre a hipótese de que o criador e a criatura estariam ambos em evolução, com a consciência de um influenciando a do outro. É notável a ideia de que o ser humano possa influenciar a força por trás do arquétipo.
7. O telefone defeituoso é um dos vinte temas de sonhos mais comuns entre os seres humanos. No sonho típico, o telefone não funciona, ou quem sonha não consegue descobrir como ele funciona. Os fios do telefone podem ter sido cortados, os números do teclado estão avariados, a linha está ocupada, o número do telefone de emergência foi esquecido ou não está funcionando direito. Esses tipos de situação nos sonhos têm uma qualidade muito semelhante à das mensagens equivocadas ou reescritas nas cartas, como no conto folclórico "A donzela sem mãos", no qual o demônio troca uma mensagem de felicitações por uma de cunho perverso.
8. Para proteger a identidade das pessoas envolvidas, foram alterados o nome e a localização do grupo.
9. Para proteger a identidade das pessoas envolvidas, foram alterados o nome e a localização do grupo.
10. Para proteger a identidade das pessoas envolvidas, foram alterados o nome e a localização do grupo.
11. Para proteger a identidade das pessoas envolvidas, foram alterados o nome e a localização do grupo.

CAPÍTULO 3
Farejando os fatos: O resgate da intuição como iniciação

1. As histórias de Vasalisa e Perséfone têm muitas equivalências.

2. Os vários começos e finais dos contos constituem um estudo para toda uma vida. Steve Sanfield, um excelente contador de histórias de origem judaica, autor, poeta e primeiro contador de histórias residente nos Estados Unidos na década de 1970, transmitiu-me gentilmente o ofício de colecionar finais e começos como uma forma de arte em si.
3. O termo "mãe suficientemente boa" observei pela primeira vez na obra de Donald Winnicott. É uma imagem elegante, uma dessas expressões que dizem páginas em apenas três simples palavras.
4. Na psicologia junguiana, seria possível afirmar que a estrutura da mãe na psique seria formada em camadas, as arquetípicas, as pessoais e as culturais. É a soma dessas camadas que constitui a adequação ou sua falta na estrutura internalizada da mãe. Como observador na psicologia evolutiva, a elaboração de uma mãe interna adequada parece realizar-se em estágios, sendo que cada estágio subsequente se baseia no domínio do estágio anterior. A violência contra a criança pode desfazer ou destronar a imagem da mãe na psique, dividindo as camadas em polaridades que se antagonizam em vez de cooperar entre si. Isso pode não só desautorizar estágios anteriores do desenvolvimento, mas também desestabilizar os seguintes, fazendo com que eles se construam de modo fragmentado ou excêntrico.

   É possível sanar essas lacunas do desenvolvimento que desequilibram a formação da confiança, da força e da autossustentação, pois essa matriz parece ser formada não como uma parede de tijolos (que cairia se muitos dos tijolos de baixo fossem removidos), mas tecida como uma rede. É por isso que tantas mulheres (e homens) conseguem funcionar até muito bem mesmo com muitos buracos ou lacunas no sistema de sustentação. É que elas têm a tendência a favorecer os aspectos do complexo materno nos quais haja menos danos à rede psíquica. A procura de orientação prudente e benéfica pode ajudar a remendar essa rede, não importa quantos anos a pessoa tenha convivido com o dano.
5. Os contos de fadas utilizam os símbolos da *madrasta, do padrasto, da família emprestada, dos irmãos emprestados,* tanto para o lado negativo quanto para o positivo. Em virtude do alto índice de divórcio e novas uniões nos Estados Unidos, existe certa suscetibilidade quanto ao uso desse símbolo no seu aspecto negativo. No entanto, há muitas histórias a respeito de famílias emprestadas e de famílias de adoção positivas e simpáticas nos contos de fadas, sendo que uma das mais conhecidas é a do casal de velhos gentis na floresta que encontram por acaso uma criança abandonada, e a do pai de adoção que acolhe uma criança de algum modo incapacitada e cuida dela até que ela recupere a saúde ou que ajuda a criança a encontrar um poder extraordinário.
6. Isso não quer dizer que não devamos ser carinhosas quando justificado e de livre e espontânea vontade. O tipo de gentileza de que falamos aqui é servil e quase chega à bajulação. É uma atitude decorrente de querer algo desesperadamente e

de se sentir impotente. É como a criança que tem medo de cães dizer "cachorro bonzinho, cachorro bonzinho".

Há outra forma ainda mais maligna de amabilidade na qual a mulher usa de artimanhas para agradar os outros. Na sua opinião ela precisa instigar os outros de um modo agradável para obter o que ela acredita que não obteria de outra forma. É um jeito maléfico de ser gentil. Ele coloca a mulher numa posição de sorrir forçado e de se curvar, no esforço de fazer com que o outro se sinta bem para que ele seja bom para ela, que a apoie, que a aprove, que lhe faça favores, que não a traia, e assim por diante. Ela está concordando em não ser ela mesma; perde sua forma e assume a que o outro parece desejar mais. Embora essa possa ser uma tática de camuflagem numa situação extrema sobre a qual a mulher não tenha nenhum controle, se a mulher por sua própria vontade encontra motivos para estar numa situação dessas a maior parte do tempo, ela está se enganando a respeito de algo muito sério e renunciou à sua principal fonte de poder: a de falar abertamente em sua própria defesa.

7. *Mana* é uma palavra empregada na Melanésia que Jung colheu em estudos antropológicos perto do início do século. Ele considerava que o termo descrevia a qualidade mágica que cerca certas pessoas, talismãs, elementos da natureza como o mar e a montanha, árvores, plantas, rochas, lugares e acontecimentos, e que deles emana. Independentemente dos antropólogos que estudaram esse fenômeno, os integrantes das tribos vivenciam essa energia como algo pragmático e místico ao mesmo tempo. Ela tanto anima quanto comove. Além disso, a partir dos relatos de místicos de todos os tempos que documentaram seus altos e baixos com o chamado *mana*, concluímos que a associação com a natureza essencial que produz esse efeito é muito parecida com a sensação de estar apaixonado. Sem ela, sentimo-nos desamparadas; de início, ela pode exigir muito tempo e incubação, porém mais tarde pode-se chegar a um relacionamento rico e profundo com ela.
8. Os *homunculi* são as pequenas criaturas, como por exemplo as fadinhas, os elfos e outros "seres minúsculos". Embora haja quem diga que o homúnculo é subumano, aqueles que se encontram na sua tradição consideram que sejam supra-humanos: criativos e sabiamente brincalhões ao seu próprio modo.
9. Alguns rebaixam a psique animal ou tentam se isolar para não demonstrarem nada de comovente ou animal. Parte do problema está na percepção de que os animais não são profundos nem cheios de alma. Em algum ponto no tempo, talvez no futuro não muito distante, podemos ficar assombrados com o fato de esse antropocentrismo um dia ter lançado raízes, da mesma forma que agora muitos se sentem perplexos com o fato de a discriminação contra o ser humano baseada na cor da sua pele ter um dia tido um valor aceitável.
10. Ele continuará a ser represado naquelas que vierem depois dela se ela não parar para recuperá-lo agora.

11. Nas oficinas, as mulheres às vezes fazem bonecas de gravetos e às vezes de feijões, maçãs, trigo, milho, pano e papel de arroz. Algumas desenham nesses materiais com tintas; algumas costuram as bonecas e outras as colam. No final, há dezenas e mais dezenas de bonecas expostas em fileiras, muitas feitas do mesmo material, mas todas tão diferentes e exclusivas quanto as mulheres que as confeccionaram.
12. Um dos problemas mais cruciais das teorias mais antigas acerca da psicologia das mulheres é o de serem limitados os panoramas da vida feminina. Não se imaginava que ela pudesse ser tudo o que é. A psicologia clássica centrava seu estudo em mulheres fracassadas, mais do que em mulheres tentando se libertar. A natureza instintual exige uma psicologia que observe as mulheres que se esforçam bem como aquelas que estão começando a desenferrujar, após séculos de submissão.
13. Essa intuição de que estamos falando não é a mesma função tipológica delineada por Jung: sentimento, pensamento, intuição e sensação. Na psique feminina (e na masculina), a intuição é mais do que tipologia. Ela pertence à psique instintiva, da alma, e parece ser inata, passando por um processo de amadurecimento e tendo uma capacidade para perceber, conceituar e simbolizar. Ela é uma função pertinente a todas as mulheres, independente da tipologia.
14. Na maioria dos casos, parece ser melhor ir quando se é chamada (ou empurrada), quando se tem alguma impressão de ser capaz de ter agilidade e elasticidade, do que hesitar, resistir, contemporizar, até que as forças psíquicas venham agarrá-la e arrastá-la, ferida e sangrando, por todo o processo de qualquer jeito. Às vezes, não se tem a opção de manter o equilíbrio; mas, quando ela existe, consome menos energia aceitá-la.
15. Mãe Noite, uma das deusas da vida-morte-vida das tribos eslavas.
16. Por toda a América Central, *la máscara* tem a conotação de que a pessoa aprendeu a união com o espírito retratado tanto na máscara quanto nos trajes espirituais que está usando. Essa identificação com o espírito através das roupas e do adereço do rosto desapareceu quase completamente na sociedade ocidental. No entanto, fiar e tecer são meios de se convidar um espírito ou de ser animada por ele. Há sérios indícios de que a arte de fiar e de tecer teriam sido outrora práticas religiosas empregadas para ensinar os ciclos da vida, da morte e para além delas.
17. É bom ter muitas *personas*, colecioná-las, costurar algumas, recolhê-las à medida que avançamos na vida. Quando vamos envelhecendo cada vez mais, com uma coleção dessas à nossa disposição, descobrimos que podemos ser qualquer coisa, a qualquer hora que desejemos.
18. Para funcionar organicamente, basta simplificar, aproximar-se mais das sensações e dos sentimentos, em vez de intelectualizar. Às vezes ajuda, como costumava dizer um colega meu falecido, pensar em termos que seriam compreendidos por uma criança inteligente de dez anos de idade.

19. Coincidentemente, essas também são as mesmas qualidades para o sucesso da vida da alma, bem como para o sucesso na vida econômica e nos negócios.
20. Jung era da opinião de que a pessoa poderia conseguir entrar em contato com a fonte mais antiga através dos sonhos noturnos. (*C. G. Jung Speaking*, organização de William McGuire e R. F. C. Hull [Princeton: Princeton University Press, 1977].)
21. Na realidade, é um fenômeno dos estados hipnagógico e hipnopômpico que se situam em algum ponto entre o sono e o despertar. Está bem documentado nos laboratórios de pesquisa do sono que uma pergunta apresentada no início do estágio de "crepúsculo" do sono parece passar pelos "arquivos" do cérebro durante estágios mais avançados do sono, trazendo à mente uma resposta direta ao despertar.
22. Havia uma velha que morava numa cabana no bosque perto de onde eu cresci. Ela dizia comer uma colher de chá de estrume todo dia. Dizia que espantava as tristezas.
23. Em toda a tradição escrita e oral dos contos de fadas, há muitas contradições a esse respeito. Alguns contos dizem que ser sábio quando se é jovem irá fazer com que se viva muito tempo. Outros advertem para o fato de não ser tão bom ser velho enquanto se é jovem. Em comparação, alguns deles são provérbios que podem ser interpretados de modo diferente dependendo da cultura e do período do qual derivam. Outros, porém, ao meu ver, parecem ser uma espécie de *koan* em vez de uma instrução. Em outras palavras, essas expressões destinam-se a ser contempladas em vez de interpretadas literalmente, numa contemplação que poderia acabar provocando um *satori*, ou súbita compreensão.
24. Essa alquimia pode ter derivado de observações muito mais antigas do que os escritos metafísicos. Diversas velhas contadoras de histórias tanto da Europa Oriental quanto do México me disseram que o simbolismo do branco, vermelho e negro se origina do ciclo reprodutivo e menstrual das mulheres. Como todas as mulheres que já menstruaram sabem, o negro representa o revestimento que se solta do útero sem gravidez. O vermelho simboliza tanto a retenção do sangue no útero durante a gravidez quanto o "sinal", a mancha de sangue que anuncia o início do trabalho de parto e, portanto, a chegada da nova vida. O branco é o leite materno que brota para alimentar o novo rebento. Esse é considerado um ciclo completo de intensa transformação. O que me faz cogitar se a alquimia não seria todo um conjunto de símbolos e atos que teriam alguma proximidade com os ciclos da menstruação, da gravidez, do parto e do aleitamento. Parece também ser provável existir um arquétipo da gravidez que não deve ser interpretado literalmente e que ele afetaria ou instigaria ambos os sexos, que depois precisam descobrir um meio para simbolizá-lo de modo significativo para si mesmos.
25. Venho há muitos anos estudando a cor vermelha na mitologia e nos contos de fadas: o fio vermelho, os sapatos vermelhos, a capa vermelha e assim por diante.

Creio que muitos fragmentos da mitologia e dos contos de fadas são derivados das antigas "deusas vermelhas", que eram divindades regentes de todo o espectro da transformação feminina – todos os acontecimentos "vermelhos" – a sexualidade, o parto e o erótico, e que originalmente faziam parte do arquétipo das três irmãs do nascimento, morte e ressurreição, além de fazer parte do mito do sol nascente e poente em todo o mundo.

26. A adoração dos ancestrais, um termo da antropologia clássica, seria chamada mais exatamente de "*afinidade* com os ancestrais", um relacionamento permanente com aqueles que vieram antes.
27. Muitos ossos de mulher foram encontrados em Çatal Hüyük, uma cidade neolítica em escavação na Anatólia.
28. Existem outras variantes dessa história bem como outros episódios e, em alguns casos, epílogos ou anticlímax anexados ao final da história central.
29. Vemos essa forma extremamente simbolizada da pelve em tigelas e ícones de locais da Iugoslávia e dos Bálcãs Orientais que Gimbutas estima serem de 5000-6000 antes de Cristo. Marija Gimbutas, *The Goddesses and Gods of Old Europe: Myths and Cult Images* (Berkeley: University of California Press, 1974. Edição atualizada, 1982).
30. A imagem do pontinho também aparece nos sonhos, muitas vezes como aquilo que se transforma em outra coisa. Alguns de meus colegas médicos aventam a hipótese de que ele poderia simbolizar o embrião ou o ovo no seu estado mais primitivo. Os contadores de histórias referem-se frequentemente ao pontinho como ovos.
31. É possível que o espírito e a consciência de um indivíduo possuam uma "impressão" como se fosse de gênero, e que essa masculinidade ou feminilidade de espírito, independentemente do sexo físico, seja inata.

CAPÍTULO 4
O parceiro: A união com o outro

1. Esse final de história é tradicional no oeste da África. Ele me foi ensinado pela *griot* afro-americana Opalanga Pugh.
2. Há uma canção infantil na Jamaica que pode ser uma remanescente dessa história: "*Só para ter certeza de que o sim / é um sim definitivo / eu lhe pergunto de novo / e de novo, de novo, de novo.*"
3. O cão age, numa comunidade de cães, de um modo um tanto diferente do que faria como animal de estimação de uma família de seres humanos.
4. Robert Bly, comunicação pessoal, 1990.

CAPÍTULO 5
A caçada: Quando o coração é um caçador solitário

1. Isso não quer dizer que o relacionamento chega ao fim, mas que certos aspectos do relacionamento soltam o pelo, perdem a casca, desaparecem sem deixar traço, sem deixar seu novo endereço, e de repente voltam a aparecer com uma textura, uma cor e uma forma diferentes.
2. Durante uma das minhas visitas à região florestal do México, senti dor de dente, e um *boticario* me encaminhou a uma mulher que era conhecida por aliviar esse tipo de dor. Enquanto ela aplicava seus medicamentos, falou-me de *Txati*, a grande mulher-espírito. Ficou claro pela sua descrição que *Txati* é uma deusa da vida-morte-vida, mas eu ainda não encontrei nenhuma referência a ela na literatura acadêmica. Entre outras coisas, *la curandera* disse que *Txati* é uma grande curandeira que é tanto o seio quanto a cova. *Txati* leva consigo uma tigela de cobre: virada para um lado, ela contém alimentos e os derrama, virada para o outro, ela se torna o recipiente para a alma dos recém-falecidos. *Txati* é a guardiã do parto, da relação sexual e da morte. Acredita-se que, nos casos de aborto natural, de aborto provocado, de morte de uma pessoa, ela recebe o corpo nessa tigela, onde o faz girar até que ele fique cada vez menor, até que ele fique tão pequeno quanto a ínfima ponta do espinho dos *nopales*, frutos do cacto. É então que ela o deposita no útero de uma mulher e espera para ver o que vai acontecer depois.
3. Existem muitas versões da história de Sedna. Ela é uma poderosa divindade que vive debaixo d'água e cujas boas graças são procuradas por curandeiras que lhe pedem para restaurar a saúde e a vida daqueles que estão doentes ou moribundos.
4. Sem dúvida, a procura de "um tempo" pode ser uma necessidade legítima de solidão, mas ela talvez seja a "mentirinha" mais disseminada nos relacionamentos atuais. Em vez de conversar sobre o problema, as pessoas preferem "dar um tempo". É uma versão adulta de "o cachorro comeu meu trabalho de casa" ou "minha avó morreu..." pela quinta vez.
5. Bem como o que ainda-não-é belo.
6. Do inesquecível poema "Integrity". Adrienne Rich, *The Fact of a Doorframe, Poems Selected and New, 1950-1984*. Nova York: W. W. Norton, 1984.

CAPÍTULO 6
A procura da nossa turma: A sensação da integração como uma bênção

1. Embora alguns analistas junguianos considerem que Andersen era "neurótico" e que, portanto, sua obra não é útil para estudo, para mim sua obra é muito importante, em especial *as histórias* que ele escolheu para ilustrar, independentemente do *seu estilo* de ilustração, pois elas retratam o sofrimento de criancinhas – o so-

frimento do Self da alma. Esse retalhar, fatiar e cortar da alma juvenil não é uma questão típica da época e do lugar em que Andersen viveu. Ela continua a ser uma questão crítica e universal da alma. Embora a questão da violência contra a alma e o espírito de crianças, adultos ou dos idosos tenha sido reduzida pela intelectualização romântica, considero que Andersen a encarou de frente. A psicologia clássica, em geral, atribui uma data anterior à compreensão por parte da sociedade da amplitude e profundidade da violência contra as crianças em todas as classes e culturas.

2. O narrador rústico costuma ser aquele que não foi sufocado pelas camadas de cinismo, que possui um bom senso razoável bem como um sentido do mundo das trevas. De acordo com essa definição, uma pessoa instruída, criada no asfalto de uma metrópole, poderia ser rústica. A palavra aplica-se mais ao estado mental do que ao *habitat* físico de uma pessoa. Quando eu era criança, ouvi o *Patinho feio* das três Katies, todas elas rústicas.
3. Esse é um dos principais motivos pelos quais um adulto resolve fazer análise: para classificar e organizar os complexos e fatores paternos, culturais, históricos e arquetípicos para que, como em *La Llorona*, o rio possa ficar tão limpo quanto possível.
4. Sísifo, Ciclope e Caliban; essas três figuras masculinas são conhecidas por sua resistência, sua capacidade de ser feroz e sua insensibilidade. Nas culturas em que as mulheres não têm permissão de se desenvolver em todas as direções, na grande maioria das vezes elas são inibidas no desenvolvimento dessas qualidades ditas masculinas. Quando existe um aviltamento psíquico e cultural do desenvolvimento masculino nas mulheres, elas são impedidas de ter acesso ao cálice, ao estetoscópio, ao pincel, ao controle financeiro, aos cargos políticos e assim por diante.
5. Veja as obras de Alice Miller: *Drama of the Gifted Child, For Your Own Good, Thou Shalt Not Be Aware* (na bibliografia).
6. Exemplos de atos que isolam a mulher do seu jeito de trabalhar e de viver não precisam ser dramáticos para provar a alegação. Entre os mais recentes figuram leis que dificultam à mulher (ou ao homem) ter uma ocupação rentável em casa, ficando ao mesmo tempo perto do mundo dos negócios, do lar e dos filhos.
7. Ainda existe muita escravidão no mundo. Às vezes, ela não recebe esse nome, mas sempre que uma pessoa não tem a liberdade de “ir embora” e sofre punições se “fugir”, isso é escravidão. Existe também a escravidão declarada. Uma pessoa que voltou recentemente de uma ilha do Caribe me contou que num dos hotéis de luxo de lá um príncipe do Oriente Médio chegou com uma comitiva que incluía algumas escravas. Todo o pessoal do hotel corria de um lado para o outro no esforço de impedir que elas por acaso cruzassem o caminho de um conhecido funcionário negro do governo norte-americano que também estava hospedado no hotel.

8. Essas incluíam mães-crianças de até 12 anos de idade, adolescentes e mulheres mais velhas, aquelas grávidas de uma noite de amor, de uma noite de prazer ou de uma noite de amor e prazer, bem como as vítimas de incesto-estupro, todas se viram desamparadas e foram duramente atacadas porque sua cultura mantinha a atitude de prejudicar tanto a criança quanto a mãe com a difamação e o ostracismo.
9. Há uma série de escritores que publicaram obras com esse tema. Veja as obras de Robert Bly, Guy Corneau, Douglas Gillette, Sam Keen, John Lee, Robert L. Moore e assim por diante.
10. É um dos mitos mais tolos a respeito da velhice o de que a mulher fica tão completa que não precisa de nada e passa a ser uma fonte de tudo para todos. Não, ela continua como uma árvore que precisa de água e de ar, não importa a idade que tenha. A mulher velha é igual à árvore; não há nela um final, nenhuma súbita sensação de plenitude, mas sim uma grandiosidade de raízes e ramos e, com os cuidados adequados, muitas flores.
11. A mim transmitida por minha amiga Faldiz, uma mulher de origem ibérica.
12. Os junguianos usam essa palavra para designar o tolo inocente nos contos de fadas que quase sempre se sai bem no final da história.
13. De Jan Vanderburgh, comunicação pessoal.
14. Existe uma tendência na psicologia junguiana que muitas vezes prejudica o diagnóstico de uma grave perturbação: a de que introversão é um estado normal não importa o grau da mortal quietude da pessoa. Na realidade, um silêncio fatal que às vezes pode passar por introversão frequentemente oculta um trauma profundo. Quando a mulher é "tímida", profundamente "introvertida" ou dolorosamente "recatada", é importante examinar bem para saber se a atitude é inata ou se resulta de antigas feridas.
15. Carolina Delgado, uma artista e assistente social junguiana de Houston, usa *ofrendas* do tipo bandejas de areia como um instrumento projetivo para delinear o estado psíquico do indivíduo.
16. A lista de mulheres "diferentes" é muito longa. Pense em qualquer figura de destaque dos últimos séculos, e é muito provável que ela tenha começado à margem, que tenha se originado de um subgrupo ou de fora da maioria "normal".

CAPÍTULO 7
O corpo jubiloso: A carne selvagem

1. As mulheres da aldeia *tehuana* estão sempre dando tapinhas e tocando não só seus bebês e não só seus homens, não só suas avós e seus avôs, não só a comida, as roupas, os animais de estimação da família, mas também a si mesmas. É uma cultura que valoriza o contato físico e que parece fazer florescer as pessoas.

Do mesmo modo, ao observar os lobos brincando, vê-se que eles batem uns nos outros numa espécie de dança agitada. É esse vínculo através da pele que transmite uma mensagem como, "eu faço parte, você faz parte".

2. Aparentemente, a partir de observação informal entre vários grupos de aborígines distintos, verificou-se que, embora haja aqueles que prefiram se isolar da comunidade – talvez vivendo com o grupo apenas parte do tempo e não seguindo necessariamente os valores do núcleo comum o tempo todo, os grupos centrais abordam homens e mulheres com respeito, independentemente do tamanho, da forma e da idade. Pode ocorrer de eles caçoarem uns dos outros por um motivo qualquer, mas a intenção não é perversa nem rejeitadora. Essa abordagem ao corpo, ao sexo e à idade parece fazer parte de uma visão mais ampla e de um amor pela diversidade da natureza.
3. Algumas pessoas alegam que um interesse pela vida à moda antiga ou com certos valores "aborígines, velhos ou ancestrais" tem um fundo sentimental: um desejo piegas de volta ao passado, uma fantasia ilusória e irracional. Alega-se que as mulheres no passado levavam uma vida difícil, que as doenças eram generalizadas e assim por diante. É verdade que as mulheres no mundo do passado como no mundo do presente tinham/têm de trabalhar muito, muitas vezes sob condições de exploração, eram/são maltratadas, as doenças eram/são generalizadas. Tudo isso é verdade e vale também para os homens.

   No entanto, nos grupos autóctones e entre meus antepassados, tanto de origem latina quanto de origem húngara, que decididamente vivem em comunidade, criadores de clãs, construtores de totens, fiandeiros, tecelões, gente que planta, que costura, que cria, sou da opinião de que não importa quão árdua seja a vida ou quão difícil ela se torne, os antigos valores – mesmo se tivermos de escavar para encontrá-los ou se tivermos de reaprendê-los – dão apoio à alma e à psique o tempo todo. Muitos dos chamados "estilos antigos" são uma forma de alimento que nunca se deteriora e que na realidade aumenta quanto mais o utilizamos.

   Embora exista uma abordagem sagrada e uma profana para tudo, creio haver pouco sentimentalismo e, sim, uma nítida sensatez na admiração e imitação de certos "valores antigos". Em muitos casos, atacar o legado de valores antigos e profundos é, mais uma vez, tentar isolar a mulher da herança de suas linhagens matriarcais. Traz paz à alma aproveitar o conhecimento do passado, o poder do presente e as ideias do futuro simultaneamente.
4. Se houvesse um "espírito malévolo" no corpo da mulher, ele teria sido principalmente introjetado por uma cultura muito confusa quanto ao corpo natural. Apesar de ser verdade que uma mulher pode ser o pior inimigo de si mesma, a criança não nasce com ódio pelo próprio corpo mas, sim, como podemos ver ao observar um bebê, com uma alegria extrema pela descoberta e uso do próprio corpo.
5. Ou, falando nisso, o do pai.

6. Há anos, vem sendo escrita e divulgada uma enorme quantidade de material a respeito do tamanho e da configuração do corpo humano, especialmente o das mulheres. Com poucas exceções, a maioria dessas obras provém de autores que parecem sentir piedade ou repulsa por diversas configurações. É importante ouvir também as mulheres que sejam mentalmente sãs independentemente do tipo físico, mas, especialmente, aquelas que sejam saudáveis e de bom tamanho. Embora não esteja dentro do âmbito deste livro, "a mulher que grita de dentro" parece ser principalmente uma profunda projeção e introjeção da cultura. Isso precisa ser examinado meticulosamente e interpretado à luz de patologias e preconceitos culturais mais profundos que envolvem muitas ideias ligadas ao tamanho, como por exemplo a sexualidade hipertrofiada na cultura, a fome da alma, as estruturas e castas hierárquicas no formato do corpo e assim por diante. Seria bom como que levar a cultura ao divã do analista.
7. De uma perspectiva arquetípica, é possível que parte da obsessão com a escultura do corpo físico irrompa quando o mundo da pessoa, ou o *mundo* como um todo, pareça estar tão fora de controle que as pessoas procurem controlar o território ínfimo dos seus próprios corpos.
8. Aceita no sentido de ter paridade, bem como no da cessação do escárnio.
9. Martin Freud, *Glory Reflected: Sigmund Freud, Man and Father* (Nova York: Vanguard Press, 1958).
10. Nas histórias de tapetes mágicos, há muitas descrições diferentes do tapete: era vermelho ou azul, era velho ou novo, era persa, indiano ou de Istambul, era de propriedade de uma velhinha que só o tirava de casa... e assim por diante.
11. O tapete mágico é uma imagem arquetípica central nas histórias fantásticas do Oriente Médio. Uma delas intitula-se "O tapete do príncipe Housain", semelhante à "História do príncipe Ahmed", e se encontra na coleção d'*As mil e uma noites*.
12. Existem substâncias naturais no corpo, algumas bem estudadas como a serotonina, que parecem provocar uma sensação de euforia. Essas substâncias são ativadas pela oração, meditação, contemplação, *insight*, uso da intuição, transe, dança, certas atividades físicas, pelo canto e por outros estados profundos de concentração da alma.
13. Em pesquisas interculturais, fico impressionada com grupos que são expulsos da maioria dominante e que, mesmo assim, mantêm e reforçam sua integridade. É fascinante ver que, repetidas vezes, o grupo que foi privado dos seus direitos e que manteve sua integridade acaba frequentemente sendo admirado e procurado pela própria corrente dominante que o exilou.
14. Um dos muitos meios de perder o contato consiste em não mais saber onde estão enterrados nossos parentes e antepassados.
15. Pseudônimo, para proteção da sua privacidade.
16. Ntozake Shange, *for colored girls who have considered suicide when the rainbow is enuf* (Nova York: Macmillan, 1976).

CAPÍTULO 8

A preservação do Self: A identificação de armadilhas, arapucas e iscas envenenadas

1. Da raiz latina *sen*, que significa velho, vêm as seguintes palavras: senhora, senhor, senado e senil.
2. Existem culturas internas assim como culturas externas. Elas têm um comportamento notavelmente semelhante.
3. Barry Holston Lopez define esse comportamento na sua obra *Of Wolves and Men* como "embriaguez de carne" (Nova York: Scribner's, 1978).
4. Podem "cair em excessos" tanto os que foram criados nas ruas quanto os nascidos em berço de ouro. Falsos amigos, afetações, entorpecimento para a dor, comportamento protecionista, embaçamento da própria luz, tudo isso pode atacar uma pessoa independentemente de sua formação.
5. Da abadessa Hildegard of Bingham, também conhecida como Santa Hildegard. Ref: MS2 Weisbaden, Hessische Lantesbibliothek.
6. A técnica do "nada de biscoito enquanto você não fizer o trabalho de casa" é chamada de princípio Primack ou "lei da vovó" no curso de Psicologia 101. Mesmo a psicologia clássica parece reconhecer que uma lei dessa natureza pertence ao campo de ação do ancião.
7. Joplin não estava fazendo uma afirmação de cunho político ao não usar maquiagem. Como a de muitas adolescentes, sua pele era cheia de erupções, e no período do segundo grau ela se considerava mais uma colega dos rapazes do que uma namorada em potencial.

   Na década de 1960 nos Estados Unidos, muitas mulheres de recente militância evitavam usar maquiagem com objetivos políticos: no fundo elas estavam dizendo que não desejavam se apresentar como figuras deleitáveis a serem consumidas pelos homens. Em comparação, em muitas culturas aborígines, indivíduos de ambos os sexos usam pintura no corpo e no rosto tanto para repelir quanto para atrair. Essencialmente, para as mulheres, enfeitar-se é um comportamento criativo do feminino, e o fato de optarmos por um ou a forma pela qual o realizamos constituem uma linguagem pessoal seja como for, transmitindo o que a mulher deseja.
8. Para uma bela biografia de Janis Joplin, que viveu uma versão moderna de *Os sapatinhos vermelhos*, veja Myra Friedman, *Buried Alive: The Biography of Janis Joplin* (Nova York: Morrow, 1973). (*Enterrada viva: a biografia de Janis Joplin*). Uma versão atualizada deverá ser publicada em breve.
9. Isso, sem ignorar a etiologia orgânica e em alguns casos as deteriorações iatrogênicas.
10. As versões atuais que temos de *Os sapatinhos vermelhos* talvez demonstre com maior clareza do que mil páginas de pesquisa histórica como a matéria original

desses ritos foi deformada e corrompida. No entanto, as versões remanescentes, através de fragmentos, têm um valor inestimável pois às vezes as camadas mais recentes e brutais de um conto de fadas nos dizem exatamente o que precisamos saber para sobreviver e vicejar numa cultura e/ou num ambiente psíquico que imita o processo destrutivo revelado no próprio conto. Nesse sentido, temos a estranha sorte de dispor de um conto fragmentado que assinala nitidamente as armadilhas psíquicas à nossa espera no aqui e no agora.

11. Os ritos das mulheres aborígines antigas e contemporâneas são frequentemente chamados de ritos da "puberdade" ou da "fertilidade". No entanto, essas expressões derivam de um ponto de vista masculino na antropologia, na arqueologia e na etnologia pelo menos desde meados do século XIX. São expressões que infelizmente desvirtuam e fragmentam o processo da vida das mulheres em vez de representar a realidade verdadeira.

    Em sentido metafórico, a mulher passa pela abertura dos ossos da sua pelve muitas vezes, tanto para cima quanto para baixo, de modos diversos e cada vez adquirindo novos conhecimentos. Esse processo continua pela vida inteira da mulher. Ele não começa com a menstruação para terminar na menopausa... a chamada fase da "fertilidade". Com maior exatidão, todos os ritos da "fertilidade" deveriam ser chamados de ritos de passagem; cada um com seu próprio nome de acordo com seu específico poder de transformação, não só do que poderia ser obtido abertamente, mas também do que poderia ser alcançado internamente. O ritual de bênção do povo *navajo* chamado de "O caminho da beleza" é um bom exemplo de linguagem e designação que definem a fundo a questão.

12. *Mourning Unlived Lives – A Psychological Study of Childbearing Loss* de autoria da analista junguiana Judith A. Savage é um excelente livro e um dos poucos do seu gênero a tratar dessa questão de enorme importância para as mulheres (Wilmette, Illinois: Chiron Books, 1989).

13. Os ritos, como por exemplo a hatha ioga e a ioga tântrica, a dança e outras atividades que organizam nosso relacionamento com nosso corpo são imensamente revigorantes.

14. Em alguns folclores, diz-se que o diabo não se sente confortável na forma humana, que ele não se ajusta bem, o que faz com que ande mancando. Nos termos do conto de fadas, também, a menina nos *Sapatinhos vermelhos* vem a ter os pés amputados sendo, portanto, forçada a mancar já que ela, de certo modo, "dançou com o demônio", tendo absorvido seu jeito manco de andar, ou seja, sua vida subumana entorpecedora e voltada para os excessos.

15. Nos tempos pós-cristãos, as antigas ferramentas do sapateiro tornaram-se sinônimos das ferramentas de tortura do diabo: raspadeira, torquês, alicate, pinças, martelo, sovela e assim por diante. Nos tempos pagãos, os sapateiros compartilhavam da responsabilidade espiritual de aplacar os animais que forneciam o couro

para os sapatos, as solas, os forros e os revestimentos. Já no início do século XVI, afirmava-se em toda a Europa não pagã que "os falsos profetas eram feitos de latoeiros e sapateiros".

16. Estudos sobre a trivialização da violência e o aprendizado da impotência foram realizados pelo psicólogo experimental Martin Seligman, Ph.D., e outros.
17. Na década de 1970 em seu livro histórico sobre as mulheres vítimas de violência (*The Battered Woman* [Nova York: Harper & Row, 1980]), Lenore E. Walker aplicou esse princípio ao mistério dos motivos pelos quais as mulheres ficavam com parceiros que as maltratavam abertamente.
18. Ou àqueles à nossa volta que são jovens ou indefesos.
19. O movimento das mulheres, a N.O.W. e outras organizações, algumas de orientação ecológica, outras voltadas para a educação e para os direitos eram/são dirigidas, desenvolvidas e ampliadas, além de ter seu quadro de associados composto por inúmeras mulheres que correram enormes riscos para dar um passo à frente, protestar e, talvez com importância ainda maior, continuar a plenos pulmões. Na área dos direitos há muitas vozes, tanto femininas quanto masculinas.
20. Essa manutenção da mulher "na linha" por parte de outras mulheres da mesma idade e mais velhas diminui as controvérsias e reforça a segurança para as mulheres que precisam viver sob condições hostis. No entanto, em outras circunstâncias, essa atitude lança as mulheres em situações de total traição umas às outras, em termos psicológicos, isolando-as, portanto, de mais uma tradição matrilinear – a de contar com as mais velhas que defenderão as mais novas, que irão interferir, julgar, reunir-se em conselhos com quem quer que seja a fim de garantir uma sociedade equilibrada e direitos para todos.

    Em outras culturas nas quais cada sexo é compreendido ou bem como irmã ou bem como irmão, os parâmetros hierárquicos impostos pela idade e pelo poder são amenizados por um relacionamento de cuidado para com cada pessoa e de responsabilidade por ela.

    Para a mulher que foi traída na infância, persiste uma expectativa de ser traída pelo amante, pelo empregador e pela cultura. Suas primeiras experiências com a traição muitas vezes provêm de um incidente, um único ou muitos, originado da sua própria linhagem feminina ou familiar. É mais um milagre da psique que uma mulher semelhante ainda possa confiar tanto apesar de ter sido tão traída.

    As traições ocorrem quando aqueles que detêm o poder veem o problema e a ele fecham os olhos. As traições ocorrem quando as pessoas não cumprem promessas, recuam depois de se comprometer a ajudar, a proteger, a defender, a dar apoio, afastando-se de atos de coragem e preferindo agir com indiferença ou como se estivessem ocupadas com outro assunto.
21. A dependência é qualquer coisa que esgota a vida, dando a "impressão" de que a torna melhor.

22. A carência, a brabeza ou a dependência não são em si a causa da psicose, mas, sim, uma forma primária da agressão à força da psique de tal modo que um complexo oportunista possa em hipótese dominar a psique enfraquecida. É por isso que é importante recuperar o instinto prejudicado para que a pessoa não fique em condição vulnerável ou degenerativa.
23. Charles Simic, *Selected Poems* (Nova York: Braziller, 1985).
24. OS ELEMENTOS DO CATIVEIRO

    Pegue uma criatura original.

    Domestique-a cedo, de preferência antes da fala ou da locomoção.

    Socialize-a ao máximo.

    Deixe que sinta uma fome profunda pela sua natureza selvagem. Isole-a dos sofrimentos e liberdades dos outros, para que ela não possa comparar sua vida a nada.

    Ensine-lhe apenas um ponto de vista.

    Permita que ela seja carente (ou fria, ou indiferente) e deixe que todos percebam, mas que ninguém lhe diga.

    Permita que ela se isole do seu corpo físico, eliminando, portanto, seu relacionamento com essa criatura.

    Solte-a num ambiente em que ela possa obter em excesso coisas que antes lhe eram negadas, coisas que sejam tanto interessantes quanto perigosas.

    Dê-lhe amigos que também sejam carentes e que a estimulem ao desregramento.

    Permita que seus instintos fragilizados relacionados à prudência e à proteção continuem assim.

    Em consequência dos seus exageros (alimentação insuficiente, alimentação excessiva, drogas, sono insuficiente, sono excessivo etc.), permita que a morte se insinue bem perto dela.

    Permita que ela se esforce por uma restauração da *persona* de "boa menina" e que tenha sucesso, mas só de vez em quando.

    Depois, finalmente, permita que ela se envolva freneticamente com excessos promotores de dependência em termos psicológicos ou fisiológicos, que causem entorpecimento por si mesmos ou pelo seu abuso (álcool, sexo, raiva, submissão, poder etc.).

    Agora ela está no cativeiro. Inverta o processo, e ela se libertará. Restaure seus instintos, e ela se fortalecerá.

CAPÍTULO 9
A volta ao lar: O retorno ao próprio Self

1. O tema dessa história, a descoberta do amor e do lar e o encontro com a natureza da morte, é uma dentre muitas variantes encontradas em todo o mundo. (Além

disso, o recurso de narração de ter de quebrar as palavras congeladas dos lábios do narrador, descongelando-as diante do fogo para ver o que foi dito, é conhecido em todos os países frios do mundo.)

2. Diz-se também entre os mesmos observadores que a alma não encarna no corpo, ou dá à luz o espírito, até que ela se certifique de que o corpo que irá habitar está realmente progredindo. É por isso que muitas vezes não se dá o nome à criança antes que se tenham passado sete dias do nascimento, duas fases da lua ou mesmo mais tempo, comprovando-se, portanto, que a carne está suficientemente forte para receber a alma, que por sua vez dá à luz o espírito. Além disso, as mesmas pessoas defendem a ideia sensata de que, por isso, não se deve jamais bater numa criança, pois a violência espanta o espírito do seu corpo, e é muito longo e árduo o processo para recuperá-lo e devolvê-lo ao seu lar de direito.
3. O processo iniciático – a palavra *iniciação* provém do latim *initiare*, que significa começar, apresentar, instituir. Uma *inicianda* é aquela que está começando um novo caminho, que se dispôs a ser apresentada e instruída. Uma *iniciadora* é aquela que se dedica ao profundo trabalho de transmitir o que sabe acerca do caminho, que mostra o modo de agir e orienta a inicianda para que ela supere os desafios e com isso aumente seu poder.
4. Em iniciações malfeitas, às vezes a iniciadora procura apenas os pontos fracos da inicianda e ignora os outros 70% da iniciação, ou se esquece deles: o fortalecimento do talento e dons da mulher. Com frequência, a iniciadora cria dificuldades sem fornecer apoio, inventa perigos e depois descansa. Essa é uma transferência de um estilo fragmentado de iniciação masculina; um estilo que acredita que a vergonha e a humilhação fortaleçam a pessoa. Ela apresenta a dificuldade, mas não o apoio. Ou dá grande atenção a questões de procedimento, mas as necessidades críticas da vida dos sentimentos e da alma são tratadas num plano secundário. Dos pontos de vista da alma e do espírito, uma iniciação cruel ou desumana jamais reforça a fraternidade ou o sentido de vínculo. Isso foge à compreensão.

   Na falta de iniciadoras competentes, ou com iniciadoras que sugerem e apoiam procedimentos abusivos, a mulher procura a autoiniciação. Trata-se de uma iniciativa admirável e uma realização deslumbrante se ela chegar a atingir três quartos do proposto. É extremamente elogiável já que ela deve prestar grande atenção à psique selvagem para saber o que vem em seguida, e depois, e depois, e acompanhá-la sem a certeza advinda de saber que foi assim que se fez, tendo produzido o efeito desejado milhares de vezes antes.
5. Existe um perfeccionismo negativo e um perfeccionismo positivo. O negativo frequentemente gira em torno do medo de ser considerada incapaz. O positivo é mais parecido com a atitude de se esforçar ao máximo, de ficar com algo produtivo para aprender a fazer bem. Exemplos de perfeccionismo positivo consistem em aprender a fazer algo *melhor*, a escrever melhor, a falar, pintar, comer, relaxar

melhor e assim por diante. Um outro tipo de perfeccionismo positivo reside em fazer certas coisas com regularidade a fim de reconhecer um sonho.

6. "Vestir o sutiã de lata" é uma expressão do repertório de Yancey Ellis Stockwell, uma terapeuta vibrante e excelente contadora de histórias. Ela trabalha no Colorado, mas tem suas origens no leste do Texas, e isso já diz tudo.
7. Com o patrocínio da Women's Alliance, de Berkeley, Califórnia, e de muitas curandeiras de talento, sendo uma delas a dedicada médica da prisão, dra. Tracy Thompson, além da vigorosa terapeuta-contadora de histórias Kathy Park, M.S.W.
8. "Woman Who Lives Under the Lake", de C. P. Estés, *Rowing Songs For the Night Sea Journey; Contemporary Chants* (Edição particular, 1989).
9. Seus quadros-em-palavras e expressões literais acabaram se infiltrando nos grupos étnicos de origem hispânica e do leste europeu naquela parte do país.
10. Não é necessário que se trate dos filhinhos. Pode ser qualquer coisa. "Minhas plantas. Meu cachorro. Meu trabalho da escola. Meu parceiro. Minhas petúnias." Trata-se apenas de um pretexto. No fundo, a mulher está tremendo, ansiosa, para sair, mas também está tremendo para ficar.
11. O complexo de "ser tudo para todos" ataca a competência da mulher e a incita a agir como se fosse realmente a "grande curandeira". Só que, para um ser humano desempenhar o papel de um arquétipo é muito parecido com tentar ser Deus. É uma iniciativa impossível de se realizar, e o esforço dedicado a essa tentativa é muito exaustivo e destrutivo para a psique.

    Embora um arquétipo possa suportar as projeções de homens e mulheres, os seres humanos não conseguem suportar ser tratados como se fossem um arquétipo e, portanto, invulneráveis e inesgotáveis. Quando se pede ou se espera que a mulher represente o incansável arquétipo da grande curandeira, podemos vê-la caindo cada vez mais em papéis opressivos e negativamente perfeccionistas. Quando se é convidada a entrar nos limites luxuosos dos mantos arquetípicos de qualquer ideal, é melhor voltar os olhos para o infinito, abanar a cabeça e continuar caminhando de volta ao lar.
12. Adrienne Rich, de *The Fact of a Doorframe* (Nova York: Norton, 1984), p. 162.
13. Em outros contos, como por exemplo "A bela adormecida", a jovem desperta, não porque recebe o beijo do príncipe, mas porque está na hora... a maldição de cem anos está encerrada, e chegou a hora de acordar. A floresta de espinheiros em volta da torre desaparece, não porque o herói seja superior, mas porque a maldição terminou e chegou a hora. Os contos de fadas nos ensinam repetidamente. Quando chegou a hora, chegou a hora.
14. Na psicologia junguiana clássica, essa criança seria chamada de psicopômpica, ou seja, um aspecto da *anima* ou *animus*, assim chamado em honra a Hermes Psicopompo, que conduzia as almas até o outro mundo. Em outras culturas, o mensageiro psíquico é chamado de *juju*, *bruja*, *anqagok*, *tzadik*. Essas palavras são

usadas tanto como nomes próprios quanto às vezes como adjetivos para descrever a qualidade mágica de um objeto ou pessoa.

15. Na história, o cheiro da pele de foca faz com que a criança sinta o pleno impacto do profundo amor da sua mãe. Algo no formato da sua alma passa soprando por ele, sem machucá-lo, mas deixando-o desperto. No entanto, entre algumas famílias do povo *inuit* dos nossos tempos, quando um ser amado morre, as peles da pessoa falecida, seus gorros, suas perneiras e outros artigos pessoais são usados pelos que ainda estão vivos. A família e os amigos assim trajados consideram que essa é uma forma de transmissão de alma a alma, necessária à própria vida. Acredita-se que um poderoso vestígio da alma está impregnado na roupa, nas peles e nas ferramentas da pessoa morta.
16. Mary Uukulat foi minha fonte e me passou originalmente essa história antiga e conhecida.
17. Ibid.
18. *Oxford English Dictionary.*
19. As mulheres costumam reservar tempo suficiente para atender às crises de saúde física – especialmente da saúde dos outros – mas deixam de criar tempo para a manutenção do seu próprio relacionamento com sua própria alma. Elas têm a tendência de não reconhecer a alma como o magneto ou gerador central da sua animação e energia. Muitas mulheres tratam seu relacionamento com a alma como se ela fosse um instrumento não muito importante. Como qualquer instrumento de valor, ela precisa de abrigo, de limpeza, de lubrificação, de consertos. Se isso não ocorre, como um automóvel, o relacionamento empena, provoca uma desaceleração na vida diária da mulher, faz com que ela gaste uma energia enorme nas tarefas mais simples e acaba enguiçando à beira do colapso longe da cidade ou de um telefone. E então, a volta para casa implica uma longa caminhada.
20. Trecho mencionado por Robert Bly em entrevista publicada em *Bloomsbury Review* (janeiro de 1990), "*The Wild Man in the Black Coat Turns: A Conversation*" de Clarissa Pinkola Estés, Ph.D. Ally Press considera essa entrevista "animada". Nela é discutido o relacionamento entre os arquétipos do homem selvagem e da mulher selvagem.

CAPÍTULO 10
As águas claras: O sustento da vida criativa

1. *O campo dos sonhos*, filme baseado no romance *Shoeless Joe* de W. P. Kinsella.
2. O problema do bloqueio na vida criativa geralmente tem diversas causas: complexos negativos internos, falta de apoio do mundo externo e, às vezes, também a sabotagem direta.

   No que diz respeito à capacidade externa de destruição de novas iniciativas e ideias, maior número de investigações criativas é interrompido e considerado não conclusivo pela manipulação do modelo da "exclusão" (ou isso ou aquilo) do que por qualquer outro motivo que eu consiga imaginar. O que veio antes? O ovo ou a galinha? Essa pergunta costuma encerrar o exame de alguma coisa, bem como a determinação dos seus muitos valores. Ela põe um fim à pesquisa de como algo está estruturado e quais são seus possíveis usos. Muitas vezes é mais útil empregar o modelo cooperativo e comparativo da "adição" (isso e mais aquilo). Alguma coisa é isso *e também* aquilo *e mais* aquilo. Ela pode ser usada/não usada dessa forma, dessa *outra e mais* dessa outra.

3. *La Llorona*, Lá Iho-rô-na, com a ênfase no *ro*, o erre ligeiramente vibrante.
4. A história de *La Llorona* é contada desde o início dos tempos. A mesma história é repetida com pequenas variações, principalmente nos trajes que usava. "Ela estava vestida como uma prostituta, e um dos rapazes lhe deu carona perto do rio em El Paso. Cara, o susto que ele levou!" "Ela estava usando uma longa camisola branca." "Ela estava usando um vestido de noiva com um longo véu cobrindo-lhe o rosto."

Da mesma forma, muitos pais de origem latina usam *La Llorona* como uma babá mística. A maioria das crianças fica tão apavorada com as histórias de que ela rouba crianças para pôr no lugar das suas, que os pequenos habitantes de cidades à margem de rios sabem que devem se afastar da água depois do anoitecer e voltar para casa na hora.

Alguns estudiosos dessas histórias afirmam que elas têm cunho moral destinado a induzir pelo medo as pessoas a se comportarem. Conhecendo bem o sangue apaixonado dos povos que originaram tais histórias, o impacto que elas causam em mim é o de histórias revolucionárias, histórias destinadas a despertar a consciência para a criação de uma nova ordem. Alguns narradores chamam histórias como *La Llorona* de *Los Cuentos de Revolución*, Contos da Revolução.

Histórias de lutas, de natureza psíquica ou não, são uma tradição muito antiga, anterior à conquista do México. Alguns dos velhos *cuentistas*, contadores de histórias do México, afirmam que os chamados códices astecas *não* são registros de guerras, como imaginado por muitos estudiosos, mas, sim, relatos ilustrados das grandes batalhas morais enfrentadas por todos os homens e mulheres. Muitos especialistas da escola tradicional consideravam que isso fosse impossível pois tinham certeza de que as civilizações autóctones não dispunham da possibilidade de pensamento simbólico e abstrato. Para eles, os membros das antigas culturas eram como crianças para as quais tudo tinha significado literal. No entanto, podemos concluir a partir do estudo da poesia náuatle e maia daquela época, que o uso da metáfora era generalizado e que havia uma brilhante capacidade para o pensamento e o discurso abstratos.

5. Como por exemplo na Green National Convention no divisor continental de águas nas Montanhas Rochosas, em 1991.

6. A mim mencionado por Marik Pappandreas Androupolous, contadora de histórias de Corinto, e a ela transmitido por Andrea Zarkokolis, também de Corinto.
7. Marcel Pagnol, *Jean de Florette* e *Manon of the Springs*, tradução de W. E. van Heyningen (San Francisco: North Point Press, 1988). Os dois foram transformados em filme por Claude Berri (Orion Classic Releases, 1987).

   A primeira obra trata de malfeitores que tapam uma nascente a fim de impedir que um jovem casal realize seu sonho de viver livre afastado da civilização, plantando os alimentos para seu próprio sustento, cercado da fauna, das árvores e das flores. Subsequentemente, a jovem família começa a passar fome porque nenhuma água chega mais às suas terras. Os malfeitores esperam comprar a propriedade por uma ninharia, assim que se espalhar sua reputação de terra árida. O marido morre cedo, a mulher envelhece precocemente e a filha cresce sem nenhuma herança.

   No segundo livro, a filha cresce, descobre a trama, vinga sua família e, parada dentro da lama até os joelhos, com as mãos sangrando, solta o concreto. A fonte volta a jorrar, derramando-se pela terra, levantando nuvens de poeira à sua frente e deixando evidente o antigo ato dos malfeitores.
8. O "medo do fracasso" é uma dessas frases feitas que não descrevem de fato o que a mulher realmente teme. Um medo isolado costuma ter três partes: uma parte que é um resíduo do passado (sendo este, com frequência, um motivo de vergonha), uma outra, que é uma incerteza quanto ao presente, e a terceira, que é o medo de resultados fracos e de consequências negativas no futuro.

   No que diz respeito à vida criativa, um dos medos mais comuns não está exatamente no medo do fracasso, mas, sim, no medo de se pôr à prova. O raciocínio é mais ou menos o seguinte... se eu fracassar, posso me levantar e começar tudo de novo; há uma infinidade de chances diante de mim. Mas, e se eu conseguir, mas numa faixa medíocre? E se, não importa o quanto eu me esforce, eu conseguir, sim, mas não no nível que eu desejava? Essa é a questão mais perturbadora para quem cria. E há muitas, muitas outras. É por isso que a vida criativa é em si mesma um caminho longo e complicado. No entanto, nem mesmo toda essa complexidade deveria nos afastar dela, pois a vida criativa fica logo acima do coração da natureza selvagem. Apesar dos nossos piores medos, existe um sustento profundo proveniente da natureza instintiva.
9. Houve um tempo em que as Harpias eram deusas da tempestade. Elas eram divindades da vida e da morte. Infelizmente, elas foram impedidas de ser progenitoras dessas duas funções, tornando-se unilaterais. Como vimos na interpretação da natureza da vida-morte-vida, qualquer força que governa o nascimento também governa a morte. Na Grécia, no entanto, a cultura que veio a ser dominada pelos pensamentos e ideais de uns poucos havia dado tanta ênfase ao aspecto fatal das Harpias como demoníacas aves da morte que suas funções naturais de incubar, de dar à luz e de sustentar haviam sido eliminadas. Já na época em que Orestes

escreveu sua peça na qual as Harpias são mortas ou perseguidas até uma caverna no fim do mundo, a natureza revitalizante dessas criaturas estava completamente enterrada.

10. Essa é uma versão pós-orestiana. Por sinal, nem todas as camadas negativas são patriarcais, assim como nem tudo que é patriarcal é negativo. Existe mesmo algum valor nas antigas camadas patriarcais negativas sobrepostas a mitos que anteriormente retratavam um feminino forte e saudável, pois elas não só nos mostram como a cultura conquistadora solapa a sabedoria anterior e revelam como uma mulher subjugada ou com seus instintos feridos era forçada a se considerar naquela época, e até hoje em dia, como também nos dizem de que modo ela poderia se curar.

    Um conjunto de imposições destrutivas aplicadas às mulheres (ou aos homens) deixa atrás de si uma espécie de radiografia arquetípica do que está sendo deformado no desenvolvimento da mulher quando ela é criada numa cultura que não considera o feminino aceitável. Portanto, não precisamos tentar adivinhar. Está tudo registrado nas camadas sobrepostas aos mitos e aos contos de fadas.

11. Muitos símbolos têm atribuições tanto masculinas quanto femininas. Em geral, é importante que as pessoas decidam por si mesmas quais irão usar como lupa para melhor examinar as questões da alma e da psique. Faz pouco sentido debater, como alguns poderiam estar acostumados a fazer, se o símbolo de alguma coisa é masculino ou feminino, pois no final das contas esses sinalizadores parecem ser apenas modos criativos de examinar uma questão, e o próprio símbolo na realidade inclui outras forças que, em virtude do ponto de vista arquimediano, não podemos vislumbrar. O uso da atribuição masculina ou feminina continua sendo importante, pois cada um funciona como uma lente diferente através da qual se pode aprender muito. É por isso que observamos os símbolos para começar, para ver o que podemos aprender, como pode ser aplicado e, especialmente, que tipo de feridas ele poderia aliviar.

12. Jennette Jones e Mary Ann Mattoon, "Is The Animus Obsolete?" da antologia *The Goddess Reawakening*, organização de Shirley Nichols (Wheaton, Illinois: Quest Books, 1989). O capítulo detalha o pensamento corrente a respeito do *animus* por vários analistas/autores até 1987.

13. É comum entre as grandes deusas o fato de ter um filho do seu próprio corpo. Mais tarde, o filho torna-se seu amante/consorte/marido. Embora haja quem leve esse fato ao pé da letra, considerando tratar-se de uma descrição de incesto, ele não deve ser interpretado dessa forma, mas sim, como um meio de descrever como a alma dá à luz um potencial masculino que, à medida que se desenvolve, passa a ser uma espécie de sabedoria e força e a combinar com seus outros poderes de muitas maneiras.

14. E às vezes também o impulso daquele braço.

15. Em essência, se nos isolarmos da ideia da natureza masculina, corremos o risco de perder uma das mais fortes polaridades para se pensar e compreender o mistério das naturezas duais dos seres humanos em todos os níveis. No entanto, se uma mulher engasga com a simples ideia de que o masculino faz parte do feminino, sugiro que ela chame essa natureza intermediária do nome que quiser, para que não deixe de imaginar e compreender como as polaridades funcionam juntas.
16. *Oxford English Dictionary.*
17. Eu descreveria essa natureza como natureza masculina poderosa e empreendedora, que em muitas culturas é arrasada nos homens reais por trabalhos sem sentido e que não acrescentam valor à alma. Pode ocorrer também de uma cultura atrair os homens para o trabalho escravo, mantendo-os ali até que pouco reste deles.
18. A partir das minhas pesquisas, há também alguns indícios de que a história seja uma variante de antigos contos do solstício que tratam do ano velho/ano novo, nos quais o que está exausto morre para renascer novamente numa forma vibrante.
19. Essa versão foi recebida com amor de Kata, que sobreviveu a um campo de trabalhos forçados na Rússia durante quatro anos na década de 1940.
20. A transformação pelo fogo, sobre o fogo ou dentro dele é um tema universal. Um episódio relacionado aos *Três cabelos de ouro* encontra-se na mitologia grega, quando Deméter, a Grande Deusa Mãe, segura um bebê mortal *dentro* do fogo todas as noites para torná-lo imortal. Sua mãe, Metaneira, dá um grito quando se depara com isso, interrompendo com o grito a prática. Deméter não demonstra emoção ao abandonar o processo pelo fogo... "Pior para ele", diz ela a Metaneira. "Agora será apenas um mortal."

CAPÍTULO 11
O cio: A recuperação de uma sexualidade sagrada

1. As coisas que estimulam a felicidade e o prazer sempre são também "portas dos fundos" pelas quais podemos ser exploradas ou manipuladas.
2. Os contos do Tio Tuong-pa ou Trungpa são histórias apimentadas de trapaceiros com suposta origem no Tibete. Existem contos semelhantes entre todos os povos.
3. Catal Hüyük tem um ícone "do meio das pernas" bem alto numa parede. A imagem é a de uma mulher com as pernas bem abertas, com sua "boca inferior" à mostra, possivelmente como oráculo. A simples ideia de uma figura dessas faz com que muitas mulheres deem risinhos de cumplicidade.
4. Charles Boer, *The Homeric Hymns* (Dallas: Spring Publications, 1987). Essa é uma tradução de real talento.
5. As histórias dos coiotes são por tradição contadas no inverno.

CAPÍTULO 12

A demarcação do território: Os limites da raiva e do perdão

1. Seja na família, seja no meio cultural mais próximo.
2. Danos infantis ao instinto, ao ego e ao espírito derivam de a criança ser rejeitada com aspereza, de não se prestar atenção nela, de não contemplá-la, se não com *insight*, ao menos com um nível razoável de serenidade. Em muitas mulheres ocorrem grandes danos frente à possibilidade de ter uma expectativa razoável de que as promessas serão cumpridas, de que a pessoa será tratada com dignidade, de que ela terá alimento quando sentir fome, de que terá liberdade para falar, pensar, sentir e criar.
3. Sob certos aspectos, as velhas emoções são mais como um conjunto de cordas de piano dentro da psique. Um estrondo na superfície pode provocar uma forte vibração dessas cordas na mente. Pode-se fazer com que elas emitam sons sem que as toquemos. Acontecimentos que apresentam um tom, palavras, características visuais semelhantes aos do episódio original fazem a pessoa "lutar" para impedir que as velhas emoções venham à tona.

   Na psicologia junguiana, essa explosão de forte caráter emocional é chamada de constelação de um complexo. Diferentemente de Freud, que classsificou essa conduta de neurótica, Jung considerou-a na realidade uma reação coerente, semelhante à reação de animais que foram acuados, torturados, assustados ou feridos anteriormente. O animal costuma reagir a cheiros, movimentos, instrumentos e sons que se assemelhem àqueles do dano original. Os seres humanos seguem o mesmo modelo de reconhecimento e reação.

   Muitas pessoas controlam o material de antigos complexos afastando-se de pessoas ou acontecimentos que os despertem. Às vezes é uma atitude racional e útil, às vezes não. Desse modo, um homem pode evitar todas as mulheres que tenham cabelos ruivos como os do pai que o espancava. Uma mulher pode desviar-se de toda discussão acalorada porque isso mexe muito com ela. No entanto, procuramos reforçar nossa capacidade de permanecer em todos os tipos de situação independentemente dos complexos porque esse poder de resistência nos dá uma voz no mundo. É ele que nos permite mudar as coisas à nossa volta. Se somente reagirmos aos nossos complexos, iremos nos esconder num buraco pelo resto da nossa vida. Se pudermos obter deles alguma tolerância, utilizá-los como nossos aliados, canalizando, por exemplo, a raiva antiga para dar agressividade às nossas afirmações, então seremos capazes de formar e de reformar muitas coisas.
4. Existem de fato distúrbios cerebrais nos quais a fúria descontrolada é uma característica proeminente, e tais distúrbios devem ser tratados com medicação, não com psicoterapia. Aqui, porém, estamos falando de raiva induzida pela lembrança

de algum tipo de tortura psicológica passada. Eu poderia acrescentar que nas famílias em que haja uma criança "mais sensível", os outros filhos podem não se sentir torturados, mesmo que tenham sido tratados da mesma forma.

Os filhos têm necessidades diferentes, diferentes "espessuras de pele, capacidades diferentes para perceber a dor". Aquele que tiver o menor número de "receptores", por assim dizer, sentirá conscientemente um menor efeito da violência. A criança com o máximo de sensores irá conscientemente sentir tudo e talvez chegue a sentir com intensidade os males feitos aos outros também. Não se trata de uma questão de verdade ou falta de verdade; trata-se de ter a capacidade para receber as transmissões que cercam a pessoa.

Nesse tema da criação dos filhos, é um conselho muito bom a velha máxima de que cada criança deveria ser criada, não "pelo livro", mas de acordo com o que se aprende com a observação do talento, da personalidade e das suscetibilidades dessa criança. No mundo da natureza, muito embora os dois sejam lindos, um esguio filodendro pode sobreviver sem água por um tempo aparentemente interminável, mas um salgueiro que é muito maior e mais robusto não consegue o mesmo. Existe essa variação natural também nos seres humanos.

Acrescente-se também que, quando um adulto sente ou exprime sua raiva, não se deveria interpretar erradamente que esse é um sinal inequívoco de assuntos mal resolvidos na sua infância. Há muita necessidade e ocasião para a raiva clara e legítima, especialmente quando apelos anteriores pela consciência foram feitos em tons desde suaves até moderados sem que fossem ouvidos. A raiva é o próximo passo na hierarquia de chamar a atenção.

No entanto, os complexos negativos podem transformar uma raiva normal numa fúria espumante e destrutiva. O catalisador é quase sempre ínfimo, mas a reação por ele produzida dá a impressão de ele ser de enorme importância. Sob muitos aspectos, as dissonâncias da infância, as violências sofridas nessa época, podem influenciar de modo positivo as causas que abraçamos na idade adulta. Muitos líderes de grandes "famílias" ou tribos políticas, acadêmicas ou de outras naturezas exercem essa liderança num estilo que é muito melhor e mais benéfico do que aquele no qual eles mesmos foram criados.

5. De narradores de tradição japonesa, ouvi uma variação na qual o urso é estrangulado por uma força do mal de tal modo que nenhuma vida nova possa prevalecer entre as pessoas que idolatravam o animal. O corpo do urso é enterrado em meio a muita dor e luto. No entanto, as lágrimas de uma mulher caem sobre a cova trazendo o urso de volta à vida.
6. A liberação da velha raiva calcificada, pedacinho a pedacinho ou camada a camada, é uma empreitada essencial para as mulheres. É melhor tentar levar essa bomba para um campo aberto a fim de detoná-la sem que atinja pessoas inocentes. Vale a pena tentar acioná-la de um modo que seja útil e que não prejudique

ninguém. Muitas vezes, a insistência em ouvir ou ver uma pessoa ou projeto é fonte de irritação ainda maior. É bom que nos afastemos do estímulo, qualquer que ele seja. Existem muitos meios de se fazer isso – mudar de recinto, mudar o local de encontro, mudar de assunto, mudar de paisagem. Isso é de enorme ajuda.

A velha recomendação no sentido de contar devagar até dez tem poderosas razões que a embasam. Se tivermos condição de interromper, mesmo que temporariamente, o fluxo de adrenalina e de outras substâncias químicas de "agressividade" que são derramadas no nosso sistema durante o despertar da raiva, podemos deter o processo em que somos forçadas a voltar aos sentimentos e reações vinculados a traumas sofridos anteriormente. Se não criarmos essa trégua, as substâncias químicas continuarão a se espalhar por um período mais longo, levando-nos literalmente a comportamentos cada vez mais hostis, quer nossa motivação seja sincera, quer não.

7. Existe uma versão dessa antiga história que é contada pelo grande narrador sufi Idries Shah em *Wisdom of the Idiots* (Londres: Octagon Press, 1970).
8. A decisão de agir assim depende de diversos fatores, estando entre eles a conscientização da pessoa ou do aspecto que provocou o dano, da sua capacidade de causar danos ainda maiores e das suas intenções futuras, bem como do equilíbrio de forças – se as duas estão em pé de igualdade ou se há uma distribuição desigual das forças – tudo isso precisa ser avaliado.
9. *Descanso* é um termo usado também para designar o *local de descanso*, como um cemitério.
10. Quando houve incesto, abuso sexual ou alguma outra violência profunda, podem ser necessários muitos anos para que se complete o ciclo através do perdão. Em alguns casos, por algum tempo, pode-se derivar mais força da recusa ao perdão, e isso também é aceitável. O que não é aceitável é uma raiva obsessiva do acontecido que dura pelo resto da vida. Esse excesso de irritação é muito prejudicial para a alma e a psique, assim como para o corpo físico. Por isso, ela precisa passar por uma purificação. Há muitas abordagens diferentes para tal. Deve-se consultar um terapeuta que seja uma pessoa forte e especializada nessas questões. A pergunta a fazer quando se encontra esse tipo de profissional é qual é sua experiência com trabalho para reduzir a raiva e fortalecer o espírito.
11. *Forego*, do *Oxford English Dictionary*: do inglês antigo *for gán* ou *forgáen*, passar por algo, ir embora.
12. *Forebear*, do *Oxford English Dictionary*: do alto alemão médio *verbern*, suportar, ter paciência.
13. *Forget*, do *Oxford English Dictionary*: do teutônico antigo *getan*, segurar ou apreender; com o prefixo *for*, significa não segurar ou não apreender.
14. *Forgive*, do *Oxford English Dictionary*: do inglês antigo, *forziefan*, dar ou ceder, desistir, deixar de guardar ressentimento.

15. Uma definição algo diferente desse tipo de perdão é encontrada no *Oxford English Dictionary*: 1865 J. Grote, *Moral Ideas*, viii (1876), 114 "Active forgiveness – the returning of good for evil".
16. Não são só as pessoas que têm ritmos diferentes para perdoar; também o tipo de ofensa afeta o tempo necessário para o perdão. Perdoar um mal-entendido é diferente de perdoar um assassinato, um incesto, uma violência, um tratamento injusto, uma traição, um roubo. Dependendo da sua natureza, maus-tratos isolados podem às vezes ser perdoados com maior facilidade do que maus-tratos repetidos.
17. Como também o corpo tem memória, ele também deve receber atenção. A ideia é não tentar correr mais do que a raiva, mas esgotá-la, decompô-la e reelaborar a libido que é, assim, liberada de um modo totalmente diferente do que antes. Esse alívio físico precisa ser acompanhado de compreensão psíquica.

CAPÍTULO 13
Marcas de combate: A participação no clã das cicatrizes

1. Concordo com Jung que afirmava que, quando alguém cometeu uma injustiça, não poderá curar-se dela a não ser que diga a verdade absoluta a esse respeito, encarando-a de frente.
2. Li pela primeira vez acerca dessa estruturação do texto comum baseada na falha trágica na obra de Eric Berne e de Claude Steiner.
3. O WAE, ou seja, Jung's Word Association Experiment (Experimento Junguiano de Associação de Palavras) também concluiu ser esse fato verdadeiro.
4. Por vezes, fotografias e histórias de pais, irmãos, maridos, tios e avós saem acompanhando (e às vezes as dos filhos e das filhas também), mas o trabalho principal é com as linhagens antepassadas do sexo feminino.
5. Ela sofre sozinha como bode expiatório, como devoradora de pecados, sem ter o poder e as vantagens de nenhum dos dois, ou seja, a gratidão, a honra e a renovação por parte da comunidade.
6. *Mary Culhane and The Dead Man*: essa é uma das histórias do repertório de The Folktellers®, duas mulheres imensamente talentosas e picarescas da Carolina do Norte chamadas Barbara Freeman e Connie Regan-Blake.
7. Paul C. Rosenblatt, Ph.D., *Bitter, Bitter Tears: Nineteenth-Century Diarists and Twentieth-Century Grief Theories* (Mineápolis: University of Minnesota Press, 1983). Judith Savage me fez essa indicação.

CAPÍTULO 14
La Selva Subterránea: A iniciação na floresta subterrânea

1. A ideia de Jung da mística da participação estava baseada em opiniões antropológicas do final do século XIX e início do século XX, período no qual muitos dos que estudavam as tribos se sentiam totalmente separados delas, em vez de compreender o comportamento das tribos como inserido numa continuidade humana que poderia ocorrer em qualquer lugar e com qualquer um.
2. Esse argumento não pretende de forma alguma defender a ideia de que o mal perpetrado contra um indivíduo seja aceitável por acabar fortalecendo a vítima.
3. Para mais informações acerca de traumas concretos causados pelo pai, veja Ellen Bass e Louise Thornton com Jude Brister, organizadoras, *I Never Told Anyone: Writings by Women Survivors of Child Abuse* (Nova York: Harper & Row, 1983). Ver também Barry Cohen; Esther Giller; W. Lynn, organizadores, *Multiple Personality Disorder from the Inside Out* (Baltimore: Sidran Press, 1991). Ver também Linda Leonard, *The Wounded Woman* (Boulder, Colorado: Shambhala, 1983).
4. A maior parte dos casos de perda abrupta da inocência parece vir do mundo fora da família. Trata-se de um processo gradual pelo qual quase todo mundo passa e que culmina num doloroso despertar para a ideia de que nem tudo é seguro ou belo no mundo. A inocência não se destina a ser ceifada ao acaso por pai ou mãe. Ela chega na sua própria hora. Espera-se que os pais estejam disponíveis para orientar e ajudar se possível, mas principalmente para recolher os pedaços e pôr sua filha de pé de novo.
5. O símbolo do moleiro aparece nos contos tanto sob uma ótica positiva quanto sob uma negativa. Às vezes ele é sovina, outras vezes generoso, como nas histórias em que o moleiro deixa grãos para os elfos.
6. Despertar aos poucos – ou seja, derrubar nossas defesas lentamente ao longo de um determinado período – é menos doloroso do que ver nossa fortaleza penetrada de uma vez. No entanto, com intuito reparador ou terapêutico, embora o que acontece mais rápido doa mais a princípio, o trabalho pode começar e dar frutos mais de imediato. Mesmo assim, cada um a seu tempo e a seu próprio modo.
7. Em outros contos, os três representam a culminação de uma luta intensa, e os três podem ser interpretados como o próprio sacrifício que culmina numa nova vida.
8. Lao-Tsé, antigo poeta e filósofo. Veja *Tao Te Ching* (Londres: The Buddhist Society, 1948). A obra foi publicada em muitas traduções por muitas editoras.
9. Essas podem ser diferentes para pessoas diferentes. Algumas têm uma aparência muito ativa, como a dança; outras são muito ativas em outros termos, como por exemplo a dança da oração, a dança do intelecto, a dança do poema.

10. C. P. Estés, *Warming the Stone Child: Myths and Stories of the Abandoned and Unmothered Child*, gravação (Boulder, Colorado: Sounds True, 1989).
11. É digno de nota que as mulheres e os homens em séria transição psíquica com frequência sentem menor interesse pelas coisas do mundo objetivo por estarem sonhando, pensando e organizando num nível tão profundo que os apetrechos do mundo objetivo simplesmente desmoronaram. Aparentemente a alma não está muito interessada em penteados ou outras questões semelhantes a não ser que elas tragam alguma força espiritual.

    No entanto, isso deve ser considerado diferente de uma síndrome prodrômica na qual os cuidados pessoais diários reduzem-se a zero e ocorre uma perturbação óbvia e séria no funcionamento mental.
12. É muito estranho para mim que a Ku Klux Klan, na tentativa de depreciar, chame as pessoas não brancas de "gente de lama". O antigo emprego do termo "lama" é altamente positivo provavelmente sendo, na realidade, a expressão exata para representar a natureza instintiva profundamente sábia e poderosa. Foi a partir da lama (e de outras substâncias terrosas) que os seres humanos e o mundo foram criados de acordo com a maioria das histórias da criação.
13. O machado e os lábios abertos da vulva têm todos uma forma semelhante.
14. Quanto ao duplo machado da deusa, trata-se de um símbolo antigo, também utilizado atualmente por vários grupos de mulheres como símbolo da volta ao poder da feminilidade. Além disso, entre os membros do meu grupo de treinamento e pesquisa, *Las Mujeres*, há muita especulação de todas as fontes acerca de as asas de borboletas dos lábios da vulva e o machado de dois gumes serem símbolos semelhantes provenientes de tempos antigos nos quais a forma da borboleta de asas abertas era considerada a forma da alma.
15. O que é místico é o conhecimento do rotineiro a partir das duas perspectivas. O misticismo pragmático procura toda verdade, não apenas uma, e depois avalia a posição a tomar e o modo de agir.
16. Há um sentido nos contos antigos de que esse é também um estado de conhecimento e sentimento transmitido de todos os pais aos filhos independentemente do sexo.
17. Como vimos, as lágrimas têm várias finalidades. Elas servem tanto para a proteção quanto para a criação.
18. A cultura das mulheres foi de fato soterrada, e nós temos apenas vestígios do que se encontra ali embaixo. As mulheres precisam ter o direito de pesquisar sem ser interrompidas antes mesmo de estabelecer o local da escavação. A ideia é levar uma vida plena, de acordo com nossos próprios mitos instintivos.
19. Há um imenso poder nos números. Muitos estudiosos, desde Pitágoras até os cabalistas, procuraram compreender o mistério da matemática. As peras numeradas provavelmente tragam um significado do misticismo e talvez também da escala tonal.

20. Sob muitos aspectos, a donzela sem mãos, a moça dos cabelos de ouro e a menina dos fósforos enfrentam, todas, situações idênticas e de certo modo típicas do proscrito. A história da donzela sem mãos é de longe a que abrange o ciclo psicológico mais completo.
21. Você pode se perguntar quantos selfs há na psique. Há muitos, com um deles em geral sendo extremamente dominante. Você se lembra da imagem acerca dos *pueblos* no Novo México? Eles sempre têm três partes: a parte antiga, desmoronada, a parte onde as pessoas moram e a parte ainda em construção. É assim que funciona. (Do mesmo modo, na teoria junguiana, o Self com letra maiúscula significa a ampla força da alma. O self com letra minúscula representa a pessoa mais delimitável, mais personalizada, que nós somos.)
22. Alguns dos registros "escritos" mais extensos dos ritos antigos são os dos gregos antigos. Embora a maioria das culturas antigas tivesse registros de uma natureza qualquer, as conquistas destruíram a maior parte deles se não sua totalidade. (Para subverter uma cultura, é necessário eliminar a classe sagrada: os artistas, os escritores e todas as suas obras, os sacerdotes e sacerdotisas, os oradores, os contadores de histórias, os cantores, os dançarinos... todos os que tiverem a capacidade de comover as almas e os espíritos das pessoas.) No entanto, os esqueletos de muitas culturas destruídas ainda persistem na arca da história pelos séculos afora chegando até os nossos próprios tempos.
23. Isabel está velha e grávida de João. Essa é uma passagem intensamente mística na qual seu marido é emudecido e tudo o mais.
24. Esses estágios são às vezes atingidos de acordo não tanto com a idade cronológica quanto com as necessidades da psique e do espírito.
25. Robert L. Moore e Douglas Gillette, *King, Warrior, Magician, Lover* (San Francisco: Harper, 1990).
26. Os símbolos do jardineiro, do rei, do mago, entre outros, pertencem a todos. Eles não são específicos de um dos sexos, mas são às vezes interpretados e aplicados de modo diferente por um sexo ou pelo outro.
27. A primeira pessoa de quem ouvi a expressão "criação da alma" foi James Hillman, ele próprio como um dispositivo incendiário disparador de ideias.
28. A velha das deusas tríplices dos gregos.
29. Na Teogonia de Hesíodo (411-52), diz-se que Perséfone e a velha Hécate preferem a companhia uma da outra acima de tudo.
30. Jean Shinoda Bolen, em sua lúcida obra sobre a menopausa, observa que a mulher mais velha prende a energia do sangue menstrual dentro do próprio corpo e gera sabedoria interna em vez de filhos externos. Veja sua gravação, *The Wise Woman Archetype: Menopause as Initiation* (Boulder, Colorado: Sounds True, 1991).
31. Ele foi um chefe da Inquisição na Espanha, um homem de uma crueldade patológica sem par, o assassino em série autorizado pelo seu tempo.
32. Do: Eclo xvii, 5 (scrb/clas lit).

33. Por exemplo, alguns homens de hoje perderam o sentido do fluxo e refluxo dos ciclos sexuais, como seria natural. Alguns não sentem nada; outros ficam presos à hipersexualidade.
34. Em algumas versões dessa história, o véu é chamado de lenço, e não é o *pneuma*, a respiração, que afasta o véu, mas, sim, o menino que brinca de tirar o véu do rosto do pai e de ali colocá-lo de volta.

ADENDO

1. Para mim, como para muitos outros leitores, o entendimento de muitos livros começa na releitura.
2. Trecho extraído de "Commenting Before the Poems", © 1967, C. P. Estés, de *La Pasionaria, Collected Poems"*, a ser publicado pela Knopf.
3. Na *família*, sofrer não significa ser uma vítima, mas ter bravura diante da adversidade, ter coragem. Mesmo que não se possa reconciliar totalmente uma situação ou um destino, é preciso esforçar-se ao máximo, de qualquer modo. Uso o termo "sofrimento" nesse sentido.
4. Escritores que também têm filhos costumam perguntar, "Onde? Quando você escrevia?". A altas horas, antes do amanhecer, durante a hora da soneca, no ônibus, andando até a igreja, durante a missa, depois do expediente, antes do expediente, em intervalos; a qualquer momento, onde quer que fosse e em qualquer papel possível.
5. Um aviso cuidadoso: como a atenção a questões de individuação pode provocar uma intensificação do pensamento e do sentimento, é preciso que a pessoa tome cuidado para não se transformar simplesmente numa acumuladora de ideias e experiências, mas também dedicar quantidades generosas de tempo ao trabalho de levar esses entendimentos a um uso prático na vida de rotina. Minha prática diária e a que ensino a outros é principalmente a de um contemplativo no mundo, com todas as complexidades que isso abrange. Independentemente de como ou de onde se começar, é preciso um compromisso com uma prática regular. Ela não precisa ser extremamente longa, mas, sim, concentrada no tempo alocado para ela, alvo do foco mais puro possível e, é claro, posta em prática diariamente.
6. Ver a referência em "Posfácio: as histórias como bálsamos medicinais".
7. Há certas depressões, manias e outros transtornos que são de natureza orgânica, o que significa que se originam de uma disfunção de um dos sistemas físicos do corpo. Questões de origem orgânica precisam ser avaliadas por um médico.
8. Os jovens que conheci em universidades, seminários e faculdades anseiam por amar este mundo, aprender, ensinar, criar, ajudar. Como eles são o futuro, está claro que o futuro reserva tesouros incríveis.

POSFÁCIO
As histórias como bálsamos medicinais

1. Excerto do poema intitulado "At the Gates of the City of the Storyteller God", ©1971, C. P. Estés, de *Rowing Songs for the Night Sea Journey: Contemporary Chants* (Edição particular, 1989).
2. Eis um raro testemunho de primeira mão que define com clareza o âmago da arte de contar histórias: esse *éthos,* essa cultura e esse ofício são inseparáveis. As palavras seguintes são de autoria do magistral poeta e contador de histórias Steve Sanfield, alguém que há décadas se esforça para fazer o trabalho duro exigido nos sertões da psique.

Sobre o mestre contador de histórias

"Leva uma vida inteira, não alguns anos ou mesmo uma década, para alguém se tornar um mestre de qualquer coisa. É preciso uma total imersão na arte. Depois de apenas vinte anos, ou trinta, no máximo, é uma presunção que nós, como indivíduos contadores, ou que o setor como um todo, reivindiquemos 'maestria'.

"Caso surgisse um mestre contador de histórias, não haveria dúvida alguma quanto a isso. Ele ou ela teria uma 'qualidade', provavelmente intangível, que seria reconhecível de imediato. Por essa pessoa ter vivido uma história particular por anos ou pela vida inteira, essa história se tornaria parte da psique desse contador, e a contação seria feita de 'dentro' da história. Essa qualidade é rara de se ver...

"A proficiência não basta. A maestria *não* está na fluência, em artifícios, em manobras para garantir a participação da plateia. *Não* se trata de contar histórias para ser amado, para obter dinheiro ou fama. A maestria *não* está em contar histórias dos outros. *Não* consiste em tentar agradar a uma pessoa específica na plateia ou a uma parte da plateia; *não* consiste em tentar agradar a ninguém. Trata-se de escutar sua própria voz interior e então derramar todo o seu coração e sua alma em cada história, mesmo que seja apenas um caso ou uma piada.

"Um mestre contador de histórias seria versado nas técnicas performáticas: movimento, graça, voz e escolha de palavras. Em termos poéticos, o mestre se esforçaria por 'estender os limites da linguagem'. Em termos mágicos, o mestre lançaria um encantamento desde a primeira palavra até a última imagem restante. Através do entendimento *adquirido* ao trabalhar no mundo e viver a vida na maior plenitude possível, o contador teria um sentido espantoso de quem é a plateia e do que ela precisa. Um verdadeiro mestre selecionaria histórias exatamente certas para aquela plateia e para aquele momento. A capacidade para fazer essas escolhas requer um repertório amplo e significativo. São a abrangência e a qualidade do repertório que mais distinguem um mestre contador de histórias.

"Um grande repertório constrói-se aos poucos. O contador extraordinário não só conhece a história profundamente, mas sabe de tudo a respeito da história. As histórias não existem num vácuo..."

Excerto de "Notes from a Conversation at Doc Willy's Bar", gravação de Bob Jenkins. ©1984, Steve Sanfield.

3. O arquétipo, ou seja, a irrepresentável força da vida, é evocativo. Dizer que ele é poderoso não chega nem perto de descrevê-lo. Toda ênfase é pouca quando se afirma que as disciplinas da cura exigem formação com alguém que conheça o caminho e os meios, alguém que o tenha vivenciado inequivocamente e pela vida inteira.
4. Minha avó Katerín dizia que a maior ignorante não é a que não sabe, mas "a que não sabe que não sabe". E a pessoa em condição ainda pior e que representa um perigo maior para outros é "a que sabe que não sabe e não se importa".
5. *La unica que vivio las historias,* aquela que viveu as histórias.
6. Por eu ter sido católica minha vida inteira, por ter sido, ainda muito criança, formalmente consagrada a Ela através de La Sociedad de Guadalupe, minha raiz mestra e todos os meus trabalhos ouvidos com mais atenção derivam da devoção ao Filho de *La Diosa,* e de modo semelhante à Sua Mãe, *Nuestra Señora, Guadalupe,* A Mãe Abençoada em todos os Seus santos nomes e rostos – no meu conhecimento e perigo, a mais selvagem das selvagens, a mais forte das fortes.
7. Muitas vezes também pode haver ramificações em termos legais.
8. Esse é o princípio básico das profissões da cura. Se não puder socorrer, não faça o mal. Para não fazer o mal, é preciso *saber o que não fazer.*
9. "Perfect work is cut to fit/ not the shape of the worker / but the shape of God." [A missão perfeita é talhada para servir / não na forma de quem a cumpre / mas na forma de Deus.] Excerto do poema "La Diosa de la *Clarista, un manifiesto pequeño*", ©1971, C. P. Estés, de *Rowing Songs for the Night Sea Journey: Contemporary Chants* (Edição particular, 1989).

A EDUCAÇÃO DE UMA JOVEM LOBA: UMA BIBLIOGRAFIA

Esta bibliografia[1] contém algumas das obras mais acessíveis a respeito das mulheres e da psique. Eu muitas vezes as recomendo às minhas alunas e analisandas.[2] Muitos desses títulos hoje clássicos, incluindo-se obras de Angelou, de Beauvoir, Brooks, de Castillejo, Cather, Chesler, Friedan, Harding, Jong, Jung, Hong Kingston, Morgan, Neruda, Neumann e Qoyawayma, bem como antologias, eram o que eu lia para minhas alunas como "alimento para a alma" nos cursos de Psicologia das Mulheres, no início da década de 1970. Era uma época em que a expressão "estudos das mulheres" não era nada comum, e em que muitas pessoas se perguntavam por que motivo haveria necessidade de algo desse tipo.

Desde então, muitos trabalhos sobre as mulheres foram publicados por várias editoras. Há vinte e cinco anos, algumas dessas obras teriam sido relegadas ao mimeógrafo para sua circulação ou ao que costumávamos chamar de "editoras efêmeras", admiráveis empresas, geralmente sem recursos e com falta de pessoal, que viviam apenas o tempo suficiente para dar à luz um punhado de obras importantes, antes de definhar e morrer tão rápido quanto haviam começado. No entanto, mesmo com o terreno editorial conquistado nessas últimas décadas, o estudo da vida, psíquica ou de outra natureza, da mulher ainda é muito recente e está longe de ser completo. Apesar de haver uma quantidade muito maior de trabalhos atentos e honestos sobre a vida da mulher sendo publicados no mundo inteiro e sobre um grande número de temas que anteriormente eram proibidos, ainda falta muito mais, tanto em termos do direito e do dever de falar como autoridade a respeito de si mesma e da própria cultura, quanto em termos do acesso ao prelo e aos canais de distribuição.

Uma bibliografia não deveria ser uma lista enfadonha. Ela não tem a intenção de ensinar a uma pessoa como pensar, mas procura fornecer a cada uma temas interessantes em que pensar, tentando mostrar-lhe o maior número possível de ideias, portanto de opções e oportunidades. Uma boa bibliografia aspira a oferecer imagens panorâmicas do passado e do presente que sugerem visões claras para o futuro. Esta bibliografia em especial dá ênfase às escritoras, mas inclui os dois sexos. Estes livros são, em geral, excelentes, veementes e originais; muitos são interculturais; todos, pluridimensionais. Eles estão recheados de dados, opiniões e inspiração. Alguns refletem uma época que já passou, ou um lugar que não a América do Norte, e deveriam ser lidos de acordo com seu contexto. Para fins de comparação, acrescentei duas ou três obras que, na minha opinião, são espantosas. Você as reconhecerá quando as ler, embora suas indicações talvez fossem diferentes das minhas.

Os escritores aqui especificados são variados. A maioria é de especialistas, precursores; alguns são iconoclastas, proscritos, estudiosos ciganos, independentes, acadêmicos ou convencionais. Muitos poetas estão aqui representados, pois eles são os visionários e os historiadores da vida psíquica. Em muitos casos, suas observações e *insights* são tão penetrantes que suplantam as hipóteses da psicologia acadêmica tanto em precisão quanto em profundidade. Em todo caso, a maioria dos autores é de *las compañeras o los compañeros*, simpatizantes e contemplativos que chegaram às suas conclusões através da vida profunda que levaram e da sua meticulosa descrição dela.[3] Embora haja muitos, muitos outros tão brilhantes quanto eles, segue-se uma galeria de duzentos.

Alegria, Claribel. *Woman of the River*. Pittsburgh: University of Pittsburgh Press, 1989.

——. *Louisa in Realityland*. Nova York: Curbstone Press, 1989.

——. *Guerrilla Poems of El Salvador*. Nova York: Curbstone Press, 1989.

Allen, Paula Gunn. *The Sacred Hoop: Recovering the Feminine in American Indian Traditions*. Boston: Beacon Press, 1986.

——. *Grandmothers of the Light: A Medicine Woman's Sourcebook*. Boston: Beacon Press, 1991.

——. *Shadow Country*. Los Angeles: University of California Press, 1982.

Andelin, Helen B. *Fascinating Womanhood*. Santa Barbara, Calif.: Pacific Press, 1974.

Angelou, Maya. *I Shall Not Be Moved*. Nova York: Random House, 1990.

——. *All God's Children Need Traveling Shoes*. Nova York: Random House, 1986.

——. *I Know Why the Caged Birds Sing*. Nova York: Bantam, 1971.

Anzaldúa, Gloria e Moraga, Cherrie, orgs. *This Bridge Called My Back*. Nova York: Kitchen Table/Women of Color Press, 1983.

Atiya Nayra. *Khul-Khaal: Five Egyptian Women Tell Their Stories*. Syracuse: Syracuse University Press, 1982.

Avalon, Arthur. *Shakti and Shakta*. Nova York: Dover, 1978.

Barker, Rodney. *The Hiroshima Maidens: A Story of Courage, Compassion and Survival*. Nova York: Viking, 1985.

Bass, Ellen e Thornton, Louise, orgs. *I Never Told Anyone: Writings by Women Survivors of Child Sexual Abuse*. Nova York: Harper & Row, 1983.

Beauvoir, Simone de. *Memoirs of a Dutiful Daughter*. Trad. de James Kirkup. Cleveland: World Publishing Co., 1959. (*Memórias de uma moça bem-comportada*).

——. *The Second Sex*. Nova York: Knopf, 1974. (*O segundo sexo*).

Bertherat, Thérèse. *The Body Has Its Reasons*. Trad. de Thérèse Bertherat e Carol Bernstein. Nova York: Pantheon Books, 1977.

Bly, Robert. *Iron John: A Book About Men*. Reading, Mass.: Addison-Wesley, 1990.

Boer, Charles. *The Homeric Hymns*. Dallas: Spring Publications, 1987.

Bolen, Jean Shinoda. *Ring of Power: The Abandoned Child, the Authoritarian Father, and the Disempowered Feminine*. San Francisco: HarperCollins, 1992.

——. *Goddesses in Everywoman: A New Psychology of Women*. San Francisco: Harper & Row, 1984.

——. *The Tao of Psychology: Synchronicity and the Self*. San Francisco: Harper & Row, 1979.

Boston Women's Health Book Collective. *The New Our Bodies, Ourselves*. Nova York: Simon & Schuster, 1984.

Brooks, Gwendolyn. *Selected Poems*. Nova York: Harper & Row, 1984.

Brown, Rita Mae. *Rubyfruit Jungle*. Plainfield, Vt.: Daughters, Inc., 1973.

Browne, E. Susan; Connors, Debra; Stern, Nanci. *With the Power of Each Breath: A Disabled Woman's Anthology*. San Francisco: Cleis Press, 1985.

Budapest, Zsuzsanna E. *The Grandmother of Time*. San Francisco: Harper & Row, 1989.

Castellanos, Rosario. *The Selected Poems of Rosario Castellanos*. Trad. de Magda Bogin. St. Paul, Minn.: Graywolf Press, 1988.

Castillo, Ana. *My Father Was a Toltec*. Novato, Calif.: West End Press, 1988.

Cather, Willa. *My Antónia*. Boston: Houghton Mifflin, 1988.

——. *Death Comes for the Archbishop*. Nova York: Vintage, 1971.

Chernin, Kim. *Obsession*. Nova York: Harper & Row, 1981.

Chesler, Phyllis. *Women and Madness*. Garden City, Nova York: Doubleday, 1972.

Chicago, Judy. *The Dinner Party: A Symbol of Our Heritage*. Garden City, Nova York: Anchor, 1979.

——. *Embroidering Our Heritage: The Dinner Party Needlework*. Garden City, Nova York: Anchor, 1980.

——. *Through the Flower: My Struggle as a Woman Artist*. Garden City, Nova York: Doubleday, 1975.

—. *The Birth Project*, Garden City, Nova York: Doubleday, 1982.

Christ, Carol P. *Diving Deep and Surfacing: Women Writers on Spiritual Quest*. Boston: Beacon Press, 1980.

Coles, Robert. *The Spiritual Life of Children*. Boston: Houghton Mifflin, 1990.

Colette. *Collected Stories of Colette*. Nova York: Farrar, Straus, Giroux, 1983.

Cowan, Lyn. *Masochism: A Jungian View*. Dallas: Spring Publications, 1982.

Craig, Mary. *Spark from Heaven: The Mystery of the Madonna of Medjugorje*. Notre Dame, Ind.: Ave Maria Press, 1988.

Craighead, Meinrad. *The Mother's Songs: Images of God the Mother*. Nova York: Paulist Press, 1986.

Crow, Mary. *Woman Who Has Sprouted Wings*. Pittsburgh: Latin American Literary Review Press, 1988.

Curb, Rosemary e Manahan, Nancy, orgs. *Lesbian Nuns*. Tallahassee, Fla.: Naiad Press, 1985.

Daly, Mary. *Gynecology*. Boston: Beacon Press, 1978.

—. "in cahoots with Caputi, Jane". *Websters First New Intergalactic Wickedary of the English Language*. Boston: Beacon Press, 1987.

de Castillejo, Irene Claremont. *Knowing Woman: A Feminine Psychology*. Boston: Shambhala, 1973.

Derricotte, Toi. *Natural Birth: Poems*. Freedon, Calif.: Crossing Press, 1983.

Dickinson, Emily. *The Complete Poems of Emily Dickinson*. Boston: Little, Brown, 1890.

Doniger, Wendy. *Women, Androgynes, and Other Mythical Beasts*. Chicago: University of Chicago Press, 1980.

Drake, William. *The First Wave: Women Poets in America*. Nova York: Macmillan, 1987.

Easwaran, Eknath, trad. *The Bhagavad Gita*. Berkeley: Nilgiri Press, 1985.

Eisler, Riane. *The Chalice and the Blade*. San Francisco: Harper & Row, 1987. (*O cálice e a espada: nossa história, nosso futuro*).

Ellis, Normandi. *Osiris Awakening: A New Translation of the Egyptian Book of the Dead*. Grand Rapids, Mich: Phanes Press, 1988.

Erdrich, Louise. *Love Medicine*. Nova York: Bantam, 1984.

Fenelon, Fania. *Playing for Time*. Trad. de Judith Landry. Nova York: Atheneum, 1977.

Fisher, M.F.K. *Sister Age*. Nova York: Knopf, 1983.

Forche, Carolyn. *The Country Between Us*. Nova York: Harper & Row, 1982.

Foucault, Michel. *Madness and Civilization*. Trad. de R. Howard. Nova York: Pantheon, 1955.

—. *History of Sexuality*. Trad. de Robert Hurley, Nova York: Pantheon, 1978. (*História da sexualidade*).

Fox, Matthew. *Original Blessing*. Santa Fe: Bear and Company, 1983.

Friedan, Betty. *The Feminine Mystique*. Nova York: Norton, 1963.

Friedman, Lenore. *Meetings with Remarkable Women: Buddhist Teachers in America*. Boston: Shambhala Publications, 1987.

Friedman, Myra. *Buried Alive: Biography of Janis Joplin*. Nova York: Morrow, 1973. (*Enterrada viva: biografia de Janis Joplin*).

Galland, China. *Longing for Darkness Tara and the Black Madonna: A Ten Year Journey*. Nova York: Viking, 1990.

Gaspar De Alba, Alicia; Herrera-Sobek, Maria; Martinez, Demetria. *Three Times a Woman*. Tempe, Ariz.: Bilingual Review Press, 1989.

Gilbert, Sandra e Gubar, Susan. *The Madwoman in the Attic*. New Haven: Yale University Press, 1979.

Gilligan, Carol. *In a Different Voice*. Cambridge: Harvard University Press, 1982.

Gimbutas, Marija. *The Goddesses and Gods of Old Europe: Myths and Cult Images*. Berkeley e Los Angeles: University of California Press, 1982.

Goldberg, Natalie. *Writing Down the Bones: Freeing the Writer Within*. Boston: Shambhala, 1986.

Golden, Renny e McConnell, Michael. *Sanctuary: The New Underground Railroad*. Nova York: Orbis Books, 1986.

Goldenberg, Naomi R. *Changing of the Gods: Feminism and the End of Traditional Religions*. Boston: Beacon Press, 1979.

Grahn, Judy. *Another Mother Tongue*. Boston: Beacon Press, 1964.

Guggenbühl-Craig, Adolph. *Power in the Helping Professions*. Dallas: Spring Publications, 1971.

Hall Nor. *The Moon and the Virgin: Reflections on the Archetypal Feminine*. Nova York: Harper & Row, 1980.

Harding, M. Esther. *Woman's Mysteries, Ancient and Modern*. Nova York: Putnam, 1971.

Harris, Jean e Alexander, Shana. *Marking Time: Letters from Jean Harris to Shana Alexander*. Nova York: Scribner, 1991.

Heilbrun, Carolyn G. *Writing a Woman's Life*. Nova York: Ballantine, 1989.

Herrera, Hayden. *Frida: A Biography of Frida Kahlo*. Nova York: Harper & Row, 1983.

Hillman, James. *Inter-Views: Conversation with Laura Pozzo*. Nova York: Harper & Row, 1983.

Hoff, Benjamin. *The Singing Creek Where the Willows Grow: The Rediscovered Diary of Opal Whiteley*. Nova York: Ticknor & Fields, 1986.

Hollander, Nicole. *Tales From the Planet Sylvia*. Nova York: St. Martin's, 1990.

Hull, Gloria T.; Scott, Patricia Bell; Smith, Barbara, orgs. *All the Women Are White, All the Blacks Are Men, But Some of Us Are Brave*. Nova York: Feminist Press, 1982.

Ibarruri, Dolores. *The Shall Not Pass: The Autobiography of La Pasionaria.* Nova York: International Publishers, 1976.

Iglehart, Hallie. *Womanspirit: A Guide to Women's Wisdom*. Nova York: Harper & Row, 1983.

Jong, Erica. *Fear of Flying*. Nova York: New American Library, 1974.

—. *Becoming Light: Poems, New and Selected.* Nova York: HarperCollins, 1991.

Jung, C. G. *Collected Works of C. G. Jung.* Trad. de R. F. C. Hull. Princeton: Princeton University Press, 1972.

—, organizador. *Man and His Symbols*. Garden City, Nova York: Doubleday, 1964.

Kalff, Dora. *Sandplay: A Psychotherapeutic Approach to the Psyche*. Santa Monica: Sigo, 1980.

Keen, Sam. *The Faces of the Enemy: Rejections of the Hostile Imagination*. Fotografia de Ann Page. San Francisco: Harper & Row, 1986.

Kerényi, C. *Zeus and Hera.* Trad. de C. Holme. Princeton: Princeton University Press, 1975.

—. *Eleusis: Archetypal Image of Mother and Daughter*. Nova York: Schocken Books, 1977.

King, Florence. *Southern Ladies and Gentlemen*. Nova York: Stein & Day, 1975.

Kingston, Maxine Hong. *The Woman Warrior: Memoirs of a Girlhood Among Ghosts.* Nova York: Knopf, 1976.

Kincaid, Jamaica. *At the Bottom of the River*. Nova York: Plume, 1978.

Kinnell, Galway. *The Book of Nightmares*. Londres: Omphalos and J-Jay Press, 1978.

Klepfisz, Irena. *Dreams of an Insomniac: Jewish Feminist Essays, Speeches and Diatribes.* Portland, Ore.: The Eighth Mountain Press, 1990.

Kolbenschlag, Madonna. *Kiss Sleeping Beauty Goodbye: Breaking the Spell of Feminine Myths and Models*. Nova York: Doubleday, 1979.

Krysl, Marilyn. *Midwife and Other Poems on Caring*. Nova York: National League for Nursing, 1989.

Kumin, Maxine. *Our Ground Time Here Will Be Brief.* Nova York: Penguin, 1982.

Laing, R. D. *Knots*. Nova York: Vintage, 1970. (*Laços*).

Le Sueur, Meridel. *Ripening: Selected Work. 1927-1980.* Old Westbury, Nova York: Feminist Press, 1982.

Leonard, Linda S. *The Wounded Women*. Boulder, Colo.: Shambhala, 1983.

Lindbergh, Anne Morrow. *The Gift from the Sea*. Nova York: Pantheon, 1955.

Lippard, Lucy. *From the Center: Feminist Essays in Women's Art*. Nova York: E. P. Dutton, 1976.

Lisle, Laurie. *Portrait of an Artist: A Biography of Georgia O'Keefe*. Nova York: Seaview, 1980.

López-Pedraza, Rafael. *Cultural Anxiety*. Suíça: Daimon Verlag, 1990.

Lorde, Audre. *Sister Outsider: Essays and Speeches*. Freedon, Califórnia: Crossing Press, 1984.

Luke, Helen M. *The Way of Women, Ancient and Modern*. Three Rivers, Mich.: Apple Farm, 1975.

Machado, Antônio. *Times Alone*. Trad. de Robert Bly. Middletown, Conn.: Wesleyan University Press, 1983.

Masson, Jeffrey. *The Assault on Truth: Freud's Suppression of the Seduction Theory*. Nova York: Farrar, Straus, Giroux, 1983.

Matsui, Yayori. *Women's Asia*. Londres: Zed Books, 1987.

Matthews, Ferguson Gwyneth. *Voices from the Shadows: Women with Desabilities Speak Out*. Toronto: Women's Educational Press, 1983.

McNeely, Deldon Anne. *Animus Aeternus: Exploring the Inner Masculine*. Toronto: Inner City, 1991.

Mead, Margaret. *Blackberry Winter*. Nova York: Morrow, 1972.

Metzger, Deena. *Tree*. Berkeley: Wingbow Press, 1983.

——. *The Woman Who Slept with Men to Take the War Out of Them*. Berkeley: Wingbow Press, 1983.

Millay, Edna St. Vincent. *Collected Poems*. Norma Millay org. Nova York: Harper & Row, 1917.

Miller, Alice. *Thou Shalt Not Be Aware*. Trad. de Hildegard Hannum e Hunter Hannum. Nova York: Farrar, Straus, Giroux, 1984.

——. *For Your Own Good: Hidden Cruelty in Childrearing and the Roots of Violence*. Trad. de Hildegard Hannum e Hunter Hannum. Nova York: Farrar, Straus, Giroux, 1983.

——. *Drama of the Gifted Child*. Trad. de Ruth Ward. Nova York: Basic Books, 1981.

Morgan, Robin. *Sisterhood Is Powerful*. Nova York: Vintage, 1970.

Mulford, Wendy, org. *Love Poems by Women*. Nova York: Fawcett/Columbine, 1990.

Neruda, Pablo. *Residence on Earth*. Nova York: New Directions, 1973. (*Residência na Terra*).

Neumann, Erich. *The Great Mother*. Princeton: Princeton University Press, 1963.

Nin, Anaïs. *Delta of Venus: Erotica*. Nova York: Harcourt, Brace, Jovanovich, 1977. (*Delta de Vênus*)

Olds, Sharon. *The Gold Cell*. Nova York: Knopf, 1989.

Olsen, Tillie. *Silences*. Nova York: Delacorte, 1979.

Orbach, Susie. *Fat Is a Feminist Issue*. Nova York: Paddington Press, 1978.

Pagels, Elaine. *The Gnostic Gospels*. Nova York: Random House, 1979.

Partnoy, Alicia, org. *You Can't Drown the Fire: Latin American Women Writing in Exile*. San Francisco: Cleis Press, 1988.

Perera, Sylvia Brinton. *Descent to the Goddess*. Toronto: Inner City, 1988.

Piaf, Edith. *My Life*. Londres: Owen, 1990.

Piercy, Marge. *Circles on Water*. Nova York: Knopf, 1982.

—. org. *Early Ripening: American Women's Poetry Now*. Londres: Pandora, 1987.

—. *The Moon Is Always Female*. Nova York: Random House, 1980.

—. *Woman on the Edge of Time*. Nova York: Knopf, 1976.

Pogrebin, Letty Cottin. *Among Friends*. Nova York: McGraw-Hill, 1987.

Prager, Emily. *A Visit from the Footbinder and Other Stories*. Nova York: Simon & Schuster, 1982.

Qoyawayma, Polingaysi (White, Elizabeth Q.). *No Turning Back: A Hopi Indian Woman's Struggle to Live in Two Worlds*. Como relatado a Vada F. Carlson. Albuquerque: University of New Mexico Press, 1964.

Raine, Kathleen. *Selected Poems*. Great Barrington, Mass.: Lindisfarne, 1988.

Rich, Adrienne. *The Fact of a Doorframe*. Nova York: Norton, 1984.

—. *Diving Into the Wreck*. Nova York: Norton, 1973.

—. *Of Woman Born: Motherhood as Experience and Institution*. Nova York: Norton, 1976.

Robinson, James M., organizador. *The Nag Hammadi Library in English*. San Francisco: Harper & Row, 1977.

Rosen, Marjorie. *Popcorn Venus: Women, Movies, and the American Dream*. Nova York: Coward, McCann, Geoghegan, 1973.

Samuels, A.; Shorter, B.; Plaut, F. *A Criticai Dictionary of Jungian Analysis*. Londres/ Nova York: Routledge & Kegan Paul, 1986. (*Dicionário crítico de análise junguiana*).

Sanday, Peggy Reeves. *Female Power and Male Dominance: On the Origins of Sexual Inequalities*. Cambridge: Cambridge University Press, 1981.

Savage, Judith. *Mourning Unlived Lives*. Wilmette, III.: Chiron, 1989.

Sexton, Anne. *The Complete Poems*. Boston: Houghton Mifflin, 1981.

—. *No Evil Star*. Ann Arbor: University of Michigan Press, 1985.

Shange, Ntozake. *Nappy Edges*. Nova York: St, Martin's, 1972.

—. *A Daughter's Geography*. Nova York: St. Martin's, 1972.

—. *for colored girls who have considered suicide when the rainbow is not enuf: a choreopoem*. Nova York: Macmillan, 1977.

Sheehy, Gail. *Passages*. Nova York: E. P. Dutton, 1974.

Shikibu, Izumi e Komachi, Onono. *The Ink Dark Moon, Love Poems, Women of the Ancient Court of Japan*. Trad. de Jane Hirshfield, com Mariko Aratani. Nova York: Scribner, 1988.

Silko, Leslie Marmon. *Storyteller*. Nova York: Seaver Press, 1981.

—. *Ceremony*. Nova York: Penguin, 1977.

Simon, Jean-Marie. *Guatemala: Eternal Spring, Eternal Tyranny*. Londres: Norton, 1987.

Singer, June. *The Boundaries of the Soul: The Practice of Jung's Psychology*. Garden City, Nova York: Doubleday, 1972.

Spretnak, Charlene. *Lost Goddesses of Early Greece*. Boston: Beacon Press, 1981.

——, org. *The Politics of Women's Spirituality*. Garden City, Nova York: Doubleday, 1982.

Starhawk. *Truth or Dare*. Nova York: Harper & Row, 1979.

Stein, Leon. *The Triangle Fire*. Filadélfia: Lippincott, 1962.

Steinem, Gloria. *The Revolution from Within*. Boston: Little, Brown, 1992.

——. *Outrageous Acts and Everyday Rebellions*. Nova York: Holt, Rinehart, Winston, 1983.

Stone, Merlin. *When God Was a Woman*. Nova York: Dial Press, 1976.

——. *Ancient Mirrors of Womanhood*. Boston: Beacon Press, 1984.

Swenson, May. *Cage of Spines*. Nova York: Rhinehart, 1958.

Tannen, Deborah. *You Just Don't Understand: Women and Men in Conversation*. Nova York: Morrow, 1990.

Teish, Louisa. *Jambalaya*. San Francisco: Harper & Row, 1985.

Tsé, Lao. *Tao Te Ching*. Trad. de Stephen Mitchell. San Francisco: Harper & Row, 1988.

Tuchman, Barbara. *A Distant Mirror*. Nova York: Knopf, 1978.

Von Franz, M. L. *The Feminine in Fairytales*. Dallas: Spring Publications, 1972.

Waldman, Anne. *Fast-Speaking Woman and Other Chants*. San Francisco: City Lights, 1975.

Walker, Alice. *The Color Purple*. Nova York: Washington Square Press, 1982. (*A cor púrpura*).

——. *Good Night Willie Lee: I'll See You In the Morning*. Nova York: Dial Press, 1979.

——. *Her Blue Body: Everything We Know. Earthling Poems*. San Diego: Harcourt, Brace, Jovanovich, 1991.

——. *In Search of Our Mothers' Gardens*. Nova York: Harcourt, Brace, Jovanovich, 1983.

Walker, Barbara G. *The Woman's Encyclopedia of Myths and Secrets*. San Francisco: Harper & Row, 1983.

——. *The Woman's Dictionary of Symbols and Sacred Objects*. San Francisco: Harper & Row, 1988.

——. *The Crone*. San Francisco: Harper & Row, 1985.

Walker, Lenore. *The Battered Woman*. Nova York: Harper & Row, 1980.

Warner, Marina. *Alone of All Her Sex: The Myth and Cult of the Virgin Mary*. Nova York: Knopf, 1976.

Watson, Celia. *Night Feet*. Nova York: The Smith, 1981.

White, Steve F. *Poems of Nicaragua*. Greensboro: Unicorn Press, 1982.

Whitman, Walt. *Leaves of Grass*. Nova York: Norton, 1968. (*Folhas das folhas de relva*).

Wickes, Frances. *The Inner World of Childhood*. Nova York: Farrar, Straus, Giroux, 1927.

Willmer, Harry. *Practical Jung: Nuts and Bolts of Jungian Psychotherapy*. Wilmette, III.: Chiron, 1987.

Wilson, Colin. *The Outsider*. Boston: Houghton Mifflin, 1956.

Wolkstein, Diane e Kramer, Samuel Noah. *Inanna: Queen of Heaven and Earth*. San Francisco: Harper & Row. 1983.

Wollstonecraft, Mary. *A Vindication of the Rights ofWomen*. Reedição de 1792. Nova York: W. W. Norton, 1967.

Woodman, Marion. *Addiction to Perfection*. Toronto: Inner City, 1988.

Woolf, Virginia. *A Room of One's Own*. Nova York: Harcourt, Brace, 1929. (*Um teto todo seu*).

Wynne, Patrice. *The Womanspirit Sourcebook*. San Francisco: Harper & Row, 1988.

Yolen, Jane. *Sleeping Ugly*. Nova York: Coward, McCann & Geoghegan, 1981.

Zipes, Jack. *The Brothers Grimm*. Nova York: Routledge, Chapman and Hall, 1988.

1. Esta bibliografia foi elaborada como uma visão panorâmica do desenvolvimento da natureza instintual. Uso variantes desta bibliografia central para outras questões relacionadas com as mulheres. Alguns dos materiais aqui incluídos aparecem repetidamente nas bibliografias de outras obras, em geral de obras escritas por mulheres sobre questões de mulheres. Essas obras frequentemente citadas tornaram-se uma espécie de "bibliomantra", e em geral representam escolhas feitas por mulheres já falecidas, mas cujas obras sobrevivem mesmo assim.
2. Embora eu não seja contrária a levar em consideração as observações ou teorias de qualquer dos sexos, ou de qualquer escola, não vale a pena perder muito tempo lendo algumas obras, pois elas são pré-digeridas. Isso significa que delas foi tirado o âmago, restando apenas a casca, o que lembra bastante um carrossel sem os cavalos, sem a música, sem a cerca, sem os cavaleiros. Ele ainda gira sem parar, mas não tem vida.

   Já os trabalhos resumidos são uma outra história. Eles representam uma repetição de algo que se ouviu, que se leu ou que se soube, mas sem as perguntas: Isso é verdade? Será que é útil? Será que ainda se aplica? Será que esse é o único ponto de vista? Existe uma quantidade imensa de obras dessa natureza. Elas me lembram a transmissão por herança da velha mina de prata da família. Algumas minas estão esgotadas e não vale a pena mantê-las. Algumas são minas mortas pois nunca produziram minério em quantidade suficiente para justificar sua exploração para começo de conversa. Parte do resgate da natureza selvagem, como vimos, consiste em reconstituir nossa capacidade discriminativa. Isso deve se aplicar não só ao que já está nas nossas mentes, mas também ao que nelas introduzimos.

3. Geralmente procedo da seguinte forma. Peço aos alunos que escolham três livros dessa lista e que os considerem como um quebra-cabeça ou um enigma. Em seguida, a qualquer livro escolhido acrescento textos de Kant, Kierkegaard, Mencken, entre outros. Como os textos se harmonizam? Em que um pode servir ao outro? Comparem, vejam o que acontece. Algumas combinações são explosivas. Algumas criam rizomas.

ÍNDICE ANALÍTICO

CLARISSA PINKOLA ESTÉS é intelectual de renome internacional, poetisa premiada e psicanalista junguiana. Foi agraciada com o primeiro prêmio Joseph Campbell de "Keeper of the Lore" [Guardiã das Tradições] e nomeada para a Galeria de Honra das Mulheres do Colorado, em 2006, devido à sua trajetória como ativista e escritora em busca de justiça social. Participa da diretoria do Centro Maya Angelou de Pesquisa de Saúde das Minorias na Escola de Medicina da Wake Forest University e também ensina em universidades como professora visitante emérita.

Mulheres que correm com os lobos foi seu primeiro livro, e desde então tornou-se conhecida por combinar mitos e histórias com análises de arquétipos e comentários psicanalíticos. Da autora, a Rocco também publicou *A ciranda das mulheres sábias, Contos dos irmãos Grimm, Libertem a mulher forte, O dom da história* e *O jardineiro que tinha fé.*

Impressão e Acabamento:
GEOGRÁFICA EDITORA LTDA.